Gerd Ruebenstrunk
Das Wörterbuch des Viktor Vau

PIPER

Zu diesem Buch

Seit Jahrzehnten arbeitet Viktor Vau an seinem Wörterbuch – einer einzigartigen Sammlung von Begriffen, die die Welt so exakt beschreiben wie nie zuvor. Doch Viktor Vau ahnt nicht, dass sein Werk auch ein furchterregendes Geheimnis birgt. Als im Meer eine Raumkapsel unbekannter Herkunft entdeckt wird, stößt man darin auf eine Botschaft, die nur Viktor Vau entschlüsseln kann. Die Botschaft erschüttert die Welt – und ausgerechnet Viktor Vau steht im Mittelpunkt einer drohenden Katastrophe... Gerd Ruebenstrunks Meisterwerk »Das Wörterbuch des Viktor Vau« ist das phantastische Highlight des Jahres.

Gerd Ruebenstrunks Lebensweg ist so außergewöhnlich wie sein Name: Er war Sprachlehrer und Kneipenwirt, Lektor und Diskjockey, außerdem Texter und Kreativdirektor für Agenturen und fürs Fernsehen. Nicht zu vergessen: Tellerwäscher, Flaschenabfüller und Schaufensterpuppenverpacker. Seine Romane um »Arthur und die Vergessenen Bücher« wurden zu Bestsellern. Gerd Ruebenstrunk lebt und arbeitet in Duisburg.

Gerd Ruebenstrunk

Das Wörterbuch des Viktor Vau

Roman

Piper München Zürich

Entdecke die Welt der Piper Fantasy:

Piper-Fantasy.de

MIX
Papier aus verantwortungsvollen Quellen
FSC® C014496
FSC
www.fsc.org

Ungekürzte Taschenbuchausgabe
Juli 2012

Umschlaggestaltung: www.guter-punkt.de
Umschlagabbildung: Sabine Zels unter Verwendung von Motiven von shutterstock
Satz: Fotosatz Amann, Aichstetten
Papier: Pamo Super von Arctic Paper Mochenwangen GmbH, Deutschland
Druck und Bindung: GGP Media GmbH, Pößneck
Printed in Germany ISBN 978-3-492-26874-5

Eine Universalsprache »muss streng logisch sein. Jedes Wort muss den entsprechenden Begriff scharf und ohne Zweideutigkeit bezeichnen. Wenn die allgemeine Sprache keinen anderen Vorteil brächte, als die Begriffsverwirrungen zu steuern, welche in allen Sprachen aus der vagen Bedeutung so vieler Worte entspringen, so wäre die daran gewandte Mühe reichlich belohnt.‹«

August Theodor von Grimm (1805–1878), Ahnherr der Interlinguistik, sächsischer Geschichtsprofessor und Erzieher am russischen Zarenhof, in seinem »Programm zur Bildung einer allgemeinen Sprache«

Prolog

Wenn ich an jene Zeit zurückdenke, ist es vor allem Viktor Vaus Gesicht, das mir vor Augen steht. Er war kein gut aussehender Mann im klassischen Sinn. Aber er besaß Charakter, und den erkannte man auf den ersten Blick. Dadurch unterschied er sich von den meisten seiner Kollegen.

Viktor war seiner Zeit weit voraus, auch wenn ihm das nicht bewusst war. Seine Ideen und Forschungen führten ihn zu Erkenntnissen, zu denen in den Jahren, die inzwischen verstrichen sind, niemand sonst vorgedrungen ist.

Er hatte nicht viele Freunde, aber das störte ihn kaum. Wenn jemand der geborene Einzelgänger war, dann er. Dabei war er anderen gegenüber nicht ablehnend eingestellt. Es war eher so, dass die meisten Menschen Viktor als ein wenig merkwürdig empfanden und mieden. Und manche, wie seine verachtungswürdigen Wissenschaftlerkollegen, hatten einfach Angst vor seinem Intellekt und suchten ihre Zuflucht darin, sich über seine Forschungsarbeiten lustig zu machen.

In unseren Gesprächen kam mir Viktor wie ein Mensch vor, der sich auf der Suche nach etwas befand, das ihm selbst unklar war. Natürlich hatte er Träume, aber sie waren durchzogen von einer tiefen Melancholie, die sich hinter seinem übertriebenen Streben nach Ordnung und Struktur verbarg.

Manchmal genügt ein Mensch, um die ganze Welt grundlegend zu verändern, auch wenn uns die Philosophen und Historiker das Gegenteil einreden wollen.

Viktor Vau war ein solcher Mensch, ohne dass er es wollte. Nichts war ihm ferner als irgendwelche Weltverbesserungsphantasien. Alles, was er vom Leben erwartete, war, in Ruhe seinen Studien nachgehen zu können. Er publizierte nicht, suchte keine wissenschaftliche Anerkennung, gab nichts auf Status oder gesellschaftliches Ansehen. Er war das Idealbild des reinen Wissenschaftlers, wie man ihn aus billigen Romanen kennt.

Vielleicht war es das, was ihm zum Verhängnis wurde. Sicher kann man ihm vorwerfen, sich viel zu spät Gedanken über die möglichen Auswirkungen seiner Forschungen gemacht zu haben. Und ohne Zweifel stimmt es auch, dass er eine gewisse Arroganz gegenüber denjenigen an den Tag legte, die seine Forschungsergebnisse infrage stellten.

Aber das alles rechtfertigt nicht, was ihm widerfahren ist. Wenn die Gerechtigkeit blind ist, wie man sagt, so war das Schicksal in Bezug auf Viktor Vau mit doppelter Blindheit geschlagen.

Viktor liebte es, klassische Philosophen zu zitieren. »Bereits Aristoteles hat auf die Probleme hingewiesen, die sich aus der Ungenauigkeit unserer Sprache ergeben«, erklärte er uns einmal. »Und zwar nicht nur für die Kommunikation, sondern auch fürs Denken. *Selbst in seinen Gedanken kann ein Mensch Opfer einer Täuschung werden, wenn er eine Angelegenheit nur aufgrund von Worten analysiert*, warnte er. Er bezog sich dabei bewusst auf die Doppeldeutigkeiten und Unklarheiten, die unserer Sprache anhaften und die manchmal, wie er meinte, selbst den geübtesten Denkern nicht auffallen.«

So wurde auch Viktor letztlich zum Opfer seines eigenen Denkens, das, gerade weil es so genau sein wollte, außer Acht ließ, dass er auch nur ein Mensch aus Fleisch und Blut war.

Leider hatte bis auf uns niemand Interesse daran, ihm zuzuhören. Alle, die hinter ihm her waren, erhofften sich von ihm eine Erfüllung *ihrer* Wünsche. Und selbst wir wollten immer nur das wahrhaben, was in unser vorgefertigtes Weltbild passte, um es dann als Beweis für unsere bereits feststehende Meinung zu nutzen.

Vielleicht ist dies ein kleiner Triumph Viktors: dass es einigen von uns schließlich doch gelungen ist, über den eigenen Schatten zu springen.

Ein Schritt, zu dem er erst spät, leider zu spät, in der Lage war.

u:

Ankunft

1.

Die Welt ist eine Glaskugel.

Jede Sekunde machen Satellitenkameras, Radiowellenempfänger, Überwachungssensoren, Mikrofone und Messstationen das Unsichtbare sichtbar.

Tausend Augenpaare beobachten pausenlos Bildschirme und Datenschreiber. Gewaltige Rechner durchforsten rund um die Uhr die eingehenden Datenmengen nach Hinweisen auf anfliegende Raketen, terroristische Aktivitäten, ungesetzliche Absprachen, unbekannte Flugobjekte, bevorstehende Katastrophen, illegale Grenzüberschreitungen oder staatsfeindliche Umtriebe.

Nichts geschieht auf, über oder unter der Erde, das nicht von diesen Augen, Ohren und Fühlern registriert, kontrolliert, kategorisiert, analysiert und archiviert wird.

Fast nichts.

Bis zu dem Tag, an dem das Objekt erschien.

2.

Büro der Luftraumüberwachung

Curt Jansen rieb sich die rot geränderten Augen und gähnte. Er lehnte sich zurück, verschränkte die Arme hinter dem Kopf und drückte sich mit den Fußspitzen von der Pultkante ab. Sein Bürostuhl glitt über den blank gewienerten Boden.

»Kurze Nacht, was?«, fragte eine Stimme von der Seite.

»Psst.« Curt presste die Fingerspitzen gegen seine Schläfen, als wenn er damit den Schmerz zurückdrängen könnte. Chris Keller, sein Teamkollege an diesem Wochenende, grinste. Er hatte die Folgen von Curts Eskapaden schon häufiger erlebt. Mit einundfünfzig Jahren war Chris gute zwei Jahrzehnte älter, was ihm in seinen Augen das Recht gab, Curt ab und an väterliche Ratschläge zu erteilen. Der nahm das meistens gleichmütig hin, fühlte sich jedoch nicht verpflichtet, auch danach zu handeln.

Die anderen Mitarbeiter wunderten sich darüber, wie gut C&C (so wurden sie mehr oder weniger heimlich genannt) miteinander auskamen. Chris war ein alter Besserwisser, mit dem außer Curt niemand gern zusammenarbeitete. Und der Jüngere war ein Schürzenjäger, der einem fortwährend mit Geschichten von seinen Eroberungen auf die Nerven ging.

Curt gähnte erneut. Das Pochen in seinem Schädel hatte nachgelassen. Vielleicht würde er die Kopfschmerztabletten, die er vorsichtshalber eingesteckt hatte, doch nicht benötigen. Er schloss für einen Moment die Augen und hoffte, dass Chris ihn nicht sah, denn sein Kollege war übermäßig pflichtbewusst und tolerierte keine Nachlässigkeiten. Zum Glück wurde dessen Aufmerksamkeit gerade von einem der Monitore angezogen. Während Chris sich in die blinkenden Punkte vertiefte, konnte Curt sich seiner Erschöpfung hingeben.

Er hatte schlecht geschlafen. Schlecht war noch untertrieben: Er hatte so gut wie gar nicht geschlafen. Den ersten Teil der Nacht hatte er in diesem neuen Klub verbracht, der momentan angesagt war. Die Rechnung für die Drinks hatte fast sein gesamtes Monatseinkommen verschlungen. Die Frau, hinter der er her war, war mit ihrer Freundin gekommen, und er hatte natürlich beide freihalten müssen, um nicht als mittelloser Spießer dazustehen. Schließlich waren sowohl die Mädels als auch er selbst gut abgefüllt. Leider hatte sich seine Hoffnung, die Frau mit in sein Apartment zu nehmen, nicht erfüllt. Stattdessen hatte er die zweite Hälfte der Nacht über der Toilettenschüssel verbracht und sich jeden Drink des Abends noch einmal angesehen.

Er schlug die Augen wieder auf. Sein Blick glitt achtlos über die Monitore vor ihm. Keine besonderen Vorkommnisse. Das Übliche.

Es hatte noch nie besondere Vorkommnisse gegeben, seit er diesen Job angetreten hatte. Die Luftraumüberwachung für außergewöhnliche Objekte, kurz LAO, hatte nicht die Aufgabe, den normalen Flugverkehr zu kontrollieren, sondern nach Flugobjekten zu suchen, die in keinem der offiziellen Logs verzeichnet waren.

Curt fragte sich zum wiederholten Mal, warum er diesen Job angenommen hatte. Mit seiner Ausbildung hätte er eine deutlich lukrativere und interessantere Stelle finden können. Es war wohl der mangelnde Ehrgeiz, den ihm seine Eltern und Lehrer stets vorgeworfen hatten. Und jetzt hing er hier seit drei Jahren und fand den Absprung nicht.

Er nahm sich zum wiederholten Mal vor, so bald wie möglich nach einer anderen Tätigkeit Ausschau zu halten. Noch war die LAO eine Referenz, doch wenn er ein paar weitere Jahre hier verschwendet hatte, würde sie zu einer Belastung werden.

Langsam schob er sich wieder an das Arbeitspult heran. »Was Auffälliges?«, fragte er Chris beiläufig, der immer noch auf einen der Bildschirme starrte.

Sein Nachbar schüttelte den Kopf. »Nur der Rest eines alten japanischen Satelliten. War bereits für gestern angekündigt. Jetzt ruht er bei den Fischen.«

»Wo sie alle ruhen«, kommentierte Curt. Alle paar Tage fiel ein Stück Weltraumschrott vom Himmel und landete nahezu unausweichlich in einem der großen Ozeane.

»Wir hatten auch mal einen über New York«, korrigierte ihn Chris. »Das war allerdings vor deiner Zeit. Damals stand die Stadt kurz vor der Evakuierung.«

Curt kannte die Geschichte. Er hatte sie mindestens schon zehn Mal gehört und wusste immer noch nicht, ob sie stimmte oder frei erfunden war. Er wollte gerade den Kopf für ein weiteres Gähnen in den Nacken legen, als auf einem seiner Monitore etwas aufblinkte.

Und zwar dort, wo nichts blinken sollte.

Curt beugte sich vor – zu hastig. Sofort begann es in seinem Schädel wieder zu dröhnen. Er biss sich auf die Lippen, legte die Finger der rechten Hand auf den Trackball und positionierte das Fadenkreuz über dem Lichtpunkt. So übertrug er die Koordinaten in das Log. Dann drehte er sich, diesmal etwas vorsichtiger, zu dem kleineren Monitor auf der linken Seite.

Es dauerte nur wenige Sekunden, bis das Ergebnis der Datenbankrecherche auf dem Bildschirm erschien.

Eine leere Zeile.

Vielleicht hatte er sich bei den Koordinaten vertan. Curt brachte das Fadenkreuz noch einmal auf den flimmernden Punkt, der inzwischen seine Position verändert hatte. Diesmal achtete er genau darauf, dass es keine Abweichung gab. Ein erneuter Klick – und kurz danach dasselbe Ergebnis. Nichts.

Schlagartig war sein Kater vergessen. »Chris!«, rief er, ohne seinen Blick vom Bildschirm zu nehmen. »Wir haben ein OWO!«

OWO war die Abkürzung für *Object Without Origin*, Objekt ohne Ursprung. So wurden alle zunächst nicht identifizierbaren Objekte genannt, die auf einem der ungezählten Überwachungsmonitore rund um die Welt auftauchten. Die meisten von ihnen entpuppten sich als Schrott, der schlicht übersehen oder dessen Eintrittswinkel in die Erdatmosphäre falsch berechnet worden war.

»Check OWO«, erwiderte Chris. Mit ein paar schnellen Bewegungen seines Trackballs hatte er sich denselben Ausschnitt wie Curt auf den Monitor geholt und die Koordinaten an die Datenbank gesendet.

»Sieht tatsächlich nach einem Bogey aus«, murmelte Chris. »Soll ich oder willst du?«

»Mach du es«, winkte Curt ab. Er betrachtete das unbekannte Objekt aus zusammengekniffenen Augen. Ohne Ursprung – das hieß, es war aus dem Nichts gekommen. Er versuchte sich vorzustellen, wie so etwas möglich war. Alles, was sich in einer Erdumlaufbahn befand oder theoretisch darin befinden konnte, war in den riesigen Datenbanken des Systems gespeichert. Das Programm berechnete etwaige Eintritts- und Austrittswinkel, extrapolierte aus geografischen Koordinaten und Flugbahnen wahrscheinliche Erscheinungszeiten und hatte, seit er es kannte, fehlerfrei gearbeitet.

Aber was hieß das schon? Einmal war immer das erste Mal. Das hatte Curt gerade letzte Nacht bitter erfahren müssen. Bis jetzt hatte er jede Frau, auf die er es abgesehen hatte, rumgekriegt. Eine Abfuhr war für ihn eine neue Erfahrung. Dabei wusste er nicht einmal, ob es wirklich eine Abfuhr gewesen war, denn seine Erinnerung wies eine Reihe von Lücken auf. Aber allein die Tatsache, dass er allein in seinem Bett aufgewacht war, genügte.

Während Curt Jansen sich in seinem Kopfschmerz verlor, hatte die OWO-Nachricht bereits mehrfach die Welt umrundet. Überall wurden jetzt Berechnungen angestellt, Daten überprüft, Zielorte berechnet und Satellitenkameras neu ausgerichtet. Die ersten Abfangjäger stiegen auf, und Flugzeugträger und Fregatten änderten ihren Kurs.

Die alten Hasen unter den Analysten sahen diese Aktivitäten mit Gelassenheit. Sie hatten schon so manchen OWO-Alarm erlebt, und immer hatte man den Ursprung des Objekts herausgefunden. Danach wurden die Datenbanken angepasst, die Rechenformeln optimiert und die Wahrscheinlichkeiten justiert, aber dennoch gab es stets ein nächstes Mal.

So würde es auch an diesem Tag sein.

3.

Vor Dagombé

Gegen vier Uhr nachmittags gab es den ersten Sichtkontakt vor der afrikanischen Küste. Ein militärischer Abfangjäger konnte sich dem Objekt weit genug nähern, um eine detailliertere Beschreibung abzugeben und erste Videoaufnahmen zu machen. Nach Auskunft des Piloten, die simultan in fünfzehn Sprachen übersetzt wurde, erinnerte ihn die Raumkapsel am ehesten an ein Kommandomodul aus den ersten Jahren der Raumfahrt: ein nach vorn spitz zulaufender Zylinder, dessen Durchmesser an der breitesten Stelle vielleicht drei Meter betragen mochte. Das Objekt trug keinerlei Erkennungszeichen und wies keine Sichtluken und auch sonst keine Besonderheiten auf, sah man einmal davon ab, dass es weder einen Hitzeschild besaß noch die typischen Verbrennungsspuren zu erkennen waren, die beim Wiedereintritt in die Atmosphäre entstanden. Der Jäger folgte der Kapsel so lange, bis sich deren Fallschirme öffneten. Sie schlug wenige Kilometer vor der Küste von Dagombé auf der Wasseroberfläche auf.

Der Pilot gab die Koordinaten der Aufschlagstelle weiter und markierte den Ort mit fünf Signalbojen. Nach einer Stunde traf die erste Fregatte im Zielgebiet ein.

Dagombé selbst verfügte über keine eigene Marine. Aus Kostengründen hatte man die Hafenanlagen an die ehemalige Kolonialmacht verpachtet, was seinerzeit, kurz nach der Unabhängigkeit, für jede Menge Aufruhr im Land gesorgt hatte. Inzwischen waren die meisten Bewohner froh darüber, denn der Marinestützpunkt gab Hunderten von Familienvätern Arbeit, die zudem deutlich besser bezahlt wurde als die Jobs bei einheimischen Unternehmen.

Das Schiff umkreiste zunächst in einigem Abstand die Kapsel, während sie von der Brücke aus gefilmt wurde. Die Aufnahmen wurden in Echtzeit an Fachleute in aller Welt übertragen, um deren Meinung zu möglichen Risiken einzuholen.

Erst nach dem einhelligen *Go!* der Experten wurde ein Schlauchboot zu Wasser gelassen. Vier Seeleute in Bioschutzkleidung näherten sich dem Objekt und nahmen Messungen vor. Als klar war, dass die Kapsel weder Strahlung abgab noch von irgendwelchen bekannten oder unbekannten Keimen befallen war, wurde sie mit Leinen am Schlauchboot vertäut, zur Fregatte geschleppt und vorsichtig an Bord gehievt.

Auf dem Vordeck wurden mehrere Mikrofone herangefahren, um mögliche Geräusche aus dem Inneren des geborgenen Objekts aufzuzeichnen. Die Empfindlichkeit der Geräte war hoch genug, um schwächste Atemzüge zu registrieren. Das Ergebnis war negativ. Entweder war die Kapsel leer, oder die Besatzung war ums Leben gekommen.

Überall in der Welt saßen die Fachleute vor ihren Monitoren und verfolgten die Aktion. Inzwischen hatten sich auch die Politiker und Sicherheitsdienste eingeschaltet, und es entbrannte ein erbittertes Tauziehen darum, wohin die Kapsel gebracht werden sollte und wem sie gehörte. Die Regierung Dagombés pochte darauf, dass das Objekt in den Hoheitsgewässern des Landes niedergegangen war und deshalb nach internationalem Recht auch dort an Land zu bringen sei. Die Großmächte waren anderer Meinung, konnten sich aber ihrerseits nicht einigen. Da es zudem in Agua Caliente, der Hauptstadt Dagombés, ein ordentlich ausgerüstetes Forschungslabor gab, verständigte man sich erst einmal darauf, die Kapsel dort näher zu untersuchen. Die Regierung des Landes gab ihre Einwilligung zur Einreise einer internationalen Wissenschaftlerdelegation, die die einheimischen Fachleute bei ihrer Arbeit unterstützen sollte.

Der Grund für dieses hektische diplomatische Hin und Her lag in der einhelligen Einschätzung der Experten, die der Bergung per Video beigewohnt hatten:

Dieses OWO war kein Weltraumschrott und auch nicht von einer irdischen Basis gestartet worden.

Das OWO stammte nicht von der Erde.

4.

Dagombé

Agua Caliente war die Schöpfung Gordon Bandas – und sein größter Traum. Die erste Infocity der Welt, auf der Grenze zwischen Zivilisation und Barbarei. Auf seinen Missionen durch die Hightech-Metropolen der Welt war es ihm gelungen, zahlreiche Unternehmen und Nationen von seiner Vision zu überzeugen. Dreistellige Milliardenbeträge flossen nach Dagombé. Die Top-Architekten der Welt gaben sich die Klinke des Präsidentenpalastes in die Hand, und jeder Softwaremogul, der etwas auf sich hielt, investierte mindestens eine Milliarde Dollar in Agua Caliente.

Gordon Bandas kulturelle Erziehung hatte sich vor seiner Zeit in Oxford vorwiegend durch den Genuss von B-Movies und alten Spaghetti-Western ausgezeichnet, und so hatte er die Stadt nach einem Kaff aus dem Sergio-Leone-Film *Für ein paar Dollar mehr* benannt. Der Film hatte ihm mächtig imponiert. Die Nachkommen Sergio Leones und Clint Eastwoods waren bereits mehrfach als Staatsgäste in Dagombé empfangen worden, und im Garten des Regierungspalasts befanden sich zahlreiche Steinskulpturen, die Szenen aus der Dollar-Trilogie nachbildeten.

Im Zentrum Agua Calientes lag der *Platz des panafrikanischen Stolzes*, eine kahle, betonierte Fläche von der Größe mehrerer Fußballfelder, an drei Seiten umgeben vom Sitz des Präsidenten, vom Panafrika-Ministerium und vom Ministerium für wirtschaftliche Entwicklung. Im Mittelpunkt des Platzes erhob sich ein etwa zwanzig mal zwanzig Meter großer Sockel, auf dem die Skulpturen Präsident Bandas, des Vizepräsidenten Valentino Plassmann und des Wirtschaftsministers Hanoué Hanoué für alle Zeiten die Wand der Cambridge-Kaserne emporkletterten, um den Militärputsch einzuleiten, der die Demokratische Republik Dagombé begründet hatte.

Als Joel Winter die Tür der klimatisierten Limousine zuschlug, wunderte er sich zum wiederholten Mal, wie es Banda so weit hatte bringen können. Der Präsident war gerade zweiundvierzig Jahre alt, hatte in Oxford studiert und anschließend beim Militär in Dagombé Karriere gemacht. In einem Staatsstreich war es ihm vor einigen Jahren gelungen, die Macht an sich zu reißen und dem Land, das bis dahin de facto eine Provinz der Republik Niger gewesen war, Unabhängigkeit sowie die internationale Anerkennung zu bringen.

Banda galt als moderner, europäisch orientierter Reformer, was ihn in den Nachbarstaaten nicht sonderlich beliebt machte. Winter wusste es besser. Seit nunmehr fünf Jahren arbeitete er für Banda als Leiter des Dagombé Intelligence Service, kurz DIS. In dieser Funktion hatte er nicht nur direkten Zugang zum Präsidenten, sondern auch zu allen weiteren Informationen, die der Öffentlichkeit nicht bekannt wurden.

Von den Milliarden, die in den letzten Jahren ins Land geflossen waren, war ein nicht unbeträchtlicher Teil in den Taschen der Regierenden verschwunden. Das Geld wurde über die unterschiedlichsten Firmenkonstruktionen, beherrscht von Verwandten der Führungstroika, abgesaugt und auf anonymen Konten in diversen Steuerparadiesen gelagert.

Winter lief die Stufen des Präsidentenpalastes empor, vorbei an zwei wie versteinert dastehenden Soldaten mit Karabinern. Banda liebte es, den volksnahen Präsidenten zu mimen. Deshalb war sein Palast weder durch eine Zufahrt abgeschirmt noch sichtbar bewacht. Auf den umliegenden Gebäuden jedoch lagen Scharfschützen verborgen, die den gesamten Platz und den Eingang des Präsidentenpalastes kontrollierten. Und selbst wenn es einem ungebetenen Gast gelingen sollte, das Gebäude zu erreichen, wurde er spätestens hinter den hohen Holzportalen von einem beängstigend kaltblütigen und effizienten Sicherheitsdienst abgefangen. Ein Dienst, den Winter in den letzten Jahren aufgebaut hatte. Trotz des schwülheißen Klimas schwitzte Winter nicht, wahrscheinlich eine genetische Disposition, die ihm die Arbeit in Dagombé deutlich erleichterte. Er stieß eine der mächtigen Eingangstüren auf und betrat eine Empfangshalle, deren Höhe und Größe jeden Besucher auf Zwergenmaß schrumpfen ließ.

In der Mitte der Halle befand sich ein einsames Pult, hinter dem einer der zahlreichen Sekretäre Bandas saß. Der Präsident stammte aus einer weitverzweigten Familie und hatte, wie es in Afrika Brauch war, allen Angehörigen einen Job verschafft. So kam es, dass rund vierzig Cousins, Onkel und Neffen als Sekretäre im Präsidentenpalast arbeiteten. Den Titel trugen sie allerdings nur für ihre Visitenkarten, mit denen sie im Freundeskreis ihre Bedeutung für das Funktionieren des Staates unter Beweis stellen konnten. Ihre Tätigkeit im Palast entsprach der von Pförtnern, Nachtwächtern und Türöffnern. Keiner besaß auch nur den geringsten Einfluss auf Banda, und der Präsident legte großen Wert darauf, dass das auch so blieb.

Winter näherte sich dem Pult, das heute von einem Großonkel des Präsidenten besetzt war. Seine Aufgabe bestand darin, Besucher telefonisch einem zweiten Sekretär zu melden, der einen anderen benachrichtigte und der einen weiteren, bis die Information an eine Stelle gelangte, die mit einer gewissen Entscheidungskompetenz ausgestattet war. Das war meistens Bandas Vorzimmer, welches von Mrs. Snyder beherrscht wurde, einer resoluten Sechzigjährigen, deren Vornamen niemand kannte. Man munkelte, dass sie einmal das Kindermädchen des Präsidenten gewesen war und er ihr unbegrenztes Vertrauen schenkte.

Winter blieb aufgrund seiner besonderen Stellung die Anmeldeprozedur erspart. Er grüßte Bandas Großonkel und ging direkt weiter zu dem Flur, an dessen Ende Bandas Trakt begann. Der Präsident residierte in mehreren Räumen, die er für unterschiedliche Zwecke nutzte. Es gab ein im zeitgenössischen Stil eingerichtetes Büro mit gläsernem Schreibtisch und Ledersesseln, ausgestattet mit modernster Konferenz- und Kommunikationstechnologie. Es gab einen mit Kissen ausgelegten und mit afrikanischen Götterstatuen dekorierten Raum, in dem Stammesführer Dagombés und befreundete Staatschefs empfangen wurden. Und es gab ein spartanisch eingerichtetes Zimmer mit abgenutzten Möbeln, das Banda für seine Volkssprechstunden nutzte und in dem er seinen schlichten Regierungsstil demonstrierte.

Winter wusste, dass der Präsident um diese Stunde im modern ausgestatteten Büro anzutreffen sein würde. Als er ins Vorzimmer trat, war Mrs. Snyder soeben dabei, den Nachmittagstee zuzubereiten. Banda liebte dieses Ritual. Selbst auf Dienstreisen führte er immer eine Extrakiste mit bestem Earl Grey, gekühlter Clotted Cream, handgemachter Strawberry Jam und Scones mit sich, für deren stetigen Nachschub Mrs. Snyder sorgte.

»Wie geht es Ihnen, Mrs. Snyder?« Joel trat neben die Anrichte, auf der sie gerade die Teller auf einem Tablett deponierte.

»Ein wenig Regen könnte uns nicht schaden«, erwiderte sie, ohne von ihrer Arbeit aufzusehen. »Dann würde es mir bedeutend besser gehen.«

Mrs. Snyder klagte stets über das Wetter in Dagombé, obwohl sie nahezu ihr gesamtes Leben hier verbracht hatte.

»Meine Informanten berichten mir, dass wir noch in dieser Woche einen mächtigen Sturm bekommen werden«, lächelte Winter.

»Seit wann verstehen Ihre Leute etwas vom Wetter?«, erwiderte sie nur. »Öffnen Sie mir die Tür?« Sie hatte das Tablett mit allem Notwendigen beladen und bedeutete Winter, die Klinke der dicken Holztür herabzudrücken. Er ließ Mrs. Snyder passieren und schloss die Tür hinter sich.

Gordon Banda saß am Kopfende des langen Konferenztischs aus Stahl und Glas und war in eine Akte vertieft. Er trug einen maßgeschneiderten dunkelblauen Anzug, ein dezent blau und weiß kariertes Hemd und eine schmale dunkelrote Krawatte.

»Ihr Tee, Sir«, sagte Mrs. Snyder und stellte das Tablett auf dem Tisch ab. »Und Ihr Besucher.«

»Wie passend.« Banda sah von seinen Papieren auf und lächelte. Er hatte ein jungenhaftes, offenes Gesicht mit ebenmäßigen Zügen. Es war das Gesicht eines guten Freundes, mit dem man Spaß haben und auf den man sich verlassen konnte. Banda kultivierte diesen Ausdruck, der schon viele Staatsoberhäupter und Industriemagnaten getäuscht hatte. In seiner Gegenwart fühlte man sich einfach wohl, und Banda verstand es, jedem Besucher besondere Wertschätzung zu vermitteln.

Winter kannte diese Taktik allzu gut, und trotzdem verblüffte es ihn immer wieder, dass auch er regelmäßig dem Charme des Präsidenten erlag.

»Haben Sie sonst noch einen Wunsch, Sir?«, fragte Mrs. Snyder.

»Nein danke. Ihr Tee wird wie immer vorzüglich sein.« Banda machte eine Handbewegung. »Setzen Sie sich, Winter.«

Er schob die Aktenmappe beiseite und zog das Tablett zu sich heran. Zunächst schenkte er aus dem kleinen Metallkännchen Milch in die beiden Tassen und versenkte anschließend je drei Löffel braunen Zucker darin. Nachdem er alles sorgfältig miteinander vermengt hatte, goss er langsam den Tee dazu.

Winter beobachtete das Ritual geduldig. Er wusste, dass das Gespräch nicht beginnen würde, bevor Banda sich seinen Scones gewidmet hatte. Schweigend tranken und kauten sie. Schließlich schob Banda seinen leeren Teller von sich.

»Wie schätzen Sie diese Angelegenheit mit der Raumkapsel ein?«, kam er unvermittelt zur Sache. »Ist das gut für uns?«

»Wenn wir es richtig handhaben, mit Sicherheit. Es wird die Aufmerksamkeit der Welt auf Dagombé lenken. Wir können unsere technologische Kompetenz beweisen.«

»Sehr schön, sehr schön.« Banda rührte gedankenverloren in seinem Tee. »Aber ich höre in Ihrer Stimme einen Unterton …«

»Der Fall weist ein paar Besonderheiten auf, Sir. Sie wissen, dass die Herkunft der Kapsel nach wie vor ungeklärt ist. Deshalb haben wir ja auch die Erlaubnis für die Einreise der Wissenschaftler erteilt. Allerdings gibt es auch anderswo Interesse.«

Der Präsident zog die Augenbrauen hoch.

»Ich habe eine Anfrage der Sicherheitsdienste der Dynastie erhalten, Sir. Sie möchten ebenfalls einige ihrer Leute schicken.«

»Interessant.« Banda strich sich mit der Hand über das Kinn. »Meinen Sie, das hat etwas mit unserem Pinidium-Problem zu tun?«

Das *Pinidium-Problem* war der derzeitig herrschende Streit zwischen Dagombé und der Dynastie über den Export des seltenen Edelmetalls in die Union. Pinidium war unverzichtbar für die Herstellung moderner Hightechgeräte. Bislang gab es zwei bekannte Vorkommen auf der Welt, eines tief in der sibirischen Tundra, das andere in Dagombé. Allerdings war absehbar, dass das sibirische Vorkommen in Kürze erschöpft sein würde.

Winter schüttelte den Kopf. »Ich sehe keinen Zusammenhang, Sir. Die Agenten der Dynastie sind schon länger vor Ort, und wir haben ihre Aktivitäten unter Kontrolle. Wer sich heute bei mir angemeldet hat, sind die Direktoren der beiden Dienste, Fitzsimmons und de Moulinsart. Sie wollen persönlich herkommen, um sich über den Stand der Untersuchungen zu informieren.«

Banda leerte seine Tasse mit einem Zug. »Gut. Lassen Sie die Herren einreisen. Vielleicht bekommen wir dann heraus, was das Objekt so einzigartig macht. Wenn die Union ihre führenden Vertreter schickt, muss mehr dahinterstecken, als wir ahnen.«

»Ganz meine Meinung, Sir.«

»Und wenn das, was die Untersuchungen zutage fördern, wirklich einen Wert besitzt, erwarte ich, dass wir den alleinigen Zugriff darauf haben.«

»Ich werde dafür sorgen, Sir.« Winter erhob sich. »Ich halte Sie auf dem Laufenden.«

»Aber verlieren Sie die andere Angelegenheit dabei nicht aus dem Auge.« Banda griff zur Aktenmappe. »Kurzfristig ist das für unser Überleben wichtiger. Und für Ihre Gehaltszahlungen.«

Winter nickte. »Keine Sorge, Sir. Alles verläuft so wie geplant.«

Banda öffnete eine Akte und vertiefte sich darin.

Die Audienz war beendet.

du:
Viktor

1.

Hauptstadt der Union

Viktor Vau war das, was man einen Gentleman der alten Schule nannte. Obwohl er seit über zwanzig Jahren allein lebte und keine tiefer gehenden sozialen Beziehungen unterhielt, war es für ihn undenkbar, sich nicht jeden Tag so zu kleiden, als habe er einen wichtigen gesellschaftlichen Termin wahrzunehmen.

So war es auch an diesem Septembermorgen. Nach der Morgentoilette hatte er eine halbe Stunde damit verbracht, sich anzukleiden. Unter seinen tadellos gebügelten Hemden wählte er eines mit feinen blauweißen Karos aus sowie eine silbergraue Seidenkrawatte mit einem dezenten, quadratischen Muster. Die über Nacht gepresste graue Hose fiel locker über ein Paar handgemachte schwarze Lederschuhe, die er am Vorabend eingecremt und gebürstet hatte, obgleich er sie bereits seit zwei Wochen nicht mehr getragen hatte.

Dazu wählte Viktor ein dunkelblaues Jackett aus einem leicht gewebten Stoff, denn er rechnete heute ebenso wenig mit kühlen Temperaturen wie der Wetterbericht, den er stets vor dem Ankleiden hörte. Schließlich griff er noch zu einem leichten blauen Sommermantel, den er jedoch nicht zuknöpfte. Aus dem Ständer neben dem Kleiderschrank nahm er nacheinander mehrere Gehstöcke und prüfte, welcher davon am besten passte. Er entschied sich für einen schwarzen Stock aus Eichenholz, der ebenso glänzend poliert war wie seine Schuhe.

Er nahm seine Aktentasche auf, die er bereits am vorherigen

Abend gepackt hatte, und schloss die Wohnungstür hinter sich. Im Flur roch es nach Couscous und Knoblauch, und aus einer der Wohnungen in den oberen Stockwerken drangen die klagenden Töne einer nordafrikanischen Sängerin. Viktor zog die rechte Augenbraue hoch; das einzige Anzeichen, dass er sich über etwas ärgerte. Als er in das Haus eingezogen war, wurden alle Etagen von Akademikern wie ihm bewohnt, hochrangigen Beamten der Stadtverwaltung oder Lehrern. Im Laufe der Jahre waren die meisten von ihnen aufs Land gezogen und hatten ihn hier zurückgelassen. Danach waren die Kaukasier und Nordafrikaner gekommen, angelockt von den Arbeitsmöglichkeiten, die sich durch die bevorstehende Weltausstellung boten. Sobald eine Wohnung frei wurde, war wenig später, so schien es Viktor, eine Großfamilie zur Stelle und belegte die Räume mit Beschlag, welche als Behausung für maximal zwei Personen ausgelegt waren. Mit ihnen kam moderne Musik, Gerüche unbekannter Speisen und ein Lärmpegel, der Viktor allzu oft in seiner Arbeit störte.

»Ich sollte umziehen«, dachte Viktor wieder, wusste zugleich aber, dass er den Gedanken vergessen haben würde, sobald er das Haus verließ. Es lag nicht daran, dass ihm die Mittel fehlten. Es war sein tief verwurzelter Unwille zur Veränderung. So offen er als Wissenschaftler gegenüber neuen Dingen war, so konservativ war er in seiner Lebensführung.

Langsam stieg er die Treppe zum Erdgeschoss hinab. Die hölzernen Stufen knarzten unter seinen Schritten, und Viktor stellte mit einer leichten Verärgerung fest, dass die Putzfrau wieder einmal nicht gekommen war. Überall lag noch der Schmutz vom Wochenende, als es stark geregnet hatte und die Bewohner den Staub der Straßen mit ins Haus getragen hatten. Nach einem Blick in den Briefkasten, der wie meistens leer war (in den letzten Jahren korrespondierte er kaum noch), zog Viktor die Haustüre auf und trat heraus.

Der Besitzer des winzigen arabischen Supermarkts nebenan war gerade dabei, die Auslage vor seinem Geschäft mit Gemüse und Obst zu bestücken. Er grüßte Viktor fröhlich. Dessen Antwort bestand aus einem leichten Kopfnicken. Obwohl er seine Lebensmittel aus Gewohnheit in einem Hypermarkt zwei Blocks weiter erwarb, hatte er ab und an eine Kleinigkeit hier unten gekauft und musste zugeben, dass die Qualität passabel war.

Zu seiner Rechten erhob sich die mächtige Fassade des Nordbahnhofs. Wie dunkle Rinnsale eilten Menschen aus allen Richtungen auf die überdimensionierten Pforten dieses Tempels der Mobilität zu und vereinigten sich zu einem gewaltigen Strom, der fortwährend verschluckt wurde. Viktor mied die Bahn, wenn er nur konnte. Selbst in den Zeiten außerhalb des Berufsverkehrs ging es dort hoffnungslos hektisch zu.

Zu beiden Seiten der Straße rollten Stoff- und Bekleidungshändler ihre Fensterläden hoch und schoben Kleiderhänger in ihre ohnehin schon aus allen Nähten platzenden Geschäfte. Massenartikel, billig in Asien produziert für alle, die sich nichts anderes leisten konnten. Und das waren inzwischen, wie er wusste, viele, nicht nur die Einwanderer. Er selbst konnte sich zum Glück in besseren Etablissements einkleiden, obgleich er es selten nötig hatte. Seine Anzüge waren teuer und er pflegte sie, sodass sie meist ein ganzes Jahrzehnt hielten. Er konnte sich nicht erinnern, wann er das letzte Mal ein Bekleidungsgeschäft betreten hatte.

Viktor spazierte an der Kunsthochschule vorbei und wandte sich nach rechts. An der Ecke befand sich ein Bistro, das er zielgerichtet ansteuerte. Die meisten Tische auf dem Bürgersteig waren bereits besetzt, fast alle von Stammgästen, die er vom Sehen kannte, aber dennoch nicht grüßte. Es beruhigte ihn, täglich die gleichen Menschen um sich zu haben. Mit ihnen unterhalten musste er sich deswegen noch lange nicht.

»Guten Morgen, Professor Vau.« Der Kellner, der die Türe aufhielt, begrüßte ihn mit einer knappen Verbeugung und folgte ihm zu einem kleinen Tisch am Fenster. Er half Viktor aus dem Mantel, nahm auch den Stock und verschwand, um wenige Sekunden später mit dem aktuellen *Morgenruf* aufzutauchen, natürlich ungelesen. Viktor nahm die Zeitung mit einem Kopfnicken entgegen und vertiefte sich in den Leitartikel. Kurz darauf brachte der Kellner eine große Tasse Milchkaffee und ein Croissant, die er umständlich auf dem Tisch platzierte, um Viktor nicht zu stören.

Viktor kam seit über zehn Jahren jeden Morgen hierher, um zu frühstücken. Keinen Tag hatte er in der ganzen Zeit ausgelassen. Und seit seinem ersten Besuch hatte ihn derselbe Kellner bedient. Er besaß diese Mischung aus Unterwürfigkeit und stiller Verzweiflung, die viele Menschen kennzeichnete.

Viktor wusste, dass der Kellner Christian Sonntag hieß. Über die Jahre hin hatte er sich durch eine geschickte Mischung aus Belohnungen und Anforderungen in ihm einen willfährigen Diener geschaffen, der, dessen war sich Viktor sicher, jederzeit bereit sein würde, auch die ungewöhnlichsten Forderungen zu erfüllen, sofern er sie nur äußerte. Seine Belohnung dafür war ein wöchentliches Trinkgeld, das sich im Laufe der Jahre langsam gesteigert hatte, sowie zu Feiertagen noch ein zusätzlicher Bonus.

Viktor riss gedankenverloren ein Stück des Croissants ab und tunkte es in den Milchkaffee, bevor er es in den Mund schob. Dabei beobachtete er Sonntag aus dem Augenwinkel. Der Mann ging seiner Tätigkeit wie gewohnt nach, und doch kam es Viktor vor, als sei sein Schritt heute leichter als sonst. Er runzelte die Stirn. Das war eine Abweichung von der Norm, und sie gefiel ihm gar nicht. Bei genauerem Hinsehen glaubte er gar, in Sonntags Gesicht Spuren einer gewissen Beschwingtheit zu erkennen. Seine Augen, die im Verlauf eines langen und erfolglosen Berufslebens stumpf geworden waren, schienen regelrecht zu glänzen.

Viktor fragte sich, woher dieser plötzliche Aufschwung wohl stammen mochte, und nahm sich vor, den Mann darauf anzusprechen, sollte sich dessen Verhalten bis zum nächsten Tag nicht geändert haben. Solchen Verhaltensänderungen musste nachgegangen werden, auch wenn er derzeit Dringlicheres zu tun hatte.

Sonntag stand hinter dem gewaltigen Holztresen des Cafés und zeigte einem jungen Mann, den Viktor noch nie gesehen hatte, wie man die Weingläser richtig polierte. Als er merkte, dass Viktor ihn beobachtete, gab er seinem Schüler ein Zeichen und durchquerte mit ihm im Schlepptau das Lokal, bis sie neben Viktors Tisch standen.

Viktor sah von der Zeitung auf. »Was gibt es?«, fragte er mit einer gewissen Ungnade in der Stimme.

»Herr Professor, entschuldigen Sie die Störung«, sagte Sonntag. »Ich möchte Ihnen meinen neuen Mitarbeiter vorstellen.«

Er trat zur Seite und schob den jungen Mann nach vorn. Jener verneigte sich tief, die Hände hinter dem Rücken, sprach aber kein Wort. Seine Gesichtszüge waren ernst, aber nicht unsympathisch. Allerdings trug er einen dieser heutzutage modischen Sechstagebärte, die für Viktor eher ein Zeichen von Ungepflegtheit darstellten, und seine Haare waren etwas zu lang und fielen ihm in die Stirn.

»Enrique da Soza wird mich, falls ich einmal anderweitig nicht abkömmlich sein sollte, gewissenhaft vertreten, Herr Professor.«

Viktor runzelte die Stirn. »Anderweitig nicht abkömmlich? Was soll das heißen?«

Sonntag trat nervös von einem Fuß auf den anderen. »Nichts Bestimmtes, Herr Professor. Es gibt keinen Anlass zur Sorge. Es ist nur für den Fall des Falles ...«

»Aha. Der Fall des Falles. Nun gut. Ich hätte zwar eine spezifischere Antwort bevorzugt, aber es ist offensichtlich, dass Sie nicht mehr verraten wollen. Ist dieser Mann Spanier?«

Sonntag brauchte einen Moment, um zu antworten. »Nein, Herr Professor, er kommt aus unserer Stadt.«

»Warum trägt er dann einen spanischen Namen?«

»Wenn der Herr Professor erlauben.« Enrique trat einen Schritt vor. Er sprach die Worte sorgfältig und langsam aus, so wie ein Mensch, der sich die Landessprache als Fremdsprache angeeignet hatte. »Meine Mutter wurde in Spanien geboren, mein Vater stammt von hier. Enrique war schon der Vorname meines Großvaters.«

»Tot?«

»Wer, Herr Professor?«

»Der Großvater.«

»Nein, keineswegs, er ist zweiundachtzig Jahre und erfreut sich bester Gesundheit.«

»Warum sagen Sie dann *war*?«

»Ich verstehe nicht, Herr Professor …«

»Sie sagten: *war* schon der Vorname meines Großvaters. Eine irreführende Ausdrucksweise. Eine korrekte Wortwahl ist die Grundlage jeglicher Verständigung.«

»Bitte verzeihen Sie …«

»Schon gut, schon gut.« Viktor wurde der Wortwechsel lästig. Er faltete die Zeitung zusammen und reichte sie Sonntag. Dann beugte er sich vor und zog ein ledergebundenes Notizbuch aus der Aktenmappe, die er auf dem Stuhl neben sich abgestellt hatte.

»Wollen Sie mir noch ein paar weitere Trivialitäten anvertrauen?«, fragte er.

»Nein, Herr Professor«, versicherte ihm Sonntag. »Entschuldigen Sie, Herr Professor.«

Er fasste den jungen Mann am Arm und zog ihn davon. Viktor beachtete die beiden schon nicht mehr. Er hatte sich bereits über das aufgeschlagene Notizbuch gebeugt.

Weder er noch Christian bemerkten, dass Enrique das lederne Buch einen Augenblick länger betrachtete, als es angemessen gewesen wäre.

2.

Nach dem Frühstück, das nie länger dauerte als eine halbe Stunde, erhob sich Viktor, legte einen Geldschein auf den Tisch und verließ das Café in Richtung Parkhaus. In der Stadt war es in den letzten Jahren immer enger geworden. Die Erweiterung des Regierungsviertels hatte dazu geführt, dass sich noch mehr Menschen als zuvor in den Quartieren um das Zentrum drängten. Das hatte auch gravierende Auswirkungen auf die Parkplatzsituation. Viktor war froh, dass er überhaupt einen Platz in der Nähe seiner Wohnung hatte anmieten können. Viele seiner Nachbarn waren nicht in dieser glücklichen Lage. Ihre Wagen standen in den gewaltigen Parkgaragen an den Endhaltestellen der Vorortzüge, und sie mussten oftmals stundenlange Wege zurücklegen, um zu ihren Fahrzeugen zu gelangen.

Dafür war der Preis, den Viktor zahlte, auch exorbitant hoch. Die Miete für die Parkbucht verschlang nahezu genauso viel wie die Miete für seine Wohnung. Aber Viktor hatte sich entschieden, dieses Opfer zu bringen. Die Vorstellung, sich jeden Morgen in den öffentlichen Nahverkehr zu stürzen, war für ihn unerträglich.

Er fuhr mit dem Fahrstuhl auf das zwanzigste Parkdeck, wo ihn sein Jaguar erwartete. Auch wenn Viktor nichts auf Statussymbole gab, hatte er sich doch für diese etwas extravagante Marke entschieden. Der Grund dafür war einfach. Als junger Mensch hatte er nach dem Tod seines Vaters dessen Jaguar übernommen. Warum also sollte er zu einer anderen Marke wechseln? Er war mit diesem Fahrzeug und seiner Bedienung aufs Beste vertraut.

Viktor war nun einmal kein Mensch, der sich unnötig dem Unbekannten aussetzte. Das bedeutete nicht, dass er unfähig war, mit Neuem zurechtzukommen. Im Gegenteil, seine gesamte Forschungsarbeit bestand ja darin, etwas zu entwickeln, was es bislang noch nicht gab. Aber gerade das war eben auch nur möglich, weil der Rest seines Lebens in geordneten Bahnen verlief.

Er verließ das Parkhaus und schlug den Weg zur Nordtangente ein. Aus dem CD-Player erklang die *Kunst der Fuge* von Johann Sebastian Bach. Viktor liebte dieses Werk, dessen mathematische Präzision und systematische Permutation den Wissenschaftler in ihm ansprachen. Ihm gingen die Worte

Albert Schweitzers durch den Kopf: »Interessant kann man das Thema eigentlich nicht nennen; es ist nicht einer genialen Intuition entsprungen, sondern mehr in Hinsicht auf seine allseitige Verwendbarkeit und in Absicht auf die Umkehrung so geformt worden. Und dennoch fesselt es denjenigen, der es immer wieder hört. Es ist eine stille, ernste Welt, die es erschließt. Öd und starr, ohne Farbe, ohne Licht, ohne Bewegung liegt sie da; sie erfreut und zerstreut nicht; und dennoch kommt man nicht von ihr los.«

Für Viktor war die *Kunst der Fuge* alles andere als »öd und starr«. In seinen Augen stellte sie einen Höhepunkt an Ästhetik und Kreativität dar. Denn gab es eine höhere Form der schöpferischen Tätigkeit als den Schaffensprozess innerhalb klar definierter Grenzen? Er wusste, dass er mit dieser Ansicht weitgehend allein stand, denn der Kulturbetrieb verstand unter Kreativität genau das Gegenteil: das Durchbrechen von Grenzen, das Ungeordnete, das Chaos.

Wozu das führte, demonstrierte die Stadt in diesen Tagen mehr als deutlich. Die Hauptausfallstraße, die um diese Stunde üblicherweise frei war, wurde von hupenden Fahrzeugen blockiert, die in Fünferreihen nebeneinander ihre Verbrennungsgase ausstießen. Viktor runzelte die Stirn. Es waren noch fünf Wochen bis zur Eröffnung der Weltausstellung, und mit jedem Tag nahmen die Störungen des Straßenverkehrs zu.

Die Stadtverwaltung war nicht in der Lage, darauf angemessen zu reagieren. Sie veröffentlichte von Hilflosigkeit geprägte Aufrufe an die Bürger, den öffentlichen Nahverkehr zu nutzen, aber niemand folgte dieser Aufforderung. So wurden die Straßen von Tag zu Tag voller, und irgendwo gab es immer eine Baustelle oder einen Schwertransport.

Ein hämisch grinsender Radfahrer drückte sich an Viktors Jaguar vorbei und verschwand im Pulk der Fahrzeuge. Viktor warf einen Blick in den Rückspiegel. Ein Umkehren war unmöglich, denn inzwischen hatten sich bereits weitere Fahrzeuge hinter ihm aufgestaut. Direkt an seiner Stoßstange hing ein Kleinwagen mit abgeblättertem Lack. Der Fahrer, ein dicker

Mann mit fettigen schwarzen Haaren, die von der Stirn in gerader Linie nach hinten gekämmt waren, schlug seine fleischigen Hände in einem komplizierten Rhythmus gegen das Lenkrad.

Viktor seufzte und stellte den Motor ab. Es sah nicht so aus, als würde er rechtzeitig in der Klinik sein können. Und das heute, an dem Tag, an dem er mehrere Bewerbungsgespräche hatte. Er zog sein Mobiltelefon hervor und drückte eine Kurzwahltaste. Während er auf die Verbindung wartete, sah er den Radfahrer, der ihn vorhin beinahe gestreift hätte, zurückkommen. Der höhnische Ausdruck war von seinem Gesicht verschwunden, als er sich seinen Weg zwischen den stehenden Autos hindurchbahnte.

Viktor wusste, was das zu bedeuten hatte. Wenn selbst Radfahrer und Passanten nicht weiterkamen, konnte das nur am Fund einer neuen Bombe liegen. Oder gar an einer Explosion. Und das verhieß wiederum eine lange Wartezeit.

Seit einem Monat verging kaum ein Tag, an dem nicht irgendwo in der Stadt ein Sprengkörper explodierte. Menschen waren bislang noch nicht zu Schaden gekommen, aber das war, wie die Sicherheitsdienste annahmen, nur eine Frage der Zeit. Urheber der Anschläge war eine Terroristengruppe, die sich »Aufstand der anarchistischen Kolonne«, ADAK, nannte. Die Regierung vermutete, dass es sich um eine vom Ausland gesteuerte Kampagne handelte. Wie sollte eine bislang unbekannte Anarchistengruppe sonst in den Besitz solcher Mengen Sprengstoff gelangen? Trotz einer intensiven Großfahndung war es bis heute nicht gelungen, auch nur einen der Täter aufzuspüren, geschweige denn weitere Anschläge zu verhindern.

Der Zeitpunkt der Attentatsserie war geschickt gewählt. Durch die bevorstehende Weltausstellung ruhten die Augen der Öffentlichkeit auf der Stadt, und jede neue Bombe brachte der ADAK eine weltweite Publizität. Natürlich würde es ihnen nicht gelingen, die Ausstellung zu verhindern oder den Staat mit ihren Aktionen ernsthaft in Gefahr zu bringen. Doch die Aufmerksamkeit war ihnen gewiss.

Nachdem er die Klinik über seine Verspätung informiert hatte, holte Viktor das ledergebundene Notizbuch aus seiner Tasche und vertiefte sich darin.

3.

Astarte Apostolidis blätterte nervös in einer der Zeitschriften, die auf dem kleinen Tisch im Besucherraum aufgefächert waren. Es handelte sich um populärwissenschaftliche Magazine, die in reißerischer Aufmachung über lange bekannte Fakten berichteten. Sie klappte das Heft zu und warf einen Blick auf die Uhr an der hellblau tapezierten Wand. Jetzt saß sie bereits über eine halbe Stunde hier und wartete darauf, dass Viktor Vau endlich Zeit für sie fand.

Sie hatte sich auf diesen Termin sorgfältig vorbereitet und ein neues, terracottafarbenes Kleid gekauft. Es war schlicht gehalten, aber der Schnitt betonte ihre Körperformen. Darüber trug sie eine locker gewebte graue Strickjacke. Astarte hoffte, damit die richtige Mischung zwischen dezentem Understatement und weiblicher Lässigkeit gefunden zu haben.

Sie wusste, wie viel von dem Ausgang dieses Vorstellungsgesprächs abhing. Entsprechend intensiv hatte sie sich darauf vorbereitet. Sie war von Natur aus eine gewissenhafte Person, was ihr in einer solchen Situation zugutekam. Schließlich war Viktor Vau außerhalb eines kleinen Kreises von Wissenschaftlern kaum jemandem ein Begriff. Vergleichbar dürftig fielen die Informationen aus, die über ihn in den Medien und im Netz zu finden waren. Dank ihrer Zähigkeit war es Astarte allerdings gelungen, im Laufe der Zeit doch so viel zusammenzutragen, um sich ein einigermaßen klares Bild von Vau zu machen.

Wie ihre Nachforschungen ergeben hatten, war der Professor bekannt dafür, bevorzugt allein zu arbeiten. Schon die Tatsache, dass er nach einer Assistentin suchte, war also außergewöhnlich. Zudem galt er in der akademischen Welt als Sonderling und Urheber besonders abstruser Theorien, was Astarte zu der Hoffnung veranlasste, dass viele, die auf dem Papier besser qualifiziert waren als sie, von einer Bewerbung absahen.

Sie war sich bewusst, dass ihre Chancen auf die Stelle äußerst gering waren. Wenn es stimmte, was man über Viktor Vau erzählte, dann war er ein pedantischer Mensch, für den alles seinen ordnungsgemäßen Gang gehen musste. Sie konnte sich also nur auf ihren Charme und auf die Fachkenntnisse verlassen, die sie sich speziell für diesen Termin angeeignet hatte.

Astarte seufzte und wollte gerade nach einer weiteren Zeitschrift greifen, als sich die Tür öffnete. Ein hochgewachsener Mann von Ende fünfzig trat in den Raum. Er sah mit seiner korrekten Bekleidung und seiner an keinerlei Trend orientierten Frisur altmodisch, aber durchaus sympathisch aus. Vielleicht lag es daran, dass die etwas zu großen, leicht abstehenden Ohren und der lang gezogene Mund in ihrer Unvollkommenheit ein Gegengewicht zur kühlen Perfektion seiner Kleidung bildeten.

»Frau Apostolidis?« Er streckte ihr die Hand entgegen.

Astarte sprang auf, strich ihr Kleid zurecht und ergriff seine Hand. »Professor Vau, ich freue mich.«

»Entschuldigen Sie die Verzögerung. Der Verkehr heute war wieder einmal eine Zumutung.«

»Ich weiß.« Astarte war, wie immer vor wichtigen Terminen, eine gute Stunde früher angereist und hatte in einem Café gegenüber der Klinik einen Kaffee getrunken. Über der Theke des Lokals hing ein Bildschirm, auf dem Nachrichten liefen. »Es ist wieder eine Bombe explodiert.«

»Eine ausgesprochen ungeeignete Methode, um die gesellschaftlichen Verhältnisse zum Besseren zu verändern«, lächelte Vau dünn. »Man bringt neben Politikern und Polizisten nur die Berufspendler gegen sich auf.«

Er schwieg. Astarte wartete. Small Talk war offenbar keine seiner Stärken. Nach allem, was sie gelesen hatte, hatte sie ihn sich unpersönlicher und unsympathischer vorgestellt. Zu ihrer Überraschung fand sie ihn gar nicht so unangenehm.

Er machte eine unbeholfene Handbewegung in Richtung der geöffneten Tür.

»Aber kommen Sie doch bitte mit in mein Büro.«

Astarte nahm ihre Tasche und folgte ihm an der Rezeption vorbei zu einer Glastür, die er durch Eingabe eines Codes in eine numerische Tastatur öffnete. Sie traten in einen gefliesten Gang mit grün gestrichenen Wänden. In der Ferne erhoben sich Stimmen und Schreie.

Zwei Krankenpfleger stürmten an Vau und Astarte vorbei.

Astarte sah ihren Begleiter fragend an, doch der schien den Vorfall überhaupt nicht wahrzunehmen. Sie passierten eine Reihe geschlossener Türen, bis Vau vor einer stehen blieb und sie aufschloss.

»Mein kleines Reich«, sagte er und winkte Astarte herein.

Während er die Tür hinter sich verriegelte, blickte sie sich um. Der winzige Raum war spärlich möbliert. An einer Wand stand ein deckenhoher Bücherschrank und neben dem vergitterten Fenster eine Kommode. Der einzige Luxus, der ins Auge stach, war ein Schreibtisch aus blank poliertem Walnussholz.

Alles war sauber und penibel aufgeräumt. Keine Bücherstapel, keine Aktenordner oder Fachzeitschriften. Allein ein Flachbildschirm und eine Tastatur auf dem Schreibtisch zeugten davon, dass hier gearbeitet wurde.

»Setzen Sie sich.« Ihr Gastgeber deutete auf den Freischwinger vor seinem Schreibtisch. Sie nahm Platz, und Vau ließ sich in seinem Sessel auf der anderen Seite nieder. Seine Züge entspannten sich etwas. Hier fühlte er sich offenbar sicher, hier war *sein* Reich und sie nur ein Gast. Astarte rechnete nicht damit, dass er ihr einen Kaffee oder ein anderes Getränk anbot, und sie behielt recht.

Vau betrachtete sie einen Moment mit einem Ausdruck, den sie nicht deuten konnte, und zog dann aus einer Schublade seines Schreibtischs einen lachsfarbenen Aktendeckel hervor.

»Leider fällt meine bisherige Assistentin, mit der ich seit

Jahren zusammenarbeite, wegen eines Unfalls für mindestens ein halbes Jahr aus«, begann er. »Die Stelle, die ich anzubieten habe, ist also nur befristet. Falls Sie damit ein Problem haben …«

»Ganz und gar nicht«, beteuerte Astarte.

»Nun, Ihre Bewerbung ist … wenn ich das so sagen darf … ungewöhnlich.«

Astarte bestätigte seine Feststellung mit einem zustimmenden Lächeln.

»Sie haben weder Referenzen noch Abschlusszeugnisse beigefügt«, fuhr er fort. »Üblicherweise bedeutet das eine sofortige Absage. In Ihrem Fall habe ich eine Ausnahme gemacht, weil Ihre Kenntnisse außergewöhnlich scheinen.«

Er legte erneut eine Pause ein. »Sie haben also studiert, nehme ich an?«, fragte er, als sie immer noch nicht reagierte.

Astarte hatte natürlich mit dieser Frage gerechnet. »Es gibt gewisse Gründe dafür, warum ich keine Informationen über meine Vergangenheit preisgeben möchte«, sagte sie. »Ich kann Ihnen aber versichern, dass ich ein Studium der Computerlinguistik und Psychologie abgeschlossen und in der Forschung gearbeitet habe.«

Er kniff die Augen zusammen. »Sie haben doch nicht etwa Ärger mit dem Gesetz? Sie sprechen unsere Sprache mit einem leichten Akzent. Gibt es Probleme mit der Einwanderungsbehörde?«

Astarte schüttelte den Kopf. »Nichts dergleichen. Ich kann Ihnen meine Papiere gerne zeigen.«

»Nein, nein«, wehrte er ab, und sie merkte, dass es ihm peinlich war, sie zu diesem Angebot verleitet zu haben. »Ich glaube Ihnen schon. Es ist nur recht ungewöhnlich, dass Sie sich als meine Assistentin bewerben, mir aber keine akademischen Zeugnisse vorlegen.«

»Sie können mich gerne abfragen«, erwiderte Astarte. »Sie werden feststellen, dass ich den aktuellen Stand der Forschung durchaus kenne.«

»Wenn Sie damit die Linguistik meinen, will ich Ihnen das

wohl glauben. Aber was wissen Sie über die Neurologie? Die Philosophie? Die Evolutionsbiologie?«

Sie zuckte mit den Schultern. »Das, was man so weiß, wenn man die laufenden Diskussionen verfolgt.« Sie beugte sich vor. »Vielleicht erklären Sie mir einfach, worum es bei dieser Tätigkeit geht, und ich werde Ihnen verraten, ob ich mir das zutraue.«

»Das ist in höchstem Maße irregulär, Frau Apostolidis.« Viktor sah sie wieder mit diesem merkwürdigen Ausdruck an. »Andererseits muss ich Ihnen beipflichten, dass Zeugnisse und Benotungen nicht viel über die tatsächliche Qualifikation eines Menschen aussagen. Das habe ich leider schon mehrfach erfahren müssen.«

Astarte atmete erleichtert aus. Ihre Vermutung, dass er empfänglich dafür sein würde, wenn sie ihren Außenseiterstatus unterstrich, hatte sich als richtig erwiesen. Vorerst.

Sie hatte sich für diese Strategie entschieden, weil Viktor Vau selbst auch ein Außenseiter war. Sein Fachgebiet war ursprünglich die kognitive Neurolinguistik, doch er hatte sich schon früh von den akademischen Zwängen der Disziplin befreit. Anstatt eine Professur an einer renommierten Universität anzutreten, hatte er sich für das Leben als Privatgelehrter entschieden und verfolgte seine Studien jetzt unabhängig von Forschungsgeldern und Trends.

Seit seinem Abschied vom akademischen Leben hatte er nicht mehr publiziert. Auch das war seinen ehemaligen Kollegen verdächtig, die mit einem ständigen Strom von Veröffentlichungen immer wieder ihre eigene wissenschaftliche Bedeutung unter Beweis stellen mussten.

»Ich fürchte, um Ihnen Ihre Aufgabe zu erläutern, muss ich ein bisschen weiter ausholen. Ich hoffe, Sie haben genügend Zeit mitgebracht.« Ohne eine Antwort abzuwarten, fuhr Viktor fort: »Unsere Gehirne sind komplexe Computer. Sie verschlingen den größten Teil der Energie, den unser Körper aus den ihm zugeführten Nahrungsmitteln gewinnt. Zum Beispiel verbraucht unser Gehirn vierzig Prozent des Zuckers, den wir zu uns nehmen. Bei einem Reptil gibt sich die gallertige Masse mit knapp zehn Prozent zufrieden. Noch weiß niemand, wie dieser Computer wirklich funktioniert. Tausende Forscher in aller Welt beugen sich jeden Tag über die aufgeschnittenen Gehirne von Menschen und Tieren, führen Sonden ein, durch die sie kleine Kameras tief in das Innere des Cortex schieben, legen den Sehnerv von Katzen frei und messen, welche Neuronen reagieren, wenn einem Auge ein Reiz präsentiert wird. Sie vermessen Hirnareale und Nervenbahnen, sie wiegen und kartieren, und durch die Hintertür schaffen die Assistenten und Hausmeister im Dunkeln unauffällig die Tierleichen davon, eingewickelt in Plastiktüten, notdürftig zusammengenäht, damit sie nicht allzu amorph aussehen. Und aus der Vordertür heraus karren sie die menschlichen Opfer, die den Rest ihres Lebens in Irrenhäusern verbringen dürfen.

Dabei wissen die besten Hirnforscher inzwischen, dass die Vermessung der Hardware nur ein kleiner erster Schritt ist, das Phänomen zu verstehen. Viel wichtiger ist die Software, das Betriebssystem. Das Operating System. Das OS.«

Viktor sah seine Besucherin erwartungsvoll an. Offenbar war dies eine Stelle in seinen Ausführungen, an der er üblicherweise mit Widerspruch rechnete.

Astarte tat ihm den Gefallen. »Die Bezeichnung des Gehirns als Computer ist doch nur eine Metapher. Sowohl die Komplexität als auch die Funktionsweise des Gehirns verbieten einen direkten Vergleich. An dieser falschen Annahme ist doch die Disziplin der Künstlichen Intelligenz gescheitert.«

Viktor lächelte zufrieden. Seine Antwort kam ohne jedes Zögern.

»Die Künstliche Intelligenz ist daran gescheitert, dass sie das Gehirn für einen Computer des Baujahres 1960 gehalten hat und zum Teil immer noch hält. Hätte sie mit dem Modell eines Quantencomputers gearbeitet, den es damals natürlich noch nicht gab, wäre sie heute viel weiter. Aber Sie haben recht: Man darf es sich nicht zu einfach machen. Kennen Sie die Arbeiten von Diggins und Butler?«

Astarte nickte. »Selbstverständlich. Sie haben den untrennbaren Zusammenhang zwischen Physis und Psyche bewiesen. Das heißt, dass es keine Intelligenz und kein Bewusstsein ohne Körper geben kann.«

»Korrekt. Es war anfangs einer der großen Irrtümer der Künstlichen Intelligenz, nach reinen Softwarelösungen zu suchen. Nachdem sie einsahen, dass das nicht funktionierte, versuchten sie sich an Robotern, künstlichen Körpern. Aber auch das war zum Scheitern verurteilt. Menschliches Bewusstsein gibt es nur mit einem menschlichen Körper oder, besser gesagt, mit einem menschlichen Gehirn.«

»Also lässt sich Bewusstsein auch nur an einem menschlichen Gehirn erforschen«, warf Astarte ein.

»Und dies ist ein ausgesprochen schwieriges Unterfangen, denn bislang steht dafür zumeist nur die Methode der Introspektion zur Verfügung. Eine Versuchsperson muss darüber berichten, was sie empfindet, und allein dieser Bericht ist schon durch ihre sprachlichen Fähigkeiten und ihre subjektiven Erfahrungen gefärbt.«

»Wollen Sie damit sagen, dass Ihrer Meinung nach eine Erforschung des Bewusstseins unmöglich ist?«

»Ganz und gar nicht. Ich glaube nur, dass wir neue Wege beschreiten müssen, wenn wir dahinterkommen wollen, was in unseren Hirnen wirklich passiert. Und dazu benötigen wir die Sprache. Allerdings eine Sprache, die völlig anders ist als die, welche wir zurzeit sprechen.«

»Weil alle gesprochenen Sprachen zu ungenau sind?«

»Exakt. Es ist seit jeher eines der großen Probleme der Wissenschaften, dass wir in einer Sprache gefangen sind, die nur unzureichend in der Lage ist, die Wirklichkeit detailgetreu wiederzugeben. Das beginnt bei einfachen Alltagsbegriffen. Nehmen wir das Wort Amsel. Was ist damit gemeint? Eine männliche Amsel, eine weibliche Amsel oder ein Amselküken? Und was bedeutet der Satz ›Siehst du die Amsel dort?‹? Wo ist *dort*? Sitzt die Amsel oder fliegt sie? All das kann unsere Sprache nicht erfassen.«

»Da bin ich anderer Ansicht«, widersprach Astarte. »Ich kann den Satz ja entsprechend ergänzen: ›Siehst du die männliche Amsel dort, die sich auf dem Baumstumpf am Zaun das Gefieder putzt?‹ Damit habe ich alles gesagt, was Sie vermissen.«

»Das glauben Sie.« Viktor Vau erhob sich und lehnte sich gegen die Kommode. »Welchen Zaun meinen Sie? Den hohen oder den niedrigen? Und welchen Baumstumpf? Und überhaupt, von welcher Baumart ist der Stumpf? War das mal eine Eiche oder Buche? Sie müssten unendlich viele Informationen an Ihren Satz anhängen, um diese einfache Szene tatsächlich präzise zu beschreiben.«

»Das ist wohl wahr«, räumte Astarte ein. »Aber ist es nicht viel ökonomischer, als sich ein eigenes Wort für jeden möglichen Zustand zu merken?«

»Das hängt von der Sprache ab, die Sie verwenden. Wenn Sie es wie die Chinesen machen, benötigen Sie unendlich viele Wörter. Aber es gibt auch einen anderen Weg.«

Er ging zu seinem Schreibtisch zurück, bückte sich und stellte eine dünne Aktentasche auf die Platte, aus der er ein abgegriffenes Notizbuch hervorzog. Es war in schwarzes Leder gebunden, oben und unten mit Nieten beschlagen und wurde von einem ausgeleierten Gummiband zusammengehalten. »Ich habe eine Sprache mit einer begrenzten Anzahl Elementen entwickelt, die sich beliebig miteinander kombinieren lassen und mit deren Hilfe ich jede Situation exakt beschreiben kann.«

Astarte kannte die Geschichte. Vau hatte bereits während seiner Assistenzzeit an der Universität mehrere Fachaufsätze zur perfekten Sprache verfasst, die von seinen Kollegen nahezu einhellig verlacht worden waren. Angeblich hatten diese Reaktionen auf seine Forschung nicht unwesentlich zu seiner Entscheidung beigetragen, die Hochschule zu verlassen.

»Wollen Sie mir erklären, dass Sie Ihre exakte Sprache komplett in diesem Büchlein untergebracht haben?«

Viktor Vau nickte. »Ich habe Ihnen doch gerade gesagt, dass

man, wenn man es richtig macht, den Wortschatz klein halten kann. Dies ist das vollständige Wörterbuch von *Katlan*, der ersten kategoriebasierten Sprache der Welt.«

4.

Astarte streckte die Hand aus. »Darf ich mal sehen?«

»Ein anderes Mal vielleicht.« Vau ließ das Wörterbuch zurück in die Tasche gleiten und warf einen Blick auf seine Armbanduhr.

Astarte verbarg ihre Enttäuschung. »Ich verstehe noch immer nicht, was das alles mit meiner Aufgabe zu tun hat.«

»Gewiss, Sie haben recht, danach zu fragen. Falls Sie für mich arbeiten, werden Sie einen Versuch beaufsichtigen, den ich mit einigen meiner Patienten durchführe. Es geht dabei um eine praktische Anwendung von Katlan.«

»Sie setzen Ihre Sprache zur Behandlung Geisteskranker ein?«

Er nickte. »Wir haben doch vorhin vom Betriebssystem des Gehirns gesprochen. Was wäre, wenn es nicht nur eines, sondern mehrere solcher Systeme gäbe? Die vorherrschende Meinung geht zwar von nur einer einzigen möglichen Lösung aus, aber meine Forschungen haben mich zu einer alternativen Hypothese geführt. So, wie Sie einen Computer, also die Hardware, mit unterschiedlichen Betriebssystemen betreiben können, von denen jedes einwandfrei funktioniert, können Sie es auch mit dem menschlichen Geist tun. Und ich habe Grund zu der Annahme, dass Katlan ein mögliches OS darstellen könnte.«

Astarte öffnete den Mund, um zu widersprechen, doch Vau sah erneut auf die Uhr. »Ich fürchte, wir müssen unser Gespräch ein andermal fortsetzen. Die nächste Bewerberin wartet bereits.«

Vau ging zur Tür, und Astarte erhob sich widerwillig. Dieses abrupte Ende des Termins war ein schlechtes Zeichen. Auch seine Weigerung, ihr das Notizbuch zu geben und die vagen Auskünfte über seine Experimente gaben nicht viel Anlass zu Hoffnung. Trotzdem setzte sie ein zuversichtliches Lächeln auf. Immerhin hatte er eine mögliche Fortsetzung des Gesprächs angedeutet.

Vau geleitete sie zur Eingangstür zurück. Er machte fast den Eindruck, als sei er erleichtert, die Sache hinter sich gebracht zu haben.

»Also dann …«, sagte er, als sie vor der Tür standen, und streckte ihr linkisch die Hand entgegen. »Es hat mich gefreut, Sie kennenzulernen, Frau Apostolidis.«

»Ebenfalls. Wissen Sie schon, wann Sie sich entscheiden werden?«

Er schien überlegen zu müssen. »Da auch die anderen Kandidaten heute noch kommen und ich mich nicht mit irgendwelchen Bürokraten abstimmen muss, denke ich, dass ich bis morgen eine Auswahl getroffen haben werde.«

»Dann rufe ich einfach morgen Nachmittag an.«

»Tun Sie das.« Er befreite seine Hand aus ihrer. »Auf Wiedersehen.«

»Auf Wiedersehen.« Astarte machte keine Anstalten zu gehen. Vau zögerte einen Moment, dann lächelte er noch einmal entschuldigend und kehrte zurück in die Klinik.

Sie wartete, bis er außer Sichtweite war. Dann begann sie zu fluchen. Das war ihre große Chance gewesen, und sie hatte sie vertan. Vor sich hin schimpfend, ging sie die Zufahrt zur Straße herab. Beim Pförtner angekommen, zwang sie sich zu einem Lächeln. Sobald sie jedoch auf der Straße stand, brach der Ärger auf sich selbst wieder durch.

Den ganzen Tag verbrachte sie in rastloser Unruhe. Immer wieder spielte sie das Vorstellungsgespräch im Kopf durch und überlegte, an welcher Stelle sie anders hätte reagieren können. Nicht, dass es jetzt noch etwas genutzt hätte. Sie hatte ihre Chance vertan.

Der Tag schlich mit der Geschwindigkeit einer Schildkröte

dahin, und am Abend fiel sie, erschöpft von dem Gedanken, versagt zu haben, auf das Bett ihres kleinen Apartments. Sie wusste, dass an Schlaf nicht zu denken war, und überlegte gerade, ob sie den Fernseher anschalten sollte, als ihr Mobiltelefon klingelte.

Die Nummer auf dem Display war ihr nicht bekannt. Mit einem Stirnrunzeln nahm sie das Gespräch an.

»Ja bitte?«

»Spreche ich mit Frau Apostolidis?«

Astarte schoss in die Höhe. »Guten Abend, Herr Professor.«

»Entschuldigen Sie die späte Störung.«

»Kein Problem«, erwiderte sie mit flatternder Stimme.

»Ich rufe um diese Stunde an, weil ich morgen überraschend verreisen muss. Und Ihnen mitteilen wollte, dass Sie die Stelle haben können, wenn Sie möchten.«

Astarte musste sich zurückhalten, um nicht vor Freude aufzuschreien.

»Das ist … großartig«, stotterte sie. »Vielen Dank, dass Sie sich für mich entschieden haben.«

»Sind Sie denn frei und könnten sofort anfangen?«

»Was meinen Sie mit sofort?«

»Übermorgen. Ich weiß, das kommt etwas überraschend …«

»Nein, nein, das ist überhaupt kein Problem.«

»Dann möchte ich Sie bitten, morgen in die Klinik zu kommen und Ihren Vertrag zu unterzeichnen. Man ist dort informiert und erwartet Sie.«

Er legte eine kleine Pause ein. »Mir fällt gerade ein, dass wir noch gar nicht über die Konditionen gesprochen haben.«

»Ich bin sicher, dass Sie mich nicht übers Ohr hauen werden«, sagte Astarte mit einem nervösen Lachen.

»Ich bitte Sie!« Sie konnte die Empörung in seiner Stimme hören und biss sich auf die Unterlippe. Schon wieder so ein Ausrutscher! Sie musste sich dringend mehr zurückhalten, wenn sie diesen Job nicht nur bekommen, sondern auch behalten wollte.

»Ich zahle zehn Prozent über Tariflohn plus Zulagen. Ich nehme an, Sie sind damit einverstanden?«

»Ja, natürlich. Das ist sehr großzügig.«

»Dann will ich Sie nicht weiter stören. Wir sehen uns übermorgen nach meiner Rückkehr.«

Er wünschte ihr noch einen guten Abend und legte auf. Astarte starrte lange auf das Telefon in ihrer Hand, bevor sie zu einer Regung fähig war. Dann brach sich die angestaute Spannung in einem fast schon hysterischen Lachen Bahn. Ihr Kopf, der vorhin noch mit quälenden Gedanken verstopft war, fühlte sich so frei und leicht an wie lange nicht mehr.

Sie konnte es immer noch nicht fassen. Das musste gefeiert werden! Astartes Erschöpfung war wie weggeblasen. Schnell wählte sie die Nummer ihrer Freundin Martina, von der sie wusste, dass sie einer durchtanzten Nacht nie abgeneigt war.

Sie hatte die Stelle bei Viktor Vau.

Alles Weitere würde sich finden.

tru:

Kontakt

1.

Hauptstadt der Union

Der Florist schloss die Tür hinter sich und betätigte den Lichtschalter. Die Leuchtröhren flackerten einige Male, bevor sie den niedrigen Keller in ein gleißendes Licht tauchten. Das einzige Mobiliar im Raum war eine lange Werkbank, über der an einer Wandleiste verschiedene Bohrer, Sägen, Messer und Skalpelle hingen, sorgfältig der Größe nach aufgereiht. Daneben befand sich ein altes Emaillewaschbecken, dessen einst blauer Rand an vielen Stellen abgesprungen war.

Die Wände des Raums waren frisch gekalkt und reflektierten den grellen Schein der Kaltlichtlampen. Das einzige andere bemerkenswerte Inventar des fensterlosen Gewölbes waren die eisernen Hand- und Fußfesseln, die in die Kellerwand gegenüber der Tür eingelassen waren. Und natürlich die nackte Frau, die in ihnen hing. Ihr Kopf war nach vorne gesunken, und die langen schwarzen Haare verdeckten ihr Gesicht fast ganz.

Der Florist blieb einen Schritt vor ihr stehen. Die blutigen Streifen an ihren Armen legten Zeugnis davon ab, wie sehr sie sich gewehrt hatte. Entweder hatte er sich bei der Bemessung des Chloroforms verrechnet oder sie war widerstandsfähiger, als er gedacht hatte, jedenfalls war sie erwacht, bevor er die Eisen um ihre Handgelenke hatte schließen können. Ihr Widerstand hatte auch bei ihm Spuren hinterlassen. Er fuhr sich über den Arm, in den sie ihn gebissen hatte. Natürlich hatte er die Wunde desinfiziert, aber sie pochte immer noch.

Der Körper seines Opfers war einwandfrei, jung, mit festen

Brüsten und kaum Fett auf den Hüften. So war das Töten für ihn nicht nur eine Pflicht, sondern auch ein ästhetischer Genuss.

Genuss traf es vielleicht nicht ganz, korrigierte er sich. Er hatte eine Aufgabe zu erledigen, der er sich mit voller Hingabe widmete. Der ästhetische Aspekt spielte dabei nur insofern eine Rolle, als er ihm die Ausführung seiner Arbeit leichter machte. Der Florist war kein Barbar. Im Gegenteil, er war den schönen Dingen durchaus zugetan und schätzte den Wert des Lebens hoch ein. So hatte er bei der letzten Volksbefragung der Dynastie zum Verbot der Abtreibung sein Kreuz, ohne zu zögern, bei der Antwort *Ja* gesetzt.

Seine Aufgabe wurde davon nicht berührt. Es war eine Arbeit, die getan werden musste. Er war auserwählt worden, diesen Job auszuführen. Es war ein Befehl, dem er sich nicht widersetzen durfte.

Er hatte es versucht, damals, als er den ersten Auftrag erhielt. Einen Menschen zu töten, das lief allem zuwider, was er als moralisch richtig und geboten empfand. Doch seine Gegenwehr hatte ihm keinen Seelenfrieden beschert, sondern viele schlaflose Nächte. Er hatte mit seinem Auftraggeber diskutiert, immer und immer wieder, bis er davon überzeugt war, dass die Arbeit getan werden und er sich seiner Bestimmung fügen musste.

Seitdem erhielt er regelmäßig seine Anweisungen. Anfangs hatte er noch Fragen gestellt, warum ein bestimmtes Opfer ausgewählt worden war. Doch inzwischen verließ er sich darauf, dass sein Auftraggeber schon die richtige Wahl traf.

Er löste zuerst die Fuß- und dann die Handfesseln. Der Körper sackte zu Boden. Der Florist beugte sich herab, fasste die Leiche unter den Achseln und Knien und trug sie zur Werkbank. Dabei fiel ihm wieder einmal auf, um wie viel schwerer ein toter im Vergleich zu einem lebenden Körper schien.

Er legte die Frau auf den Bauch und betrachtete ihren Rücken. Glücklicherweise trug sie keine Tätowierung wie viele ihrer Altersgenossinnen. Er betastete die Haut und prüfte ihre

Ebenmäßigkeit. Die Erfahrung hatte ihn gelehrt, dass es eine Menge Unreinheiten gab, die man mit dem bloßen Auge nicht erkennen konnte. Auch in dieser Hinsicht war das Opfer nahezu perfekt.

Der Florist zog einen Filzstift aus der Tasche und begann, den Umriss einer Blüte auf den Rücken knapp unterhalb der Schulterblätter zu zeichnen. Diesmal hatte er sich für eine Malve entschieden. Als er damit fertig war, wählte er eines der Skalpelle aus und punktierte die Außenlinie der Zeichnung mit der scharfen Spitze. Mit einem zweiten Skalpell fuhr er die Linie mit mehr Druck nach. Es trat nur wenig Blut aus, das er mit einem Papiertuch abwischte.

Nachdem das Muster von der umgebenden Haut getrennt war, griff er zu einem Messer mit Keramikklinge, fuhr damit unter dem Hautstück hindurch und hob es sauber ab. Einen Moment lang betrachtete er es andächtig und legte es dann vorsichtig auf den Rand der Werkbank. Jetzt kam der schwierigere Teil der Arbeit.

Der Florist zog aus einer Kiste unter dem Tisch eine Gummischürze, die er sich umband, sowie zwei Gummihandschuhe, die ihm bis zu den Ellbogen reichten. Dann nahm er eine der Sägen zur Hand und begann mit seinem Werk.

2.

Enrique da Soza lehnte über dem Geländer der Unionsbrücke und beobachtete den MagZep, der soeben auf dem Flugfeld neben dem Rektorenpalast landete. Aus dem Studium alter Bildbände über die Stadt wusste er, dass ein komplettes Stadtviertel dem Erdboden gleichgemacht worden war, um Raum für den Amtssitz des obersten Würdenträgers der Dynastie zu schaffen.

Das Luftschiff trug eine ihm unbekannte Kennzeichnung.

Wahrscheinlich ein Staatsbesucher oder anderer wichtiger Gast, der dem Rektor einen Besuch abstattete. Dafür sprach auch die Militärpräsenz auf dem Platz vor dem Palast.

Etwa zwei Kilometer flussabwärts konnte Enrique die Umrisse der Fortschrittsbrücke erkennen. Im kleinen Hafen vor dem Regierungsbezirk lagen mehrere Patrouillenboote der Marine vor Anker.

Er löste sich vom Geländer und machte sich auf den Weg zum Ufer. Die Brücke war voller Passanten, die sich in zwei dichten Strömen in gegenläufiger Richtung bewegten. Schichtwechsel, dachte Enrique. Die Wolkenkratzer des Regierungsbezirks mit ihrem dem Zuckerbäckerstil nachempfundenen Design reflektierten die letzten Strahlen der untergehenden Sonne. In ihnen waren Zehn-, wenn nicht gar Hunderttausende Beamte rund um die Uhr mit der Verwaltung des Staates beschäftigt.

Entlang der Brücke schalteten sich nacheinander die Laternen ein. Eng gestaffelt, verbreiteten sie selbst bei tiefster Dunkelheit ein dem Tag ähnliches Licht. Das gesamte Regierungsviertel wurde auf diese Weise erleuchtet. Es gab keine Schatten und dunklen Winkel, in denen sich jemand hätte verstecken können. Die Kriminalitätsquote in diesem Bezirk lag darum auch bei nahezu null Prozent.

Enrique überquerte den Platz am Ende der Brücke. Mit seiner Jeans, dem offenen Hemdkragen und dem zerknitterten Sakko hob er sich deutlich von der Masse ab und zog unweigerlich die Blicke der Polizisten auf sich, die in kleinen Gruppen überall verteilt waren. Sein Sechstagebart und die etwas zu langen Haare trugen nicht gerade dazu bei, ihn unauffälliger erscheinen zu lassen.

Er wusste, dass die Uniformierten längst ein Foto oder Video von ihm mit einer zentralen Datenbank von Straftätern und Staatsfeinden verglichen hatten, sonst hätte er den Platz nicht unbehelligt überqueren können. Videokameras waren im Stadtzentrum nahezu allgegenwärtig. Ihre Aufzeichnungen wurden in Echtzeit mit den gespeicherten Daten abgeglichen, auch das ein Grund, warum sich Verbrechen hier nicht auszahlten.

Hinter dem Ministerium für Traditionspflege bog er in eine breite Allee ein, die parallel zum Fluss verlief. In den Hochhäusern zu beiden Seiten der Straße arbeiteten ausschließlich Beamte der Regierung. Sie ragten bis zu fünfzig Stockwerke hoch in den Himmel. Viele von ihnen waren aus verspiegeltem Glas, das in den letzten Strahlen der Sonne einen orangeroten Schein annahm. Alle Gebäude hatten unterschiedliche Formen, aber dennoch wiesen sie eine gewisse Zusammengehörigkeit auf. Manche zeigten wie überdimensionale Zeigefinger in die Höhe, andere wie gereckte Daumenpaare. Die Fahrbahn war gefüllt mit Limousinen, die wichtige Besucher oder Bürokraten absetzten oder abholten. Boten pendelten mit kleinen Karren voller Dokumente zwischen den Gebäuden hin und her. Doppelstöckige Touristenbusse krochen die Allee entlang. Kuriere auf Gyroscootern schossen durch den Verkehr, um ihre Sendungen abzuliefern, und von der Anlegestelle am Fluss ergoss sich ein ständiger Strom von Menschen in die Allee.

Enrique erreichte das Belletroquartier, das kulturelle und repräsentative Zentrum der Stadt, benannt nach Bartolomeo Belletro, dem bekanntesten Komponisten des Landes, der sich weniger durch musikalischen Avantgardismus als vielmehr durch Kompositionen auszeichnete, zu denen es sich marschieren und jubeln ließ. Im Belletro, wie es von den Einheimischen genannt wurde, befanden sich die öffentlichen Studios der sieben TV-Sender der Union. Außerdem gab es im Belletro noch zwanzig Kinos, ein Theater und ein Opernhaus. Letzteres war ausschließlich dem Werk Belletros gewidmet.

Die in einer Linie nebeneinanderliegenden und nahezu identisch aussehenden Gebäude der Fernsehsender trugen den Spitznamen Seven Sisters. Sie beherbergten unter anderem riesige Studios, aus denen allabendlich Liveshows ausgestrahlt wurden. Entsprechend hoch war der Publikumsandrang auf dem Platz.

Enrique drängte sich durch die Menge der Wartenden und

hielt vor einem Schnellrestaurant an. Durch die großen Glasscheiben betrachtete er das Gedränge vor den Kassen, als ihm jemand auf die Schulter klopfte. Ein junger Mann, der kaum volljährig schien, grinste Enrique an.

»Mann, dir läuft der Geifer ja bereits das Kinn runter.«

»Marek!« Enrique streckte dem Neuankömmling die Hand entgegen. »Du liegst nicht ganz falsch. Ich könnte schon etwas Nahrung vertragen.«

»Aber nicht hier.« Marek verzog das Gesicht. »Ich kenne da ein kleines Bistro im Kuppelquartier, da können wir uns für wenig Geld den Bauch vollschlagen. Und es schmeckt außerdem noch gut.«

»Worauf warten wir dann?«

Sie bahnten sich einen Weg am Rand des Platzes entlang. Hinter der Letzten der Seven Sisters befand sich ein Taxistand.

»Wollen wir fahren?«

Marek schüttelte den Kopf. »Mein Kopf ist heute bereits häufig genug abgelichtet worden.«

Alle Taxis der Stadt waren mit Überwachungssystemen ausgerüstet, die nicht nur die Gesichter der Fahrgäste festhielten, sondern auch den Ausgangs- und Zielpunkt ihrer Fahrt.

Enrique, der in den letzten Stunden viel gelaufen war, hätte ein Taxi vorgezogen, schloss sich aber dem Wunsch seines Begleiters an. Nur wenige Minuten später hatten sie die Prachtmeilen des Zentrums verlassen und waren in die schmalen Straßen des Kuppelquartiers eingetaucht.

Inzwischen war die Sonne völlig untergegangen. Die flackernden Leuchtreklamen der Bars, Bistros und Bordelle tauchten die Gehsteige in ein unwirkliches Licht. Viele der Häuser wiesen deutliche Spuren von Verfall auf und waren lediglich im Erdgeschoss notdürftig herausgeputzt.

Marek führte Enrique in ein kleines Bistro. Lautes Klappern von Messern und Gabeln auf Porzellan mischte sich mit engagierten Gesprächen und den melancholischen Klängen einer Fado-Sängerin, die aus verborgenen Lautsprechern schallten.

Sie fanden einen kleinen Tisch, der zwischen einen altmodischen Garderobenständer und die Tür zu den Toiletten gepresst worden war. Marek beugte sich zu Enrique vor: »Hier gibt es weder Kameras noch Mikrofone.«

»Ach nein?« Enrique deutete auf das Objektiv in einer Ecke des Raums. Marek grinste.

»Aus irgendeinem Grund werden die Aufnahmen auf ihrem Weg in die große Lauschzentrale immer ersetzt durch Bilder, die schon mehrere Tage alt sind. Und aus demselben Grund ist der Lautstärkepegel immer gerade exakt so hoch, dass ein Abhören der Gespräche nicht möglich ist.«

Mit einem triumphierenden Ausdruck lehnte er sich in seinem Stuhl zurück. Enrique lächelte.

»Kann es sein, dass du etwas damit zu tun hast?«

Marek machte ein unschuldiges Gesicht. »Wie kommst du darauf? Ich bin nur ein harmloser kleiner Student, der von Hightech keine Ahnung hat.«

Enrique wusste es besser. Er kannte Marek nun seit etwa einem Jahr und hatte inzwischen einen guten Überblick über die Talente seines Freundes. Er mochte keine Ausbildung in einem technischen Beruf besitzen, aber wenn jemand ein Händchen für Technik hatte, dann er. Er schien nur keine Lust zu haben, diese Begabung zum Geldverdienen einzusetzen. Wenn es allerdings um kleine Sabotageakte ging, dann war er gern zur Stelle.

»Deine anarchistische Neigung wird dir noch mal zum Verhängnis werden«, sagte Enrique. »Gerade in Zeiten wie diesen.«

»Wegen der Bomben?«

Enrique nickte.

»Wer sagt, dass die Anarchisten dahinterstecken? Ich halte das bloß für eine Propagandalüge der Regierung.«

»Aber welchen Grund sollte die Regierung haben, selbst Bomben zu zünden?«

Marek sah Enrique mit gerunzelter Stirn an. »Du willst doch nicht wieder eine deiner Verteidigungsreden halten?« Er winkte einem Zeitungsverkäufer zu, der gerade das Lokal betreten hatte, kaufte ein Exemplar und hielt Enrique die Titelseite entgegen: *Der Terror geht weiter. Bomben legen Innenstadt lahm. Regierung will Sicherheitsvorkehrungen verstärken.*

Enrique blickte ihn fragend an. »Und?«

Marek ließ die Zeitung sinken. »Die Regierung verstärkt die Sicherheitsvorkehrungen. Darum geht es. Mehr Kontrolle, mehr Überwachung und noch mehr Bespitzelung. Und ich bin nicht der Einzige, der dieser Meinung ist.«

Enrique schüttelte den Kopf. »Du bist einfach besessen von dem Gedanken, dass der Staat alles Schlechte verkörpert. Ich kann mir das nur damit erklären, dass du in deiner Heimat ein paar üble Erfahrungen gemacht haben musst.«

Marek machte eine wegwerfende Handbewegung. »Hör schon auf mit dieser Amateurpsychologie. Das ist nun wirklich nicht deine Stärke.«

Enrique sah von einer Antwort ab, weil die Kellnerin an ihren Tisch trat. Nachdem sie ihre Bestellungen aufgegeben hatten, vertiefte sich Marek in die Zeitung. Es war seine Art, unvermittelt von einem Thema zum anderen zu wechseln, vom Gespräch zur Lektüre. Er hatte Enrique einmal erklärt, eine Stoffwechselstörung des Gehirns sei dafür verantwortlich. Enrique verstand nicht, warum er diese Störung nicht medizinisch behandeln ließ, sondern im Gegenteil ganz glücklich damit zu sein schien. Es war eine der vielen Eigenheiten Mareks, die ihm unerklärlich vorkamen. Er tröstete sich mit dem Gedanken, dass es seinem Freund mit ihm sicher nicht anders ging.

Zum wiederholten Mal fragte er sich, warum das Schicksal gerade ihn und Marek zusammengeführt hatte.

Und das, obwohl er doch gar nicht an das Schicksal glaubte.

3.

Marek glaubte an das Schicksal.

Alles, was ihm im Leben zustieß, war seiner Überzeugung nach von der Vorsehung bestimmt. Einer Vorsehung, die blind war gegenüber dem Los des Einzelnen, wie er am eigenen Leib erfahren hatte. Als er sechs Jahre alt war, hatte ein Sonderkommando der Polizei das Haus seiner Familie überfallen. Es hatte einen Schusswechsel gegeben, bei dem seine Eltern ums Leben gekommen waren. Marek, ihr einziges Kind, wurde in ein staatliches Waisenhaus gesteckt, wo er viele Jahre später erfuhr, dass seine Eltern angeblich Terroristen gewesen seien, die mehrere Bombenattentate auf Militärkasernen und öffentliche Gebäude durchgeführt hatten.

Nach seiner Entlassung aus dem Waisenhaus hatte er das Land sofort verlassen, denn alles dort erinnerte ihn an das, was er verloren hatte. Mitgenommen in seine neue Heimat hatte er eine tiefe Abneigung gegen jegliche staatliche Autorität. Deshalb bereiteten ihm seine kleinen Sabotageakte so eine Genugtuung, obwohl er wusste, dass er damit den Gang der Dinge nicht aufhalten konnte.

Auch seine Begegnung mit Enrique war ein Werk des Schicksals. Marek dachte an den Tag zurück, an dem er seinem Freund zum ersten Mal begegnet war. Er hatte sich auf dem Heimweg in seine kleine Absteige befunden, als er über die Beine eines Betrunkenen gestolpert war, der in einem dunklen Hauseingang lag. Marek wollte schon weitergehen, als er den Mann stöhnen hörte. Seine Neugier siegte über seine Vorsicht, und er beugte sich über den Unbekannten und half ihm auf die Beine. Dabei stellte er fest, dass der Fremde überhaupt nicht nach Alkohol roch.

»Was ist los mit dir, Mann?«, fragte Marek.

Der Fremde stolperte ein paar unsichere Schritte vor sich hin.

»Wo …?«, stammelte er. »Welcher … Ort …?«

»Du bist im Kuppelquartier, wo sonst? Sag bloß, du weißt nicht mehr, wie du hierhin gekommen bist?«

Doch genau so war es. Alles, was Marek in jener Nacht aus dem Unbekannten, dessen Wortschatz nicht mehr als dreißig oder vierzig Wörter umfasste, herauskriegen konnte, war, dass er keine Wohnung hatte und keine Ahnung, wie er an diesen Ort gekommen war. Also nahm er ihn erst mal mit zu sich. Er war selbst auch erst vor einigen Wochen in der Stadt angekommen und wusste, was es bedeutete, als Fremder und ohne Papiere an diesem Ort zu sein.

Das schien inzwischen ewig lange her zu sein. Enrique hatte schnell einen Sprachkurs belegt und sich eine eigene Wohnung gesucht. Marek hatte nie erfahren, woher er gekommen war. Er vermutete, dass sein Freund sich von Schleppern hatte ins Land bringen lassen und mit ihnen über die Bezahlung in Streit geraten war. Enrique widersprach dem nicht, bestätigte es aber auch nicht.

Marek legte die Zeitung weg und grinste seinen Freund an.

»Freust du dich schon auf gleich?«

Enrique zuckte mit den Schultern. Besonders begeistert sah er nicht aus. Marek hatte ihn lange bearbeiten müssen, bis er eingewilligt hatte, ihn in die Diskothek zu begleiten. Sein Freund verkroch sich den ganzen Tag in seiner kleinen Wohnung, und wenn Marek ihn nicht immer wieder aus seinem Schneckenhaus gezerrt hätte, wäre er wahrscheinlich überhaupt nicht unter Menschen gekommen.

Dabei sah Enrique gut aus, auch wenn er alles tat, um das zu verbergen. Er hatte ein offenes, fröhliches Gesicht, dessen Züge gerade so asymmetrisch waren, dass sie Interesse weckten. Die Lachfalten um seine Mundwinkel signalisierten, dass eine verborgene Heiterkeit in ihm steckte. Vielleicht war er in einem früheren Leben einmal ein wahrhaftiger Spaßvogel gewesen, heute war er der ernsteste Mensch, den Marek je getroffen hatte. Entsprechend kleidete er sich auch. Grau und Dunkelblau waren die dominierenden Farben. Seine Hosen und Hemden stammten aus den billigsten Kaufhäusern. Enriques einzige Konzession an den Zeitgeist war sein Sechstagebart, dessen Schatten allerdings seine melancholische Grundhaltung unterstrich.

»Du kennst viel zu wenig vom Leben«, fuhr Marek fort. »Aber verlass dich auf mich. Ich weiß, wo es langgeht, und vor allem, wo die scharfen Bräute sind.«

Enrique schüttelte den Kopf. »Wann wirst du endlich begreifen, dass mir Frauen im Augenblick ziemlich egal sind.«

»Das ist ja das Problem!« Marek beugte sich vor. »Du treibst dich tagsüber in deinem Bistro herum und hockst abends in deiner dunklen Wohnung. Dabei kann man ja nur depressiv werden! Du magst keine Musik, du gehst nicht in Kunstgalerien, du liest keine Gedichte, du lachst nicht über Witze – kann es noch schlimmer werden? Du bist der langweiligste und ernsteste Mensch, der mir je begegnet ist, und du bist nicht bereit, freiwillig dein Leben zu ändern. Deshalb brauchst du eine Frau, je eher, desto besser. Glaub mir, ich weiß, wovon ich rede.«

»Ich weiß deine Bemühungen zu schätzen«, sagte Enrique. »Aber ich fürchte, sie sind vergebens.«

»Ich glaube bald wirklich, du bist ein hoffnungsloser Fall.« Marek ließ den Kopf in gespielter Verzweiflung sinken. »Du wirst schon sehen, was du davon hast. Irgendwann gebe ich auf, und dann stehst du ganz ohne Freunde da.«

»Manchmal wäre das gar nicht so übel«, konterte Enrique. »Dann könnte ich diese Nacht in meinem Bett verbringen, anstatt mir die Beine in einer Diskothek in den Bauch zu stehen.«

»Manchmal muss man seinem Schicksal eine Chance geben. Und du wirst mir noch dankbar sein, wenn du erst mal die richtige Frau gefunden hast«, brummte Marek und versteckte sich wieder hinter seiner Zeitung.

4.

Das Studio X war in diesem Jahr die angesagteste Diskothek der Stadt. Entsprechend lang waren die Menschenschlangen vor der Tür, und es dauerte eine Stunde, bis Enrique und Marek sich endlich bis zum Einlass vorgearbeitet hatten. Marek hatte die Wartezeit abwechselnd damit verbracht, Enrique Vorhaltungen wegen seines Desinteresses zu machen und mit den jungen Frauen zu flirten, die ebenfalls in der Schlange ausharrten. Als sie endlich eingelassen wurden, hatte er bereits fünf neue Bekanntschaften geschlossen, Telefonnummern ausgetauscht und Verabredungen für den Rest der Nacht getroffen.

Der riesige Saal mit seiner wogenden Menschenmenge wurde von Stroboskopen erleuchtet, deren flackerndes Licht es Enrique zunächst unmöglich machte, etwas genau zu erkennen. Er spürte das Dröhnen der Bässe in jeder Faser seines Körpers. Marek zog ihn am Rand der Tanzfläche entlang zu einem Gang, der in einen Nachbarraum mit einer großen Bar führte. Auch hier war es drängend voll, doch zumindest war eine Unterhaltung möglich. Marek stürzte sich in die Menge vor dem Tresen und kehrte überraschend schnell mit einem Bier für sich und einer Cola für Enrique zurück. Er trug ein breites Grinsen auf dem Gesicht.

»Das wird eine gute Nacht, Mann«, rief er und prostete Enrique zu.

Der nahm einen Schluck von seiner Cola. »Ich weiß noch nicht, ob ich lange bleibe.«

»Nun sei kein Spielverderber! Du musst dich einfach in die Masse stürzen und mal ein bisschen gehen lassen. Dann kommen die Mädels schon von allein.«

Wie um seine Worte zu bestätigen, tauchte neben ihnen eine der jungen Frauen auf, mit denen Marek bereits vor der Tür geflirtet hatte. Ohne zu zögern, legte er seinen Arm um sie.

»Was hältst du von meinem Freund hier?«, fragte er und deutete mit seiner Bierflasche auf Enrique.

Die Frau wandte ihm ihr blasses, puppenhaftes Gesicht zu. »Sieht ein bisschen ernst aus.«

Marek flüsterte der Frau, die Enrique immer noch anstarrte, etwas ins Ohr und sie lachte.

»Wir gehen eine Runde tanzen«, erklärte er und drückte Enrique seine Flasche in die Hand.

Ohne auf eine Antwort zu warten, verschwanden er und das Mädchen in Richtung Tanzfläche. Enrique seufzte. Er sah sich nach einer Ecke um, in die er sich zurückziehen konnte. Hinter der Bar waren Stehtische an der Wand aufgereiht. Er bahnte sich den Weg dorthin und fand einen freien Tisch. Nachdem er seine Flaschen abgestellt hatte, schob er den Barhocker gegen die Wand, setzte sich und hing seinen Gedanken nach.

Er wusste, dass sein Freund es nur gut mit ihm meinte, wenn er ihn unbedingt mit jemandem verkuppeln wollte. Nur schien er leider nicht begreifen zu wollen, dass Enrique daran keinerlei Interesse besaß.

Es war nicht so, dass Enrique Frauen nicht mochte. Er hatte Bedürfnisse, so wie die meisten Männer, und es war manchmal nicht leicht, dagegen anzukämpfen. Aber in seiner gegenwärtigen Lebensphase gab es einfach keinen Platz für eine Frau, und er hoffte inständig, Marek würde bei seiner Rückkehr nicht wieder eine Kandidatin für ihn anschleppen.

Irgendwann fiel ihm eine Frau an einem der anderen Tische auf. Sie hatte eine hohe Stirn, mittellange blonde Haare, volle Lippen und schmale, fast asiatisch anmutende Augen. Ihre Nase war vielleicht ein wenig zu groß für ihr Gesicht, aber das tat ihrer ungewöhnlichen Schönheit keinen Abbruch. Sie unterhielt sich angeregt mit einer Freundin, die mit dem Rücken zu ihm saß. Die Frau lachte viel.

Die nächsten zehn Minuten glitt sein Blick immer wieder zu ihr herüber. Dabei gab er sich Mühe, unauffällig zu wirken. Er wollte keinesfalls, dass sie sein Interesse bemerkte.

Enrique nahm einen Schluck von seiner Cola und fragte sich, was ihn an dieser Frau so faszinierte. Sie war anders als die Frauen, die sonst hier herumliefen und auf die Marek es abgesehen hatte. Weder trug sie eines dieser angesagten ultrakurzen Paillettenkleider noch knallbunte Turnschuhe. Sie war mit ihrer Hose und dem weiten Hemd darüber eher zurückhaltend gekleidet.

Marek hätte sie vermutlich sofort angesprochen. Für Enrique war dies undenkbar. Er empfand in solchen Situationen ein unerklärliche Beklemmung, welche von vornherein jene leichte, schnelle und wortgewandte Kommunikation unterband, die gerade in solchen Situationen gefordert war.

Eine Hand auf seiner Schulter riss ihn aus seinen Gedanken. Er fuhr herum.

Vor ihm stand ein Mann in seinem Alter und starrte ihn mit dem bereits leicht glasigen Blick eines Menschen an, der zu viel getrunken hat. Enrique wollte die Hand wegschieben, aber der Mann umklammerte ihn nur fester.

»Ich weiß, was du vorhast«, zischte er und gestikulierte mit der Bierflasche, die er in der rechten Hand hielt.

»Ich verstehe nicht.«

»Doch, du verstehst mich richtig. Sie gehört mir.«

»Ich glaube, hier liegt eine Verwechslung vor«, erwiderte Enrique.

»Erzähl keinen Unsinn!« Der Mann ließ Enriques Schulter los und stieß ihm mit dem Zeigefinger gegen die Brust. »Du starrst sie schon die ganze Zeit an.«

Jetzt begriff Enrique. »Tut mir leid. Ich wusste nicht, dass sie deine Freundin ist.«

Der Mann schob sich direkt an ihn heran. Enrique konnte den Alkohol in seinem Atem riechen. »Nimm dein Bier und hau ab! Ich will dich hier nicht mehr sehen.«

»Wann ich gehe, bestimme immer noch ich.« Enrique glitt von seinem Hocker und trat einen Schritt zurück, sodass er mit dem Rücken zur Wand stand. »Ich habe dir gesagt, dass ich nichts von deiner Freundin will. Würdest du mich also in Ruhe lassen?«

Der Mann verzog sein Gesicht zu einer hämischen Grimasse. »Du willst also wirklich Ärger.«

Er drehte sich zur Bar und winkte mit seiner Bierflasche. Zwei vierschrötige Kerle erhoben sich von ihren Hockern und traten hinter ihn.

»Na?«, höhnte der Mann. »Reißt du dein Maul jetzt immer noch so weit auf?«

Enrique schätzte seine Chancen ab. Der Angetrunkene stellte kein Problem für ihn dar. Seine Freunde waren allerdings von einem anderen Kaliber. Er traute sich zwar zu, mit ihnen fertigzuwerden, aber wahrscheinlich würde er dabei selbst einige Federn lassen müssen. Vielleicht war es doch besser, einfach zu gehen, auch wenn es ihm widerstrebte, dem Mann nachzugeben.

Er machte eine beschwichtigende Geste. »Ihr habt gewonnen. Ich verschwinde.«

»So einfach kommst du mir nicht davon!« Der Mann kam einen Schritt näher. Enriques Blick ging in Richtung der Bar, aber niemand schien etwas davon mitzubekommen, was sich hier anbahnte. Er bereitete sich auf das Unvermeidliche vor, als die Frau, die er die ganze Zeit beobachtet hatte, neben seinem Widersacher auftauchte.

5.

Astarte hatte die Szene die ganze Zeit verfolgt. Seit ihrer Ankunft hatte dieser Curt immer wieder versucht, sie anzumachen, und jedes Mal hatte sie ihm deutlich zu verstehen gegeben, dass sie kein Interesse an seinen Avancen hatte, die mit zunehmendem Alkoholkonsum immer plumper und direkter wurden. Offenbar hatte er mit dem Unbekannten jetzt das Ventil gefunden, durch das er seinen Frust über die Abfuhr herauslassen konnte.

Sie warf ihrer Freundin einen verzweifelten Blick zu. Vielleicht hatte Martina ja eine Idee, wie man die drohende Schlägerei vermeiden konnte. Aber die zuckte nur mit den Schultern und grinste. Ihr schien die Situation Spaß zu bereiten. Schließlich waren sie hierhergekommen, um Astartes Anstellung bei Viktor Vau zu feiern und etwas zu erleben. Und das taten sie nun auch.

Als Astarte sah, dass Curt kurz davorstand, auf den Fremden loszugehen, erhob sie sich.

»Was hast du vor?«, fragte Martina.

»Ich werde nicht zulassen, dass er eine Schlägerei beginnt, nur weil er bei mir abgeblitzt ist.«

»Halt dich da raus. Das gibt doch nur Ärger.«

»Den gibt es auch so.« Astarte ging entschlossen zu der kleinen Gruppe hinüber. Curts Begleiter warfen ihr einen überraschten Blick zu, als sie neben ihn trat und ihm auf die Schulter klopfte.

Als Curt erkannte, wer vor ihm stand, überzog ein breites Grinsen sein Gesicht. »Sieh an, jetzt kommst du auf einmal angelaufen. Das macht dich an, was?«

»Lass ihn in Ruhe.« Sie sah zu Enrique. »Er hat dir nichts getan.«

»Er starrt dich die ganze Zeit an. Ich tue dir nur einen Gefallen, indem ich ihm zeige, wie man sich einer Dame gegenüber zu verhalten hat.«

»Hör auf damit, Curt. Du bist betrunken. Und wenn du glaubst, mich damit beeindrucken zu können, dann täuschst du dich gewaltig.«

»Wer sagt denn, dass ich es für dich tue?« Er schwankte und stützte sich an der Tischkante ab. »Du hältst dich wohl für den Mittelpunkt der Welt, was? Zu fein, dich mit Leuten wie mir abzugeben. Und dann soll ich dir einen Gefallen tun?«

Der Fremde, der dem Wortwechsel bislang schweigend gefolgt war, machte einen Schritt nach vorn. »Vielen Dank für deine Hilfe«, sagte er. »Aber ich komme durchaus allein zurecht.«

Astarte verdrehte die Augen. Diese Kerle waren doch alle gleich.

»Da hörst du's«, zischte Curt.

Astarte wandte sich an seine beiden Begleiter, die noch nicht ganz so viel Alkohol konsumiert zu haben schienen wie er. »Seid ihr wenigstens vernünftig und haltet ihn zurück. Oder findet ihr es prickelnd, euch mit einer Frau zu schlagen?«

Die beiden blickten sie verunsichert an. »Halt du dich da raus«, sagte Curt und versuchte, sie vom Tisch wegzuschieben. Er hatte sie kaum an der Schulter berührt, als der Fremde auch schon hinter ihm stand und ihn am Arm packte.

Curt fuhr herum. Der Bursche sah nicht so aus, als wüsste er, worauf er sich einließ. Curt war in zahlreichen Kneipenschlachten gehärtet. Früher hatte er sich im Kuppelviertel in den finstersten Löchern herumgetrieben, wo ein falscher Blick oft schon eine Faust ins Gesicht bedeuten konnte. Er hatte die Kneipenschlägerei von der Pike auf erlernt, auch wenn er in den letzten Jahren nicht mehr so viel Gelegenheit zum Training gehabt hatte, denn die Lokale, die er heutzutage besuchte, waren eher von der gediegenen Sorte.

Er versuchte sich loszureißen, aber der Griff seines Gegenübers war wie ein Schraubstock.

Curts Hand mit der Bierflasche schoss nach vorn. Kurz bevor die Flasche gegen die Schläfe seines Gegners prallte, riss der den Ellenbogen hoch. Die Flasche glitt Curt aus den Fingern und zerschellte auf dem Boden.

Eine Sekunde war er abgelenkt. Das reichte dem anderen, um seine Hand zu umschließen. Curt versuchte, den Griff seines Gegners mit der anderen Hand zu lösen, doch er kam nicht einmal bis dahin. Mitten in der Bewegung wurde sie von der rechten Hand seines Gegenübers gestoppt.

Astarte starrte ungläubig auf das Geschehen vor ihren Augen. Die beiden Männer standen dort wie die Parodie eines Paartanzes. Der Fremde hatte Curts Angriff mit einer Mühelosigkeit zum Erliegen gebracht, die darauf hindeutete, dass er das nicht zum ersten Mal machte.

»Hey«, sagte sie zu dem Fremden. »Es ist gut. Ich glaube, er hat genug.«

»Du meinst, ich soll ihn loslassen?«, fragte der Mann mit sonderbarer Höflichkeit. Astarte nickte langsam.

Der Fremde öffnete seine Hände. Curt taumelte. Einer seiner Begleiter fasste ihn am Arm. »Lass uns verschwinden«, sagte er. »Da kommen schon die Rausschmeißer.«

Tatsächlich hatte man an der Bar endlich gemerkt, was sich hier abspielte. Zwei Männer, die Curts Begleitern an Statur in nichts nachstanden, bahnten sich den Weg um den Tresen herum.

Curt versuchte vergeblich, sich aus dem Griff seines Freundes zu befreien. Dessen Nebenmann ergriff seinen anderen Arm, und gemeinsam zogen sie ihn davon. Sie wechselten ein paar Worte mit den Rausschmeißern und verschwanden dann, mit Curt in der Mitte, in Richtung Ausgang.

Astarte schob die Scherben der Bierflasche mit dem Fuß an die Wand. Der Fremde stand unbewegt da und blickte sie an.

»Was ist?«, fragte sie scharf.

Der Fremde senkte die Augen und blickte dann wieder hoch. Zumindest schien er nicht so ein von sich selbst eingenommener Draufgänger zu sein wie Curt. Sie sah ihn zum ersten Mal genauer an. Gegen ihren Willen fand sie ihn gar nicht so unattraktiv. Er hatte ein schmales, beinahe jungenhaftes Gesicht, eine hohe Stirn und einen offenen Blick.

Aber für heute war sie von Männern bedient. Sie war hergekommen, um zu feiern. Jetzt war der Abend ruiniert. Sie ließ ihn stehen und ging zu ihrem Tisch zurück.

»Süß«, kommentierte Martina.

»Wer?«

»Na, der Typ, den du gerettet hast. Und der dich gerettet hat.«

»Der kann mir gestohlen bleiben.«

»Du ihm aber offensichtlich nicht«, grinste ihre Begleiterin.

Astarte drehte sich um. Der Fremde kam tatsächlich auf ihren Tisch zu.

»Na, dann lass ich euch beide mal allein.« Martina nahm ihre Handtasche und verschwand in der Menge hinter der Bar.

Astarte rief ihr vergeblich nach, zu bleiben. Jetzt war sie mit diesem Kerl auch noch alleine!

Er blieb neben ihrem Tisch stehen, ohne ein Wort zu sagen.

»Was gibt es noch für Probleme?«, fragte sie ungehalten.

Er wich ihrem Blick nicht aus. In seinem Gesicht war auch nichts von dieser selbstgewissen Überlegenheit zu sehen, die viele Männer in einer solchen Situation bewusst oder unbewusst zur Schau stellen würden. Er blickte sie einfach nur ernst an.

»Na schön«, sagte sie schließlich. »Setz dich schon hin. Gegenseitig zu Tode starren können wir uns ja immer noch.«

Er nahm den Hocker ihr gegenüber und streckte ihr die Hand über den Tisch hin. »Ich bin Enrique«, sagte er.

Auch das noch, stöhnte sie innerlich. Ein Kerl mit Manieren! Aber sie ergriff seine Hand, wenn auch nur für einen kurzen Moment. »Mein Name ist Astarte.«

Er nickte schweigend. Sie fragte sich, ob er vielleicht einen Dachschaden hatte. Diese Pausen zwischen seinen Sätzen, die langsame Aussprache, der unverwandte Blick. Sie war doch wohl nicht an einen Irren geraten?

»Du musst mich auch nicht immer anstarren«, erinnerte sie ihn.

»Tut mir leid.« Er senkte den Blick. Das war schon die zweite Entschuldigung! Was stimmte mit diesem Typen bloß nicht? Anderseits fragte sie sich, was denn mit *ihr* los war? Da traf sie endlich einen Mann, der sich ordentlich zu benehmen wusste, und alles, was ihr einfiel, war, ihn anzuschnauzen.

Sie wollte gerade die Situation entschärfen, als ein weiterer junger Kerl an ihrem Tisch aufkreuzte. Mit einem breiten Grinsen schlug er Enrique auf die Schulter.

»Kaum lässt man dich mal ein paar Minuten allein, reißt du gleich eine scharfe Braut auf!«

Enrique schüttelte den Kopf. »Marek, das ist Astarte. Astarte, das ist mein Freund Marek. Obwohl ich nicht genau weiß, ob er das noch länger bleiben wird.«

»Eine *scharfe Braut*, was?« Astartes Augen blitzten. »Was

macht ihr beiden? Habt ihr so eine Art Wettbewerb laufen, wer am schnellsten jemanden abschleppt?«

Enrique sackte in sich zusammen. Dem Kleinen dagegen schien es überhaupt nichts auszumachen.

»Ich liebe Frauen mit Feuer«, erklärte er, und sein Grinsen wurde noch breiter.

Astarte lag die bissige Erwiderung auf der Zunge, doch dann sah sie ihn mit dem Auge zwinkern und konnte nicht anders, als sich seinem Grinsen anzuschließen. Nur Enrique machte ein Gesicht, als traue er dem plötzlichen Frieden nicht.

»Nun komm schon, Mann, setz die Trauermiene ab«, forderte ihn Marek auf. »Wir sind doch alle Freunde. Was trinkt ihr?«

Astarte stellte zu ihrer Überraschung fest, dass sie den Kleinen mochte. Und wenn Enrique mit ihm befreundet war, dann konnte er wohl so schlimm auch nicht sein.

Vor wenigen Minuten hatte sie nichts anderes gewollt, als von hier zu verschwinden. Jetzt entschied sie sich, noch ein wenig zu bleiben.

6.

Zwei Stunden später verließ sie mit Enrique die Diskothek.

Es war zwei Uhr morgens, und noch immer bummelten Gruppen von vorwiegend jungen Menschen die Bürgersteige entlang. Die einen kamen aus dem Kuppelquartier, in dessen Lokalen eine Sperrstunde weitgehend unbekannt war. Die anderen kehrten aus einem der Fernsehstudios, in denen ebenfalls rund um die Uhr aufgezeichnet wurde, nach Hause zurück oder machten einen Abstecher in eine der zahlreichen Diskotheken, die sich in dieser Gegend angesiedelt hatten. Es war die Ansammlung alter Fabrikgebäude, die noch nicht dem Expansionsdrang der Verwaltung zum Opfer gefallen war, die den

Bezirk so attraktiv für Freizeitunternehmer machte. Fast wöchentlich eröffnete eine neue Disco in irgendeiner verlassenen Produktionshalle, schloss aber oft ebenso schnell wieder.

»Siehst du«, sagte Astarte. »Die Straßen sind noch belebt. Deine Sorgen sind also unbegründet.«

»Hier vielleicht.« Enrique deutete nach vorn. »Aber im Kuppelquartier sieht es anders aus. Und genau da ist es, wo der Florist zuschlägt.«

»Ich bin den Weg schon so oft gegangen, und nie ist etwas passiert«, widersprach sie.

»Das haben sich die bisherigen Opfer wahrscheinlich auch gedacht. Und jetzt liegen sie in der Leichenhalle.«

Astarte schwieg. Eigentlich fand sie es gut, von jemandem nach Hause gebracht zu werden, der nicht bei jeder Gelegenheit versuchte, sie zu berühren oder sich an sie zu pressen. Andererseits konnte sie die Motive ihres Begleiters nur schwer einschätzen. War er wirklich der Kavalier, der zu sein er vorgab? Sie hatte immer gedacht, diese Gattung Mann sei schon längst ausgestorben.

Vor einem Fabriktor drängte sich eine Menschenmenge, und sie mussten auf die Fahrbahn ausweichen, um daran vorbeizukommen.

»Dein Freund Marek ist ein witziger Bursche«, wechselte sie das Thema und blickte Enrique von der Seite an. »Und so ganz anders als du.«

»Du weißt doch gar nicht, wie ich bin«, erwiderte Enrique. »Aber es freut mich, dass du Marek magst.«

»*Mögen* ist vielleicht zu viel gesagt. Aber er ist unterhaltsam.«

»Im Gegensatz zu mir, meinst du?«

»Bei dir bin ich mir immer noch nicht sicher. Nachher bist du der Frauenmörder und willst mich nur in eine dunkle Ecke locken, um mich abzustechen. Wer sagt mir, dass du nicht der Florist bist?«

Enrique lachte. Dabei verflog zum ersten Mal der Ernst aus seinem Gesicht. Sie spürte noch immer, dass mit ihrem Begleiter irgendwas nicht stimmte, aber sie empfand es nicht als Bedrohung. Und bislang hatte sie sich auf ihr Gefühl immer recht gut verlassen können.

Astarte wohnte in einem Viertel hinter dem Kuppelquartier. Die Geräusche der Kneipen waren hier nur noch als leises Hintergrundrauschen zu vernehmen. Zwischen den Straßenlaternen gab es große dunkle Stellen, und fast aus jedem Gebäude gähnte eine schwarze Toreinfahrt.

»Du solltest hier nachts nicht mehr allein entlanggehen«, sagte Enrique.

»Ich bin ein großes Mädchen, falls du das noch nicht gemerkt hast«, erwiderte Astarte. »Bevor ich dich kennengelernt habe, musste ich auch ohne Begleitung nach Hause gehen. Und das wird auch in Zukunft so sein, denn du wirst gewiss nicht jeden Abend als meine Eskorte bereitstehen.«

»Doch, werde ich. Wenn du das willst.«

Astarte lachte. »Ist das deine Taktik? Spielst du den Beschützer, um dich an die Mädels ranzuschmeißen?«

Er schwieg, und sie wusste, dass er es tatsächlich ernst gemeint hatte. So ungewöhnlich das auch war. Aber es kam natürlich überhaupt nicht infrage, dass sie sich jeden Abend mit ihm traf.

»Wir kennen uns gerade einmal ein paar Stunden. Da glaubst du doch nicht wirklich, dass wir uns ab sofort täglich sehen. So funktioniert das nicht.«

»Und wie funktioniert es?«

Sie war vor einem dunklen, vierstöckigen Haus stehen geblieben. »Es funktioniert so: Ich kann dir nicht sagen, ob es überhaupt ein Wiedersehen geben wird«, erklärte sie. »Wir sind einfach zu verschieden, und im Augenblick beschäftigen mich andere Dinge. Wenn wir uns wiedersehen, ist es Schicksal.«

»Schicksal«, wiederholte er nur. Es schien ihm nicht zu gefallen.

Sie deutete auf die Tür, vor der sie standen. »Hier wohne ich übrigens. Danke, dass du mich hergebracht hast.«

»Ja dann …« Enrique trat unbeholfen von einem Fuß auf den anderen. Irgendwie erinnerte er sie an Professor Vau. Der war mindestens ebenso ungelenk in der Gesellschaft von Frauen.

»Wollen wir uns nicht wenigstens einmal zum Kaffeetrinken treffen?«

Astarte schwieg einen Moment. »Na schön«, willigte sie schließlich ein. »Aber versprich dir nicht zu viel davon.«

Enriques Blick hellte sich auf. »Übermorgen?«

»Ich denke schon. Allerdings erst gegen Abend. Hast du ein Mobiltelefon, auf dem ich dich erreichen kann?«

Sie gab seine Nummer in ihr Telefon ein. »Okay. Ich ruf dich an, wenn ich weiß, wie lange ich arbeiten muss. Gute Nacht.«

Sie drehte sich um und schloss die Haustür auf. Hinter sich hörte sie noch sein *Gute Nacht,* bevor die Tür mit einem leisen Klacken ins Schloss fiel.

ku:
Begegnungen

1.

Dagombé

Der Flughafen von Agua Caliente war, wie alle Neubauten der Stadt, überdimensioniert. Das Terminal allein erstreckte sich über eine Länge von einem Kilometer. Selbst in der Blütezeit der ausländischen Investitionen im Land, als alle noch von Bandas viel beschworener Infocity geträumt hatten, hatten sich die Passagiere in dem gewaltigen Glasbau verloren. Jetzt, nach dem Abklingen der Euphorie, war nur noch ein Viertel der Flugsteige in Betrieb, und selbst das zeugte vom Optimismus der Flughafenverwaltung, die am Tag nicht mehr als vierzig Flüge abzuwickeln hatte.

Deshalb löste die schlagartig anwachsende Reisetätigkeit nach dem Fund des OWO ein hektisches Treiben aus. Die leeren Regale der Duty-free-Shops wurden zügig wieder aufgestockt, die sanitären Anlagen gereinigt und die Lautsprecheranlage repariert. Der Sicherheitsdienst bekam neue Uniformen, und an den sonst verwaisten Taxiständen warteten nun Limousinen aus dem Fuhrpark der Regierung. Lediglich die seit einem Jahr nicht mehr arbeitende Klimaanlage konnte nicht mehr rechtzeitig funktionsfähig gemacht werden.

Die ersten Gäste waren allerdings keine Wissenschaftler. Es waren zwei Männer, die demselben Beruf nachgingen wie Winter. Obwohl ihre Dienste nur einen Steinwurf voneinander entfernt residierten, reisten Armand de Moulinsart und Roderick Fitzsimmons in getrennten Maschinen.

Winter wusste, dass die beiden sich nicht ausstehen konnten. Er hatte lange genug als Fitzsimmons' rechte Hand im Zentralen Ermittlungsbüro, kurz ZEB, gearbeitet und kannte die Rivalität zu de Moulinsart und seinem Internationalen Erkenntnisdienst IED nur zu genau. Das war einer der Hauptgründe, warum er sich selbstständig gemacht und den Job bei Banda angenommen hatte.

Winter holte seinen ehemaligen Vorgesetzten persönlich am Flugsteig ab, um ihn ohne Umstände zu seinem Fahrzeug zu lotsen. Fitzsimmons war ein Mann von grober Statur, die durch seine Vorliebe für britische Landedelmannkleidung noch unterstrichen wurde. Trotz der Hitze trug er ein braun meliertes Glencheck-Sakko über einem hellblauen Hemd mit Prince-of-Wales-Muster sowie eine lindgrüne Cordhose. Sein volles rotes Haar war, wie immer, an den Seiten und im Nacken genau die richtige Spur zu lang.

Er hieb Winter mit einer seiner breiten Pranken so kräftig auf die Schulter, dass der jüngere Mann fast in die Knie ging.

»Alter Junge!«, brüllte er regelrecht. »Was treiben Sie so? Irgendwelche Staatsstreiche organisiert in letzter Zeit?«

Er lachte lauthals, wobei sein buschiger roter Schnauzbart zitterte.

Winter brachte sich unauffällig außer Reichweite. »Schön, Sie zu sehen«, erwiderte er. »Ich hoffe, Sie hatten einen guten Flug.«

»Danke der Nachfrage. Der Steuerzahler spendiert uns immer noch die erste Klasse. Hervorragendes Essen, exzellenter Wein.« Er schmatzte genießerisch mit den Lippen.

Wer Fitzsimmons nicht kannte, konnte leicht dem Eindruck erliegen, einen schlichten Possenreißer vor sich zu haben. Winter wusste es besser: Der Mann war einer der skrupellosesten Bürokraten, denen er je begegnet war.

»Afrika, die Wiege der Menschheit«, philosophierte Fitzsimmons, als sie aus dem Terminal traten. »Und Sie spielen jetzt den Babysitter, was, alter Junge? Da ist Ihnen ja eine schöne Rassel in den Kinderwagen gefallen.«

»Sie meinen die Kapsel?«

»Nun stellen Sie sich nicht dümmer, als Sie sind. Ihre Leute haben das Ding doch bestimmt schon von unten bis oben durchkämmt. Ein Geschenk der Götter für unseren Meister Banda sozusagen.«

Winter zuckte mit den Schultern. »Dann müssen die Götter sparsam sein. Die Kapsel enthielt lediglich ein Stück Papier.«

Sie nahmen im Fond der Limousine Platz. Hinter ihnen zwängten sich Fitzsimmons' vier Begleiter mit dem gesamten Gepäck in einen schmalen Kleinbus.

»Und was stand darauf?«

»Nur Hieroglyphen. Unlesbar.«

»Eine Botschaft?«, fragte der ZEB-Chef. »Von wem mag sie stammen?«

»Keine Ahnung.«

»Könnte es sein, dass uns jemand einen Streich spielt?«

Winter schüttelte den Kopf. »Wer verfügt schon über die Mittel für einen solchen Auftritt? Und warum sollte er es tun?«

Fitzsimmons zwirbelte mit der rechten Hand das Ende seines Schnurrbarts. »Es wäre natürlich auch denkbar, dass Banda die ganze Sache nur inszeniert hat, um mal wieder in den Blickpunkt der Aufmerksamkeit zu rücken. Nicht wahr, mein Lieber?«

Winter lachte. »Danke für die hohe Meinung, die Sie von mir haben. Aber ich kann Ihnen versichern, dass wir ebenso im Dunkeln tappen wie Sie.«

»Obwohl Ihr Chef ein bisschen Aufmerksamkeit sicher gut gebrauchen könnte.« Fitzsimmons deutete aus dem Fenster. Seitdem sie den Flughafen verlassen hatten, fuhren sie an endlosen Reihen von Hütten vorbei, gebaut aus jedem nur vorstellbaren Material: Pappe, Sperrholz, Plastik, Blech, Aluminium. Die verfallenden Hochhäuser der eigentlichen Innenstadt ragten am Horizont auf, armselige Überbleibsel einer einst glorreichen Zukunft, die bereits wieder Vergangenheit war.

»Politik interessiert mich schon lange nicht mehr«, lächelte Winter.

»Sie wollen, dass ich Ihnen das abnehme? Sie waren noch nie ein reiner Weisungsempfänger, nicht einmal, als Sie bei mir gearbeitet haben.«

»Danke für die Blumen. Aber Sie irren sich wirklich. Politik sichert mir mein Einkommen. Aber im Übrigen ist sie mir egal.«

»Eine kluge Einstellung, alter Junge. Aber seien Sie vorsichtig! Am Schluss bleiben die Söldner als Erste auf der Strecke, und niemand schickt einen Helikopter, um sie rauszuholen. Ich dagegen würde es tun, wenn Sie sich für einen kleinen Nebenverdienst begeistern könnten.«

Winter lachte. »Kommen Sie, Roderick, das ist doch unter Ihrem Niveau. Sie wissen, dass ich loyal bin. Meine Loyalität ist zwar käuflich, aber meine Kunden können sich darauf verlassen. Sonst wäre ich schon längst aus dem Geschäft.«

»War einen Versuch wert. Sie haben ja hier den Heimvorteil, alter Junge. Ich würde einiges auf den Tisch legen, um daran zu partizipieren. Und außerdem könnte ein wenig politische Rückendeckung Ihnen später vielleicht noch einmal nützlich sein.«

Joel antwortete nicht. Sie näherten sich dem Stadtzentrum. Nach wenigen Minuten hielt ihr Fahrzeug vor dem Hotel *Caliente Park*, das am Rand der Innenstadt lag.

»Wird unser gemeinsamer Freund de Moulinsart ebenfalls hier untergebracht?«, wollte Fitzsimmons wissen, während er aus der Limousine kletterte, deren Tür Winter für ihn aufhielt.

»Das ließ sich nicht vermeiden. Das *Caliente Park* liegt ganz in der Nähe des Forschungszentrums und ist das beste Haus am Platz. Ich wollte Sie nicht in einer zweitklassigen Absteige unterbringen.«

»Sehr verbunden, junger Freund. Wer den Staat schützt, sollte wenigstens ab und zu mal eine kleine Belohnung dafür empfangen.«

Er lachte und schlug seinem Begleiter auf die Schulter.

»De Moulinsart trifft in drei Stunden ein«, sagte Winter, nachdem er Fitzsimmons eingecheckt hatte. »Was halten Sie davon, wenn wir uns anschließend in der Bar zusammensetzen?«

»Der Whisky würde mir ohne den Kerl zwar deutlich besser schmecken, aber tun Sie, was Sie nicht lassen können. Ich werde da sein.«

Fitzsimmons gab seinen Gehilfen ein Zeichen, und sie folgten ihm zu den Fahrstühlen. »Grüßen Sie Ihren Präsidenten von mir!«, rief er Winter über die Schulter zu. »Und sagen Sie ihm, er soll sich keinen Illusionen hingeben. Am Ende gewinnt immer der Stärkere.«

2.

Hauptstadt der Union

Die ersten Anzeichen der nahenden Katastrophe waren die Krähen.

Enrique hatte sie bereits vor einer Stunde bemerkt. Es war später Nachmittag und dämmerte, als sie begannen, sich in den Baumkronen entlang des Flusses zu versammeln. Ihre Silhouetten waren auf den kahlen Ästen deutlich zu erkennen. Wie schwarze Farbkleckse sahen sie aus, die ein Maler achtlos über ein Bild blätterloser Bäume gestreut hatte.

Bislang waren ihm in der Stadt Vögel nie sonderlich aufgefallen. Er war sich nicht einmal sicher, ob es überhaupt welche gab. Umso erstaunter war er jetzt, ganze Schwärme auftauchen zu sehen. In kleinen Gruppen kamen sie herangeflogen, zehn, fünfzehn, dann Hunderte, schließlich Tausende. Und sie saßen nicht einfach stumm auf den Bäumen. Immer wieder erhob sich der gesamte Schwarm unter lautem Krächzen in die Luft. Die schwarze Wolke bewegte sich direkt auf Enrique zu. Er duckte sich unwillkürlich, aber die Krähen hatten nicht vor, ihn anzugreifen. Sie zogen über ihn hinweg die Allee entlang und fielen wieder über die Baumwipfel wie eine riesige schwarze Decke. Nach einer kurzen Zeit wiederholte sich das Schauspiel.

Enrique lief die Allee entlang, aber so weit er auch rannte, es zweigte keine Straße ab, die ihn von den Bäumen mit den Krähen weggeführt hätte. Außer ihm schien keiner der Passanten etwas Ungewöhnliches am Verhalten der Vögel zu finden.

Er wusste, was als Nächstes passieren würde. Das Bewusstsein, die Zukunft zu kennen, aber nichts daran ändern zu können, schnürte ihm die Kehle zu. Die Hilflosigkeit lähmte ihn.

Und dann stürzten die ersten Steinbrocken herab.

Ganze Stockwerke brachen ein, und ein Regen aus Stein, Metall und Glas ging auf die Straße nieder. Enriques einzige Zuflucht waren die Bäume an der Flussseite, auf denen die Krähen hockten. Schritt um Schritt wich er zurück, während vor seinen Augen ein Gebäude nach dem anderen in sich zusammenfiel. Das Donnern des Schutts und das Geschrei der Krähen dröhnte noch in seinem Kopf, als er schweißgebadet hochfuhr.

Mit zitternden Fingern tastete er im Dunkel nach dem Schalter der Lampe auf seinem Nachttisch. Erst als der matte Lichtschein das kleine Schlafzimmer erhellte, beruhigte er sich wieder.

Seit Monaten verfolgten ihn diese Albträume. Immer begannen sie harmlos, mit einem Spaziergang durch die Stadt, und immer endeten sie gleich, nämlich mit der völligen Auflösung all dessen, was eigentlich stabil und unverrückbar sein sollte.

Mit der Vernichtung der Welt.

Enrique rieb sich die Augen, warf die Decke beiseite und ging die paar Schritte bis zum Fenster. Er zog den Vorhang zur Seite und warf einen Blick auf die Umrisse der Häuser auf der gegenüberliegenden Straßenseite. Alles war noch genau so, wie er es in Erinnerung hatte. Er ließ den Vorhang wieder fallen und gähnte. Die Leuchtziffern seines Weckers zeigten ihm, dass es fünf Uhr war. Sollte er sich wieder hinlegen? Er war von Natur aus ein Frühaufsteher, also konnte er auch gleich aufbleiben.

Er fuhr sich mit der Hand durchs Haar und begab sich ins

Bad. Die Erinnerung an den Traum ließ sich allerdings nicht mit einer kalten Dusche wegspülen, und so brütete er den halben Tag in einer gedrückten Stimmung über sein Leben und seine verborgenen Ängste nach.

Gegen Mittag verließ er seine Wohnung, um die Nachmittagsschicht im Bistro anzutreten. Die Arbeit tat ihm gut. Für einen normalen Nachmittag in der Woche war das Lokal gut gefüllt, und er hatte endlich keine Zeit mehr, über seinen Traum nachzudenken. Als er sich kurz nach fünf Uhr von Christian den Lohn für seine Schicht auszahlen ließ, war sein Kopf frei von dunklen Wolken, und er sah den kommenden Stunden in freudiger Erwartung entgegen.

Eine Stunde später stand er im Zentrum eines kleinen Platzes am Rande des Belletroviertels. Die Häuser rund um das Areal waren im neo-viktorianischen Stil gebaut. Es gab eine ganze Reihe von *Themenplätzen* in diesem Teil der Stadt, die berühmte Baustile der Vergangenheit wieder aufleben ließen, komplett mit Kopfsteinpflaster und simulierten Gaslaternen. Die Ähnlichkeit mit der Geschichte endete allerdings direkt hinter der Fassade. Die Gebäude waren normierte Zweckbauten, denen man eine attraktive Schale verpasst hatte. Selbst die verwendeten Materialien hatten nichts mit den zitierten Epochen gemein. Die meisten Fassaden bestanden aus Aluminiumverbundplatten, die entsprechend lackiert worden waren. Es war dem Hersteller sogar gelungen, Struktureffekte so täuschend nachzubilden, dass man schon ganz nah herantreten musste, um zu erkennen, dass es sich um eine Imitation handelte.

Enrique warf einen nervösen Blick auf seine Armbanduhr. Es war jetzt zwei Tage her, dass sie sich im Studio X getroffen hatten, und er fragte sich, ob Astarte ihn versetzen würde. Vielleicht hatte sie dem Treffen nur zugestimmt, um ihn loszuwerden.

Die Metrostation spuckte in endlosen Wellen Passagiere durch die Ausgänge rechts und links von ihm aus. Enrique blickte sich suchend um, konnte Astarte aber nicht entdecken. Er hatte sich extra in der Mitte des Platzes postiert, um nicht den Überblick zu verlieren.

»Hey!«

Enrique fuhr herum. Vor ihm stand Astarte und lächelte ihn an.

»Ich dachte schon, du kommst nicht«, antwortete er.

Sie deutete auf die Uhr über dem Eingang zur Metro. »Es ist gerade mal zehn nach sechs. Hast du noch nie was von der akademischen Viertelstunde gehört?«

»So war das nicht gemeint.« Enrique ärgerte sich sogleich über seine Bemerkung. Die wenigsten Menschen teilten seine Leidenschaft für Pünktlichkeit. Und Astarte offenbar auch nicht.

»Schön, dass du jetzt da bist«, fügte er hinzu. »Ich habe mir den ganzen Abend freigehalten.«

Sie kniff die Augen zusammen. »Ich hoffe nur, du machst dir keine falschen Hoffnungen. Ich habe nicht vor, die Nacht mit dir zu verbringen.«

»Nein, nein. Ich meine nur, dass ich keine Termine mehr habe und das Warten mir deshalb nichts ausgemacht hat.«

Astarte musterte ihn stirnrunzelnd. »Beruhigend«, sagte sie schließlich. »Und, was machen wir?«

»Wir könnten in eins der Cafés hier am Platz gehen«, schlug er vor.

Sie überlegte kurz. »Welches schlägst du vor?«

Enrique zeigte auf ein Café, das das Thema der Bebauung aufnahm und als englische Teestube dekoriert war. »Du weißt ja, when in Rome …«, sagte er.

»Du meinst, wenn schon *fake*, dann auch richtig?« Astarte lachte. »Na gut. Bei einem Tee kann man so viel eigentlich nicht verkehrt machen.«

Sie überquerten die Straße und ließen sich an einem Tisch im Freien nieder. Nachdem sie jeder einen Tee bestellt hatten, sahen sie sich an.

Enrique gab sich einen Ruck. Er hatte Astarte eingeladen, also war es auch an ihm, das Gespräch zu eröffnen.

»Wo arbeitest du eigentlich? Du sagtest, du hättest so viel zu tun?«

Die Kellnerin brachte ihren Tee und eine Schale mit Keksen,

und sie beschäftigten sich einige Minuten damit, Milch und Zucker in ihre Tassen zu füllen.

»Du hältst dich nicht lange mit Vorreden auf, was?« Astarte lächelte ihn an. »Ich meine, mit Fragen wie *Was sagst du zum Wetter?*, *Wie geht es dir?* oder ähnlich.«

Enrique spürte, wie ihm das Blut in die Wangen schoss. »Ich wollte ... Ich meine ...«, stotterte er.

»Schon gut«, lächelte sie. »Ich arbeite als Assistentin eines Neurologen in einer psychiatrischen Klinik.«

»Interessant«, murmelte er, auch wenn er es nicht wirklich interessant fand. »Dann bist du Neurologin.«

»Eigentlich Linguistin. Aber die Versuche, die ich begleite, beschäftigen sich mit Sprache.« Sie nahm einen Schluck Tee. »Und du?«

»Studiert habe ich Verwaltungswissenschaft. Im Augenblick schreibe ich an meiner Doktorarbeit. Und nebenbei jobbe ich stundenweise als Kellner in einem Bistro.«

Sie zog die Augenbrauen hoch. »Ein Doktor der Verwaltung? Das klingt ja ... furchtbar.« Sie konnte nur mühsam ein Kichern unterdrücken. »Entschuldige ... Mir war bislang nicht klar, dass man Bürokratie als Wissenschaft betreiben kann.«

»Verwaltung ist eine hoch komplizierte Angelegenheit«, verteidigte er sich. »Administrationssysteme müssen ständig weiterentwickelt werden. Schließlich verändert sich der Staat permanent, und man kann ja nicht bei den napoleonischen Methoden stehen bleiben. Aber ich sehe schon, das interessiert dich nicht.«

Sie hatte sich wieder gefangen. »Doch, doch. Das ist spannend.«

Enrique war nicht ganz klar, ob sie sich über ihn lustig machte. »Lass uns nicht über Beamte reden, sondern über dich. Du stammst offensichtlich nicht von hier. Du sprichst die Sprache sehr gut, aber man hört immer noch einen kleinen Akzent bei einigen Worten.«

»Du hast ein gutes Gehör.« Sie nickte. »Ich bin vor einem Jahr hierhergekommen.«

»Und woher?«

Das Lächeln auf ihrem Gesicht verschwand. »Dafür, dass du so wenig sprichst, bist du ziemlich neugierig.«

»Tut mir leid. Ich wollte nicht indiskret sein.« Er rührte verlegen in seinem Tee. »Es geht mich ja auch nichts an.«

»Eben. Ich frage dich ja auch nicht, wo du herkommst. Denn du stammst ebenfalls nicht von hier.«

»Woran hast du das gemerkt?«

»Auch ich habe ein gutes Gehör.« Ihr Gesicht entspannte sich wieder.

»Ich bin in einem der Randstaaten aufgewachsen«, erklärte er. »Die Sprache habe ich erst vor etwa sechs Monaten zu lernen begonnen.«

»Dafür sprichst du sie erstaunlich gut. Nur etwas langsam, das ist mir auch gleich aufgefallen.«

»Vielleicht deshalb, weil ich nicht so schnell denke«, lächelte er.

Sie blickte ihn prüfend an. »Ich denke, du bist cleverer, als du zu sein vorgibst. Die Frage ist nur: Warum verstellst du dich so?«

»Nun bist du neugierig.« Enrique zuckte mit den Schultern. »Ich war schon immer so. Es ist vielleicht besser, von anderen unterschätzt zu werden.«

»Aber nicht bei Frauen«, lachte sie. »Da ist eigentlich genau das Gegenteil üblich. Schließlich wollen wir uns beeindrucken lassen. Aber mach dir keine Sorgen. Ich habe im Augenblick weder Zeit noch Lust auf eine Affäre, geschweige denn auf eine Beziehung.«

Enrique musterte sie.

»Okay«, sagte er nur. »Dann wäre das ja geklärt.«

Sie zog die Augenbrauen hoch. »Ist es das?«

»Du hast es nicht auf mich abgesehen, ich nicht auf dich. Dann können wir also Freunde sein.«

Astarte schien nach wie vor skeptisch. Enrique beschloss, das Thema zu wechseln.

»Erzähl mir ein bisschen mehr über deine Arbeit. Mit was für Patienten hast du zu tun?«

»Es sind vorwiegend Schizophrene«, erklärte sie. »Menschen, die unter dem leiden, was wir Wahnvorstellungen nennen.«

»Du klingst so, als würdest du das anders sehen.«

»Das tue ich auch. Aber es würde zu weit führen, das zu erklären.«

»Weil ich es nicht verstehen würde?«

Sie schüttelte den Kopf. »Nein, weil es eine lange, komplizierte Geschichte ist, die ich selbst noch nicht ganz verstanden habe. Schließlich bin ich nicht vom Fach.«

»Was also hat eine Linguistin mit psychisch Kranken zu tun?«

»Nun, Sprache hat sehr wohl etwas mit geistiger Gesundheit zu tun. Wir denken größtenteils in Worten, außer vielleicht in unseren Träumen. Das bedeutet, wir strukturieren die Welt durch unsere Gedanken, die wiederum durch Worte ausgedrückt werden. Wenn bei dieser Strukturierung etwas schiefläuft, befindet sich der Betroffene in einer anderen Welt als die, in der sich die geistig Gesunden bewegen. Er wird als geisteskrank bezeichnet, obwohl er lediglich ein Problem mit der Sprache hat.«

Enrique dachte darüber nach. »Das kann aber nur dann zutreffend sein, wenn die Sprache nicht logisch und unmissverständlich ist. Doppeldeutigkeiten sind keine Notwendigkeit. Eine Sprache kann durchaus so aufgebaut sein, dass sie Unklarheiten von vornherein ausschließt.«

»Besser hätte ich es auch nicht ausdrücken können«, lächelte Astarte. »Und damit weißt du auch, was ich als Linguistin in einer psychiatrischen Klinik tue.«

»Du bringst den Patienten eine neue Sprache bei.«

Sie nickte. »Wenn eine unklare Sprache wirklich die Ursache für psychische Erkrankungen ist, dann müsste eine klare Sprache die Patienten wieder gesunden lassen. Und Professor Vau hat eine solche Sprache entwickelt.«

Enrique zog die Augenbrauen hoch. »Professor Vau? Viktor Vau?«

»Du kennst ihn?« Astarte machte ein ebenso überraschtes Gesicht wie er.

»Aber ja. Er kommt jeden Tag zum Frühstücken in das Bistro, in dem ich arbeite. Ein eigentümlicher Mensch.«

»Das sagt der Richtige. Aber Vau ist eben ein Wissenschaftler. Und wenn man aus dem Nichts eine völlig neue Sprache entwickelt, muss man schon ein wenig eigentümlich gelagert sein, findest du nicht?«

»Mag sein. Ich kenne mich mit Wissenschaftlern nicht so aus. Habt ihr denn schon Resultate erzielt?«

»Bisher noch nicht. Die Versuche ziehen sich hin, weil die Patienten zunächst die für sie neue Sprache lernen müssen. Und außerdem bin ich noch nicht so lange dabei und habe noch keinen Überblick.«

Enrique goss sich Tee nach. »Wenn man diese These fortdenkt, müssten *alle* Menschen diese neue Sprache lernen, und es würde viele Geisteskrankheiten nicht mehr geben.«

»Das wäre eine Katastrophe!«, rief Astarte entschieden.

»Aber es ist die logische Schlussfolgerung aus dem, was du mir gerade erklärt hast.«

»Das gilt für Kranke, aber doch nicht für Gesunde!«

»Da bin ich ganz anderer Meinung. Eine exakte Sprache bringt doch auch im alltäglichen Leben nur Vorteile. Es gäbe keine Missverständnisse mehr bei der Kommunikation, jeder Mensch würde klar denken, und alle Probleme würden rational und einhellig gelöst.«

Astarte starrte ihn an. »Glaubst du das wirklich?«

Enrique breitete die Arme aus. »Es ist einfach nur logisch.«

»Und die Zweideutigkeiten? Das Spiel mit der Sprache? Die Unvollkommenheit? Ist es nicht gerade das, was uns menschlich macht?«

»Ich weiß nicht.« Enrique kratzte sich am Kopf. Er war sich wirklich nicht sicher, wie die richtige Antwort auf diese Frage lautete. »Alles hat natürlich seinen Preis. Man muss sich darüber klar werden, ob man bereit ist, diesen Preis zu bezahlen.«

Sie kniff die Augen zusammen. »Du willst mich provozieren, stimmt's?«

Er mochte ein Anfänger sein, wenn es um Frauen ging, aber

Enrique wusste, wann es klug war, den Rückzug anzutreten. Er setzte sein versöhnlichstes Grinsen auf.

»Erwischt. Ich wollte nur sehen, wie du aussiehst, wenn man dir ein wenig auf die Zehen tritt.«

»Und, wie sehe ich aus?«

»Hübsch.«

»Ach.« Ihre Gesichtszüge entspannten sich etwas. »Weißt du, du erinnerst mich mit deiner Argumentation fast ein wenig an Professor Vau.«

»Ist das gut oder schlecht?«

Astarte zuckte unentschlossen mit den Schultern. Sie warf einen Blick auf ihre Uhr.

»Ich muss gleich los. Bringst du mich noch zur Metro?«

»Ich begleite dich auch bis vor die Haustür.«

»Nein danke.« Sie grinste. »Wir wollen es nicht übertreiben.«

»Aber wir treffen uns wieder?«

»Warum nicht?«

Enrique winkte der Kellnerin und verlangte die Rechnung, aber Astarte bestand darauf, ihren Tee selbst zu bezahlen.

»Vielleicht komme ich beim nächsten Mal in dein Bistro«, sagte sie, als sie auf dem Bahnsteig standen.

»Aber bitte nur, wenn ich nicht arbeiten muss«, erwiderte Enrique.

»Hast du etwa keine Lust, mich zu bedienen?«, fragte sie grinsend.

Der einfahrende Zug bewahrte ihn vor einer Antwort. Er hätte auch nicht gewusst, was er darauf erwidern sollte. Es fiel ihm schwer, sich an einem solchen spielerischen Schlagabtausch zu beteiligen, und das nicht nur, weil er die Sprache noch nicht genug beherrschte. Marek hatte schon recht, wenn er Enrique als ernsthaften Menschen bezeichnete. Ihm fehlte einfach die Leichtigkeit, die Unbeschwertheit des Denkens, um sich ganz im Augenblick zu verlieren.

Während er ihrer Bahn hinterhersah, dachte er darüber nach, was für ein Zufall es war, dass sie für Viktor Vau arbeitete.

3.

Dagombé

Winter wartete vor der Tür des Hotels, bis die Limousine mit dem zweiten wichtigen Gast des Tages vorfuhr. Auch sie begleitete, wie bei Fitzsimmons, ein klappriger Minibus mit Gepäck und Gefolge. Er winkte dem Hotelportier, der gerade zum Fahrzeug eilen wollte, ab und zog selbst die Tür auf. Mit einem unwilligen Grunzen kletterte der Fahrgast heraus.

Armand de Moulinsart hatte seine mausartigen Züge hinter einer großen Sonnenbrille verborgen. Der Schweiß lief ihm das Gesicht herunter. Er begrüßte Winter mit einem kurzen, feuchten Händedruck. Mit seinem weißen Leinenanzug und dem breitkrempigen Panamahut erinnerte er an einen Großgrundbesitzer, der sich beim Rumpunsch auf der Veranda seines Anwesens weitaus wohler fühlte als hier, mitten unter dem gemeinen Volk.

»Wie halten Sie das hier nur aus?«, fragte er, während er sich mit einer Zeitschrift Luft zufächelte und Winter ins Hotelfoyer folgte. Er bleckte kurz seine Zähne, eine nervöse Angewohnheit, wie Winter wusste.

»Gewohnheit«, erwiderte Winter. »Wenn Sie erst mal ein paar Tage hier sind, nehmen Sie die Hitze gar nicht mehr wahr.«

»Das bezweifle ich.« De Moulinsart sah sich in der Lobby um. »Ich vermute, Sie haben die Klimaanlagen im Land mutwillig abgeschaltet, um uns Qualen zu bereiten.«

»Sie überschätzen meinen Einfluss.« Winter machte eine angedeutete Verbeugung. »Herzlich willkommen in Dagombé.«

»Schon gut, schon gut«, winkte de Moulinsart ab. »Sparen Sie sich die Formalitäten. Sie würden mich doch lieber heute als morgen wieder abreisen sehen. Ist Fitzsimmons schon eingetroffen?«

Winter nickte. »Er erwartet uns an der Bar.«

»Wo auch sonst? Mich wundert, dass er überhaupt noch eine funktionierende Zelle in seinem Gehirn hat. Wahrscheinlich hat er Ihnen bereits ein Angebot gemacht?« Er schielte lauernd zu seinem Begleiter hoch.

»Wollen Sie mitbieten?«

»Ich halte nichts von Söldnern. Wer einmal käuflich ist, ist immer käuflich.«

Winter lächelte. »Also haben Sie auf Ihre alten Tage die Moral entdeckt?«

De Moulinsart rollte die Zeitschrift zusammen und stieß Winter damit gegen die Brust. »Das ist der Unterschied zwischen Ihnen, Fitzsimmons und mir. Sie beide kennen nicht einmal die Bedeutung des Begriffs Moral.«

»Im Gegensatz zu Ihnen?« Joel konnte den Sarkasmus in seiner Stimme nicht verbergen.

»Meine Aufgabe ist es, den Staat zu schützen und damit auch seine Bürger. Das ist nicht nur eine technische, sondern auch eine ethische Aufgabe. Sie haben die Ethik bereitwillig gegen ein Bündel Geldscheine eingetauscht. Fitzsimmons hat nur seinen Aufstieg in die Dynastie im Auge. Er würde auch tote Schweine verkaufen, um dieses Ziel zu erreichen.«

»Ich wusste gar nicht, dass IED für Internationaler Ethik Dienst steht«, grinste Winter, der genau wusste, was de Moulinsart in den Jahren an der Spitze des Dienstes beiseitegeschafft hatte. Unter anderem war er Mitinhaber mehrerer Tarnfirmen, die der IED gegründet hatte, darunter ein Flugunternehmen und eine Beratungsgesellschaft.

»Machen Sie sich nur lustig.« De Moulinsart hatte Mühe, mit Winter Schritt zu halten, der sich auf den Weg zur Bar gemacht hatte. »Irgendwann werden auch Sie Rechenschaft ablegen müssen über Ihr Handeln. Dann werden nicht nur Ihre Handlungen auf die Waagschale gelegt, sondern auch Ihre Motive.«

»Versucht er, Sie zu missionieren, alter Junge?«, tönte Fitzsimmons von der Bar. »De Moulinsart, Sie hätten Fernsehprediger werden sollen. Dann könnten wir Sie abschalten, wann wir wollen.«

Fitzsimmons widmete sich wieder seinem Whisky und wartete, bis die beiden anderen sich gesetzt hatten. De Moulinsart nahm seine Sonnenbrille ab und schob sie in die Brusttasche seines Jacketts. Er starrte den ZEB-Direktor an. Wenn Blicke töten könnten, dann wäre Fitzsimmons jetzt eine stattliche Leiche, dachte Joel.

Er bestellte eine Limonade, de Moulinsart eine Cola. Sie waren um diese Stunde die einzigen Gäste in der Bar. Nachdem der Barkeeper ihnen ihre Getränke gebracht hatte, zog er sich ans andere Ende der Theke zurück.

Fitzsimmons griff den unterbrochenen Gesprächsfaden wieder auf. »Das Schlimme bei Ihnen, de Moulinsart, ist, dass Sie wirklich daran glauben, was Ihnen über die Lippen kommt. Mir sind Leute ohne Ideale lieber, weil ich die einschätzen kann. Sie hingegen sind ein Fanatiker, und damit unterscheiden Sie sich in nichts von denjenigen, die wir zu bekämpfen haben.«

»Ihre Arroganz verstellt Ihnen den Blick«, gab de Moulinsart zurück. »Nicht der Fanatismus ist das Entscheidende, sondern die Maßstäbe, nach denen man handelt. Irgendjemand hat einmal gesagt: *Ein Fanatiker ist ein Mensch, der so handelt, wie er glaubt, dass Gott handeln würde, wenn Er ausreichend informiert wäre.* Ich will nicht anmaßend sein, aber genau das ist meine Maxime.«

»Das nennen Sie keine Anmaßung?«, lachte Winter. »Ich kenne Bischöfe, die demütiger sind als Sie!«

Bevor de Moulinsart antworten konnte, fuhr er fort: »Meine Herren, ich schlage vor, dass Sie Ihre Auseinandersetzung auf ein anderes Mal vertagen. Wir sollten uns jetzt auf die Aufgabe konzentrieren, die vor uns liegt.«

»Ganz recht.« Fitzsimmons streckte de Moulinsart die Hand entgegen. »Lassen Sie uns das Kriegsbeil für ein paar Tage begraben.«

De Moulinsart brummte etwas Unverständliches und schlug dann unwillig ein.

»Sehr schön«, strahlte Fitzsimmons und leerte sein Glas in

einem Zug. Er gab dem Barkeeper ein Zeichen, der sogleich für Nachschub sorgte.

Winter wartete, bis der Mann sich wieder entfernt hatte. »Ich bin überrascht, dass Sie beide persönlich gekommen sind. Eigentlich hatte ich eher die untergeordneten Chargen erwartet.«

»Das könnte Ihnen so passen!«, höhnte de Moulinsart. »Dann hätten Sie doch freie Bahn gehabt. Mich können Sie nicht so leicht hinters Licht führen.«

»Ich stimme dem Kollegen ausnahmsweise zu«, nickte Fitzsimmons. »Könnten wir jetzt vielleicht zu den Fakten kommen?«

Winter holte Luft. »Unsere Wissenschaftler haben die Kapsel zunächst bezüglich der Materialien und Technologie untersucht. Dabei wurde festgestellt, dass keinerlei auf der Erde unbekannte Substanzen für den Bau der Kapsel verwendet wurden. Von der Form her ist die Kapsel angelehnt an die frühen Apollo-Modelle, eine Konstruktion, die schon lange nicht mehr verwendet wird. Die Qualität der Materialverarbeitung ist dabei höchst laienhaft.«

»Was wollen Sie damit sagen?«, fragte de Moulinsart.

»Nun, die Nieten sitzen nicht fest, und die Schweißnähte sind ungenau ausgeführt worden. Als habe jemand unter Zeitdruck etwas zusammengebastelt. Kurz, es ist unwahrscheinlich, dass diese Kapsel einen Raumflug, geschweige denn den Eintritt in die Erdatmosphäre heil überstanden hätte.«

»Die Kapsel stammt also von der Erde?«, fragte Fitzsimmons.

»Die Frage kann ich nicht beantworten. Dagombé ist nur ein kleines Land, und wir wissen nicht, was die Großmächte hinter den Kulissen so alles veranstalten. Ich hatte gehofft, Sie können mir dazu Auskunft geben.«

»Über welchen Zeitraum sprechen wir? Wie lange ist die Kapsel unterwegs gewesen?«

»Nach Auskunft der Fachleute nur sehr kurz. Selbst der Start an der Spitze einer Rakete lässt immer ganz bestimmte Spuren an der Außenseite einer Kapsel zurück. Unser Exemplar ist aber völlig frei davon. Das bedeutet, dass sie eigentlich überhaupt nicht unterwegs gewesen sein kann.«

»Moment mal.« De Moulinsart beugte sich vor. »Wenn die Kapsel nicht vom Boden in die Luft befördert wurde, woher soll sie dann gekommen sein? Wollen Sie uns weismachen, sie sei aus dem Nichts aufgetaucht?«

»Ich will überhaupt nichts«, sagte Winter. »Ich gebe nur wieder, was mir die Wissenschaftler berichtet haben.«

»Wer weiß, welche Qualifikationen diese Leute besitzen«, brummte Fitzsimmons. »Würde mich nicht wundern, wenn die eine Raumkapsel mit einer Boje verwechseln.«

»Das war unter Ihrem Niveau«, entgegnete Winter. »Wir leben schon lange nicht mehr in der Zeit, als alle Schwarzen im Baströckchen herumliefen und auf die weisen Worte des weißen Massa warteten, sofern es die überhaupt je gegeben hat. Ich schätze, Sie haben das Dossier nicht gründlich gelesen, das Ihnen Ihre Leute zusammengestellt haben?«

Fitzsimmons nahm einen Schluck Whisky. »Vielleicht bin ich bei der Lektüre ein wenig eingedämmert. Aber Sie können einen alten Mann glücklicherweise erleuchten.«

De Moulinsart trommelte ungeduldig auf der Theke. »Sehen Sie, Fitzsimmons, das ist Ihr Problem. Sie sind schlecht vorbereitet und stehlen anderen Leuten die Zeit. Haben Sie denn noch nie etwas vom *African Space Program* gehört?«

»Die Initiative von zwanzig afrikanischen Staaten, die eine unabhängige afrikanische Raumfahrt zum Ziel hat«, leierte Fitzsimmons herunter. »Das weiß jeder. Aber was hat das mit unserer Kapsel zu tun?«

»Dagombé ist Teil des ASP«, erklärte Winter. »Das Forschungszentrum, in dem die Kapsel jetzt steht, ist Teil dieses Programms. Zurzeit arbeiten dort etwa zwanzig Raumfahrtfachleute aus aller Welt, deren Referenzen außer Zweifel stehen.«

»Soso.« Fitzsimmons leerte sein Whiskyglas. »Dann fasse ich zusammen: Wir haben eine Raumkapsel, die ihren Ursprung weder außerhalb der Erde hat noch mit einer irdischen Rakete in die Luft befördert worden ist. Die Kapsel sieht aus wie ein Space-Oldtimer und ist das Werk eines Anfängers. Von uns stammt sie nicht, denn es hat seit drei Monaten keine Raketenstarts gegeben. Und anderswo auch nicht, soviel ich weiß.«

»Sie haben ausnahmsweise mal recht«, brummte de Moulinsart. »Was hat die Untersuchung des Inneren der Kapsel ergeben?«

»Nichts. Keine Steuerelemente und kein Bordcomputer. Dieses Objekt ist weder theoretisch noch praktisch lenkbar. Wir haben allerdings in einer Halterung an der Wand ein Blatt Papier gefunden.«

»Dieser ganze Aufwand für ein Blatt Papier?«

»Offenbar. Und noch dazu ein Blatt, das mit einer Reihe von Zeichen beschrieben ist, die wir nicht entziffern können.«

»Eine Fremdsprache?«

»Keine der uns bekannten.«

»Also doch eine Botschaft von Außerirdischen«, überlegte Fitzsimmons. »Wenn sie clever genug sind, mit uns Kontakt aufzunehmen, dann können sie vielleicht auch eine Raumkapsel auf uns unbekannte Weise zu uns befördern.«

»Das alles werden wir erst wissen, wenn wir die Botschaft entschlüsselt haben«, stellte Winter fest. »Wir haben bereits, Ihr Einverständnis vorausgesetzt, die führenden Linguisten und Kryptografen aus aller Welt angefordert. Die ersten dürften morgen hier eintreffen.«

»Wäre es nicht einfacher, die Botschaft zu kopieren und unsere Leute in der Heimat daran zu setzen?«, fragte de Moulinsart. »So könnten wir viel Zeit und Geld sparen.«

Winter lächelte. »Sie wissen, wir haben beschlossen, keine Alleingänge in dieser Sache zu unternehmen. Das war eine der Vorbedingungen dafür, dass Sie überhaupt nach Dagombé einreisen durften. Alles geschieht hier oder gar nicht.«

»Pech für uns, dass die Außerirdischen nicht genau gezielt haben«, sagte Fitzsimmons grimmig. Er warf einen Geldschein auf die Bar und erhob sich. »Wenn Sie mich jetzt entschuldigen wollen. Ich habe noch ein wenig zu arbeiten.«

Auch de Moulinsart sprang auf. »Ich ebenfalls. Wann treffen wir uns?«

»Um neun Uhr in der Lobby«, erwiderte Winter. »Dann zeige ich Ihnen Ihre Büros im Forschungszentrum.«

Er begleitete seine Gäste noch zu den Fahrstühlen. De Moulinsart legte Wert darauf, nicht im selben Aufzug wie Fitzsimmons zu fahren. Nachdem die beiden endlich verschwunden waren, ließ Winter sich in einen der Ledersessel in der Lobby fallen und bestellte ein Bier. Während er den ersten Schluck die Kehle herunterrinnen ließ, dachte er an die bevorstehenden Tage.

Es würde sehr anstrengend werden.

zu:

Log des Protektors

Lange habe ich mich gefragt, ob ich dieses Log schreiben soll. Es ist mehr die Gewohnheit, die mich dazu treibt, als die Notwendigkeit. Denn im Gegensatz zu meinen anderen Aufträgen wird niemand diese Aufzeichnungen lesen oder Nutzen daraus ziehen können. Allein deshalb, weil ich sie in einer toten Sprache niederschreibe.

Ich habe mir diese Sprache, die so anders ist als meine, in den letzten Monaten mühsam angeeignet. Sie arbeitet mit unendlich vielen Einheiten, mit Artikeln oder Pronomen, die das Lernen erschweren und die komplett überflüssig sind. Was aber viel schwerer wiegt, ist die Tatsache, dass diese Sprache ungenau ist. Missverständnisse in der Kommunikation gehören hier zum Alltag und müssen entweder mühsam ausgeräumt werden oder setzen sich, mit oft dramatischen Konsequenzen, fort.

Natürlich wusste ich, was mich hier erwartet. Aber der Schock war dennoch enorm. Präzision und Vollständigkeit fehlen dieser Sprache völlig, aber nicht genug damit: Die Menschen setzen diese Ungenauigkeit zielgerichtet ein, um das zu konstruieren, was sie Wortspiele, Witz oder Ironie nennen. Es ist fast, als sei ich auf einem fremden Planeten gelandet, dessen Bewohner nicht nur fremdartig sprechen, sondern auch über eine völlig andere Struktur des Denkens verfügen.

Und das ist meine große Furcht. Denn Denken und Sprechen sind untrennbar miteinander verbunden und beeinflussen sich gegenseitig. Durch das Eintauchen in diese unvollkommene Sprachwelt ist es durchaus möglich, dass sich mein Denken ebenfalls verändert. Und dies könnte ungeahnte Folgen für meinen Auftrag haben.

Vor allem, weil auch die Stimmen nicht mehr da sind.

Bereits jetzt bemerke ich, wie ich beginne, in dieser Sprache zu denken. Ich wehre mich dagegen, und wenn ich allein bin, führe ich laut Gespräche mit mir selbst, in meiner alten Sprache, um sie nicht zu vergessen. Aber ohne die Möglichkeit einer regelmäßigen Kommunikation wird sie im Laufe der Jahre mehr und mehr in mir verkümmern.

Das Führen eines Logs war eines der ersten Dinge, die uns bei unserer Ausbildung beigebracht wurden. Ich sehe noch genau meinen Ausbilder vor mir. Er hieß Julian Daniels und war ein in Ehren ergrauter Agent. Wir nannten ihn nur *Juli*, im Gegensatz zu Augusta Sandler, der Kryptografieexpertin, die natürlich *August* war.

Juli und August waren Praktiker. Sie hatten jahrzehntelang an der Front gekämpft, bis sie mit ihren jetzigen Posten für ihre gute Arbeit belohnt worden waren.

»Das Log ist die Nabelschnur des Protektors«, wurde Juli nicht müde uns einzutrichtern. »Wenn ihr im Einsatz seid, seid ihr auf euch allein gestellt. Sollte euch etwas zustoßen, verliert sich eure Spur. Mithilfe des Logs können wir zumindest nachverfolgen, wo ihr euch zuletzt aufgehalten und was ihr herausgefunden habt. Schon viele Agenten sind durch das Log gerettet worden.«

Juli war es auch, der mich rekrutiert hatte. Ich war damals im siebten Semester und hatte die Lust am Studieren verloren. Eigentlich machte ich nur weiter, um meine Eltern nicht zu enttäuschen, die sich das Geld für meine Ausbildung mühsam von ihren bescheidenen Einkommen abgezweigt hatten. Ich hatte mich für Mathematik, Informatik und Computerlinguistik entschieden, weil mir das die Fächer zu sein schienen, die meinen Neigungen am ehesten entsprachen, musste aber schnell feststellen, dass eine Begeisterung fürs Programmieren als Motivation für ein Studium nicht ausreichend ist.

Eines Tages fiel mir am Schwarzen Brett der Fakultät ein Aushang ins Auge. Er kündigte eine Veranstaltung namens *Ausbruch aus dem Elfenbeinturm* an, was sich interessant genug anhörte, um mich abends nach meinen Seminaren dorthin zu führen. Außer mir waren zehn andere Studenten zugegen. Am Dozentenpult saß ein kleiner grauhaariger Mann mit militärischem Haarschnitt, der eine Nickelbrille und eine rote Strickjacke trug. Sein Gesicht war sonnengegerbt und wies zahlreiche Lachfältchen auf. Er sah aus wie ein freundlicher Großvater, der darauf wartet, dass sich seine Enkel zum allabendlichen Vorlesen setzen. Nichts hätte weiter von der Wahrheit entfernt sein können. Aber das wussten wir damals noch nicht.

»Die Akademiker sind die Stützpfeiler des Staates«, begann er seinen Vortrag. »Sie erziehen die Massen und sorgen mit ihren Erkenntnissen für die Weiterentwicklung der Gesellschaft. Zudem ist es ihre Aufgabe, durch wissenschaftliche Beweisführung allen Bürgern die Überlegenheit unserer Staatsform vor Augen zu führen. Welche Tätigkeit könnte also wertvoller für das Gemeinwesen sein?«

Er legte eine Kunstpause ein und blickte jedem von uns in die Augen. Auch wenn wir wussten, dass dies eine rein rhetorische Frage war, fühlten wir uns unter seiner Beobachtung doch unwohl.

»Die Wertvollste aller Tätigkeiten ist der Schutz des Staates«, fuhr er fort. »Natürlich ist das die Aufgabe eines jeden Bürgers, eines jeden Beamten und eines jeden Polizisten. Ich hingegen spreche von denjenigen Männern und Frauen, die bereitwillig ihr Leben für unseren Staat geben. Ich spreche nicht von Bezahlung. Ich spreche auch nicht von Arbeitszeiten, Urlaub und Pension. Und ich spreche nicht von Ruhm oder Medaillen. Nein, die Tätigkeit, von der ich spreche, ist kein Beruf, sondern eine Berufung. Wer nicht bereit ist, ihr sein ganzes Leben, seine gesamte Energie und alles, was er oder sie besitzt, zu opfern, der hat bei uns nichts verloren. Ich will Ihnen nichts vormachen. Um ein Protektor zu werden, müssen Sie nicht nur zu all dem bereit sein. Sie müssen auch darauf gefasst sein, zu scheitern. Wir werden Sie den härtesten Prüfungen unterziehen, die Sie sich nur vorstellen können. Wir werden Sie körperlich und geistig an Ihre Grenzen führen und darüber hinaus. Es wird Momente geben, da werden Sie nichts sehnlicher wünschen, als tot zu sein. Und erst wenn Sie das alles überstanden haben, werden Sie ein Protektor sein.«

Schon während seines Vortrags hatten drei Teilnehmer den Raum verlassen. Das schien ihn nicht im Geringsten zu stören. Anschließend gab es die Möglichkeit, Fragen zu stellen. Nachdem keiner mehr etwas wissen wollte, forderte er Interessenten auf, im Raum zu bleiben. Ich war einer von zwei Teilnehmern der Veranstaltung, die sich für den Dienst als Protektor bewarben. Juli nahm unsere Daten auf und bestellte uns für die folgende Woche zur Aufnahmeprüfung in eine Kaserne am Stadtrand. Mein Mitstudent fiel durch. Warum ich bestand, weiß ich selbst nicht, denn ich hatte bei vielen der Tests das Gefühl, kläglich zu versagen.

Als mir Juli eröffnete, ich sei angenommen, empfand ich eine Freude wie schon lange nicht mehr. Endlich hatte mein Leben eine Richtung bekommen! Juli hatte mir zugesagt, dass ich mein Studium nach Abschluss meiner Grundausbildung fortsetzen könne. »Auch bei den Protektoren benötigen wir Leute mit Verstand«, waren seine Worte.

Meine Eltern waren anfangs skeptisch, aber als ich ihnen deutlich machte, dass meine neue Tätigkeit nicht das Ende meiner Studien, sondern lediglich eine Unterbrechung bedeutete, waren sie einverstanden mit meiner Wahl. Sie hätten mich sowieso nicht davon abhalten können, doch ihre Zustimmung war wichtig für mich. Ich denke, sie waren insgeheim auch froh darüber, dass sie jetzt mehr Geld für sich zur Verfügung hatten, denn als Protektor erhielt ich vom ersten Ausbildungstag an ein ordentliches Gehalt.

Die Protektoren waren irgendwo zwischen dem Militär und der Polizei angesiedelt. Sie waren eine Elitetruppe eigener Art. Während es eine Reihe von Spezialkommandos gab, deren Fähigkeiten in erster Linie im körperlichen Bereich lagen, waren wir eine Mischung aus Einzelkämpfern und Undercoveragenten, aus Leibwächtern und Intellektuellen.

»Es gibt für einen Protektor keinen Einsatz, der einfach ist«, erinnerte uns Juli immer wieder. »Vergesst die Klischees, die ihr aus Fernsehen und Kino kennt. Protektoren werden immer wieder aufs Äußerste gefordert, nicht nur körperlich, sondern auch geistig. Es gibt Kolleginnen und Kollegen, die seit Jahren mit falscher Identität im Untergrund leben und keinen Kontakt zu ihrer Familie oder ihren Freunden haben. Andere sitzen seit Monaten an der Entwicklung statistischer Verfahren, die zutreffendere Prognosen versprechen als heute. Und wieder andere schweben in den Randgebieten täglich in Lebensgefahr, weil sie an der vordersten Front mit den örtlichen Polizeikräften arbeiten.«

Solche Aussagen schreckten uns nicht, sondern förderten unsere Motivation. Und davon brauchten wir auch genug, um die Grundausbildung zu überstehen, die weitaus härter war, als wir Rekruten sie uns hatten vorstellen können.

Ich freundete mich mit drei weiteren Neulingen an. »Sucht euch eure Freunde unter den Protektoren«, hatte Juli uns geraten. »So könnt ihr sicher sein, dass sie euch verstehen und zu euch halten. Und vor allem kann euch niemand bei einem Undercoverauftrag erkennen und in Schwierigkeiten bringen.«

Wir verbrachten unsere wenige freie Zeit fast ausschließlich auf dem Kasernengelände, das weitläufig war und jede Menge an Freizeitmöglichkeiten bot, vom Kino über Kneipen und Discos bis zu Sportangeboten aller Art. Wenn wir einmal ausgingen, ließen wir uns in einem Van mit abgedunkelten Fenstern in ein Stadtviertel bringen, in dem man uns nicht kannte und wo man uns für Touristen hielt, deren Gesichter sich niemand merkte.

Die Ausbildung dauerte ein Jahr. Von den zwanzig Rekruten, die mit mir begonnen hatten, waren am Ende zwölf übrig geblieben. Juli verlieh uns unsere Abschlussurkunden im Rahmen einer kleinen Feier, die im Kasernenkino stattfand. Wir waren unter uns. Eltern und Verwandte waren nicht eingeladen. Auch zu ihnen mussten wir Distanz halten. Es waren lediglich ein paar Dutzend älterer Protektoren anwesend, die, wie Juli, als Ausbilder arbeiteten, sowie die nach uns aufgenommenen Rekrutenjahrgänge.

Es war eine der wenigen Gelegenheiten, zu denen wir unsere Uniform trugen. Julis Brust war geschmückt mit Orden und Plaketten, die er im Laufe seines langen Dienstes für besondere Einsätze und Leistungen erhalten hatte. Unsere Jacken waren, abgesehen von unserer Prüfungsmedaille, noch leer. Wir träumten von dem Tag, an dem auch wir stolz unsere Auszeichnungen würden zeigen können.

Inzwischen sind viele Jahre vergangen und ich weiß, dass sich dieser Traum für mich niemals erfüllen wird. Denn ich werde nach dem Ende dieses Auftrags nicht mehr zurückkehren können. Mein Dienst als Protektor ist damit beendet. Dank einer großzügigen Pension werde ich bis an das Ende meines Lebens keine Not leiden müssen. Und doch werden mir die Kameradschaft meiner Kollegen und das Bewusstsein, eine besondere Verantwortung zu haben und zu den elementaren Stützpfeilern des Staates zu zählen, fehlen.

Jetzt halte ich mich bereits über ein halbes Jahr in dieser Stadt auf, länger als bei jeder meiner bisherigen Missionen. Ich habe mich eingelebt, angepasst, bin einer von ihnen geworden, unauffällig, unerkannt, unbekannt. Und noch immer warte ich darauf, meinen Auftrag erfüllen zu können.

In den Nachrichten war in den letzten Wochen viel von einer geheimnisvollen Raumkapsel die Rede, die vor der Küste eines kleinen afrikanischen Staates gelandet ist. Ich frage mich, ob das wohl das Zeichen sein mag, auf das ich gewartet habe.

Jedenfalls habe ich die Zeit genutzt, um meine Vorbereitungen zu treffen und meine Pläne zu schmieden. Ich bin bereit. Alles andere liegt nicht in meiner Hand.

su:
Briefings

1.

Dagombé

Joel Winter saß in seinem kleinen Büro und studierte die letzten Berichte, die seine Agenten aus der Hauptstadt der Dynastie übermittelt hatten. Wie es aussah, hatte die Lobbyarbeit zugunsten einer Aufhebung des Importverbots für Pinidium aus Dagombé keinen Erfolg gebracht. Jetzt war er also gefordert.

Er warf einen Blick auf die Digitaluhr über der Tür. Es war früher Nachmittag, und die drückende Hitze draußen war unerträglich. In wenigen Tagen würde die Regenzeit beginnen. Die Luft war bereits jetzt so von Feuchtigkeit durchtränkt, dass man sie förmlich greifen konnte.

Fitzsimmons und de Moulinsart würden sich jetzt in ihren klimatisierten Büros im Forschungszentrum aufhalten. Die beiden hatten sich nach der ersten Besichtigung der Kapsel in ihren Zimmern eingeschlossen und eine rege Kommunikationstätigkeit mit ihren Diensten daheim aufgenommen. Seine Leute zeichneten zwar alle ein- und ausgehenden Nachrichten auf, aber Winter wusste, dass es Wochen dauern konnte, die darin versteckten Botschaften zu entziffern.

Wochen, die er nicht hatte.

Präsident Banda hatte deutlich gemacht, dass er einen schnellen Erfolg wünschte. Sowohl in der Pinidium-Angelegenheit als auch bezüglich der Raumkapsel. Jeder Tag, den die ausländischen Wissenschaftler sich im Land aufhielten, blutete den auf einen kleinen Rest zusammengeschmolzenen Staatsschatz weiter aus. Winter war die Anwesenheit seiner beiden Rivalen zwar nicht unangenehm, denn dann konnten sie seine Unternehmungen in ihrem Land nicht mit der notwendigen Intensität verfolgen, aber er wusste auch, dass er Banda nur bis zu einem gewissen Punkt hinhalten konnte.

Er nahm die Blätter auf, die vor ihm lagen, und verschloss sie in einem Safe hinter dem Schreibtisch. Dann machte er sich auf den Weg ins Forschungszentrum, wo in wenigen Minuten das erste Briefing durch die Wissenschaftler stattfinden würde.

Fitzsimmons und de Moulinsart waren bereits anwesend, als er den Konferenzraum betrat. Sie saßen an einem Ende eines langen Tisches, der für dreißig Personen ausgelegt war. Am anderen Ende hockten zwei Männer und eine Frau, die ihre Köpfe zusammensteckten und sich flüsternd unterhielten.

»Mein lieber junger Freund«, dröhnte Fitzsimmons ihm entgegen. »Wir dachten schon, Sie wollen uns hier aushungern.« Dabei deutete er auf einen Teller mit Gebäck, der vor ihm stand. »Sie haben doch sicher für einen ordentlichen Imbiss gesorgt, oder?«

»Leider nicht«, entschuldigte sich Winter. »Aber ich kann gerne etwas kommen lassen.«

»Bitte, seien Sie doch so nett.«

Während Winter im Hotel zwei Platten mit Kanapees bestellte, winkte er die Wissenschaftler zu sich herüber. Die drei tuschelten noch einmal miteinander und folgten dann seiner Aufforderung.

Ein älterer Mann mit einem grauen Vollbart, offenbar der Wortführer, blieb stehen, während die anderen beiden rechts und links von ihm Platz nahmen.

»Gestatten Sie zunächst, dass wir uns vorstellen. Zu meiner Rechten sitzt Professor Dr. Isabel Kennealy aus Princeton. Sie leitet die Kryptografiegruppe.«

Kennealy, eine Frau kaum älter als dreißig, mit langem schwarzem Haar und harten Augen, nickte der Runde zu.

»Zu meiner Linken haben wir Professor Dr. Rasmus Wakken aus Oxford. Er koordiniert die Linguistengruppe.«

Wakken war ein Mann in den Fünfzigern, mit zurückweichendem Haaransatz und abstehenden Ohren. Er erhob sich leicht aus seinem Stuhl.

»Mein Name ist Flavio Volante, und ich habe den Lehrstuhl für Semiotik an der Universität von Bologna inne. Meine Kollegen waren so freundlich, mich zu ihrem Sprecher zu wählen.«

»Vielen Dank, Professor Volante«, sagte Winter. »Erklären Sie uns bitte, was Sie bislang über die Botschaft in der Kapsel herausgefunden haben.«

Volante, um dessen Mundwinkel ein ständiges Lächeln zu spielen schien, nahm ein Blatt auf, das vor ihm lag. Bevor er beginnen konnte, klopfte es an der Tür und ein schwitzender Kellner fuhr einen Servierwagen mit den Kanapees herein.

»Nun sprechen Sie schon«, brummte de Moulinsart ungeduldig, während Fitzsimmons seine Aufmerksamkeit den gefüllten Tellern widmete.

»Nun, wir haben das Dokument zunächst nur per Augenschein geprüft und sind zu der Überzeugung gekommen, dass es tatsächlich keiner lebenden oder ausgestorbenen menschlichen Sprache entspricht. Es ist uns nicht einmal bekannt, ob es sich von rechts nach links oder umgekehrt liest. In jedem Fall handelt es sich um einen fortlaufenden Text, denn es ist eine klare Interpunktion erkennbar.«

Er zog mehrere Blätter aus dem Stapel vor sich und verteilte sie an die Zuhörer. Sie enthielten lediglich eine Zeile:

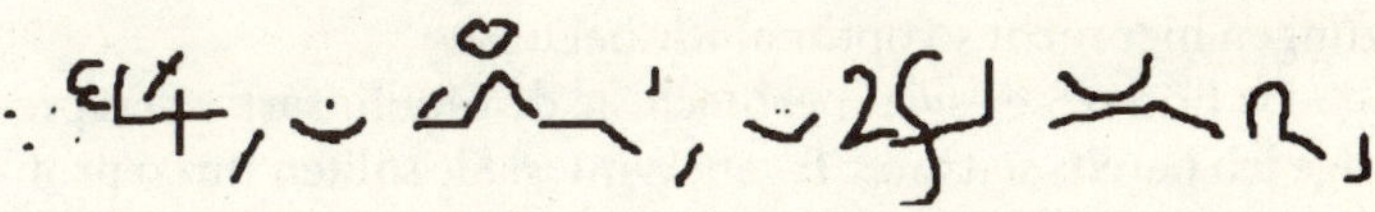

»Sieht eher nach Kunsthandwerk aus als nach einer hoch entwickelten Sprache«, brummte Fitzsimmons enttäuscht.

»Lassen Sie sich nicht täuschen«, meldete sich Wakken zu Wort. »Es handelt sich hier höchstwahrscheinlich um eine hochkomplexe Schrift. Wir sehen an der Unregelmäßigkeit der

Linien, dass dieses Dokument handschriftlich verfasst wurde. Eine vorläufige chemische Analyse hat ergeben, dass es sich bei dem Material um Papier handelt, wie auch wir es verwenden, auf das mit einer Art Kugelschreiber geschrieben worden ist. Die Zusammensetzung der Tinte ist ebenfalls derjenigen ähnlich, die wir heute benutzen.

Die Zeichen erinnern an eine Schrift, die der englische Bischof John Wilkins im siebzehnten Jahrhundert entwickelte. Wilkins' Ziel war es, eine universelle Sprache zu erfinden, die jedes Phänomen auf der Erde eindeutig beschreibt ohne Unklarheiten und Missverständnisse. Wenn man diese Nachricht und die von Wilkins vorgeschlagenen Realcharaktere, wie er sie nannte, vergleicht, so scheint es gewisse Übereinstimmungen zu geben, auch wenn das zu diesem Zeitpunkt natürlich noch reine Spekulation ist.«

»Vielen Dank, Herr Kollege«, sagte Volante. »Wir belassen es selbstverständlich nicht bei linguistischen Untersuchungen. Was die kryptografische Seite angeht, so kann Ihnen die Kollegin Kennealy Näheres erläutern.«

Die Frau erhob sich und strich sich das Haar aus der Stirn. Winter fand sie nicht unattraktiv, wären da nicht diese Augen gewesen. Sie waren ohne Ausdruck wie bei einem Reptil, das auf den richtigen Augenblick lauert, um anzugreifen. Auch ihre Stimme war etwas zu schneidend für seinen Geschmack.

»Wir haben den gestrigen Tag damit verschwendet, eine Datenleitung zu unseren Hochleistungsrechnern herzustellen«, begann sie. »Leider sind die technologischen Voraussetzungen hier nicht so optimal wie bei uns.«

»Da hören Sie es«, unterbrach sie de Moulinsart. »Das predige ich bereits seit zwei Tagen, Winter! Sie sollten Ihren profilierungssüchtigen Präsidenten endlich davon überzeugen, die Sache in professionelle Hände zu legen.«

Winter antwortete nicht. Nach einer kurzen Pause fuhr Kennealy fort: »Wir werden den Text zunächst einmal einfachen Häufigkeitsanalysen unterziehen. Wie Sie sicher wissen, kommen die Buchstaben unserer Sprache in einem Text in unterschiedlichen Häufigkeiten vor, die bestimmten Gesetzmäßigkeiten unterliegen. Das gilt für jede bekannte Sprache. Buchstaben wie das X oder Q gibt es in vielen Sprachen nur äußerst selten, Buchstaben wie das E ausgesprochen oft. Wenn der vorliegende Text tatsächlich einer existierenden Sprache entstammt und nicht verschlüsselt ist, dann müsste sich für ihn ebenfalls eine Häufigkeitsverteilung ermitteln lassen, die uns erste Hinweise gibt.«

»Auch das klingt einfacher, als es ist«, meldete sich Volante zu Wort. »Zunächst einmal ist die Botschaft nicht länger als eine Seite. Außerdem wird unsere Sprache in lateinischen Buchstaben geschrieben, besteht also aus klar abgegrenzten Einheiten. Wenn Sie auf den Zettel vor sich sehen, dann werden Sie erkennen, dass diese Schrift solche diskreten Einheiten unter Umständen gar nicht kennt. Gehört der Halbkreis über dem vorletzten Wort – sofern es denn ein Wort ist – fest zu dem Gebilde darunter oder stellt er ein eigenständiges Zeichen dar? Wir müssen also den Text in unterschiedliche Einzelelemente zerlegen, für die wir dann die Häufigkeitsberechnungen durchführen. Bis wir die richtigen Elemente ermittelt haben, kann es durchaus etwas dauern – und erst dann können wir mit der Entschlüsselung der Botschaft beginnen.«

»Sofern es sich nicht um einen neuen Voynich handelt«, murmelte Wakken.

»Wie bitte?«, fragte Fitzsimmons mit vollem Mund.

»Der Kollege bezieht sich auf das sogenannte Voynich-Manuskript, das 1912 von Wilfrid Voynich in Italien erworben wurde und nach ihm benannt ist«, erläuterte Volante. »Eine Papieranalyse hat ergeben, dass es vermutlich Anfang des fünfzehnten Jahrhunderts entstanden ist. Es ist in einer Sprache und Schrift verfasst, die bis heute niemand entschlüsseln konnte. Deshalb wird vermutet, dass es sich dabei um eine reine Erfindung handelt.«

»Wobei selbst erfundene Sprachen unweigerlich einer gewissen Systematik folgen«, ergänzte Wakken. »Aber selbst die fehlt beim Voynich-Manuskript – oder man hat sie noch nicht entdeckt. Wenn es also eine Erfindung ist, dann war dies eine grandiose Leistung.«

Fitzsimmons, der hinter vorgehaltener Hand seine Zahnzwischenräume mit einem Zahnstocher bearbeitete, ließ die Hände sinken. »Sie wollen damit sagen, dass auch dieses Dokument nichts anderes sein könnte als ein gewaltiger Scherz?«

»Ausschließen lässt sich das beim jetzigen Erkenntnisstand nicht«, erwiderte Wakken..

Winter strich sich erschöpft durch die Haare. Seit Beginn dieser Raumkapselgeschichte hatte er keine Nacht mehr als fünf Stunden geschlafen, und die Folgen begannen sich langsam zu zeigen. Er musste aufpassen, dass er aus Übermüdung keinen Fehler beging.

»Angenommen, die Botschaft ist doch entschlüsselbar. Wie lange kann es Ihrer Meinung nach dauern, bis sie übersetzt ist?«, fragte er die Kryptografin.

»Unter den gegebenen Verhältnissen möchte ich mich ungern auf eine Vorhersage festlegen. Normalerweise würde ich sagen, wir hätten den Code in wenigen Tagen geknackt. Aber wir könnten hier auch eine Woche oder länger festsitzen. Glauben Sie mir, ich sehe dem genauso ungern entgegen wie Sie«, fügte sie hinzu, als sie die Reaktion der Anwesenden bemerkte.

Während das Gesicht von de Moulinsart noch sauertöpfischer wurde, lachte Fitzsimmons laut auf. »Da können wir Ihrem Präsidenten ja noch weiter auf der Tasche liegen, mein Lieber«, dröhnte er und schlug Winter auf die Schulter.

Winter lächelte gequält. Er hatte seine Rivalen hier zwar gut unter Kontrolle, aber gleichzeitig war auch er an Agua Caliente gebunden. Er würde seine Pläne ändern müssen, und das würde Gordon Banda gar nicht freuen.

»Sie haben natürlich jede Unterstützung unserer Regierung, die Sie benötigen«, versicherte er den Wissenschaftlern. »Gibt es noch irgendwas, das wir jetzt für Sie tun können?«

»Durchaus«, meldete sich Volante zu Wort. »Ich würde gerne einen weiteren Fachmann hinzuziehen. Allerdings wird es einiger Überredungskünste benötigen, ihn dazu zu bewegen, die Reise nach Dagombé anzutreten.«

»Überredungskunst ist unser Metier«, grinste Fitzsimmons. »Verraten Sie uns, wie der Mann heißt, und ich garantiere Ihnen, er wird umgehend vor Ihrer Tür stehen.«

Volante blickte seine Kollegen an und räusperte sich. »Wir haben uns zu diesem Thema noch nicht abgestimmt, aber ich denke, es wird keine Einwände geben. Der Mann, den ich bei uns haben möchte, heißt Viktor Vau.«

2.

Hauptstadt der Union

»Besuch für Sie, Professor Vau.«

Viktor blickte von seinen Unterlagen auf. In der Tür zu seinem Zimmer stand eine der drei älteren Frauen, die in wechselnder Schicht die Rezeption besetzten.

»Ich wüsste nicht, dass ich für heute einen Termin gemacht hätte.«

Die Rezeptionistin machte ein verlegenes Gesicht. »Er sagt, es sei dringend.«

»Es handelt sich also um einen Mann?«

Sie nickte.

»Einen Mann, der den Eindruck erweckt, sein Anliegen sei dringend?«

Sie nickte wieder, diesmal zögerlicher. »Wollen Sie wissen, wie er aussieht?«

»Nicht wirklich«, brummte Viktor. »Hat er verlauten lassen, wer er ist oder worum es sich handelt?«

Sie schüttelte den Kopf. »Nur, dass er unbedingt mit Ihnen sprechen muss.«

Viktor schob die Blätter vor sich zusammen. »Na schön. Bitten Sie ihn herein.«

Wenig später betrat der Besucher das Büro. Er war etwa vierzig Jahre alt, hochgewachsen, kräftig und mit kurzem blondem Haar. Viktor stellte mit einigem Wohlwollen fest, dass sein Anzug korrekt saß und die Schuhe auf Hochglanz poliert waren.

»Entschuldigen Sie den Überfall, Professor Vau«, sagte er und legte eine laminierte Identitätskarte auf den Schreibtisch. »Ich arbeite beim Sicherheitsministerium. Wir benötigen Ihre Hilfe.«

Viktor nahm den Ausweis auf. So konnte er ein wenig Zeit gewinnen, um sich auf dieses überraschende Ansinnen einzustellen. Angeblich hieß sein Besucher Milo Sarnos, ein Name, der so künstlich klang, dass er schon wieder echt sein musste.

»Was könnte ich vollbringen, was das Ministerium nicht kann?«, fragte er schließlich und reichte dem vorgeblichen Sarnos die Karte zurück.

Sein Besucher steckte den Ausweis ein und legte ein Bein über das andere, wobei er nicht vergaß, die Hose hochzuziehen. »Ich nehme an, Sie haben von der Raumkapsel gehört, die vor einiger Zeit vor der Küste Afrikas gelandet ist?«

»Nur beiläufig. Ich habe die Entwicklung nicht verfolgt. Irgendwo fällt immer ein alter Satellit vom Himmel. Die Menschen wollen mehr und mehr Fernsehprogramme, und das ist das Resultat.« Er machte eine ausladende Armbewegung. »Ich bin froh, wenn ich meinen Pflichten hier nachkommen kann. Da bleibt nicht viel Zeit für solche Dinge.«

Sarnos nickte. »Ich verstehe. Wir würden Sie auch nicht behelligen, wenn es nicht unumgänglich wäre.« Er zog aus seiner schmalen Aktenmappe, die er neben dem Stuhl abgestellt hatte, einige Formulare, die er Viktor weitergab. »Aber zuerst möchte ich Sie bitten, diese Verschwiegenheitserklärungen zu unterschreiben. Eine reine Formalität, aber wir sind nun mal eine Behörde.« Er machte eine entschuldigende Handbewegung.

Viktor zog die Papiere zu sich heran.

»Warum sollte mich Weltraumschrott so sehr interessieren, dass ich dies hier unterschreibe?«

»Vielleicht, weil es sich nicht um Weltraumschrott handelt?«, entgegnete der andere.

»Um was dann?«

»Um etwas, das für Sie höchst interessant sein dürfte. Es betrifft Ihre Arbeit. Nicht die hier im Institut.« Er schenkte Viktor einen geheimnisvollen Blick. »Sondern Ihr *Werk.*«

Viktor zögerte. Schließlich setzte er mit einer unwirschen Geste seine Unterschrift auf die Dokumente und reichte sie zurück.

»Vielen Dank.« Den Mann schien Viktors offensichtliche Genervtheit nicht zu beeindrucken. »Nun, wir haben die besagte Kapsel untersucht und entdeckt, dass sie eine Botschaft enthält.«

»Bemerkenswert.« Viktor hatte sich in seinem Stuhl zurückgelehnt, einen gelangweilten Ausdruck auf dem Gesicht. Das brauchte er nicht einmal zu spielen. Sarnos und seine Geschichte ödeten ihn bereits jetzt an, so wie alle Beamten ihn anödeten.

»Diese Botschaft konnte bislang nicht entziffert werden. Dazu benötigen wir Ihre Hilfe.«

Viktor schüttelte den Kopf. »Da gibt es weitaus fähigere Leute als mich. Kennealy aus Princeton und Volante aus Bologna sind Koryphäen der Kryptografie und Lingusitik. Sprechen Sie mit ihnen.«

»Beide sind bereits vor Ort in Agua Caliente. Leider waren bislang alle Versuche, die Nachricht zu entschlüsseln, vergeblich. Es handelt sich offenbar um eine völlig unbekannte Sprache. Deshalb hat Volante Ihren Namen ins Spiel gebracht.«

Nun merkte Viktor doch auf. »Flavio ist ein brillanter Wissenschaftler. Wenn er nicht weiterkommt, wie sollte es mir dann gelingen?«

»Das kann ich nicht beurteilen. Mein Auftrag lautet nur, Ihnen die Flugtickets und die Reiseinformationen zu überbringen.«

»Aber … aber ich kann hier nicht weg!« Viktors Stimme war unwillkürlich lauter geworden. »Ich führe gerade eine Versuchsreihe durch, die von äußerster Wichtigkeit ist und die ich nicht einfach unterbrechen kann.«

»Sie haben doch Assistenten, die für Sie einspringen können, oder?«

»Ich arbeite allein, das sollten Sie doch wissen, wenn Sie sich über mich informiert haben.«

Sein Gegenüber lächelte unverwandt. »Und was ist mit der hübschen jungen Dame, die für Sie tätig ist? Frau Apostolidis?«

»Sie kennen ihren Namen? Dann wissen Sie auch, dass ich sie erst vor einigen Tagen eingestellt habe. Sie verfügt bei Weitem nicht über die erforderlichen Kenntnisse zur Durchführung dieses Experiments.«

»Dann wird sie sich zügig einarbeiten müssen.« Schlagartig verschwand das Lächeln aus dem Gesicht des Besuchers. »Sie scheinen immer noch nicht zu begreifen, Professor Vau. Diese Bitte ... ist keine Bitte.«

»Ich bin Privatgelehrter.« Viktor war nun sichtlich erregt. »Genau das ist der Grund, warum ich die Universität verlassen habe. Ich bin mein eigener Herr. Niemand kann mir irgendetwas vorschreiben, auch nicht das Sicherheitsministerium.«

»Dann muss ich es anders formulieren: Wir können innerhalb eines Tages diese Klinik stilllegen. Und innerhalb von zwei Stunden dafür sorgen, dass Sie an keiner anderen Klinik mehr arbeiten können. Wenn das eine attraktive Aussicht für Sie ist ...«

Viktor fühlte, wie Hitze in ihm emporstieg. Er sprang auf. »Das ist Erpressung!«

»Betrachten Sie es als Motivation. Es wird außerdem Ihr Schaden nicht sein. Sie werden in einer Woche mehr verdienen als sonst in einem ganzen Monat.«

»Ihr Geld können Sie behalten.« Viktor marschierte im Zimmer umher. Sein Besucher erhob sich ebenfalls.

»Sie fliegen übermorgen früh um zehn. Details finden Sie hier.« Er warf einen dicken grauen Umschlag auf den Tisch. »Ich habe einige Informationen über Dagombé beigefügt. Sie werden sich vielleicht noch leichte Kleidung kaufen wollen.«

Der Besucher ging zur Tür. »Übermorgen um zehn. Vergessen Sie das nicht. Sollten Sie nicht rechtzeitig erscheinen, können Sie sich von Ihrem Lebenswerk verabschieden.«

Er drückte die Klinke. »Bemühen Sie sich nicht. Ich finde allein raus.«

3.

Im Kriminalbüro des 18. Stadtbezirks herrschte Hochbetrieb. Kommissar Marc Fellner ließ seinen Blick über das Chaos gleiten: acht Schreibtische auf einer Fläche, die höchstens für vier Arbeitsplätze gedacht war, jeder besetzt mit einem Ermittler, die Arbeitsflächen übersät mit Akten, Computerausdrucken, Fotos. Immer telefonierten mindestens drei seiner Mitarbeiter gleichzeitig; zudem waren zwischen die Tische noch drei Besucherstühle geklemmt, alle okkupiert von vermeintlichen Zeugen des letzten Verbrechens, das Fellners Männer bearbeiteten.

Es roch nach Schweiß und abgestandenem Kaffee. Fellners Blick fiel durch eines der kleinen Fenster auf den blauen Himmel, der sich über der Stadt wölbte. Er musste kurz gegen den Impuls ankämpfen, die Fenster aufzureißen und die frische Luft hereinzulassen. Sein Hemd, das er erst vor vier Stunden angezogen hatte, klebte bereits an seinem Körper. Draußen waren es fast zwanzig Grad, und im gesamten Gebäude liefen die Heizungen auf Hochtouren. Aber es war undenkbar, die Fenster zu öffnen, denn der Verkehrslärm der Autos und der nahe gelegenen Bahnhöfe hätte jedes Wort unmöglich gemacht.

Der Kommissar fuhr sich durch die Haare und machte sich auf den Weg in die Pathologie. Als wenn er nicht schon genug Sorgen hätte! Drei Morde innerhalb von drei Wochen, und alles deutete auf einen Serientäter hin. Die Opfer, alle weiblich, stammten aus seinem Bezirk, dem sogenannten Kuppelquartier. Der Name hatte nichts mit den vielen Nachtbars und Bordellen zu tun, sondern ging auf die zahlreichen kleinen Kuppeln zurück, welche beinahe jedes zweite Gebäude im Viertel zierten. Das Quartier war bislang dem Wüten der Abrissbagger entgangen, die sich vom neuen Stadtzentrum aus unerbittlich in die Außenbezirke vorfraßen.

Die letzte Leiche war gestern gefunden worden. Eine junge Frau, noch keine fünfundzwanzig Jahre alt. Fellner warf einen Blick auf seine Armbanduhr. In fünf Minuten war das Treffen mit dem Pathologen angesetzt.

Das war einer der Vorteile des alten Gebäudes, dachte er, während er die breite Steintreppe ins Souterrain herablief. Die Pathologie befand sich direkt im Revier und nicht eine Stunde Fahrtzeit entfernt in irgendeiner Klinik. Das beschleunigte die Ermittlungen ungemein.

Normalerweise.

Im Fall des Floristen aber hatten sie bislang noch keine heiße Spur.

Der Pathologe, ein jovialer, gut genährter Mann russischer Abstammung namens Ganudov, erwartete ihn bereits.

»Sie sollten Ihr Büro hierhin verlegen, *gospodin*«, tönte er, als er Fellners durchgeschwitztes Hemd bemerkte. »Bei uns ist es immer wohltemperiert.«

»Aber die Gesellschaft ist ein wenig einsilbig«, gab Fellner zurück.

»Das, *gospodin*, ist ein Irrtum«, korrigierte ihn Ganudov. »Jeder hier hat etwas zu sagen. Kein eitles Geschwätz, keine oberflächlichen Witzchen, sondern immer etwas Profundes. Sie würden es zu schätzen lernen, da bin ich mir sicher.«

Sie traten in den kleinen Obduktionsraum, der gerade einmal Platz für zwei Stahltische bot. Auf einem von ihnen lagen die Körperteile des Opfers.

Der Pathologe reichte Fellner einen stark nach Pfefferminze duftenden Mundschutz. Er selbst rümpfte lediglich kurz die Nase.

»Der Verwesungsprozess hat bereits eingesetzt«, sagte er. »Unser Blumenfreund muss sie eine Zeit lang gelagert haben.«

»Im Gegensatz zu den anderen«, bemerkte Fellner.

Ganudov nickte. »In diesem Fall hat er sich ein wenig mehr Zeit genommen als sonst. Damit hatte er allerdings das Problem der Entsorgung am Hals.«

Fellner deutete auf die Leichenteile. »Deshalb die Zerlegung.«

»Genau. Die Knochen wurden sorgfältig zersägt. Und zwar mit zwei verschiedenen Sägen. Er muss also über eine Art Hobbyraum verfügen.«

»Spuren sexueller Gewalt?«

Der Pathologe schüttelte den Kopf. »Nicht direkt.« Er drehte den Torso auf den Bauch. »Aber wie Sie sehen, hat er sie mit einem Stock geschlagen.«

»Eine Bestrafung also. Ob das sein Motiv ist?«

»Schlussfolgerungen sind Ihr Metier. Dafür werde ich nicht bezahlt.« Ganudov legte seinen Finger neben das fehlende Hautstück. »Hier hat sich unser Blumenfreund verewigt. Sauber und ordentlich, ebenfalls unter Verwendung mehrerer Schneidwerkzeuge.«

Der Kommissar studierte die Form des Schnitts. »Eindeutig eine Blume.«

»Eindeutig. Wenn Sie allerdings wissen wollen, welche, müssen Sie einen Botaniker hinzuziehen.«

»Ist bereits geschehen. Schicken Sie mir die Fotos?«

»Sind schon in der Datenbank. Lust auf einen Kaffee?« Der Pathologe drehte den Körper wieder auf den Rücken. Wie eine Puppe, die ein Kind in einem Wutanfall zerrissen hat, dachte Fellner. Oder die systematisch auseinandergenommen wurde, um zu sehen, wie sie funktioniert.

»Ein ungewöhnlicher Fall.« Fellner schaufelte sich vier Löffel Zucker in den Espresso, den der Pathologe ihm vorgesetzt hatte. Sie saßen in Ganudovs winzigem fensterlosem Büro, das direkt neben dem Obduktionsraum lag. Der Formaldehyd-Geruch war auch hier allgegenwärtig.

»Sie meinen wegen des Modus Operandi?« Ganudov hatte seinen weißen Kittel achtlos über die Lehne seines Bürostuhls geworfen. Er entleerte den Siebträger in eine Metallschachtel, die neben der Espressomaschine stand und früher einmal Gebäck enthalten hatte.

Fellner nickte. »Üblicherweise hat ein Serientäter eine Handschrift. Die weist unser Mann auch auf, zumindest, was die Trophäen betrifft. Aber die Art, wie und wo er tötet, folgt keinem festen Muster. Opfer Nummer eins wird hastig in einer Ecke hinter einem Bauwagen getötet, die Leiche bleibt nahezu unversehrt. Opfer Nummer zwei unter einer Brücke, mit zahlreichen Messerstichen im Brust- und Bauchbereich. Und Opfer Nummer drei wird sorgfältig zersägt und verpackt und vor der Tür eines Bordells deponiert.«

»Er will, dass sie gefunden werden«, mutmaßte der Pathologe und trank seine Tasse in einem Zug leer. »Alle sollen wissen, dass er da draußen ist und seine Arbeit macht. Und das unterschiedliche Vorgehen bei der Tatausführung? Vielleicht übt er noch und sucht nach der Methode, die ihm am meisten zusagt.«

»Ich weiß nicht.« Fellner rührte immer noch seinen Espresso um, um den Zucker möglichst gleichmäßig zu verteilen. Er wusste aus Erfahrung, wie stark das Gebräu des Pathologen war. »Es ist keine Gesetzmäßigkeit bei der Auswahl der Frauen zu erkennen, keine bei den Tatorten und keine bei der Technik. Das scheint mir etwas zu viel Chaos für einen Serienkiller zu sein.«

Der Pathologe lehnte sich zurück und lächelte schief. »Sie brauchen noch ein paar Opfer, *gospodin.* Dann werden Sie auch das Muster erkennen.«

»Was meinen Sie, hat er eine medizinische Ausbildung?«

»Ein neuer Jack the Ripper?« Der Pathologe schüttelte den Kopf, während er wieder in seinen Kittel schlüpfte. »Bestimmt nicht. Unser Mann ist ein Amateur, ein guter Heimwerker, wenn Sie so wollen.«

Fellner leerte seine Tasse und schüttelte Ganudov die Hand.

»Danke für den Espresso. Der wird mich bis Mitternacht wachhalten.«

»Hoffentlich noch länger«, grinste der Pathologe. »Dann fassen Sie mehr Übeltäter und ich habe weniger zu tun.«

4.

Astarte traf Viktor Vau beim Frühstück in seinem Stammbistro. Am Telefon hatte er ihr erklärt, dass er dringend verreisen müsse und keine Zeit mehr habe, in die Klinik zu kommen. Sie möge ihn bitte hier treffen, um letzte Anweisungen für die Zeit seiner Abwesenheit entgegenzunehmen.

Als sie eintrat, war sie gespannt, ob auch Enrique da sein würde. Aber hinter dem Tresen stand nur ein älterer Kellner mit dunklen, sorgsam gebürsteten Haaren, die an den Schläfen bereits deutlich zurückwichen.

Viktor war schon da und winkte sie zu sich an seinen Tisch. Nachdem er ihr, ohne sie zu fragen, einen Milchkaffee und ein Croissant bestellt hatte, zog er eine Dokumentenmappe aus seiner Aktentasche.

»Ich muss leider heute noch die Stadt verlassen«, begann er. »Deshalb ist es unabdingbar, dass Sie mehr Hintergründe über meinen Versuch erfahren, um ihn weiterhin ordnungsgemäß durchzuführen.«

Er öffnete die Schlaufe und zog ein Blatt hervor. »Ich muss nicht betonen, dass alles, was ich Ihnen sage, in höchstem Maße vertraulich ist.«

»Keine Sorge«, erwiderte Astarte. »Sie können sich auf mich verlassen.«

Er sah sie prüfend an. »Ein gewichtiges Wort, das Sie leichthin aussprechen. Aber ich weiß, was Sie damit meinen. Das ist wieder einmal ein Beispiel für die Unzuverlässigkeit unserer Sprache, finden Sie nicht?«

Astarte nickte. Sie fühlte sich unwillkürlich in ihre Kindheit zurückversetzt. Auch ihr Vater hatte diesen Blick gehabt, wenn sie etwas angestellt hatte. Wie Viktor war er nie laut geworden, sondern hatte sie nur auf das Unlogische ihrer Handlung hingewiesen. Vielleicht war das der Grund, warum sie sich zu Viktor hingezogen fühlte?

»Sie wissen, dass wir mit unseren Sprachübungen die Ratio unserer Patienten stärken wollen«, riss sie Viktor aus ihren Gedanken. »Das ist der Versuch, bei dem Sie die Supervision übernommen haben, mit der ich übrigens, wenn ich das hier sagen darf, sehr zufrieden bin. Ihre Protokolle sind ausgezeichnet.«

»Danke. Das freut mich.«

»Was Sie allerdings noch nicht wissen, ist, dass parallel dazu ein zweiter Versuch läuft. Die Versuchspersonen erhalten seit einigen Wochen ein von mir entwickeltes Medikament, mit dem die Aktivität des *Corpus Callosum* unterdrückt wird.«

»Die Verbindung zwischen den beiden Gehirnhälften?«

Viktor Vau nickte. »Allerdings geht es dabei nicht darum, die Hemisphären voneinander zu trennen. Genau das Gegenteil ist der Fall. Neuere Forschungen deuten darauf hin, dass das Corpus Callosum nicht dazu da ist, die Aktivität der Gehirnhälften zu koordinieren, sondern im Gegensatz zu inhibieren, also Signale von der anderen Seite abzublocken. Das Medikament sorgt dafür, dass diese Barriere lahmgelegt und die Kommunikationswege zwischen den Hemisphären frei werden.«

»Und welchem Zweck soll das dienen?«

Er bedachte ihre Skepsis mit einem tadelnden Blick. »Nun, bei meinen Patienten ist die Kommunikation zwischen der rechten und der linken Hemisphäre gestört. Auf welche Weise, weiß ich noch nicht. Unsere technischen Methoden, so fortschrittlich sie auch sein mögen, reichen nicht aus, diese Fragen zu beantworten. Auch ich habe jahrelang mit verschiedenen Gehirnscannern gearbeitet. Sie kennen diese Geräte, die ein Bild des Gehirns erzeugen, bei dem Zentren der Aktivität unterschiedlich stark koloriert werden?«

Astarte nickte. »Man spritzt ein Kontrastmittel, schiebt den Kopf in eine Röhre und dann werden die Aktivitäten im Gehirn sichtbar. So kann man beispielsweise einen Gehirntumor ausfindig machen oder feststellen, welche Areale aktiv sind.«

»So ist es. Viele Funktionen unseres Gehirns sind aber nicht nur an einer Stelle lokalisiert, sondern räumlich verteilt. Es gibt zwar Schwerpunkte, aber deren Vermaßung alleine reicht oft nicht aus, um ein Phänomen zuverlässig zu erklären. Deshalb habe ich mich für einen anderen Weg entschieden.«

»Und dieses Medikament, von dem Sie sprechen, weist keine Nebenwirkungen auf?«, fragte Astarte.

»Soweit ich es bisher beurteilen kann, nein. Ich habe es schon häufiger bei der therapeutischen Behandlung eingesetzt, allerdings noch nie in einer systematischen Versuchsanordnung.«

Er reichte ihr das Blatt. »Hier finden Sie eine Aufstellung der Patienten, die an dem Versuch teilnehmen. Und hier« – er zog ein weiteres Blatt aus der Mappe – »habe ich die jeweilige Menge des Präparats notiert, die jeder Teilnehmer erhält.«

Astarte überflog die Tabellen, die vor ihr lagen. »Das ist alles? Ich muss den Patienten nur die tägliche Dosis verabreichen?«

»Nein, natürlich nicht.« Er lächelte milde und deutete auf die Mappe. »Hier finden Sie für jeden Patienten ein individuelles Lernprogramm. Zwei Stunden nach der Einnahme muss jeder den für ihn bestimmten Text nicht nur lesen, wie das in Ihrer Gruppe üblich ist, sondern auswendig lernen. Sie müssen das am Folgetag immer überprüfen, indem Sie den Text des Vortages abfragen.«

Er nahm die beiden Blätter wieder an sich und steckte sie in die Dokumentenmappe zurück. »Ich weiß noch nicht, wie lange ich fortbleiben werde.«

»Wohin fahren Sie überhaupt?«

Er zögerte und schüttelte dann den Kopf. »Das darf ich Ihnen leider nicht verraten, so gern ich es täte.« Er reichte ihr zwei Schlüssel. »Sie finden die Medikamente in meinem Büro im Schrank rechts unter dem Schreibtisch. Ich möchte Sie bitten, während meiner Abwesenheit auch am Wochenende den Versuch fortzuführen.«

Astarte nahm die Schlüssel an sich. »Kein Problem.«

»Schon wieder ein Satz, dessen Bedeutung Sie sich genau überlegen sollten. Sie müssen die Patienten natürlich auf Unverträglichkeiten beobachten. Ich habe den Schwestern aufgetragen, Ihnen entsprechend zu berichten. Reduzieren Sie dann die Menge, setzen Sie das Medikament aber nur im äußersten Notfall ganz ab.«

Astarte nickte. »Okay, das habe ich verstanden.«

»Zahlen, Christian.« Viktor winkte dem Kellner, der umgehend zum Tisch kam, und drückte ihm einen Schein in die Hand. »Stimmt so.«

»Vielen Dank, Herr Professor.« Der Kellner verneigte sich und verschwand. Astarte blickte ihm nachdenklich nach. Irgendetwas an ihm gefiel ihr nicht. Was genau, wusste sie nicht zu sagen. Sie hatte das Gefühl, dass sich in ihm eine gewisse Arroganz verbarg, die nicht zu seinem devoten Äußeren passte.

»Nun, damit ist wohl alles besprochen«, unterbrach Viktor ihre Gedanken. Er schob ihr die Dokumentenmappe hin und stand auf. Astarte hätte sich gerne noch ein wenig mit ihm unterhalten, aber Viktor war nun einmal nicht der Typ für Plaudereien. Jetzt, da er die fachlichen Anweisungen gegeben hatte, verwandelte er sich wieder in den etwas ungelenken Wissenschaftler, der sich im Leben nicht wirklich zu Hause fühlte.

Sie nahm die Mappe und erhob sich ebenfalls. »Dann wünsche ich Ihnen eine gute Reise.«

Viktor ergriff ihre Hand und schüttelte sie kurz. »Danke. Und vergessen Sie nicht, alles zu protokollieren. Vielleicht ergibt sich auch eine Gelegenheit zum Telefonieren.«

»Sind Sie denn erreichbar?«, fragte Astarte.

»Sie können mir auf meine Mailbox sprechen oder Mails schicken.« Einen Moment lang schien er verwirrt. »Entschuldigen Sie mich bitte.«

Er ging hinüber zum Tresen, wo Christian, der Kellner, mit unbewegter Miene Bons sortierte. Die beiden unterhielten sich einige Zeit. Offenbar kannten sie sich gut, was nur verständlich war, wenn Viktor Vau seit Jahren jeden Tag hierherkam. Andererseits wunderte sie sich, dass der sonst so menschenscheue Gelehrte so viel Zeit für den Kellner aufbrachte. Was mochte es mit ihm Wichtiges zu besprechen geben?

Schließlich kam Viktor zu ihr herüber und sie verließen gemeinsam das Büro. Er hielt ihr die Tür auf und blieb auf dem Bürgersteig stehen. »Ich muss jetzt in diese Richtung«, sagte er und deutete nach links.

Er machte einen verlorenen Eindruck auf Astarte. Sie wusste nicht viel über Vau, aber ihr war klar, dass er so gut wie kein Privatleben besaß. An sieben Tagen in der Woche war er in der Klinik, oft vom frühen Morgen bis in den späten Abend. Er war besessen von seiner Arbeit. Oder war diese Besessenheit einfach nur eine Flucht? Aber vor was? Konnte sein Widerwillen vor dem alltäglichen Leben so groß sein, dass er sich ihm durch diese Arbeitswut entzog?

Sie hätte ihn am liebsten in den Arm genommen, aber das kam natürlich nicht infrage. Stattdessen verabschiedete sie sich noch einmal von ihm. Er schien erleichtert, als ihr Telefon klingelte, und nutzte den Moment, um zu verschwinden.

5.

Astarte und Enrique warteten beim Ausgang der Metrostation am alten Gaswerk auf Marek. Es war ein sonniger Herbstnachmittag. Enrique fragte sich nicht zum ersten Mal, was Marek den ganzen Tag trieb und wieso er, obwohl er keiner regelmäßigen Arbeit nachging, zu jeder Verabredung mindestens zehn Minuten zu spät kam.

Astarte wollte sie einer Freundin von ihr vorstellen. Einer, das hatte sie versprochen, mit der man hervorragend diskutieren könnte.

Enrique trat ungeduldig von einem Fuß auf den anderen. Er fand, sie sah noch attraktiver aus als bei ihrem letzten Treffen. Sie trug einen gerade geschnittenen schwarzen Rock, lachsfarbene Segelschuhe und einen lachsfarbenen Pullover. Ihre Haare hatte sie im Nacken zusammengebunden.

»Nun bleib doch mal einen Moment still stehen. Du machst mich ganz nervös«, lächelte sie.

Nervös war er in der Tat, dachte Enrique. Was war mit dieser Frau, dass sie solch eine Wirkung auf ihn hatte?

»Wie hast du diese Thura eigentlich kennengelernt?«, fragte er. Thura war der Name ihrer Freundin, die sie gleich besuchen wollten.

»Das war kurz nach meiner Ankunft in der Stadt«, erklärte Astarte. »Ich war auf der Suche nach einem preiswerten Sprachkurs und bin dabei auf sie gestoßen.«

»Sie ist Sprachlehrerin?«

»Nein«, lachte Astarte. »Thura ist Buchhändlerin. Aber eine ganz besondere.«

Im selben Augenblick trat Marek aus der Metro. Er trug heute ein Jackett über einem roten Sweatshirt und sah mit seinen langen Haaren, die ihm verwegen in die Stirn fielen, wie ein Schauspieler oder Popmusiker aus. Niemand hätte vermutet, dass es sich bei ihm um einen illegalen Einwanderer ohne große Mittel handelte. Falls das nicht auch nur eine seiner Geschichten ist, dachte Enrique.

Astarte umarmte Marek freundschaftlich. Enrique kam es vor, als ob sein Freund sie etwas länger als nötig umschlungen hielt. Er war doch nicht etwa eifersüchtig? Nein, redete er sich ein, er befand sich gern in Astartes Gegenwart, weil sie eine interessante Person war, zu der er sich hingezogen fühlte. Rein freundschaftlich. Das war alles.

Thuras Buchladen befand sich im Fabrikviertel in der Nähe des Flusses. Warum die Inhaberin gerade diese Lage gewählt hatte, zeigte ein Blick in das Schaufenster des kleinen Geschäfts.

Hier wurde ausschließlich anarchistische und aufrührerische Literatur angeboten. Vor der Tür stand ein Metallkorb, vollgestopft mit abgegriffenen Pamphleten, die für kleines Geld zu haben waren. Enrique fragte sich, wer auch nur einen Credit dafür ausgeben mochte.

Anstatt einer Fensterdekoration hatte man einfach ein Bücherregal von innen gegen die Scheibe gerückt, um möglichst viele Werke präsentieren zu können. Auch hier dominierten Kampfschriften und Werkausgaben anarchistischer Vordenker. Um das Fenster herum waren ausgerissene Plakate angeklebt, die zu einer Kundgebung für die Rechte der Arbeiter hier und zu einem Streik für die Freiheiten der Bürger dort aufriefen.

Marek gefiel das natürlich. Es entsprach seiner Natur, die prinzipiell keinerlei Autorität anerkannte. Streiks, Demonstrationen, Verweigerung, Sabotage, das war genau seine Welt. Enrique seufzte innerlich. Er wusste bereits jetzt, dass seine Geduld auf eine harte Probe gestellt werden würde.

Sie betraten den kleinen Laden. Enrique zwinkerte, um sich im Halbdunkel des Raums zu orientieren. Das, was sich außen angekündigt hatte, setzte sich im Inneren nahtlos fort. Die Wände wurden völlig von Regalen verdeckt, die bis zum Bersten gefüllt waren mit Büchern und Broschüren, von denen viele, dem Geruch nach zu urteilen, schon lange Jahre vergeblich auf einen Käufer warteten. In der Mitte des Raums stand ein Tisch, auf dem sich Zeitungen, Flugschriften und Bücher türmten. Drei junge Männer standen um den Tisch herum und wühlten, auf der Suche nach was auch immer, das Unterste nach oben. Astarte ging zielstrebig auf eine kleine Theke zu, die sich am Ende des Raums befand.

»Thura!«, rief sie. »Wo steckst du? Ich habe ein paar Freunde mitgebracht.«

Aus einer Tür hinter der Theke kam eine mittelgroße Frau, die vielleicht sechzig Jahre alt sein mochte. Ihr grauweißes Haar war zu einem langen Zopf zusammengebunden. Sie trug eine schwarze Cargohose und darüber ein weites, ebenfalls schwarzes Baumwollhemd.

Die beiden Frauen umarmten sich und küssten sich auf die Wangen. Dann stellte Astarte ihre Begleiter vor. »Enrique und Marek sind auch noch nicht so lange in der Stadt«, sagte sie.

»Außenseitertum verbindet«, lachte Thura. »Ich weiß, wovon ich spreche. Und ich weiß, was ich sehe.«

Als wolle sie ihre Worte unterstreichen, berührte sie Marek an den Schultern. »Dieser junge Mann zum Beispiel sucht seit langer Zeit nach einem Betätigungsfeld für seine Talente. Er hat das Gefühl, dass in dieser Gesellschaft nicht alles mit rechten Dingen zugeht, und möchte etwas dagegen tun, weiß aber nicht, was. Er hat keine Papiere und muss ständig auf der Hut sein, um nicht in die Hände der Polizei zu fallen.«

Marek starrte sie mit offenem Mund an. »Sind Sie eine Hellseherin?«

Thura lachte erneut. »Nein, über diese Gabe verfüge ich leider nicht. Aber ich kann telefonieren. Ich habe mit Astarte gesprochen, und sie hat mir natürlich ein wenig über euch erzählt. Und außerdem habe ich in den letzten Wochen so ein paar Informationen über einen jungen Mann erhalten, der im Kuppelquartier immer wieder die Überwachungskameras außer Gefecht setzt.«

»Und was wissen Sie über mich?«, fragte Enrique. Es gefiel ihm nicht, dass die Gespräche, die er mit Astarte geführt hatte, offensichtlich nicht vertraulich behandelt wurden.

»Keine Sorge, ich weiß nur, dass du auch neu in der Stadt bist. Und ein großer Freund von Recht und Ordnung, was dich eigentlich daran hindern müsste, mein Geschäft zu betreten. Dass du trotzdem hier bist, rechne ich dir hoch an.«

»Ich bin eben offen für Neues«, brummte er. »Das würde ich mir von anderen ebenfalls wünschen. Merkwürdig, dass man immer dann auf unverrückbare Vorurteile stößt, wenn man etwas zur Verteidigung des Staates sagt.«

»Ich sehe schon, wir haben da ein hochinteressantes Thema«, sagte Thura. »Das können wir im Sitzen viel besser diskutieren als im Stehen.«

Sie folgten ihr in das winzige Büro, das kaum für sie alle

Platz bot. Thura öffnete eine weitere Tür an der gegenüberliegenden Seite. Enriques Augen weiteten sich. Vor ihnen lag ein hoher, heller Flur, der eher an eine Schule oder einen Bürotrakt erinnerte als an einen Buchladen.

»Der Buchladen grenzt direkt an ein ehemaliges Fabrikgebäude«, erklärte sie. »Das war auch einer der Gründe, warum wir diesen etwas abgelegenen Standort gewählt haben.« Sie öffnete eine Tür, die in einen großen Raum führte, der wie ein Klassenzimmer eingerichtet war. »Hier führen wir unsere Sprachkurse durch. Astarte erinnert sich gewiss noch daran.«

»Und ob«, lächelte Astarte. »Sechs Stunden täglich. Ihr habt uns ganz schön gequält.«

»Mit Erfolg, wie man hört.«

»Aber manchmal war es übermäßig viel, was wir von einem Tag zum anderen alles auswendig lernen mussten.«

Thura hob entschuldigend die Hände. »Mir fällt das Auswendiglernen leicht. Ich brauche mir einen Text nur anzusehen, und schon bleibt er im Gedächtnis.«

»Bemerkenswert«, sagte Enrique.

»Nun, jeder hat seine Begabungen. Meine ist das Erinnern. Es ist mein Fehler, dass ich annehme, allen anderen geht es ebenso.«

Sie stieß die Tür zum nächsten Raum auf. Hier arbeiteten mehrere junge Männer und Frauen an Computern, den neuesten Modellen. Zwei Frauen standen vor einer großen Wandtafel, die ein Flussdiagramm zierte, und diskutierten. Auf einem Tisch warteten mehrere Drucker neben Stapeln von Papier auf ihren Einsatz.

»Das ist gewissermaßen unsere Propaganda-Abteilung«, sagte Thura. »Von hier aus bestücken wir unsere Websites und Blogs mit Inhalten. Außerdem gestalten und drucken wir hier unsere Flyer und Broschüren.«

Der nächste Raum enthielt zwei Racks mit Servern. Danach folgten drei weitere Schulungsräume. Durch eine letzte Tür kamen sie in eine kleine Cafeteria, komplett mit Küchenzeile,

Espressomaschine und Kühltheke. Thura bat ihre Besucher, Platz zu nehmen.

Nachdem sie jeden ihrer Gäste mit einem Getränk versorgt hatte, blickte sie erwartungsvoll in die Runde.

»Lasst uns diskutieren!«

6.

Zunächst unterhielten sie sich über Belanglosigkeiten. Enrique erfuhr, dass Thura in einem ihrer Hinterzimmer Sprachkurse für mittellose Neuankömmlinge gab, eine kostenlose Garküche in den Armenvierteln am Stadtrand betrieb und zahlreiche Websites unterhielt, welche unter verschiedenen Deckmäntelchen ihre anarchistischen Theorien zu verbreiten suchten. Außerdem befand sich in den Räumlichkeiten eine kleine Druckerei, in der sie und ihre Freunde Pamphlete gegen die Dynastie herstellten und Bücher in kleinen Auflagen, die über den Buchladen und einen Versandhandel vertrieben wurden.

»Und wer bezahlt das hier alles?«, war Enriques erste Frage. »Ich kann mir nicht vorstellen, dass der Buchladen genügend abwirft.«

»Da hast du recht«, erwiderte Thura. »Und du wirst verstehen, dass ich dir deine Frage nicht ganz vollständig beantworten kann. Denn immerhin ist das, was wir hier unternehmen, in den Augen der Dynastie so etwas wie Hochverrat, auch wenn wir uns gerne als die wahren Patrioten bezeichnen. Da ist es wichtig, dass wir unsere Geldquellen schützen. Ein Teil kommt aus dem Laden, ein Teil sind Spenden, und ein weiterer Teil wird uns von Leuten zur Verfügung gestellt, die ich großherzige Menschen nennen würde.«

»Wollen Sie damit sagen, dass Ihr Kampf gegen den Staat von mehr als einer Handvoll ideologisch Verwirrter unterstützt wird?« Die Zweifel in Enriques Stimme waren unüberhörbar.

»Erstens kannst du mich duzen. Das tun wir alle hier. Zweitens gibt es sehr viele Menschen, die mit dem Staat unzufrieden sind, obwohl nur wenige den Mut haben, das auch offen zuzugeben. Und drittens sehe ich mich nicht als ideologisch verwirrt. Du hast doch vorhin deine Offenheit gegenüber Neuem so betont. Jetzt ist eine gute Gelegenheit, deinen Worten Taten folgen zu lassen.«

»Okay«, gestand Enrique ein. »Aber ich verstehe diese Ablehnung des Staates wirklich nicht. Der Staat beschützt den Bürger. Das ist seine Aufgabe. Es ist alles eine Frage der Logik. Viele Menschen haben etwas gegen den Staat, weil sie sich ihre Meinung impulsiv bilden, ohne darüber nachzudenken. Ich will damit sagen, dass die Welt vielleicht besser aussehen würde, wenn die Menschen sich nicht so sehr von ihren Emotionen leiten ließen.«

»Aber Emotionen sind es doch gerade, die uns menschlich machen«, widersprach Astarte. »Logisch denken kann jeder Computer. Nur Lebewesen haben Gefühle.«

»Deswegen führen Computer auch keine Kriege gegeneinander oder überfallen und betrügen sich. Warum fällt es euch so schwer zu akzeptieren, dass es seine Vorteile hat, sich vom Verstand lenken zu lassen? Damit plädiere ich ja gar nicht gegen Gefühle. Ich bin lediglich überzeugt, dass sie keinen Platz haben in der politischen Diskussion.«

»Nun, darüber lässt sich sicher streiten«, meldete sich Thura wieder zu Wort. »Aber was hat denn deine Logik mit dem Staat zu tun?«

»Das ist doch ganz einfach«, sagte Enrique. »Sind wir uns einig, dass sich eine Gesellschaft, die so viele Menschen umfasst wie diese, nicht selbst regulieren kann?«

Marek nickte zögernd. »Es würde wahrscheinlich schwierig.«

»Okay. Also braucht man eine Einrichtung, die diese Regulierungsaufgabe übernimmt und dafür sorgt, dass der Müll abgeholt wird, die Schulen funktionieren und der Stärkere nicht dem Schwächeren mit Gewalt nimmt, was ihm nicht gehört.«

Marek nickte erneut. An seinem Gesicht war abzulesen, dass er dabei nicht glücklich war.

»Diese Einrichtung ist der Staat«, fuhr Enrique fort. »Wie er gestaltet wird, bestimmen die Bürger selbst, indem sie zur Wahl gehen und so festlegen, in welche Richtung der Staat sich entwickeln soll. Wenn der Staat also unverzichtbar für das Zusammenleben der Menschen ist und diese demokratisch bestimmen, welche Ausprägungen dieser Staat annimmt, dann bedeutet das doch, dass der Staat für die Menschen und die Gesellschaft gut ist. Und wenn der Staat gut ist, dann kann nichts, was er tut, schlecht sein für die Menschen. Und jeder, der die staatlichen Handlungen sabotiert, stellt sich damit gegen das Gute, ist also per se schlecht.«

»Einspruch!«, rief Thura. »Da ist der entscheidende Denkfehler. In der Dynastie haben die Bürger nicht die Möglichkeit, irgendetwas Grundsätzliches zu bestimmen.«

»Aber sie können doch wählen«, beharrte Enrique.

»Auch Odysseus konnte wählen. Zwischen Scylla und Charybdis. So wie wir wählen können zwischen der einen oder der anderen Fraktion der Dynastie. Eine wirkliche Alternative gibt es nicht.«

»So?« Enrique sah sie skeptisch an. »Und wieso nicht? Es steht jedem frei, eine eigene Partei zu gründen und zur Wahl anzutreten.«

»Man merkt, dass du noch nicht lange in der Stadt bist«, seufzte Thura. »Das, was du vorschlägst, funktionierte schon in der Epoche der Postdemokratie nicht mehr, und das ist immerhin bereits ein paar Jahrzehnte her. Natürlich kannst du eine Partei gründen. Aber um sie bekannt zu machen, brauchst du erstens Geld und zweitens die Medien. Und beides wird von der Dynastie kontrolliert. Und selbst wenn es dir gelingen sollte, die Zehn-Prozent-Hürde zu überspringen, dann wärst du noch immer nicht am Ziel. Im besten Fall wirst du einfach von der Dynastie kooptiert. So ist das damals gewesen, und so ist es auch heute.«

Marek machte ein fragendes Gesicht. »Postdemokratie?«

»Das war die Zeit vom Anfang des Jahrtausends bis vor etwa zwanzig Jahren. Damals setzte der schleichende Veränderungsprozess der Demokratie ein. Formell blieben alle demokratischen Institutionen und Prozeduren erhalten, aber sie verloren massiv an Bedeutung für die demokratische Entscheidung. Die Inhalte der Politik wurden nicht mehr durch die Bürger, sondern durch ein Konglomerat aus Politikern, Wirtschafts- und Bankenführern bestimmt. Die Bürger wurden entmachtet, auch wenn nach außen hin alles so aussah, als funktioniere die Demokratie noch.

Der Nachwuchs an der Spitze von Wirtschaft und Politik rekrutierte sich mehr und mehr aus den eigenen Reihen, einer kleinen Schicht, die höchstens ein oder zwei Prozent der Gesellschaft umfasst. Eine Oligarchie, die es bereits seit vielen Jahren gab, zeigte sich auf einmal ganz offen. Die Bürger, die keine Alternativen mehr sahen, reagierten mit zunehmender Wahlverweigerung. Nur die Idealisten und die, welche sich Hoffnungen machten, selbst in die Oligarchie aufzusteigen, beschäftigten sich noch mit Politik.

Die Dynastie war die *logische* Fortentwicklung. Heute versucht niemand mehr ernsthaft, die Illusion echter Demokratie zu vermitteln. Die Fraktionen der Dynastie unterscheiden sich lediglich in Nuancen – und in den Brosamen, die sie ihren Wählern versprechen. Und auch die wissen, was die Stunde geschlagen hat, und wählen halt den, der ihnen am meisten materielle Vorteile in Aussicht stellt, ohne wirklich zu glauben, dass er sein Versprechen auch einhält.«

Enrique schüttelte den Kopf. »Selbst wenn das, was du erzählst, stimmt, es ist nur deshalb so, weil es die Bürger zugelassen haben. Und damit ist es wieder demokratisch legitimiert.«

»Und die Korruption? Und die Lügen? Ist das auch alles *demokratisch legitimiert*?« Astarte war aufgebracht. »Heute wird doch kein Beamter mehr entlassen, weil er Schmiergeld angenommen oder eine Vorschrift verletzt hat! Das ist der Alltag! Da kannst du Verwaltungstheorie studieren, so viel du willst! Die Realität hat mit deinen schönen Worten nichts zu tun.«

Enrique wollte etwas erwidern, aber Thura kam ihm zuvor. »Ich glaube, du machst einen großen Fehler, Enrique. Du verteidigst die Logik. Aber jede logische Schlussfolgerung beruht auf der vorhergehenden, und wenn der erste Satz nicht stimmt, dann ist alles, was danach kommt, auch falsch. Das ist das Fatale an der Logik: Sie führt dich in einen Irrgarten hinein und spiegelt dir vor, den Ausgang zu kennen. Aber in Wirklichkeit lässt sie dich da drin allein.«

»Und was soll die Alternative sein?« So schnell gab sich Enrique nicht geschlagen. »Gefühle sind rein subjektiv. Ich werde nie genau das empfinden, was du empfindest. Wie soll da eine Verständigung stattfinden? Das geht doch nur über den Verstand.«

»Ich brauche keine Logik, um zu wissen, wie es in dieser Gesellschaft zugeht«, warf Marek ein. »Dazu muss ich einfach nur meine Augen öffnen. Ich sehe, dass die Reichen immer reicher und die Armen immer ärmer werden. Wer nicht ins Gefüge passt, wird von der Polizei gejagt. Und ihr Ziel ist es, alles, was wir tun, zu überwachen und zu kontrollieren. Da kannst du mit noch so viel Staatslogik auffahren, Mann. Mach lieber deine Augen auf!«

»Enrique ist ein Idealist«, sprang ihm Astarte bei. »Für ihn besteht das Leben aus einer einzigen großen Theorie, und alles, was da nicht reinpasst, ignoriert er einfach.«

Enrique spürte, wie ihn Astartes Bemerkung schmerzte. So dachte sie also über ihn? Unter allen hier am Tisch Versammelten war er doch der einzige Realist! Die Idealisten waren die anderen, allen voran Thura, die glaubte, den Gang der Dinge mit ihrem kleinen Haufen in irgendeiner Weise beeinflussen zu können.

»Und woher wisst ihr überhaupt so gut über die Dynastie

und ihre Machenschaften Bescheid, wenn die Medien alle gleichgeschaltet sind?«, fragte er, vielleicht einen Ton zu laut. »*Ich* habe von all dem, was ihr erzählt, noch nichts bemerkt.«

»Ganz einfach«, sagte Thura leise. »Ich weiß es, weil ich aus der Dynastie stamme.«

7.

Einen Moment lang starrten die drei Besucher ihre Gastgeberin an.

Schließlich brach Astarte das Schweigen.

»Davon hast du mir nie erzählt.«

»Das war ja auch nicht erforderlich«, erwiderte sie mit ihrem milden Lächeln, das es Marek vom ersten Augenblick an so angetan hatte. So hatte auch seine Mutter ihn immer angelächelt, als er noch ein kleiner Junge war.

Thura war seit langer Zeit die erste Person, die ihn an seine Mutter erinnerte. Er hatte von der ersten Minute an das Gefühl, bei ihr die Sicherheit und Geborgenheit zu finden, die ihm als Kind verwehrt worden war und nach der er seitdem immer gesucht hatte.

»Wie kommt es dann, dass du aus jenen Kreisen ausgeschieden bist?«, fragte Enrique misstrauisch.

»Nun, es war eigentlich weniger meine Entscheidung als die meiner Familie«, erwiderte sie. »Mein Vater war ein hoher Ministerialbeamter, und er hatte für mich ebenfalls eine Karriere in der höheren Verwaltung vorgesehen. Er hatte die richtigen Verbindungen, und ich wuchs in einem Umfeld auf, das mir alles bot, was ich mir nur wünschen konnte.

Beim Studium lernte ich dann meinen Mann kennen. Ich studierte Verwaltungswissenschaft« – sie warf Enrique einen vielsagenden Blick zu – »und mein zukünftiger Mann absolvierte eine Lehrerausbildung. Sein Vater war ein einfacher Vorarbeiter und hatte sich seine Ausbildung vom Munde abgespart, wie man so sagt. Dieser soziale Hintergrund passte meinen Eltern nicht. Sie hatten sich natürlich einen Partner für mich vorgestellt, der ebenfalls aus den Kreisen der Dynastie stammte, aber ich setzte mich über ihre Vorbehalte hinweg.

Auch der Vater meines Mannes hatte ihm von der Hochzeit abgeraten. Einerseits wäre ein solcher gesellschaftlicher Aufstieg zwar die Erfüllung aller seiner Wünsche gewesen. Andererseits war er ein politischer Mensch und seit jeher ein Gegner der Dynastie. Mit der Vorstellung, dass sein eigener Sohn jetzt in diese verhasste gesellschaftliche Gruppe aufsteigen sollte, wollte er sich einfach nicht anfreunden.

Und es kam, wie es kommen musste. Wenn die Eltern beider Ehepartner gegen eine solche Verbindung sind, bläst einem der Sturm von Anfang an ins Gesicht. Ich brach mein Studium ab und zog mit meinem Mann aufs Land, wo er eine Stelle an einer Schule in einer Provinzstadt angenommen hatte.

Ich pflegte nur noch wenig Kontakt zu meinen Eltern. Wir telefonierten nur dann miteinander, wenn einer von uns Geburtstag hatte. Zunächst fiel es mir schwer, mich an das Leben in der Provinz zu gewöhnen. Als Frau eines einfachen Lehrers genoss ich keine Privilegien mehr, und auch materiell war ich natürlich längst nicht mehr so gut gestellt wie vorher. Außerdem fehlten mir die gesellschaftlichen Ereignisse, die Partys, die Empfänge und die Bälle, die mir eine Menge bedeutet hatten. Ich war damals noch sehr stark ein Produkt meiner Herkunft. Aber das sollte sich bald ändern.

Ich war einsam. Ich wollte ein Kind haben, aber das funktionierte aus irgendeinem Grund nicht. Also suchte ich mir eine Anstellung, was sich als nicht einfach erwies. Man sollte meinen, mit meinem familiären Hintergrund und einem zumindest teilweise absolvierten Studium hätte man mich mit offenen Armen empfangen. Aber genau das Gegenteil war der Fall.

Ich lernte, was es bedeutete, ein Renegat zu sein. Durch die Aufgabe meiner Privilegien hatte ich meine Klasse verraten. Und das war eine Tat, die nicht wiedergutzumachen war.

Schließlich stellte mich ein chinesischer Einwanderer ein, der einen Nähmaschinenladen betrieb. Während er mit seinen beiden Söhnen hinten die Maschinen reparierte, bediente ich vorne im Geschäft und verkaufte Neugeräte.

Der Chinese war, wie viele Einwanderer aus dem asiatischen Raum, aufstiegsorientiert. Aber er merkte schnell, dass ihm das nicht so leichtfallen würde. Nachdem er mehrfach Ärger mit den Behörden bekommen hatte, schloss er sich einer kleinen Gruppe von Immigranten an, die dieselben Probleme hatten wie er. Manchmal trafen sie sich hinten in der Werkstatt, und so kam mein erster Kontakt zur politischen Opposition zustande.«

»War dein Mann auch Teil dieser Gruppe?«, fragte Marek, der ihren Worten gebannt gelauscht hatte.

»Leider«, sagte sie. »Er war ein unpolitischer Mensch, trotz seines Vaters. Als Lehrer gehörte er zwar nicht zur herrschenden Klasse, hatte aber ein sicheres Einkommen und einen ordentlichen gesellschaftlichen Status. Ich brachte ihn dazu, sich mit der Situation derjenigen auseinanderzusetzen, die nicht so glücklich waren wie er und ich.«

»Warum dann leider?«, wollte Astarte wissen.

»Weil es Konsequenzen für seinen Beruf hatte. Wir waren zwar nicht viel mehr als ein Debattierklub, wurden aber trotzdem, ohne dass wir das wussten, von den Sicherheitsdiensten überwacht. Und eines Tages bekam er seine Kündigung wegen staatsfeindlicher Umtriebe. Einem solchen Mann könne man die verantwortungsvolle Aufgabe der Erziehung der nachwachsenden Staatsbürger nicht anvertrauen, hieß es.«

»Das eine hat doch mit dem anderen nichts zu tun«, sagte Enrique.

»Streng *logisch* gesehen, schon«, erwiderte Thura bitter. »Zumindest der Logik des Staates nach, die sich ausschließlich auf das Gemeinwohl richtet und das Individuum völlig ignoriert.«

»Da siehst du es!«, rief Marek. »Das ist die Wirklichkeit deiner Theorien!«

»Und dann? Was ist weiter passiert?«, fragte Astarte, bevor Enrique etwas antworten konnte.

»Mein Mann suchte sich eine andere Arbeit, was ebenso schwierig war wie bei mir. Schließlich bekam er einen Job in einer Gyroscooter-Werkstatt. Natürlich verdiente er dort viel weniger, und wir mussten in eine kleinere Wohnung ziehen. Dazu kam, dass sein Vater ihm schwere Vorwürfe machte. Alles, was sich der alte Mann für seinen Sohn erträumt hatte, war verloren. Das wog für ihn schwerer als der Wandel seiner politischen Einstellung, die dem Alten ja hätte sympathisch sein müssen.

Bei uns führte die ganze Situation zu einer Radikalisierung unserer Ansichten. Wir wollten nicht nur debattieren, wir wollten aktiv werden. Es begann mit Flugblättern, die wir heimlich in der Stadt verteilten, und Plakaten, die wir nachts an Fabriktore und Häuserwände klebten. Dann folgten kleinere Sabotageakte, vom Hacken von Websites bis zum Versiegeln von Behördentüren mit Klebstoff. Und als das alles nicht den gewünschten Erfolg brachte, entschlossen wir uns zu einer größeren Aktion. Wir wollten die Frequenzen des lokalen Radiosenders übernehmen und einen öffentlichen Aufruf ausstrahlen.

Eines Abends kehrte mein Mann nicht mehr nach Hause zurück. An seiner Stelle erhielt ich Besuch von zwei Männern, die mir mitteilten, dass man seine Leiche am Stadtrand gefunden habe. Sie stellten es als Selbstmord dar, machten aber deutlich, dass ich sofort die Stadt verlassen sollte. Ich hätte es nur meiner Abstammung zu verdanken, dass ich jetzt nicht auch im Leichenschauhaus läge.«

Einen Moment lang sprach niemand. Obwohl das Ereignis lange zurücklag, fiel es ihr offensichtlich immer noch schwer, davon zu berichten. Marek konnte das gut nachempfinden. Auch ihm kamen immer noch die Tränen, wenn er an den Tod seiner Eltern dachte, selbst wenn inzwischen fast zwanzig Jahre vergangen waren. Am liebsten wäre er aufgestanden und hätte Thura in die Arme genommen, um sie zu trösten.

»Der Rest der Geschichte ist schnell erzählt«, fuhr sie schließlich fort. »Nachdem ich meinen Mann bestattet hatte, zog ich hierher zurück. Wir hatten uns wie Amateure verhalten. Diesmal wollte ich die Sache professioneller angehen. Also gründete ich den Buchladen und kaufte das Fabrikgebäude dahinter.«

»Wovon?«, unterbrach sie Enrique. »Du warst doch mittellos.«

»Es fand sich ein Gönner«, lächelte sie. »Immerhin entstammte ich der Dynastie, und ich hatte noch ein paar Verbindungen aus der Zeit vor meiner Hochzeit. Dieser Gönner sorgte auch dafür, dass meine Akte aus den Unterlagen der Sicherheitsdienste verschwand.«

»Das heißt, hier wurdest du nicht mehr überwacht?«

»Doch, natürlich. Anfangs bekam ich noch regelmäßig Besuch von der Polizei, aber gerade die Sichtbarkeit war meine beste Tarnung. Vor dem, was sich direkt unter ihren Augen abspielte, brauchten sie keine Angst zu haben. So ließ die Überwachung von Jahr zu Jahr nach, und inzwischen kommen sie kaum noch hier vorbei. Wir sind für sie die harmlosen Spinner, die eine Gesellschaft benötigt, um den Anschein der Meinungsfreiheit aufrechtzuerhalten.«

Thura sah in die Runde. »So, und nun genug über mich. Ihr seid ja sicher nicht hergekommen, um den Erinnerungen einer alten Frau zu lauschen. Was ist denn mit euch?«

Astarte erzählte ein wenig über ihre neue Tätigkeit, und auch Enrique berichtete von seiner Arbeit im Bistro.

Marek beobachtete Thura, während sie sich mit Astarte und Enrique unterhielt. Sie hatte ein ausdrucksstarkes Gesicht, das trotz der Falten einen fast jugendlichen Elan ausstrahlte. Er fühlte sich ihr innerlich stark verbunden, obwohl er sie gerade erst kennengelernt hatte. Und als sich die beiden anderen auf den Heimweg machten, stand sein Entschluss fest.

»Ich bleibe noch ein wenig, wenn du nichts dagegen hast«, sagte er zu Thura.

Sie betrachtete ihn mit einem wissenden Lächeln. »Überhaupt nicht. Du hast ja auch kaum etwas von dir erzählt. Vielleicht können wir das nachholen.«

Enrique warf ihm einen warnenden Blick zu, aber das kümmerte Marek nicht.

Er war endlich zu Hause angekommen.

sut:
Botschaft

1.

Dagombé

Viktor Vau sah Agua Caliente zum ersten Mal, als sein MagZep eine letzte Kurve vor dem Landeanflug drehte. Warum ein MagZep überhaupt kreisen musste, hatte er nie verstanden. Im Gegensatz zu einem Flugzeug sollte es für einen Zeppelin doch ziemlich egal sein, von welcher Seite er sich einem Landeplatz näherte. Aber das war Alltagstechnologie, die Viktor letztlich nicht sonderlich interessierte, und er vergaß die Frage sofort wieder.

Der lange Flug steckte ihm in den Knochen. Der Blick aus dem Fenster zeigte ihm eine Stadt, die sich in alle Himmelsrichtungen erstreckte, weiter als das Auge sehen konnte. Er hatte sich Agua Caliente als eine Kleinstadt vorgestellt, nicht viel größer als eines der Provinznester in seinem Land. Jetzt musste er feststellen, wie er sich getäuscht hatte. Selbst wenn der größte Teil der *Gebäude* nur behelfsmäßig zusammengezimmerte Hütten mit Wellblechdächern waren, so beherbergten sie sicherlich mehr als die offiziell im Reiseführer für Dagombé angegebenen hunderttausend Einwohner.

Viktors Gedanken wurden durch das nahezu unmerkliche Aufsetzen des MagZep unterbrochen. Seine Mitreisenden sammelten eilig ihr Gepäck zusammen und drängten zum Ausgang. Viktor hatte lediglich einen kleinen Koffer dabei. Er hatte nicht vor, sich länger als nötig in Agua Caliente aufzuhalten. Ein Tag, allenfalls zwei mussten genügen.

Als er aus dem klimatisierten Luftschiff auf die Treppe zur

Landebahn trat, traf ihn die heiße, feuchte Luft wie ein Faustschlag. Es waren nur wenige Schritte bis zum Terminal des Aerodroms, das er schweißgebadet erreichte.

Viktors Pass wurde vom Offizier der Einwanderungsbehörde nur oberflächlich überprüft. Er holte seinen altmodischen Reisekoffer vom Gepäckband und verließ den abgeschirmten Bereich. Kaum war er durch die Tür, kam ihm ein kleiner, rundlicher Mann mit sorgfältig gestutztem Vollbart und hochrotem Kopf entgegengelaufen.

»Viktor!«, rief er. »*Che piacere rivederti!*« Dann schloss ihn Flavio Volante in seine Arme. Viktor war diese körperliche Nähe unangenehm, auch wenn er Volante seit seinem Studium kannte und schätzte. Sie waren nicht nur Kollegen, sondern gewissermaßen Freunde, sofern man diesen Begriff im Zusammenhang mit Viktor verwenden konnte. Und wenn man sich mit der Viktor eigenen Präzision ausdrücken wollte, dann konnte man es sicher nicht.

Unbeholfen tätschelte er seinem Freund den Rücken. »Ich freue mich auch, dich wiederzusehen, Flavio.« Vorsichtig löste er sich aus der Umklammerung. »Wenn auch die Umstände etwas ungewöhnlich sind.«

»Ungewöhnlich in der Tat.« Volante griff nach Viktors Koffer. »Wir fahren ins Hotel. Dort funktioniert die Klimaanlage, und ich kann dir alles in Ruhe erklären. Die Kollegen werden ebenfalls da sein.«

Viktor runzelte die Stirn. »Welche Kollegen sind das genau?«

»Miller, Brodhagen, Tremarchais – eigentlich sind alle da. Nimm das Programm der letzten Konferenz, und du hast ihre Namen. Und wie bei einem Kongress geht es auch hier ab. Jeder hat seine eigene Theorie, und es gibt mehr Streit als Übereinstimmung.«

»Und wozu braucht ihr dann mich?« Sie verließen den Terminal, und Volante geleitete ihn zu einer schwarzen Limousine, die sich deutlich von den restlichen Fahrzeugen abhob. Der livrierte Fahrer nahm Volante Viktors Koffer ab und hievte ihn in den Kofferraum.

»Weil wir nicht weiterkommen.« Sein Begleiter zwängte sich ächzend neben Viktor in den Sitz. »Die Crème de la Crème der Linguisten schafft es nicht, eine einfache Botschaft zu übersetzen. Wir haben die Nachricht durch den Gigacluster der Abwehr gejagt, um sie zu entschlüsseln. Ohne Ergebnis. Jetzt bist du unsere letzte Hoffnung. Das muss doch eine Genugtuung für dich sein.«

Viktor ignorierte die Schmeichelei. »Ich bin seit vielen Jahren raus aus dem Fach, Flavio. Wie soll ich schaffen, was ihr gemeinsam nicht fertigbringt?«

»Das wirst du schon erfahren, wenn wir da sind. Es ist sensationell, du wirst sehen. Aber jetzt erzähl mal, womit beschäftigst du dich derzeit?«

»Ich forsche mit schizophrenen Patienten in einer psychiatrischen Klinik.«

Volante sah ihn erstaunt an. »Du bist unter die Psychiater gegangen?«

»Nein, nein. Ich habe zwar das Studium nachträglich absolviert, sonst hätte ich nie die Möglichkeit gehabt, in der Klinik zu arbeiten. Aber mein Hauptaugenmerk gilt nach wie vor der Sprache.«

»*Deiner* Sprache«, stellte sein Kollege fest.

Viktor nickte. »Ich habe sie in den letzten Jahren weiterentwickelt und festgestellt, dass sie einen therapeutischen Wert besitzt. Insbesondere da, wo die klassische Medizin bislang immer noch versagt.«

»Du heilst damit Schizophrenie?«, fragte Volante.

»Ich befinde mich noch ganz am Anfang. Es gibt erste Indizien, das ist alles. Von Heilung zu sprechen, wäre noch viel zu früh.«

»Aber wie bist du gerade auf dieses Thema gekommen?«

»Ich habe mich während meines letzten Studiums sehr intensiv mit den beiden Gehirnhälften auseinandergesetzt und der Frage, warum es zwei davon gibt. Dabei bin ich auf einige verblüffende Erkenntnisse gestoßen. Wusstest du zum Beispiel, dass die Schizophrenie eine Krankheit ist, die erst mit der aufkommenden Industrialisierung entstand und sich seitdem immer weiter ausgebreitet hat? So wie auch der Autismus?«

Sein Kollege schüttelte den Kopf. »Das ist mir neu. Aber was hat das mit den Gehirnhälften zu tun?«

»Nun, du weißt, dass sich das Sprachzentrum in der linken Hirnhälfte befindet. Sie ist auch zuständig für die Logik und das rationale Denken. Ich glaube, dass sich in den letzten Jahrhunderten der Schwerpunkt in unseren Köpfen zuungunsten der rechten Hemisphäre verschoben hat. Die Folge sind Kommunikationsstörungen zwischen den beiden Hirnhälften, die sich in verschiedenen Symptomen äußern. Eines davon ist die Schizophrenie, die nichts anderes ist als das Eindringen von Signalen der rechten in die linke Hemisphäre, die damit nichts anzufangen weiß und sie fälschlicherweise als Tatsachen interpretiert. Beim Autismus ist es umgekehrt: Die rechte Gehirnhälfte, die für die emotionale Kommunikation zuständig ist, funktioniert nicht richtig im Zusammenspiel mit der linken.«

Volante machte ein nachdenkliches Gesicht. »Dann müsste die Schlussfolgerung doch eigentlich lauten, die rechte Hemisphäre wieder zu stärken.«

»Dafür müsste man die Entwicklung von zweihundert Jahren wieder rückgängig machen, Flavio. Das funktioniert nicht so einfach, schon gar nicht auf gesellschaftlichem Niveau. Und außerdem ist es ja nicht notwendig, denn die Mehrheit der Bevölkerung ist weder schizophren noch autistisch.«

»Und wie lautet dein Ansatz?«

»Ich stärke die linke Hemisphäre so, dass sie den Einflüsterungen der rechten Seite widersteht.«

»Du treibst den Teufel also mit dem Beelzebub aus«, lachte Volante.

»Wenn du es so ausdrücken willst. Trotz der Dominanz der linken Hälfte ist sie noch von jeder Menge Irrationalem durchsetzt. Wäre sie das nicht, würde sie die Signale von rechts nicht ernst nehmen. Dadurch, dass ich die Patienten und damit ihre linke Hemisphäre in meiner Sprache trainiere, werden alle Unklarheiten und Mehrdeutigkeiten ausgeschaltet. Als Resultat werden die Signale von der anderen Seite als irrational erkannt und nicht berücksichtigt. Der Patient kann wieder ins normale Leben zurückkehren und ist nicht auf Medikamente angewiesen. Er muss lediglich regelmäßig mit meinen speziell für diesen Zweck entworfenen Texten trainieren.«

»Hmm«, brummte sein Kollege. »Wenn ich deiner Argumentation folge, wächst allerdings die Wahrscheinlichkeit, dass sich deine Patienten zu Autisten entwickeln.«

»Solange es ein sozial verträglicher Autismus ist, kann ich damit leben. Und sie auch. Aber dein Einwand ist berechtigt, und ich habe vor Kurzem mit einer neuen Forschungsreihe begonnen, die sich genau mit diesem Phänomen befasst.«

»Darüber musst du mir später mehr berichten«, sagte Volante. Ihre Limousine war soeben vor dem Hotel *Caliente Park* vorgefahren.

In seinem Zimmer duschte Viktor ausgiebig, bevor er sich in einen leichten, hellen Leinenanzug kleidete, den er viele Jahre nicht getragen hatte. Er stammte noch aus der Zeit, als er einen Lehrauftrag im Süden wahrgenommen hatte. Zum Glück hatte sich seine Statur wenig verändert. Die Hosenbeine waren vielleicht ein wenig zu weit und die Revers des Jacketts etwas altmodisch geschnitten, aber Viktor widerstrebte es natürlich, Geld auszugeben, wenn es nicht unbedingt nötig war.

Trotz der Hitze band er sich eine Strickkrawatte um, die er ebenfalls seit Jahren nicht mehr getragen hatte. Dazu wählte er ein Paar leichte braune Halbschuhe. So ausgestattet kehrte er in die Empfangshalle zurück, wo Volante auf ihn wartete.

»Jetzt begrüßen wir erst mal die Kollegen«, rief er und bugsierte Viktor zur Hotelbar. Volante trug noch immer den zerknautschten Anzug, in dem er Viktor am Flughafen abgeholt hatte. Es war ein billiges, schlecht sitzendes Modell, in dessen beigefarbenem Stoff offenbar eine Menge Kunstfaser verwebt worden war. Unter seinem geöffneten Hemd sah man den Ansatz einer dunkel behaarten Brust und eine schmale goldene Kette, die, wie Viktor wusste, ein kleines Medaillon trug, in dem sich ein Foto von Volantes verstorbener Frau verbarg.

Die Hotelbar war im Kolonialstil eingerichtet, was Viktor etwas unpassend fand. Volante zog ihn zu einem Ecktisch, an dem bereits mehrere Gäste saßen.

»Viktor!« Ein knochiger Mann in Poloshirt und Jeans erhob sich und streckte ihm die Hand hin. »So sieht man sich wieder, was?«

Cornelius Brodhagen hatte ein Pferdegesicht mit großen, fleischigen Lippen und trug die Haare lang. Er war der Verfasser des Standardwerks *Neue Semiotik* und galt als der Großmeister der modernen Linguistik. Sein Urteil war in der akademischen Welt gottgleich: Mit einer negativen Bemerkung konnte er Karrieren beenden. Viktor hatte das am eigenen Leib erfahren dürfen.

»Cornelius.« Er ergriff die ausgestreckte Hand und überlegte fieberhaft, welche Floskel in einer solchen Situation am geeignetsten war. Schließlich entschied er sich für »Sie sehen gut aus«, auch wenn er Brodhagens Äußeres immer als scheußlich und unproportioniert empfunden hatte.

»Viktor Vau, Gentleman wie eh und je.« Brodhagen schüttelte seine Hand intensiv. »Und Sie? Wir sind schon ganz gespannt, welche Erkenntnisse Sie uns aus Ihrer Klausur mitbringen.«

»Welche Klausur?« Viktor befreite sich aus Brodhagens Griff. »Sie wissen doch, dass ich nur noch privatisiere.«

»Unser Freund Flavio hat uns etwas anderes erzählt. Aber das werden wir ja gleich von Ihnen erfahren. Kommen Sie, setzen Sie sich.«

Brodhagen deutete auf den freien Stuhl an seiner Seite. Viktor schüttelte den drei anderen Anwesenden die Hände. Er kannte zwar die Namen, hatte aber noch keinen von ihnen zuvor persönlich getroffen.

»Miller, Tremarchais und ihre Truppe fahren heute die Spätschicht«, erklärte Brodhagen, als alle wieder saßen. »Sie stoßen später zu uns.«

Ein Kellner fragte Viktor und Volante nach ihren Getränkewünschen. Viktor bestellte ein Wasser.

Brodhagen griff Viktor vertraulich an den Arm. »Kühles Wasser für einen kühlen Kopf. Sie haben sich nicht verändert, Viktor. Dann haben Sie sicher auch immer noch Ihr Wörterbuch dabei, was?«

Viktor antwortete nicht. Brodhagen wandte sich an seine Kollegen. »Sie müssen wissen, dass Viktor Vaus Wörterbuch legendär ist. Es enthält die Grammatik und den Wortschatz einer Sprache, die außer Viktor niemand kennt, geschweige denn spricht.«

»Eine neue Plansprache?«, fragte einer der drei.

»Eine perfekte Sprache«, betonte Brodhagen und blickte Viktor herausfordernd an. »Kommen Sie, Viktor, zeigen Sie's uns.«

»Cornelius, bitte. Wir sind hier nicht im Varieté«, sprang Volante seinem Freund bei, der sich sichtlich unwohl fühlte.

»Eine Plansprache?«, fragte einer der drei Viktor unbekannten Anwesenden. »Wer braucht so etwas heutzutage noch? Oder gibt es etwas Besonderes an Ihrer Entwicklung, Professor Vau?«

Viktor hatte das Gespräch mit wachsendem Unbehagen verfolgt. Er wusste genau, worauf Brodhagen hinauswollte. Damals wie heute war sein Ziel, Viktor der Lächerlichkeit preiszugeben, natürlich immer unter dem Deckmantel der wissenschaftlichen Objektivität. Er gehörte zu jener Sorte Wissenschaftler, die außer der eigenen Meinung keine andere gelten ließen. Gerade die Semiotik und Linguistik, zwei Fachgebiete mit einem großen Spielraum für Spekulationen, boten Brodhagen ein optimales Betätigungsfeld. Was nicht bewiesen werden konnte, konnte auch nicht widerlegt werden.

Dennoch hatten die anderen Anwesenden eine Antwort verdient, auch wenn er sich dadurch mit Sicherheit wieder Brodhagens beißendem Spott aussetzen würde.

»Plansprache ist für das, woran ich arbeite, nicht das passende Wort«, begann Viktor. »Es ging mir eher darum, noch einmal das Vorhaben einer vollkommenen Sprache in Angriff zu nehmen.«

»An der schon große Geister wie Wilkins oder Leibniz gescheitert sind«, warf Brodhagen ein.

Viktor nickte. »Das sind sie in der Tat. Aber nicht, weil es unmöglich wäre, eine vollkommene Sprache zu entwickeln – das ist zumindest meine Meinung –, sondern weil sie zu ihrer Zeit nicht über die erforderlichen technischen Voraussetzungen für die Realisierung verfügten.«

»Einen Augenblick bitte«, unterbrach ihn ein anderer der drei Zuhörer, ein schmaler Mann mit sorgfältig gegeltem schwarzem Haar. »Wären Sie so freundlich, uns zu erklären, was Sie unter einer vollkommenen Sprache verstehen?«

»Eine vollkommene Sprache ist eine Sprache, welche die Realität in allen ihren Facetten exakt abbildet. Bevor man sich an ihre Entwicklung macht, muss man sich zunächst mit der Struktur und Ordnung der Wirklichkeit befassen. Eine Plansprache hingegen ist nichts anderes als ein in sich schlüssiges Bezeichnungssystem für die Dinge, das eine solche Kategorisierung der Welt nicht benötigt.«

»Ein fraglos hehres Ziel«, pflichtete Brodhagen ihm bei. »Aber letztendlich ein hoffnungsloses Unterfangen, denn wer kann unsere heutige Welt schon *in toto* erfassen?«

»An diesem Punkt haben sich unsere Geister schon immer geschieden, Cornelius«, sagte Viktor. »Weil Sie *a priori* von der Unmöglichkeit einer Klassifikation der Wirklichkeit überzeugt sind, haben Sie sich nie der Mühe unterzogen, die Grundlagen meines Systems näher zu prüfen.«

»Oh, ich habe es geprüft, mein Lieber«, widersprach Brodhagen. »Und ich bin zu dem eindeutigen Schluss gelangt, dass es einem strengen wissenschaftlichen Anspruch nicht genügt. Ich habe Sie damals sogar auf die inhärenten Widersprüche Ihres Systems hingewiesen.«

»Die Widersprüche, die Sie aufgedeckt zu haben glaubten, waren Widersprüche in der Realität«, konterte Viktor. »Und eine Sprache, die eine widersprüchliche Realität exakt abbilden will, muss notwendigerweise auch diese Widersprüche beinhalten.«

»Aber die Natur ist nicht widersprüchlich«, lächelte sein Gegenüber triumphierend. »Es ist lediglich das Unvermögen von uns Menschen, was sie so erscheinen lässt. Wenn wir erst einmal die grundlegenden Gesetzmäßigkeiten der Natur wirklich verstanden haben, werden sich alle diese Widersprüche als ein Artefakt unserer mangelnden Erkenntnis herausstellen.«

»Auf welcher Grundlage haben Sie Ihre Klassifikation denn entwickelt?«, fragte der Gegelte.

»Ich habe es zunächst mit einem Bifurkationsmodell versucht, also so, wie es auch schon in der Vergangenheit gemacht worden ist. Aber das hat sich schnell als untauglich herausgestellt.«

»Können Sie ein Beispiel dafür nennen?«

»Nun, man kann eine solche Klassifikation der Welt zum Beispiel beginnen, indem man zunächst zwischen belebter und unbelebter Materie unterscheidet. Das ist die erste Weggabelung. Aber dann wird es auch schon schwierig, weil die folgenden Weggabelungen alle willkürlich sind und keiner natürlichen Ordnung entsprechen. So können Sie beispielsweise bei der belebten Materie unterscheiden zwischen Pflanzen und Tieren, so wie früher im Biologieunterricht. Sie können aber auch die Gabelung vernunftbegabte und nicht vernunftbegabte Lebewesen konstruieren. Oder DNS-basiert gegen RNS-basiert. Schon diese wenigen Beispiele zeigen, wie unterschiedlich man vorgehen kann. Und so ist es auch immer gewesen. Jeder, der sich an einer vollkommenen Sprache versucht hat, hat diese auf einer anderen Grundlage entwickelt.«

»Genau das habe ich doch gesagt«, warf Brodhagen ein. »Willkür ist das Gegenteil von Wissenschaft. Daran krankt auch Ihr Modell, Viktor. Wenn Sie es doch endlich einsehen würden.«

»Sie irren sich, Cornelius.« Viktor warf Volante, der sich aus dem Streitgespräch heraushielt, einen ungeduldigen Blick zu. »Aus genau diesen Gründen habe ich mich gegen das Bifurkationsmodell und für eine fraktale Herangehensweise entschieden.«

Brodhagen verdrehte die Augen. »Es ist egal, welche Methode Sie wählen. Die Wirklichkeit ist zu komplex, um sie eindeutig abbilden zu können. Allein Wilkins hat damals für seinen beschränkten Ansatz 260 großformatige Blätter mit Kategorisierungen benötigt. Seitdem hat sich der Wissensbestand auf der Welt um das mehr als Hunderttausendfache vergrößert. Wie wollen Sie das alles in Ihr kleines Notizbuch packen?«

»Das beweist nur, dass Sie mein Vorgehen nicht verstanden haben. Wie war das damals, als ich die Grundlagen meiner Theorie in *Wort und Wissenschaft* publizieren wollte? Waren Sie es nicht, der die Redaktion bewogen hat, den Abdruck zu verweigern?«

»Das war ich, in der Tat.« Brodhagen richtete seinen Zeigefinger auf Viktor. »Und ich würde es heute wieder tun. Sie mögen ein brillanter Kopf sein, Viktor, aber diese Besessenheit mit der vollkommenen Sprache hat Sie geradewegs in das Reich der Scharlatanerie geführt.«

»Lassen wir es dabei bewenden«, entschied Viktor. »Sie haben Ihre Meinung und ich meine. Die Zukunft wird zeigen, wer von uns beiden recht behält.«

»Das wird sie, da bin ich ganz sicher«, sagte Volante mit einem vielsagenden Lächeln.

Doch niemand schenkte seiner Bemerkung Beachtung.

2.

Eine knappe halbe Stunde später standen Volante und Viktor wieder in der Eingangshalle des Hotels.

»Das hättest du uns allen ersparen können«, sagte Viktor in vorwurfsvollem Ton. »Erst die sinnlose Diskussion mit Brodhagen und dann dieser ausschweifende Vortrag des Gegelten – wie war noch mal sein Name?«

»Batterman. Er ist Brite und einer der führenden Köpfe der neuen semiotischen Schule.«

»Also einer der Lakaien von Cornelius.«

Volante lachte und rieb sich die Hände. »Du weißt gar nicht, wie ich diese scharfzüngigen Charakterisierungen vermisst habe. Auf deine Art bist du genauso stur und einäugig wie Brodhagen. Allerdings auf einem ganz anderen Niveau«, fügte er schnell hinzu, als er Viktors Stirnrunzeln bemerkte.

»Erzählst du mir jetzt endlich etwas mehr über die Botschaft, um die es geht?«

»Viel besser, ich werde sie dir zeigen. Dann wirst du sehen, warum ich dich habe herbringen lassen.«

Sie verließen das Hotel. Draußen war es immer noch sehr warm, wenn auch deutlich angenehmer als die stechende Hitze des Tages.

Viktor betrachtete die Umgebung. Das Hotel lag an einer breiten Straße voller Hochhäuser, die allesamt verlassen aussahen. Es gab weder Geschäfte noch Restaurants. Die Fensterfronten oder Garagenöffnungen zu beiden Seiten der Fahrbahn waren mit schweren Rollgittern verriegelt. Insektenschwärme umgaben die Neonleuchten über der Mitte der Straße, die mit unregelmäßigen Zischgeräuschen vor sich hin flackerten. Außer ihnen war kein Mensch zu Fuß unterwegs.

»Ich muss gestehen, in einem Auto würde ich mich jetzt wohler fühlen«, sagte Viktor.

»Mach dir keine Sorgen, mein Lieber. Ich bin diese Strecke schon häufiger gegangen, und es ist mir noch nie etwas passiert. Agua Caliente mag einen heruntergekommenen Eindruck machen, aber die Polizei funktioniert einigermaßen, und die Leute hier sind im Grunde ganz friedlich. Statistisch gesehen befinden wir uns an einem Ort, der sicherer ist als dein Zuhause.«

»Statistisch gesehen ist es auch unwahrscheinlich, dass jemand den Haupttreffer im Lotto zieht oder eine Weltraumkapsel aus dem Nichts auftaucht«, widersprach Viktor.

Am Ende der nächsten Straße leuchteten ihnen die vier großen Neonbuchstaben DSRC entgegen.

»Willkommen im *Dagombé Space Research Centre*«, sagte Volante, als sie den Eingang erreicht hatten. Er wies sich bei dem Wachtposten, der in einem kleinen Häuschen neben der Einfahrt saß, aus, und sie gelangten in einen strahlend hell erleuchteten Hof. Hier flackerte keine Lampe. Viktor hörte das dumpfe Brummen eines Generators. Die auf Masten rund um den Hof montierten Scheinwerfer wurden offenbar unabhängig vom öffentlichen Stromnetz gespeist.

Vor ihnen lag eine flache Halle, die äußerlich wie einer der zahlreichen industriellen Zweckbauten wirkte, die sich in jedem Industriegebiet finden. Volante öffnete die Zugangstür mit einem Code, den er auf einer Tastatur eingab.

»17102205«, grinste er. »Tag und Monat von Dagombés Unabhängigkeit und Tag und Monat von Bandas Geburt.«

Sie fanden sich in einem schmalen Gang wieder, der ebenfalls taghell erleuchtet war.

»In diesem Trakt sind die Arbeitsräume und Labors untergebracht«, erklärte Volante. Eine Tür am anderen Ende des Gangs führte in eine Art Kontrollraum. Durch eine große Scheibe konnte man in die nur schwach erleuchtete Halle sehen, in der die Raumkapsel auf einem Podest aufgebockt war. Ein langer Tisch vor der Scheibe war mit Monitoren, Schaltpulten und Tastaturen bedeckt.

»Von hier aus werden üblicherweise die Vorgänge in der Halle gesteuert«, sagte Volante. »Für unsere Arbeit ist das natürlich nicht nötig.«

Er führte seinen Begleiter durch eine weitere Tür in einen kleinen Nebenraum, in dem eine Glasvitrine auf vier Beinen stand, so wie man sie auch in Museen findet. In der Vitrine war ein Blatt Papier von der Größe einer Zeitungsseite aufgespannt.

»Panzerglas«, erklärte Volante und pochte gegen eine der Scheiben. Er deutete auf zwei Schlösser an der Seite. »Die Schlüssel dazu werden im Ministerium verwahrt. Jeder Versuch, es zu entwenden, löst einen Großalarm aus.«

Die Vitrine war rundum mit LEDs bestückt, die jeden Quadratmillimeter des Papiers in gleicher Lichtstärke ausleuchteten.

»Warum diese Sicherheitsvorkehrungen?«, fragte Viktor. »Das Papier ist doch, wie du mir erzählt hast, fotografiert worden?«

»So ist es«, nickte sein Kollege. »Aber die Regierung von Dagombé legt großen Wert darauf, dass alle Untersuchungen nur hier in diesem Gebäude stattfinden. Und falls dabei etwas herauskommt, was eine erneute Analyse des Dokuments erforderlich macht, will sie auf jeden Fall die Kontrolle darüber behalten.«

Viktor beugte sich neugierig vor und betrachtete das Blatt näher. Auf den ersten Blick sah es aus wie mit arabischen Schriftzeichen oder fremdartigen Hieroglyphen beschrieben. Er stutzte und legte seinen rechten Zeigefinger auf das Glas, so als wolle er ihn unter den einzelnen Linien entlangführen.

In dem Augenblick klingelte Volantes Mobiltelefon und riss Viktor aus seiner Konzentration. Sein Kollege sprach ein paar Sätze und steckte das Gerät wieder weg.

»Ich muss dich leider kurz allein lassen«, sagte er und lächelte gequält. »Im Hotel gibt es einen kleinen Notfall. Offenbar hat sich Brodhagen mit Wakken angelegt, und jetzt will Rasmus alles hinschmeißen. Ich hätte Cornelius nie dazuholen sollen! Mit seiner Arroganz und ewigen Besserwisserei stiftet er nur Unfrieden in der Gruppe!«

»Du weißt, wie er ist«, murmelte Viktor, ohne die Augen von der Vitrine zu lassen.

»Kommst du zurecht?«

»Ja, geh nur.«

Volante verschwand aus dem Raum, und Viktor wandte sich wieder dem Studium des Dokuments zu. Er runzelte die Stirn. Dann griff er in seine Jackentasche und zog sein abgegriffenes Notizbuch hervor. Er löste das Gummiband und blätterte darin, bis er eine bestimmte Stelle gefunden hatte, die er mit dem Papier in der Vitrine verglich.

Seine Lippen bewegten sich stumm. Mit zitternden Fingern suchte er einen anderen Eintrag in seinen Notizen und dann noch einen, bis er die Hand sinken ließ und sich aufrichtete. Langsam steckte er das Buch in die Tasche zurück und fuhr sich mit der Hand durch das jetzt schweißnasse Haar. Seine Wangen waren kalt und blass geworden. Er atmete so lange ein und aus, bis er das Gefühl hatte, wieder Luft zu bekommen, und machte sich dann erneut daran, das Dokument in der Vitrine zu studieren.

3.

Zehn Minuten später stand Viktor immer noch innerlich zitternd vor der Scheibe und starrte auf die Raumkapsel.

Hinter ihm saß ein Mann an einer der Workstations und studierte Datenreihen. Er hatte sich Viktor als einer der Ingenieure vorgestellt, die für den technischen Teil der Untersuchung zuständig waren.

Viktor drehte sich zu ihm hin. »Darf ich mir die Kapsel einmal ansehen?«

Der Mann blickte von seinem Monitor auf. »Kein Problem, Professor.« Er warf einen Blick auf seine Armbanduhr. »Ich werde Sie allerdings nicht begleiten können. Ich habe gleich Feierabend und noch eine Verabredung.« Er lächelte vielsagend.

»Gehen Sie nur. Ich komme auch allein zurecht. Sind denn noch weitere Kollegen von Ihnen hier?«

»Wir sind zu dritt, haben aber alle jetzt Schluss. Es ist schließlich schon spät. Sie müssen doch auch müde sein.«

»Ich komme mit wenig Schlaf aus.«

»Eine beneidenswerte Eigenschaft.«

»Sie ist manchmal ganz nützlich. Und sonst ist niemand mehr im Gebäude?«

»Nur noch die Kryptografen. Die sitzen allerdings in einem anderen Teil des Zentrums.« Der Mann schaltete seinen Monitor ab und erhob sich. »Eigentlich dürfte ich Sie gar nicht allein hier zurücklassen. Aber ich denke, Ihnen kann ich vertrauen.«

»Gewiss«, antwortete Viktor zögerlich.

Der andere war zufrieden. »Sie haben noch keine Chipkarte bekommen, nehme ich an?«

Viktor schüttelte den Kopf.

»Dann sage ich dem Sicherheitsdienst Bescheid, dass Sie noch hier sind. Sonst haben Sie ganz schnell eine Patrouille am Hals. Wenn Sie nachher das Gebäude verlassen wollen, drücken Sie einfach auf den blauen Schalter neben der Eingangstür.«

Der Mann verabschiedete sich. Viktor hörte ihn im Gang mit seinen Kollegen sprechen, dann herrschte Stille.

Er wartete noch einige Minuten, bevor er die Tür zur Halle öffnete und eintrat.

Die Lichter der Notbeleuchtung tauchten den Raum in einen schummrigen blauen Schein. Die Kapsel stand auf einem Podest in der Mitte, umgeben von zahlreichen fahrbaren Tischen mit diversen Messinstrumenten.

Viktor näherte sich ihr vorsichtig. Sie hatte etwas Altmodisches an sich und erinnerte ihn an die Fotos in Bildbänden über die Geschichte der Raumfahrt, die er in seiner Kindheit besessen hatte. Sie wirkte nicht wie ein Hightech-Produkt, sondern so, als sei sie von Handwerkern, die lediglich ein Foto als Vorlage hatten, als Modell aus mehreren Metallplatten zusammengebaut worden. Die quadratischen Bullaugen waren von dicken, kupferfarbenen Nieten umgeben, und die Einstiegsluke machte den Eindruck, als sei sie erst nachträglich aufgesetzt worden.

Viktor blickte sich noch einmal um, bevor er die Stufen zum Podest emporkletterte und sich durch die Einstiegsluke beugte. Die Kapsel war nahezu völlig leer und besaß weder Sitze noch einen Steuerungscomputer. Sie war also nie für eine Mannschaft vorgesehen gewesen.

Viktor jedoch wusste, wonach er suchen musste.

Er erkannte ein paar Kästen, die am Boden befestigt waren und aus denen Kabel herauskamen, die an der Wand entlanggeführt waren und auf der anderen Seite in einen ähnlichen Kasten mündeten, auf dem eine Tastatur mit merkwürdigen Hieroglyphen angebracht war.

All das war von den Fachleuten umfassend untersucht worden. Die Außenhaut war mit bildgebenden Verfahren durchleuchtet worden, und verschiedenste Licht- und Schalltechniken hatten auch den verborgensten Winkel erfasst. Das Resultat war gleich null. Niemand wusste, wozu die Tastatur diente und was sie auslösen würde. Nach Meinung der Experten gab es keinerlei erkennbare Verbindung vom Tastenfeld zu irgendeinem anderen Teil der Kapsel.

Viktor schaltete die kleine Taschenlampe ein, die er auf dem Tisch mit den Monitoren gefunden hatte, und studierte die Zeichen auf den Tasten. Dann rief er sich noch einmal die Instruktionen vor Augen, die er vor einigen Minuten gelesen hatte. Langsam drückte er die Tasten in der Reihenfolge, die er memoriert hatte, und wartete gespannt, was nun passieren würde – wenn überhaupt etwas geschah. Aber warum sollte sich jemand die Mühe machen, eine solche Apparatur zu konstruieren und auf die Erde zu schicken, wenn sie keine Funktion besaß?

Er hörte ein leises Surren und ein knackendes Geräusch.

Nichts hatte sich verändert. Kein geheimes Fach hatte sich aufgetan, keine Vorrichtungen waren aus den Wänden geklappt. War seine Eingabe nicht richtig gewesen?

Er wandte sich wieder der Tastatur zu und wollte die Kombination erneut eintippen, als er stutzte. Unterhalb des Tastenfeldes war ein Stück Metall herausgefahren, in dessen Mitte etwas befestigt war, das wie ein kleiner roter Edelstein aussah. Viktor tastete den Gegenstand vorsichtig ab. Er fühlte sich tatsächlich an wie ein Kristall, dessen Facetten sorgfältig geschliffen worden waren.

Der Kristall bewegte sich leicht unter seinen Fingern. Er

wurde, das erkannte er bei genauerem Hinsehen, von zwei schmalen Plastikarmen über einer Vertiefung in der darunterliegenden Metallplatte gehalten.

Vorsichtig drückte Viktor den Kristall in die Öffnung. Er rastete gegen einen spürbaren Widerstand ein. Einen Moment lang geschah nichts. Dann hörte er ein Surren, und die graue Kapselinnenwand neben der Platte verwandelte sich in eine schneeweiße Fläche.

Viktor sah sich hastig um, aber er war immer noch allein in der Halle. Als er sich wieder der Kapsel zuwandte, blickte er in das Gesicht eines Mannes.

Viktor schreckte zurück, bevor er erkannte, dass es sich lediglich um ein Bild handelte.

Der Mann mochte Mitte zwanzig sein. Er trug einen grauen Umhang, dessen Schnitt ungewöhnlich wirkte, obwohl Viktor nicht sagen konnte, woran das lag. Bevor er dazu kam, der Frage weiter nachzugehen, räusperte sich der Mann und fuhr sich mit der Hand durch die mittellangen blonden Haare. Er wirkte nervös wie jemand, der sich zum ersten Mal in der Situation befindet, vor einem Publikum zu sprechen.

»Wer immer Sie auch sein mögen«, begann der Mann. »Dies ist unsere Botschaft an Sie.«

Und was er dann sagte, sollte Viktor für den Rest seines Lebens den Schlaf rauben.

4.

Flavio Volante stand vor dem Spiegel und bürstete sorgfältig seinen Bart aus. Es war bereits zwei Uhr morgens, und er hätte schon vor Stunden im Bett liegen sollen. Aber Brodhagen und seine Leute hatten keine Ruhe gegeben, und er hatte mit ihnen noch bis tief in die Nacht zusammensitzen müssen.

Erneut musste er an Viktors merkwürdiges Verhalten denken, als er ihn endlich aus dem Forschungszentrum abgeholt hatte. Viktor hatte bereits am Tor auf ihn gewartet und während der Rückfahrt kein einziges Wort gesprochen.

»Nun, weißt du jetzt, warum ich um deine Anwesenheit hier gebeten habe?«, hatte Volante ihn schließlich gefragt, als sie in der Hotelhalle standen.

Statt einer Antwort hatte Viktor nur gebrummt.

»Weil ich vermute, dass es sich bei dieser Sprache um eine Kunstschöpfung handelt. Und zwar nicht um irgendeine Sprache, sondern um eine, die deiner verdammt ähnlich ist.«

»Ich denke, da täuschst du dich«, hatte Viktor geflüstert. »Alle Plansprachen weisen gewisse Ähnlichkeiten miteinander auf.«

»Aber hier handelt es sich offensichtlich nicht um eine reine Plansprache, sondern um ein System mit realcharakteristischer Notation wie bei Wilkins und dir.«

Viktor hatte müde den Kopf geschüttelt und war dem Blick seines Kollegen ausgewichen.

»Und selbst wenn es etwas völlig anderes ist, du bist der beste Experte auf diesem Gebiet, den ich kenne. Hast du denn irgendwas mit dem Text anfangen können?«

»Nichts. Jede Kunstsprache ist anders, und nur der Erfinder weiß, wie sie aufgebaut ist.«

Volante hatte seine Enttäuschung nicht verbergen können. »Dir ist also gar nichts aufgefallen? Kein Ansatzpunkt, von dem aus wir uns weiter vorarbeiten könnten?«

»Ein Buch mit sieben Siegeln.« Viktor hatte kurz aufgeblickt. »Und jetzt würde ich gern zu Bett gehen, wenn du nichts dagegen hast. Es war ein langer und anstrengender Tag für mich.«

Mit diesen Worten war er in den Fahrstuhl gestiegen und in sein Stockwerk gefahren.

Jetzt, da Volante sich die Episode noch einmal durch den Kopf gehen ließ, kam ihm das Verhalten seines Freundes schon seltsam vor. Aber vielleicht war es wirklich nur die Erschöpfung durch die lange Anreise und das ungewohnte Klima gewesen.

Volante marschierte zum Bett und schlug die Decke zurück. Sorgfältig inspizierte er das Bettlaken und den Platz unter dem Kissen, bevor er sich mit einem mühsamen Grunzen auf die Knie ließ und unter das Bett sah. Er hatte irgendwo einmal gelesen, dass Giftspinnen, Skorpione und Schlangen sich gerne in Hotelbetten versteckten, und obwohl er in den zehn Tagen seiner Anwesenheit in Agua Caliente nichts dergleichen entdeckt hatte, hielt er sich doch an sein allabendliches Ritual.

Er richtete sich gerade wieder auf, als jemand heftig an seine Zimmertür klopfte. Volante trug lediglich Unterwäsche und Socken. Er griff zum Morgenmantel, der am Schrank hing. Während er sich in die Ärmel hineinkämpfte, klopfte es erneut.

»Moment!«, rief er und stapfte zur Tür. »Wer ist da?«

»Viktor«, klang es dumpf durch das Holz.

Mit einer unwilligen Handbewegung öffnete Volante die Tür. Viktor drängte sich hindurch und drückte sie sofort wieder hinter sich zu.

Sein Gesicht war aschfahl. Er war noch immer mit seinem Anzug bekleidet, hatte offenbar keine Minute im Bett verbracht, und über seiner Schulter hing eine Reisetasche.

Viktor griff Volante am Oberarm. »Du musst mir helfen, Flavio«, bedrängte er seinen Kollegen. »Ich muss sofort aus Agua Caliente verschwinden.«

Volante machte unwillkürlich einen Schritt nach hinten. Er löste Viktors Finger von seinem Arm.

»Nun setz dich erst mal und erzähl mir, was überhaupt los ist.« Er steuerte seinen Freund zum Ledersessel in der Zimmerecke. »Hast du irgendetwas angestellt? Die Kapsel zerstört? Dein Verhalten kam mir gleich so seltsam vor.«

Viktor schüttelte den Kopf. »Wenn es das nur wäre. Es ist viel schlimmer.«

»Aber die Sprache auf dem Blatt! Du musst doch erkannt haben, dass sie deiner verdammt ähnlich sieht!« Volante gestikulierte wild mit den Händen.

»Flavio, bitte.« Viktor machte ein gequältes Gesicht. »Hilf mir einfach, hier rauszukommen.«

Volante betrachtete seinen Freund, der wie ein Häufchen Elend in dem Sessel hockte. Dass er seine letzte Frage nicht beantwortet hatte, war für ihn Aufklärung genug.

»Deine plötzliche Flucht – sie hat etwas mit dem Dokument zu tun, stimmt's?«, versuchte er es noch einmal. »Du hast es entziffern können.«

Viktor zögerte einen Moment, dann nickte er müde. »Genug, um zu wissen, dass ich fortmuss, bevor die anderen dahinterkommen.«

»Und du willst mir wirklich nichts sagen? Vielleicht finden wir gemeinsam einen Weg, wie wir dich aus der Sache raushalten können. Wenn du jetzt verschwindest, wird unweigerlich ein Verdacht auf dich fallen, auch wenn die Botschaft noch nicht entschlüsselt ist.«

Volante sah die Panik in den Augen seines alten Freundes.

»Kannst du nicht einfach einen Flieger nehmen?«, fragte er.

»Unmöglich. MagZep oder Schiff bedeutet, dass sie wissen, wo ich bin. Nein, ich muss irgendwie über die Grenze kommen und von da aus weiter.«

»Hmm.« Volante legte die Fingerspitzen zusammen und bewegte den Kopf rhythmisch vor und zurück, eine seiner Eigenarten, wenn er nachdachte. Schließlich sah er auf.

»Hast du Geld?«

»Ein paar Hundert Dagombé-Credits und Kreditkarten.«

»Das wird nicht reichen.« Volante ging zu einem Sideboard. Er schob das Foto Bandas, das darüber hing, beiseite und öffnete durch Eingabe eines Zahlencodes den dahinter versteckten Safe, aus dem er ein Bündel mit Geldscheinen holte.

Er hielt Viktor den Packen hin. »Unions-Credits werden überall angenommen. Damit dürftest du auf jeden Fall über die Grenze kommen und dein Ticket nach Hause bezahlen können.«

»Danke«, erwiderte Viktor und steckte das Geld ein. »Du bekommst es natürlich von mir zurück, wenn sich diese ganze Sache erledigt hat.«

»Mach dir darüber jetzt keine Gedanken.« Volante wischte

sich die Hände am Morgenmantel ab, so als wolle er jede Spur der Geldscheine beseitigen. »Mir fällt da gerade was ein …« Er stand auf und holte ein Adressbuch aus seiner Nachttischschublade. »Ich hatte mal einen Assistenten, der aus Dagombé kam, James Malango. Er ist seit vielen Jahren wieder zurück. Leider haben wir lange keinen Kontakt mehr gehabt. Vielleicht kann er dir helfen, falls er noch die alte Telefonnummer hat.«

Viktor schloss die Augen, während Volante darauf wartete, dass am anderen Ende jemand abhob.

ut:
Flucht

1.

Hauptstadt der Union

Die Leiche lag zwischen zwei Müllcontainern in einem Hinterhof.

Die Streifenbeamten, die zuerst am Tatort eingetroffen waren, hatten den Fundort notdürftig mit Absperrband gekennzeichnet und konnten die Schaulustigen, die trotz der frühen Stunde wie auf ein geheimes Kommando wenige Minuten nach dem Leichenfund aufgetaucht waren, nur mit Mühe zurückhalten.

Marc Fellner bahnte sich einen Weg durch die Menschentraube, die sich in der Toreinfahrt gebildet hatte. Er hatte die Nachricht vor zehn Minuten erhalten und war sofort ins Auto gesprungen, aber die ersten Reporter waren bereits vor ihm am Tatort.

Er ignorierte ihre Fragen und duckte sich unter dem Absperrband hindurch.

»Wer hat sie entdeckt?«, fragte er den uniformierten Beamten, der ihn über den Hof begleitete.

»Diese Frau.« Der Mann deutete zur Hauswand, an der eine stark geschminkte Blondine mit einer Polizistin auf einer kleinen Bank saß. Als die Frau seinen Blick bemerkte, sprang sie auf und lief auf ihn zu.

»Sind Sie der Kommissar?«, fragte sie, als sie ihn erreicht hatte. »Können Sie Ihren Leuten sagen, dass sie mich gehen lassen sollen? Ich komme zu spät zur Arbeit.«

Es war zwar gerade erst sieben Uhr, aber Fellner konnte sich vorstellen, welche Arbeit sie meinte.

»Frühschicht?« Er nickte verständnisvoll. »Hat die Kollegin Ihre Personalien aufgenommen?«

»Schon lange.« Sie wedelte mit der Hand, und Fellner zog unwillkürlich den Kopf zurück, um nicht versehentlich von einem ihrer künstlichen Fingernägel getroffen zu werden.

»Dann erzählen Sie mir doch, wie Sie das Opfer entdeckt haben, und Sie können gehen«, sagte er.

»Das ist keine große Geschichte. Wenn ich zur Arbeit aufbreche, nehme ich immer den Müll mit raus. Und als ich damit am Container war, habe ich sie sofort gesehen. Dann habe ich sofort die Polizei angerufen.«

»Und Sie haben vorher nichts Verdächtiges gehört oder gesehen?«

»Zu sehen gibt es da nicht viel, meine Wohnung geht nach vorn raus. Und gehört hab ich auch nichts.«

»Wann sind Sie denn gestern Abend nach Hause gekommen?«

Sie lachte heiser. »Heute. Das war so gegen zwei Uhr. Da bin ich aber nicht noch im Hof herumgelaufen.«

»Na schön. Ich hoffe, Sie haben das Opfer nicht angefasst oder bewegt?«

Die Frau blickte ihn angewidert an. »Wo denken Sie hin? Die ist mausetot, das hab ich sofort gemerkt.« Für sie schien der Fund einer Leiche keine besondere Sache zu sein.

Fellner betrachtete sie näher. Sie konnte höchstens dreißig sein, schätzte er. Sie war nicht unattraktiv, aber um ihre Mundwinkel herum zeichnete sich eine gewisse Härte ab. Frauen wie sie traf man im Kuppelviertel zuhauf. Sie mussten von frühester Jugend an um ihren Lebensunterhalt kämpfen, was sie dem Leid ihrer Mitmenschen gegenüber abstumpfen ließ. In wenigen Jahren würde sie diese Härte nicht mehr unter ihrem Make-up verstecken können.

»Also gut«, sagte er. »Dann dürfen Sie jetzt gehen. Sie werden aber noch mal aufs Polizeirevier kommen müssen, damit wir Ihre Aussage schriftlich aufnehmen. Und ich möchte Sie bitten, vorher der Presse nichts zu sagen.«

»Kein Problem, Süßer. Ich weiß, wie ich hier unbemerkt

rauskomme.« Sie verschwand im Hintereingang des Hauses. Fellner hoffte, dass sie wusste, was sie tat.

Er trat zwischen die Container, um endlich die Leiche in Augenschein zu nehmen. Die Tote war unbekleidet. Sie hatte schwarzes, kurz geschnittenes Haar und lag auf der Seite. Ihre weit aufgerissenen Augen starrten ins Leere, und ihre Lippen waren zur Parodie eines Lächelns verzerrt. Auf ihrem Hals prangte ein schmaler tiefroter Streifen.

Fellner zog zwei durchsichtige Plastiktüten aus der Jackentasche, stülpte sie über seine Schuhe und stieg über den Körper hinweg. Wie er erwartet hatte, war ein Stück Haut aus dem Rücken herausgeschnitten worden. Ansonsten wies sie keinerlei Spuren von Folter auf wie das vorherige Opfer. Entweder hatte der Täter seine Methode erneut geändert, oder es hatte ihm die Zeit gefehlt, sich ausführlicher mit ihr zu befassen.

Fellner warf einen Blick auf die umliegenden Häuser. Aus vielen Fenstern lehnten die Bewohner, um das Geschehen im Hof zu verfolgen. Seine Leute würden jeden Einzelnen von ihnen befragen müssen. Vielleicht gab es ja diesmal einen Hinweis auf die Identität des Täters, obwohl er das bezweifelte. Es kam ihm fast so vor, als wolle der Florist die Polizei bewusst herausfordern.

In der Toreinfahrt gab es Bewegung. Das Team der Spurensicherung und der Gerichtsmediziner waren endlich eingetroffen. Fellner suchte noch einmal die Fläche hinter den Containern ab, fand aber nichts, was ihm einen Hinweis gegeben hätte.

»Unser Blumenfreund?«, fragte der Fotograf, der bereits sein Stativ aufbaute.

»Sieht so aus.« Fellner stieg über die Tote zurück in den Hof. Dabei fiel ihm auf, dass er nirgendwo einen Müllbeutel entdecken konnte. Hatte die Frau, die die Leiche gefunden hatte, ihren Abfall tatsächlich noch in den Container geworfen, bevor sie die Polizei informiert hatte?

Er schüttelte den Kopf. Trotz seiner vielen Jahre im Polizeidienst würde er manche Leute nie verstehen. Er zog sich die Plastikhüllen von den Schuhen und stopfte sie in die Tasche.

Dann wies er die uniformierten Beamten an, die Toreinfahrt zu räumen und zur Straße hin abzusperren.

Die Schaulustigen waren nicht damit einverstanden, abgedrängt zu werden, und folgten den Anweisungen der Beamten nur widerwillig, vor allem die Reporter, die über Behinderung der Pressearbeit klagten. Am lautesten beschwerte sich ein etwas dicklicher Mann, der für einen Journalisten deutlich zu teuer gekleidet war.

»Fellner!«, rief er. »Wollen Sie, dass ich den Bürgermeister anrufe, um ihm mitzuteilen, wie Sie mit der Presse umgehen?«

Der Kommissar spielte für einen Moment mit dem Gedanken, den Fragesteller einfach zu ignorieren. Rupert Cassell war in seinen Augen ein Schmierfink, ein sensationslüsterner Spanner, dem es weniger um journalistisches Ethos als um seine persönliche Profilierung ging. Leider war er damit erfolgreich, und man munkelte zudem, er habe beste Verbindungen in höhere politische Kreise, ein weiterer Grund, warum Fellner ihn nicht mochte.

Zugleich war das aber auch der Grund, warum er den Mann nicht ignorieren konnte. Cassell war es gewesen, der die ersten Berichte über den Floristen veröffentlicht hatte. Fellner hatte die Sache aus den Medien herausgehalten und wäre damit wahrscheinlich auch erfolgreich gewesen, aber Cassell musste einen Tipp von einem Informanten erhalten haben. Der Reporter hatte sich in seinem ersten Leitartikel über den Floristen nicht nur auf die Details der Morde konzentriert, sondern als zweiten Strang seiner Berichterstattung Fellner ins Visier genommen. Wie konnte es sein, so seine empörte Fragestellung, dass ein gefährlicher Serienmörder in der Stadt sein Unwesen trieb, Fellner die Öffentlichkeit darüber aber nicht informierte? Trug er damit nicht die Verantwortung für jedes weitere Opfer, das der Mörder fand? Wieso ließ er die Bürger im Unklaren, die so ihre Töchter und Frauen nicht schützen konnten und sie tagtäglich der Gefahr aussetzen mussten, unter das Messer des Mörders zu geraten?

Fellner wusste nicht, warum Cassell diese persönliche Fehde

mit ihm vom Zaun gebrochen hatte. Er vermutete jedoch, dass dahinter politische Interessen standen. Er war weiter oben nicht besonders beliebt, denn er hatte seine eigenen Ansichten, was die Planungen für das Stadtviertel anging, in dem sein Büro beheimatet war. Und nicht nur das, er scheute sich auch nicht, diese Meinungen öffentlich zu verbreiten. Dass ihm das keine Freunde machte, war ihm klar.

Allerdings war es nicht so einfach, ihn aufs Abstellgleis zu schieben. Fellner war bei seinen Kollegen ausgesprochen beliebt, und seine Erfolgsquote war die höchste in der ganzen Stadt. Ihn abzustrafen, hätte auch in der Öffentlichkeit einen schlechten Eindruck gemacht. Also wartete man darauf, dass er sich vielleicht irgendwann eine Blöße geben würde. Und dieser Augenblick schien jetzt gekommen zu sein. Mit jedem Opfer des Floristen wurde Fellners Position schwächer, und wenn er nicht bald einen Erfolg vorweisen konnte, könnten seine Gegner endlich ihr Ziel erreichen.

Fellner gab den Beamten ein Zeichen, Cassell durchzulassen, was sofort ein Protestgeheul der übrigen Reporter hervorrief.

»Sehr vernünftig«, lächelte Cassell breit. »Sie scheinen ja doch noch lernfähig zu sein, Fellner.«

»Ich wünschte, ich könnte dasselbe von Ihnen sagen. Was wollen Sie?«

Cassell deutete auf die Leiche. »Ein neues Opfer des Floristen?«

»Das wissen wir erst, wenn der Gerichtsmediziner mit seiner Arbeit fertig ist.«

»Kommen Sie, Fellner, Sie haben doch ihren Rücken studiert. War er's oder war er's nicht?«

»Es könnte jeder sein«, erwiderte Fellner. Er bemühte sich nicht, seine Verärgerung zu verbergen. »Da Sie ja in alle Welt hinausposaunt haben, wie die Signatur des Floristen aussieht, ist jetzt jeder Mörder in der Lage, seinem Opfer ein Stück Haut herauszuschneiden, um die Tat dem Floristen in die Schuhe zu schieben.«

»Die Öffentlichkeit hat ein Recht auf Informationen, ob Ihnen das in den Kram passt oder nicht.«

»Ihnen ist das Recht der Öffentlichkeit doch völlig egal! Für Sie zählt doch nur die Auflage Ihres Blättchens.«

»Ein Grund mehr, mir Informationen zu geben. Wenn ich ein paar gute Worte über Sie fallen lasse, werden meine Leser Sie lieben. Aber ich kann Sie ebenso gut zur Zielscheibe machen.«

»Das tun Sie doch schon die ganze Zeit. Glauben Sie nicht, ich wüsste nicht, wer dahintersteckt.«

»Verschwörungstheorien, Herr Kommissar?« Cassell grinste hämisch. »Es liegt allein in Ihrer Hand. Machen Sie mich zu Ihrem Verbündeten, und wir profitieren beide davon.«

Fellner blickte ihn angewidert an. »Vorher lasse ich mich lieber in die Provinz versetzen. Und jetzt gehen Sie zurück zu Ihren Kollegen.«

»Wie Sie wollen.« Cassell schien die Abfuhr nicht zu erschüttern. »Sie haben die Zeichen der Zeit nicht erkannt, Fellner. Ich bringe Sie in Ihre Provinz, verlassen Sie sich drauf.«

Er machte kehrt und ging zur Absperrung zurück. Fellner stieß einen unterdrückten Fluch aus. Das hatte er ja wieder prima hingekriegt! Eigentlich hatte er mit Cassell vernünftig reden wollen, aber der Mann hatte ihn mit seiner schmierigen Selbstgewissheit innerhalb weniger Sekunden auf die Palme gebracht. Wenn Leute wie Rupert Cassell die Zeichen der Zeit verkörperten, dann hatte er in dieser Zeit nichts mehr verloren.

Einer seiner Männer riss ihn aus seinen Gedanken. Gemeinsam legten sie fest, wer von Fellners Leuten sich welches Haus vornehmen sollte. Dann gingen sie an die Arbeit.

2.

Als Fellner am nächsten Morgen in seinem Büro eintraf, lagen die Berichte des Gerichtsmediziners und der Spurensicherung bereits auf seinem Schreibtisch. Der Kommissar war einer der wenigen, die noch Wert auf ein gedrucktes Exemplar legten. Er holte sich seinen ersten Kaffee des Tages und studierte die Unterlagen.

Die Identität des Opfers hatte über eine DNA-Probe schnell ermittelt werden können. Ihr Name war Martina Fischer. Sie hatte als Softwareentwicklerin bei einem großen IT-Unternehmen gearbeitet. Fischer war dreiundzwanzig Jahre alt, ledig und besaß keine lebenden Verwandten. Ihre Eltern waren bei einem Autounfall ums Leben gekommen, die Großeltern waren ebenfalls verstorben, Tanten und Onkel existierten nicht.

Fischer war, wie Fellner vermutet hatte, nicht in dem Hinterhof getötet worden, sondern der Mörder hatte lediglich die Leiche dort abgelegt. Neben einigen Fasern, die von der Kleidung des Täters stammen konnten, gab es keine weiteren Hinweise auf ihn. Die Analyse der Schnitttechnik auf dem Rücken deutete mit nahezu hundertprozentiger Wahrscheinlichkeit auf den Floristen hin.

Fellner schickte einen seiner Leute in die Firma, in der Martina Fischer gearbeitet hatte. Vielleicht stießen sie ja dort auf weitere Hinweise. Er selbst überflog noch einmal die Berichte von der Befragung der Anwohner. Keiner hatte etwas gesehen oder gehört. Es war fast so, als sei der Florist unsichtbar.

Auch Rupert Cassell hatte die Nachbarn rund um den Tatort befragt, allerdings mit einem völlig anderen Ziel. *WIR HABEN ANGST* schrie die Schlagzeile seines Beitrags auf der Titelseite, und die Unterzeile lautete *Florist versetzt Viertel in Panik – »Die Polizei lässt uns im Stich«*.

Fellner warf die Zeitung auf den Schreibtisch. Na schön. Daran konnte er jetzt auch nichts mehr ändern. Es war nur verwunderlich, dass der Polizeipräsident sich noch nicht gemeldet hatte. Sonst hatte er ihn gleich nach Erscheinen der Morgenzeitungen am Telefon.

Die nächste halbe Stunde verbrachte er damit, die Karte zu studieren, auf der er die Fundorte der Opfer des Floristen markiert hatte. Alle lagen im Kuppelviertel, aber es gab kein erkennbares geografisches Muster.

Fellner war sich sicher, dass sie etwas übersehen haben mussten. Niemand konnte in kurzen Abständen auf enger Fläche mehrere Menschen ermorden, ohne eine Spur zu hinterlassen. Er beschloss, sein Team noch einmal auf die Berichte der ersten Fälle anzusetzen. Sie würden zwar nicht begeistert sein, aber so lange es keine brauchbare Spur gab, war das immer noch besser, als Däumchen zu drehen und auf das nächste Opfer zu warten.

Zwei Stunden und drei schwarze Kaffees später hatte er die Informationen zu Martina Fischer vor sich liegen. Viel wussten auch ihre Arbeitskollegen nicht zur Aufklärung beizutragen. Martina war gut in ihrem Job, ging ab und zu mal mit ein paar Kollegen nach der Arbeit etwas trinken und hielt ihr Privatleben ansonsten von ihrer Arbeit getrennt. Enger befreundet schien sie lediglich mit einer Exkollegin gewesen zu sein, die vor einigen Wochen eine neue Stelle in einer Klinik am Stadtrand angetreten hatte.

Fellner griff zum Hörer und wählte die Nummer von Astarte Apostolidis.

3.

Als Astarte aus der Tür des Polizeireviers kam, wartete Enrique bereits auf sie. Sie hatte ihn direkt nach Fellners Anruf benachrichtigt, und er hatte versprochen, sie nach ihrer Vernehmung abzuholen.

Astarte sah erschöpft aus. Enrique bot ihr seinen Arm an, in den sie sich zu seiner Überraschung einhakte, und sie gingen ein paar Straßen weiter, bis sie ein kleines ruhiges Café fanden. Sein Herz klopfte wie bei einem Dreizehnjährigen, der sein erstes Rendezvous hat. War es wirklich so lange her, dass er die Nähe einer Frau gespürt hatte?

Leider war der Augenblick schnell wieder vorbei. Sie bestellten jeder ein Glas Rotwein und warteten schweigend, bis die Getränke serviert wurden. Astarte nahm sofort einen großen Schluck, so als wolle sie den Tag hinunterspülen.

»Ihr wart gut befreundet?«, brach Enrique das Schweigen.

»Martina war meine einzige Freundin.« Nachdenklich fuhr Astarte mit ihren Fingern am Stiel des Weinglases auf und ab. »Ob wir deshalb *gut* miteinander befreundet waren, weiß ich nicht. Wir haben einiges zusammen unternommen. Mit ihr konnte man Spaß haben.«

»Und die Polizei ist sicher, dass es der Florist war?«

Sie nickte. »Ich soll es nicht rumerzählen. Sie möchten nicht, dass er so viel Aufmerksamkeit bekommt. Der Kommissar meinte, das sei genau das, was der Florist will.«

»Wie war er denn so, dieser Kommissar?«

»Er heißt Fellner und ist eigentlich ein ganz netter Mensch.«

»Das sind Polizisten oft.«

Sie blickte ihn kritisch an. »Wieso das denn?«

»Na ja, sie sind doch darauf angewiesen, dass man ihnen vertraut.«

Astarte schüttelte den Kopf. »Da habe ich ganz andere Geschichten gehört. Aber dieser Fellner war wirklich recht freundlich.«

»Und was wollte er von dir wissen?«

»Wann ich Martina zuletzt gesehen habe und ob ich irgendwelche von ihren Freunden kenne.«

»Und konntest du ihm weiterhelfen?«

Sie zuckte mit den Schultern. »Keine Ahnung. Zum letzten Mal war ich mit ihr aus, als wir uns kennengelernt haben.«

Enrique zog die Augenbrauen hoch. »Ach, das war Martina?«

»Das war Martina.« Astarte suchte nach einem Taschentuch und schnäuzte länger als nötig. Als sie wieder aufblickte, waren ihre Augen gerötet. Schnell nahm sie einen weiteren Schluck aus ihrem Glas. »Wenn ich mir vorstelle, dass er uns damals vielleicht schon beobachtet hat …«

Enrique beugte sich vor. »Weißt du noch, wie du an jenem Abend über meine Warnungen gelacht hast?«

Sie nickte und steckte das Taschentuch wieder ein. »Es klingt auch absurd! In dieser Stadt leben Millionen Menschen. Die schlechten Dinge passieren doch nur den anderen, denkt man da immer.«

»Und wenn man dann feststellt, dass man selbst an der Reihe ist, ist es ein Schock.«

»Und wie. Vor allem, weil ich vielleicht auch das Opfer hätte sein können.« Astarte schüttelte sich, griff nach ihrem Weinglas und leerte es in einem Zug.

»Für den Winzer wäre es auch ein Schock, wenn er das sehen würde«, versuchte Enrique sie aufzuheitern.

»Ist mir egal.« Sie winkte der Kellnerin und bestellte noch ein Glas.

»Wie wär's dann mit einem härteren Tropfen?«

»Ich will mich betrinken, nicht betäuben.«

»Ist das nicht dasselbe?«

»Für mich nicht.« Sie schob herausfordernd das Kinn vor. »Und es gehört sich nicht, eine Frau betrunken zu machen und dann abzuschleppen!«

Enrique bemerkte zu seiner Erleichterung, dass ihr alter Kampfgeist wieder zurückzukehren schien. »Was gehört sich dann?«

»Wer eine Frau erobern will, der muss …« Sie brach ab und legte die Stirn in Falten.

»Der muss?«

»Ach, ich weiß auch nicht. Darüber habe ich lange nicht mehr nachgedacht.«

»Das klingt aber ziemlich pessimistisch.«

»Findest du?« Sie nippte an dem neuen Wein, den die

Kellnerin umgehend gebracht hatte. »Mag sein. Aber nach allem, was geschehen ist, fällt es mir schwer, optimistisch zu sein.«

»Das verstehe ich. Es ist schrecklich, was Martina passiert ist. Manchmal gerät man eben an den Falschen.«

Sie nickte traurig. »Und wie soll man wissen, ob einer der Richtige ist?«

»Sagt dir das nicht dein Gefühl, auf das du so große Stücke hältst?«

Sie blickte ihn misstrauisch an. »Kommt jetzt wieder ein Plädoyer für das rationale Abwägen? Ich habe nie behauptet, dass Gefühle die Lösung für alles sind.«

»Und sie können offenbar auch täuschen.«

»Gefühle sind manchmal die größten Betrüger. Das weiß ich auch.«

»Aber trotzdem ...«

»Trotzdem bin ich überzeugt, dass es allein mit dem Verstand nicht funktioniert. Schon gar nicht bei Männern und Frauen.«

»Womit wir wieder beim Thema wären.«

»Männer und Frauen, ja. Mörder und Opfer.« Sie nahm einen weiteren Schluck.

Mehrere Minuten schwiegen beide. Es war, fand Enrique, kein unangenehmes Schweigen, eher eine Stille, die sie gemeinsam teilten. Das war ein Fortschritt gegenüber den ersten Treffen, die eher von Zurückhaltung geprägt waren. Er hätte gern mehr über diese Frau gewusst, aber sie gab nur wenig von sich preis. Die heutige Begegnung bestärkte ihn in seiner Vermutung, dass sie einmal schlechte Erfahrungen mit Männern gemacht haben musste.

»Bringst du mich nach Hause?«, fragte Astarte schließlich.

»Aber du hast noch nicht ausgetrunken«, erwiderte er und deutete auf ihr noch halb volles Glas.

»Ich will nur noch schlafen. Allein, damit wir uns nicht falsch verstehen.«

»Kein Problem.« Er winkte der Kellnerin und bezahlte. Zum

ersten Mal bestand Astarte nicht darauf, ihren Teil zur Zeche beizusteuern, wie er erfreut feststellte.

Vielleicht war sie einfach zu sehr mit ihren Gedanken beschäftigt.

Oder sie war doch nicht ganz so unnahbar, wie sie immer vorgab.

4.

Dagombé

Volante hatte recht gehabt, dachte Viktor. In der Morgendämmerung zu Fuß durch die Nebenstraßen von Agua Caliente zu laufen, war für einen Ausländer nicht unbedingt empfehlenswert. Er hatte das Hotel durch den Hinterausgang verlassen, der in eine kleine Gasse mündete. Sie war von überquellenden Mülleimern gesäumt, die einen unangenehm süßlichen Geruch verströmten.

Von dort war er dem von Volante mit Bleistift auf ein Blatt Schreibpapier des Hotels gezeichneten Plan gefolgt, den jener aus dem Internet kopiert hatte. Immer wieder musste er anhalten, um den richtigen Weg zu finden. Während das Zentrum von Agua Caliente noch einigermaßen gut ausgeschildert war, fehlte es in den Seitenstraßen nicht nur an Beleuchtung, sondern auch an Straßenschildern.

So stolperte er durch die Dunkelheit, die lediglich durch die Lichter von Trinkhallen unterbrochen wurde, die nichts anderes waren als offene Fenster, aus denen der Wirt Bier in Flaschen durch ein Gitter herausgab und die selbst um diese Stunde gut besucht waren. Die dort versammelten Trinker beobachteten Viktor misstrauisch und, wie ihm schien, mit einem gierigen Blitzen in den Augen. Jedes Mal, wenn er an einem solchen Etablissement vorbeikam, beschleunigte er seine Schritte und richtete den Blick starr nach vorn. Er spürte, wie verkrampft er wirken musste, denn Nonchalance war etwas, das er nicht einmal vorgaukeln konnte.

Er hatte den Haupteingang des Hotels bewusst gemieden. Die ausländischen Gäste wurden rund um die Uhr von verschiedenen staatlichen und privaten Sicherheitsdiensten überwacht, die sich zwar diskret im Hintergrund hielten, aber dennoch allgegenwärtig waren. Deshalb hatte es ihn überrascht, so problemlos durch den Nebenausgang verschwinden zu können. Oder war er nur zu naiv, und sie beobachteten bereits jeden seiner Schritte?

Das Viertel, durch das er ging, besaß nichts von dem Glanz der Hauptstraßen Agua Calientes. Von den Gebäuden blätterte der Putz ab, und oft waren ganze Mauerteile herausgebrochen und gaben den Blick auf das Innere frei, in dem unter notdürftig gespannten Plastikplanen etwas stattfand, das man nicht wirklich als Privatleben bezeichnen konnte.

Viktor blieb unter einer Laterne stehen, die an einem Kabel über der Straße baumelte, und studierte erneut Volantes Skizze. Er hatte das Gefühl, sich bereits jetzt rettungslos verlaufen zu haben. Flavio hatte von einem Supermarkt an einer Kreuzung gesprochen, an dem er wieder in Richtung Stadtzentrum abbiegen sollte, aber alles, was er vor sich sah, waren dunkle Gebäude, deren ebenerdige Fenster mit Stahlplatten verrammelt waren. Ob sich dahinter Lebensmittel oder Macheten verbargen, war nicht zu erkennen.

Auf gut Glück bog er nach rechts in die Straße ein. Aus einem Haus drang Babygeschrei, und in der Ferne bellte ein Hund. Unwillkürlich blickte er sich um, aber die Straße hinter ihm war leer. Flavio hatte ihn vor den streunenden Hunden der Stadt gewarnt: »Am Tag schleichen sie mit eingeklemmtem Schwanz herum und sind unterwürfig, in der Nacht rotten sie sich zusammen und machen die Stadt unsicher.«

Schließlich landete er zu seiner Erleichterung auf einem hell erleuchteten Platz. Rundum standen Taxis, die ihre Dienste anboten, und eine Handvoll Straßenhändler, die bereits um diese frühe Morgenstunde gestohlene elektronische Gerätschaften oder gefälschte Uhren feilhielten. Noch war von der Morgendämmerung nichts zu sehen. Auf dem Platz war es merkwürdig still. Es gab kein Geschrei, kein Anpreisen von Waren, keine plärrende Musik. Um diese Stunde schien das Leben noch genauso schläfrig wie die Menschen.

Viktor folgte dem Strom der Passanten quer über den Platz und erreichte kurz darauf den Bahnhof der Stadt. Er betrat das Bahnhofsgebäude und stellte sich vor einem Ticketautomaten in die Warteschlange. Als er an der Reihe war, löste er für fünfzehn Credits ein Ticket nach Benké.

Bis zur Abfahrt würde es zwei Stunden dauern. Zwei weitere Stunden, in denen man ihn aufspüren konnte. An den Wänden der Bahnhofshalle hatten sich fliegende Händler niedergelassen, die ihre Waren auf ausgebreiteten Decken feilboten und die, im Gegensatz zu dem Platz vorhin, ihre Angebote lauthals anpriesen. Über dem ununterbrochenen Gebrabbel Hunderter von Stimmen ertönte immer wieder ein quäkender Lautsprecher, der den nächsten einfahrenden Zug ankündigte, woraufhin regelmäßig ein Gedränge in Richtung der Bahnsteigzugänge einsetzte.

Viktor überlegte noch, wo er so lange unentdeckt bleiben konnte, als ihn eine Unruhe in der Menge vor ihm aus seinen Gedanken riss. Eine Gruppe von vier uniformierten Polizeibeamten hatte die Halle betreten und kämpfte sich in seine Richtung vor. Instinktiv duckte er sich hinter einen der Automaten. Suchte man tatsächlich bereits nach ihm? Das konnte eigentlich nicht sein, es sei denn, ihn hatte doch jemand beim Verlassen des Hotels beobachtet. Oder hatte Volante gar seine Flucht verraten? Nein, das glaubte er nicht.

Vorsichtig spähte Viktor zwischen den Leibern der vor ihm stehenden Passagiere hindurch. Eine Fluchtmöglichkeit bot sich ihm an dieser Stelle nicht. Die Wartenden vor den Automaten wichen zur Seite, und er sah die Uniformierten näher kommen. Unwillkürlich fuhr er mit der Hand in die Innentasche seines Jacketts und umklammerte den Gegenstand, den er dort, eingewickelt in ein Taschentuch, verborgen hatte.

Kurz bevor sie ihn erreicht hatten, bogen die Polizisten nach rechts ab und die Menge schloss sich hinter ihnen wieder. Viktor atmete aus und erhob sich. Er fragte sich, wie lange es dauern würde, bis jemand die Videos aus der Halle auswertete. Volante hatte ihm versichert, dass es keine Überwachung in Echtzeit gab, sondern dass die Aufzeichnungen stichprobenweise durchgesehen und dann archiviert wurden. Viktor gab sich keinen Illusionen hin. Die Vorkommnisse in der Kapsel würden auf jeden Fall entdeckt werden.

Er bahnte sich einen Weg durch das Gewühl in der Bahnhofshalle und nahm die erste Treppe nach oben. Seine Hoffnung, hier einen freien Sitzplatz zu finden, wurde enttäuscht. Die Menschen standen dicht gedrängt auf den schmalen Betonstreifen zwischen den Gleisen und warteten auf die Einfahrt des nächsten Zuges. Dagombé war einer der wenigen Plätze auf der Welt, an dem noch altmodische Züge auf Gleisen fuhren.

Er kehrte um und folgte den Wegweisern zum Hinterausgang des Bahnhofs. Der Platz hier war kleiner als der vor dem Gebäude und schien allein der Vorfahrt von Taxis zu dienen, die in kurzen Abständen ihre menschliche Fracht vor der Tür absetzten.

Bei seinem Rundgang um den Platz entdeckte er auf der anderen Seite einen Imbiss, der noch geschlossen war. Er setzte sich auf eine der beiden Holzbänke vor der Hütte und rutschte so weit wie möglich in deren Schatten. Lange würde er den Schutz nicht mehr genießen können, denn in der Ferne zeigten sich bereits helle Streifen am Horizont.

Viktor beobachtete die An- und Abfahrten der Taxis. Unwillkürlich versuchte er, darin Gesetzmäßigkeiten zu entdecken. Selbst in dieser für ihn bedrohlichen Situation konnte er nicht davon ablassen, nach Mustern Ausschau zu halten, die sich in eine klar definierte Ordnung bringen ließen, um daraus dann Vorhersagen abzuleiten.

Viktor wusste um seine Schwäche. Seit frühester Kindheit waren Unsicherheit und Unklarheit für ihn das Schlimmste, das er sich vorstellen konnte. Er war ein sehr zurückgezogenes Kind gewesen, in dessen Zimmer nie auch nur ein Hauch von Unordnung herrschte. Natürlich hatten seine Eltern ihn von einem Psychiater untersuchen lassen, der eine milde Form von Autismus diagnostiziert hatte. Für seinen Vater war dieser Befund eine Katastrophe, stand er doch den großen Plänen, die er für seinen Sohn gehabt hatte, entgegen. Viktors Familie gehörte schon seit Jahrzehnten zur Dynastie. Es war eine Familientradition, dass der älteste Sohn in die Fußstapfen des Vaters trat. Für Viktor hätte das bedeutet, Verwaltungsrecht zu studieren und in den höheren Ministerialdienst einzutreten.

Nach der psychiatrischen Untersuchung zerplatzten diese Träume wie Seifenblasen. Eine führende Position in der Dynastie war mit Improvisation, intensiver Kommunikation mit anderen sowie hoher Anpassungsfähigkeit verbunden, alles Eigenschaften, die für Viktor ein Fremdwort waren. So trat zum ersten Mal in der Geschichte seiner Familie der zweitgeborene Sohn die Nachfolge des Vaters an, während der Älteste die Wahlfreiheit genoss, die sonst dem jüngeren Bruder zustand.

Viktor war über diese Entwicklung nicht unglücklich. Für ihn war sein Zustand keine Krankheit, sondern die Essenz seines Daseins. Seine Welt war von der der anderen zwar nicht hermetisch abgeriegelt, so wie bei schweren Fällen von Autismus, aber dennoch für die meisten Menschen so fremd, dass sie keinen dauerhaften sozialen Kontakt zu ihm unterhielten. Das betraf auch die Frauen.

Viktor hatte zwar dieselben Bedürfnisse wie andere Männer auch, aber er begriff von vornherein, dass sie unvereinbar waren mit seiner Grundhaltung zum Leben. Vielleicht würde es ihm eines Tages beschieden sein, ein weibliches Pendant zu finden, doch bis dahin begnügte er sich mit Selbstbefriedigung und einem gelegentlichen Besuch im Bordell, obwohl auch das Probleme aufwarf. Der Sexualakt unterlag, wie alle seine Handlungen, strikten Gesetzmäßigkeiten, und dafür benötigte er eine Frau, die diese kannte und sich darauf einstellte. Das erwies sich als schwierig, und als er nach etlichen für ihn unerfreulichen Versuchen endlich eine Hure gefunden hatte, die seinen Vorstellungen entsprach, verließ diese nach einigen Monaten die Stadt und kehrte nicht mehr zurück. Von da an verzichtete er ganz auf solche Ausflüge und sublimierte die Reste seines Sexualtriebs in seiner Arbeit.

Er warf einen Blick auf seine Uhr. Es war endlich Zeit, zum Bahnsteig zu gehen.

5.

Der Zug nach Benké lief ein, gezogen von einer mächtigen Diesellok, die mit einem synthetischen Derivat betrieben wurde. Viktor bestieg den Erste-Klasse-Waggon, der aus einem durchgehenden Abteil mit Aluminiumbänken, die im Boden befestigt waren, bestand. Wenn dies die erste Klasse war, wie mochte es dann wohl in der zweiten aussehen? Ob es dort nur Stehplätze gab?

Der Waggon war völlig leer. Irgendwo brummte eine Klimaanlage, und es war angenehm kühl im Inneren. Er ließ sich auf eine der harten Bänke sinken und hoffte, es würde so bleiben. Je weniger Menschen ihn sahen, umso besser. Doch seine Hoffnungen erfüllten sich nicht.

Nach ihm stiegen noch zwei weitere Personen in den Wagen ein, eine ältere Frau, die am anderen Ende Platz nahm, und ein Mann in den Vierzigern, der wie ein Handelsvertreter aussah und sich nach dem Setzen sofort mit einem NetPad beschäftigte.

Der Zug verließ langsam den Bahnhof. Viktor schloss die Augen und lehnte sich zurück. Er spürte, wie ihm der Schweiß den Nacken herunterlief. Seit über zwölf Stunden hatte er nicht mehr geduscht, was für ihn normalerweise undenkbar war, und seine Kleidung klebte ihm am Körper. Die Tasche, die er in aller Eile für seine Flucht gepackt hatte, enthielt neben Unterwäsche und einem Hemd keine weiteren Kleidungsstücke. Er würde sich also damit abfinden müssen, in den kommenden Tagen wie ein Stadtstreicher herumzulaufen.

Viktor wusste nicht, wie lange er so in Gedanken versunken gesessen hatte, als jemand an seiner Schulter rüttelte. Er schreckte auf. Vor ihm stand der Vertreter und lächelte ihn an. Er hatte blitzend weiße Zähne und kalte blaue Augen, die nicht mitlächelten. An der rechten Seite seiner Stirn prangte eine relativ frische Narbe.

»Entschuldigen Sie die Störung, aber ich glaube, wir kennen uns.«

Viktor antwortete nicht.

»Sie gehören zu dem Team, das die Raumkapsel untersucht.«

Und als Viktor immer noch schwieg: »Ich bin Teil der Betreuungsgruppe.«

Viktor dämmerte es. Der Vertreter war nicht Teil einer *Betreuungsgruppe*, sondern Mitglied der Wachmannschaft, welche die Wissenschaftler Tag und Nacht nicht aus den Augen ließ. War dieser Mann ausgeschickt worden, um ihn zurückzuholen? Aber wie konnte das möglich sein, dass er ihn hier aufgespürt hatte?

Er bemühte sich, gelassen zu wirken. »Es tut mir leid, mein Herr, aber Sie müssen mich mit jemandem verwechseln.«

Der Vertreter lächelte mild. »Ich glaube nicht. Sie sind Viktor Vau, einer der besten Linguisten der Welt. Und Sie sind auf der Flucht.«

Viktor erstarrte. »Der Name ist mir unbekannt. Und mit einer Raumkapsel habe ich nichts zu tun.«

»Viktor, Sie können vielleicht anderen etwas vormachen, aber mir nicht. Als ich Sie zufällig am Taxistand sah, fragte ich mich: Was hat der Professor in aller Herrgottsfrühe hier am Bahnhof zu schaffen? Und darauf habe ich nur eine einzige Antwort gefunden. Sie sind auf der Flucht.«

Viktor begriff, dass Leugnen ihn hier nicht weiterbringen

würde. »Sie haben recht«, wollte er gerade ansetzen, als ein roter Punkt auf der Stirn des Mannes erschien. Sein Grinsen wich einem Ausdruck der Verwunderung, dann schlug sein Kopf bereits mit einem hässlichen Geräusch auf den Metallboden des Wagens.

Die Frau, die mit ihm das Abteil teilte, hielt eine Pistole mit Zielvorrichtung und Schalldämpfer in der Hand und lächelte Viktor zu. Viktor lächelte nicht zurück. Sein Herz schlug hart gegen seine Rippen, und doch war sein erster Reflex, die Füße näher an sich heranzuziehen, damit sie nicht von dem Blut befleckt wurden, das dem Toten aus der Kopfwunde lief.

»Sie verdanken mir Ihr Leben«, erklärte die Frau. »Ich wusste, dass er Sie eher getötet als laufen gelassen hätte – phantasieloser Bastard. Die jungen Leute heutzutage verfügen über keine Kreativität mehr, finden Sie nicht auch?«

Viktor starrte sie an. »Werden Sie mich demnach kreativer umbringen?«

»Ich werde Sie überhaupt nicht umbringen. Ich hätte Sie während der letzten vierundzwanzig Stunden problemlos ein Dutzend Mal töten können. Aber ich habe es nicht getan.«

Viktor konnte seinen Blick nicht von dem Toten abwenden. »Dann beobachten Sie mich seit meiner Ankunft?«

Statt einer Antwort nickte sie nur.

»Und warum?«

»Man will, dass Sie überleben«, antwortete sie.

»Man?«

»Ich habe strikte Anweisung, über meinen Auftraggeber zu schweigen. Um ehrlich zu sein, kenne ich ihn nicht einmal. Seien Sie aber versichert, dass ich nicht für einen der offiziellen Sicherheitsdienste arbeite. Man hat mich angeheuert, um für Ihre Unversehrtheit zu sorgen.«

»Steckt Volante dahinter?«

»Wie ich Ihnen bereits sagte, ich weiß es nicht. Ich erhalte meine Aufträge durch eine Agentur, und die teilt mir nur das absolut Nötigste mit.«

»Aber Sie sind hier, um mir zu helfen?«

»Wenn Sie mir verraten, was Sie vorhaben, werde ich Sie dabei unterstützen, so gut ich kann.«

Viktor schwieg einen Moment. Was blieb ihm anderes übrig, als sich ihr anzuvertrauen?

»Ich bin auf dem Weg nach Benké, wo ich mich mit einem Kontaktmann treffen werde, der mir helfen soll, über die Grenze nach Togo zu kommen.«

»Der Arizona Market«, sagte sie. Als sie Viktors fragenden Blick bemerkte, fügte sie hinzu: »Der Arizona Market befindet sich in der Nähe der togoischen Grenze. Dort geht man hin, wenn man etwas braucht, das auf legalem Weg nicht so einfach zu beschaffen ist.«

»Sie scheinen sich ja in Dagombé gut auszukennen«, stellte Viktor fest.

»Nun, ich war früher schon einmal hier. In der heißen Phase, als noch der Bürgerkrieg im Norden tobte.«

»Sie haben hier gekämpft?«

»Haben Sie schon einmal von Pinidium gehört?«

»Selbstverständlich.«

»Es ging damals um die Vorkommen dieses äußerst wertvollen Metalls. Die Aufständischen wurden vom Nachbarland bezahlt und riefen eine eigene Republik in Nord-Dagombé aus. Das konnte Banda natürlich nicht zulassen. Pinidium ist der größte Schatz des Landes. Ohne Zugang zu den Minen hätte er die Unabhängigkeit gleich wieder vergessen können. Also heuerte er ein paar Leute an, die ihm dabei helfen konnten, die Provinz wieder zurückzuholen.«

»Söldner, meinen Sie.«

»Wenn Sie es so nennen wollen. Aber ist nicht jeder Soldat ein Söldner, wenn er für seinen Job Geld bekommt? Heimat und Vaterland sind doch bloß Phrasen der Regierenden, die sich damit um teure Gefahrenzulagen herumdrücken wollen.«

Viktor betrachtete sein Gegenüber genauer. Unter ihrem Strohhut quollen schulterlange dunkle Haare hervor, die mit grauen Streifen durchzogen waren. Ihr Gesicht wirkte freundlich und zuvorkommend, mit vielen Lachfältchen um Mundwinkel und Augen. Kaum vorstellbar, dass sie jahrelang im Dschungel gekämpft hatte. Aber er hatte sie gerade selbst in Aktion gesehen, und die Leidenschaftslosigkeit, mit der sie seinen Angreifer ausgeschaltet hatte, bewies mehr als alles andere, was hinter dieser so harmlos scheinenden Oberfläche verborgen lag.

»Ich bin übrigens Leslie«, fuhr die Frau fort. »Jetzt müssen wir aber daran arbeiten, wie wir Sie ohne Probleme nach Benké bekommen. Die nächste Station ist nur noch wenige Minuten entfernt.«

Sie ging zum Leichnam hinüber, bückte sich und zerrte den Körper mit bemerkenswerter Kraft bis zum Fenster. Dann zog sie ein Messer aus der Tasche, schnitt das Hemd des Toten auf und begann, mit dem Stoff die Blutlache am Waggonboden aufzuwischen.

Das Ganze geschah mit einer Selbstverständlichkeit, die Viktor erschauern ließ. Ihn fröstelte. Er drehte den Kopf in die andere Richtung, nur um wenige Sekunden später erneut auf das Geschehen rund um den Toten zu starren.

Leslie hatte sich über die Leiche gebeugt und leerte die Taschen des Mannes. Sie stopfte den NetPad, einen Revolver und ein Lederetui mit Papieren in ihre Jackentaschen. Anschließend zog sie das Abteilfenster Stück um Stück auf.

Ein Schwall heißer, schwüler Luft drang in den Waggon. Leslie warf den blutgetränkten Fetzen hinaus. Dann hob sie den Toten unter den Achseln an, brachte ihn in eine sitzende Position und kippte ihn vornüber nach draußen.

»Jetzt wollen wir nur noch hoffen, dass Sie nicht noch jemand erkennt, bis wir unser Ziel erreicht haben«, sagte sie.

Viktor lehnte den Kopf gegen das harte Metall und schloss die Augen.

Er erwachte erst wieder, als der Zug in den Bahnhof von Benké einlief.

6.

Als Viktor und seine Begleiterin aus dem Zug stiegen, war es fast Mittag. Die Hitze traf ihn nach der Zeit in dem klimatisierten Eisenbahnwaggon wie ein Faustschlag. Er zog sein Jackett aus und hängte es sich über den Arm, wobei es ihn zu seiner eigenen Verwunderung nicht bekümmerte, ob er die Falten jemals wieder herausbekommen würde.

Sie bahnten sich einen Weg durch die Menschenmasse auf dem Bahnsteig und betraten das Bahnhofsgebäude, das noch aus der Kolonialzeit stammte. Von den ursprünglich grün gestrichenen Stahlträgern war der Lack fast komplett abgesplittert. Der Rost fraß sich vom Dach aus nach unten vor, und Viktor zog unwillkürlich den Kopf ein. Aus dem gefliesten Boden waren große Stücke herausgebrochen, und überall wucherten riesige Grasbüschel hervor.

Im Bahnhof war es nur unwesentlich kühler als draußen. Sie verließen das Gebäude durch die schief hängenden hölzernen Haupttüren und gelangten auf einen staubigen Vorplatz. Hunderte von Menschen drängten sich um ein gutes Dutzend Busse, schoben Koffer, Körbe und Taschen den Helfern auf den Fahrzeugdächern zu, welche diese mit geübten Griffen ordneten, stapelten und mit langen Seilen und Fangnetzen vertäuten.

Ein Mann in einem dunkelblauen Polohemd trat auf die kleine Gruppe zu. Er mochte vielleicht knapp fünfzig Jahre alt sein, schätzte Viktor. Hinter einer randlosen Brille starrten ihn zwei furchtsame Augen an.

»Professor Vau?«, fragte der Mann.

Viktor nickte. Aus dem Augenwinkel bemerkte er, wie Leslie ihre Hand in die Tasche gleiten ließ.

»James Malango. Professor Volante bat mich, Sie hier zu treffen.«

Sie schüttelten sich die Hand. Viktor stellte seine Begleiterin nicht vor, und Malango fragte auch nicht danach. Leslie hatte die Hand wieder von der Waffe genommen.

»Wie mir Professor Volante berichtet hat, müssen Sie unerkannt das Land verlassen. Das ist zwar nicht unbedingt mein Fachgebiet, aber ich habe zum Glück einige Verbindungen, die Ihnen weiterhelfen können. Dazu müssen Sie allerdings so schnell wie möglich nach Tambo weiter.«

»Wie ich vermutet habe«, meldete sich Leslie zu Wort. »Der Arizona Market.«

Malango nickte. »Der Vetter meines Schwagers unterhält dort ein kleines Geschäft. Er nennt sich Sir Jonathan und wird Sie sicher über die Grenze bringen.«

»Jonathan?«, rief Leslie. »Der alte Gauner lebt noch?«

»Sie kennen ihn?«, fragte Malango erstaunt.

»Und ob ich ihn kenne. Er schuldet mir noch eine Wagenladung Handgranaten. Ich habe allerdings meine Zweifel, ob ich die jetzt noch von ihm bekommen werde.«

»Nun, das erleichtert die Sache sicherlich.« Malango blickte sich nervös um. Dann zog er einen Briefumschlag hervor und reichte ihn Viktor. »Geben Sie ihm dieses Schreiben, dann weiß er, dass Sie derjenige sind, den ich ihm angekündigt habe.« Er warf einen vielsagenden Blick auf Viktors Begleiterin. »Er ist allerdings nur auf einen Passagier vorbereitet. Ich kann Ihnen nicht versprechen, dass er Sie beide mitnehmen wird.«

»Keine Sorge«, lachte Leslie. »Mit Jonathan komme ich schon zurecht.«

Malango sah sie skeptisch an. »Also dann«, verabschiedete er sich. »Ich wünschte mir, wir hätten uns unter anderen Umständen kennengelernt, Professor Vau.«

»Vielen Dank für Ihre Mühe«, bedankte sich Viktor. »Und grüßen Sie Flavio von mir. Richten Sie ihm aus, es gehe mir gut.«

»Das werde ich.« Er erlaubte sich ein kurzes Lächeln. »Obwohl es sich wie eine Lüge anhört, wenn ich Sie so ansehe.«

Viktor blickte an sich herab. Er sah wirklich nicht besonders präsentabel aus. Seine Hose und sein Hemd waren zerknittert und mit dunklen Flecken beschmutzt, die wahrscheinlich von dem Blut des Mannes im Zug stammten. Die Jacke, die er über dem Arm trug, machte auch keinen besseren Eindruck. Und wie sein Gesicht aussah, wollte er sich nicht vorstellen. Unter normalen Umständen wäre es undenkbar für ihn gewesen, so auf die Straße zu treten. Aber dies waren alles andere als normale Umstände.

Malango nickte Viktors Begleiterin zu und verschwand zwischen den Autobussen.

»Wir sollten auch weg hier.« Leslie nahm Viktor beim Arm. »Je eher wir in Tambo sind, desto besser.«

Es dauerte etwa zwanzig Minuten, bis sie in einem der Busse einen Platz auf der Rückbank gefunden hatten. Daran hatten die Bündel von Geldscheinen, die Leslie geschwenkt hatte, einen wesentlichen Anteil. Der Fahrer und einige seiner Passagiere waren jetzt um ein Monatsgehalt reicher.

Sie mussten noch eine quälende halbe Stunde auf dem Bahnhofsvorplatz warten, bevor der Bus sich stotternd in Bewegung setzte. Die Fenster zu beiden Seiten der letzten Reihen waren herausgebrochen, und warme, feuchte Luft strich über ihre Gesichter, vermittelte dabei aber nicht einmal die Illusion einer Kühlung.

»Wer ist dieser Jonathan?«, fragte Viktor, während er mit dem Fuß eine Ziege verscheuchte, die den Mittelgang entlanglief.

»Ein Dealer und Wheeler«, erwiderte Leslie. »Er macht mit allen Seiten Geschäfte und hat sich im Laufe der Jahre ein richtiges kleines Imperium aufgebaut.«

»Auf dem Arizona Market«, konstatierte Viktor.

»Nicht nur dort. Der Markt ist eine relativ junge Erfindung Bandas. Jahrelang hat es in der Region von Tambo Kämpfe zwischen Rebellen, die vom Niger unterstützt wurden, und den Regierungstruppen gegeben. Dann kamen wir. Nachdem wir die Rebellen zurückgedrängt hatten, stellte sich die Frage, wie wir das Gebiet langfristig schützen konnten. Es war Bandas Idee, mit dem Arizona Market eine Art Freistaat entstehen zu lassen, der den Rebellen eine lukrative Einnahmequelle bietet und sie somit vom Kämpfen abhält.«

Viktor zog die Augenbrauen hoch. »Und das funktioniert?«

Sie lachte freudlos. »Sie werden heute noch das Vergnügen haben, einen der letzten rechtsfreien Räume auf dieser Welt zu betreten. Der Arizona Market ist inzwischen in ganz Afrika eine Legende. Über der Erde wird alles gehandelt, was sich handeln lässt. Darunter liegen die nur flüchtig verscharrten Gebeine der Bürgerkriegstoten, die ans Tageslicht kommen, wenn einer der Hüttenbauer ein wenig zu tief gräbt. Manche Marktverkäufer, so wird gemunkelt, graben sogar systematisch nach den Knochen. Sie schaben das Fleisch ab, lassen die Knochen von Kindern putzen, polieren und feilen und verkaufen sie dann als Halsschmuck oder Briefbeschwerer oder ganz einfach als Schreibtischdekoration.«

Viktor schüttelte den Kopf. »Afrika, der verlorene Kontinent ...«

»Nein, Professor«, widersprach sie. »Wir Europäer sollten uns nicht so überlegen anstellen. Wenn Sie wüssten, was damals im Kaukasus los war ...«

Viktor beobachtete sie aus den Augenwinkeln. Leslie konnte nicht viel jünger sein als er, aber ihre Lebenswelten lagen meilenweit auseinander.

»Wie kommt es ...«, begann er.

»... dass ich als Frau so einen Job mache?«, vervollständigte sie seine Frage. »Ganz einfach, weil ich gut darin bin.«

»Sie reisen also von einem Kriegsgebiet ins nächste und lassen sich dafür bezahlen, Ihren Kopf hinzuhalten?«

»Das klingt viel dramatischer, als es ist, Professor. Und was die Kriege betrifft, das liegt lange zurück. Inzwischen übernehme ich nur noch Aufgaben im Personenschutz.«

»Und was ist mit einer Familie? Mit einem Mann, Kindern, einem festen Wohnsitz?«

Sie blickte ihn prüfend an. »An Ihrer Hand sehe ich auch keinen Ehering.«

»Nun ja, es hat sich nicht ergeben«, räumte er ein. »Ich glaube, ich bin eher ein Einzelgänger.«

»Ich ebenfalls. Obwohl ich zugeben muss, dass ich es einmal

versucht habe, sesshaft zu werden. Ein Fiasko. Nach einem halben Jahr hat es mich wieder hinausgezogen.«

»Was reizt Sie denn so an Ihrem … Beruf?«

Leslie lachte. »Das kann jemand wie Sie wahrscheinlich nur schwer verstehen. Im Gegensatz zum landläufigen Vorurteil bin ich kein blutrünstiges Monster und habe auch keinen besonderen Spaß daran, Leute umzubringen. Im Gegenteil, ich habe in den letzten drei Jahrzehnten wahrscheinlich mehr Menschen das Leben gerettet als die meisten Ärzte in ihrer gesamten Berufslaufbahn.«

Sie bemerkte Viktors skeptischen Blick. »Sie müssen das so sehen, Professor: Ich rücke ins Chaos ein und stelle die Ordnung wieder her.«

»Und wenn Sie abziehen, kehrt das Chaos wieder zurück.«

Sie zuckte mit den Schultern. »Das ist das Leben. Aber für einen Augenblick habe ich den Lauf der Welt verändert. Und das ist mehr, als die meisten Menschen von sich sagen können.«

Viktor schwieg einen Moment. »Dafür zahlen Sie einen hohen Preis«, sagte er schließlich.

»Das finde ich nicht. Ich bekomme Geld für das, was ich gern mache. Wer kann das schon von sich behaupten?«

»Aber Ihr Leben hat keinerlei Konstanten, keinen Fixpunkt, auf den Sie sich zurückziehen können. Es ist genauso chaotisch wie die Zustände, die Sie zu ändern versuchen.«

Sie lächelte. »Für mich bedeutet das, was Sie als Chaos bezeichnen, die Essenz des Lebens. Ich lerne immer wieder neue Länder und neue Menschen kennen, werde vor neue Herausforderungen gestellt. Und natürlich ist nicht alles schön. Die Schattenseiten, das Elend, dem ich begegne, die unbefriedigenden Liebschaften? Das gehört dazu, so wie die Nacht zum Tag. Wenn ich einmal sterbe, weiß ich wenigstens, dass ich gelebt habe.«

Leslie ließ den Kopf ins Polster zurücksinken. »Ich werde die Fahrt nutzen, um ein wenig Schlaf nachzuholen. Sie sollten dasselbe tun.«

Bevor er etwas antworten konnte, hatte sie die Augen geschlossen und war eingeschlafen.

7.

Als Viktor und Leslie vor dem Rathaus von Tambo aus dem altersschwachen Bus kletterten, fiel ihm auf, dass er keinen Himmel sehen konnte. Der Ort lag unter einer dunkelgrauen Dunstglocke, obwohl es früher Nachmittag war und der Bus vor einer knappen halben Stunde noch unter einem wolkenlosen blauen Himmel von Schlagloch zu Schlagloch gehüpft war. »Nicht weit von hier liegen die Pinidium-Minen«, erklärte die Frau, die Viktors erstaunten Blick bemerkt hatte. »Um das Metall aus dem Fels herauszulösen, ist ein komplizierter Schmelzprozess notwendig. Das Ganze ist eine extrem dreckige Angelegenheit. Das kriegen Sie heute nur noch in Afrika oder in einem der kleinen Kaukasusstaaten durch. Die durchschnittliche Lebenserwartung in dieser Gegend liegt bei neununddreißig Jahren.«

»Und die Regierung nimmt das hin?«, fragte Viktor.

Leslie lachte freudlos. »Was meinen Sie, mit welchem Geld Banda seine Geheimkonten füllt? Jeder Cent, den er hier investiert, fehlt ihm doch hinterher am Gewinn. Und Menschen waren in Afrika schon immer entbehrlich.«

Sie folgten dem Menschenstrom, der sich vom Ortszentrum weg bewegte.

Und dann standen sie vor dem Arizona Market.

Viktor hatte sich aufgrund der Erzählungen seiner Begleiterin ein Bild gemacht, was ihn hier erwartete, aber die Realität war weitaus großartiger, grotesker und bedrohlicher, als er sich es hätte vorstellen können.

Tausende von zusammengehauenen Hütten und Verkaufsständen zogen sich Kilometer um Kilometer hin, bis weit über die nigrische Grenze. Hütten aus Stein und Hütten aus Pappe; Hütten aus Blech und Hütten aus Holz; Hütten aus Metall und Plastik, aus verrottenden Reifen und Glas, aus Stoffplanen und Papier.

»Bleiben Sie dicht hinter mir«, sagte Leslie. »Und vor allen Dingen, sprechen Sie mit niemandem. Wer sich hier in eine Diskussion einlässt, der endet nicht selten unter einer grauen Plastikplane.«

Viktor presste seine Arme an den Körper und fixierte eine kleine Stelle auf Leslies Rücken. Sie waren nicht die einzigen Weißen, und niemand starrte sie an, so wie Viktor noch am Morgen in Agua Caliente angestarrt worden war. Der Arizona Market war eine multikulturelle Gesellschaft. Die einzige Farbe, die hier zählte, war die des Geldes.

Seine Begleiterin steuerte zielstrebig auf einen der überfüllten Wege zu, die in das Gewirr der Hütten und Stände hineinführten. Bereits nach wenigen Minuten hatte Viktor die Orientierung verloren. Die Gassen zwischen den behelfsmäßig errichteten Gebäuden erstreckten sich endlos in alle Richtungen und waren mit den immer gleichen Verkaufsständen, Waren und Menschen gefüllt. Wie sollte man sich hier zurechtfinden?

Aber Leslie schien zu wissen, was sie tat. Sie kamen vorbei an Garküchen, an denen über offenen Feuern Fleisch und Bananen gegrillt wurden. Es gab Stände mit Computern, Fernsehern, Fahrrädern, Mopeds, Kleidung, Brillen, CDs und DVDs, Kameras, Handfeuerwaffen, Taschen, Stoffen, Werkzeugen, elektrischen Maschinen, Töpfen, Pfannen und Haushaltswaren aller Art. Viele davon waren besser bestückt als manches Geschäft, das Viktor aus seiner Heimatstadt kannte.

Schließlich erreichten sie einen etwas breiteren Gang. Sie hielten vor einer Hütte an, die so windschief aussah wie viele andere, vor der aber keinerlei Waren feilgeboten wurden. Lediglich die stabile Holztür verriet, dass es sich hier nicht um einen einfachen Lagerschuppen handelte. Leslie klopfte zwei Mal laut dagegen und schob die Tür dann langsam auf. Sie winkte Viktor, ihr zu folgen.

Das Innere der Hütte bestand aus einem einzigen großen Raum. An zwei Wänden standen mehrere mit Maschinenpistolen bewaffnete Hünen in militärischer Tarnkleidung. Von der Decke des unverputzten Raums baumelte eine Kette mit Glühbirnen, die ihren Strom aus einem Generator bezogen, der in einer Ecke vor sich hin knatterte. Es roch nach Schweiß und Dieselöl.

In der Mitte des Raums stand ein schwarzer Schreibtisch mit einer geschwungenen, mit Blattgold beschichteten Platte. Dahinter saß in einem riesigen ledernen Bürostuhl ein winziges Männchen in einem knallbunt bedruckten Hemd. Oder vielleicht kam er Viktor nur so winzig vor, weil der Stuhl und der Schreibtisch so groß waren.

Irgendwie hatte er sich Jonathan etwas anders vorgestellt. Auf jeden Fall hatte er nicht damit gerechnet, einer Witzfigur mit Dreadlocks, einer dicken Zigarre im Mund und einem speckigen kleinen Lederhut auf dem Kopf zu begegnen.

Der Mann sprang auf, als er Leslie erblickte. Er warf die Zigarre nachlässig in einen gewaltigen Aschenbecher, dem einzigen Gegenstand auf der Schreibtischplatte, und kam um den Tisch herum auf sie zugehumpelt. Mit einem breiten Grinsen umarmte er sie.

»Meine Freundin!«, rief er. »Gepriesen sei Jah, dass ich dich noch einmal sehen darf!« Er wandte sich zu seinen Leibwächtern. »Seht her, das ist Leslie Tanner, eine der beeindruckendsten Frauen, die ich jemals getroffen habe! Ich will, dass ihr ihr den gleichen Respekt erweist wie mir. Und sagt es allen, die ihr trefft!«

Schließlich streckte er Viktor seine Hand entgegen. »Sei mir gegrüßt, Fremder. Ich bin Sir Jonathan. Wenn du mit meiner Freundin kommst, bist du auch mein Freund.«

»Viktor Vau«, stellte Viktor sich vor. Er zog den Brief aus der Tasche, den Malango ihm gegeben hatte. »Dies ist gewissermaßen meine Legitimation«, sagte er und reichte ihn dem Männlein.

Jonathan nahm den Umschlag und warf ihn achtlos auf den

Schreibtisch. »Legitimation? Deine Begleiterin ist mir Legitimation genug. Lasst uns etwas trinken.«

Viktor wollte widersprechen, aber ein warnender Blick Leslies hielt ihn davon ab. Also folgte er dem Männchen, das sich bereits auf dem Weg zur Tür befand.

8.

Jonathan Bissé trat aus seiner Hütte und überquerte die Gasse. Wie üblich hatte sich die Zahl seiner Leibwächter verdoppelt. Zwei von ihnen gingen vor ihm und seinen Besuchern, zwei dahinter.

Die vorbeikommenden Passanten blieben in respektvoller Entfernung stehen. Das war ein Respekt, den er sich schwer erarbeitet hatte. Noch vor zwanzig Jahren hätten dieselben Leute auf ihn gespuckt, denn damals war er ein Nichts. Aber Zähigkeit, Glück und Rücksichtslosigkeit hatten ihn zu dem gemacht, was er heute war: der ungekrönte König des Arizona Market.

Jonathan stammte aus einer armen Familie. Sein Vater hatte in einer der Pinidium-Minen gearbeitet, als diese noch von einem ausländischen Konglomerat betrieben wurden. Das bedeutete sechs Tage Arbeit zu je zehn Stunden, ohne Urlaub und für einen Hungerlohn.

Jonathan hatte oft vor der Hütte seiner Eltern gesessen und die weißen Herren in ihren neuen Geländewagen vorbeifahren sehen. Er war damals acht Jahre alt und wusste, dass auch er zwei Jahre später seinem Vater in die Minen folgen würde. Das Geld, das jener am Monatsende heimbrachte, langte kaum, um ihn und seine Geschwister zu ernähren.

Die meisten Kinder im Dorf, die älter als zehn Jahre waren, arbeiteten in der Mine. Sie verdienten deutlich weniger als die Erwachsenen. Die Minenbesitzer hatten die Löhne genau so festgelegt, dass sie zum Leben reichten, aber keinerlei Rücklagen ermöglichten. Ein finanziell unabhängiger Arbeiter hätte ihr ganzes System von Belohnungen und Strafen ins Wanken gebracht.

Jonathan wollte nicht in die Mine. Er hatte gesehen, was sie aus seinem Vater gemacht hatte. Der einstmals fröhliche und kraftstrotzende Mann war nur noch ein menschliches Wrack. Er war ausgemergelt, sein Haar war vorzeitig ergraut, große Flecken prangten auf Armen und Beinen, und ein ständiger Husten machte ihm zu schaffen. Im Dorf munkelte man, das liege an den giftigen Dämpfen, denen die Arbeiter beim Trennen des Pinidiums von dem es umgebenden Erzgestein ausgesetzt waren. Auf eine Tonne Gestein kamen nur wenige Gramm des wertvollen Metalls, das zudem noch eine enge Verbindung mit einem chemisch verwandten Erz einging. Um die verschiedenen Erze voneinander zu trennen, wurden sie in riesige Trommeln geschüttet, in denen sie in einer für Menschen hoch giftigen Lauge gebadet wurden. Wie riesenhafte Waschmaschinen standen diese Trommeln in einer langen Reihe vor dem Minenausgang. Auf Handkarren mussten die Arbeiter die Lauge herbeikarren und in die Trommeln gießen. Die herausgespülten Erze wurden in einem offenen Behälter unter dem Trenner aufgefangen und irgendwo in der Nähe in einem speziell dafür gegrabenen Schacht entsorgt.

Weil der Raum unter den Trommeln so knapp war, wurden für diese Arbeit die Kinder eingesetzt. Jonathan war, selbst im Verhältnis zu seinen ebenfalls schlecht ernährten Altersgenossen, klein und schmächtig, und das prädestinierte ihn für den Trommeljob. Er wusste genau, was auf ihn zukam, und dachte Tag und Nacht nur daran, wie er diesem Schicksal entfliehen konnte.

Dann kam der Bürgerkrieg.

Während die Fabrikbesitzer sich zugutehielten, dass sie Kinder erst ab dem zehnten Lebensjahr einstellten, kannten die Rebellen solche Regeln nicht. Wer ein Gewehr halten und es bedienen konnte, war in ihren Reihen willkommen. Als Jonathan davon erfuhr, wusste er, was er zu tun hatte. Im Dunkel der Nacht schlüpfte er aus der elterlichen Hütte, vorbei an den Wachtposten der Minengesellschaft, und verschwand im Dschungel.

Zwei Jahre später kehrte er mit den siegreichen Rebellen in sein Dorf zurück. Inzwischen trug er den Beinamen *Sir*, den ihm seine Kameraden verpasst hatten, weil er als Einziger die weißen Ausbilder immer so angeredet hatte, wie sie es verlangten: *Ja, Sir! Nein, Sir! Jonathan, Sir!*

Die weißen Herren waren einen Tag vor dem Eintreffen der Rebellen geflohen. Vorher hatten sie noch die Eingänge zu den Minen gesprengt. Die Wachmannschaften hatten ein Blutbad unter der Bevölkerung angerichtet, als die Männer sich weigerten, gegen die Rebellen zu kämpfen, und waren dann ebenfalls getürmt. Vor ihrem Rückzug hatten sie noch ein paar Tellerminen vergraben, und eine davon hatte genau auf dem Weg gelegen, den Jonathans Kolonne entlangkam.

Seinen Vordermann erwischte es. Jonathan vernahm nur einen dumpfen Knall, und als er wieder die Augen öffnete, lag er unter blutigen Leichenteilen und hatte furchtbare Schmerzen in seinem rechten Bein. Als er es näher untersuchen wollte, sah er, dass es nur noch bis zum Knie reichte. Der Unterschenkel war komplett abgerissen, und einer seiner Kameraden war gerade dabei, den Stumpen abzubinden, um den Blutfluss zu stoppen.

Jonathan wurde erneut bewusstlos und kam erst wieder in einem Hospitalbett zu sich. Die Klinik wurde von Missionaren betrieben, und es war ein ungeschriebenes Gesetz unter allen Kombattanten der Gegend, sie nicht anzugreifen. Die Ärzte retteten Jonathans Leben, verpassten ihm einen künstlichen Unterschenkel mit Fuß und päppelten ihn wieder auf.

Von Jonathans Familie lebte niemand mehr. Die Missionare boten ihm an, in ihrem Internat zu bleiben und die Schule zu besuchen, und er willigte ein. Seine Erfahrungen hatten ihn gelehrt, dass wahre Macht mit wirtschaftlichem Erfolg verbunden war. Und dafür musste man lesen und schreiben können.

Bereits während seiner Schulzeit begann Jonathan, die Grundlage für sein späteres Imperium zu legen. Er stahl Medikamente aus dem Krankenhaus und verkaufte sie an den Meistbietenden. Auch verschwanden immer wieder technische Gerätschaften aus der Klinik und der Missionsschule. Nur Jonathan wusste, wo sie geblieben waren.

Nach dem Abschluss der Schule hatte er sich bereits ein für seine Verhältnisse kleines Vermögen verdient. Er mietete sich ein Büro in Tambo und begann, sein Netzwerk für größere Geschäfte zu nutzen. Schnell war bekannt, dass es nichts gab, was *Sir* Jonathan nicht beschaffen konnte.

Doch mit dem Erfolg kamen die Feinde. Jonathan legte sich eine Leibwache zu und ließ seine Verbindungen spielen. So mancher seiner Widersacher verschwand spurlos oder tauchte als Leiche an irgendeinem Dorfrand auf. Das verschaffte ihm nicht nur Respekt, sondern auch neue Geschäftsmöglichkeiten, vor allem nach Ausbruch des Bürgerkrieges. Beide Seiten nutzten seine Dienste, um sich Waffen und schweres Gerät zu verschaffen, und Jonathan lieferte prompt und zuverlässig. Und als Banda nach dem Waffenstillstand den Arizona Market legalisierte, hatte Jonathan endlich sein Reich gefunden.

Während er seine Gäste zu einem nach allen Seiten offenen Zeltdach auf der anderen Straßenseite führte, unter dem eine Handvoll Holztische mit Bänken standen, fragte er sich, ob das Auftauchen von Leslie wirklich nur ein Zufall war. Er wusste, dass sie für Geld arbeitete. Hatte sie jemand angeheuert, um ihn aus dem Weg zu schaffen? Feinde hatte er immer noch, obwohl sie sich heutzutage nicht mehr öffentlich als solche zu erkennen gaben.

Sobald die anwesenden Gäste Jonathan erblickten, erhoben sie sich und räumten ihre Plätze. Er winkte seine Besucher an einen Tisch. Kaum hatte er selbst sich auf der Bank niedergelassen, als auch schon der Betreiber des Standes herbeieilte.

»Sir Jonathan!«, rief er und verneigte sich mehrfach. »Welche Ehre! Was darf ich Ihnen bringen?«

»Einen Imbiss und etwas zu trinken«, erwiderte Jonathan. »Das Übliche.«

Der Wirt zog sich unter weiteren Verbeugungen zurück. Wenige Minuten darauf kehrte er mit mehreren Gehilfen zurück. Sie stellten Schalen mit gebratenen Bananen, frittierten Zwiebeln in einem Teig aus schwarzen Bohnen, panierten Okraschoten, Süßkartoffeln, Maiskolben und in Bananenblättern gedämpften Bohnen auf den Tisch. Dazu servierten sie große Gläser mit gesüßtem Tamarindensaft.

»Esst, Freunde!«, rief Jonathan und bediente sich gleich selbst. Dabei beobachtete er aus dem Augenwinkel den Professor, den ihm sein Verwandter geschickt hatte. Hilflos blickte der Mann auf dem Tisch herum. Jonathan sah ihm an, wie hungrig er war. Wahrscheinlich hielt er nach Messern oder Löffeln Ausschau.

»Man nimmt sich die Sachen einfach mit der Hand, Professor«, sagte Jonathan. Der Mann zögerte einen Moment, aber als er sah, wie die anderen zugriffen, bediente er sich ebenfalls. Allerdings fragte er stets vorher, worum es sich bei dem betreffenden Gericht handelte, bevor er davon aß.

»Ich bin erstaunt, wie friedlich es hier zugeht«, bemerkte Viktor zwischen zwei Bissen.

Jonathan lächelte. »Der Arizona Market, Professor, ist der modernste Staat auf der ganzen Welt. Es ist ein Staat ohne Gesetze, ohne Vorschriften, ohne Regeln und ohne Beamte. Es gibt lediglich meine Wenigkeit und ein paar Gleichgesinnte, die für eine gewisse Ordnung sorgen. Und ich denke, wir machen das ganz gut.«

»Das Recht des Stärkeren also«, grinste Leslie.

Jonathan machte ein gekränktes Gesicht. »Das hört sich so sarkastisch an. Seht euch doch um! Die Menschen schätzen mich und die Dienste, die ich ihnen biete. Ich garantiere für die geregelte Abwicklung von Geschäften, und dafür erhalte ich einen kleinen Anteil von ihren Profiten, die sie dank meiner Gegenwart in Frieden erwirtschaften können.«

Er wandte sich wieder Viktor zu. »Über zwanzigtausend

Menschen leben auf dem und vom Arizona Market, müssen Sie wissen. Ein Journalist hat mal über ihn geschrieben, er sei *die Fata Morgana eines gequälten Kontinents, die es gestern noch nicht gab und die es morgen nicht mehr geben wird. Der Arizona Market ist das ultimative Jetzt, die ganze Fülle der kapitalistischen Konsumgesellschaft, reduziert auf ein paar Quadratkilometer Freistaat.* Und er hat recht! Hier gibt es nichts, was es nicht gibt! Brauchst du einen Panzer? Eine Luftabwehrrakete? Zwanzig Sattelschlepper? Ein Fertighaus? Hier findest du alles, wenn du nur weißt, wohin du gehen musst.«

»Zu dir, nehme ich an.« Leslie leerte ihr Glas, und sofort stand der Wirt mit einem Krug neben ihr und füllte es auf.

»Ganz richtig. Sir Jonathan ist der Mann, den man fragt, wenn es etwas mehr sein darf als Waschmaschinen oder Flachbildschirme.«

»Also hat sich nichts geändert.« Leslie wischte sich den Mund mit einem Papiertuch ab. »Und wenn deine Deals alle so ausgehen wie unser letztes Geschäft miteinander, dann müsstest du inzwischen ein reicher Mann sein.«

Jonathan zeigte zwei Reihen strahlend weißer Zähne. »Ach, Leslie, komm schon. Das unschöne Vorkommnis mit den Handgranaten war eine Verkettung unglücklicher Umstände. Und außerdem war der Krieg kurz darauf sowieso vorbei.«

»Ja, aber mein Geld habe ich nie wiedergesehen.«

»So nachtragend kenne ich dich gar nicht.« Jonathan machte eine Handbewegung, und sofort eilten der Wirt und seine Gehilfen herbei und räumten die nahezu leeren Schalen ab. Im Gegenzug stellten sie Schüsseln mit eisgekühltem Wasser auf den Tisch, in denen Stücke von Kokosnüssen lagen. Jonathan nahm eines davon heraus und knabberte daran.

»Sagen Sie mir, Professor, was ist so interessant an Ihnen, dass Sie mit meiner Hilfe die Grenze überqueren müssen und nicht, wie es sich für einen Mann Ihres Standes geziemt, in der ersten Klasse eines MagZep reisen?«

Viktor wollte zu einer Antwort ansetzen, aber Leslie kam

ihm zuvor. »Professor Vau hat seine Gründe, aber die gehen nur ihn etwas an.«

»Aber du weißt doch sicher, worum es geht?« Jonathan blickte sie lauernd an.

»Ich muss lediglich einen Auftrag ausführen. Und der lautet, Professor Vau sicher in seine Heimat zurückzubringen. Und zwar so schnell wie möglich.«

Jonathan war sichtlich enttäuscht. »Ihr wollt gleich wieder fort?«

Sie nickte. Jonathan nahm ein neues Stück Kokosnuss und lehnte sich zurück. »Ich hatte gehofft, du würdest mir noch ein wenig Gesellschaft leisten. In den nächsten Wochen werde ich ein größeres Geschäft abwickeln, bei dem ich deine Hilfe brauchen könnte. Es würde genug für dich abwerfen, um dich zur Ruhe setzen zu können.«

»Ich bin Ihnen für Ihre Hilfe sehr dankbar«, wandte sich Viktor an Leslie. »Aber deshalb müssen Sie nicht eine gute Geschäftsmöglichkeit ausschlagen. Wenn Sir Jonathan mich sicher zum Flughafen von Lomé bringen lässt, dann können Sie ruhig hierbleiben.«

»Auf keinen Fall.« Leslie schüttelte den Kopf. »Mein Auftrag lautet, Sie bis zurück in Ihre Heimatstadt zu begleiten.«

»Aber was soll mir passieren, wenn ich erst mal an Bord eines MagZep bin? Und daheim gibt es Leute, die mir weiterhelfen können.«

Jonathan verfolgte die Diskussion mit großem Interesse. Vor wem war dieser eigentümlich angezogene Professor auf der Flucht? Und wer war es, der ihn dabei durch die Anheuerung Leslies unterstützte, deren Dienste, das wusste er, nicht gerade billig waren?

Er fragte sich, ob Vau nicht ein besseres Geschäft war als die Partnerschaft mit seiner alten Bekannten und beschloss, sich für die nächsten Stunden alle Optionen offen zu halten.

In diesem Moment erklangen die ersten Schüsse.

nu:
Jagdbeginn

1.

Dagombé

»Bitte hier hinein, Professor Volante.«

Winter schob den schwitzenden Wissenschaftler in den fensterlosen Konferenzraum, dessen Bau er vor zwei Jahren selbst überwacht hatte. In die Wände waren Matten aus einem speziellen Metall eingelassen, die jedes Funksignal abfingen. Das leise Surren der Klimaanlage verdeckte das weiße Rauschen, das von mehreren Generatoren erzeugt wurde und jegliches Abhören des Raumes von außen unmöglich machte.

Das sichtbare Mobiliar bestand lediglich aus einem großen Tisch und zehn Stühlen, von denen zwei bereits von Roderick Fitzsimmons und Armand de Moulinsart besetzt waren, die sich vielsagend anschwiegen. Winter wies Volante den Stuhl am Kopfende des Tisches zu und nahm selbst neben Fitzsimmons Platz.

Der Wissenschaftler rutschte nervös auf seinem Sitz herum. Trotz der Klimatisierung rann ihm der Schweiß in Strömen über Gesicht und Nacken.

Winter lächelte ihm aufmunternd zu. »Entspannen Sie sich, Professor. Hier gibt es niemanden, der Ihnen einen Vorwurf macht. Wir wollen uns lediglich von Ihnen auf den neuesten Stand der Entwicklungen bringen lassen. Immerhin ist es Ihnen gelungen, zumindest einen Teil der Botschaft zu entschlüsseln. Außerdem können Sie uns sicher mehr über Ihren Kollegen Professor Vau erzählen, der sich so rasch und unhöflicherweise unangemeldet aus Agua Caliente entfernt hat. Vielleicht finden wir ja gemeinsam heraus, was dahintersteckt.«

»Ich weiß nicht, ob ich Ihnen helfen kann.« Flavio Volante machte einen übernächtigten Eindruck. Er hatte dunkle Ringe unter den Augen, und seine Finger zitterten unmerklich.

»Lassen Sie uns doch einfach mal gemeinsam die Tatsachen durchgehen, Professor. Wie wir wissen, haben Sie ausdrücklich um die Unterstützung durch Professor Vau gebeten, gegen den Willen eines Teils Ihrer Kollegen. Vielleicht erklären Sie uns, was seine Forschungen so besonders macht.«

Volante leerte sein Glas in einem Zug, bevor er antwortete. »Dazu müsste ich weiter ausholen.«

»Nur zu«, ermunterte ihn Winter. »Wir haben alle Zeit, die nötig ist.« De Moulinsart verdrehte die Augen.

»Was wissen Sie über Plansprachen?«, begann der Linguist.

»Ich kenne nur Planwirtschaft«, gab Fitzsimmons zurück. De Moulinsart sah ihn missbilligend an.

»Plansprachen, auch Universalsprachen genannt, sind künstliche Sprachen«, fuhr Volante fort. »Bekannteste Beispiele sind Esperanto, Ido oder Volapük. Insgesamt gibt es fast einhundert davon, die in den letzten Jahrhunderten erfunden worden sind. Ihr Ziel war es, eine einheitliche, möglichst einfache und unmissverständliche Sprache zu schaffen, die von allen Menschen auf der Welt gesprochen werden kann.

Die Wissenschaft hat sich inzwischen von der Vorstellung einer künstlichen Universalsprache verabschiedet, die einmal zentral definiert und dann unverändert gesprochen wird. Sprachen, auch die rigidesten wie Latein, leben und entwickeln sich im Alltag fort. Damit schleichen sich notgedrungen Elemente in jede Sprache ein, die widersprüchlich sind oder keiner klar festgelegten Regel folgen. Universalsprachen sind damit von vornherein zum Scheitern verurteilt.«

»Zumal wir ja das Englische haben«, warf Fitzsimmons ein. »Wenn ich mich nicht irre, hat sich das Problem so auf natürliche Weise gelöst.«

»Nicht ganz.« Volante zog aus der Innentasche seines Sakkos einige zusammengefaltete Zettel hervor, legte sie vor sich auf den Tisch, entfaltete sie und strich sie glatt. »Viktor wollte nicht nur eine neue Universalsprache entwickeln, es sollte auch eine Sprache sein, welche die Anforderung an strenge Logik erfüllte, wie sie August Theodor von Grimm, einer der Ahnherren der Interlinguistik, definiert hatte. Um das zu erreichen, muss eine Sprache die Wirklichkeit so exakt wie möglich abbilden. Und so begann Viktor mit einer Klassifikation der Realität.«

»Interlinguistik?«, unterbrach ihn de Moulinsart.

»So nennt man die Wissenschaft, die sich mit künstlichen Sprachen befasst«, erklärte Volante.

Während der Wissenschaftler die Theorie Vaus erläuterte, beobachtete Winter seine Kontrahenten unauffällig. Keiner von ihnen machte sich Notizen. Er selbst schrieb zwar auch nichts mit, aber verborgene Kameras und Mikrofone zeichneten die Veranstaltung auf, sodass er sie anschließend von einer seiner Sekretärinnen transkribieren lassen konnte. De Moulinsart und Fitzsimmons hatten beide kein besonders gutes Detailgedächtnis, das wusste er, aber sie hatten Sorge, einer der Anwesenden könnte aus den spezifischen Stichwörtern, die sie sich notierten, Rückschlüsse auf ihre Pläne ziehen.

Volante studierte die Zettel vor sich. »Als bekannt wurde, was er vorhatte, war es mit seiner Hochschulkarriere vorbei. Seine Linguistenkollegen machten sich offen über ihn lustig. Auch wenn so renommierte Wissenschaftler wie Wilkins oder Leibniz sich vor ihm an einer solchen Klassifikation versucht hatten, so gilt heute doch die Lehrmeinung, dass es unmöglich ist, unsere komplexe Welt in ein überschaubares System von Begriffen zu pressen. Das hielt Viktor aber nicht davon ab, seine Arbeit fortzusetzen.«

»Und was hat das alles mit unserer Situation zu tun?« De Moulinsart warf die Hände in die Luft. »Kommen Sie endlich zum Punkt, Professor!«

Diesmal schien Volantes Ärger über die erneute Unterbrechung größer zu sein als seine Nervosität. Er legte den Kopf in den Nacken und starrte de Moulinsart direkt in die Augen.

»Der Punkt ist: Die Botschaft in der Raumkapsel wurde in der Universalsprache verfasst, die Viktor Vau entwickelt hat.«

Für einen Moment war das Surren der Klimaanlage das einzige Geräusch im Raum.

Fitzsimmons brach als Erster das Schweigen. »Sie behaupten also, die Absender dieser Kapsel verständigen sich in einer künstlichen Sprache, die von Professor Vau entwickelt wurde.«

»Nicht direkt. Und bedenken Sie bitte, dass es sich hierbei vorerst nur um eine Spekulation handelt. Niemand hat Viktors Sprache jemals genauer studieren können. Meine Vermutung basiert lediglich auf den wenigen Einblicken, die ich in seine Forschung hatte.«

»Spekulationen!« De Moulinsart hieb mit der flachen Hand auf die Tischplatte. »Seitdem diese Sache begonnen hat, höre ich immer nur dieses Wort. Ist denn niemand in der Lage, endlich einmal Fakten auf den Tisch zu legen? Was ist daran so schwierig?«

Volante fuhr erschreckt zurück und fuhr dann zögerlich fort: »Es gibt zwei Möglichkeiten: Erstens, die Absender der Botschaft haben diese in der von Viktor Vau entwickelten Sprache verfasst, weil sie davon ausgehen, dass wir, die Empfänger der Nachricht, sie verstehen, unabhängig von unserer Muttersprache. Oder sie sprechen diese Sprache tatsächlich, was natürlich wieder eine Reihe weiterer Fragen aufwirft.«

»Hat denn Professor Vau seine Sprache oder deren Grundzüge veröffentlicht?«, fragte Winter.

Volante schüttelte den Kopf. »Er hat mir und einigen Kollegen einmal ein paar Beispiele gezeigt, als er noch ganz am Anfang stand. Danach hat niemand mehr etwas davon gesehen. Ich habe nur einige Bruchstücke im Gedächtnis behalten. Das war auch der Grund, warum ich Viktor hergebeten habe. Als ich zum ersten Mal die Botschaft aus der Kapsel las, erinnerte mich das an etwas. Allerdings kam ich erst später darauf, dass die Botschaft Ähnlichkeiten mit Viktors Entwicklung aufweist.«

»Moment mal.« De Moulinsart hob die Hand. »Haben Sie

schon einmal darüber nachgedacht, was die Schlussfolgerungen aus dem sind, was Sie uns erzählen, Professor?«

»Das habe ich.« Volante legte eine kleine Kunstpause ein. »Wenn es tatsächlich Menschen, oder sagen wir vielleicht zu diesem Zeitpunkt lieber: Wesen gibt, die eine Sprache sprechen oder kennen, welche in diesem Moment lediglich im Kopf und im Notizbuch Viktor Vaus existiert, dann kann es sich nur um eine Botschaft aus der Zukunft handeln.«

2.

»So ein Unsinn«, lachte Fitzsimmons. Er deutete mit einem fleischigen Zeigefinger auf Winter. »Das habe ich Ihnen bereits bei meiner Ankunft gesagt. Jemand erlaubt sich einen Spaß mit uns. Vielleicht ist das Ganze nur ein riesiger PR-Gag, mit dem Vau auf seine Erfindung aufmerksam machen will. Denn an der Technologie der Kapsel war doch wohl nichts Futuristisches, oder?«

»Die Bauweise entspricht dem Stand unserer Zeit«, räumte Winter ein. »Aber woher soll ein Wissenschaftler wie Vau, der in einer psychiatrischen Klinik arbeitet, die Mittel nehmen, ein solches Unterfangen unbeobachtet von seiner Umwelt zu organisieren? Die Kosten dafür liegen im Millionenbereich, und soviel wir wissen, lebt Vau in einer kleinen Wohnung in einem Haus, das auch schon bessere Zeiten gesehen hat. Es ist also unwahrscheinlich, dass es sein Werk ist, ganz zu schweigen von den logistischen Herausforderungen, die Kapsel unbemerkt in ihre Umlaufbahn zu bringen.«

»Das sind doch alles fruchtlose Diskussionen«, erregte sich de Moulinsart. »Vielleicht sollten wir erst einmal hören, was in der Botschaft stand.«

Volante zog einen weiteren Zettel zu sich. »Soweit wir den Text entschlüsseln konnten, handelt es sich nicht um eine Botschaft, sondern lediglich um die Gebrauchsanweisung für einen Videoprojektor, der sich in der Kapsel befindet.«

»Ein Videoprojektor? Ich dachte, man hätte die Kapsel umfassend untersucht!« Fitzsimmons' Worte waren an Winter gerichtet.

Der zog die Schultern hoch und ließ sie wieder fallen. »Weder unsere noch Ihre Leute haben irgendwas entdeckt«, sagte er. »Die Technologie, mit der die Vorrichtung versteckt wurde, ist der unseren haushoch überlegen. Ebenso wie der Projektor selbst. Die Daten werden offenbar nicht auf einer Scheibe gespeichert, sondern in einem Kristall.«

Sofort begannen die Augen der beiden Sicherheitsdienstchefs gierig zu glänzen.

»Und? Haben Sie Projektor und Kristall gefunden?« De Moulinsart war aufgesprungen. »Nun lassen Sie sich doch nicht jedes Wort einzeln aus der Nase ziehen, Mann!«

Volante warf Winter einen Hilfe suchenden Blick zu.

»Professor Volante und sein Team haben mit der Technik nichts zu tun«, kam Winter dem Wissenschaftler zu Hilfe. »Unsere Ingenieure bemühen sich gerade, die Funktionsweise des Projektors herauszufinden. Das kann sich allerdings noch eine Weile hinziehen. Und leider befand sich dieser Kristall nicht an der Stelle, an der er sich laut der Anweisung hätte befinden sollen.«

Fitzsimmons lachte freudlos. »Sieh an, mein Lieber. Sie haben sich schon vorher informieren lassen. Und wir sitzen nur hier, weil Sie nichts entdeckt haben, das Ihnen von Nutzen war.«

»Sie verstehen, dass es mein Privileg ist, mich in meinem eigenen Land zuerst unterrichten zu lassen.«

»Eigenes Land!«, schnaubte de Moulinsart. »Dieses verdammte Drecksloch ist genauso wenig Ihre Heimat wie unsere! Sie sind nichts als ein mieser kleiner Söldner!«

Winter wartete geduldig, bis sich sein Gegenüber wieder beruhigt hatte. »Die Anleitung beschreibt, welche Kombination man auf dem Tastenfeld einzugeben hat, damit sich das

Geheimfach mit dem Projektor und dem Kristall öffnet. Da wir den Kristall nicht entdeckt haben, gibt es zwei Möglichkeiten: Entweder hat er sich nie an Bord der Kapsel befunden, oder jemand hat ihn vor uns an sich genommen.«

»Ein Jemand, der in der Lage gewesen sein muss, die Gebrauchsanweisung zu entziffern«, konstatierte Fitzsimmons. »Was den Kreis der Verdächtigen auf Professor Volante und seine Kollegen eingrenzt.«

»Von denen einer seit gestern Morgen verschwunden ist«, ergänzte de Moulinsart. »Und zufällig ist das niemand anders als der angebliche Erfinder dieser Sprache, Professor Vau.«

Winter nickte. »Wir wissen, dass er vorletzte Nacht in der Kapsel gewesen ist und anschließend überstürzt sein Hotel verlassen hat.«

Fitzsimmons wandte sich zu Volante, der nervös mit den Blättern vor sich spielte. »Was meinen Sie, Professor? Würde Ihr Freund so etwas Illegales tun? Und wenn ja, warum?«

»Viktor ist ein wenig seltsam«, stimmte Volante zu, »aber er ist mit Sicherheit weder ein Verbrecher noch ein Staatsfeind. Ich kann es mir nur so erklären, dass die Botschaft etwas enthalten hat, was ihn zu dieser Kurzschlussreaktion veranlasst hat.«

»Also doch!« De Moulinsart schlug mit der Faust auf den Tisch. »Das ist die naheliegendste Erklärung. Vau hat sich das Video angesehen und ist dann mit dem Kristall verschwunden.« Er drehte sich zu Winter. »Er kann doch noch nicht außer Landes sein, oder?«

»Wir haben die Häfen und den Flughafen bereits überprüfen lassen. Auf diesem Weg hat er Dagombé nicht verlassen.«

»Haben Sie Ihre Grenzposten alarmiert?«

»Sehen Sie sich doch mal die Karte dieses Landes an!«, lachte Winter. »Das sind mehrere Tausend Kilometer Grenze, die zumeist durch irgendeinen Dschungel verläuft.«

»Unser Freund will sagen, dass wir nicht auf seine Hilfe rechnen können«, meldete sich Fitzsimmons zu Wort. Er nestelte am Revers seines Jacketts herum. »Wir sind auf uns allein gestellt, mein Lieber. Es wird wohl das Beste sein, wenn wir uns umgehend auf die Heimreise machen. Irgendwann muss ja auch Vau wieder daheim auftauchen, falls er nicht von einem Krokodil gefressen wird oder sich nicht schon längst im Gewahrsam des Kollegen Winter befindet.«

Er erhob sich. »Sie entschuldigen mich. Ich muss meine Abreise vorbereiten.« An der Tür drehte er sich noch einmal um. »Beim nächsten Mal befinden Sie sich auf unserem Terrain, alter Freund. Denken Sie daran.«

De Moulinsart starrte Winter warnend an und folgte Fitzsimmons hinaus. Auch Volante erhob sich.

»Wir bleiben noch ein wenig, Herr Professor«, lächelte Winter und drückte den Wissenschaftler sanft zurück in den Stuhl.

»Aber ich habe alles gesagt, was ich weiß«, protestierte der Linguist.

»Das glaube ich nicht. Ich bin mir sogar sicher, dass Sie uns eine wichtige Information verschwiegen haben.«

Volante schüttelte trotzig den Kopf.

»Der Vorsitzende des Schriftstellerverbandes von Dagombé ist ein ehemaliger Assistent von Ihnen, nicht wahr? Gestern Morgen um drei Uhr haben Sie mit ihm telefoniert. Eine etwas ungewöhnliche Zeit für eine kleine freundschaftliche Plauderei, finden Sie nicht?«

Volante erbleichte. »Sie überwachen unsere Telefone?«

Winter lachte. »Was glauben Sie, in welcher Welt Sie leben, Professor?«

Der Wissenschaftler fiel in sich zusammen wie eine Gummipuppe, aus der man die Luft heraus lässt. Er tat Winter fast leid.

»Viktor ist gestern Nacht zu mir gekommen und hat mich um Hilfe gebeten«, flüsterte Volante. »Er sagte, er müsse unverzüglich das Land verlassen und könne weder einen MagZep noch ein Schiff oder einen der offiziellen Grenzübergänge benutzen. Mehr wollte er mir nicht mitteilen. Das sei nur, um mich zu schützen, sagte er. Je weniger ich wisse, desto besser sei es für mich.«

»Also haben Sie Malango angerufen.«

»James Malango ist der einzige Kontakt, den ich hier habe. Er war sofort bereit, Viktor zu helfen.«

»Professor Vau ist also nach Benké gereist?«

Volante nickte unglücklich. »Mehr weiß ich allerdings auch nicht. Sie werden Malango doch nichts antun? Er hat Viktor nur geholfen, weil ich ihn darum gebeten habe. Wenn hier jemand die Verantwortung trägt, dann bin ich es.«

Winter lehnte sich zurück. »Das kommt darauf an, ob Sie mit mir kooperieren, Professor.«

»Sofern es in meiner Macht steht und niemandem schadet«, erwiderte Volante.

»Im Gegenteil«, versicherte Winter. »Sie helfen Ihrem Freund Malango und letztlich auch Professor Vau. Sie haben meine *Kollegen* ja kennengelernt. Wenn Vau ihnen in die Hände fällt, werden sie ihn sicher nicht mit Samthandschuhen anfassen. Was meinen Sie, wird sich Viktor auf schnellstem Wege in seine Heimat zurück begeben? Oder würde er sich anderswo verstecken? Vielleicht sogar hier im Land?«

Sein Gegenüber zuckte mit den Schultern. »Genau weiß ich es natürlich nicht, aber so, wie ich Viktor kenne, wird er sich auf dem Weg nach Hause befinden.«

»Dann muss ich schnellstens dorthin, um ihn vor Fitzsimmons und de Moulinsart zu finden. Allerdings hätte ich Sie hier gerne vor Ort, falls es mir gelingt, den Kristall in meine Hände zu bringen. Was halten Sie von einem kleinen Forschungsstipendium in Agua Caliente?«, fragte er sein Gegenüber. »Ohne Bezahlung, versteht sich. Ich bin mir sicher, die Regierung Dagombés würde sich freuen, einen Mann Ihres Kalibers einige Zeit an unserer Universität beherbergen zu können.«

Volante wiegte den Kopf hin und her. »Ich weiß nicht …«

»Kommen Sie, Professor, sehen Sie es als einen Urlaub an. Außerdem sind Sie uns etwas schuldig, meinen Sie nicht? Es wird auch nicht lange dauern, das verspreche ich Ihnen. Wer den Kristall zuerst bekommt, er muss damit hierhin zurückkommen, weil er nur hier ausgelesen werden kann. Und Sie werden dann der erste Mann vor Ort sein.«

»Also gut«, stimmte Volante widerwillig zu. »Ich bleibe hier. Aber nur für höchstens zwei Wochen.«

»Über die Länge Ihres Aufenthalts entscheide ich«, lächelte Winter. Er streckte ihm die Hand entgegen. »Es freut mich, dass wir auf derselben Seite arbeiten, Professor.«

3.

Als Winter Bandas afrikanisch eingerichtetes Büro im Präsidentenpalast betrat, konnte er ein triumphierendes Lächeln nicht unterdrücken. Endlich war sie da, die Chance, auf die er seit Jahren gewartet hatte. Jetzt musste er das Ganze nur noch seinem Vorgesetzten verkaufen.

Gordon Banda war einer der gerissensten Menschen, denen Winter je begegnet war. Er hätte sicher auch als Unternehmer oder Wissenschaftler eine beeindruckende Karriere hinlegen können. Stattdessen hatte er sich für die Politik entschieden. Eine Vergeudung seiner Talente, dachte Winter nicht zum ersten Mal. Banda hatte Klasse, eine Eigenschaft, die Politikern von Berufs wegen fehlte. Und gerade hier, im Hinterland der großen Weltpolitik, gab es für seinen scharfen Intellekt noch weniger Betätigungsfelder als in den Metropolen der Welt.

Andererseits war Banda ein Mensch, der langfristig plante. Das konnte er sich erlauben, denn er hatte sich auf Lebenszeit wählen lassen und musste sich nicht um Wählerstimmen scheren. Soweit Winter wusste, waren seine Konten auf den Caymans zwar gut gefüllt, aber im Vergleich zu seinen korrupten Präsidentenkollegen in den Nachbarländern war Banda geradezu bescheiden in dem, was er aus der Staatskasse entnahm.

Nachdem er mit seinem Bericht fertig war, legte Banda die

Fingerspitzen zusammen und betrachtete ihn amüsiert. »Und Sie glauben diese Geschichte mit der Zeitreise?«

»Alle Indizien deuten darauf hin, Sir.«

Der Präsident lächelte skeptisch. »Wussten Sie, dass ich während meiner Zeit in Oxford einige Semester theoretische Physik studiert habe? Nichts Besonderes, mehr ein Zeitvertreib, weil mich damals genau diese Frage interessierte: Ist es grundsätzlich möglich, in der Zeit zu reisen? Die Antwort, auf die ich gestoßen bin, war unbefriedigend. Theoretisch scheint es machbar zu sein, aber philosophisch gesehen ist es unmöglich.«

»Wegen des Großmutter-Paradoxes, Sir?«, warf Winter ein.

Banda blickte ihn anerkennend an. »Sie erstaunen mich immer wieder, Winter. Ich wusste gar nicht, dass Sie sich mit dieser Thematik beschäftigt haben.«

»Allgemeinwissen, Sir.«

»Nun werden Sie nicht albern. Erklären Sie mir lieber die Sache mit der Großmutter.«

»Nun, wenn ich in der Zeit zurückreisen könnte, dann könnte ich beispielsweise meine Großmutter als junge Frau treffen und mit ihr ein Kind zeugen. Dann wäre ich mein eigener Großvater, und das ist logisch unmöglich.«

Banda nickte. »Zumindest in einer Logik, die von einem einzigen Universum ausgeht. Deshalb nehmen viele Physiker an, dass es eine unbegrenzte Zahl von Universen gibt, die parallel zueinander existieren und sich nur in winzigen Details unterscheiden. Wenn Sie mit Ihrer Großmutter schlafen, dann würde sich in dem Augenblick ein neues Universum von unserem abspalten und damit den logischen Widerspruch aus der Welt schaffen.«

»Und was bedeutet das für uns, Sir?«

»Es bedeutet, dass die Kapsel und ihre Botschaft, streng logisch betrachtet, nicht aus der Zukunft stammen können.« Banda erhob sich und ging zu einem kleinen Wandregal, in dem ein halbes Dutzend bunt bemalter Holzfiguren stand. Er ergriff eine davon und betrachtete sie.

»Haben Sie eine Vorstellung davon, wer das ist?«

Winter war bekannt, wie sehr der Präsident diese kleinen Frage-und-Antwort-Spielchen mit seinen Untergebenen liebte. Er fragte sich zum wiederholten Mal, ob es Banda lediglich darum ging, sein Wissen zur Schau zu stellen, oder ob er wirklich daran interessiert war, einen Beitrag zur Weiterbildung seiner Mitarbeiter zu leisten.

»Eine Ihrer lokalen Gottheiten, Sir?«, fragte er, obwohl er genau wusste, worum es sich handelte. Seit seiner Ankunft in Dagombé hatte er sich intensiv mit der Geschichte und den Sitten des Landes auseinandergesetzt.

Der Präsident lächelte. »Kommen Sie, Winter, spielen Sie nicht den Dummen. Sie kannten mein Land schon nach einem halben Jahr besser als diese ganzen Wirtschaftsberater in ihren maßgeschneiderten Anzügen, die sich seit Jahren hier aufhalten.«

Winter nickte. »Das hat mit dem Beruf zu tun, Sir. Es kann nie schaden, das Umfeld, in dem man sich bewegt, etwas näher zu kennen.«

»Und ich dachte, es wäre persönliches Interesse an meinem Volk«, erwiderte Banda mit gespielter Enttäuschung. Er kam zum Schreibtisch zurück und reichte Winter die Holzfigur. »Also?«

Winter betrachtete die Schnitzerei. Das Holz war schwarz grundiert und dann in grellen Farben bemalt worden. Die Figur war etwa zwanzig Zentimeter hoch und stellte einen sitzenden Mann dar, dessen Beine zu kurz und dessen Oberkörper zu lang waren. Um den Hals trug er eine schwere goldene Kette. Sein Gesichtsausdruck war nichtssagend wie bei so vielen Abbildern afrikanischer Gottheiten. Sein hervorstechendes Merkmal war das zweite Gesicht, das zwischen den Schulterblättern saß und dessen Mund zu einem breiten Grinsen verzogen war.

»Das ist eine Statue des Gottes M'bene, Sir. Er ist einer der mächtigsten Götter der Banku, am ehesten vergleichbar Loki in der nordischen Sagenwelt. Die Banku glauben, dass M'bene die göttlichen Gesetze außer Kraft setzen kann, um die Menschen zu verwirren.«

Banda nickte anerkennend. »Aber im Gegensatz zu Loki verfolgt M'bene mit seinen Spielereien einen erzieherischen Auftrag. Immer, wenn die Menschen sich zu sicher fühlen und glauben, sie würden die Welt und ihre Gesetzmäßigkeiten verstehen, greift er ein, um ihnen ihre Unkenntnis und Unvollkommenheit vor Augen zu führen.«

»Also könnte M'bene hinter dieser Raumkapsel stecken?« Winter stellte die Figur vorsichtig auf den Tisch.

»Gut möglich, meinen Sie nicht? Wenn die Wissenschaft glaubt, die Welt erklären zu können, dann ist das doch genau der richtige Zeitpunkt für ihn, um uns wieder in unsere Schranken zu weisen.«

»Eine sehr kluge Gottheit, Sir«, kommentierte Winter. »Sie halten es also für denkbar, dass die Kapsel aus der Zukunft kommt?«

»Ich wäre ein Narr, wenn ich diese Möglichkeit ausschließen würde.« Banda beugte sich vor. »Und ein viel größerer Narr, wenn ich die Möglichkeiten nicht nutzen würde, die sich für mein Land daraus ergeben.«

»Möglichkeiten, die uns derzeit noch unbekannt sind, Sir«, betonte Winter.

»Nicht ganz. Wir wissen, dass dieser Professor Vau irgendwas mit der Sache zu tun hat. Er muss also etwas entdeckt oder erfunden haben, das entscheidende Auswirkungen auf die ferne Zukunft hat. Eine Zukunft, in der Zeitreisen offenbar möglich geworden sind. Und ich würde gerne erfahren, was Vau so wichtig macht, dass die Absender dieser Kapsel das Großmutter-Paradox in Kauf nehmen, um uns etwas über ihn mitzuteilen.«

»Ich denke ebenso, Sir«, pflichtete Winter ihm bei. »Zufällig habe ich Professor Vau seit seiner Ankunft überwachen lassen und bin informiert darüber, wo er sich jetzt befindet.«

Banda sah ihn scharf an. »Wussten Sie etwa schon vorher Bescheid?«

Winter schüttelte den Kopf. »Intuition, Sir. Wie Sie vorhin so schön erklärt haben, ist Rationalität nicht alles.«

»Touché.« Der Präsident erhob sich, nahm die Holzfigur und stellte sie wieder ins Regal zurück. »Sie bekommen alle Mittel, die Sie brauchen. Wir müssen als Erste den Inhalt der Botschaft erfahren.« Er legte Winter die Hand auf die Schulter. »Wer weiß, vielleicht kann uns das sogar bei unserem anderen Vorhaben von Nutzen sein.«

»Vielleicht, Sir.« Auch Winter stand auf.

»Ich wollte, Sie würden einmal wie ein normaler Mensch reagieren!« Banda klopfte sich auf die Brust. »Wissen Sie, was ich hier habe? Gefühle, Winter. Freude, Aufregung, Angst, Trauer. Was sitzt bei Ihnen an dieser Stelle? Ein Stein?«

»Das Herz, Sir«, erwiderte Winter ungerührt.

Banda warf die Arme in die Luft. »Ich gebe auf! Verschwinden Sie und finden Sie heraus, was Vau so wertvoll macht. Aber vergessen Sie die andere Angelegenheit nicht.«

Er kehrte zu seinem Schreibtisch zurück und vertiefte sich in eine Akte. Die Audienz war beendet. Vor dem Büro wartete bereits der Außenhandelsminister, ein kleiner, nervöser Mann in einem schlecht sitzenden Anzug.

»Was macht das Embargo?«, fragte Winter.

»Keine Veränderung.« Der Minister deutete auf einen übergroßen Aktenkoffer, der neben ihm stand. »Das sind die Protokolle unseres letzten Treffens mit den Bevollmächtigten der Dynastie. Es läuft immer wieder auf dasselbe hinaus: Sie wollen die Schürfrechte, oder es bleibt beim Importstopp.«

»Lange können sie das nicht durchhalten«, sagte Winter. »Sie brauchen unsere Rohstoffe.«

»Aber wir brauchen ihr Geld. Fragen Sie mal den Schatzkanzler, wie es in der Staatskasse aussieht!«

Winter zuckte mit den Schultern. »Das ist zum Glück nicht mein Verantwortungsbereich.«

»Nein, Sie geben das Geld nur aus«, sagte der Minister verdrießlich. »Und wir dürfen dann wieder sehen, woher wir neues bekommen.«

»Sie machen das schon, mein Lieber.« Winter ließ den Minister stehen und machte sich auf den Weg zum Ausgang.

»Da habe ich doch tatsächlich *mein Lieber* gesagt«, dachte er. »Ich muss aufpassen, dass ich Fitzsimmons nicht zu ähnlich werde.«

di:
Rückkehr

1.

Hauptstadt der Union

Christian Sonntag summte die Melodie eines populären Schlagers vor sich hin, während er die Weingläser abtrocknete und in das Regal hinter der Theke räumte. Der Mittagsansturm war vorbei. Die Stunden zwischen Mittag und frühem Abend waren üblicherweise die ruhigsten am Tage. Die beiden zusätzlichen Kellner, die jeden Tag von elf bis fünfzehn Uhr kamen, waren bereits wieder gegangen. Außer Christian waren nur noch der Barista und eine der Küchengehilfinnen anwesend.

Christian liebte diese Nachmittagsstunden. Sie gaben ihm die Gelegenheit, das Inventar wieder auf Vordermann zu bringen und ein wenig in der Tageszeitung zu lesen. Trotz des schönen Herbstwetters waren die Tische vor der Tür nur spärlich besetzt. Es reichte aus, alle paar Minuten mal einen Blick in die Runde zu werfen, um zu sehen, ob irgendwer zahlen oder eine neue Bestellung aufgeben wollte.

Christians Gedanken kehrten in solchen Situationen unweigerlich zurück zu der Frage, wie es dazu gekommen war, dass er seine Existenz als Kellner fristete. Dabei hatte sein Leben so ganz anders und ausgesprochen vielversprechend begonnen. In der Schule hatte er sich weniger durch seine geistige Beweglichkeit, sondern mehr durch seine sportlichen Fähigkeiten ausgezeichnet. Es war besonders das Radfahren, bei dem er glänzte. Diese Begabung hatte ihn, trotz seiner ansonsten mäßigen Leistungen, auch durch die Schulzeit gebracht.

Mit siebzehn Jahren war er zum ersten Mal bei der Tour d' Union mitgefahren, als unbekannter Steigbügelhalter eines unbekannten Teams – aber es reichte für den Lebensunterhalt. Von Jahr zu Jahr verbesserte er sich, wechselte das Team, verdiente mehr und war mit zwanzig Jahren bereits kurz davor, den Durchbruch zu schaffen. Zu jener Zeit lernte er Danielle kennen. Sie kam aus einem kleinen Kaff in der Nähe von Christians Geburtsort, wo sie in einem Aluminiumwerk arbeitete, dem größten Arbeitgeber vor Ort. Für sie war die Hochzeit der Weg heraus aus der eintönigen Existenz als Sekretärin in der Provinz.

Kurz nach der Heirat gab sie ihren Job auf und sie zogen in die Hauptstadt. Christian, der inzwischen gut verdiente, kaufte eine Eigentumswohnung, und Danielle wurde schwanger. Sie nannten ihre Tochter Muriel, und das Leben sah gut aus.

Dann ereignete sich das Unglück. Christian konnte es heute noch so klar vor seinem inneren Auge sehen wie damals. Es geschah während der dritten Etappe der Tour. Das Verfolgerfeld, zu dem er gehörte, schlängelte sich durch eine enge Dorfstraße am Fuß eines Hügels, den die Fahrer soeben herabgekommen waren. Entsprechend hoch war ihre Geschwindigkeit. Aus der Reihe der Zuschauer, die an die grob verputzten Wände der Häuser gedrückt standen, löste sich ein vielleicht zehnjähriger Junge und lief auf die Straße, genau vor Christians Rad. Er wich aus und kollidierte mit seinem Nebenmann. Beide stürzten auf den Asphalt und schlitterten noch einige Meter weiter, bevor drei der nachfolgenden Fahrer in den Haufen aus Metall, Gummi und Körpern rasten.

Christian wurde mit mehrfachen Becken- und Beinbrüchen aus dem Gewühl gezogen. Seine Radlerkarriere war damit abrupt beendet. Die Versicherung zahlte ihm zwei Jahre einen monatlichen Betrag in Höhe seines vorherigen Einkommens. Während jener Zeit versuchte er verzweifelt, einen Job im Radsport zu bekommen, allerdings ohne Erfolg. Er war noch nicht lange genug im Geschäft und hatte noch keine Seilschaften aufgebaut. So stand er da mit seinen dreiundzwanzig Jahren und konnte nichts außer Radfahren.

Außerdem setzte ihm Danielle zu. Mit einem Schlag war die Welt, die sie sich erträumt hatte, zusammengebrochen. Aus Distanz wurde im Laufe der Zeit, in der Christian keine ihr angemessen erscheinende Tätigkeit fand, blanker Hass. Einen Hass, den sie auch die gemeinsame Tochter lehrte.

Damals begann Christian seine Laufbahn in der Gastronomie – eine Karriere, die sich für ihn ausschließlich im Kreis drehte. Sein Einkommen reichte kaum aus, die Alltagsbedürfnisse zu decken, und Danielle musste ebenfalls arbeiten gehen. Zum Glück war die Wohnung weitgehend abbezahlt. Christian schuftete zwölf Stunden am Tag und kehrte zurück zu zwei Frauen, die keinen Hehl daraus machten, was für ein Versager er war.

Es dauerte acht Jahre, bis ihn Danielle schließlich hinauswarf. Christian, dessen Kampfgeist in der Zeit seit seinem Unfall auf der Strecke geblieben war, akzeptierte die Scheidung, in der Danielle die Wohnung zugesprochen wurde, ohne Widerrede. Er zog in ein kleines Apartment und fügte sich in sein Schicksal.

Ein neuer Gast riss ihn aus seinen Gedanken. Er stellte das Glas, das er bereits fünf Mal poliert hatte, ins Regal und zwang sich zurück in die Wirklichkeit.

Er hatte die Frau hier schon mehrfach gesehen. Sie war mit Professor Vau gekommen, und die beiden hatten sich lange unterhalten. Und sie war auch mit Enrique hier gewesen. Sie war einfach, aber geschmackvoll gekleidet, im Gegensatz zu vielen anderen jungen Frauen, die zu kurze Shirts trugen, unter denen irgendwelche Bauchnabelpiercings oder Tätowierungen sichtbar waren.

Christian musste an seine Tochter denken. Seit ihrem zehnten Lebensjahr hatte er sie kaum mehr gesehen. Ob sie wohl auch Muster in ihre Haut hatte zeichnen lassen? Möglich wäre es, denn Danielle war immer viel zu tolerant mit ihr gewesen und selbst den Exzessen der Moderne verfallen. Alles, was neu und *angesagt* war, war gut und musste unbedingt ausprobiert werden, ob es nun Kleidung, ein neues

Nahrungsmittel oder eine andere Modewelle war, die gerade über das Land schwappte.

Diese junge Frau war anders, das hatte er sofort erkannt. Sie musste es auch sein, sonst hätte sich Professor Vau nicht mit ihr unterhalten. Christian hielt große Stücke auf Professor Vau, den er seit vielen Jahren kannte. Wenn doch nur alle Menschen so wären, die Welt wäre ein besserer Ort.

Die Frau setzte sich an einen Ecktisch. Christian fragte sich, was sie alleine hier machte. Professor Vau war schon seit über einer Woche nicht mehr da gewesen. Bei seinem letzten Frühstück hatte er etwas von einer Reise ins Ausland gemurmelt. Christian vermisste seinen Stammgast, denn wie jener liebte er die Regelmäßigkeit. Er konnte sich nicht entsinnen, dass Professor Vau in den letzten Jahren jemals mehr als einen Tag nicht da gewesen wäre. Und wie jeden Morgen zog Christian auch jetzt bei Schichtbeginn eine Zeitung aus dem Stapel und legte sie für den Professor beiseite.

Er ging zum Tisch, um die Bestellung aufzunehmen. Die junge Frau war nervös. Ihre Finger spielten mit der Speisekarte, und ihre Augen hatten einen gehetzten Blick.

»Guten Tag«, sagte Christian und lächelte freundlich.

»Guten Tag«, nickte die Frau. »Sie sind Christian, nicht wahr? Sie kennen doch Viktor Vau?«

»Professor Vau? Selbstverständlich.«

»Haben Sie ihn heute schon gesehen?«

»Nein, tut mir leid. Soviel ich weiß, hält sich Professor Vau derzeit im Ausland auf.«

Die Frau schüttelte den Kopf. »Er ist wieder in der Stadt. Dann wird er wohl noch kommen.«

Sie bestellte einen Kaffee. Christian ging zurück hinter die Theke. Das war sehr merkwürdig. Warum war die Frau so nervös? Immer wieder spähte sie an den großen Pflanzen vor ihrem Tisch vorbei auf die Straße. Es machte fast den Eindruck, als täte sie etwas Verbotenes, indem sie hier auf Professor Vau wartete. Und woher wusste sie, dass Professor Vau wieder zurück war? Korrespondierte er mit ihr und hielt sie über seine Bewegungen auf dem Laufenden? Hatte er gar ein Verhältnis mit ihr?

Christian rief sich zur Ordnung. Das Ganze ging ihn überhaupt nichts an.

Er verbrühte sich fast die Hand an der Kaffeemaschine, als Professor Vau das Bistro betrat.

2.

Astarte erschrak, als sie ihn sah.

Viktors Jackett und seine Hose waren schmutzig und zerknittert, der Hemdkragen ausgerissen. Seine Haare klebten am Kopf und waren nur notdürftig gekämmt, und die sonst stets blankgewienerten Schuhe sahen aus, als seien sie soeben aus einer Altkleidersammlung gefischt worden. Sie sprang auf.

»Um Himmels willen, was ist Ihnen geschehen?«

»Nicht so laut.« Viktor blickte sich gehetzt um, stellte seine kleine Reisetasche ab und setzte sich schnell auf den Stuhl neben ihr.

Sofort tauchte Christian an seiner Schulter auf. »Professor Vau!«, rief er entsetzt. »Das ist ja furchtbar!«

Viktor hob mit gequälter Miene die Hände. »Ich weiß, ich biete einen … außergewöhnlichen Anblick, aber ich wäre Ihnen dankbar, wenn Sie kein Aufhebens darum machten. Bringen Sie mir einfach … irgendetwas.«

»Einen Milchkaffee und ein Croissant.«

»Was auch immer.«

Christian zögerte einen Moment, dann nickte er. »Wie Sie wünschen, Herr Professor.« Er verschwand hinter seiner Theke, von wo er immer wieder besorgte Blicke zu Vau hinüberwarf.

Auch Astarte hatte sich wieder gesetzt. Der Anblick vor ihr erschütterte das Bild, das sie bisher von Viktor Vau gehabt hatte.

»Was ist denn nur passiert?«, wiederholte sie.

»Es gibt … Schwierigkeiten«, murmelte ihr Gegenüber.

»Was für Schwierigkeiten?« Astarte musste sich zwingen, ruhig zu bleiben. »Werden Sie verfolgt?«

»Im Augenblick nicht. Ich hoffe es zumindest. Aber sicher bin ich mir nicht.«

»Wer ist denn hinter Ihnen her?«

»Die Sicherheitsdienste dieses Landes, befürchte ich.« Er blickte sich nervös um.

»Und warum? Hat es etwas mit Ihren Forschungsarbeiten in der Klinik zu tun? Mit dem nicht erprobten Medikament?«

Viktor blickte sie erstaunt an. »Wovon sprechen Sie?«

»Von dem Mittel, das ich Ihren Patienten verabreicht habe. Es wurde noch nicht klinisch getestet. Und das bedeutet, dass Sie sich strafbar gemacht haben.«

»Nein, nein, darum geht es nicht.« Sein Ton war fast ein wenig ärgerlich.

»Aber wie soll ich Ihnen helfen, wenn ich nicht weiß, warum man Sie verfolgt?«

Viktor wurde vor einer Antwort durch den Kellner bewahrt, der den Milchkaffee und das Croissant vor ihn hinstellte.

»Kann ich sonst noch etwas für Sie tun, Professor Vau?«

»Nein danke, Christian.«

Zögernd entfernte der Mann sich. Dabei warf er Astarte einen misstrauischen Blick zu. Dicke Freunde werden wir beide nicht mehr, dachte sie.

Viktor hieb seine Zähne in das Croissant wie ein Verhungernder. Die Krümel fielen auf den Tisch und seine Hosenbeine, aber das schien ihn nicht zu stören. Der Druck, unter dem er stand, hinterließ deutliche Spuren. Vielleicht war *Druck* nicht das richtige Wort. Vielmehr *Angst*.

Fieberhaft überlegte sie, was nun zu tun war. Eines war klar: Viktor musste irgendwo in Sicherheit gebracht werden, wo ihn seine Verfolger nicht aufspüren konnten. Und die Einzige, die ihr dabei einfiel, war Thura. »Ich kenne einen Ort, an dem man Sie so schnell nicht finden wird«, sagte sie.

Viktor nickte. Er leerte seine Tasse in einem Zug aus.

»Kommen Sie«, sagte Astarte.

Mit einer fahrigen Bewegung erhob er sich, taumelte zur Tür und stürzte fast, hätte Enrique ihn nicht gehalten, der im gleichen Moment hereinkam.

»Was ist passiert?«, fragte er. »Astarte? Was ist los?«

»Sie kennen sich?« Vau blickte sich um.

»Das erkläre ich Ihnen später«, sagte Astarte. »Enrique, wir fahren zu Thura.«

»Habt ihr schon ein Taxi gerufen?«

Astarte schüttelte den Kopf. »Wir wollten die Metro nehmen. Taxis sind wegen der eingebauten Kameras zu gefährlich.«

»Einen Moment.« Enrique lief zum Tresen hinüber und wechselte einige Worte mit Christian, der daraufhin zum Telefonhörer griff.

»Wen ruft er an?«, fragte Astarte misstrauisch.

»Er bestellt uns ein Taxi ohne Videokamera.«

»Das gibt es noch?«

»Offiziell nicht«, lächelte Enrique.

Sie zog die Augenbrauen hoch. »Und das vom Verfechter von Recht und Gesetz?«

Das Taxi setzte sie einen Block von Thuras Buchladen entfernt ab. Während der Fahrt sprachen sie auf Enriques Vorschlag kein Wort miteinander. Er wollte verhindern, dass der Taxifahrer etwas aufschnappte, was vielleicht auf Viktors Spur führen könnte. Das war auch der Grund, warum er ihn nicht direkt bis vor die Tür fahren ließ.

In der kleinen Buchhandlung erwartete sie Marek anstatt der alten Anarchistin. Er hockte an dem winzigen Schreibtisch, die Beine auf der Tischkante, und studierte ein Buch mit dem Titel *Kleinkriegsanleitung für jedermann.*

»Wo ist Thura?«, fragte Astarte.

»Sie ist hinten.« Marek machte eine Geste mit dem Daumen über seine Schulter.

»Sag ihr bitte Bescheid, dass wir hier sind.«

»Kein Problem.« Er legte das Buch auf den Schreibtisch und verschwand durch die Tür.

»Wo um Himmels willen sind wir hier?« Viktor stellte seine Tasche auf den frei gewordenen Stuhl, ließ den Blick über die Zeitschriften und Pamphlete gleiten und nahm das Buch auf, das Marek gerade gelesen hatte. »Interessante Freunde haben Sie, Astarte.«

Zwei rote Flecken bildeten sich auf Astartes Wangen. »Ich habe hier meinen Sprachkurs gemacht, als ich neu in die Stadt gekommen bin«, erklärte sie. »Damals hatte ich nur wenig Geld, und Thura war die Einzige, die kostenlosen Unterricht anbot.«

»Zweifelsohne nicht ohne Hintergedanken«, sagte Viktor. Er legte das Buch wieder zurück und nahm ein Flugblatt von einem Stapel. »Nieder mit der Weltausstellung«, las er vor. »Mir scheint, ich bin vom Regen in die Traufe geraten. Sind Sie wirklich sicher, dass dies der beste Weg ist, mich vorerst aus dem Verkehr zu ziehen?«

»Anarchisten hassen den Staat. Und Sie werden vom Staat verfolgt. Also sind Sie und die Anarchisten sozusagen natürliche Verbündete.«

»Ich bin mir da nicht so sicher.« Viktor legte das Flugblatt zurück. »Es könnte auch sein, dass diese politische Assoziation meinen Status verschlechtert. Bislang will man meiner nur habhaft werden, weil ich etwas besitze, das die Geheimdienste gerne hätten. Wenn man mich bei den Anarchisten findet, könnte man das in einem völlig anderen Licht sehen.«

»Machen Sie sich keine Sorgen«, sagte Astarte. »Es wird Sie niemand …«

Sie wurden durch die Ankunft Thuras unterbrochen. Sie trug heute ein knöchellanges dunkles Kleid und darüber einen offenbar selbst gestrickten Pullover in einem violetten Farbton, von dem sogar Viktor wusste, dass er bereits seit vielen Jahren passé war.

Die Frau umarmte Astarte. »Erst sieht man dich viele Monate nicht, und dann verschaffst du mir im Wochenrhythmus neue Gäste.«

»Thura, ich möchte dir Professor Viktor Vau vorstellen. Professor Vau, das ist Thura. Wenn Ihnen jemand helfen kann, dann sie.«

Viktor verneigte sich leicht und schüttelte unsicher Thuras Hand.

»Ich weiß nicht, was dies hier für ein Ort ist. Aber ich möchte Ihnen keine Ungelegenheiten bereiten«, sagte er.

»Professor Vau wird von den Sicherheitsdiensten gesucht«, erklärte Astarte.

Thura musterte Viktor. »Sie sehen eigentlich nicht wie ein Staatsfeind aus«, sagte sie. »Aber ich lerne gerne dazu.«

Sie geleitete die kleine Gruppe durch den Gang hinter ihrem Büro zu einem Besprechungsraum. Nachdem sie alle Platz genommen hatten und Thura noch ein paar belegte Brote und Getränke organisiert hatte, sah sie ihre Besucher erwartungsvoll an.

»So, dann erzählt mir mal, worum es hier geht.«

3.

Viktor berichtete, was ihm seit seiner Abreise widerfahren war. Als er von der ersten Botschaft berichtete, unterbrach ihn Enrique.

»Die Nachricht war in Ihrer Sprache verfasst?«

Viktor nickte. »Ich kann mir das nicht erklären. Meine Sprache ist ein rein theoretisches Konstrukt. Es gibt niemanden, der sie verwendet.«

»Abgesehen von Ihren Patienten«, widersprach Astarte.

»In der Tat. Aber ich glaube kaum, dass sie über genügend Einfluss verfügen, um daraus die Sprache einer zukünftigen Generation zu entwickeln.«

»Sie sind also überzeugt, dass die Kapsel aus der Zukunft kommt?«, mischte sich Thura ein.

»Alles deutet darauf hin. Die Techniker haben festgestellt, dass die Kapsel nie abgefeuert worden ist. Sie ist scheinbar aus dem Nichts aufgetaucht. Und die Sprache der Botschaft kann nur aus der Zukunft stammen, denn bislang gibt es nur ein einziges Wörterbuch davon. Und das befindet sich in meiner Tasche.«

Viktor fuhr mit seiner Erzählung fort. Als er zu der Videobotschaft kam, wurde er erneut von Enrique unterbrochen.

»Und Sie konnten den Mann nicht verstehen? Obwohl es die Sprache war, die Sie entwickelt haben?«

»Ich habe lediglich einzelne Worte verstanden.« Viktor fuhr sich durchs Haar. »Eine gesprochene Sprache ist wie ein lebendiges Wesen, sie verändert sich und passt sich an. Wenn also in der fernen Zukunft wirklich eine Sprache gesprochen werden sollte, die auf meinen Entwicklungen basiert – und alles deutet darauf hin, so unwahrscheinlich es auch klingt –, dann wäre sie für mich so fremd wie irgendein afrikanischer Dialekt.«

»Und welches waren die Worte, die Sie verstanden haben?«, fragte Thura.

Er blickte sie an. »Sinnlose Wortfetzen«, winkte er schließlich ab und fuhr mit seiner Erzählung fort, bevor jemand eine weitere Frage stellen konnte.

»Ich war mir von Anfang an nicht klar, wie ich Jonathan einschätzen sollte. Bei all seiner scheinbaren Freundlichkeit hatte er etwas Bedrohliches an sich. Aber Leslie schien ihm zu vertrauen, und vielleicht, so sagte ich mir, werden meine Bedenken auch durch die Atmosphäre des Arizona Market geschürt, die mir hochexplosiv vorkam.«

Diese Einschätzung, berichtete Viktor weiter, hatte sich kurz darauf bestätigt. Während des Essens war eine Schießerei ausgebrochen, und der Wirt, seine Helfer, die Menschen auf dem Weg und auch Jonathan warfen sich sofort zu Boden. Viktor wurde von Leslie unsanft gepackt und unter die Bank gezogen.

Jonathans Leibwächter duckten sich und schossen auf einen unsichtbaren Gegner. Viktor hatte den Eindruck, sie schossen einfach drauflos, denn er konnte nirgendwo jemanden erkennen, der sie beschossen hätte.

Die ganze Angelegenheit dauerte höchstens eine Minute. Die Passanten, die soeben noch auf der Erde gelegen hatten, standen wieder auf und setzten ihre Einkäufe wie selbstverständlich fort. Auch Jonathan und seine Gäste krochen wieder unter den Tischen und Bänken hervor.

»Es tut mir leid, Professor«, sagte Jonathan. »Das kommt hier leider immer mal vor. Meistens ist es harmlos, so wie gerade. Machen Sie sich bitte keine weiteren Gedanken darüber.«

Viktor klopfte sich den Schmutz von der Hose, obwohl er die Hoffnungslosigkeit des Unterfangens erkannte. Seine Kleidung ähnelte mehr und mehr der eines Obdachlosen. Er empfand den Vorfall überhaupt nicht als *harmlos*. Er hatte zwar von Schießereien gelesen, aber dies war das erste Mal, dass er selbst davon betroffen war.

»War das ein Angriff auf uns?«, fragte er.

Leslie zuckte mit den Schultern. »Solche Vorfälle gehören hier zur Tagesordnung. Man geht in Deckung und hofft, nicht versehentlich eine Kugel abzubekommen.«

Jonathan erhob sich. »Nun lasst uns die notwendigen Vorbereitungen treffen.«

Er führte seine Gäste zurück in seine Hütte, wo er zunächst den Preis für die Fahrt über die Grenze nannte, eine exorbitante Summe, die Viktor niemals hätte bezahlen können. Es folgte ein gewiss zehnminütiges Feilschen zwischen Jonathan und Leslie, bevor sie sich auf einen Betrag einigten, der deutlich unter der ursprünglichen Forderung lag. Offenbar spielte die ungelöste Geschichte um die Handgranaten erneut eine Rolle.

Ihr Gastgeber hinkte zu einem seiner Leute und gab ihm leise Anweisungen. Während sie auf die Ankunft des Fahrzeugs warteten, tauschten Jonathan und Viktors Begleiterin Erinnerungen aus der Zeit des Bürgerkriegs aus.

Schließlich hörten sie Motorengeräusch vor der Hütte. Ein

offener Militärlastwagen war vorgefahren, auf dessen Ladefläche ein halbes Dutzend schwerbewaffnete Männer saß.

»Euer Transport«, sagte Jonathan, der sie vor die Tür begleitet hatte. »Das sind sechs meiner besten Männer. Ihr könnt euch absolut auf sie verlassen.«

Viktor fragte sich, wozu sie diesen Geleitschutz benötigten. Hatte Leslie nicht erzählt, die Grenze sei nur wenig bewacht an dieser Stelle? Und war das nicht gerade der Grund, warum Volantes ehemaliger Schüler sie an Jonathan verwiesen hatte, weil der die Schleichwege ins Nachbarland besser kannte als jeder andere?

Jonathan umarmte Leslie und schüttelte Viktor zum Abschied die Hand. »Es war angenehm, Sie kennengelernt zu haben, Professor Vau. Vielleicht sieht man sich ja einmal wieder.«

Viktor gefiel das Blitzen in Jonathans Augen nicht, aber Leslie schob ihn bereits in Richtung des Fahrzeugs. Einer der Bewaffneten half ihm hinauf. Seine Begleiterin kletterte ohne sichtbare Anstrengung auf die Ladefläche.

Der Laster schaukelte durch die schmalen Gassen des Marktes. Immer wieder betätigte der Fahrer die Hupe, und die Menschen vor ihnen sprangen beiseite, um Platz zu machen. Trotzdem dauerte es gewiss eine Viertelstunde, bis sie das Ende des Marktes erreicht hatten.

Der Wagen folgte einer unbefestigten Trasse durch ein Dorf und erreichte schließlich eine geteerte Straße, deren Asphalt an vielen Stellen aufgesprungen war. Sie warteten, um einen Tieflader auf dem Weg zu den Pinidium-Minen vorbeizulassen, und überquerten dann die Fahrbahn. Auf der anderen Seite führte die Trasse in den Dschungel hinein.

»Das ist nicht die Straße zur Grenze«, sagte Leslie zu dem Bewaffneten neben sich.

Der grinste nur. »Wir fahren auch nicht zur Grenze.«

»Aber Jonathan …«

Der Mann stieß ihr seinen Gewehrkolben in die Seite. Viktors Begleiterin krümmte sich mit schmerzverzerrtem Gesicht zusammen. Er wollte aufspringen, um ihr zu helfen, wurde von seinem Nebenmann aber unsanft zurückgezogen.

»Es heißt *Sir* Jonathan«, ermahnte sie der Mann neben ihr. »Und *Sir* Jonathan hat angeordnet, den Professor in sein Haus zu bringen.«

»Das ist gegen die Abmachung«, stellte Viktor fest.

Der Mann zuckte mit den Schultern. »Was interessieren mich Ihre Abmachungen? Ich habe einen Auftrag bekommen, und den werde ich ausführen.«

»Keine Sorge, Professor«, keuchte Leslie. »Ihnen wird nichts passieren. *Sir* Jonathan spekuliert wahrscheinlich auf ein Lösegeld.«

»Mund halten!«, kommandierte ihr Nebenmann.

Viktor schloss die Augen. Die Strapazen der vergangenen vierundzwanzig Stunden waren umsonst gewesen! Statt in Sicherheit befand er sich in der Gewalt eines gewissenlosen Verbrechers, tief im afrikanischen Niemandsland. Leslies Worte beruhigten ihn überhaupt nicht. Sir Jonathan war ein Psychopath, dessen Handlungen nicht vorhersehbar waren.

Als er die Augen wieder aufschlug, hielt Leslie ihre Pistole in der Hand.

Der Mann, der sie geschlagen hatte, fiel mit einem Loch in der Stirn vornüber. Bevor seine Kameraden reagieren konnten, waren zwei weitere Männer tot. Leslie rollte sich von der Bank auf die Ladefläche, ohne das Feuern einzustellen. Alles war in wenigen Augenblicken vorbei. Die sechs Bewaffneten lagen auf der Ladefläche oder waren auf den Bänken zusammengesackt.

Viktor verfolgte das Geschehen wie im Traum. Neben ihm fiel einer der Leichname auf die Straße, direkt darauf ein zweiter. Als er sich wieder aufrichtete, sah er, wie Leslie soeben den letzten Toten über die gegenüberliegende Seitenwand warf.

Er wischte sich die schweißnasse Stirn am Ärmel seines Jacketts ab. Inzwischen war ihm sein Aussehen egal. Er wollte nur noch raus aus diesem grauenhaften, chaotischen Land.

Der Lastwagen bremste scharf. Viktor wurde gegen das Führerhaus geworfen. Leslie, die sich an der Seitenplanke festgehalten hatte, sprang von der Ladefläche, lief nach vorne und drückte dem Fahrer durch das geöffnete Seitenfenster ihre Pistole gegen die Schläfe.

»Du wirst uns jetzt nach Sokodé bringen.«

Der völlig überraschte Mann nickte. Aus seinen weit aufgerissenen Augen sprach die nackte Todesangst.

»Kommen Sie, Professor!«, rief Leslie. Viktor kletterte benommen von der Ladefläche und stieg gemeinsam mit ihr ins Führerhaus.

Der Fahrer wendete den Laster, und sie setzten die Fahrt fort. Fünf Stunden später erreichten sie Sokodé im Norden Togos. Inzwischen war es Nacht geworden.

»Der Plan war, dass ich Sie bis nach Lomé begleite«, sagte Leslie, als sie vor einem baufälligen Hotel in der Nähe des kleinen Flughafens standen. »Doch die Voraussetzungen haben sich geändert. Das ist jetzt etwas Persönliches zwischen Jonathan und mir. Von hier aus dürften Sie ohne Probleme einen Flug nach Lomé bekommen und von dort in Ihre Heimatstadt.«

»Und Sie wollen wirklich zu Jonathan zurückkehren?«

Sie nickte. »Er wird sich wünschen, mir nie begegnet zu sein, wenn ich mit ihm fertig bin.«

»Dann kann ich Ihnen nur Glück wünschen.«

»Ich Ihnen auch, Professor. Sie haben jemanden, der eine schützende Hand über Sie hält. Ich hoffe, er wird es auch weiterhin tun.«

Mit diesen Worten stieg sie in den Laster und verschwand in der Dunkelheit. »Ich flog am nächsten Morgen nach Lomé und von dort aus hierher zurück«, beendete Viktor seine Erzählung.

»Was wohl aus Leslie geworden sein mag?«, fragte Astarte.

»So, wie ich sie einschätze, wird Jonathan inzwischen nicht mehr unter den Lebenden weilen.«

»Aber Sie sind noch am Leben«, stellte Enrique fest. »Und jetzt sollten wir Sie so schnell wie möglich an einen sicheren Ort schaffen.«

Thura nickte. »Ich werde Marek bitten, euch in eine unserer konspirativen Wohnungen zu bringen«, sagte sie und verließ den Raum. Wenig später kehrte sie mit dem jungen Mann an ihrer Seite zurück.

»Du hast dich ja schnell eingelebt«, stellte Enrique fest.

»Das hier ist genau das, wonach ich die ganze Zeit gesucht habe«, antwortete Marek mit einem glücklichen Ausdruck im Gesicht. »Kommt, ein Genosse wird uns fahren.«

Sie verabschiedeten sich von Thura. »Ich bin Ihnen sehr zu Dank verpflichtet«, sagte Viktor. Er sah alt und müde aus. Die Strapazen der vergangenen Tage waren ihm deutlich anzusehen, und der Bericht über die Vorfälle in Dagombé schien ihn an den Rand der Erschöpfung gebracht zu haben.

»Keine Ursache«, erwiderte Thura. »Sehen Sie zu, dass Sie wieder zu Kräften kommen. Uns wird schon etwas einfallen, wie wir Sie dauerhaft schützen können.«

Viktor nickte ohne große Überzeugung. Dann folgten sie Marek auf die Straße.

diu:
Log des Protektors

1.

Die Dinge entwickeln sich schnell.

Als ich erfuhr, dass Viktor Vau nach Dagombé beordert worden war, hatte ich keinen Zweifel daran, dass das mit meiner Aufgabe zusammenhing.

Ich wäre ihm selbst gefolgt, aber meine mangelnde Kenntnis des Landes ließ das ebenso wenig zu wie die Gefahr, entdeckt zu werden, der ich mich dadurch ausgesetzt hätte. Vor meiner Abreise war ich speziell für diesen Zweck mit größeren Mengen an Gold und Diamanten ausgerüstet worden, die ich in die hiesige Währung umtauschen konnte.

Ich wollte mich nicht auf die üblichen Unternehmen verlassen, die Überwachungs- und Sicherheitsdienste anboten. Sie bestanden allzu oft aus ehemaligen Angehörigen der Streitkräfte und Geheimdienste und unterhielten oft noch gute Verbindungen zu ihren ehemaligen Herren. Das Risiko war mir zu groß, sie auf diese Weise vielleicht erst auf Viktor Vau aufmerksam zu machen.

Im Kuppelquartier jedoch existierte so etwas wie eine Unterwelt. Nach längerem Herumfragen und großzügigen Trinkgeldern landete ich schließlich in einer heruntergekommenen Seitenstraße. Durch eine Toreinfahrt gelangte ich in einen Hinterhof, in dem ein abgenutztes Metallschild die Existenz einer »Gesellschaft für Botendienste« namens *Achilles Transporte* anzeigte.

Durch eine nur angelehnte Metalltür gelangte ich in einen grün gestrichenen Flur, in dem es nach altem Öl roch. Das

Treppengeländer war verrostet, und die Treppenabsätze standen voll mit allem möglichen Müll, von zerbrochenen Vasen bis zu Stühlen, denen ein Bein oder die Sitzfläche fehlte.

Da es im Flur keinerlei weitere Hinweise auf *Achilles Transporte* gab, pochte ich an jede Tür, an der ich vorbeikam. Im dritten Stock wurde mein Klopfen endlich beantwortet. Ein älterer Mann öffnete mir die Tür. Sein weißes Hemd war ausgewaschen und der Kragen verschlissen. Seine graue Hose hatte Flecken. An den Füßen trug er keine Schuhe, sondern ein paar abgewetzte Filzpantoffeln. Die Augen waren hinter zwei dicken Brillengläsern versteckt.

»Ja bitte?«, fragte er durch den schmalen Spalt, als er die Tür geöffnet hatte.

»Guten Tag«, sagte ich. »Ich brauche ein paar gute Leute für eine längere Überwachung.«

»Tut mir leid, damit befassen wir uns nicht. Wir sind ein Botenunternehmen, wie Sie unserem Firmenschild entnehmen können.«

Er wollte die Tür wieder schließen, aber ich schob schnell meinen Fuß dazwischen.

»Sie sind mir empfohlen worden.«

Er blickte erst demonstrativ missbilligend auf meinen Fuß, dann in mein Gesicht. »Von wem?«

Ich nannte ihm einen Namen, den man mir für diesen Fall gegeben hatte. Er hatte mich eine ordentliche Summe gekostet.

Der Alte zögerte immer noch. »Ich habe Sie noch nie gesehen«, sagte er.

»Das ist bei neuen Kunden wahrscheinlich immer so«, erwiderte ich.

Er zuckte mit den Schultern und öffnete dann die Tür. Ich trat in einen schmalen Flur, von dem lediglich zwei Türen abgingen.

»Hier herein, bitte.« Er lotste mich durch eine der Türen in einen kleinen Raum mit einem wackeligen Tisch und zwei ebenfalls wackeligen Stühlen, bot mir einen Platz an und setzte sich mir gegenüber. Seinem misstrauischen Blick entnahm ich, dass er mir immer noch nicht über den Weg traute. Mit seiner Kleidung und dem wuchernden weißen Haar sah er eher aus wie ein verarmter Rentner als wie ein Geschäftsmann.

»Ich kann Ihnen eine Reihe guter Überwachungsfirmen empfehlen«, sagte er. »Gute Leute mit untadeligem Ruf.«

»Wenn ich die wollte, wäre ich jetzt nicht hier.«

»Ich kenne auch einige Unternehmen, die zu einem sehr günstigen Kurs arbeiten.«

»Es geht mir nicht ums Geld«, erwiderte ich. »Es geht mir um Vertraulichkeit.«

Er musterte mich von Kopf bis Fuß. Dann schien er sich zu einem Entschluss durchzuringen.

»Also gut, erzählen Sie mir Ihre Geschichte. Das heißt noch nicht, dass ich Ihnen in irgendeiner Art helfen kann.«

Es war genau diese Art von Diskretion, nach der ich suchte. Ich schilderte ihm mein Anliegen und betonte, dass es sich dabei unter Umständen auch um Einsätze im Ausland handeln könnte.

Nachdem ich fertig war, lehnte er sich zurück und legte die Finger zusammen. Ich glaubte, ein dezentes Leuchten in seinen Augen zu erkennen, denn das versprach ein lukratives Geschäft für ihn zu werden.

»Sie wünschen eine Überwachung rund um die Uhr?«

Ich nickte.

»Und der Zeitrahmen ist vorerst unbegrenzt?«

Ich nickte erneut.

»Das kann eine kostspielige Angelegenheit werden.«

Ich zuckte mit den Schultern. Es war Zeit für eine Frage meinerseits. »Ich würde gerne etwas Näheres über das Personal wissen, das Sie einsetzen.«

Erneut musterte er mich, bevor er sich zu einer Antwort durchrang.

»Wir arbeiten ausschließlich mit ehemaligen Militärangehörigen, die über besondere Fähigkeiten verfügen und die aus unterschiedlichen Gründen für den aktiven Dienst nicht mehr zu verwenden waren. Das heißt nicht, dass wir eine Gruppe von Kriegsversehrten sind. Es waren manchmal ganz einfach sogenannte disziplinarische Gründe, die für das Ausscheiden aus dem Dienst verantwortlich waren. Deshalb wäre es für die meisten auch schwierig gewesen, eine offizielle Lizenz zu erhalten. Also haben wir angefangen, uns selbst zu vermarkten.«

Ich war mit seiner Schilderung zufrieden. Das war genau das, wonach ich gesucht hatte.

»Für Ihren Fall habe ich bereits eine bestimmte Person im Auge«, fügte er hinzu. »Sie hat erstklassige Referenzen.«

»*Sie?*«

»Sie haben doch sicher keine Probleme mit einer Frau?« Er lächelte. »Ich kann Ihnen versichern, sie ist eine der Besten auf ihrem Gebiet.«

»Gut. Ich vertraue Ihrem Urteil.«

Das schien ihm zu gefallen. Der Rest war nur noch eine Formalität. Ich ließ ihm Viktors Anschrift und eine Anzahlung da und gab ihm eine Telefonnummer, unter der er mich erreichen konnte. Im Gegenzug erhielt ich von ihm ebenfalls eine Nummer, die ich regelmäßig zum Stand der Überwachung anrufen konnte.

Nur seinen Namen weiß ich bis heute nicht.

2.

Während Viktors Aufenthalt in Dagombé war ich auf diese Weise über jeden seiner Schritte informiert. Es war bewundernswert, wie effektiv der Alte und seine Organisation arbeiteten und welche Verbindungen sie hatten. Viktor bei der Flucht aus Dagombé zu helfen, war eine logistische Meisterleistung, zumal es keinerlei Vorwarnung gab.

Für mich stand von vornherein fest, dass es sich bei der Raumkapsel nur um ein Komplott der Terroristen handeln konnte. Sie waren unfähig, die Gegenwart zu verändern, weil es ihnen nicht gelang, die Mehrheit der Bevölkerung hinter sich zu bringen. Deshalb versuchten sie nun, ihre abstrusen Vorstellungen in der Vergangenheit umzusetzen.

Ich musste an meinen letzten Einsatz zurückdenken. Bevor ich Protektor wurde, war ich so naiv wie die anderen Bürger. Nach dem Beginn der Grundausbildung hatte uns Juli davon berichtet, dass es eine Reihe von staatsfeindlichen Gruppierungen gab, deren Ziel es war, unser Gemeinwesen zu zerstören. Davon hatte ich nie etwas gehört, obwohl ich regelmäßig die Nachrichten verfolgte.

»Wir berichten auch nicht darüber«, erklärte Juli. »Damit würden sie ja genau das erreichen, was sie wollen. Der Brand im Hafen, beispielsweise, vor einem Monat. Das war Brandstiftung, zu der sich eine Gruppe mit dem poetischen Namen *Brunnen der Erkenntnis* bekannt hat.«

»In den Nachrichten hieß es, es sei ein Schwelbrand in einem Umspannschrank gewesen«, entgegnete ich.

Juli nickte. »Das meine ich. Es würde keinen Sinn machen, die Bevölkerung zu beunruhigen. Sie vertraut darauf, dass der Staat die Rechte und die Unversehrtheit des Individuums gewährleistet. Wenn die Menschen das Gefühl hätten, dass der Staat nicht alles im Griff hat, könnte das fatale Auswirkungen haben.«

Wir erfuhren schnell, dass die Infiltration und Liquidation der Terrorgruppen eine der Hauptaufgaben der Protektoren war. Ich war nicht nur erstaunt darüber, wie viele es von diesen Gruppen gab, sondern vor allem, dass sich immer wieder Menschen fanden, die bereit waren, diese Aktivitäten zu unterstützen.

Nach einer Reihe von Einsätzen, die von der wochenlangen Observation Verdächtiger bis hin zu paramilitärischen Aktionen in den Randgebieten reichten, rief Juli meine drei Freunde und mich eines Tags zu sich in sein Büro, wo er uns unsere neue Aufgabe erklärte. Es war inzwischen bekannt, wo und wie die Dissidentengruppen ihre Mitglieder rekrutierten. Offenbar waren die Universitäten einer ihrer bevorzugten Tummelplätze, obwohl ich davon bei meinem Studium nichts mitbekommen hatte.

Gemeinsam mit meinen Kollegen sollte ich an die Hochschule zurückkehren und mein Studium wieder aufnehmen. Diesmal war das Ziel aber nicht ein Abschluss, sondern die Rekrutierung durch eine der Terrorgruppen. Dazu mussten wir uns in Kreise begeben, die wir während unseres Studiums nicht kennengelernt hatten.

»Dieser Auftrag ist lang und vielleicht auch langweilig«, warnte Juli uns. »Es kann Monate dauern, bis man euch kontaktiert. Und trotzdem müsst ihr jeden Moment wachsam sein, denn jeder, den ihr trefft, könnte einer von denen sein, die wir suchen.«

Wir waren zu viert. Jeder von uns bekam eine Legende, eine fiktive Biografie und einen erfundenen Namen. Wir verbrachten Wochen damit, uns alle Details einzuprägen, denn, so wurde Juli nicht müde, uns einzuschärfen, unser Leben konnte davon abhängen. Nachdem er sicher war, dass wir unsere Tarnidentitäten vollkommen verinnerlicht hatten, informierte uns Juli über den letzten Schritt vor unserem Einsatz. Dazu ließ er uns in seine Wohnung rufen, die auf dem Gelände der Ausbildungskaserne lag. Sie bestand aus zwei kleinen Zimmern und einem Büro.

Nachdem wir uns im Halbkreis vor seinen Schreibtisch gesetzt hatten, blickte er uns ernst an.

»Ihr werdet euch morgen zu einer Operation ins Militärkrankenhaus begeben. Es ist nur ein kleiner Eingriff, man wird euch bereits drei Tage später wieder entlassen.«

Er merkte an unserer Reaktion, dass wir nicht begeistert waren von dieser Perspektive.

»Was für eine Operation ist das denn, Sir?«, fragte einer meiner Kameraden.

»Euch wird ein Gerät unter die Schädeldecke gesetzt«, antwortete er. »Das ist eine Operation, der sich jeder Protektor unterziehen muss. Ich war damals genauso ratlos wie ihr jetzt. Bei der Rekrutierung erzählen wir davon nichts, denn es könnte den einen oder anderen bei seiner Entscheidung negativ beeinflussen.«

»Und welchem Zweck dient dieses Gerät, Sir?«, wollte ich wissen.

»Es ist eine fortgeschrittene Technologie, die unser Gehirn durch Abgabe von elektrischen Impulsen so beeinflusst, dass es leistungsfähiger und reaktionsschneller wird. Dies zumindest hat man mir gesagt. Die Operation erfolgt unter lokaler Betäubung und ist völlig schmerzfrei. Und die Wirkung? Ich habe keinen Unterschied zu vorher feststellen können. Bis auf die Stimmen.«

»Die Stimmen, Sir?«

Er sah mich mitleidig an. »Du hörst die Stimmen doch auch, oder?«

»Natürlich, Sir. Wir alle hören sie. Sie sagen uns, was gut und richtig ist.«

»Und wann hast du sie zum letzten Mal wahrgenommen?«

Ich überlegte. Jetzt, da er es ansprach, wurde mir bewusst, dass ich im Lauf der ganzen Grundausbildungszeit die Stimmen nicht ein einziges Mal gehört hatte, während sie vorher bestimmt einmal in der Woche zu mir gesprochen hatten.

»Siehst du«, sagte Juli. »Ihr habt die Stimmen nicht mehr gehört, weil wir hier in der Kaserne Vorkehrungen dagegen getroffen haben. Und wenn ihr die Operation hinter euch habt, werdet ihr sie überhaupt nicht mehr hören.«

Die Kollegin neben mir starrte ihn mit weit aufgerissenen Augen an. »Aber, Sir … Woher wissen wir dann, was wir tun sollen?«

»Ihr müsst euch auf den Verstand verlassen, den euch die Evolution durch Jahrmillionen von Arbeit beschert hat.«

»Und warum ist das so wichtig?«, fragte ich. »Die Stimmen haben noch nie etwas angeordnet, was gegen die Interessen des Gemeinwesens gewesen wäre.«

»Das stimmt«, nickte Juli. »Aber bislang wart ihr auch nur einfache Bürger. In Zukunft seid ihr die Elite dieses Gemeinwesens. Der Staat baut auf euch. Und das kann er nur, wenn ihr in kritischen Situationen völlig frei entscheiden könnt. Die Stimmen geben allgemeine Verhaltensregeln, aber sie können nicht in jeder individuellen Situation für euch entscheiden.«

»Aber unser Auftrag«, wandte ich ein. »Wird es für uns nicht schwieriger, uns zu verstellen, wenn wir keine Stimmen hören, alle anderen aber schon?«

»Im Gegenteil. Die meisten Terroristen leiden unter einem genetischen Defekt, der sie daran hindert, die Stimmen wahrzunehmen. Das ist auch der Grund, warum sie den Weg eingeschlagen haben, den sie heute gehen, denn sie führen ihr Leben ohne die Maßstäbe, welche die Stimmen übermitteln. Ihr würdet also nicht nur eher auffallen, wenn ihr die Stimmen hört, es würde euch auch die Durchführung eures Auftrags nahezu unmöglich machen.«

»Kann der Eingriff rückgängig gemacht werden, Sir?«, wollte einer von uns wissen.

Er zuckte mit den Schultern. »Das lässt sich nicht eindeutig sagen. Man hat es wohl ein paar Mal versucht, aber mit unterschiedlichen Resultaten. Es funktioniert nicht bei jedem.«

Wir hatten noch jede Menge Fragen, die Juli alle geduldig beantwortete. Er betonte immer wieder, dass wir die Operation nicht als Strafe, sondern als Auszeichnung betrachten sollten. »Nur den Besten wird zugetraut, dass sie ohne Stimmen verantwortungsbewusst durchs Leben gehen können. Ihr gehört jetzt dazu, und ich bin sicher, dass ihr euch als würdig erweisen werdet.«

Sein Tonfall war der eines stolzen Vaters, der seine Kinder gründlich auf das Leben vorbereitet hatte und sie jetzt in die Selbstständigkeit entließ.

So kam es, dass wir unsere Stimmen verloren.

didu:
Ermittlungen

1.

Hauptstadt der Union

Die Wohnung, in der Thura Viktor unterbrachte, war klein, erwies sich aber als durchaus behaglich. Ein Wohnraum mit Sitzgruppe, Fernseher und Schrank sowie einer winzigen Kochecke, ein Schlafraum mit Kleiderschrank und ein Bad mit Dusche. Alle Fenster wiesen zum Hof hinaus.

Marek kontrollierte die Räume mit einer Konzentration, als habe er in seinem Leben nichts anderes getan, als konspirative Wohnungen auf versteckte Mikrofone zu überprüfen. Die anderen mussten so lange im Flur warten. Nachdem er seine Untersuchung mit einem zufriedenen Nicken abgeschlossen hatte, durften sie das Wohnzimmer betreten. Marek demonstrierte die vorhandenen Kochutensilien in dem kleinen Hängeschrank über der Spüle und präsentierte den gut gefüllten Kühlschrank wie ein Magier seine Kiste mit der zersägten Frau. Er stellte vier Gläser und eine Flasche Apfelsaft auf den Tisch. Viktor nutzte die Gelegenheit, um im Bad zu verschwinden. Als er kurz darauf zurückkam, sah er zwar immer noch extrem erschöpft aus, aber er hatte zumindest etwas Ordnung in seine Haare gebracht.

Astarte bemerkte, dass Viktor noch immer unter Schock stand. Sie hätte Marek und Enrique am liebsten fortgeschickt und dafür gesorgt, dass er sich erst einmal ordentlich ausschlief. Aber die Zeit war knapp, und sie wussten noch viel zu wenig darüber, was in Dagombé vorgefallen war. Enrique schien das ähnlich zu sehen.

»Sie haben uns noch nicht erklärt, warum Sie so überstürzt

aus Agua Caliente geflohen sind«, begann er. »Wir können Ihnen nicht helfen, wenn wir nicht wissen, wobei.«

Viktor brauchte eine Weile, bis er auf die Frage antwortete. Einen Augenblick lang schien es so, als würde er jede Sekunde in seinem Sessel einschlafen, aber dann kniff er mehrmals die Augen zusammen und beugte sich vor, um nicht der Versuchung der weichen Rückenlehne zu erliegen.

Er griff in die Tasche und holte ein zusammengewickeltes Stofftaschentuch hervor. Mit zwei Fingern zog er einen blauen Kristall heraus, der nicht größer war als eine Erbse.

»Dies ist ein Videospeicher, der mit der Raumkapsel auf die Erde gekommen ist. Oder, besser gesagt, in unsere Zeit. Die Vorrichtung zum Auslesen des Kristalls befindet sich ebenfalls in der Kapsel.«

»Ein Videospieler mit Kristallspeicher?« Marek starrte Vau mit großen Augen an. »Das haben Sie uns vorhin gar nicht gesagt.«

»Sicher eine faszinierende Technologie«, erwiderte Vau trocken und wickelte den Kristall wieder in das Tuch. »Der Inhalt des Films war allerdings weniger faszinierend. Wie ich bereits sagte, habe ich nur wenig verstanden. Der erste Satz der Botschaft war jedoch unmissverständlich. *Tötet Viktor Vau.*«

»Wie bitte?«, fragte Astarte.

Doch Vau konnte oder wollte nichts hinzufügen. Er blickte nur stumm und erschöpft in die Runde.

Marek brach zuerst das Schweigen. »Warum?«, war alles, was er hervorbringen konnte.

»Wenn ich das wüsste, könnte ich wenigstens entsprechend reagieren. Aber ich weiß es nicht.«

»Aber irgendetwas müssen Sie doch mitbekommen haben«, bemerkte Enrique zweifelnd.

»Nur Bruchstücke. Und das ist ja das Absurde: Die Aufforderung, mich zu töten, hat offenbar etwas damit zu tun, dass ich die Grundlage für diese Sprache der Zukunft gelegt haben soll. Aber selbst wenn das so wäre, warum sollte man mich dafür umbringen wollen?«

»Und diese Sprache war exakt die, welche Sie in Ihrem Wörterbuch notiert haben?«, fragte Astarte.

»In groben Zügen, ja. Zumindest war sie so ähnlich, dass ich die geschriebene Botschaft recht schnell entziffern konnte. Mit der gesprochenen Sprache verhielt es sich allerdings anders.«

»Eine eigene Sprache?«, staunte Marek. »Sie haben eine komplett neue Sprache erfunden?«

Viktor nickte. »Es war mehr eine intellektuelle Übung, eine Spielerei sozusagen. Erst später habe ich festgestellt, dass sie tatsächlich eine praktische Anwendung hat.« Er sah Astarte an. »Sie wissen, wovon ich spreche.«

»Die Versuche, die Professor Vau in der Klinik durchführt und bei denen ich ihm assistiere, haben etwas mit dieser Sprache zu tun«, erklärte sie.

»Dabei muss man wissen, dass ich meine Sprache zunächst als ein rein logisches System entwickelt habe, das versucht, eine – und exakt nur eine – Bezeichnung für jedes Phänomen in unserer Welt bereitzustellen. Erst in einem zweiten Schritt habe ich dieses vollkommene System mit den Elementen einer Plansprache kombiniert, um es auch sprechbar zu machen.«

»Und es war Ihre Sprache, die in dem Video gesprochen wurde«, stellte Enrique fest.

»So ist es. Allerdings war die Aussprache doch ziemlich anders, als ich es mir vorgestellt habe.«

»Weil die Sprache lebt«, warf Astarte ein. »Das ist ja auch das Problem von Esperanto und den anderen Plansprachen gewesen. Die Erfinder wollten etwas Unveränderliches schaffen, aber sobald die Sprache einmal in Umlauf war, wurde sie aus der Praxis heraus verändert und erweitert.«

»Leider«, seufzte Vau. »Dadurch haben sie auch die strenge Logik verloren, mit der sie ursprünglich entwickelt worden sind.«

»Warum sind Sie dann so niedergeschlagen?«, fragte Marek. »Es muss Sie doch ungemein stolz machen, dass die Menschen der Zukunft Ihre Sprache sprechen.«

Viktor blickte den jungen Mann nachdenklich an. »Es beunruhigt mich eher«, sagte er schließlich. »Ich frage mich nämlich, wie das passieren konnte. Oder besser gesagt, wie das passieren können wird, denn wir sprechen ja über ein Ereignis in der Zukunft. Ich habe meine Sprache bislang nicht veröffentlicht und plane auch nicht, das zu tun. Wie kann sie dann also zur Grundlage einer Sprache der Zukunft werden? Und vor allen Dingen: Warum soll ich deshalb sterben?«

»Wäre es nicht möglich, dass die Auswirkungen, die Sie bei Ihren Patienten beobachten, vielleicht in der fernen Zukunft die gesamte Gesellschaft betreffen?«, fragte Astarte.

»Welche Auswirkungen? Logik? Vernunft? Rationalität? Ich kann mir nicht vorstellen, dass jemand dagegen etwas haben könnte. Das ist es doch gerade, was uns vom Tier unterscheidet und die großen Errungenschaften der Zivilisation möglich gemacht hat.«

»Können wir diese Diskussion vielleicht vertagen?«, mischte sich Enrique ein. »Was mich viel mehr interessiert, ist, warum Sie geflohen sind, Professor Vau. Die Botschaft mag dazu aufrufen, Sie zu töten. Aber glauben Sie ernsthaft, die Regierungen dieser Epoche würden der Aufforderung nachkommen?«

»Ich weiß es nicht, junger Mann.« Vaus Augen nahmen einen leeren Blick an. »Ich gebe Ihnen recht, vielleicht wäre es klüger gewesen, den Kristall dort zu lassen und einfach abzuwarten, was geschieht. Andererseits hätte eine Entschlüsselung des Videos auf jeden Fall dazu geführt, dass ich über meine Arbeiten Rechenschaft ablegen muss. Und wer weiß, ob nicht doch irgendjemand dann den Entschluss gefasst hätte, mich umbringen zu lassen.«

»Ich glaube das nicht«, sagte Marek. »Eher hätte man Sie dazu gezwungen, für die Regierung zu arbeiten.«

»Das wäre nicht weniger schlimm. Ich würde meine wissenschaftliche Freiheit verlieren und müsste Anweisungen folgen.«

»Ihre jetzige Situation ist da auch nicht viel besser.« Enrique kratzte sich am Kopf. »Als Flüchtling können Sie Ihre Arbeit nicht mehr fortsetzen. Wobei ich mich frage, ob man Ihnen überhaupt gefolgt ist. Solange niemand die erste Nachricht entziffert hat, weiß auch keiner, dass der Kristall fehlt.«

»Das ist nur eine Frage der Zeit.« Vau pochte auf die Jackettasche, in der sein Wörterbuch steckte. »Es wissen zu viele Kollegen von meiner Arbeit. Und mein alter Freund Flavio Volante, der mir bei der Flucht geholfen hat, wird mich nicht ewig schützen können. Dann werden sich alle wie die Geier auf mein Notizbuch stürzen.«

»Warum vernichten Sie es dann nicht einfach?«, schlug Astarte vor. »Wenn Ihr Wörterbuch nicht mehr existiert, sind Sie frei.«

Vau starrte sie fassungslos an. »Von Ihnen hätte ich einen solchen Vorschlag nun wirklich nicht erwartet, Astarte. Dieses Buch« – er zog das abgegriffene Notizbuch hervor – »ist mein Lebenswerk. Sie erwarten nicht ernsthaft, dass ich es zerstöre.«

»Aber wenn es tatsächlich die Zukunft so stark beeinflusst, dass man Sie dafür töten lassen will – wäre es da nicht das Beste, es aus der Welt zu schaffen?«

Viktor pochte sich an die Stirn. »Dann müssten Sie mich gleich mit aus der Welt schaffen, denn solange das Wissen hier drin steckt, wird die Regierung versuchen, es da rauszuholen. Und vergessen Sie bitte nicht, diese Sprache ist mein Lebenswerk. Davon werde ich mich nicht trennen.«

»Auch dann nicht, wenn Sie wüssten, dass Sie damit einen großen Schaden anrichten?«

»Es ist nicht die Entdeckung des Wissenschaftlers, die den Schaden anrichtet, sondern das, was die Menschen daraus machen. Selbst wenn ich mit meinem Wörterbuch von heute auf morgen aus diesem Leben verschwinden würde – irgendwann würde jemand anders dieselben Gedanken haben. Die Wissenschaft lässt sich nicht aufhalten.«

Viktor erhob sich mühsam aus seinem Sessel. »Und jetzt möchte ich gerne schlafen gehen, wenn Sie keine Einwände dagegen haben.«

Er wollte das Notizbuch wieder zurück in die Tasche stecken, hielt aber inne. »Vielleicht sollte ich das, was meine Verfolger wollen, nicht immer bei mir tragen«, sagte er.

»Ich bewahre es für Sie auf«, entschied Astarte.

»Das ist keine gute Idee. Als meine Assistentin werden Sie als eine der Ersten ins Visier meiner Verfolger geraten.«

Er hielt Enrique das Notizbuch hin. »Ich glaube, bei Ihnen ist mein Werk am besten aufgehoben, junger Mann. Würden Sie es für mich in Verwahrung nehmen?«

Enrique wirkte nicht begeistert, nahm das Buch dann aber schließlich entgegen. »Danke für Ihr Vertrauen, Professor Vau. Sie können sich darauf verlassen, dass ich es wie meinen Augapfel hüten werde.«

»Das sind starke Worte.« Die alte Strenge klang, trotz seiner Müdigkeit, durch. »*Verlassen.* Es ist Ihnen bewusst, welche Doppeldeutigkeit in diesem Wort steckt? Aber ich habe wohl keine Wahl.«

2.

Es war bereits dunkel, als Enrique seine Wohnung erreichte. Sie war kleiner als die, in der sie Viktor Vau untergebracht hatten, und wesentlich unpersönlicher. Es gab weder Bilder an den Wänden noch Pflanzen auf den Fensterbänken. Enrique wusste, dass er so nicht immer würde leben können. Irgendwann würde er kein Fremder mehr sein und sich entscheiden müssen, wie er den Rest seines Lebens hier verbringen wollte. Doch im Augenblick genügte ihm diese Kargheit, die ihn immer wieder daran erinnerte, dass er nicht zum Vergnügen in die Stadt gekommen war.

Er setzte sich an den Küchentisch und zog Viktor Vaus Notizbuch hervor. Der schwarze Ledereinband war von der jahrzehntelangen Benutzung abgegriffen, die aufgesetzten Nieten waren verkratzt. Er streifte das Gummiband ab. Das also sollte das Buch sein, das die ganze Welt (oder zumindest diejenigen, die von seiner Existenz wussten) in Atem hielt?

Vorsichtig schlug er das Buch auf. Auf der ersten Seite konnte man gerade noch die verblassten Initialen seines Besitzers erkennen. Die Hälfte der Seiten war mit Tabellen gefüllt, die alle in einer winzigen, exakten Handschrift beschriftet waren. Diese kleine Schrift – das war fast schon die Arbeit eines Feinmechanikers, dachte Enrique. Er beugte sich über die erste Seite, um den Text zu lesen, den Viktor Vau seinem Wörterbuch vorangestellt hatte.

»*George Dalgarno hat einmal gesagt: ›Die Arbeit des Philosophen muss der des Linguisten vorausgehen.‹ In diesem Sinne enthalten die folgenden Seiten zunächst einmal die erkenntnistheoretischen Grundlagen einer neuen Sprache, bevor die Sprache selbst mit ihren Begriffen, Regeln und Zeichen aufgeführt wird.*

Meine Aufgabe ist es hier, ein Inventar der Welt zu schaffen, einen Katalog aller nur denkbaren Dinge und Begriffe. Dieses Inventar muss nicht nur allumfassend in dem Sinne sein, dass es jeden existierenden Begriff und jedes existierende Ding erfasst, sondern auch alle in Zukunft möglichen Begriffe und Dinge. Nur auf diese Weise kann ein solcher Katalog den Anspruch erheben, tatsächlich die Grundlage einer unveränderlichen Sprache zu bilden, deren Regeln nicht nur jetzt, sondern auch auf Dauer Bestand haben.

Zugleich muss aber ein Weg gefunden werden, dieses allumfassende Inventar zu begrenzen, denn die Sprache kann nicht für jedes Ding und jeden Begriff ein eigenes Wort enthalten. Sie wäre dann ebenfalls allumfassend, allerdings könnte kein Mensch sie mehr erlernen. Schlimmer noch, neue Begriffe und Dinge würden neue Wörter erfor-

dern und damit die Struktur der Sprache infrage stellen.

Als einzige Methode bleibt also, die Bezeichnungen der Dinge und Begriffe aus Grundzügen zusammenzusetzen. Diese Grundzüge müssen so gewählt sein, dass sich aus ihnen tatsächlich auf jeden Fall streng logisch ein Wort für einen Begriff oder ein Ding in dieser Welt ableiten lässt.«

Enrique überflog die weiteren philosophischen Vorbemerkungen und schlug eine der Tabellen auf. Sie befasste sich offensichtlich mit der Ableitung allgemeiner Begriffe. Wenn er Vaus Theorie richtig verstanden hatte, dann stellten diese Gliederungen eine vollständige Klassifikation der Wirklichkeit dar.

Die ersten Abbildungen wirkten wie stilisierte Blüten, viele kleine, miteinander verbundene Kreise, in denen Begriffe standen. Vielleicht war Vau ein Blumenliebhaber. Darunter waren durch Punkte voneinander getrennte Zahlen notiert, die offenbar auf weitere Tabellen verwiesen.

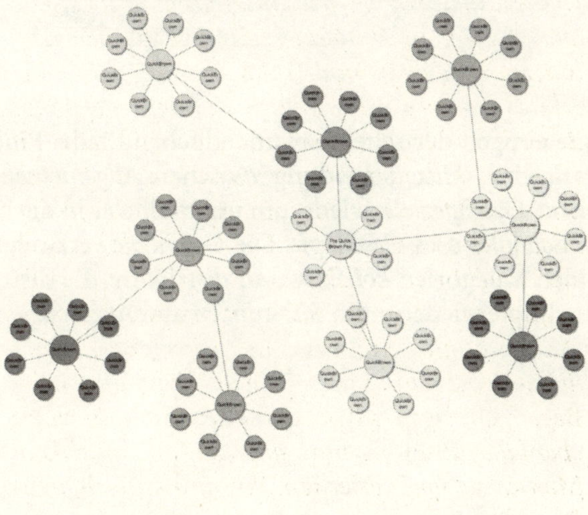

Enrique blätterte weiter. Nach den Blütenbäumen folgten technisch anmutende Tabellen, die nach Kategoriengruppen unterteilt waren und auf die sich die Klassifikationszahlen in den Baumgrafiken bezogen.

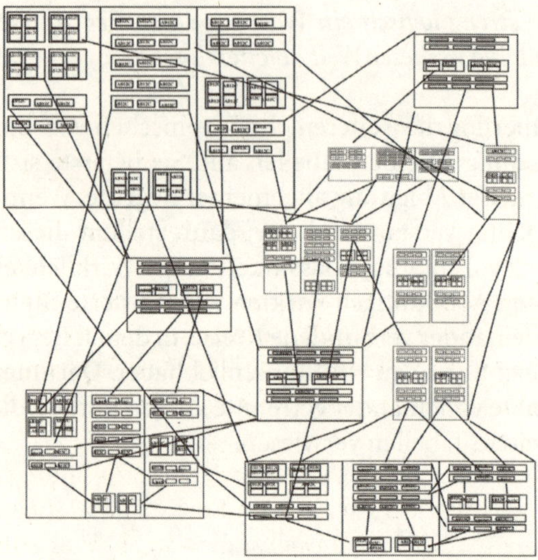

Er folgte einigen der scheinbar unendlichen Pfade. Einer begann mit einer Unterscheidung zwischen *Allgemeinem* und *Speziellem.* Das *Spezielle* wiederum unterteilte er in die beiden Zweige *Schöpfer* und *Geschöpfe.* Die *Geschöpfe* verzweigten in die beiden Kategorien *kollektiv* und *distributiv*, die distributiven Geschöpfe wiederum in *Substanzen* und *Akzidenzien.*

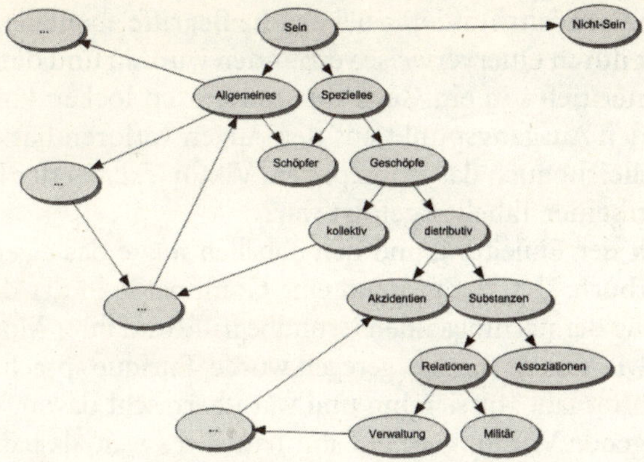

Enrique fuhr mit dem Finger an den weiteren Unterteilungen entlang. Am Ende des sich immer wieder verzweigenden Baums standen Begriffe für öffentliche Beziehungen, von Viktor *Relationen* genannt: zivil, rechtlich, militärisch, kirchlich und so weiter.

Auch die weiteren Tabellen enthielten Verzweigungen ähnlicher Art. Immer wieder fragte sich Enrique, wie es Vau hinbekommen hatte, so winzige Buchstaben so akkurat aufs Papier zu bringen. Auch wenn er an manche der Seiten mit Klebestreifen ein oder zwei weitere Blätter angeklebt hatte, die sich zu größeren Übersichten ausklappen ließen, waren die Tabellen dennoch so umfangreich, dass man an bestimmten Stellen eine Lupe benötigte, um die Worte entziffern zu können.

Wenn man statt der Tabellen die Begriffe mit Linien verband, so würde sich auch optisch ein Gebilde ergeben, das einem sich mehr und mehr verästelnden Baum ähnlich sah. Enrique versuchte sich vorzustellen, wie es wohl aussehen mochte, wenn alle diese Verzweigungen auf einem einzigen großen Blatt zusammengefasst waren. Ob sie wohl eine Gestalt ergaben, eine höhere Ordnung? Oder würde diese Gestalt fraktal sein wie die Adern eines Blattes, die sich immer und immer wieder in unterschiedlichen Maßstäben wiederholten?

Er fühlte sich an Hypertext erinnert, jene Erfindung des zwanzigsten Jahrhunderts, bei der die Begriffe ebenfalls miteinander durch Querverweise verbunden wurden und den Leser so immer tiefer in ein Gestrüpp von Texten locken konnten, bis er den Ausgangspunkt aus den Augen verloren hatte. War das vielleicht auch das Prinzip, dem Viktor Vau bei der Konstruktion seiner Tabellen gefolgt war?

Nach der Einleitung und den Tabellen folgte das eigentliche Wörterbuch. Ihm voran stand eine Grammatik, in der die Verwendung der nachfolgenden Grundbegriffe und ihrer Modifikatoren, wie Vau sie nannte, geregelt wurde. Enrique sprach einige der Wörter laut vor sich hin und war überrascht davon, welche beruhigende Wirkung sie auf ihn hatten. Es war, als habe sein Gehirn nur darauf gewartet, diese Begriffe zu lesen, um unverzüglich in eine natürliche Synchronisation mit dem Text zu fallen.

Er schüttelte den Kopf, um die Benommenheit zu vertreiben, und studierte die restlichen Seiten des Notizbuchs.

Die Kategorien, die Vau auf den vorigen Seiten abgeleitet hatte, waren von ihm mit Buchstaben und Zahlen klassifiziert worden. Im Wörterbuch ordnete er diesen Klassifikationen Wörter zu, die von der Grundform der Kategorie auf der obersten Ebene ausgingen und durch Zusätze so verändert werden konnten, dass sie bis auf den untersten Zweig der Verästelung hinunterreichten. Durch Kombinationen verschiedener solcher Begriffe ließen sich neue Wörter und Wortgruppen bilden, die den bezeichneten Gegenstand exakt beschrieben.

Als Beispiel hatte Vau das Wort für lesen gewählt. In der ersten Kombinationsstufe wurde es mit Vorsilben kombiniert, die bezeichneten, was gelesen wurde:

ler – Grundform
*bi*ler – ein Buch lesen
*ta*ler – eine Zeitung lesen
*ma*ler – eine Illustrierte lesen
*si*ler – ein Schild lesen
*u*ler – eine Gebrauchsanweisung lesen

Im zweiten Schritt konnte man das, was man las, noch präzisieren:

*ma*biler – ein dickes Buch lesen
*ho*taler – die heutige Zeitung lesen
*ma*siler – ein großes Schild lesen

In einem weiteren Schritt war es möglich, durch zusätzliche Vor- und Nachsilben das, was man las, abermals zu konkretisieren:

mabiler*ve* – ein dickes, in Leder gebundenes Buch lesen
maler*ase* – eine Illustrierte von dieser Woche lesen

Weitere Kombinationen waren möglich, aber die Worte wurden dadurch immer unhandlicher. So schlug Vau selbst vor, die exakten Bezeichnungen in zwei Begriffe aufzuteilen:

mabilerve *atedebidomacit* – ein dickes, in Leder gebundenes Buch, das aus der Bibliothek dieser Stadt ausgeliehen wurde, genau in diesem Moment lesen

Enrique musste lächeln. Die Unperfektheiten der gesprochenen Sprache, die immer noch mehrere Worte benötigte, um ein Phänomen exakt zu bezeichnen, hatte Vau in seiner Schriftsprache endgültig beseitigt, wie er erklärte. Hier konnte alles, aber auch wirklich alles, was ein Phänomen beschrieb, in einem Begriff ausgedrückt werden.

Die Schrift selbst stellte dabei eine merkwürdige Mischung aus Zeichen dar, die eher an das Arabische als an eine europäische Sprache erinnerten. Das lag sicher auch daran, dass sie nahezu alle auf einer waagerechten Linie basierten, von der aus sich Haken, Kringel oder Kreise in verschiedene Richtungen abhoben.

Enrique nahm einen Zettel und schrieb einige der Zeichen ab. Sie gingen ihm erstaunlich schnell von der Hand. Offenbar hatte Vau bei ihrer Entwicklung die Möglichkeit der Handschrift berücksichtigt.

Enrique lehnte sich zurück und betrachtete die Zeichen, die er aus dem Buch kopiert hatte:

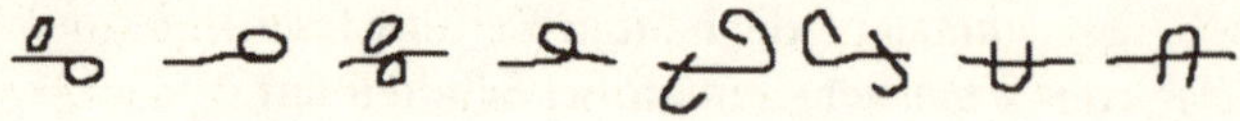

Laut den Anweisungen aus dem Notizbuch konnten sie nun noch mit weiteren Elementen kombiniert werden: schrägen oder geraden Linien am Zeichenanfang oder Zeichenende, Halbkreisen oder Punkten sowie Haken aller möglichen Formen. Das Ergebnis war eine Schrift, die ihn an etwas erinnerte, was er einmal in einem Buch gelesen hatte. Es nannte sich Stenografie, Kurzschrift, und war eine ähnlich aussehende Abfolge von Strichen und Kringeln, die allerdings dazu dienen sollte, Buchstaben und Lautfolgen der Alltagssprache kurz und knapp zu erfassen.

Während die Stenografie aber nur das Bestehende wiedergab und sich nicht um die Inhalte der Wörter scherte, war Viktor Vaus Schrift genau das Gegenteil: Sie definierte erst das, was dann anschließend ausgesprochen wurde.

Enrique ging zur Spüle und trank ein Glas Leitungswasser. Dabei fragte er sich, ob es für die Sprache von Viktor Vau, wenn sie gesprochen wurde, nicht auch wieder eine Kurzschrift gab, die dann ja nichts anderes war als eine noch kürzere Variante dieses umfangreichen Klassifikationssystems.

Er schloss einen Moment lang die Augen.

Dann holte er das NetPad aus seinem Schrank. Er legte es neben das Wörterbuch und blätterte zum Anfang zurück. Diesmal untersuchte er jede Seite genauer. Schließlich fand er, was er erwartet hatte, und begann, das NetPad mit Notizen zu füllen.

3.

Joel Winter stand auf dem *Platz der Ewigen Union* und betrachtete den Rektorenpalast. Es war vier Jahre her, dass er sich zum letzten Mal an diesem Ort aufgehalten hatte. Vier Jahre, in denen sich eine Menge in der Stadt verändert hatte. So thronte über dem gewaltigen Bauwerk des Palastes jetzt eine riesige Glaskuppel. Eine schmale Fußgängerbrücke führte von dort geradewegs in das zehnte Stockwerk des nebenstehenden Friedensturms, auf dessen Dach sich der Landeplatz für die Gyrokopter befand.

Direkt nach dem Aufbruch von Fitzsimmons und de Moulinsart war auch er von Agua Caliente hierhergeflogen. Im Gegensatz zu seinen Kollegen verfügte er über das sichere Wissen, dass sich Viktor Vau in der Stadt befand. Allerdings gab er sich keinen Illusionen hin. Die beiden Dienste würden schnell herausfinden, dass sich Vau zurück in die Höhle des Löwen begeben hatte.

Winter war klar, dass sein Status hier ein anderer war als in Dagombé. Er konnte sich zwar frei bewegen und musste keine Repressalien fürchten, solange sich seine Widersacher an den Ehrenkodex der Geheimdienste und die Abmachung zur Zusammenarbeit bei der Raumkapsel hielten, aber selbstverständlich wurde er seit seiner Ankunft überwacht. Er konnte die beiden Männer sehen, die seinem Taxi vom Flughafen bis hierher gefolgt waren und ihn vom Aufgang zur Unionsbrücke aus beobachteten. Sie gaben sich nicht einmal große Mühe, ihr Interesse an ihm zu verbergen. Und natürlich gab es noch einen dritten Beobachter, der sich allerdings nicht zu erkennen gab. Winter kannte das Spiel, er hatte es selbst oft genug gespielt.

Winter schlenderte über den Platz in Richtung Ministerium des Inneren Friedens. Außer ihm bevölkerten nur einige Reisegruppen den gewaltigen Platz, in dessen Mitte das Denkmal für die Statuten der Unionscharta aufragte. Seine Ausmaße waren ebenso übertrieben wie alles in diesem Viertel. Schon während seiner Zeit als die rechte Hand von Fitzsimmons hatte sich Winter immer gefragt, was die Dynastie zu diesem Größenwahn antreiben mochte. Gut, die Epoche der unsicheren Postdemokratie war vorüber und die Dynastie hatte die unangefochtene Vorherrschaft übernommen. Das erklärte aber nicht ihre Vorliebe für diesen Monumentalismus, über den auch Fitzsimmons nur spotten konnte. Man mochte über den alten Fuchs denken, was man wollte, er hatte einen gewissen Stil, was ihn von de Moulinsart unterschied. Natürlich war auch Fitzsimmons ein Opportunist, und er hätte seine Meinung nie öffentlich geäußert. Aber Winter war bekannt, dass seinem ehemaligen Lehrmeister manches nicht gefiel, was sich in den Gängen des Rektorenpalastes abspielte.

Winter verstand heute nicht mehr, warum er es überhaupt so lange in dieser Stadt ausgehalten hatte. Anfangs hatte ihm die Geheimdiensttätigkeit Spaß gemacht. Allerdings war die anfängliche Hochstimmung bereits nach den ersten beiden Jahren verflogen. Wie er schnell feststellen musste, beschäftigten sich die Sicherheitsdienste zu einem großen Teil mit sich selbst. Die Rivalität zwischen Fitzsimmons und de Moulinsart nahm absurde Züge an, und häufig war nicht entscheidend, *was* man machte, sondern *wie* man es verkaufte.

Nur die Tatsache, dass Fitzsimmons ihn zu seinem Assistenten berief, hielt Winter davon ab, den Dienst zu quittieren. Er hatte die Hoffnung, in dieser Position vielleicht mehr Einfluss nehmen und so seinen Job mit Sinn füllen zu können. Doch dieser Wunsch erfüllte sich nicht. Winter merkte, wie er von Jahr zu Jahr zynischer wurde und sich selbst dafür hasste, bis schließlich der Punkt erreicht war, an dem er beschloss, aus dem Spiel auszusteigen.

Insofern war es ironisch, dass er heute genau dasselbe machte wie damals. Gut, er war sein eigener Herr, er setzte die Maßstäbe für seine Mitarbeiter und bemühte sich um eine gewisse Ethik, so weit das in seiner Branche überhaupt möglich war. Banda, seinem Auftraggeber, war das völlig gleichgültig. Er benutzte Winters Talente nur dazu, um seine Machtposition auszubauen.

Zum wiederholten Mal in den letzten Jahren beschloss Winter, nach diesem Auftrag seinen Dienst zu quittieren. Er hatte genug beiseitegelegt, um den Rest seines Lebens nicht mehr arbeiten zu müssen. Vielleicht sollte er sich endlich auf die Insel in der Karibik zurückziehen, von der er schon länger träumte.

Mit einem Kopfschütteln riss er sich aus den Gedanken und marschierte zielstrebig auf den Eingang des Ministeriums zu. Das Treffen mit seinen Rivalen fand hier, also auf neutralem Boden, statt.

Wenig später fand er sich in einem gesichtslosen Konferenzraum wieder. Fitzsimmons war bereits anwesend.

»Winter, mein Junge«, polterte er. »Wo ist Ihr arrogantes Lächeln geblieben? Gefällt es Ihnen in Ihrem ehemaligen Wirkungsbereich nicht mehr?«

»Ihnen auch einen guten Tag, Roderick«, erwiderte Winter. Bevor der Mann etwas entgegnen konnte, wurden sie durch die Ankunft de Moulinsarts unterbrochen.

Ohne einen Gruß trat er zum Tisch und setzte sich. »Man ist pünktlich, wie ich sehe«, waren seine einzigen Worte. Auch Winter suchte sich einen Stuhl. Schweigend starrten die drei Männer sich an. Schließlich war es Fitzsimmons, der die angespannte Stille beendete.

»Lassen Sie uns nicht um den heißen Brei herumreden, Kollegen. Keiner von uns gönnt dem anderen die Butter auf dem Brot, und von hier aus werden wir getrennte Wege gehen. Wir sind nur hier, um zu hören, welche neuen Erkenntnisse es in Bezug auf Viktor Vau gibt.«

Winter berichtete in Kürze, was er über die Flucht Viktor Vaus herausgefunden hatte. »Er dürfte sich jetzt also aller Wahrscheinlichkeit nach wieder in der Stadt befinden«, schloss er.

»So schlau sind wir auch schon«, brummte de Moulinsart. »Wir wissen, dass er gestern Morgen aus Togo eingetroffen ist.«

»Nun, dann ist ja alles gut.« Winter erhob sich. »Damit habe ich meine Pflicht erfüllt.«

»Warten Sie, Winter! Wir sind noch nicht fertig miteinander.« De Moulinsart bedeutete ihm, sich wieder zu setzen. Winter folgte der Aufforderung nicht, sondern blieb mit verschränkten Armen stehen.

»Wenn Sie diesen Raum verlassen, endet unser Burgfrieden«, sagte der Kleine. »Sie können sich frei bewegen, aber wenn Sie mir in die Quere kommen, sind Sie dran. Da wird Ihnen auch Ihr Diplomatenpass nichts nützen.«

»Ich schließe mich dem Kollegen ausnahmsweise einmal an«, bekräftigte Fitzsimmons. »Sie kennen die Regeln, mein Lieber. Also seien Sie vorsichtig.«

Winter machte eine ironische Verbeugung. »Danke für die Warnung. Sie können sicher sein, ich habe keine Lust, einem von Ihnen in die Fänge zu geraten.« Er ging zur Tür. »Und falls Sie mich trotzdem brauchen sollten – Sie wissen ja, wo Sie mich finden. Ich nehme an, Ihre Leute werden Sie über jeden meiner Schritte informieren.«

»Worauf Sie sich verlassen können«, rief de Moulinsart ihm hinterher, aber Winter war bereits durch die Tür verschwunden.

4.

Armand de Moulinsart war davon überzeugt, die Kunst des Um-die-Ecke-Denkens weiter entwickelt zu haben als seine Rivalen. Ein großer Teil der Geheimdienstarbeit basierte auf der richtigen Antizipation, was irgendjemand zu irgendeinem Zeitpunkt unternehmen würde, um bereits im Vorfeld die passende Reaktion darauf festzulegen. Dabei handelte es sich nicht um ein Vorausdenken, wie es von Schachspielern bekannt ist, die innerhalb so enger Parameter operieren, dass sogar ein Computer dazu in der Lage war, den besten Spieler der Welt zu schlagen. Nein, in seinem Geschäft ging es um das Vorausahnen des Unwahrscheinlichen und die Einbeziehung der Tatsache, dass natürlich auch der Gegner das Verhalten seines Gegenübers vorherzusagen versuchte. In diesem konkreten Fall war ein grundlegender Fakt der, dass Viktor Vau verschwunden war. Es machte keinen großen Sinn, sich mit ihm momentan näher zu befassen, denn er war de Moulinsart weder genug bekannt, um über sein Verhalten zu spekulieren, noch war er wichtig in diesem Moment. Er würde seine Verfolger kaum selbst auf seine Spur führen.

Was würde Fitzsimmons in einem solchen Fall unternehmen? De Moulinsart verzog seine Lippen zu einem hämischen Grinsen. Natürlich würde er sich auf Vaus Assistentin stürzen, diese Astarte Apostolidis. Das war auch de Moulinsarts erster Gedanke gewesen, bevor er sich selbst korrigierte. Sogar ein weltfremder Professor wie Vau würde sich denken können, dass die Sicherheitsdienste alle Personen seiner Umgebung beobachten würden. Und die Apostolidis als seine engste Mitarbeiterin war dabei die erste Wahl.

De Moulinsart blätterte erneut die Berichte durch, die ihm seine Mitarbeiter zusammengestellt hatten. Darin waren alle Personen verzeichnet, die mit Vau in irgendeiner Beziehung standen. Dank der Überwachungskameras überall in der Stadt war es eine reine Fleißarbeit, die Bewegungsprotokolle von Vau und seinen Kontakten auszuwerten. Eine Fleißarbeit, die er seiner rechten Hand anvertraut hatte.

Charlaine Frederiksson saß vor seinem Schreibtisch und wartete geduldig. Sie hatte die langen, makellosen Beine übereinandergeschlagen, und der kurze Rock erlaubte de Moulinsart von seiner Position aus einen erfreulichen Blick.

Er schluckte. Charlaine lächelte ihn mit Unschuldsmiene an. De Moulinsart wischte sich die Handflächen, die plötzlich noch feuchter geworden waren als üblich, an seiner Hose ab.

»Was schlagen Sie vor?«, fragte er seine Mitarbeiterin. »Wem sollten wir uns zuerst widmen?«

»Nun, es gibt da ein Bistro, in dem Vau offenbar jeden Morgen zu frühstücken pflegte.« Frederiksson hatte die Antwort sofort parat. Die Frau verfügte über ein ungemein gutes Gedächtnis und benötigte nur selten Notizen, eine Fähigkeit, die de Moulinsart an ihr sehr schätzte.

»Der Mann ist ein Gewohnheitstier«, sagte de Moulinsart und zog verächtlich die Mundwinkel herab.

»Was für uns von Vorteil ist. Dadurch haben wir seine Kontaktkette analysieren können.« Frederikssons Ausdrucksweise war stets korrekt und knapp, was de Moulinsart an ihr schätzte. Ob sie im Bett wohl mit einer ähnlich funktionalen Einstellung zur Sache ging?

»Das Bistro wird leider bislang noch nicht videoüberwacht«, fuhr sie fort. »Aber wir haben einige Erkundigungen eingezogen. Vau wird seit vielen Jahren stets von demselben Kellner bedient, einem gewissen Christian Sonntag. Jener Sonntag war vor einigen Jahren einmal ein Patient in Vaus Klinik.«

De Moulinsart machte eine wegwerfende Handbewegung. »Kellner werden von niemandem ins Vertrauen gezogen.«

»Das stimmt. Aber es gibt vielleicht eine Ausnahme. Seit einiger Zeit arbeitet dort ein Hilfskellner namens Enrique da Soza. Er ist vor etwa einem Jahr aus dem Kaukasus zugewandert und verfügt über gültige Papiere und eine Arbeitserlaubnis. Da Soza scheint mit Vaus Assistentin Apostolidis liiert zu sein.«

»Das klingt schon besser«, sinnierte de Moulinsart. »Aber darauf wird Fitzsimmons auch kommen.«

»Ich war noch nicht fertig.« Frederiksson reckte sich auf angenehme Weise in ihrem Stuhl. »Da Soza wiederum hat einen Freund, einen gewissen Marek, der ebenfalls zugewandert ist, aber weder über eine Aufenthaltserlaubnis noch über sonstige Papiere verfügt.«

»Interessant.« De Moulinsart strich sich mit einem Finger über die Nase. »Was haben Sie sonst noch über diesen Marek?«

»Er treibt sich seit einiger Zeit in Anarchistenkreisen herum.

Interessanterweise genau dort, wo die Apostolidis ihren Sprachkurs gemacht hat, als sie ins Land gekommen ist.«

»Das sind mir etwas zu viele Zufälle.« De Moulinsart stand auf und ging zum Fenster. In der letzten Stunde waren dunkle Wolken aufgezogen, und jeden Augenblick konnte es zu regnen beginnen. Seine Nasenflügel weiteten sich unmerklich, so als würden sie das kommende Unwetter riechen.

De Moulinsart liebte den Regen und das Zwielicht. Der ständige Sonnenschein in Dagombé war ihm bereits nach einem Tag gewaltig auf die Nerven gegangen, und er war froh, wieder in der Heimat zu sein, in der jetzt langsam die dunklen, feuchten Tage begannen.

Er drehte sich zu Frederiksson um. »Stellen Sie mir ein Dossier über diesen Marek zusammen«, befahl er. Sein Gefühl sagte ihm, dass dies der beste Weg zu Vau sein würde. Und sein Gefühl hatte ihn, ähnlich wie seine Nase, nur selten im Stich gelassen.

Während er von den wiegenden Hüften seiner Assistentin träumte, schlugen die ersten Regentropfen gegen die Scheiben seines Büros.

5.

Roderick Fitzsimmons blickte aus dem Fenster seines Büros im zweiundfünfzigsten Stockwerk herunter auf den Platz der Ewigen Union. Wie verlorene kleine Würmer kringelten sich die geführten Besuchergruppen über das gewaltige Areal.

Sind nicht auch wir nur verirrte Würmer, fragte er sich und strich sich mit dem Finger über seinen Schnauzbart. Solche philosophischen Anwandlungen hatte er in der letzten Zeit häufiger. War das ein Zeichen beginnender Senilität? Er wachte neuerdings auch immer morgens um vier Uhr auf und konnte nicht wieder einschlafen.

Die dunklen Wolken, die seit der Mittagszeit aufgezogen waren, hatten so viel Feuchtigkeit mit sich gebracht, dass er das Geschehen auf dem Platz nur noch unscharf wahrnehmen konnte. Er ging zu seinem großen Wurzelholzschreibtisch zurück und nahm das Dossier auf, das seine Mitarbeiter über Viktor Vau angefertigt hatten. Obwohl er es mehrfach durchgearbeitet hatte, war es ihm nicht gelungen, einen Hinweis darauf zu finden, wo dieser verrückte Professor sich versteckt halten könnte. Das war das Problem mit Einzelgängern. Sie hatten keine Freunde oder Verwandte, an die man sich halten konnte und die einen über kurz oder lang zur Zielperson führen würden.

Die einzige Chance, die er sah, war Vaus derzeitige Assistentin, eine gewisse Astarte Apostolidis. Die Recherchen hatten ergeben, dass sie im Einwohnerregister nicht verzeichnet war. Das konnte nur bedeuten, dass sie entweder unter einem falschen Namen für Vau arbeitete (was an sich schon interessant genug wäre) oder eine Illegale war, die über keine gültigen Papiere verfügte. Was auch immer es sein mochte, es war ein Weg, den zu verfolgen sich gewiss lohnte.

Ihm war klar, dass de Moulinsart wahrscheinlich über dieselben Informationen verfügte wie er. Sein Handwerk verstand er. Er würde damit rechnen, dass sich Fitzsimmons die Apostolidis vornahm und sich selbst für jemand anderen entscheiden. Oder gerade deshalb für Vaus Assistentin, weil er seinem Rivalen genau diesen Gedankengang unterstellte.

Fitzsimmons musste Vau eigentlich dankbar sein. Von Anfang an hatte sich diese Sache zu einer persönlichen Angelegenheit zwischen de Moulinsart und ihm entwickelt. Und Winter vielleicht auch noch, aber das war nicht so wichtig. Winter hatte recht gehabt. Sie waren beide persönlich nach Agua Caliente geflogen, weil sie vielleicht damals schon ahnten, dass es ihre letzte Gelegenheit sein könnte, dem Rivalen noch einmal eins auszuwischen. Und das tat man nicht über Gehilfen, sondern man setzte sich selbst in Bewegung.

Fitzsimmons wusste, dass de Moulinsart, im Gegensatz zu ihm, die Praxis der Tagesarbeit nie ganz aufgegeben hatte. Er liebte es, sich in Verkleidung in die finstersten Viertel der Stadt zu stürzen, um dort höchstselbst Verdächtige zu observieren oder Staatsfeinde bei ihren Verschwörungen zu belauschen. Vielleicht hätte er sich auch mehr rausbegeben sollen. Dann würde er vielleicht auch wieder besser schlafen.

Fitzsimmons blätterte zurück, bis er die Information fand, nach der er suchte. Es war der Name eines Bistros, in dem diese Astarte offenbar verkehrte. Es konnte nicht schaden, wenn er dort einmal vorbeischaute. So ließ sich das Angenehme mit dem Nützlichen verbinden. Ein Imbiss und ein Glas Wein wären jetzt genau das Richtige.

Fitzsimmons warf das Dossier auf den Schreibtisch und machte sich auf den Weg. Eine halbe Stunde später trank er seinen ersten Rotwein. Es war kurz vor sechs Uhr, und im Bistro herrschte Hochbetrieb. Er saß an einem kleinen Tisch in der Ecke, von dem aus er den ganzen Raum gut im Blick hatte. Die wenigen Gäste, die, auf der Suche nach einem freien Platz, an seinen Tisch traten, verscheuchte er umgehend mit einem Kopfschütteln und einem bedauernden Gesichtsausdruck.

Dies war also das Lokal, das Viktor Vau seit vielen Jahren täglich aufsuchte. Fitzsimmons war nicht so naiv anzunehmen, dass sich Vau jemals wieder hier blicken lassen würde. Ihn interessierten vielmehr die anderen Gäste und das Personal. Denn wenn jemand Jahr um Jahr in demselben Lokal verkehrte, dann war anzunehmen, dass man ihn kannte. Wie gut, das war eine andere Frage. Aber Fitzsimmons wusste, dass gerade Einzelgänger oft an solchen Orten zumindest rudimentäre menschliche Beziehungen aufbauten.

Er beobachtete den Barista und die beiden Kellner, die alle Hände voll zu tun hatten. Zwei davon waren seiner Einschätzung nach zu jung, um von Vau als Gesprächspartner ernst genommen worden zu sein. Der ältere Kellner hingegen, der das Kommando zu führen schien, war eine andere Sache. Fitzsimmons zog sein Mobiltelefon hervor und wählte die Nummer seines Büros. Wenige Minuten später hatte er die Informationen, die er benötigte.

Der ältere Kellner hieß Christian Sonntag, der jüngere Enrique da Soza. Sonntag war ein unbeschriebenes Blatt. Da Soza war erst ein Jahr zuvor in der Stadt aufgetaucht, besaß aber alle erforderlichen Papiere.

Fitzsimmons nickte zufrieden. Er wartete, bis der ältere Kellner wieder in der Nähe war, und winkte ihn zu sich an den Tisch.

»Bringen Sie mir bitte noch ein Glas Ihres hervorragenden Weins«, sagte er. »Und für sich bitte auch. Ich möchte Sie auf einen kleinen Plausch einladen.«

Der Kellner lächelte höflich. »Das ist leider nicht möglich, mein Herr. Während der Arbeitszeit ist uns das Trinken strikt untersagt.« Er machte eine Armbewegung. »Und Sie sehen ja auch, was im Augenblick los ist.«

Fitzsimmons hatte mit einer solchen Antwort gerechnet. Sein Pflichtbewusstsein sprach für den Mann. Genau das, was er brauchte. Er zog seinen Ausweis hervor und legte ihn auf den Tisch. »Wenn ich Sie einlade, mein Freund, dann dürfen Sie alles. Und wenn Ihr Chef Einwände hat, dann schicken Sie ihn einfach zu mir.«

Sonntag nahm den Ausweis auf und studierte ihn. »Sicherheitsdienst?«, fragte er blinzelnd. »Warum wollen Sie denn mit mir reden?«

»Das erkläre ich Ihnen, wenn Sie Ihren Wein geholt haben.« Fitzsimmons nahm ihm den Ausweis aus der Hand und steckte ihn wieder ein. Zögernd entfernte sich der Kellner. Er wechselte ein paar Worte mit seinem jüngeren Kollegen und dem Barista und kam dann mit einem vollen und einem halb gefüllten Rotweinglas in den Händen zurück.

Fitzsimmons nahm genüsslich einen Schluck und lehnte sich zurück. Sonntag war nervös, auch das eine gesunde Reaktion. Er hätte sich Gedanken gemacht, wenn es anders gewesen wäre. Er wartete noch einen Augenblick, bevor er sich zu seinem Gegenüber vorbeugte.

»Sie fragen sich zu Recht, warum ich Sie sprechen wollte«, begann er. »Nun, es geht weniger um Sie als um einen Ihrer Kunden, Professor Vau.«

Sonntag riss die Augen auf. »Ist ihm etwas zugestoßen?«

»Haben Sie Anlass zu einer solchen Vermutung?« Antworte immer mit einer Gegenfrage, das war eine alte Regel bei Verhören. Dies war zwar, streng genommen, kein Verhör, aber die Methode funktionierte trotzdem.

»Nun ... nein ...«, stammelte Sonntag. Fitzsimmons sah ihm an, dass er nicht die Wahrheit sagte. Dafür entwickelte man nach so vielen Jahren in seinem Beruf einen siebten Sinn.

»Kommen Sie, Christian – ich darf doch Christian sagen? –, Sie können mir die Wahrheit sagen. Ich bin ebenso an Professor Vaus Wohlergehen interessiert wie Sie.«

Der Kellner zögerte. Nervös strichen seine Finger am Stiel des Weinglases entlang. Fitzsimmons fiel auf, dass er noch keinen Schluck getrunken hatte.

»Sie müssen wissen, dass ich Professor Vau kürzlich in Afrika getroffen habe«, erklärte er. »Wir haben dort zusammengearbeitet. Dann muss etwas Schreckliches geschehen sein, vor dem der Professor geflüchtet ist. Wir wissen nur, dass er von Leuten verfolgt wird, die ihm nichts Gutes wollen. Je eher wir ihn finden, desto eher können wir ihn auch schützen.«

Fitzsimmons konnte sehen, wie Sonntag mit sich rang. Er wartete geduldig. Dann kam der Mann zu einem Entschluss.

»Professor Vau ist gestern hier gewesen«, sagte er mit so leiser Stimme, dass sich Fitzsimmons weit über den Tisch beugen musste, um seine Worte zu verstehen. »Er sah regelrecht ... verwahrlost aus! Der Professor ist doch immer so ein korrekter Mann, der Wert auf Etikette legt. Man hätte ihn nicht wiedererkannt.«

»Und weiter?«, fragte Fitzsimmons.

»Er hat sich hier mit seiner Assistentin getroffen.«

»Frau Apostolidis.«

»Ihren Namen kenne ich nicht«, sagte Sonntag. »Sie haben miteinander gesprochen und sind dann in einem Taxi weggefahren, das ich ihnen gerufen habe.«

»Haben sie Ihnen auch verraten, wohin sie gefahren sind?«

Sonntag schüttelte den Kopf. »Aber Enrique hat sie begleitet.« Er machte eine Kopfbewegung hinüber zur Bar, wo der jüngere Kellner gerade ein Tablett mit leeren Gläsern ablieferte. »Er ist offenbar mit Professor Vaus Assistentin befreundet.«

»Sieh einer an«, murmelte Fitzsimmons. »Hat er Ihnen denn etwas erzählt?«

»Kein Wort«, erwiderte Sonntag. »Ich habe ihn zwar gefragt, aber er wollte mir nichts sagen.«

Fitzsimmons bemerkte den pikierten Tonfall des Kellners und setzte sofort nach. »Merkwürdig, finden Sie nicht? Sie kennt er so lange, hat Sie sogar behandelt, und dieser Enrique ist erst seit ein paar Wochen hier und wird sofort eingeweiht. Ebenso wie seine Assistentin, die ja auch noch nicht lange für ihn arbeitet.«

»Ich habe mich auch gewundert«, stimmte ihm Sonntag zu. »Professor Vau ist ein sehr zurückhaltender Mensch, müssen Sie wissen. Ich kann mir das nur so erklären, dass diese Frau Apostolidis irgendeinen Einfluss auf ihn ausübt.«

»Die Waffen einer Frau?« Fitzsimmons grinste verschwörerisch.

Sonntags Gesicht verfinsterte sich. Die Bewegungen seiner Finger am Weinglas nahmen wieder an Intensität zu. »Professor Vau ist in solchen Dingen völlig unerfahren. Manche Frauen erkennen das und nutzen es aus.«

»Ich sehe schon, Sie wissen Bescheid.« Fitzsimmons legte seinem Gegenüber die Hand auf die Schulter. Ganz sauber war dieser Bursche nicht. Aber das war ihm jetzt herzlich egal.

»Wir wissen nicht, welche Rolle Enrique und Frau Apostolidis spielen«, sagte er. »Deshalb bin ich auch hier. Ich möchte Sie bitten, ganz diskret die Augen offen zu halten und mir alles zu melden, was uns vielleicht auf die Spur von Professor Vau führen könnte. Dazu gehört auch alles, was Ihren Kollegen und Professor Vaus Assistentin betrifft oder andere Personen, mit denen sie sich womöglich treffen. Würden Sie das für Professor Vau tun?«

Sonntag nickte eifrig. »Selbstverständlich. Hauptsache, Professor Vau passiert nichts. Er hat so viel für mich getan.«

Fitzsimmons schob ihm eine Karte über den Tisch, auf der nur eine Telefonnummer stand. »Unter dieser Nummer können Sie mich oder einen meiner Kollegen Tag und Nacht erreichen. Rufen Sie uns ruhig auch für Kleinigkeiten an, lieber einmal zu viel als einmal zu wenig.«

Der Kellner nahm die Karte und steckte sie in die Brusttasche seiner dunkelroten Weste. Fitzsimmons warf einen Geldschein auf den Tisch. »Hier, der Rest ist für Sie. Und vergessen Sie nicht, das alles bleibt unter uns. Kein Wort zu Ihrem Chef oder diesem Enrique. Wenn jemand fragt, warum wir miteinander gesprochen haben, sagen Sie einfach, es ging um einen Einbruch in Ihrem Haus.«

Er erhob sich. »Ach ja, ehe ich es vergesse: Bei welchem Unternehmen haben Sie das Taxi angefordert?«

Sonntag nannte ihm den Namen.

»Natürlich ohne Videokamera«, konstatierte Fitzsimmons.

»Ich denke, das war der Grund, weshalb Enrique genau dies Unternehmen haben wollte.«

Fitzsimmons nickte, verabschiedete sich von Sonntag, der froh schien, wieder seiner Arbeit nachgehen zu dürfen, und verließ das Lokal. Der Regen, der bei seiner Anreise nur tröpfchenweise gefallen war, stürzte inzwischen in dicken Strömen vom Himmel. Er rettete sich in einen benachbarten Hauseingang, von dem aus er im Büro anrief, die Überwachung von Enrique da Soza anordnete und sich ein Taxi schicken ließ.

»Du entkommst mir nicht mehr, mein lieber Professor«, murmelte er vor sich hin.

6.

Der Mann, der das Bistro betrat, sah aus wie Dutzende von anderen Männern im Kuppelquartier auch. Seine Schuhe waren ausgetreten, seine Hose zerlöchert, und sein Jackett war an den Ärmeln ausgefranst und mit Flecken übersät. Unter einer zu großen Baseballmütze quollen fettige rote Haare hervor. Er blieb einen Moment am Eingang stehen und ließ seinen Blick durch das Lokal schweifen.

Der Mann hatte ein schmales Gesicht mit harten Augen. Sein gesamter Ausdruck hatte etwas Rattenähnliches an sich, wozu auch seine Haltung und die Art, wie er sich bewegte, beitrugen.

Marek bemerkte den Neuankömmling erst, als der an seinen Tisch trat. Er saß allein an demselben Platz, an dem er vor noch gar nicht langer Zeit mit Enrique gegessen hatte.

Der Mann zog den zweiten Stuhl zurück und setzte sich, ohne ihn um Erlaubnis zu fragen. Marek blickte von seiner Zeitung auf. Das Gesicht kam ihm bekannt vor, er konnte sich aber nicht daran erinnern, woher. Fragend zog er die Augenbrauen hoch.

Der Mann zog die Zeitung, in der Marek gelesen hatte, zu sich hin und blätterte ein paar Seiten um.

»Sehr interessant, dieser Artikel«, sagte er und begann zu lesen: »Die im Parlament vertretenen Parteien haben in einer gemeinsamen Erklärung die Regierung aufgefordert, schärfer gegen die illegale Einwanderung vorzugehen. ›Hunderttausende von Menschen, vor allem aus dem Kaukasusraum, halten sich inzwischen ohne Genehmigung in unserem Staat auf‹, erklärte ein Parlamentssprecher. ›Sie bedrohen die Sicherheit unserer Bürger, gefährden deren Arbeitsplätze und belasten ganz allgemein das solidarische Verhältnis unserer Bürger zueinander.‹ Innenministerin de Burgh bestätigte, dass die Regierung das Problem erkannt habe und ab sofort mit allen Mitteln gegen die illegalen Einwanderer vorgehen würde. Zu diesem Zweck sei man gerade dabei, die Polizeikräfte in der

Hauptstadt entsprechend zu verstärken, denn die meisten Immigranten hielten sich dort auf.«

Der Mann legte die Zeitung weg und blickte auf. Marek hatte ihn während des Vorlesens genauer betrachtet. Sein Gegenüber mochte auf den ersten Blick wie einer der zahlreichen Obdachlosen des Viertels aussehen, doch sein glatt rasiertes Kinn und die sorgfältig geschnittenen Fingernägel verrieten, dass sich hinter diesem Äußeren etwas anderes verbarg.

»Ich könnte dich sofort mitnehmen lassen«, sagte der Mann und lächelte kalt. Dabei zog er für einen Moment seine Lippen zurück und zeigte seine Zähne.

»Warum? Wohin? Und was willst du überhaupt von mir?« Marek wusste, dass irgendwas nicht stimmte, aber zu früh klein beizugeben entsprach nicht seinem Stil.

Im Bruchteil einer Sekunde schoss die Hand seines Gegenübers über den Tisch und legte sich um Mareks Handgelenk.

»Lehrt man euch da, wo du herkommst, nicht, wie man sich benimmt?«, zischte sein Gegenüber. »Respekt lautet das oberste Gebot. Wenn du mich noch einmal duzt, ist unser Gespräch sofort beendet und du findest dich morgen in einem Transport in deine Heimat wieder.«

War das ein Bulle? Hatten sie gemerkt, was er mit der Kamera angestellt hatte? Oder wussten sie, was bei Thura vorging? Aber warum dann die Verkleidung? Warum ließ er Marek nicht einfach verhaften?

»Ah, es dämmert langsam«, sagte der Mann und ließ sein Handgelenk los. »Du merkst, dass du ganz schön in der Scheiße sitzt, und fängst an dich zu fragen, wie du da wieder rauskommst. Genau das ist der Grund, warum ich persönlich hergekommen bin.«

»Sie sind nicht von der Polizei«, stellte Marek fest.

»Gut erkannt, Kleiner. Und Pech für dich, denn mit den Bullen würdest du wahrscheinlich irgendwie fertigwerden. Aber ich bin ein anderes Kaliber. Du solltest dich von meinem derzeitigen Äußeren nicht täuschen lassen. Das ist lediglich ein kleines Hobby von mir.«

Marek wartete. Der Mann wollte ihn nicht hochnehmen, das war klar. Das konnte nur bedeuten, dass er etwas von ihm wollte. Bei dieser Erkenntnis ging es ihm sofort etwas besser.

»Du hast eine Information, die wichtig für mich ist«, fuhr sein Gegenüber fort. »Wenn du sie mir gibst, dann habe ich auch etwas für dich. Ein fairer Tauschhandel sozusagen.«

Er zog einen Umschlag aus seiner Jackentasche und schob ihn Marek zu.

»Nun mach ihn schon auf«, drängte er.

Marek zögerte. Dann nahm er den Umschlag und öffnete die Klappe. Mit spitzen Fingern zog er einen nagelneuen Pass heraus. Er schlug ihn auf. Sein Foto und sein Name sprangen ihm entgegen, und der Gültigkeitszeitraum betrug zehn Jahre. Es war das, wovon er, wie viele seiner Leidensgenossen, seit seiner Ankunft in der Stadt geträumt hatte. Und jetzt lag es vor ihm. Aber zugleich wusste er, dass der Preis dafür hoch sein würde. Er überlegte, ob er nicht einfach mit dem Pass abhauen konnte. Bis zur Tür waren es drei Sekunden, und einmal draußen würde er den Mann im Nu abgehängt haben.

Als hätte der seine Gedanken erraten, schwenkte er den erhobenen Zeigefinger hin und her. »Denk lieber erst gar nicht dran«, sagte er. »Vielleicht entkommst du mir jetzt. Aber du hättest keine ruhige Minute mehr. Ich würde dich jagen und finden, egal, wo du dich versteckst.«

Marek klappte das Dokument wieder zu und starrte den Mann an. »Was muss ich dafür tun?«

»Ganz einfach. Du brauchst mir nur zu sagen, wo sich Viktor Vau aufhält.«

Marek schluckte. Das war es also! Sein Wohltäter war vom Geheimdienst und offenbar jemand von ganz oben.

Er stellte sich dumm. »Viktor wer?«

Sein Gegenüber lächelte kalt. »Komm schon, Kleiner, versuch nicht, mich für dumm zu verkaufen. Das ist deine große Chance. Was bedeutet dir dieser Mann schon? Hat er je etwas für dich getan, so wie ich jetzt?«

Marek senkte den Blick. Was sollte er tun? Seine Augen fielen auf den Pass, und er strich mit einem Finger langsam über die raue Oberfläche. Es brauchte nur ein Wort von ihm, und er würde dazugehören. Kein Versteckspiel mehr vor der Polizei, keine Wohnungen, die Bekannte unter falschem Namen für ihn anmieteten. Er würde mit erhobenem Haupt in dieser Stadt leben können.

Und der Preis? Viktor Vau war ein Arrivierter, ein Mitglied der bürgerlichen Klasse. Was immer er auch getan haben mochte, niemand würde ihn dafür umbringen. Soweit er das mitbekommen hatte, ging es um irgendein Wörterbuch. Was konnte daran schon groß strafbar sein? Wahrscheinlich wollte der Geheimdienst es nur sicherstellen, bevor es einer feindlichen Macht in die Hände fiel.

Allerdings war da noch Enrique. Marek mochte ihn wirklich, obwohl er manchmal ein ausgesprochener Langweiler war. Und Astarte. Sie war zwar nicht sein Typ, aber eine nette Person. Beiden schien eine Menge daran zu liegen, diesen Vau in Sicherheit zu wissen. Wie sollte er ihnen jemals wieder unter die Augen treten, wenn er das Versteck jetzt verriet?

Und dann war da noch seine Anarchistenehre. Ausgerechnet er, Marek, sollte dem Staat helfen? Und zugleich Hilfe von diesem Staat annehmen, den er am liebsten abgeschafft hätte?

Er seufzte. Es war eine schwierige Entscheidung. Sein Finger lag immer noch auf dem Pass. Hier war sein neues Leben im wahrsten Sinne des Wortes zum Greifen nah. Und was wollte Enrique ihm schon vorwerfen, sollte er jemals davon erfahren, dass Marek ein Verräter war? Es war die rationale Entscheidung, genau das, was Enrique ihm immer predigte. Wenn er schwieg, würde er nicht nur den Pass nicht bekommen, sondern wahrscheinlich ausgewiesen. Damit konnte er niemandem helfen, und sie würden Vau auch ohne ihn finden. Wenn er den Pass nahm, konnte er in der Stadt bleiben, seine Arbeit fortsetzen und Enrique und Astarte vielleicht vorher sogar noch warnen.

Marek wusste, dass er dabei war, sich selbst von etwas zu überreden, was seiner innersten Überzeugung zutiefst widersprach. Und doch konnte er nicht anders. Letztlich war doch jeder auf sich allein gestellt.

Ohne aufzublicken, nannte er seinem Gegenüber die Adresse.

ditru:
Verschleppt

1.

Hauptstadt der Union

Der alte Mann, der am Calvani-Platz aus der Tram stieg, erregte in der Menschenmenge kein weiteres Aufsehen. Gebückt und auf einen Stock gestützt humpelte er über die Straße zum Gehsteig. Unter einem aus der Form geratenen Cordhut quollen ein paar graue Haarsträhnen hervor. Er trug einen wurmstichigen Mantel und billige, ausgetretene Schuhe. An seinem linken Arm baumelte ein verblichener Plastikbeutel.

Langsam bahnte er sich einen Weg durch die Ströme der Arbeiterinnen und Arbeiter, die sich auf dem Weg zur Arbeit oder auf dem Heimweg befanden. Das Calvaniviertel beherbergte die großen Fabriken der Stadt. Im Zuge der seit Jahren laufenden Umgestaltung hatte man die meisten Wohnhäuser abgerissen und das Gelände den Fabrikbesitzern zur Verfügung gestellt, die hier genügend Raum für ihre Fertigung fanden. Die Infrastruktur bestand aus einer Tramlinie, die im Fünfminutentakt das Calvaniviertel mit den Wohnbezirken am Stadtrand verband, in dem die meisten der hier Beschäftigten lebten.

Der Calvani-Platz war das Herz des Viertels. Er wurde gesäumt von unzähligen kleinen Geschäften, die sich um die Bedürfnisse der Zehntausende von Arbeitern kümmerten, die hier zu jeder Tages- und Nachtzeit vorbeieilten, denn in den Fabriken wurde rund um die Uhr gearbeitet. Auch jetzt, kurz vor Mitternacht, waren noch alle Läden geöffnet. Es hatte den ganzen Abend geregnet, und die Neonreklamen der Geschäfte spiegelten sich auf dem nassen Pflaster. Der Duft von mehr als einem Dutzend Garküchen und Grills unterschiedlichster Art vermischte sich mit den olfaktorischen Emissionen der Fabriken zu einer undefinierbaren Mischung, die mal nach Kunststoff, mal nach versengtem Leder und mal nach Bratfett roch.

Der Mann schlurfte vorbei an brechend vollen Imbissbuden, schlauchartigen kleinen Supermärkten, Bekleidungsgeschäften, Haushaltswarenläden, Wettbüros und Pfandhäusern. Jedes Geschäft war von seiner eigenen akustischen Aura umgeben. Binnen weniger Minuten hatte der Mann eine musikalische Weltreise unternommen. Indonesische, arabische, afrikanische und südamerikanische Rhythmen vermischten sich mit dem stampfenden Beat der Metropolen zu einem Klangteppich, der die passende Begleitung zum Stampfen der Maschinen in den benachbarten Fabrikhallen bildete.

Der Mann ließ die Neonlichter des Platzes hinter sich und bog in eine Seitenstraße ab. Das Calvaniviertel war wie ein Schachbrett angelegt, mit breiten Straßen, die im rechten Winkel vom Platz im Zentrum des Quartiers wegführten. Zwischen diesen Hauptadern hatten jedoch noch einige Gassen und Straßen überlebt, in denen seit Jahrzehnten nichts mehr getan worden war. Hier standen noch einige der alten Mietskasernen, in denen früher die Bergleute und ihre Familien gewohnt hatten, deren Zechen sich gleich jenseits der Quartiergrenzen befunden hatten. Die Minen waren schon lange stillgelegt und die Bergleute hatten das Viertel verlassen, aber die Häuser standen noch. Sie wurden von der Verwaltungsgesellschaft des Minenkonglomerats für wenig Geld an jeden vermietet, der ein Dach über dem Kopf benötigte. So fanden sich in diesen Ecken die Illegalen und Verarmten, der Bodensatz der Gesellschaft.

Der alte Mann ging zielstrebig weiter, immer tiefer hinein in diesen vergessenen Seitenarm des gesellschaftlichen Flusses. Die Straßenbeleuchtung wurde trüber, die Gehwege wiesen mehr und mehr Risse und Spalten auf, und die Luft füllte sich mit dem Gestank verfaulender Abfälle in den übervollen Mülltonnen vor den Häusern. Vom Getriebe der Hauptstraßen war hier wenig zu spüren. Ab und zu eilten ein paar einsame Gestalten im Schatten der Häuser entlang, aber der Mann hatte keine Angst, denn selbst für Straßenräuber war die Klientel dieses Viertels zu unergiebig.

Schließlich erreichte er sein Ziel. Es war eine Sackgasse, die an einer fensterlosen Hauswand endete. Der Mann blieb stehen und rückte seinen Hut zurecht. Dabei hob er den Kopf und studierte die Gasse. Auf den ersten Blick sah sie verlassen aus. Nur die Lichter aus einigen der Häuser dokumentierten, dass es hier menschliches Leben gab.

Doch dann bemerkte er vor einem der letzten Häuser das Auto. Es war ein unauffälliger, dunkel lackierter Kleinwagen, der an der finstersten Stelle parkte. Allein dieses Fahrzeug in einer Gegend, in der die meisten Bewohner nicht einmal das Geld besaßen, um sich einen gebrauchten Gyroscooter zu leisten, war verdächtig.

Der Mann humpelte in die Gasse hinein. Etwa zehn Meter vor dem Auto bog er in eine Durchfahrt ab, die in einen kleinen Hinterhof führte. Sobald ihn der Schatten der Einfahrt verschluckt hatte, ging mit ihm eine Verwandlung vor. Er richtete sich kerzengerade auf, nahm den Hut ab und anschließend die Perücke. Armand de Moulinsart schüttelte den Kopf und fuhr sich mit der Hand durch die Haare. Dann zog er aus einer Manteltasche ein winziges Mobiltelefon und wählte eine Nummer.

»Er ist in der Wohnung«, sprach er in das Gerät. »Allerdings bewacht, wie ich es mir gedacht habe. Zwei Personen in einem Fahrzeug. Sie stehen zwei Häuser weiter.« Er lauschte kurz. »Das geht nicht. Von hinten kann man sich nicht nähern. Ich werde das übernehmen. Gebt mir ein Zeichen, wenn ihr in Position seid.«

Es dauerte etwa zehn Minuten, bis er das vereinbarte Signal erhielt. De Moulinsart zog sich wieder die Perücke über, stülpte den Hut darauf und schlurfte aus der Einfahrt auf die Straße. Mit langsamen Schritten bewegte er sich auf das parkende Auto zu.

Er hatte richtig gesehen. In dem Fahrzeug saßen zwei Männer, die sein Näherkommen aufmerksam beobachteten. De Moulinsart blieb neben der Beifahrertür stehen und pochte an die Scheibe. Der Mann dahinter ließ das Fenster halb herunter.

Im Bruchteil einer Sekunde analysierte de Moulinsart die Situation. Keiner der beiden etwa fünfzigjährigen Männer hielt eine Waffe in der Hand. Seine Tarnung hatte also funktioniert. Bevor der Beifahrer auch nur ein Wort sagen konnte, zog de Moulinsart die rechte Hand hinter der Plastiktüte hervor. Viermal bellte die schallgedämpfte Pistole auf, und die beiden Insassen fielen mit blutigen Löchern in den Schläfen zur Seite.

De Moulinsart durchströmte ein Gefühl äußerster Befriedigung. Es war lange her, dass er im aktiven Einsatz gewesen war, und noch länger, dass er jemanden erschossen hatte. Seine Hand war immer noch so ruhig wie eh und je, stellte er zufrieden fest.

Er ließ die Waffe wieder in der Tasche verschwinden, stopfte Perücke und Hut hinterher und benachrichtigte seine Leute. Nur eine Minute später stand er mit vier Männern vor der Tür des Hauses, in dem Viktor Vau sich aufhielt.

2.

Viktor schlief schlecht in diesen Tagen.

Üblicherweise ging er mit der Präzision eines Uhrwerks zu Bett, schlief tief und traumlos und wachte stets zur selben Stunde wieder auf.

Das war seit seiner Reise nach Dagombé vorbei.

Nicht nur, dass er schwer einschlafen konnte, seine Nächte waren zudem geprägt von Albträumen. Wiederholt fuhr er schweißgebadet auf, weil er in einem Traum erneut auf dem Lastwagen in Dagombé saß und das Massaker stets von Neuem durchlebte. Damals hatte er nicht groß darüber nachgedacht, aber mit wachsendem Abstand war ihm bewusst geworden, dass Leslie eine eiskalte Killerin war, die nicht gezögert hatte, sechs Menschen innerhalb einer Minute umzubringen.

Er erinnerte sich an die Unterhaltungen, die er mit ihr geführt hatte und bei denen sie ihm wie eine verständige Gesprächspartnerin erschienen war. Wie konnte jemand, eine Frau zudem, diese beiden Seiten in einer Person miteinander vereinen? Sie hatte davon gesprochen, Ordnung ins Chaos zu bringen. Jetzt begriff er, dass diese Ordnung endgültig und unumkehrbar war.

Zugleich grübelte er darüber nach, wer der oder die Unbekannten waren, die eine solche Tötungsmaschine engagiert hatten, um ihn zu beschützen. Er bezweifelte, dass es jemand aus der Dynastie war, denn diese Kontakte hatte er vor vielen Jahren abgebrochen. Wer sonst mochte also hinter Leslies Verpflichtung stehen?

Viktor wälzte sich von einer Seite auf die andere und überlegte, auch dies zum wiederholten Mal, ob es nicht besser sei, sich zu stellen. Dauerhaft konnte er nicht auf der Flucht bleiben, und die Sicherheitsdienste würden die Suche nach ihm gewiss nicht so einfach aufgeben. Zudem fehlten ihm seine Forschungen. Konnte eine Kooperation mit dem Staat wirklich so viel schlimmer sein als diese Existenz? Er musste unbedingt mit Astarte darüber reden.

Ein Geräusch schreckte ihn auf. Hatte er soeben Stimmen in seinem Flur gehört? Es war nicht das erste Mal, dass er diesen Eindruck hatte, denn die Wände und Türen des Hauses besaßen keinerlei akustische Dämmwirkung. Tagsüber konnte er am Leben der Familien über und neben ihm teilnehmen, und nachts hatte er schon mehrfach zu Ohrenstöpseln greifen müssen, um überhaupt einschlafen zu können.

Er wollte sich gerade wieder hinlegen, als ein lauter Knall ertönte. Bevor er reagieren konnte, flog die Tür zu seinem Schlafraum auf und drei Männer mit vorgehaltenen Pistolen stürmten herein. Ein vierter Mann leuchtete ihm mit einer Taschenlampe ins Gesicht.

Viktor riss automatisch die Arme hoch.

»Er ist hier!«, rief einer der Männer.

Gleich darauf trat ein weiterer Mann ein. Der Neuankömmling betätigte den Lichtschalter, und Viktor legte unwillkürlich eine Hand vor die Augen.

»Haben Sie keine Angst, Professor Vau«, sagte der Mann. »Ich habe nicht vor, Ihnen etwas anzutun. Ich möchte Sie lediglich bitten, mich an einen sicheren Ort zu begleiten, an dem wir uns in Ruhe unterhalten können.«

Viktor blinzelte und ließ langsam die Arme sinken. »Ich weiß nicht, wer Sie sind und warum Sie hier sind, aber ich nehme an, Widerstand ist zwecklos.«

»So ist es, Professor Vau.« Der Mann war gekleidet wie ein Stadtstreicher, schien aber der Anführer der Eindringlinge zu sein.

»Würden Sie dann bitte das Zimmer verlassen, damit ich mich ankleiden kann?«, fragte Viktor resigniert.

»Aber selbstverständlich.« Der Stadtstreicher schickte seine Männer aus dem Raum und schloss die Tür. Dann ging er zu dem einzigen Fenster. »Ich werde mich umdrehen, und Sie können sich in Ruhe anziehen«, sagte er.

Viktor betrachtete ihn aus dem Augenwinkel, während er sich ankleidete. Der Fremde trug keine Waffe, zumindest nicht sichtbar, und schien auch keinerlei Sorge zu haben, von ihm angegriffen zu werden.

»Ich bin fertig«, erklärte er schließlich.

»Sehr schön.« Der Fremde fasste ihn beim Arm und dirigierte ihn in den Flur, wo er seinen Männern Anweisung gab, die Wohnung gründlich zu durchsuchen. Dann begleitete er Viktor die Treppe hinunter. Die Nachbarn hatten das Aufbrechen der Tür sicher gehört, aber keiner ließ sich blicken. In dieser Gegend war es besser, Augen und Ohren zu verschließen, wenn man keine Schwierigkeiten bekommen wollte.

Viktor war klar, dass sein Wunsch in Erfüllung gegangen war und seine Flucht endlich ein Ende hatte.

Er wusste nur nicht, ob er sich wirklich darüber freuen sollte.

3.

Vor der Tür stand ein schwarzer Van mit abgedunkelten Scheiben, neben dem zwei Männer warteten. Einer von ihnen öffnete die Hecktür und bedeutete Viktor, einzusteigen. An beiden Seitenwänden des Laderaums waren Sitzbänke befestigt, mit einem kleinen Tisch in der Mitte. Viktor wurde auf die eine Seite bugsiert, und einer der Männer hockte sich ihm gegenüber. Der andere schlug von außen die Tür zu. Wenige Sekunden später setzte sich das Fahrzeug in Bewegung.

Sie verließen das Calvaniviertel und fuhren auf die äußere Ringstraße. Nach einigen Minuten verließen sie diese an der Abfahrt zum Königsquartier bereits wieder. Viktor hatte sich nur ein- oder zweimal in seinem Leben in dieser Gegend aufgehalten. Er wusste lediglich, dass sie nach dem Gewerkschaftsführer Harry »Hammer« König benannt war, der hier sein persönliches Reich errichtet hatte. Durch geschicktes Manövrieren am Immobilienmarkt und durch seine guten Beziehungen zur Regierung hatte er es verstanden, einen Großteil der Wohnblocks in den Besitz der Gewerkschaftsorganisation zu bringen, der er vorstand. Die einfachen Wohnungen wurden zu einem günstigen Kurs an die Gewerkschaftsmitglieder vermietet, die gehobenen Behausungen teilte König denjenigen zu, deren Wohlwollen er sich sichern oder die er belohnen wollte.

Der Wagen hielt vor einer alten Villa, die zurückgesetzt von der Straße in einem Garten lag. Seine Begleiter eskortierten Viktor den Kiesweg zum Gebäude hoch, wo er bereits von zwei weiteren Männern erwartet wurde. Sie führten ihn in einen großen Wohnraum mit einem altmodischen Kamin und schweren, dunklen Polstermöbeln.

»Bitte nehmen Sie Platz«, sagte einer der Männer. »Herr de Moulinsart wird sofort bei Ihnen sein. Darf ich Ihnen etwas zu trinken anbieten?«

Viktor sank in einen der drei Ohrensessel und bat um einen

schwarzen Kaffee. Der Mann verschwand und ließ ihn allein. Er legte den Kopf gegen eine der Kopfstützen und schloss die Augen. Wie spät mochte es sein? Seit dem Überfall konnte allenfalls eine halbe Stunde vergangen sein. Dann war es jetzt wahrscheinlich früher Morgen. Er hatte von Anfang an gewusst, dass es nur eine Frage der Zeit sein würde, bis sie ihn aufspürten. Dass es so schnell gehen würde, damit hatte er allerdings nicht gerechnet.

Ein leises Räuspern ließ ihn die Augen aufschlagen. Vor ihm stand ein kleiner, schmaler Mann mit dünnen Lippen, hoher Stirn und leicht abstehenden Ohren. Er trug eine graue Strickjacke über einer blauen Cordhose und bequeme Hausschuhe. In der Hand hielt er eine Tasse Kaffee. Erst beim zweiten Hinsehen erkannte Viktor, dass es sich um den vermeintlichen Stadtstreicher aus seiner Wohnung handelte.

»Herzlich willkommen, Professor Vau«, sagte er und stellte die Tasse auf dem kleinen Tisch neben Viktors Sessel ab. »Gestatten Sie, dass ich mich vorstelle. Mein Name ist Armand de Moulinsart.«

Der Mann setzte sich in den Sessel, der dem Viktors gegenüberstand. Dabei zog er sorgsam die Beine seiner Hose hoch, um Beulen in der Knieregion zu vermeiden.

»Sie müssen das etwas stürmische Vorgehen meiner Leute in Ihrer Wohnung entschuldigen«, fuhr de Moulinsart fort. »Manchmal können meine Männer etwas ungeschickt sein. Es ist einfach schwierig, heutzutage noch wohlerzogenes Personal zu finden, selbst in unserer Branche.«

»Und welche Branche wäre das?«, fragte Viktor.

»Der Schutz des Staates«, erwiderte de Moulinsart und fasste sich in gespielter Naivität an den Kopf. »Wie dumm von mir! Ich bin der Direktor des Internationalen Erkenntnisdienstes, eines der beiden großen Sicherheitsdienste unserer Nation.«

Viktor nahm einen Schluck von seinem Kaffee. »Und warum greifen Sie zu diesen Wegelagerermethoden, um einen Menschen zu verschleppen?«

De Moulinsart lächelte. »Aber mein lieber Professor Vau, es sind doch nicht wir, die diese Methoden gewählt haben, sondern Sie.«

»Ich? Ich bin nur ein Wissenschaftler, wie Sie sicher wissen.«

»Das weiß ich durchaus. Aber ein Wissenschaftler, der etwas entwendet hat, was nicht ihm, sondern dem Staat gehört.«

»Ich weiß nicht, wovon Sie sprechen«, beharrte Viktor.

»Kommen Sie, Professor, machen Sie es uns beiden doch nicht so schwer. Ich meine die Botschaft, die Sie in Agua Caliente haben mitgehen lassen.«

»Ich wüsste nicht, dass die Raumkapsel oder ihre Inhalte mit einer Eigentumsurkunde versehen gewesen wären.«

De Moulinsart zog die Lippen hoch und ließ kurz seine Zähne sehen. Eine unwillkürliche Geste, die viel über den Mann verriet. Viktor hatte sich eine Weile mit der Erforschung von Tics beschäftigt und gelernt, dass das, was so oft wie ein zufälliges Nervenzucken erschien, durchaus einen tieferen Sinn besitzen konnte. In diesem Fall zeigte de Moulinsart ihm seine Zähne, eine unterschwellige Warnung eines Raubtiers an sein Opfer.

»Professor Vau, Sie scheinen Ihre Lage noch nicht zu begreifen. Im Augenblick weiß außer mir niemand, wo Sie sich aufhalten. Sie befinden sich also in meiner Gewalt. Ich habe nicht vor, das auszunutzen. Wenn Sie mir allerdings keine Wahl lassen, werde ich meinen Vorsatz brechen müssen. Meine Männer haben in Ihrer Wohnung nichts gefunden. Das bedeutet, dass Sie die Botschaft bei sich tragen, sofern Sie sie nicht anderswo versteckt haben. Also?«

Viktor ließ sich von dem scheinbar zivilisierten Ton seines Gegenübers nicht täuschen. Der Mann würde seine Interessen ohne Rücksicht auf Verluste durchsetzen, davon war er überzeugt. Er griff in seine Jackentasche und zog das Taschentuch mit dem Kristall hervor.

De Moulinsart wickelte den Kristall aus und betrachtete ihn.

»Bemerkenswert, dass so ein kleiner Gegenstand einen solchen Aufruhr verursachen kann«, murmelte er. Er ließ den Stein wieder in dem Tuch verschwinden und steckte ihn in seine Hosentasche. Dann beugte er sich zu Viktor vor.

»Professor Vau, es wird vielleicht Wochen oder Monate dauern, bis unsere Wissenschaftler diese Botschaft entschlüsseln können. Ich habe kein Problem damit, Sie solange hier festzuhalten. Aber Sie können sich und mir das ersparen, indem Sie mir sagen, was es mit der Nachricht auf sich hat.«

Viktor führte die Kaffeetasse zum Mund, um etwas Zeit zu gewinnen. Was ergab es für einen Sinn, noch länger zu schweigen? Sein Kidnapper hatte recht: Über kurz oder lang würde das Video entschlüsselt werden. Und spätestens dann musste er sowieso Auskunft geben. Vielleicht war es besser, jetzt zu kooperieren und deutlich zu machen, dass das Ganze nur ein schrecklicher Irrtum sein konnte.

Er atmete einmal tief durch. »Die Botschaft des Videos lautet, mich zu töten.«

»Wie bitte?«

»Sie haben schon richtig gehört«, seufzte Viktor. »Aber ich kann es gern noch einmal wiederholen. Die Botschaft lautet: Tötet Viktor Vau.«

»Interessant.« De Moulinsart legte die Finger zusammen und betrachtete Viktor unter halb geschlossenen Augenlidern hindurch wie eine Schlange, die sich auf ihre Mahlzeit freut. »Soweit wir wissen, kommt diese Nachricht aus unserer Zukunft. Ich frage mich natürlich, warum unsere Nachkommen Sie umbringen lassen wollen. Sie doch sicher auch, Professor?«

Also erzählte Viktor. Er berichtete nicht nur von der Botschaft und dem, was er verstanden hatte, sondern auch von den Überlegungen, die sich daran angeschlossen hatten. »Das ist natürlich zu einem großen Teil Spekulation. Genaueres werden wir erst wissen, wenn wir die gesamte Nachricht entschlüsselt haben.«

De Moulinsart machte ein skeptisches Gesicht, das sich während des Berichts mehr und mehr verfinsterte.

»Kommen Sie, Professor, das ist doch blanker Unsinn!«, rief

er, als Viktor geendet hatte. »Sie wollen mir doch nicht weismachen, dass die Ursache all dessen, was geschehen ist, in einer von Ihnen erfundenen Kunstsprache liegt!«

»Es scheint aber die Wahrheit zu sein«, beharrte Viktor müde.

»Dann frage ich mich, warum sich zwei bewaffnete Männer vor Ihrer Wohnung aufhielten.«

Viktor starrte sein Gegenüber verblüfft an. »Davon weiß ich nichts.« Zugleich musste er wieder an Leslie denken, die ihm bei der Flucht aus Dagombé geholfen hatte. War die Überwachung seines Unterschlupfes das Werk desselben unbekannten Beschützers? Und wenn ja, woher wusste er von der konspirativen Wohnung?

»Wir haben die Männer identifiziert. Es handelt sich um Profis, nicht um irgendwelche billigen Detektive. Solche Leute kosten Geld. Viel Geld. Und ich nehme zu Ihren Gunsten an, dass Sie nicht einmal wüssten, wo Sie solche Männer anwerben sollten. Also, wer beschützt Sie? Und warum? Niemand gibt so viel Geld aus nur wegen einer fiktiven Sprache.«

Viktor massierte sich die Nasenwurzel, um sich besser zu konzentrieren. Die bohrenden Fragen seines Gegenübers und die vielen Stunden ohne Schlaf brachten ihn an den Rand der Verzweiflung.

»Ich kann Ihnen nur noch einmal versichern, dass ich nichts davon weiß«, wiederholte er.

De Moulinsart schwieg. Viktor rieb sich die Augen. Er war am Ende seiner Kräfte. Sein Gegenüber schien das zu merken.

»Sie sollten etwas schlafen, bevor wir weiterreden, Professor Vau. Ich habe ein Zimmer für Sie vorbereiten lassen.«

Er erhob sich. Auch Viktor stand auf. Er schwankte leicht und stützte sich an der Sessellehne ab. Dann folgte er de Moulinsart zur Tür.

»Dennoch habe ich eine weitere Frage, Professor. Dieses Notizbuch, in dem Sie Ihre Sprache festgehalten haben – wo befindet es sich?«

»Ich habe es einem Bekannten zur Aufbewahrung gegeben«,

erwiderte Viktor, ohne lange zu überlegen. Er hatte einen Zustand erreicht, in dem ihm alles gleichgültig war. Er wollte nur noch schlafen.

»Einem Bekannten also. Und wer bitte ist dieser Bekannte?«

»Er ist Kellner in dem Bistro, in dem ich immer zu frühstücken pflege. Sein Name ist Enrique da Soza.«

»Vielen Dank, Professor Vau. Wir reden später weiter.«

De Moulinsart hielt ihm die Tür auf und geleitete Viktor hinaus.

4.

Der bärtige Mann, der am späten Abend Thuras kleinen Buchladen betrat, trug die schlichte Kleidung eines Arbeiters: einfache Leinenhose, eine dunkle Leinenjacke und eine Baseballmütze mit dem Logo einer großen Mobilkranmarke darauf. Er war zweimal an dem Geschäft vorübergegangen, um herauszufinden, ob er verfolgt wurde. Dann zog er sein Mobiltelefon hervor und führte ein kurzes Gespräch. Er sah von der anderen Straßenseite, wie die Tür des Buchladens sich einen Spalt öffnete, überquerte die Straße und verschwand im Inneren. Ein junger Mann, den er hier noch nie gesehen hatte, wartete hinter der Tür auf ihn.

»Ich heiße Marek«, strahlte er den Neuankömmling an. »Willkommen in der Stadt.«

Der Mann runzelte die Stirn. Er hatte Thura immer und immer wieder darauf hingewiesen, wie wichtig es war, ihre Treffen geheim zu halten. Dieser Marek war jetzt schon der vierte, der sein Gesicht kannte.

Statt einer Antwort brummte er etwas Unverständliches vor sich hin, was den jungen Mann allerdings nicht zu stören schien. Marek führte ihn durch das Büro in den Fabrikflur und dort zu einem Raum hinter der Cafeteria.

Thura saß an einem Tisch und arbeitete an einem NetPad. Um sie herum lagen Stadtpläne und Architekturzeichnungen. Sie erhob sich, als Marek und der Besucher eintraten.

»Bastos!«, rief sie und umarmte den Bärtigen. »Schön, dass du gekommen bist. Es gibt viele Neuigkeiten!«

Der Neuankömmling warf einen Blick auf Marek. »Sollten wir das nicht besser unter vier Augen besprechen?«

»Du musst immer so geheimnisvoll tun. Marek ist zwar neu bei uns, aber er hat sich schon bewährt. Er verfügt über spezielle Fähigkeiten, die uns bei unserer Aufgabe sehr helfen werden.«

Bastos beruhigte das nicht. »Einige Dinge sollten unter uns bleiben.« Er legte dem jungen Mann die Hand auf die Schulter. »Tut mir leid, Junge, aber das ist nichts Persönliches. Wenn Thura sich für dich verbürgt, dann ist das auch für mich in Ordnung, und ich bin sicher, dass du eine ausgezeichnete Arbeit machst. Aber unsere Gegner schlafen nicht, und je mehr du weißt, desto gefährdeter bist du. Es ist also in deinem eigenen Interesse.«

Marek zog ein Gesicht, aber Thura nickte ihm aufmunternd zu, sodass er schließlich den Raum verließ. Bastos schloss hinter ihm die Tür.

»Mitunter kommst du mir paranoid vor«, sagte Thura lächelnd.

Bastos schüttelte den Kopf. »Wie lange kennst du diesen Marek schon?«

»Vielleicht drei Wochen.«

»Und was weißt du über ihn?«

»Genug, um ihm zu vertrauen. Wir führen hier keine Einstellungsgespräche mit Lebenslauf. Bei uns beweist man sich durch die Tat. Und das hat Marek getan. Er hat den Zeitzünder entwickelt, den wir bei der letzten Bombe verwendet haben. Der Junge hat Talent. Und außerdem ist er ein Illegaler, falls dich das beruhigt.«

»Das beruhigt mich ganz und gar nicht.« Bastos lief um den Tisch herum. »Was ist, wenn er von einem der Dienste einfach nur mit einer guten Legende ausgestattet worden ist?«

Sie lächelte. »Dann haben wir eben Pech gehabt. Aber deswegen riegele ich unsere Gruppe nicht ab wie eine Spionagezelle. Wir sind eine politische Bewegung, das solltest du nicht vergessen. Und außerdem gibt es auch noch so etwas wie gesunden Menschenverstand. Mein Gefühl sagt mir, dass der Junge in Ordnung ist. Und das hat mich bisher noch nie getrogen.«

Bastos ließ sich mit einem Seufzer auf einen Stuhl sinken. »Es ist hoffnungslos. Vielleicht werde ich auch einfach nur zu alt für solche Spielchen.«

Thura holte eine Tasse aus der Anrichte hinter sich und schenkte aus der Teekanne, die zwischen den Papieren auf einem Porzellanstövchen stand, die dampfende Flüssigkeit ein. Sie hielt Bastos die Tasse hin.

»Hier, das wird dich ein wenig beruhigen. Frischer Pfefferminztee, vor zehn Minuten aufgegossen.«

Bastos nahm die Tasse entgegen und stellte sie vor sich ab.

»Was macht die Planung für den Eröffnungstag?«, fragte er.

»Wir brauchen mehr Sprengstoff.«

»Wie viel mehr?«

»Sehr viel mehr.« Sie deutete auf die Architekturzeichnungen. »Wir haben die Statik einfach unterschätzt. Die Gebäude sind konstruiert, als seien sie für die Ewigkeit gedacht. Wenn wir wirklich sichergehen wollen, müssen wir die bislang geplanten Mengen verdoppeln.«

Bastos zog eine der Zeichnungen zu sich hin und studierte sie oberflächlich. »Gut. Kein Problem. Ich werde dafür sorgen, dass ihr alles in der nächsten Woche bekommt.«

Er warf die Zeichnung achtlos auf den Tisch zurück und nahm einen Schluck von seinem Tee. »Und was gibt es sonst an Neuigkeiten?«

»Wir haben eine neue Gruppe im Calvaniviertel, die fast ausschließlich aus Arbeitern der Munitionsfabriken besteht. Mungo ist es endlich gelungen, den Server des Ministeriums für den Inneren Frieden zu knacken und einen Virus einzuschleusen, der genau am Eröffnungstag zuschlagen wird. Ach ja, und dann haben wir noch einen Wissenschaftler versteckt, der von den Geheimdiensten gejagt wird.«

Bastos zog fragend die Augenbrauen hoch. »Einen Wissenschaftler? Und das erwähnst du so nebenbei? Ich kann es nicht glauben!«

»Er heißt Viktor Vau und hat angeblich eine neue Sprache entwickelt, hinter der die Dienste her sind.«

Bastos schüttelte den Kopf. »Dir ist klar, dass du unser Unternehmen damit zusätzlich gefährdest. Wenn die Geheimdienste herausbekommen, dass du diesem Vau geholfen hast, werden sie dich genauer unter die Lupe nehmen. Und dann ...« Er sprach den Satz nicht zu Ende. Thura schwieg einen Moment.

»Wir haben ihn in einer Wohnung im Calvaniviertel untergebracht«, sagte sie schließlich. »Sie gehört der Verwaltungsgesellschaft und ist unter falschem Namen angemietet. Falls sie da nachforschen, laufen sie ins Leere.«

Bastos kratzte sich gedankenverloren am Ohr. Die ganze Angelegenheit entwickelte sich zu einer mittelschweren Katastrophe. Zu Anfang schien Thura die beste Wahl zu sein, zumal es nicht viele oppositionelle Gruppen in der Stadt gab. Aber sie konnte einfach nicht über ihren Schatten springen.

»Du solltest ihn so schnell wie möglich wieder loswerden«, sagte er. »Gerade jetzt, da wir in die letzte Phase gehen, ist es einfach zu gefährlich.«

»Ausgeschlossen. Ich kann den Mann doch nicht auf die Straße setzen!«, protestierte Thura.

»Ich wüsste da einen Ort, wo wir ihn unterbringen können. Wer weiß noch von der Sache?«

»Nur Marek, Vaus Assistentin Astarte und ihr Freund Enrique.«

»Na großartig, *nur* diese drei.« Er schüttelte den Kopf. »Und du vertraust ihnen?«

»Absolut.« Ihre Stimme klang bestimmt.

»Na schön.« Bastos stand auf. »Wie genau lautet die Adresse, wo du ihn versteckt hast?«

Thura nannte ihm die Anschrift, die er kurz memorierte. »Ich will sehen, was ich machen kann. Und du solltest in Zukunft etwas vorsichtiger sein.«

»Du *bist* paranoid«, lachte Thura.

»Lieber zu viel Paranoia als zu wenig«, erwiderte er. »Und du verfügst eindeutig über zu wenig.«

»Weil dieser Staat schon paranoid genug ist. Wenn ich ebenso wäre, wo ist dann noch der Unterschied?«

Bastos seufzte. »Manchmal muss man den Feind mit seinen eigenen Mitteln bekämpfen.«

»Aber nicht, wenn mich diese Mittel auf eine Stufe mit meinem Feind stellen. Du musst dir doch nur die Geschichte ansehen. Genau deshalb sind alle Revolutionen gescheitert. Die Revolutionäre bedienten sich der Mittel des Feindes und wurden dadurch zu dem, was sie ursprünglich hatten beseitigen wollen.«

»Andererseits wären sie nie erfolgreich gewesen, hätten sie nicht die Waffen des Feindes übernommen.«

»Dann bleibe ich lieber erfolglos.« Thura erhob sich ebenfalls. »Aber wir diskutieren über ungelegte Eier. Noch wankt die Dynastie nicht, geschweige denn, dass sie stürzt.«

»Ein Vorgang, den wir gerne etwas beschleunigen wollen.« Bastos umarmte Thura und gab ihr zwei Luftküsse auf die Wangen. »Sei bitte trotzdem ein wenig vorsichtiger.«

»Mal sehen.« Thura blickte ihr Gegenüber ernst an. »Für mich ist die aufrechte moralische Haltung wichtig, Bastos. Bomben sind nicht alles.«

Der Bärtige nickte. »Ich weiß. Aber manchmal sind sie dennoch der richtige Weg.«

Thura ließ die Schultern fallen. »Leider ist das so.«

Sie sah ihm gedankenverloren nach, als er das Gebäude verließ.

5.

Rupert Cassell war der beste Reporter der Stadt. Das war nicht nur seine Meinung, sondern auch die der meisten Kollegen, die ihn Jahr für Jahr bei der Wahl zum Reporter des Jahres auf den letzten Platz setzten. Rupert betrachtete das als eine Auszeichnung. So viel Neid konnte nur auf sich ziehen, wer erfolgreich war. Und er war erfolgreich. Er wusste, dass er eine Nase für gute Storys hatte, wie zum Beispiel seine Artikel über den Floristen und Fellner, den unfähigen Kommissar.

Die Auflage seiner Zeitung war nach den ersten Berichten enorm gestiegen. Nachdem Rupert die Richtung vorgegeben hatte, mussten sich die anderen Medien notgedrungen der Linie anschließen. Keiner wollte das Risiko eingehen, durch eine allzu offensichtliche Verteidigung Fellners die Leserschaft zu verärgern und einen Auflagenschwund in Kauf zu nehmen.

Aufgrund dieses Drucks hatte sich Fellner schließlich bereit erklären müssen, eine Pressekonferenz anzuberaumen. Rupert triumphierte. Ein voller Erfolg! Heute würde er Fellner den Todesstoß versetzen!

Als Rupert vorfuhr, drängten sich die Kollegen mit ihren Kameras, Aufnahmegeräten und Fotoapparaten bereits vor dem Nebeneingang der Polizeistation, in der die Pressekonferenz stattfinden sollte. Die Tür war noch nicht geöffnet, und der eine oder andere warf einen skeptischen Blick in den Himmel, der sich mehr und mehr bewölkte.

Rupert gab seinem Fahrer ein Zeichen, noch einmal um den Block zu fahren. Auf der Rückseite des Polizeireviers lagen das kleine Untersuchungsgefängnis und der Justizpalast des Viertels. Er wusste, dass sie über mehrere unterirdische Gänge alle miteinander verbunden waren.

Die ersten Regentropfen prasselten auf das Autodach. Er befahl seinem Fahrer, anzuhalten. Mit schnellen Schritten eilte er zum Eingang des Gerichtsgebäudes. Bevor es richtig zu schütten begann, stand er bereits in der gefliesten Halle mit ihrem Geruch nach gebohnerten Treppen, Desinfektionsmittel und staubigen Akten. Ein Justizwachtmeister schob mit einem Rollkarren voller vergilbter Aktendeckel vorbei, die alle prall gefüllt waren und von dicken Gummibändern zusammengehalten wurden. Kein Wunder, dass die Justiz so ineffektiv war, wenn sie immer noch mit den Methoden des zwanzigsten Jahrhunderts arbeitete, dachte Rupert. Er hatte selbst einmal kurz erwogen, die juristische Laufbahn einzuschlagen, sich aber nach einem halben Semester sofort wieder davon verabschiedet.

Warum, das wusste er, wenn er sich hier umschaute. Das Justizwesen war eine hermetisch abgeriegelte Welt, die nicht viel mit der Wirklichkeit zu tun hatte. Wer in sie eintrat, der musste sich auf die ganz speziellen Spielregeln einlassen, die dort galten, und wer das nicht konnte, der lief Gefahr, sich schnell in den labyrinthischen Seitenwegen des Systems zu verlieren und den Ausgang nicht mehr zu finden.

Rupert hingegen hatte fest vor, den Ausgang umgehend nicht nur ausfindig zu machen, sondern auch zu benutzen. Er lief die Treppe zum Kellergeschoss herab, bog unten nach links ab und stieß schon nach wenigen Metern auf einen Quergang. Ein Hinweisschild an der Wand gegenüber trug die Aufschrift »Polizei«. Rupert nickte befriedigt und folgte dem Weg, der allerdings jäh an einer verschlossenen Tür endete.

Auch das gab es nur noch im Reich der Rechte, dachte Rupert. Keine hochmodernen Keypads oder Fingerabdruckleser, sondern einfache Türen mit Schlüssel. Wie bei den Akten war hier auch bei der Technologie die Zeit stehen geblieben.

Nachdem auch mehrfaches Rütteln und Klopfen keine Reaktion von der anderen Seite brachte, wollte er schon umkehren. Er war bereits mehrere Schritte von der Tür entfernt, als er hörte, wie sich ein Schlüssel im Schloss drehte. Sofort machte er kehrt.

»Haben Sie geklopft?«, fragte die kleine Frau, die die Tür einen Spalt geöffnet hatte. Ihre Augen waren hinter dicken Brillengläsern verborgen.

»Vielen Dank!«, rief Rupert, stieß die Tür auf und eilte an der verblüfften Frau vorbei die Treppe hoch. Ein siegesgewisses Lächeln umspielte seine Lippen.

Als er im Saal, in dem die Pressekonferenz stattfinden sollte, eintraf, öffnete ein Beamter gerade die Tür nach draußen. Bevor die ersten regendurchtränkten Kollegen in den Saal gedrängt waren, hatte Rupert bereits seinen Platz in der vordersten Reihe eingenommen.

Er genoss die neidvollen Blicke seiner Kollegen, von denen ihn die meisten ignorierten. Nur ein paar Nachwuchsreporter kamen zu ihm, um ihn zu grüßen. Sie hatten noch Träume und konnten sich vorstellen, einmal selbst so erfolgreich zu sein wie er. Vielleicht war es auch einfach eine Frage der Moral, dachte Rupert. Die junge Generation hatte nicht mehr viel am Hut mit der Journalistenethik der alten Hasen, und er war ihr Vorbild dabei, wie man diese Ethik über Bord warf.

Es dauerte noch zehn Minuten, bis Fellner den Saal betrat. Begleitet von zwei Beamten, nahm er auf dem kleinen Podium Platz, das mit einem einfachen Tisch und drei Stühlen bestückt war. Wenn er erstaunt war, Rupert in der ersten Reihe zu sehen, dann zeigte er es nicht.

Fellner war ein hagerer Mann, dessen eh schon schmales Gesicht durch den Druck der vergangenen Tage noch schmaler geworden war. Die nachlässig gekämmten etwas zu langen Haare und das zerknitterte Hemd unterstrichen noch den Eindruck, dass der Mann unter hohem Stress stand. Ein Stress, zu dem nicht zuletzt Rupert mit seinen Artikeln beigetragen hatte. Er wusste, dass Fellner zudem Druck vom Innenministerium bekam, das den Fall so schnell wie möglich aufgeklärt sehen wollte. Allerdings wurde er noch durch die komplexe bürokratische Struktur des Polizeiapparates geschützt, die eine schnelle Änderung der Zuständigkeiten verhinderte.

Der Kommissar pochte gegen das Mikrofon, und im Saal wurde es still. Er begann mit einer Zusammenfassung der bisherigen Ereignisse. Der Florist, wie der Serienmörder genannt wurde, hatte, soweit es inzwischen bekannt war, mindestens vierzehn Frauen auf dem Gewissen, von denen vier allein in den letzten drei Wochen ermordet worden waren.

»Wir haben alle unaufgeklärten Frauenmorde in den vergangenen drei Jahren noch einmal analysiert«, sagte Fellner. »Erste vorläufige Befunde lassen den Schluss zu, dass die Zahl seiner Opfer in Wahrheit deutlich höher sein könnte. Leider wurden zum Zeitpunkt der jeweiligen Morde die Untersuchungen nicht immer mit der notwendigen Sorgfalt geführt, sodass das übereinstimmende Merkmal, die herausgeschnittenen Hautstücke, oft übersehen wurde.«

»Wollen Sie damit andeuten, dass Ihre Kollegen schlecht gearbeitet haben?«, unterbrach ihn Rupert.

Der Beamte neben Fellner beugte sich zum Mikrofon. »Fragen bitte erst nach der Erklärung des Kommissars.«

Fellner winkte ab. »Nein, lassen Sie nur. Die Frage von Herrn Cassell ist ja berechtigt.« Er schenkte Rupert ein schmallippiges Lächeln. »Wie alle Behörden haben auch wir mit Personalproblemen zu kämpfen. Der Sparkurs der Regierung hat dazu geführt, dass wir heute nur noch siebzig Prozent des Personalbestandes von vor drei Jahren haben.«

Er nahm einen Schluck aus dem Wasserglas, das vor ihm stand. »Wenn also in der Vergangenheit ein solches Detail übersehen worden ist, dann liegt das nicht an der Inkompetenz der Kollegen, sondern an ihrer Überlastung und der mangelhaften technischen Ausstattung.«

»Aber sieht das heute so viel besser aus?«, fragte Rupert. »Ist es nicht so, dass Sie nur acht Leute auf den Fall angesetzt haben?« Diese Information hatte er von seinem Vertrauensmann erhalten. Im Saal hinter ihm war ein Murmeln zu hören.

Fellner nickte. »Allerdings betrifft das nur unser Revier. Insgesamt gehören zum Ermittlungsteam mehrere Dutzend Beamte. Wie Sie wissen …«

»Acht Ermittler für die *gesamte* Stadt?«, unterbrach ihn Rupert. Sein Erstaunen war gut gespielt. Er wusste natürlich ebenso wie Fellner, dass der Mörder sich lediglich in diesem Viertel herumtrieb und der Großteil der Ermittlungen von halbwegs intelligenten Rechnern auf elektronischem Weg durchgeführt wurde. Aber seine Leser wussten das nicht, und er wollte dem Kommissar auch nicht die Gelegenheit geben, es zu erklären.

»Der Mörder hat sich in den letzten Monaten offenbar auf das Kuppelquartier konzentriert, Herr Cassell«, erwiderte Fellner. »Mit den Kollegen der städtischen Videoüberwachung und der Kooperation der privaten Wachdienste sind wir sehr gut in der Lage, das Viertel umfassend zu kontrollieren.«

Rupert merkte, dass der Kommissar sich zusammennehmen musste, um nicht schärfer zu antworten. Fellner war kein Mann für die Presse. Er war ein Bulle, der seinen Job ernst nahm und die notwendige Öffentlichkeitsarbeit nur widerwillig erledigte. Rupert respektierte diese Einstellung, aber er war zu sehr Profi, um sie bei seinen Artikeln zu berücksichtigen. Für die Öffentlichkeit war das sowieso schon zu hoch, sie wollte Schwarz und Weiß, Richtig und Falsch sehen und keine Differenzierungen. Zum Glück hatten das viele seiner Kollegen noch nicht begriffen.

»Aber es ist doch eine Tatsache, dass Sie dem Täter noch keinen Schritt näher gekommen sind«, bohrte Rupert nach.

»Das kann ich nicht bestätigen. Wir haben Hinweise, und die helfen uns natürlich dabei, den Kreis der Verdächtigen einzuengen.«

Mit diesen vagen Andeutungen kam er bei Rupert nicht durch. »Können Sie uns konkret erläutern, was das für Hinweise sind? Und auf welche Gruppe von Leuten Sie sich bei Ihren Ermittlungen konzentrieren?«

»Tut mir leid. Das gehört nicht in die Öffentlichkeit.« Ohne auf eine Reaktion Ruperts zu warten, erteilte Fellner einem anderen Journalisten das Wort.

Immerhin hatte er seine Zitate. Während er mit einem halben Ohr den weiteren Erklärungen des Kommissars zuhörte, formulierte Rupert im Kopf bereits die Schlagzeile für den nächsten Leitartikel:

»FLORIST MORDET WEITER. POLIZEI RATLOS.«

diku:

Der Florist

1.

Hauptstadt der Union

Der Florist nahm das letzte Messer aus der Plastikschüssel mit heißem Wasser, trocknete es ab und hängte es zurück an die Wand. Dann nahm er die Schüssel und schüttete das Wasser vorsichtig auf den Kellerboden. Er griff zu einem Schrubber, der neben seinem Seziertisch lehnte, und verteilte die Flüssigkeit im Raum, bevor er sie von den Wänden aus zum Abguss in der Mitte schob.

Als der letzte Tropfen abgeflossen war, zog er die Gummihandschuhe aus und packte das Reinigungsmittel, die Tücher und das Desinfektionsspray in die nunmehr leere Schüssel. Befriedigt sah er sich um. Er hatte die Handschellen und seine Arbeitswerkzeuge sorgfältig desinfiziert und anschließend gesäubert, wie er es jede Woche zu tun pflegte. Das machte er auch dann, wenn er den Raum nicht benutzt hatte. Ordnung und Regelmäßigkeit waren wichtige Stützpfeiler seiner Tätigkeit, und davon wich er keinen Millimeter ab.

Der Florist schloss die Tür auf und verließ mit seinen Utensilien den Raum. Er stand in einem langen, von Neonröhren erleuchteten Kellergang. Rechts und links gingen weitere Stahltüren ab. Er folgte dem Gang bis zu seinem Ende, öffnete eine weitere Tür und betrat das Parkhaus. Sein Auto war direkt neben der Tür geparkt. Schnell waren die Schüssel und Reinigungsutensilien im Kofferraum verstaut. Dann fuhr er in Richtung Ausgang.

Eine halbe Stunde später saß er in einem kleinen Park an

einem Steintisch, in den ein Schachbrett eingelassen war. Der Sommer ging zu Ende, und er genoss die letzten Sonnenstrahlen des Tages, die schon deutlich an Wärme verloren hatten.

Der Florist versuchte sich zu erinnern, wie er diese Jahreszeit als kleiner Junge empfunden hatte. Es fiel ihm zunehmend schwerer. Er hatte zwar noch Zugang zu den Informationen; so wusste er beispielsweise genau, dass seine Großmutter an einem Septembertag gestorben war, nicht lange nach seinem zehnten Geburtstag. Aber das war nur eine Tatsache, an die er sich erinnerte, ohne jeglichen emotionalen Gehalt. Er empfand weder Trauer noch ein anderes Gefühl, wenn er daran dachte. Wenn er heute durch seine Erinnerungslandschaften wanderte, waren das öde, leere Wüsten ohne Sonne und angefüllt mit einer bleiernen Stille. Große Tafeln am Wegesrand beschrieben die Episoden aus seiner Vergangenheit in nüchternen Worten. Das war alles.

Früher war das anders gewesen. Er konnte sich noch entsinnen an Erinnerungen voller Gerüche, Farben und Töne, die er nicht nur vor seinem inneren Auge sehen, sondern auch in seinem Körper spüren konnte. Doch das war lange her, in einer Zeit, in der er noch gesund war.

Denn dann war die Krankheit gekommen.

Es war keine Krankheit, die man mit einer Operation hätte heilen können. Sie spielte sich allein in seinem Kopf ab und war für alle unsichtbar. Alle, bis auf ihn und den Arzt, der ihn schließlich geheilt hatte.

Und mit dem Ende der Krankheit war auch der Florist geboren worden. Es war fast so, als habe er nur auf diesen Moment gewartet, die ganzen Jahrzehnte tief verborgen an einem versteckten Ort im Inneren, bis seine Zeit gekommen war.

Der Florist hatte die Führung übernommen. Und doch dauerte es noch einige Jahre, bis er zum ersten Mal öffentlich in Erscheinung trat. Er musste sich gründlich auf seine neue Aufgabe vorbereiten, und das ging nicht von heute auf morgen. Räumlichkeiten mussten angemietet werden, Werkzeuge beschafft und Techniken erlernt. Und das alles, ohne Spuren zu hinterlassen. Außerdem waren da noch Vorbehalte aus seinem früheren Leben, die zu langen inneren Diskussionen führten, bis er einsah, dass dies seine Bestimmung war.

Dennoch stellten sich manchmal Fragen ein. So wie dieses Mal.

Er betrachtete die Fotos vor sich auf dem Steintisch. Sie waren mit einem Teleobjektiv aufgenommen und zeigten eine junge Frau in unterschiedlichen Situationen. Mal saß sie mit einem älteren Mann an einem Tisch in einem Bistro, mal ging sie mit zwei jungen Männern eine belebte Straße entlang. Eine Aufnahme zeigte sie, als sie ein Wohnhaus verließ, ein anderes beim Betreten eines Supermarkts.

Der Florist stützte das Kinn in die Hände und überlegte. Die Anweisungen waren, wie immer, eindeutig gewesen. Er musste die Welt von dieser Person befreien. Und doch war etwas anders als sonst. Bislang hatte er sich ausschließlich Frauen angenommen, die ein liederliches Leben geführt hatten. Sie hatten ihren Körper verkauft oder andere dazu gebracht, sich gegen Geld den Männern hinzugeben. Aber diese Frau war anders.

Nach allem, was er bei seinen Beobachtungen herausgefunden hatte, war sie eine Ärztin oder etwas Ähnliches. Sie arbeitete in einer Klinik am Rand der Stadt. Neben ihrer Arbeit unterhielt sie nur wenig Kontakte. Sie traf sich ab und zu mit zwei jungen Männern, aber nicht, um irgendwelche unzüchtigen Verrichtungen vorzunehmen. Die drei unterhielten sich, gingen spazieren oder saßen in Buchläden und diskutierten miteinander.

Und dann war da noch ihre Beziehung zu jemandem, den er gut kannte, ja, den er sogar als seinen einzigen Freund bezeichnen würde. Das wunderte den Floristen am meisten. Konnte es sein, dass die Frau einem geheimen Plan folgte, mit dem sie seinen Freund ins Verderben stürzen wollte?

Eine andere Erklärung für seinen Auftrag konnte er nicht finden. Er schob die Fotos wieder zusammen und steckte sie ein. Außer ihm waren nur noch wenige Besucher im Park. Ein paar Büroangestellte befanden sich auf dem Weg nach Hause, und die letzten Mütter waren gerade dabei, den Sandkasten zu räumen und mit ihren Kindern heimzugehen.

Der Florist erhob sich. Viel Zeit blieb ihm nicht mehr. Er musste lediglich einen geeigneten Moment abpassen.

Mit gleichmäßigen, schnellen Schritten lief er zu seinem Fahrzeug zurück.

2.

Die Arbeit im Bistro zog sich heute endlos hin.

Inzwischen war es kurz vor zehn, und der Publikumsandrang ließ immer noch nicht nach. Enrique balancierte mit einem Tablett voller leerer Gläser durch die Menge, die sich vor dem Tresen drängte. Christian brachte gerade wieder fünf Teller mit Essen hinaus.

Er war ein merkwürdiger Mensch. Sie arbeiteten jetzt seit etwa zwei Monaten zusammen, und noch immer wusste Enrique so gut wie nichts über ihn. Christian schien keine Familie zu haben und den größten Teil seines Lebens im Bistro zu verbringen. Sie sprachen zwar miteinander, aber es waren lediglich Belanglosigkeiten, die das Wetter oder eine der Schlagzeilen des Tages betrafen.

Der Zapfer schob ihm ein volles Tablett hin. Enrique wischte sich die Finger an der Hose ab und nahm die Gläser auf. Vorsichtig bahnte er sich seinen Weg durch die herumstehenden Gäste, die auch den Raum zwischen den Tischen füllten, bis er die Tür erreicht hatte. Draußen war es deutlich einfacher, die Getränke zu servieren, und bereits fünf Minuten später stand er wieder an der Theke.

Während er darauf wartete, dass der Zapfer die nächste Runde zusammenstellte, glitt sein Blick durch den Raum. Er wollte sich gerade umdrehen, um das neue Tablett entgegenzunehmen, als er stutzte. Der Mann, der in der Ecke am Tisch saß, kam ihm bekannt vor.

Obwohl es ein kleiner Tisch war, hatte sich eine fünfköpfige Gruppe darum versammelt. Enrique erinnerte sich, dass der Mann zunächst allein dort gesessen hatte und die anderen später dazugekommen waren. Seinem Verhalten nach hatte er nichts mit ihnen zu tun. Er hatte seinen Stuhl etwas zurückgeschoben und nahm an ihrem lebhaften Gespräch nicht teil.

Enrique überlegte, wann und wo er den Mann schon einmal getroffen hatte, wollte aber nicht darauf kommen. Auf jeden Fall hatte es nichts Gutes zu bedeuten. Ihm war von Anfang an klar gewesen, dass es nur eine Frage der Zeit war, bis die Sicherheitsdienste auch ihn ins Visier nehmen würden. Schließlich war er zusammen mit Viktor Vau gesehen worden und unterhielt zudem engeren Kontakt zu Vaus Assistentin.

Enrique war zwar noch nicht länger als ein Jahr in der Stadt, hatte aber schon genug erfahren, um zu wissen, dass mit den Sicherheitsdiensten nicht zu spaßen war. Ausgerechnet er, der große Befürworter der staatlichen Ordnung, musste sich mittlerweile Gedanken darüber machen, wie er sich dem Zugriff der Staatsorgane entziehen konnte. Aber durch die Unterstützung Viktor Vaus und den Besuch bei den Anarchisten hatte er sich verdächtig gemacht. Also musste er Vorkehrungen treffen, um Vaus Notizbuch zu schützen.

Erneut warf er aus den Augenwinkeln einen Blick auf den Mann und begann an seiner ursprünglichen Annahme zu zweifeln. Das Gesicht wies zwar Züge auf, die ihm vertraut vorkamen, aber er kannte den Mann nicht. Diese Déjà-vus erlebte er häufiger. Es hatte wahrscheinlich mit den vielen Gesichtern zu tun, die er täglich sah.

Allerdings bestärkte diese Erkenntnis seinen Verdacht nur noch. Denn obwohl er den Mann nicht kannte, beobachtete dieser ihn, dessen war er sich jetzt sicher. Wer anders konnte das sein als ein Mitarbeiter der Sicherheitsdienste? Es war höchste Zeit, sich abzusichern.

Als er das nächste Mal mit Christian gemeinsam an der Bar stand, fasste er ihn am Ärmel.

»Würdest du mir einen Gefallen tun, Christian?«

»Kommt darauf an.« Sein Kollege reichte neue Bestellungen an den Barista weiter. »Wenn du wieder außerplanmäßig frei nehmen willst, kannst du das vergessen.«

»Nichts dergleichen«, sagte er. »Ich möchte dir nur etwas anvertrauen.«

Er zog zwei Schlüssel aus der Tasche und schob sie so unauffällig wie möglich seinem Kollegen hin. Dabei achtete er darauf, sie mit seinem Körper vor dem Mann, der ihn beobachtete, zu verdecken.

»Was ist das?«

»Ersatzschlüssel für meine Wohnung.«

Er sah den fragenden Blick in den Augen seines Nebenmanns. »Es ist nur eine Vorsichtsmaßnahme«, versicherte er. »Für den Fall, dass mir etwas zustößt.«

»Zustoßen? Was sollte dir zustoßen?«, fragte Christian argwöhnisch.

Enrique hob die Hände. »Was einem eben so passiert – ein Autounfall, eine Herzattacke, du weißt schon.«

»Nein, weiß ich nicht. Das kommt mir ein wenig komisch vor.«

»Ich bin eben ein vorsichtiger Mensch, der für die Zukunft plant«, entgegnete Enrique. »Falls ich eines Tages nicht mehr auftauchen sollte, würde ich dich bitten, in meine Wohnung zu gehen und etwas herauszuholen.«

Christians Skepsis war immer noch deutlich sichtbar. »Steckst du etwa in Schwierigkeiten?«

»Nein, nein«, beteuerte Enrique. »Es geht um einige private Aufzeichnungen, die ich sicherstellen möchte. Nichts Verbotenes.«

Christian nahm die Schlüssel an sich und steckte sie ein. »Und was soll ich mit diesen Aufzeichnungen machen?«

»Es ist ein Notizbuch, das ich unter meinem Sofa versteckt habe«, erklärte Enrique. »Das müsstest du lediglich an einen anderen Ort bringen. In dem Buch liegt ein Zettel, auf dem die Stelle genau beschrieben ist.«

»Das ist alles?«

»Das ist alles«, nickte Enrique. »Aber vermutlich wird es gar nicht dazu kommen. Ich habe nicht vor, mich vom Leben zu verabschieden.« Er zwang ein Grinsen auf sein Gesicht.

»Das hoffe ich auch für dich. Viel zu viele müssen zu früh gehen.« Christian nahm die Drinks vom Zapfer entgegen. Er zögerte einen Moment. »Danke für das Vertrauen«, sagte er dann und blickte Enrique direkt in die Augen. »Du kannst dich auf mich verlassen.«

Enrique blickte Christian nach, während er die Getränke auf den Tischen verteilte. Er warf einen verstohlenen Blick auf den Mann, der ihn immer noch beobachtete, und hoffte, die richtige Entscheidung getroffen zu haben.

3.

Astarte saß in Viktors Schreibtischstuhl und nahm die tägliche Medikamentenration aus dem kleinen Schrank unter dem Tisch. Sie betrachtete die Tabletten in ihrer Handfläche. Wie war Viktor wohl daran gekommen? Die Pillen sahen aus, als seien sie industriell produziert worden. Irgendjemand musste ihm bei der Herstellung geholfen haben, aber wer? Arbeitete er vielleicht mit einem Pharmaunternehmen zusammen? Astarte beschloss, ihn bei der nächsten Gelegenheit danach zu fragen.

Sie wollte gerade wieder aufstehen, als ihr Blick an dem verschlossenen Rollcontainer zu ihrer Linken hängen blieb. Jeden Tag seit Viktors Abreise hatte sie hier gesessen, und jeden Tag hatte sie gegen die Versuchung ankämpfen müssen. Viktor hatte ihr vertraut, indem er ihr seinen Schlüsselbund gegeben hatte. Durfte sie dieses Vertrauen missbrauchen?

Diesmal zögerte sie nur kurz. Hier ging es nicht nur um Viktor, sondern um mehr. Sie probierte, welcher Schlüssel in das Schloss des Containers passte, und zog die untere Schublade mit den Aktenhängern heraus.

Wie sie vermutet hatte, waren es Patientenakten. Schnell ging sie mit dem Finger die Reiter mit den Namen durch. Was sie hier zu finden hoffte, wusste sie selbst nicht genau. Sie wollte nur sichergehen, nichts übersehen zu haben.

Ziemlich am Ende der Reihe stieß sie auf eine Akte mit der Beschriftung *Christian Sonntag.*

Das war doch dieser Kellner!

Sie legte die Aktenmappe vor sich auf den Schreibtisch. Eine Störung durch eine der Schwestern oder gar einen Arzt hatte sie nicht zu befürchten. Die Schwestern wussten, dass Viktor ihr die Schlüssel zu seinem Büro gegeben hatte. Was genau sie darin machte, interessierte sie nicht.

Viktors Tätigkeit ließ seine ärztlichen Kollegen und das sonstige Personal sowieso kalt. Er war ein Außenseiter, dem von der Klinikgesellschaft die Nutzung der Station gestattet worden war, weil er gut dafür bezahlte. Ob seine Versuche erfolgreich waren oder nicht, war ihnen egal. Solange er das Personal nicht zusätzlich belastete, was nicht der Fall war, konnte er in seinem Bereich schalten und walten, wie er wollte.

Der Akte zufolge war Christian Sonntag fünf Jahre zuvor in die Station eingeliefert worden. Als Diagnose waren akute schizophrene Schübe eingetragen. In einer handschriftlichen Protokollnotiz hatte Viktor die ersten Sitzungen mit ihm zusammengefasst.

> *»Christian Sonntag arbeitet seit zehn Jahren in einem Bistro in der Innenstadt. Er ist geschieden und hat eine Tochter, die er seit acht Jahren nicht mehr gesehen hat. Sein genereller Gesundheitszustand ist als gut einzustufen.*
>
> *Sonntag erklärte, dass er seit einiger Zeit das Gefühl hat, beobachtet zu werden. Er hat zwar*

keine bestimmte Person ausfindig gemacht, ist aber überzeugt davon, dass er unter ständiger Überwachung steht. Auf meine Frage, wer ihn denn beobachte, erwiderte er, seiner Meinung nach handele es sich um Agenten der Dynastie, die der Überzeugung seien, er habe während seiner Tätigkeit im Bistro die Gespräche wichtiger Persönlichkeiten belauscht und sei nun im Besitz von brisanten Informationen, die er jederzeit an eine feindliche Macht verkaufen könne.

Meine Frage, ob er denn über solche Informationen verfüge, bejahte er. Näheres dazu wollte er mir jedoch nicht sagen, da er ja sonst Geheimnisverrat begehen und sich damit der Rache der Leute aussetzen würde, die ihn beschatteten.

Ich habe ihn zunächst auf Olanzapin gesetzt, in der Hoffnung, damit seinen Verfolgungswahn unterbinden zu können. Der Patient ist mir persönlich bekannt, da ich seit vielen Jahren in besagtem Bistro zu frühstücken pflege, und er ist mir in der ganzen Zeit nie besonders aufgefallen.«

Astarte überflog die folgenden Seiten, die eine detaillierte Auflistung der medikamentösen Behandlung Christians enthielten und die rapide Verschlechterung seines Zustands dokumentierten. Dann kam ein Passus, der sie stutzen ließ.

»Nachdem alle bekannten Therapien versagt haben, habe ich mich entschlossen, den Patienten mit dem von mir entwickelten Medikament zu behandeln. Parallel dazu werde ich ihn mit ausgewählten Katlan-Texten therapieren. Meiner Ansicht nach stellt dies einen vielversprechenden Ansatz dar. Ich greife damit zwar der experimentellen Erprobung des Pharmazeutikums vor, halte das aber bei der Schwere des Falls für angemessen.

Vielleicht bin ich in dieser Sache auch voreingenommen, weil mir der Patient bekannt ist und ich mich von persönlichen Motiven leiten lasse. Da sich der Zustand des Patienten weiterhin verschlechtert und alle bekannten konservativen Therapien versagt haben, glaube ich, dass ein radikaleres Vorgehen gerechtfertigt ist. Ich bin überzeugt, dass es sich um ein beherrschbares Risiko handelt.«

Christian Sonntag war also Viktor Vaus Patient Null gewesen. Das erklärte natürlich das Interesse des Wissenschaftlers an dem Kellner. Astarte blätterte zum Ende der Akte vor. Das vorletzte Dokument war ein Eintrag Viktors, der ein Jahr zurücklag.

»Obwohl Sonntag bereits vor drei Jahren aus meiner Behandlung entlassen wurde, zeigen sich immer noch gewisse Symptome, die sich direkt auf die damalige Therapie zurückführen lassen. Eine Wiederkehr des Verfolgungswahns hat es nicht gegeben. Wie zu erwarten, zeigt er eine gewisse Neigung zu autistischem Verhalten, das ihn aber in seiner beruflichen Tätigkeit nicht zu beeinflussen scheint. Was mich eher beunruhigt, sind seltsame Stimmungsschwankungen, die ich mir derzeit nicht erklären kann. Vielleicht geben die Ergebnisse meiner geplanten Experimente darüber Aufschluss. Wenn nicht und falls diese Stimmungswechsel anhalten, werde ich ihn wohl noch einmal in die Klinik zu einer stationären Beobachtung bitten müssen.«

Die letzte Seite schließlich bestand aus einer kurzen Notiz, die er erst vor wenigen Tagen gemacht hatte:

»Habe Sonntag auf die mögliche Notwendigkeit eines erneuten Klinikaufenthalts angesprochen, aber er hat rundheraus abgelehnt. Er sagte, er fühle sich ausgezeichnet. Als ich ihn auf seine Stimmungsschübe hinwies, tat er das als unwesentlich ab. Leider habe ich keine Handhabe, ihn einweisen zu lassen. Weitere Beobachtung erforderlich.«

Astarte schloss die Akte und versenkte sie wieder in der Schublade. Nachdenklich starrte sie in die Luft. Hatte Viktor Vau an dem Kellner ein noch ungeprüftes Medikament erprobt? Und was steckte hinter dem Mittel, das sie den Versuchspersonen verabreichen sollte? Er hatte ihr nicht viel mehr darüber erzählt, als dass er es entwickelt hatte. War es überhaupt auf Verträglichkeit geprüft worden, zum Beispiel im Tierversuch? Und falls nicht, warum duldete die Klinik ein solches Experiment?

Sie wusste wohl, dass Viktor aus den Kreisen der Dynastie stammte. Auch wenn er kein soziales Leben hatte, so verfügte er gewiss noch über eine Reihe von Kontakten. War das seine Rückendeckung? So, wie sie ihn bislang kennengelernt hatte, schien er ein integrer Mensch zu sein, der vielleicht eine merkwürdige Theorie verfolgte, aber niemandem schadete. Es war eine Sache, Patienten einen Text in einer erfundenen Sprache memorieren zu lassen; ihnen nicht geprüfte Medikamente zu verabreichen, war eine ganz andere.

Seufzend erhob sie sich. Die Ration für heute lag vor ihr auf dem Schreibtisch. Sollte sie den Versuch einfach abbrechen? Andererseits wusste sie noch zu wenig über die Wirkweise des Mittels, und ein abrupter Entzug konnte vielleicht mehr Schaden anrichten als die weitere Verabreichung.

Sie beschloss, Viktor so bald wie möglich zur Rede zu stellen. Bis dahin würde sie sich an seine Anweisungen halten. Zugleich nahm sie sich vor, die Patienten in Zukunft noch aufmerksamer zu beobachten, ob sich irgendwelche Nebenwirkungen feststellen ließen.

Sie nahm die Medikamente auf und verließ den Raum.

4.

Patient 10 hockte vor seinem Zettel und sprach die Wörter leise vor sich hin. Astarte stand hinter ihm, in der Ecke des Raums, und beobachtete ihn aus sicherer Entfernung. Dies war der achte Test am heutigen Tag. Noch zwei weitere, und sie hatte endlich Feierabend.

Viktor Vau hatte ausdrücklich darauf bestanden, dass sie ihre Tätigkeit in der Klinik fortsetzte, als sei nichts geschehen. So war sie seiner Meinung nach am besten davor geschützt, einen Verdacht auf sich zu lenken. Außerdem mussten die Experimente fortgeführt werden. Wenn die Studie jetzt unterbrochen wurde, waren Monate harter Arbeit umsonst gewesen.

Patient 10 war ein kleiner Mann mit fliehendem Kinn und schütterem Haar. In seinem vorigen Leben war er einmal leitender Angestellter einer Bank gewesen, bevor die Krankheit zum Durchbruch gekommen war. Astarte wusste, dass sein wirklicher Name irgendwo in der Patientenakte vergraben war, aber nur die wenigsten Mitarbeiter hatten Zugang dazu. Auf Viktors Station saßen die schwersten Fälle, die Hoffnungslosen, für die der Weg in die Klinik in den meisten Fällen eine Einbahnstraße war. Viktors Experimente basierten darauf, den Patienten so viel wie möglich von ihrer Individualität zu nehmen. Was zunächst erschreckend klang, war Teil einer ausgeklügelten Strategie, die letztendlich zur Heilung führen sollte.

Auch wenn die anderen Ärzte Viktor selbst gewissermaßen für einen Verrückten hielten, so waren sie nur zu gern bereit gewesen, ihm die Abteilung mit den Dauergästen zu überlassen. Er hatte seine geplanten Versuchsreihen dem Ethikkomitee der Klinik vorgestellt, und nach einiger Beratung hatte er schließlich die Genehmigung für ihre Durchführung erhalten.

Für die Patienten selbst war die Umstellung unproblematisch gewesen. Solange eine Aussicht auf Heilung bestand, hatten sie sich zu allem bereit erklärt, und wenn es Viktors höchst ungewöhnliche Versuche waren. Astarte fragte sich, was wohl mit den Insassen geschehen würde, wenn Viktor nicht mehr zurückkehrte. Wahrscheinlich würden sie verlegt, anderswo eingeliefert und vergessen werden. Einige von ihnen würden sicherlich zugrunde gehen. Sie seufzte. Es war wirklich eine Schande, dass Vau kaum jemanden in seine Gedanken eingeweiht hatte. Auch sie wusste nur, was unbedingt notwendig war, um die Experimente weiterzuführen.

Patient 10 hatte aufgehört zu lesen und blickte sie erwartungsvoll an.

»Entschuldigung«, sagte Astarte. »Ich war gerade mit meinen Gedanken anderswo. Was haben Sie gesagt?«

»Plak volar terma lera icopirma«, wiederholte er.

»Sie wollen den Text nicht mehr weiterlesen? Aus welchem Grund?«

»Es beginnt, mir im Kopf wehzutun.«

Astarte blickte auf das Klemmbrett in ihrer Hand. »Wir müssen aber noch zehn Minuten weitermachen.«

Patient 10 sah sie flehend an. »Bitte machen Sie eine Ausnahme.«

Er tat Astarte leid. Aber das Experiment war in einer Phase angelangt, in der es Wirkung zu zeigen begann. Der Widerstand der Patienten war daher zu erwarten, wie Viktor erklärt hatte. »Es ist wie bei einer Psychoanalyse«, hatte er gesagt. »Anfangs läuft alles harmonisch ab, aber wenn man beginnt, tiefer zu graben, setzen bei den Patienten heftige Gegenreaktionen ein. Gehen Sie damit um, Astarte. Doch geben Sie nie nach.«

Sie hatte diese Abwehr auch schon bei drei anderen Versuchspersonen bemerkt. Aber Patient 10 war der Erste, der einen Satz in Viktors Sprache ausgesprochen hatte. Sollte Viktors Theorie also wirklich zutreffen?

»Lerates icopirta fin. Durat nocu dimins«, antwortete sie.

Sein Blick zeigte ihr, dass er sie nicht verstand.

»Sie müssen den Text zu Ende lesen. Es dauert nur noch zehn Minuten.«

Mit einem Seufzen beugte er sich wieder über den Zettel und fuhr mit dem Lesen fort. Astarte vermerkte das Ereignis in dem Protokollformular auf ihrem Klemmbrett. Schade, dass Viktor Vau jetzt nicht da war. Der Vorfall würde ihn sicher interessieren. Nachdem sie auch die letzten beiden Probanden beaufsichtigt hatte (bei denen es zu keinen besonderen Ereignissen kam), ging Astarte in Viktors Büro zurück und übertrug die Protokollnotizen in das Versuchsbuch. Viktor wollte nicht, dass die Ergebnisse seiner Versuche in elektronischer Form festgehalten wurden. Er machte, wenn es erforderlich war, zwar Gebrauch von Computern, bestand aber darauf, sämtliche Beobachtungen und Protokolle auf die altmodische Art handschriftlich aufzuzeichnen. Astarte vermutete, er hatte Sorge davor, dass jemand sich Zugang zu seinen Daten verschaffen könnte, wenn sie in einem Rechner gespeichert waren. Die Versuchsprotokolle wurden in einem Wandsafe in seinem Zimmer aufbewahrt, zu dem nur er und nun auch sie die Schlüssel besaßen.

Als sie fertig war, rief sie Enrique an, um zu erfahren, ob er für den Abend schon verplant war. Er hatte bereits eine Verabredung mit Marek und schlug ihr vor, doch einfach dazuzukommen.

Astarte fuhr nach Hause und überlegte, was sie tun sollte. Die Gelegenheit war günstig und würde so schnell vielleicht nicht wiederkommen. Andererseits stellte das, was sie vorhatte, aber auch einen Schritt dar, der nicht mehr rückgängig zu machen war.

In den wenigen Tagen, die sie Enrique kannte, hatte sie ein freundschaftliches Gefühl für ihn entwickelt. Ja, es schien ihr, als habe die Fluchthilfe für Viktor sie, Enrique, Marek und Thura mehr zusammengeschweißt, als es eine jahrelange Bekanntschaft hätte leisten können. Deshalb wog ihr Vorhaben umso schwerer. Sie setzte dabei mehr aufs Spiel als nur ihre Beziehung zu Enrique.

Sie wusste, dass er mehr für sie empfand als sie für ihn. Es war nicht so, dass sie ihn unattraktiv fand, aber seit ihrer

Ankunft in der Stadt hatte sie ihre Gefühle so gut wie möglich verdrängt. Abgesehen von ein paar Discobesuchen blieb ihr Kontakt mit dem männlichen Geschlecht auf das Berufliche beschränkt. Viktor Vau war der erste Mann, der wieder eine Regung in ihr ausgelöst hatte, die allerdings frei von jeglicher Begierde war. Er sprach etwas anderes in ihr an, etwas, das weitaus tiefer liegen musste. Enrique hingegen war für sie ein guter Freund, mit dem sie die Erfahrungen als Neuankömmling in der Stadt teilte und dessen Gesellschaft sie schätzte. Aber er ließ in ihr nichts anklingen, was darüber hinaus ging.

Trotzdem stellte das, was sie plante, eine grobe Verletzung ihrer Freundschaft dar. Aber sie *musste* es einfach tun. Sie packte ihre Umhängetasche und machte sich auf den Weg.

Eine halbe Stunde später stand sie mit klopfendem Herzen vor Enriques Wohnungstür. Das simple Sicherheitsschloss ließ sich mit dem Öffnungsautomaten, den sie am Vortag gekauft hatte, ohne Probleme öffnen. Behutsam drückte sie die Tür wieder hinter sich zu. Sie befand sich in einem schmalen Flur, von dem drei Türen abgingen. Die erste führte in ein kleines Bad, die zweite in ein nicht viel größeres Schlafzimmer und die dritte in den Wohnraum mit Kochnische. Alles war einwandfrei aufgeräumt und sauber. Das Bett war gemacht und glatt gestrichen, die Armaturen und Oberflächen im Bad glänzten, als seien sie gerade erst poliert worden, und auch der Herd und die Möbel im Wohnzimmer wiesen keinerlei Spuren von Schmutz oder Staub auf. Entweder war Enrique ein Sauberkeitsfanatiker, oder er hatte eine gute Putzfrau.

Astarte bemerkte wieder einmal, dass sie viel zu wenig über ihn wusste. Und jetzt stand sie in der Wohnung ihres Freundes, zu der sie sich heimlich Zugang verschafft hatte, um ihn zu bestehlen. Auch das war nicht ganz das richtige Wort. Stehlen konnte man einem anderen ja nur das, was ihm auch gehörte. Und Viktors Notizbuch gehörte Enrique nicht. Er hatte es nur zur sicheren Aufbewahrung überreicht bekommen. Trotzdem wurde sie das Gefühl nicht los, Verrat an Enrique zu begehen. Er vertraute ihr, das spürte sie, auch wenn er seine eigenen

Geheimnisse hatte. Und sie zahlte ihm das auf diese Weise zurück!

Astarte schüttelte den Kopf. Sie musste sich auf ihre Aufgabe hier konzentrieren, denn sie wusste nicht, wann Enrique zurückkehren würde. Systematisch begann sie, die Zimmer zu durchsuchen, in der Hoffnung, dass er das Notizbuch nicht bei sich trug. Dabei verließ sie das eigenartige Gefühl, das sie seit dem Betreten der Wohnung hatte, nicht, und auch ihr Herzschlag wollte sich nicht beruhigen. Sie stellte sich vor, was passieren würde, wenn Enrique unverhofft zurückkäme. Wie sollte sie ihm das, was sie hier tat, erklären?

Es dauerte eine gute halbe Stunde, bis sie das Versteck unter dem Sofa entdeckte. Vorsichtig löste sie die Klebestreifen und zog das Büchlein hervor. Trotz der drängenden Zeit konnte sie nicht widerstehen, einen Blick hineinzuwerfen. Die mehreren Hundert Seiten waren nahezu komplett in einer winzigen Handschrift gefüllt. Sie blätterte einmal von vorn nach hinten und stutzte bei einer der letzten Seiten, die etwas enthielt, was sie eher an Noten als an eine Sprache erinnerte:

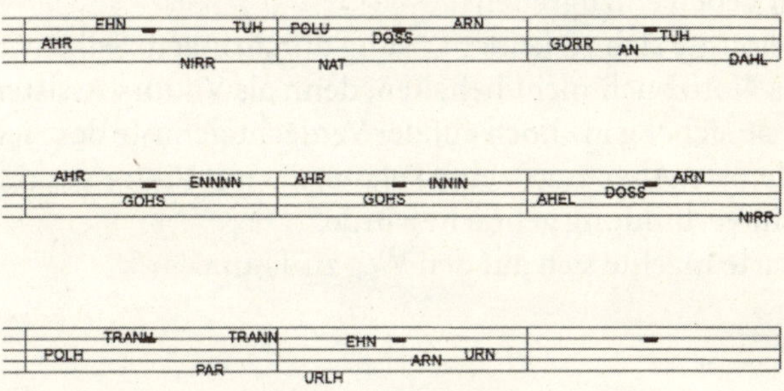

Sollten das etwa Worte sein? Und warum waren sie auf Notenlinien platziert? Sie blätterte um und fand weitere Abbildungen dieser Art. Darunter wurden die Silben aus dem Notensatz wiederholt, jeweils gefolgt von den arabisch anmutenden Zeichen.

Astarte hatte jetzt nicht die Zeit, sich darum zu kümmern. Sie klappte das Notizbuch zu und verstaute es in ihrer Tasche. Nachdem sie kontrolliert hatte, ob sie auch keine Spuren hinterlassen hatte, verließ sie die Wohnung.

Auf der Straße überlegte sie, was nun zu tun war. Eigentlich hatte sie Enrique zugesagt, sich mit ihm und Marek zu treffen, aber sie konnte ihm jetzt unmöglich unter die Augen treten. Sie schlug den Weg zu ihrer Wohnung ein, hielt jedoch auf halber Strecke inne und setzte sich in ein kleines Café. Bei einem Kaffee versuchte sie, ihren nächsten Schritt zu planen.

Die einfachste Lösung war die Vernichtung des Notizbuchs. Damit erlosch vielleicht das Interesse der Sicherheitsdienste an Viktor. Auch der Mordaufruf aus der Kapsel war dann hinfällig, denn ohne eine schriftliche Überlieferung konnte Viktors Sprache die Zukunft nicht mehr beeinflussen. Allerdings erinnerte sie sich an seine entsetzte Reaktion, als sie diesen Vorschlag zum ersten Mal gemacht hatte. Durfte sie wirklich so einfach das Lebenswerk eines Menschen zerstören? Viktor war kein Heiliger, schließlich setzte er seine Patienten einem unerprobten Medikament aus. Aber gab ihr das das Recht, derartig in sein Leben einzugreifen?

Sie konnte sich zu keiner Lösung durchringen. Selbst wollte sie das Notizbuch nicht behalten, denn als Viktors Assistentin stand sie sicher ganz hoch auf der Verdächtigenliste der Sicherheitsdienste. Aber es gab eine Person, die mit Viktor garantiert nicht in Verbindung gebracht wurde.

Astarte machte sich auf den Weg zu Thura.

dizu:
Log des Protektors

Die ersten Tage nach der Operation waren die schwersten meines Lebens. Fünfundzwanzig Jahre hatten mich die Stimmen begleitet, und jetzt war nur Stille zurückgeblieben.

Der Eingriff selbst war kaum der Rede wert gewesen. Er dauerte nicht länger als eine halbe Stunde. Schon wenige Stunden später konnte ich wieder meinem normalen Dienst nachgehen.

Wir bekamen täglich mehrere Stunden eine spezielle Unterweisung, die uns dabei helfen sollte, unser Leben ohne die Stimmen zu gestalten. Es war ungewohnt, über moralische Entscheidungen nicht nur nachzudenken, sondern darüber zu reden und sie sogar infrage zu stellen.

Nachdem unsere Narben verheilt und wieder vollständig von Haaren verdeckt waren, begann unser Einsatz. Jeder von uns arbeitete allein. Wir wurden an verschiedene Universitäten geschickt, wo wir auf uns selbst gestellt waren. Auch die Kommunikation mit der Zentrale wurde aus Sicherheitsgründen auf ein Minimum reduziert. Wir schrieben unsere Erkenntnisse codiert nieder und hinterlegten die Aufzeichnungen an einer Reihe von zuvor festgelegten Orten, wo sie von anderen Agenten aufgelesen wurden. Übermittlungen per Mail waren ebenso ausgeschlossen wie ein Codieren der Texte am Rechner. Alles wurde ganz altmodisch per Hand und auf Papier gemacht.

Die ersten Wochen an der Hochschule verliefen ereignislos. Ich war nur einige Jahre weg gewesen, und sehr viel hatte sich nicht verändert. Wer sich verändert hatte, war ich. Ich tat jetzt das, was ich früher nie gemacht hätte: Ich besuchte Lokale, die ich vorher gemieden hatte, weil ihr Ruf fragwürdig war; ich ging zu Seminaren über obskure Themen, die von noch obskureren Leuten abgehalten wurden und zumeist in Privatwohnungen stattfanden, und ich ließ, wo immer ich mich auch aufhielt, Andeutungen fallen, dass ich mit dem bestehenden Gesellschaftssystem nicht glücklich war.

Irgendwann sprach mich eine meiner Mitstudentinnen an. Wir hatten uns in einer Kneipe kennengelernt, in der wir beide regelmäßig verkehrten, und es hatte sich eine lose Freundschaft entwickelt.

»Was hast du heute Abend vor?«, fragte sie mich.

»Das Übliche«, erwiderte ich. »Nichts, was ich nicht verschieben könnte.«

»Dann solltest du das tun. Ich würde dich gerne jemandem vorstellen.«

War das der Moment, auf den ich die ganze Zeit hingearbeitet hatte? Wurde ich jetzt in den Kreis der Terroristen eingeführt? Ich fragte sie, worum es ging, aber sie wollte mir keine weiteren Auskünfte geben. »Das wirst du schon früh genug erfahren.«

Wir verabredeten uns für acht Uhr am Ausgang einer U-Bahn-Station. Von dort führte sie mich in eine Wohnsiedlung mit zwanzigstöckigen Retortenbauten, in der die unterste Schicht der Bevölkerung lebte. Der Aufzug in dem Haus, das wir betraten, funktionierte nicht, und wir mussten sechzehn Treppen emporsteigen, bis wir unser Ziel erreicht hatten.

Es war eine kleine Dreizimmerwohnung, die spartanisch möbliert war. In der Küche gab es eine alte Mikrowelle, eine Kühlbox und eine wackelige Spüle. Wie ich später erfahren sollte, wurde diese Wohnung nur benutzt, um neue Mitglieder in die Gruppe einzuführen. Sie war eine von vielen in jenem Viertel. Offenbar standen eine Reihe von Wohnungen leer, und jemand aus der Gruppe hatte gute Kontakte zur Hausverwaltung. Jedenfalls wurde jede Wohnung immer nur einmal benutzt. Das war ein Schutz, falls sich unter den Neulingen ein Verräter befinden sollte.

Das Zimmer, in das wir geführt wurden, war lediglich mit Matratzen ausgelegt, auf denen bereits etwa zehn Leute hockten. Kaum einer von ihnen war älter als ich. Äußerlich waren sie nicht zu unterscheiden von den Studentinnen und Studenten, wie ich sie jeden Tag an der Hochschule traf. Es schien fast so, als kleideten sie sich absichtlich möglichst unauffällig. Mit meinen eingerissenen Jeans sah ich dagegen fast exotisch aus.

Einer von ihnen, ein großer, vierschrötiger Mann, der eher einem Bauarbeiter als einem Studenten ähnelte, erhob sich, um uns zu begrüßen. Er stellte sich als Abraham vor und war offenbar, wie sich wenig später zeigte, der Chef der Gruppe. Ob das sein richtiger Name war, weiß ich nicht, denn wir kannten alle nur die Vornamen voneinander. Ich fand es ironisch, dass ausgerechnet diejenigen, die in ihren Sitzungen Brandreden gegen das System und seine Hierarchien hielten, selbst eine solche Hierarchie replizierten, auch wenn davon offiziell natürlich keine Rede sein konnte.

Nachdem wir alle saßen, eröffnete Abraham die Sitzung.

»Wir haben heute einige neue Interessenten bei uns«, verkündete er. »Deshalb werden wir noch einmal auf einige Grundlagen unserer Philosophie eingehen. Danach kann jeder entscheiden, ob er oder sie sich uns anschließen möchte oder nicht.«

Er begann damit, uns zu erklären, dass der *Brunnen der Erkenntnis* nur eine von zahlreichen oppositionellen Organisationen war, die es gab. Angeblich sollte es weitere Gruppen unter der Arbeiterschaft geben, an anderen Hochschulen und sogar innerhalb der Verwaltung selbst. Wenn das stimmte, dann war der Widerstand breiter, als wir gedacht hatten.

Danach kam Abraham auf die Funktion der Sprache für die Gesellschaft zu sprechen. Die vollständig durchrationalisierte Einheitssprache bildete die Ursache allen Übels, so lautete die Theorie der *Brunnensucher*, wie sie sich selbst nannten.

»Dadurch, dass die Sprache jedes Detail der Wirklichkeit exakt abbildet, lässt sie keinen Raum mehr für Unklarheiten«, dozierte Abraham. »Unklarheiten sind aber eine wesentliche Voraussetzung für ein wirklich menschliches Leben. Nur durch Unklarheiten und Doppeldeutigkeiten ist Kreativität möglich, kann es Humor und Kunst geben.«

Ich hätte ihm gern widersprochen, hielt mich aber zurück. Dafür meldete sich ein anderer Neuzugang, dessen Gesicht ich aus einem der Seminare kannte.

»Aber wir haben doch eine Vielfalt an Malern, Komponisten und Dichtern«, warf er ein.

Abraham blickte den Fragesteller mitleidig an.

»Was ist das für eine Kunst? Sie besteht ausschließlich aus der naturgetreuen Abbildung der Realität oder aus Farbmustern, die sich nach den Gesetzen der Farbskala zusammensetzen. Und was ist das für eine Musik? Sie kennt nur einen Rhythmus, der lediglich im Tempo variiert wird und eher an den Takt von Maschinen angelehnt ist als an etwas anderes. Und die Dichtung? Sie ist genauso armselig mit ihren simplen Reimen und immer gleichen Geschichten, die alle auf demselben Rezept basieren, nämlich die Realität einfach nur abzubilden. Die Aufgabe der Kunst ist aber, die bestehenden Verhältnisse zu hinterfragen, den Leser, Hörer oder Betrachter zum Nachdenken anzuregen und durch Doppeldeutigkeiten, Drehungen und Spiegelungen die Realität immer wieder einer Prüfung zu unterziehen. Kunst ist dazu da, das Mögliche zu zeigen, nicht das Faktische.«

Der Fragesteller war mit der Antwort noch nicht zufrieden. »Und woher willst du wissen, dass das so ist? Du kennst doch keine andere Kunst als die bei uns existierende.«

Abraham lächelte großmütig. »Weil wir einige Bücher aus der Zeit vor der Destruktion gefunden haben, in denen beschrieben wird, dass es einmal so gewesen sein muss.«

Wir Neuen starrten ihn sprachlos an. Die ältesten Bücher, die laut offiziellen Angaben existierten, waren zweihundert Jahre alt. Alles, was es davor an schriftlichen Zeugnissen gab, war in der *Großen Destruktion* untergegangen. Das lernte jedes Kind in der Schule.

Die Große Destruktion bestand aus zwei Ereignissen, die merkwürdigerweise nahezu gleichzeitig eingetreten waren. Das eine war ein Pilz, der jedes Papier unwiderruflich und rasend schnell zersetzte. Er war aus einem Forschungslabor entwichen und hatte alles, was jemals zu Papier gebracht worden war, innerhalb weniger Jahre vernichtet. Papyri, mittelalterliche Handschriften, die Bibliotheken, Zeitungen, Zeitschriften, Tagebücher, persönliche Briefe, alles war ihm zum Opfer gefallen.

Das andere Ereignis war ein Computervirus, der alle Rechner weltweit befallen und zielgerichtet jede Art von Text- oder Bilddatei unwiderruflich gelöscht hatte. Wie sich hinterher herausstellte, war er das Werk eines fünfzehnjährigen Schülers gewesen, der eigentlich nur die elektronischen Klassenarbeiten und Zeugnisse seiner Schule hatte ausradieren wollen. Doch er hatte die Aggressivität seiner Schöpfung weit unterschätzt. Im Nu hatte sich der Virus über sämtliche Computernetze ausgebreitet und fand selbst in die entlegensten Rechner Eingang. Bis ein entsprechendes Killerprogramm entwickelt worden war, hatte der Virus seine Arbeit bereits erfolgreich abgeschlossen und sich selbst vernichtet.

Innerhalb weniger Jahre war so der gesamte überlieferte Wissensbestand der Menschheit vernichtet worden. Doch Abraham zog auch diese Tatsache in Zweifel.

»Die Große Destruktion ist eine gewaltige Propagandalüge der Herrschenden«, sagte er. »Oder glaubt einer von euch, ein Schuljunge könnte jeden Rechner auf der Welt erfolgreich angreifen? In Wirklichkeit haben die Herrschenden einfach alles vernichtet, was es an Zeugnissen aus der Zeit vor ihrer Machtergreifung gab.« Er senkte seine Stimme fast zu einem Flüstern ab. »Bis auf einige wenige Exemplare, die bis heute in streng bewachten Bunkern in den Bergen liegen und zu denen nur eine Handvoll Auserwählter Zugang hat.«

»Und wie seid ihr dann an die Bücher gekommen?«, fragte ich, wobei ich meine Skepsis nicht verbergen konnte.

»Bei der Großen Destruktion haben die Herrschenden wohl doch etwas übersehen. Wir haben über Freunde einige Bücher zugespielt bekommen, die älter als dreihundert Jahre sind.«

»Das kann nicht sein«, sagte ich. »Es gibt keine Bücher, die so alt sind. Sie sind alle Opfer des Pilzes geworden.«

Abraham schenkte mir einen mitleidigen Blick. »Dann muss das, was ich in der Hand gehalten habe, eine ganz besondere Fata Morgana gewesen sein. Ich sage euch, es gibt noch alte Bücher, und sie beweisen, dass diese Gesellschaft einmal ganz anders ausgesehen hat. Es gab freies Denken, es gab eine kreative Kunstszene und es gab vor allen Dingen keine Stimmen!«

»Und woher weißt du, ob das, was in diesen Büchern steht, auch wahr ist?«, wollte einer der Neuen wissen.

»Sicher weiß das niemand«, räumte Abraham ein. »Aber wir haben mehrere von ihnen studiert, und sie alle erzählen dieselbe Geschichte.«

»Dürfen wir die Bücher einmal sehen?«, fragte ich.

Abraham lächelte. »Später vielleicht, wenn wir wissen, dass wir uns auf euch verlassen können.«

So ging die Versammlung weiter. Immer, wenn einer von uns nach konkreten Beweisen fragte, bekam er oder sie eine ausweichende Antwort. Es war fast so, als wollte uns Abraham damit einen zusätzlichen Köder hinwerfen.

Auch die folgenden Wochen brachten keine neuen Erkenntnisse. Die Gruppe traf sich in unregelmäßigen Abständen in wechselnden Wohnungen. Feste Termine gab es nicht. Ich erhielt meine Einladungen immer kurzfristig durch eine meiner Bekanntschaften. So war es mir unmöglich, die Zentrale im Vorfeld über den Ort und Zeitpunkt eines Treffens zu informieren.

Meistens wurden nur Diskussionen darüber geführt, wie das *System* am besten zu stürzen sei. Trotz meiner detaillierten Vorbereitung auf den Einsatz musste ich aufpassen, mich nicht durch eine unüberlegte Äußerung zu verraten.

Kaum eines der Gruppenmitglieder war älter als ich. Sie bildeten eine bunte Mischung aus allen Studiengängen. Angehende Mediziner waren ebenso dabei wie Verwaltungswirte, Wirtschafts- ebenso wie Informatikstudenten, Frauen ebenso wie Männer.

Eines Abends bat mich Abraham nach einer Sitzung, noch dazubleiben.

»Wir haben dich gründlich beobachtet und sind der Meinung, dass du ein vollwertiger Teil der Brunnensucher werden kannst«, begann er. Mit *wir* meinte er das Steuerungskomitee, von dem wir nur wussten, dass es aus fünf Brunnensuchern bestand, von denen Abraham eines war. Ich fragte mich, ob dieses Komitee wirklich existierte oder nur seiner Phantasie entsprungen war.

»Wir brauchen jemanden, der sich mit Mathematik auskennt«, fuhr er fort. »Das ist ja dein Fach, wenn ich richtig informiert bin.«

Ich nickte. Unsere Legenden enthielten so viel wie möglich wahre Bestandteile. So war, wie Juli uns erklärt hatte, die Wahrscheinlichkeit geringer, dass wir uns verrieten.

»Es geht um Raum-Zeit-Gleichungen«, fuhr er fort. »Kennst du dich damit aus?«

»Theoretisch schon. Wir hatten mal eine Vorlesungsreihe darüber.«

»Du könntest dich also in das Thema einarbeiten?«

Ich überlegte. »Hängt davon ab, wie komplex die Aufgabe ist, die ich lösen soll.«

»Wir wollen einen von uns durch die Zeit zurückschicken.«

Ich starrte ihn an. »Das ist unmöglich.«

»Ist es nicht. Die Regierung hat es bereits mit Gegenständen und Tieren ausprobiert, und es hat geklappt.«

»Davon habe ich noch nie etwas gehört.« Ich hatte erwartet, als Helfer bei einer Sabotageaktion oder einem Bombenanschlag eingesetzt zu werden und Ort und Zeit vorher der Zentrale mitteilen zu können. Aber dies war etwas völlig anderes!

»Sie halten es natürlich geheim«, sagte er. »Aber wir wissen, dass sie im SPA eine Vorrichtung stehen haben, mit der es möglich ist, an einen beliebigen Punkt in der Vergangenheit zu reisen.«

SPA war die Abkürzung für *Super-huge Particle Accelerator*. Es handelte sich um den größten Teilchenbeschleuniger, der jemals gebaut worden war. Aus der Presse war bekannt, dass es den Wissenschaftlern dort gelungen war, Teilchen auf mehrfache Lichtgeschwindigkeit zu beschleunigen. Theoretisch war es in diesem Fall möglich, an jeden beliebigen anderen Punkt des Raum-Zeit-Kontinuums zu reisen, das wusste ich noch aus meinen Vorlesungen in Astrophysik, die ich zu Beginn meines Studiums besucht hatte.

»Und das soll wirklich funktionieren?«, fragte ich, noch immer ungläubig. »Tiere und Gegenstände können bei ihrer Rückkehr nichts erzählen.«

»Es gibt keine Rückkehr. Das Ganze verläuft nur in eine Richtung. Man müsste schließlich einen kompletten Teilchenbeschleuniger mit in die Vergangenheit nehmen, wenn man wieder in die eigene Zeit zurück wollte.«

»Also basiert alles nur auf einer Vermutung«, sagte ich.

»Nicht ganz. Es ist zumindest erwiesen, dass sogar ein Gorilla aus der Zeitkammer verschwunden ist. Und irgendwo muss er ja geblieben sein.«

»Er könnte sich auch in seine Bestandteile aufgelöst haben.«

»Selbstverständlich, möglich ist das, aber darum brauchst du dich nicht zu sorgen. Das muss unser Zeitreisender mit sich ausmachen. Von dir brauchen wir nur die Formeln, damit wir die Maschine richtig einstellen können.«

»Und bis wann soll ich die liefern?«

»Wir haben noch keinen genauen Termin festgelegt, aber es wäre gut, wenn du in drei bis vier Wochen damit fertig wärst.«

Ich zögerte mit der Antwort. Über das nötige Grundlagenwissen verfügte ich. Allerdings musste ich mir noch einiges aneignen, um es tatsächlich praktisch anwenden zu können. Aber grundsätzlich schien es mir möglich.

»Ich brauche eine exakte Zeitangabe, wann es losgehen soll, sonst kann ich die Raum-Zeit-Kurven nicht berechnen«, erklärte ich.

Daran schien er nicht gedacht zu haben. Ich benötigte die Zeit nicht nur für die Berechnungen, sondern ich wollte auch unbedingt herausbekommen, wann Abraham und seine Leute in das SPA einbrechen wollten, um die Information an Juli weitergeben zu können. Das schien mir eine ausgezeichnete

Möglichkeit zu sein, die Gruppe hochgehen zu lassen. Zumal sie sicher nicht ohne Grund einen der Ihren in der Zeit zurückschicken wollten.

Abraham betrachtete mich nachdenklich. »Du weißt, was es bedeutet, wenn ich dir den Zeitpunkt der Aktion mitteile«, sagte er.

»Ich könnte euch alle verraten«, erwiderte ich mit unbewegter Miene. »Aber du wirst mir vertrauen müssen. Es sei denn, du kennst noch eine Person, die die Gleichungen berechnen kann und bei der du dich sicherer fühlst.«

Ich sah ihm an, dass es diese Alternative nicht gab – und dass er sich ausgesprochen unwohl dabei fühlte, mich einweihen zu müssen.

»Gut«, sagte er schließlich. »Wir haben leider keine andere Wahl. Du bekommst alle erforderlichen Unterlagen in den nächsten Tagen.«

Zwei Tage später brachte mir meine Kontaktfrau die Daten, die ich zum Berechnen der Raum-Zeit-Kurve benötigte. Darin waren der genaue Zeitpunkt und Ort in unserer Epoche und in der Vergangenheit angegeben. Der Freiwillige sollte mehrere Hundert Jahre zurückreisen. Ich fragte mich, was wohl seine Aufgabe sein mochte. Die Brunnensucher würden ein solches Risiko nicht eingehen, wenn in dieser Zeit nicht etwas ganz Besonderes vorgefallen wäre. Leider konnte ich nichts darüber in Erfahrung bringen, denn der Zeitpunkt lag weit vor der *Großen Destruktion*.

Ich schrieb einen Bericht über das Vorhaben und stürzte mich auf die Fachbücher in der Universitätsbibliothek. Für einen Augenblick hatte ich überlegt, ob ich mir die Mühe überhaupt machen sollte. Schließlich würde niemand durch die Zeit reisen, denn die Protektoren würden sicher vorher zuschlagen. Andererseits konnte es sein, dass Abraham doch noch jemanden in der Hinterhand hatte, der zumindest in der Lage war, die Plausibilität meiner Raum-Zeit-Gleichungen zu überprüfen. Immerhin hatten die Brunnensucher Kontakte innerhalb des SPA.

Es war auch die erste wichtige Situation, in der ich meine neu gewonnene Entscheidungsfreiheit einsetzen konnte. Sollte ich wirklich die Daten so exakt wie möglich berechnen? Falls irgendetwas beim Zugriff schieflaufen sollte, würde der Zeitreisende genau dort ankommen, wo er hinwollte. Das durfte ich nicht zulassen. Also entschloss ich mich, einige unscheinbare Fehler in meine Berechnungen einzubauen. Sollten sie tatsächlich bei einer Kontrolle entdeckt werden, konnte ich mich immer noch auf ein Versehen herausreden.

Es brauchte drei Wochen harter Arbeit, dann war ich sicher, die Gleichungen korrekt berechnet zu haben. An einigen Stellen nahm ich kleine Veränderungen vor, die so unauffällig waren, dass sie nur bei einer sehr gründlichen Prüfung entdeckt werden konnten. Selbst wenn die Zeitreise tatsächlich stattfand, würde der Freiwillige ein paar Jahrzehnte früher oder später oder an einem völlig anderen Ort ankommen.

Als ich Abraham meine Berechnungen aushändigte, war er deutlich entspannter als bei unserer letzten Begegnung.

»Wir haben dich fortwährend beobachtet«, sagte er. »Du hast unser Vertrauen nicht enttäuscht. Die Menschheit ist dir zu großem Dank verpflichtet.«

Das war sie vielleicht wirklich, aber anders, als er dachte. Ich nahm sein Lob mit einem bescheidenen Lächeln entgegen.

»Falls ich noch irgendwas tun kann ...«, bot ich an.

Er schüttelte den Kopf. »Das war mehr als genug. Alles andere ist bereits geregelt.«

»Gut. Dann drücke ich die Daumen, dass alles klappt.«

»Wir müssen einfach erfolgreich sein.« Er pochte mit dem Finger auf die Zettel mit meinen Gleichungen. »Es ist eine einmalige Chance, die vielleicht nie wiederkommen wird.«

»Die Reise geht ja ziemlich weit zurück«, sagte ich. »Was ist denn so wichtig an dieser Epoche?«

»Es ist die Zeit, in der die Grundlagen unserer heutigen Sprache entstanden sind«, erwiderte er. »Wenn es sie nicht geben würde, wären wir frei.«

»Du willst die Vergangenheit ändern?« Mir lief es eiskalt

den Rücken herunter. Sogar er als Laie musste wissen, welche Gefahren er damit heraufbeschwor.

»Niemand weiß bisher, was dann passiert. Alles, was es zu diesem Thema gibt, sind Spekulationen, weil keiner so etwas zuvor jemals versucht hat.«

»Das ganze Universum könnte dabei draufgehen!« Meine Stimme war heftiger, als ich beabsichtigte. »Wir wissen noch viel zu wenig über das Raum-Zeit-Kontinuum, um die Folgen einer solchen Veränderung abschätzen zu können.«

»Du sprichst als Wissenschaftler. Ich spreche als Freiheitskämpfer. Die Wissenschaft hat uns diese Sprache und diese Gesellschaft gebracht. Meinst du, die Forscher würden freiwillig zugeben, dass man das alles ändern kann? Wir werden es erst wissen, wenn wir es ausprobiert haben.«

Ich war entsetzt. Am liebsten hätte ich ihm meine Formeln wieder aus den Händen gerissen. Lediglich der Gedanke, dass es nicht zu einer Zeitreise kommen würde, beruhigte mich ein wenig.

»Und du glaubst, ein Einzelner kann eine wissenschaftliche Entwicklung stoppen?«

»In diesem Fall schon.« Abraham nickte zuversichtlich. »Denn zu jener Zeit gab es nur einen Menschen, der daran arbeitete. Und *einen* Menschen können selbst wir ausschalten.«

»Und ihr wisst, wer diese Person ist?«

Er nickte erneut. »Er steht in den alten Büchern, die wir gefunden haben. Sein Name ist Viktor Vau.«

disu:
Treffen

1.

Hauptstadt der Union

Enrique hatte Marck seit dem Tag, an dem sie Viktor Vau in Thuras konspirativer Wohnung untergebracht hatten, nicht mehr gesehen. Das wunderte ihn, denn normalerweise kam sein Freund an den Tagen, an denen er im Bistro arbeitete, immer vorbei. Deshalb freute er sich umso mehr, dass Marek ihn angerufen und für den Abend ins Kuppelquartier eingeladen hatte.

Er kam eine Viertelstunde vor dem vereinbarten Termin in dem Café an und setzte sich an den Tresen, um auf seinen Freund zu warten. Der Fernseher über der Bar zeigte stumme Bilder vom letzten Bombenanschlag der Anarchisten. Diesmal hatten sie ein Baustofflager in der Nähe des Weltausstellungsgeländes in die Luft gesprengt.

Während er an seiner Cola nippte, fragte sich Enrique zum wiederholten Mal, wie das überhaupt möglich sein konnte. Die Dynastie hatte die ganze Stadt mit einem Netz von Kameras und Spitzeln überzogen. Und trotzdem gelang es den Attentätern immer wieder, in den innersten Stadtbezirk vorzudringen und dort ihre Sprengladungen zu legen.

In diesem Augenblick betrat Marek das Lokal, gefolgt von einem kleinen Mann mit einem rattenähnlichen Gesicht. Er glitt von seinem Hocker, um sie zu begrüßen. Marek stellte seinen Begleiter als Armand de Moulinsart vor.

»Sehr erfreut, Sie kennenzulernen, Herr da Soza.« De Moulinsart bleckte kurz die Zähne. Enrique nahm die ausgestreckte

Hand und ließ sie fast sofort wieder fallen. Sie fühlte sich an wie ein feuchter Schwamm. Das bestätigte Enriques ersten Eindruck von Mareks Begleiter: Er mochte ihn nicht.

Marek ging zu einem freien Tisch, und Enrique und de Moulinsart folgten ihm.

»Ich wusste nicht, dass du einen Begleiter mitbringst«, begann Enrique, an Marek gewandt.

»Ich habe mich Ihrem Freund gewissermaßen aufgedrängt, weil ich Ihnen einen Vorschlag machen möchte«, erwiderte de Moulinsart, bevor Marek etwas sagen konnte.

Enrique betrachtete ihn misstrauisch. »Nichts gegen Sie, aber ich weiß weder, wer Sie sind, noch, was Sie von mir wollen.« Sein Tonfall klang gereizter, als er beabsichtigt hatte.

»Keine Angst«, versuchte Marek ihn zu beruhigen. »Es ist alles in Ordnung hier.«

De Moulinsart hob beschwichtigend die Hand. »Lesen Sie das, und Sie werden verstehen«, sagte er und zog ein zusammengefaltetes Blatt Papier aus seiner Jackentasche, das er vor Enrique auf den Tisch legte.

Enrique entfaltete das Blatt. Das war die Handschrift von Viktor Vau! Er warf einen misstrauischen Blick auf seine Tischnachbarn, bevor er das kurze Schreiben las.

»Verehrter Enrique,

Herr de Moulinsart, der Ihnen dieses Schreiben überbringt, lässt mich derzeit seine Gastfreundschaft genießen. Wie es dazu gekommen ist, kann er Ihnen sicher selbst berichten. Da er mir nicht glaubt, was in der Videobotschaft enthalten ist, möchte er gerne mein Notizbuch einsehen, und ich habe eingewilligt, es ihm zu übergeben. Bitte seien Sie so freundlich und händigen Sie Herrn de Moulinsart meine Aufzeichnungen aus.

Ihr
Viktor Vau«

Enrique sah von dem Schreiben auf.

»Wer *sind* Sie?«, fragte er sein Gegenüber.

De Moulinsart zuckte mit den Schultern. »Ich bin in diesem Staatswesen nicht ganz ohne Einfluss.«

»Und Sie halten Viktor Vau gefangen?« Enrique wandte sich an Marek. »Wusstest du das etwa?«

Marek wich seinem Blick aus und murmelte etwas Unverständliches vor sich hin.

Enrique richtete seine Aufmerksamkeit wieder auf de Moulinsart. »Woher weiß ich, dass dieser Brief nicht unter Druck geschrieben wurde?«

De Moulinsart zeigte erneut kurz die Zähne. Enrique fragte sich, ob das wohl ein Tic war, denn die Lippenbewegung war kaum mehr als ein Zucken.

»Professor Vau hat sich entschlossen, mit uns zu kooperieren. Daher müssen Sie sich schon auf mein Wort verlassen.«

»Und wenn ich das nicht tue?«

»Dann werden wir uns das Notizbuch auf anderem Weg beschaffen. Ich bin hier, um Sie als zivilisierter Mensch zu bitten, Ihrem Professor Vau einen Gefallen zu erweisen. Aber täuschen Sie sich nicht: Ich kann auch anders.«

»Das bezweifle ich nicht.« Enrique starrte sein Gegenüber an.

»Leute, macht es doch nicht so kompliziert!«, rief Marek, der sich wieder gefangen hatte. »Warum verabredet ihr nicht einfach eine offene Übergabe? Du bringst das Wörterbuch, Enrique, und Herr de Moulinsart bringt zu dem Treffen Viktor mit, damit du sehen kannst, dass alles in Ordnung ist.«

»Ich habe dich nicht um deine Meinung gebeten«, zischte de Moulinsart dem Jungen zu.

»Aber sein Vorschlag ist nicht schlecht.« Enriques Gedanken überschlugen sich. Zumindest könnte er so etwas Zeit gewinnen und sich von der Unversehrtheit Viktors überzeugen. Ob er das Notizbuch wirklich mit dorthin nahm, war eine völlig andere Frage. Noch wusste er nicht, welche Absichten dieser Mensch, der ihm gegenübersaß, verfolgte.

»In Ordnung«, lenkte de Moulinsart ein. »Dann kommen Sie morgen früh um zehn Uhr mit dem Notizbuch zu dieser Adresse.« Er schrieb etwas auf die Rückseite von Viktors Brief und schob Enrique den Zettel hin. »Ich rate Ihnen in Ihrem Interesse, seien Sie pünktlich. Das nächste Mal werde ich mich nicht mehr so großmütig zeigen.«

Er stand auf und warf einen letzten Blick auf Marek. »Und wir unterhalten uns ebenfalls noch«, drohte er, bevor er grußlos davonstiefelte.

Nachdenklich faltete Enrique den Zettel zusammen und steckte ihn ein. »Und was sollte das jetzt, Marek? Kannst du mir vielleicht mal verraten, wie du an solche *Freunde* kommst?«

Marek sah ihn flehend an. »Das ist der Oberbulle im Lande, Mann. Was sollte ich machen?«

»Und seit wann zählst gerade du den *Oberbullen* zu deinen Freunden?«

»Er ist nicht mein Freund, Mann. Er hat mich aufgespürt und mir keine Wahl gelassen.« Marek strich sich durch die Haare. »Aber ich glaube wirklich nicht, dass er Viktor etwas antun will. Er ist nur hinter seinen Forschungsergebnissen her.«

»Wir werden ja sehen.« Enrique stand auf. »Wirst du morgen auch da sein?«

Marek schüttelte den Kopf. »Nein, ich habe mit dem Typen echt nichts zu tun.«

Enrique nickte nachdenklich. Er wusste nicht, was er glauben sollte und was nicht. Marek war niemand, auf den er sich in einer Notlage verlassen hätte. Aber ein Verräter? Das war doch ein ganz anderes Kaliber.

»Na gut«, sagte er schließlich. »Ich hoffe für dich, du sagst die Wahrheit.«

Mit diesen Worten drehte er sich um und verließ das Lokal.

2.

Der Florist hatte die Anstrengungen der Polizei mit Interesse verfolgt. Die Stimme hatte ihn davor gewarnt, seine Gegner zu unterschätzen. Ihm war eine verantwortungsvolle Aufgabe anvertraut worden, und es gab mehr als genug Lakaien, die ihn von deren Erfüllung abhalten wollten.

In erster Linie war da dieser Kommissar, Fellner. »Wir kommen dem Täter näher«, hatte er auf der letzten Pressekonferenz erklärt. Der Florist wusste nicht, ob das nur frei erfunden war oder die Aussage auf Tatsachen basierte. Er traf zwar alle nur denkbaren Vorkehrungen, um Spuren oder Hinweise auf seine Person zu vermeiden, aber man konnte sich bei den heutigen Polizeimethoden nie sicher sein, ob das ausreichend war.

Deshalb hatte die Stimme ihm dieses Ausweichmanöver empfohlen.

Es war zehn Uhr abends, und der Florist ging durch das Kuppelquartier. Wohin er auch blickte, er fand nur Schmutz und Verkommenheit. Er fragte sich, wie er mit seinen begrenzten Mitteln jemals gegen dieses Ausmaß an Verderbtheit ankommen sollte. Und warum ließ der Staat das zu? War es nicht die Aufgabe der Herrschenden, die Gesellschaft von Subjekten wie diesen zu befreien? Stattdessen überließen sie ihnen ein ganzes Stadtviertel, wo sie ihren Lastern in aller Öffentlichkeit nachgehen konnten.

Immer, wenn er solche Gedanken hatte, beruhigte ihn die Stimme. Er war nur die Vorhut, die Avantgarde einer ganzen Generation von neuen Menschen, welche sich der Reinigung der Gesellschaft verschrieben. Seine Taten würden als leuchtende Beispiele in die Geschichte dieser Menschen eingehen, und sie würden ihn als ihren Vorläufer für immer in Ehren halten.

Der Florist blieb stehen und atmete tief durch, so wie er es vor einigen Jahren in der Klinik gelernt hatte. Er wartete, bis sich sein Herzschlag wieder normalisiert hatte, und setzte dann seinen Weg fort.

Vor einem schäbigen Backsteinhaus, das nur wenige Meter entfernt von einer der Hauptstraßen des Viertels lag, hielt er an. Er öffnete die Haustür. Im Flur roch es nach Urin und verwesenden Küchenabfällen.

Er tastete an der Wand nach einem Lichtschalter, fand aber keinen. So tappte er langsam im Dunkel voran, bis er die Treppe erreichte. Er stieg in den dritten Stock empor. Hinter einer Wohnungstür hörte er das Schreien eines Babys, hinter einer anderen eine weinende Frau, Zeichen des Elends, das auf der Welt herrschte. Er war froh, auserwählt worden zu sein, Licht in dieses Jammertal zu bringen. Wenn er und die anderen, die ihm folgten, ihre Arbeit erst einmal verrichtet hatten, dann würde die Welt ein besserer Ort sein.

Der Florist hatte sein Ziel erreicht. Er tastete mit dem Schlüssel im Dunkel nach dem Schloss, trat in die Wohnung, betätigte den Lichtschalter und wartete einen Moment, bis sich seine Augen an die plötzliche Helligkeit gewöhnt hatten.

Gleich rechts von ihm lag ein kleines Badezimmer. Der Florist ging zur Toilette und hob den Deckel von der Spülschüssel, die darüber an der Wand befestigt war. Er griff in die Tasche und holte einen luftdicht versiegelten Plastikbeutel hervor, den er mit zwei Streifen breiten Klebebands an der Innenseite des Deckels befestigte. Dann setzte er den Deckel wieder auf und verließ die Wohnung. Er schloss die Tür hinter sich ab und eilte die Treppen hinunter.

Der erste Teil seines Plans war vollbracht.

3.

Enrique begriff, dass er ein Problem hatte, als er vor seiner Wohnungstür stand. Jemand war in seiner Abwesenheit hier gewesen. Er erkannte das an dem fehlenden Papierstreifen. Es war eine einfache Vorsichtsmaßnahme, die er immer traf, wenn er ausging: Er klemmte ein Stück Papier zwischen Tür und Rahmen und riss das überstehende Stück so weit ab, dass es nur jemand entdecken konnte, der wusste, wo es saß.

Er legte das Ohr an die Tür und lauschte. Ob der Einbrecher noch in der Wohnung war? Als er nichts hörte, steckte er vorsichtig den Schlüssel ins Schloss und drehte ihn langsam um. Ebenso langsam schob er die Tür auf. Kein Laut drang aus der Wohnung. Das Bad und sein Schlafzimmer waren leer. An der Wohnzimmertür lauschte er erneut, bevor er überzeugt war, dass niemand dahinter auf ihn lauerte und sie aufstieß. Mit drei Schritten war er beim Sofa, fiel auf die Knie und tastete mit einer Hand nach dem Buch.

Es war verschwunden!

Enrique duckte sich unter das Sofa und suchte die Unterseite ab. Einer der Klebestreifen, mit denen er die Plastikhülle mit Viktor Vaus Notizbuch befestigt hatte, hing noch von einer der Holzstreben herunter. Er drehte sich auf den Rücken und starrte an die Decke. Außer Viktor, Marek und Astarte wusste niemand, dass er das Buch in seinem Besitz hatte. Und natürlich Christian, dem der Inhalt allerdings nicht bekannt war. Wieso sollte er also bei ihm einbrechen?

Aber wer war es dann? Viktor sicher nicht, denn der befand sich in der Gewalt de Moulinsarts. Marek? Immerhin hatte er Kontakte zum Geheimdienst. Allerdings konnte er es nicht selbst gewesen sein, denn Enrique war die ganze Zeit mit ihm zusammen. Blieb nur noch Astarte. Enrique legte die Stirn in Falten. Weshalb sollte Astarte Viktors Notizbuch stehlen? Als seine Assistentin hatte sie doch sowieso direkten Zugang zu Viktors Forschungsergebnissen. Oder hatte sie in Viktors Auftrag gehandelt? Hatte er ihr, noch vor seiner Entführung, aufgetragen, ihm das Wörterbuch wieder abzunehmen? Aber warum?

Das ergab alles keinen Sinn. Er musste mit Astarte sprechen. Hastig wählte er ihre Nummer. Er ließ es lange läuten, aber sie hob nicht ab.

Er entschloss sich, zu ihrer Wohnung zu gehen, auch wenn

es bereits kurz vor zwei Uhr war. Gleich nach dem Treffen mit Marek und de Moulinsart war er zurück ins Bistro geeilt, wo er die zweite Hälfte von Christians Spätschicht übernahm. Das war sozusagen die Strafe für den Tag, an dem er mit Astarte und Viktor abgehauen war.

Es war natürlich verrückt, jetzt noch zu ihr zu laufen, aber nach der Begegnung mit dem Mann des Sicherheitsdiensts (Enrique hatte in einer kurzen Servierpause schnell im Netz nach ihm gesucht und tatsächlich zahllose Einträge gefunden) und dem Diebstahl des Wörterbuchs war er nervös. Wenn sie ihn aufgespürt hatten, dann sicher auch Astarte. Vielleicht befand sie sich bereits in den Händen der Dienste?

Auf dem Weg zu Astartes Wohnung schossen ihm tausend Gedanken durch den Kopf. Die meisten davon hatten mit dem Treffen morgen zu tun. Was würde de Moulinsart sagen, wenn er ohne Viktors Notizbuch aufkreuzte? Es war unwahrscheinlich, dass er ihm glauben würde. Enrique hätte das in seiner Situation wahrscheinlich auch nicht getan. Die Frage war nur, was sie mit Viktor anstellen würden, wenn er das Wörterbuch nicht brachte. Würden sie ihm etwas antun? Und würde er, Enrique, den Ort des Treffens als freier Mann verlassen können?

Er erreichte Astartes Wohnung und klingelte. Keine Reaktion. Er klingelte erneut und trat ein paar Meter vom Haus zurück, um zu sehen, ob irgendwo ein Licht anging. Aber alle Fenster blieben dunkel.

Noch einmal versuchte er es über das Telefon, aber diesmal sprang nur die Mailbox an. Er hinterließ eine kurze Nachricht und machte sich dann langsam auf den Weg nach Hause.

Nach einer schlaflosen Nacht, in der er tausend Pläne gewälzt und wieder verworfen hatte, quälte er sich im Morgengrauen aus dem Bett und stellte sich unter die kalte Dusche. Danach unternahm er einen letzten Versuch, Astarte zu erreichen, aber erneut war nur die Mailbox dran. Ob sie schon bei der Arbeit war? Am liebsten wäre er jetzt sofort zur Klinik rausgefahren, aber dafür reichte die Zeit nicht mehr. Das Treffen mit Viktor und de Moulinsart fand in weniger als zwei Stunden statt, und er wollte gerne etwas früher an Ort und Stelle sein, um die Umgebung zuvor noch zu erkunden.

Die Adresse, die ihm de Moulinsart gegeben hatte, war ein heruntergekommenes Fabrikgebäude am Rande des Calvaniviertels. Der ganze Straßenzug schien verlassen zu sein. Ein kühler Wind pfiff durch die Straße, und Enrique zog unwillkürlich den Kopf tiefer zwischen die Schultern.

Er umrundete einmal das komplette Gelände. Leider konnte er nicht erkennen, ob es auch einen Ausgang zur hinteren Seite gab. Er musste sich also auf sein Improvisationstalent verlassen, sollte es drinnen tatsächlich zu einer Auseinandersetzung kommen.

Pünktlich um zehn Uhr pochte er an das große Stahltor des Gebäudes. Ein vierschrötiger Typ schob die schwere Metalltür einen Spalt auf und starrte ihn an. »Enrique da Soza«, sagte Enrique. »Ich habe eine Verabredung.«

Der Typ grunzte und bedeutete ihm, einzutreten. Er schob die Tür hinter Enrique wieder zu und verriegelte sie.

»Umdrehen und Hände gegen die Tür«, herrschte er Enrique an. Der lehnte sich gegen das kühle Metall, während der andere seinen Körper nach Waffen abtastete. »Mitkommen.«

Enrique folgte dem Typ durch die leere Industriehalle. Am anderen Ende schob er eine weitere Stahltür auf. Die Halle dahinter war etwas kleiner, aber ebenso leer wie die erste, abgesehen von einem kleinen Metalltisch in der Mitte und drei Stühlen. Zwei der Stühle waren von Viktor Vau und Armand de Moulinsart belegt. Drei weitere Männer standen im Raum verteilt, zwei von ihnen mit Maschinenpistolen unter dem Arm.

De Moulinsart erhob sich, als Enrique eintrat. »Weise von Ihnen, dass Sie meiner Einladung gefolgt sind.«

Enrique ignorierte ihn und streckte Viktor die Hand hin. »Geht es Ihnen gut, Professor?«

Viktor stand auf und ergriff die Hand. »Man behandelt

mich ordentlich, wenn Sie das meinen. Aber gut geht es mir deshalb trotzdem nicht.«

De Moulinsart drängte sich zwischen die beiden. »Ich nehme an, Sie haben Professor Vaus Notizbuch dabei?«

»Tut mir leid«, sagte Enrique. »Es ist mir gestohlen worden.«

Er sah, wie de Moulinsart die Röte in den Kopf stieg.

»Sie wissen wohl nicht, mit wem Sie es zu tun haben?«, schrie der Mann und hieb mit der Faust auf den Tisch. Viktor wich unwillkürlich einen Schritt zurück. »Habe ich Ihnen gestern nicht den Ernst der Lage deutlich gemacht? Wollen Sie, dass Professor Vau die nächsten Jahre in Einzelhaft verbringt?«

Enrique hatte mit einer ähnlichen Reaktion gerechnet. »Ich sage die Wahrheit. Ich weiß selbst, dass es unwahrscheinlich klingt, aber irgendjemand muss gewusst haben, dass ich das Notizbuch habe. Während wir uns gestern getroffen haben, ist dieser Jemand in meine Wohnung eingedrungen und hat das Buch verschwinden lassen.«

De Moulinsart wanderte eine Zeit lang umher und ließ sich schließlich auf einen Stuhl fallen. »Damit wären wir wieder am Anfang, Professor«, zischte er. »Sie werden mir jetzt wohl oder übel die Wahrheit sagen müssen. Und kommen Sie mir nicht wieder mit diesem Blödsinn von der perfekten Sprache.«

Bevor Viktor etwas erwidern konnte, erschütterten mehrere Explosionen die Halle. Enrique sprang auf, riss Viktor vom Stuhl und drückte ihn zu Boden. Mit der anderen Hand warf er den Tisch um, um ihn als Deckung zu benutzen. De Moulinsart war ebenfalls aufgesprungen und hatte eine Waffe gezogen. Seine Männer duckten sich mit angelegten Waffen gegen die Pfeiler.

In jeder Hallentür klaffte ein Loch, durch das von allen Seiten vermummte, schwarz gekleidete Gestalten in das Gebäude strömten.

Bevor de Moulinsart den Befehl geben konnte, zu schießen, waren sie umstellt. Ein Dutzend bewaffneter Gestalten hatte sich vor ihnen aufgebaut. Enrique richtete sich auf und half auch Viktor Vau wieder nach oben.

De Moulinsart hatte seine Pistole auf ein Bein des umgestürzten Tisches gelegt. Seine Männer waren ebenfalls von vermummten Gestalten umringt, die ihnen ihre Waffen abgenommen hatten.

Durch eine der aufgesprengten Türen betrat Roderick Fitzsimmons die Halle. Er kam mit großen Schritten auf die Gruppe zu. Um seine Schulter trug er einen Glencheck-Umhang, wie man ihn aus alten Sherlock-Holmes-Filmen kannte. Fehlten nur noch die Pfeife und die Mütze, dachte de Moulinsart. Er hätte dem alten Geck seine Landedelmannklamotten mit bloßen Händen vom Leib reißen können, wäre da nicht die Übermacht gegen ihn gewesen.

Fitzsimmons trat vor Viktor hin. »Professor Vau, nehme ich an?«

De Moulinsart konnte ein höhnisches Lachen nur mühsam unterdrücken. Jetzt imitierte er auch noch Stanley beim Auffinden Livingstones!

»Diesmal sind Sie zu weit gegangen«, stieß er zwischen zusammengebissenen Zähnen hervor. »Ein Überfall auf einen befreundeten Dienst – das wird Sie Ihren Kopf kosten.«

»Ein Überfall? Mein Lieber, das war eine Rettungsaktion. Ich habe eine Nachricht erhalten, dass Sie von Terroristen gekidnappt worden sind, und habe mich sofort aufgemacht, Ihnen zu helfen. Woher sollte ich denn wissen, dass Sie nur eine Unterredung mit Professor Vau hatten? Vor allem in dieser Umgebung?«

»Das ist erbärmlich. Diese Geschichte können Sie niemandem auftischen.«

»Und ob. Oder wollen Sie dem Minister darüber Rechenschaft ablegen, warum Sie Professor Vau entführen und mir davon nichts mitteilen? Unser Auftrag lautet Kooperation, alter Junge. Und Ihr Verhalten sieht nicht gerade danach aus, finden Sie nicht?«

De Moulinsart verkniff sich eine Antwort. Er fragte sich, wie Fitzsimmons ihn hatte finden können. Ob der Junge ihn hergeführt hatte? Und wenn ja, war das ein Komplott oder hatte er sich unwissentlich zum Helfer gemacht? Das würde er schon herausbekommen.

»Wenn Sie gestatten, werde ich den Professor jetzt aus dieser ungastlichen Umgebung befreien«, sagte Fitzsimmons. »Kommen Sie, Professor.« Er machte eine Handbewegung in Richtung Ausgang.

Viktor sah de Moulinsart fragend an. »Gehen Sie«, knurrte der IED-Direktor. »Verschwinden Sie, alle!«

Vau setzte sich in Bewegung. Enrique wollte den beiden folgen, als ihn die schneidende Stimme de Moulinsarts zurückhielt.

»Halt! Sie bleiben hier!«

Fitzsimmons, Vau und Enrique fuhren herum.

»Wen meinen Sie?«, fragte Fitzsimmons.

»Den jungen Narren, der Sie zu mir geführt hat. Er bleibt bei mir«, erklärte de Moulinsart.

Fitzsimmons sah Enrique von oben bis unten an. Dann fasste er sich an die Stirn. »Richtig! Ich habe ja noch gar nicht gefragt, was so wichtig an dem jungen Mann ist, dass Sie und der Professor sich mit ihm treffen.«

De Moulinsart verfluchte sich selbst, dass er seinen Gegner mal wieder unterschätzt hatte. Er hatte recht gehabt mit seiner Vermutung! Fitzsimmons war dem Jungen gefolgt. Und jetzt hatte der alte Trottel auch noch Verdacht geschöpft. Vielleicht war er es sogar, der Vaus Notizbuch in seinen Besitz gebracht hatte? Aber das war unwahrscheinlich. Schließlich hatte Vau ihm erst verraten, dass er das Buch dem Kellner zur Aufbewahrung gegeben hatte.

»Herr da Soza arbeitet für mich. Als freier Mitarbeiter sozusagen. Ich hatte gehofft, er könnte mir helfen, Professor Vau zur Kooperation mit mir zu überreden.«

»Stimmt das?« Fitzsimmons´ Frage war an Enrique gerichtet.

Enrique überlegte fieberhaft, was er antworten sollte. Wenn er Fitzsimmons die Wahrheit sagte, würde der ihn zweifellos mitnehmen und hatte damit alle Trümpfe in der Hand. Blieb er hingegen bei de Moulinsart, so bestand zumindest die Chance, die beiden später gegeneinander auszuspielen.

»Es stimmt«, erwiderte er.

Fitzsimmons sah ihn scharf an. Enrique spürte förmlich, wie es in seinem Kopf arbeitete. Dann zuckte er mit den Schultern, machte kehrt und verließ mit seinen Männern und Vau die Halle.

»Eine kluge Entscheidung«, sagte de Moulinsart.

»Das wird sich zeigen. Was wollen Sie denn noch von mir?«

»Das, was Sie mir heute hätten bringen sollen. Viktor Vaus Notizbuch.«

»Aber ich habe Ihnen doch schon gesagt ...«

»Ich weiß, was Sie mir erzählt haben«, unterbrach ihn de Moulinsart. »Mein Gedächtnis funktioniert noch ganz gut. Und ich glaube nach wie vor, dass Sie mir nicht die Wahrheit sagen.« Er trat direkt vor Enrique. »Irgendwas stimmt mit Ihnen nicht, da Soza. Und ich werde herausbekommen, was es ist. Sie haben die Wahl, ob ich das auf eine Weise mache, die für Sie sehr schmerzhaft werden könnte, oder ob Sie freiwillig mitarbeiten.«

»Von Freiwilligkeit kann hier wohl keine Rede sein«, sagte Enrique mit einem Blick auf die beiden bewaffneten Männer, die ihn flankierten. De Moulinsart machte eine kurze Kopfbewegung, und der kleine Trupp setzte sich in Richtung des anderen Ausgangs in Bewegung.

4.

Astarte hatte ein schlechtes Gewissen.

Am Abend, als sie Enrique das Notizbuch von Viktor Vau gestohlen hatte, hatte er nicht nur versucht, sie telefonisch zu erreichen, sondern war sogar zu ihrer Wohnung gekommen. Sie hatte weder abgehoben noch ihm geöffnet. Sie fragte sich, ob er wegen des Wörterbuchs gekommen war. Hegte er einen

Verdacht? Es wäre die logische Schlussfolgerung gewesen, denn außer ihr, Marek und Vau wusste niemand, dass er das Notizbuch in Verwahrung genommen hatte. Da Marek bei ihm gewesen war, fiel er als Verdächtiger aus. Von Viktor hatte sie seit seiner Unterbringung in Thuras Wohnung nichts mehr gehört. Sie war zwar heute nach der Arbeit dort vorbeigegangen, aber Viktor hatte nicht geöffnet. Sie hatte fast eine halbe Stunde gewartet, aber er war nicht aufgetaucht. Schließlich war sie zurück in ihre Wohnung gefahren.

Dort lief sie fast eine Stunde herum und fand keine Ruhe. Enrique hatte sich den ganzen Tag nicht mehr gemeldet, und sie fragte sich, ob sie ihn anrufen sollte. Es war fast, als seien er und Vau vom Erdboden verschwunden.

Sie wollte gerade seine Nummer wählen, als es an der Tür klingelte.

Das konnte nur Enrique sein! Sie stürzte in den Flur und betätigte den Drücker. Dann öffnete sie die Tür und wartete auf ihn.

Der Mann, der die Treppe heraufkam, war nicht Enrique.

Sie hatte ihn noch nie zuvor gesehen.

Sie trat einen Schritt zurück, bereit, in die Wohnung zu springen und die Tür zuzuwerfen, aber der Fremde lächelte freundlich und sah nicht so aus, als wolle er sie bedrohen. Er spürte wohl ihre Skepsis, denn er blieb einige Stufen vor dem Treppenabsatz stehen.

»Guten Abend, Frau Apostolidis.« Seine Stimme klang angenehm weich, ohne schmierig zu sein. Sie konnte ihn jetzt im Licht der Lampe vor ihrer Tür besser sehen. Er mochte knapp fünfzig Jahre alt sein, war mittelgroß und leger gekleidet. Das Gesicht hatte etwas Jungenhaftes, dem allerdings der melancholische Zug widersprach, der ihn umgab. Auf jeden Fall sah er nicht sonderlich gefährlich aus.

»Ja?«, erwiderte sie zurückhaltend.

»Mein Name ist Winter. Wenn Sie erlauben, würde ich mich gerne kurz mit Ihnen unterhalten.« Er hielt ihr eine Identitätskarte hin.

Sie warf einen Blick darauf. »Dagombé? Das ist doch das Land …«

»… in dem sich Professor Vau kürzlich aufgehalten hat«, vollendete er den Satz. »Und über ihn möchte ich gerne mit Ihnen sprechen.«

Sie gab ihm den Ausweis zurück und zögerte einen Moment, bevor sie ihn aufforderte, einzutreten.

Er hielt sich respektvoll ein Stück von ihr entfernt. Sie deutete auf die Wohnzimmertür. »Dort hinein, bitte.«

Er nickte und folgte ihr. Sie bot ihm einen Platz auf dem Sofa an und setzte sich selbst in den Sessel ihm gegenüber. Ihr Besucher schlug die Beine übereinander und lehnte sich zurück.

»Frau Apostolidis, ich will sofort zur Sache kommen«, begann er, nachdem er sich einmal im Raum umgesehen hatte. »Ich arbeite für den Sicherheitsdienst von Dagombé. Wie Sie wissen, war Professor Vau auf Wunsch Ihrer Regierung bei uns. Und er hat das Land nicht gerade in der Touristenklasse verlassen.«

Astarte nickte nur leicht, sagte aber nichts. Sie wartete ab, worauf der Mann hinauswollte.

»Nun, wie Sie ebenfalls wissen, ist Professor Vau in die Stadt zurückgekehrt«, fuhr er fort. »Sie haben ihm über Ihre Freundin Thura eine Wohnung verschafft.«

»Habe ich das?« Astarte konnte ihr Erstaunen nicht mehr länger verbergen.

Winter seufzte. »Nicht nur ich weiß das, sondern inzwischen auch die Sicherheitsdienste dieses Landes. Sie haben Professor Vau und Ihren Freund Enrique in ihrer Gewalt.«

Die Nachricht traf Astarte wie ein Fausthieb. »Das glaube ich Ihnen nicht«, stieß sie hervor, obwohl sie tief in ihrem Innersten spürte, dass der Mann die Wahrheit sagte.

Ihr Besucher lächelte nicht mehr. »Leider ist es die Wahrheit«, sagte er mit ernstem Gesicht. »Ich bin hier, um Sie um Ihre Hilfe zu bitten.«

»Hilfe? Was kann ich Ihnen gegen die Geheimdienste schon helfen?«, fragte Astarte.

»Das wird sich zeigen.« Winter sah ihr direkt in die Augen.

»Wissen Sie zum Beispiel, wo sich Professor Vaus Notizbuch befindet, in dem er die Grundzüge seiner Sprache niedergeschrieben hat?«

Das war es also! Dieser Kerl war hinter Viktors Wörterbuch her! Und woher sollte sie wissen, dass er überhaupt die Wahrheit sagte, was die Festnahme Viktors und Enriques betraf?

»Selbst wenn ich es wüsste – warum sollte ich es Ihnen sagen?« Sie schob das Kinn vor. »Sie kommen her und erzählen mir alle möglichen Geschichten, die ich nicht überprüfen kann. Wer sagt mir, dass das stimmt? Und wer sagt mir, ob Sie nicht nur hinter Viktors Notizbuch her sind, so wie die anderen auch?«

Winter hob die Handflächen. »Keine Einwände, Frau Apostolidis. Ich kann Ihre Position gut verstehen. Natürlich bin ich ebenfalls an Professor Vaus Erkenntnissen interessiert. Im Gegensatz zu meinen Kollegen lege ich nur Wert darauf, sie freiwillig ausgehändigt zu bekommen. Obwohl die Zeit dafür vorbei scheint.«

»Wie meinen Sie das?«

Ihr Besucher seufzte. »Wenn sich der Staat erst einmal einmischt, dann gewinnen die Dinge ihre eigene Dynamik. Durch die Verschleppung von Professor Vau und Enrique da Soza besitzen die beiden Sicherheitsdienste jetzt ein Faustpfand, das sie nicht so schnell hergeben werden. Es sei denn, man bietet ihnen etwas, das sie noch mehr begehren.«

»Das Wörterbuch?«

Er nickte. »Zum Beispiel. Sehen Sie, wenn Sie tatsächlich wissen, wo Professor Vaus Notizbuch ist, dann verfügen Sie über eine ausgezeichnete Verhandlungsposition. Fitzsimmons hat Vau in seiner Gewalt, de Moulinsart Ihren Enrique. Aber ohne die Aufzeichnungen können sie mit den beiden nicht viel anfangen. Und da kommen Sie ins Spiel.«

Astarte merkte, wie Winter es in seinem letzten Satz bereits als bewiesen ansah, dass sie Viktors Notizbuch besaß. Das stimmte zwar, zugleich aber auch wieder nicht. Sie beschloss, nicht mehr länger um den heißen Brei herumzureden.

»Was genau wollen Sie von mir?«

»Erstens möchte ich Ihnen anbieten, Sie in Sicherheit zu bringen, denn es ist nur noch eine Frage der Zeit, bis Sie ebenfalls festgenommen werden. Zweitens schlage ich vor, dass wir alle Beteiligten an einen Tisch rufen, um zu einer für alle Seiten befriedigenden Lösung zu kommen. Und drittens würde ich gerne vorher eine Kopie des Notizbuchs anfertigen.«

»Und warum sollte ich auf Ihren Vorschlag eingehen?«

»Weil Sie die Einzige sind, die noch Handlungsfreiheit besitzt und damit ihren Freunden helfen kann.«

Astarte sprang auf. Angenommen, Winter erzählte ihr die Wahrheit. Dann war sein Vorschlag tatsächlich ihre einzige Alternative. Andererseits würde sie mit Viktors Notizbuch ihren einzigen Trumpf aus der Hand geben. Sie wünschte sich, sie wäre ihrem ursprünglichen Instinkt gefolgt und hätte es sofort zerstört! Aber dafür war es jetzt zu spät.

»Also gut«, sagte sie schließlich. »Vereinbaren Sie ein Treffen.«

»Und das Notizbuch?«

»Befindet sich an einem sicheren Ort. Und da werde ich es erst dann hervorholen, wenn wir eine für alle Seiten zufriedenstellende Vereinbarung getroffen haben.«

Wenn er enttäuscht war, dann ließ er es sich nicht anmerken. »Einverstanden. Dann packen Sie ein paar Sachen. Ich bringe Sie bis dahin sicher unter.«

»Und woher weiß ich, dass Sie mich nicht foltern werden, bis ich Ihnen das Versteck des Notizbuchs verrate?«

Winter lächelte. »Foltern? Das kenne ich nur aus alten Filmen. Frau Apostolidis, wenn ich so etwas vorgehabt hätte, hätte ich es längst getan. Machen Sie bitte nicht den Fehler und unterschätzen mich. Und vor allen Dingen nicht Fitzsimmons und de Moulinsart. Gegen die beiden bin ich ein Waisenknabe.«

Sie musterte ihn prüfend. Dann machte sie eine hilflose Geste mit den Händen und ging in den Nebenraum zum Packen.

5.

Die Heizung funktionierte mal wieder nicht. Fellner trat gegen den alten, gusseisernen Heizkörper, der ununterbrochen pfeifende und gluckernde Geräusche von sich gab. Zum zehnten oder zwanzigsten Mal an diesem Tag drehte er den Regler auf und zu, wobei er genau wusste, dass das keinerlei Wirkung haben würde. Es war eher ein Ritual, das zu seinem Alltag in diesem Gebäude gehörte, ein Alltag, der vielleicht schon bald Vergangenheit sein würde.

Die Heizung füllte den Raum unverdrossen mit ihrer Wärme. Fellner ging zum Fenster und riss es auf. Der Wind blies ihm einen Schwall Regentropfen ins Gesicht. Fluchend stieß er das Fenster wieder zu.

»Hat jemand den verdammten Handwerker angerufen?«, rief er in den Raum.

»Wir haben dem Hausmeister Bescheid gesagt«, erwiderte einer seiner Mitarbeiter.

»Vorgestern«, ergänzte ein Kollege.

Fellner seufzte. Es war jedes Jahr dasselbe Lied. Der Hausmeister betrachtete die Versorgungseinrichtungen des Reviers als seinen Privatbesitz und ließ niemanden daran, der nicht vorher eine Reihe unerbittlicher Tests bestanden hatte, die nicht unbedingt etwas mit Fachkenntnis zu tun haben mussten.

Er ging zu seinem Schreibtisch zurück und nahm einen Schluck von seinem bereits seit einer halben Stunde kalten Kaffee. Die Bitterstoffe zogen seine Schleimhäute zusammen, und er unterdrückte ein leichtes Würgen. Sein Magen hatte sich in den letzten Wochen, in denen er kaum eine anständige Mahlzeit zu sich genommen hatte, abgehärtet. Geregeltes und gesundes Essen war die geringste Sorge, die Fellner in diesen Tagen hatte.

Sein Chef, der sich in der Vergangenheit immer schützend vor ihn gestellt hatte, war unter massiven politischen Druck geraten, Fellner abzulösen und jemand anderen mit der Leitung der Untersuchungen zu beauftragen. Auch die veröffentlichte Meinung, angetrieben von diesem Schmierfinken Rupert Cassell, schlug in dieselbe Kerbe. Wenn es nicht in den nächsten Tagen einen Durchbruch bei den Ermittlungen gab, konnte er sich von seinen Kollegen verabschieden und würde wahrscheinlich den Rest seiner Dienstzeit in irgendeinem Kaff in der tiefsten Provinz fristen.

Der Florist war nicht Fellners erster Serienmörder. Drei davon hatte er im Lauf seiner Karriere zur Strecke gebracht. Aber dieser hier entzog sich allen Gesetzmäßigkeiten. Er hinterließ keinerlei Spuren, er offenbarte keine eindeutige Opferstrategie, und er schlug in unregelmäßigen Abständen zu. Es gab bislang kein erkennbares Muster, bis auf die Trophäen, die er seinen Opfern herausschnitt.

Fellner nahm sich den Stapel mit der ungeöffneten Morgenpost vor, der in seinem Eingangskorb lag. Wahrscheinlich wieder die übliche Mischung aus Drohbriefen, Beschimpfungen und falschen Verdächtigungen. Es war erstaunlich, wie viele Menschen in ihren Nachbarn, mit denen sie seit Jahren zusammenlebten, auf einmal einen gefährlichen Serienmörder vermuteten.

Fellner liebte das Viertel, in dem er arbeitete, und die Menschen, die darin wohnten. Es waren ganz normale Leute, keine Heiligen oder Verbrecher. Aber gerade das, was ihm sein Revier so sympathisch machte, war den Stadtoberen ein Dorn im Auge. Schon länger stand das Viertel ganz oben auf der *Sanierungsliste*, ein euphemistischer Ausdruck für die Auslöschung jeglichen Charakters und den Ersatz durch eine nahezu klinisch sterile Atmosphäre mit möglichst viel zentralisiertem Kommerz. Noch gab es die kleinen Kneipenbetreiber und Ladenbesitzer, die den Handelskonglomeraten schon immer ein Dorn im Auge waren. Nach der Sanierung würden nur noch die Einheitsfassaden der Einheitsketten hier zu finden sein, die auch alle anderen Stadtbezirke dominierten.

Fellner wusste, die Schreckenstaten des Floristen waren ein

wunderbares Argument für die Befürworter der Sanierung, möglichst schnell mit der Zerstörung des Viertels zu beginnen. Zum Glück waren derzeit alle verfügbaren Kräfte durch die kommende Weltausstellung gebunden. Aber sobald dort alles fertiggestellt war, würden die Bagger endgültig hier anrücken.

Gedankenverloren riss er einen Umschlag nach dem anderen auf und überflog die Inhalte oberflächlich. Es war, wie er es sich gedacht hatte. Denunziationen und Beschimpfungen. Sie wanderten alle in den großen Papierkorb neben seinem Schreibtisch.

Er überlegte gerade, ob er den Rest des Stapels nicht seinem Assistenten überlassen sollte, als sein Auge auf einen Umschlag fiel, der aus dem Rest hervorstach. Die Anschrift war nicht handgeschrieben oder mit dem Computer ausgedruckt, sondern aus ausgeschnittenen Zeitungsbuchstaben zusammengesetzt.

Fellner nahm sich den Umschlag vor und betrachtete ihn von allen Seiten. Wenn das ein Scherz sein sollte, dann hatte sich der Absender viel Mühe gegeben. Er öffnete vorsichtig die Klappe und zog ein Blatt hervor, auf dem ebenfalls ausgeschnittene Zeitungsbuchstaben aufgeklebt waren. Die Nachricht war denkbar einfach. Sie bestand lediglich aus einem Namen und einer Adresse und dem Zusatz *Das ist der Florist.*

Ob es nun ein Scherz war oder nicht – für Fellner war es endlich der willkommene Anlass, um seinen Schreibtisch zu verlassen.

Nur eine halbe Stunde später stand er mit zweien seiner Männer vor dem schäbigen Backsteinhaus. Als auf ihr Klingeln niemand öffnete, liefen sie die Treppen bis in den dritten Stock hoch. Die Wohnungstür stellte für ihren automatischen Türöffner kein Problem dar. Während einer seiner Leute vor der Tür zurückblieb, um den Wohnungsinhaber abzufangen, sollte er zurückkehren, durchsuchten Fellner und sein Kollege die kleine Wohnung. Offenbar hatte der Mieter etwas unter dem Sofa versteckt, denn dort hing ein loser Klebestreifen herunter.

Wer ein Versteck hat, der hat auch mehrere, dachte Fellner und begann, Schränke abzurücken und hinter Schubladen zu tasten. Aber es war sein Kollege, der fündig wurde.

»Sehen Sie mal, Chef«, sagte er, als er aus dem Bad zurückkam. In seiner Hand baumelte eine durchsichtige Plastiktüte, die mit Hautstücken gefüllt war.

Als die Medien eine Stunde später den Fahndungsaufruf erhielten, saß Fellner bereits wieder in seinem Büro und sichtete die Informationen, die sie über Enrique da Soza besaßen.

disut:
Log des Protektors

Die Jagd auf Viktor Vau nähert sich ihrem Höhepunkt. Es kann sein, dass dies das letzte Log ist, das ich schreibe, denn meine Mission sieht vor, mich notfalls zur Erfüllung meiner Aufgabe töten zu lassen.

Natürlich könnte ich mich meinem Auftrag entziehen. Ich bin in dieser Welt völlig frei. Niemand kann mich zur Rechenschaft ziehen, und niemand würde je davon erfahren, wenn ich in diesem Augenblick verschwinden und mir anderswo ein neues Leben aufbauen würde.

Aber das wird nicht geschehen.

Nicht, weil ich nicht Zweifel an meinen Auftraggebern bekommen hätte. Meine Erfahrungen in den letzten Monaten haben mir deutlich gemacht, dass ein Leben ohne Stimmen und ohne vollkommene Sprache viele positive Seiten hat. Ich habe sogar begonnen, einige davon zu genießen. Bin ich deswegen ein anderer Mensch geworden? Ich glaube nicht.

Noch stets denke ich in der Sprache, mit der ich aufgewachsen bin, auch wenn ich spüren kann, dass sich die Sprache, die ich hier spreche, immer vertrauter anfühlt. Es wird nicht mehr lange dauern, und ich werde anfangen, darin zu denken. Das war etwas, mit dem Juli sicher nicht gerechnet hat.

Bin ich unglücklich über diese Entwicklung? Ich weiß es nicht. Mein Leben, das ich früher geführt habe, kommt mir heute sehr weit weg vor. Manchmal, wenn ich mich dazu zwinge, die Dinge logisch zu durchdenken, empfinde ich eine gewisse Sehnsucht nach einer Welt, in der alles klar geregelt ist. Es macht das Leben um so viel einfacher. Ähnlich ging es mir, als durch das Implantat die Stimmen in meinem Kopf abgeschaltet wurden. Auf einmal musste ich Verantwortung übernehmen, etwas, das ich nie gelernt hatte. Ich kann verstehen, dass viele Menschen einen Zustand der Klarheit und Eindeutigkeit dem Unsicheren und Ungewissen vorziehen.

Ironischerweise ist Viktor Vau ein Mensch, der sich standhaft weigern würde, sein Leben von anderen bestimmen zu lassen. Für ihn spielen Präzision, Logik und Struktur zwar eine große Rolle, aber nicht als Kontrollinstrumente für die Gesellschaft. Nicht, weil er ein gesellschaftskritischer Mensch wäre, sondern weil in seiner Welt die Politik überhaupt nicht vorkommt. Sie taucht höchstens einmal als störende Bürokratie auf, wenn er von irgendwoher eine Genehmigung benötigt. Ansonsten lebt er fast außerhalb aller gesellschaftlichen Strukturen.

Dazu trägt sicherlich auch bei, dass er selbst der herrschenden Oligarchie entstammt. Er ist mit allen Privilegien der Dynastie aufgewachsen und hat sie als selbstverständlich hingenommen. Bis zum heutigen Tag profitiert er davon. Ich glaube, Rebellion wäre das Letzte, was ihm in den Sinn kommen würde.

Ganz im Gegensatz zu den *Brunnensuchern.* Auch sie waren Kinder aus besseren Kreisen, auch sie hätten ein Leben voller Privilegien genießen können. Aber sie entschieden sich für einen anderen Weg, der schließlich meinen kreuzte.

Die Falle für die Brunnensucher entwickelte sich zu einem ungeahnten Fiasko.

Einen Tag vor der geplanten Zeitreise hatte die Zentrale Kontakt mit mir aufgenommen und mich angewiesen, zurückzukommen. Zuerst glaubte ich, Juli wollte mich für den Zugriff einteilen, aber er erklärte mir, es handele sich um eine reine Vorsichtsmaßnahme. Falls etwas schiefgehen würde, wäre ich so in Sicherheit.

Und nahezu alles an diesem Tag ging schief.

Unsere Leute hatten bereits im Vorfeld das SPA unauffällig observiert, weil wir nicht wussten, wer die Kontaktleute der Brunnensucher waren, und keine Aufmerksamkeit erregen wollten. Als Reinigungskräfte, Sekretärinnen und Monteure getarnt, hatten sie die Anlage gründlich inspiziert. Kameras wurden angebracht, mögliche Fluchtwege ermittelt und der beste Ort für den Zugriff festgelegt. Alles war also optimal vorbereitet.

Doch leider hielten sich die Brunnensucher nicht an den ursprünglichen Zeitplan.

Ob Abraham etwas ahnte? Oder war es einfach nur eine Vorsichtsmaßnahme? Jedenfalls betraten die Rebellen das SPA ganze vierundzwanzig Stunden vor der Zeit, die ich für meine Berechnungen erhalten hatte. Durch die Überwachungskameras hatte man in der Zentrale zwar sofort bemerkt, was passierte, aber das Einsatzteam war noch nicht vor Ort. So verstrich wertvolle Zeit, in der es den Brunnensuchern gelang, ihren Freiwilligen auf seine Reise zu schicken.

Dem hastig zusammengerufenen Einsatztrupp gelang es lediglich, Abraham und vier seiner Handlanger zu fassen sowie die beiden Techniker des SPA, die ihnen bei ihrem Vorhaben geholfen hatten. Allerdings schwiegen die Festgenommenen beharrlich. Auch die ausgefeiltesten Methoden der Verhörspezialisten konnten ihnen nicht entlocken, wen sie in die Vergangenheit geschickt hatten.

Am dritten Tag nach der Festnahme arrangierte Juli eine Gegenüberstellung zwischen Abraham und mir. Sie fand in einer kahlen Verhörzelle ohne jegliches Mobiliar statt. Der Anführer der Brunnensucher war mit Hand- und Fußfesseln an der Wand festgemacht.

Der große, selbstbewusste Mann war nur noch ein Schatten seiner selbst. Er trug einen grauen Gefängniskittel, und seine nackten Beine, die darunter hervorragten, waren blutbeschmiert. Auch das Gesicht wies deutliche Spuren von Misshandlungen auf. Aber seinen Augen konnte man ablesen, dass sein Wille ungebrochen war. Hasserfüllt funkelten sie mich an.

»Ratte«, zischte er und spuckte mich an. Ich wischte mir den Speichel vom Ärmel und trat direkt vor ihn.

»Ich kann alle vernichten, die mit dir und deiner Gruppe zu tun hatten«, erklärte ich ruhig. »Ich kann sie auch laufen lassen. Das hängt ganz allein von dir ab. Ich habe während meiner

Zeit bei euch mehr erfahren, als du glaubst. Also überleg dir, wie viel Blut an deinen Händen kleben soll.«

Er antwortete nicht, sondern starrte mich nur an. All meine Versuche, ihn zum Reden zu bewegen, schlugen fehl.

Zwei Tage später war er tot. Woran, ob es eine Krankheit, Selbstmord oder gar Mord war, erfuhr ich nie. Ich fragte auch nicht danach.

Seine Genossinnen und Genossen wurden zu langen Haftstrafen verurteilt.

Eine Woche nach diesem Vorfall ließ mich Juli zu sich rufen.

»Wir haben ein kleines Problem«, sagte er. »Dank deiner Arbeit wissen wir zwar, wohin die Brunnensucher ihren Agenten geschickt haben. Aber wir haben keine Möglichkeit, ihn aufzuhalten.«

Ich wies darauf hin, dass durch den vorgezogenen Start der Zeitreise die Parameter der Raum-Zeit-Gleichungen nicht mehr stimmten und die Wahrscheinlichkeit hoch war, dass der Zeitreisende in einer völlig anderen Epoche gelandet war – wenn die ganze Sache überhaupt funktioniert hatte.

»Das hat sie«, sagte Juli. »Die Wissenschaftler des SPA haben Veränderungen des Raum-Zeit-Kontinuums genau an der Stelle festgestellt, die als Zielgebiet bestimmt war.«

»Das ist eigentlich unmöglich«, widersprach ich. »Ich habe eine Reihe von Parametern bewusst falsch eingegeben. Allein das garantiert schon, dass es Abweichungen geben *muss.*« Dann begriff ich. »Es sei denn …«

»Es sei denn?«

»Dass die Fehler, die ich in meine Berechnungen eingeschmuggelt habe, durch die vorgezogene Abreise kompensiert worden sind«, sagte ich. »Das wäre ein außergewöhnlicher Zufall, würde aber erklären, warum die Aktion der Brunnensucher erfolgreich war.«

»Nehmen wir an, dass es so war«, sagte Juli. »Dann bist du letztlich verantwortlich dafür, dass sie ihren Plan in die Tat umsetzen konnten. Und dass er vielleicht sogar funktioniert.«

Was sollte das nun bedeuten? Wurde ein Sündenbock gesucht? Wollte Juli mich dafür über die Klinge springen lassen, dass die Aktion nicht so verlaufen war wie geplant? Obwohl – streng logisch gesehen hatte er recht. Ohne meine Formeln wäre das Vorhaben der Terroristen gescheitert und ihr Freiwilliger irgendwo in der Unendlichkeit der Zeit gestrandet.

»Jawohl, Sir«, sagte ich nur.

»Ich wusste, du siehst das genauso.« Er hob eine Stahlkassette aus der Schublade seines Schreibtisches auf die Platte und öffnete sie. Sie war gefüllt mit mehreren Dutzend kleinen Goldbarren und drei schwarzen Samtbeuteln. Er nahm einen davon und kippte den Inhalt aus. Es waren winzige, ungeschliffene Diamanten.

»Der Inhalt dieser Kiste ist über drei Millionen Credits wert«, sagte er, während er die glitzernden Steine einsammelte und in den Beutel zurückfüllte. »Mit weniger als einem Drittel davon könntest du dir bis zum Ende ein schönes Leben machen.«

»Ich verstehe nicht, Sir …«

Er schloss die Stahlkassette wieder und stellte sie in den Schreibtisch zurück. »Du wirst dieses Gold und diese Diamanten am Körper tragen, wenn du dem Agenten der Brunnensucher hinterherreist.«

Einen Moment glaubte ich, seine Worte nicht richtig verstanden zu haben.

»Was wollen Sie damit sagen, Sir?«

»Dass du ebenfalls durch die Zeit reisen wirst. Du wirst ihnen folgen.«

»Das … können Sie nicht ernst meinen, Sir.«

Juli lächelte. »O doch. Die besten Wissenschaftler arbeiten gerade an den Raum-Zeit-Gleichungen. Du wirst exakt dort landen, wo auch der Terrorist gelandet ist. Du wirst ihn finden und eliminieren, bevor er Viktor Vau töten kann.«

Er schob mir einen großen Briefumschlag zu. »Außerdem wirst du eine Kopie bestimmter Aufzeichnungen Vaus anfertigen und sie an einem genau festgelegten Ort hinterlegen. Details darüber findest du in diesen Unterlagen. Das Gold und die Edelsteine werden dir dabei helfen, deinen Lebensunterhalt zu bestreiten und vor Ort Hilfe anzuheuern.«

»Das können Sie nicht von mir verlangen, Sir.«

»Nun, wie bereits gesagt, deine Unvorsichtigkeit hat dazu geführt, dass die Zeitreise der Brunnensucher erfolgreich war. Zweitens kennst du die Terroristen und ihre Sympathisanten. Vielleicht erkennst du den Attentäter rechtzeitig und kannst ihn aufhalten. Im Übrigen halte ich dich für einen meiner wenigen Mitarbeiter, denen ich zutraue, auf sich allein gestellt und ohne Aussicht auf Rückkehr seinen Auftrag gewissenhaft auszuführen.«

Er blickte mich lange an.

»Hast du noch Fragen?«

Drei Wochen später kam ich in diese Zeit.

diut:
Bombe

1.

Hauptstadt der Union

Die kommende Weltausstellung sollte für die Dynastie der Höhepunkt des Jahrzehnts werden. So war es zumindest geplant. Schon Jahre zuvor waren die besten Architekten aus aller Welt unter Vertrag genommen worden, um die Gebäude zu entwerfen. Da das Ausstellungsgelände nur einen Steinwurf vom Regierungsviertel entfernt lag, sollte der Baustil ähnlich monumental sein, um nach dem Ende der Ausstellung die Bauten direkt für die Regierungsbehörden in Beschlag nehmen zu können.

Die Bauarbeiten waren fast abgeschlossen. Die Bombenanschläge der letzten Wochen hatten zwar die Zulieferung von Baumaterialien verzögert, den Bau selbst aber nicht wesentlich behindert. Zehntausende von Arbeitern waren dabei, letzte Hand an die Gebäude und Hallen anzulegen, um sie rechtzeitig zum Ausstellungsbeginn fertigzustellen.

Rudolf Graf zu Bodenstein saß in seinem Büro und studierte die Berichte des vergangenen Tages. Er war seit drei Jahren für die Bauleitung verantwortlich, nachdem sein Vorgänger wegen allzu offensichtlicher Unfähigkeit von dem Posten entbunden worden war. Die Dynastie tolerierte ein gewisses Maß an Korruption, soweit die Arbeit einigermaßen ordentlich erledigt wurde. Der Mann hatte den Bogen allerdings deutlich überspannt.

Auch Bodenstein war nicht vom Fach. Die Dynastie legte bei der Besetzung von Führungspositionen mehr Wert auf Loyalität als auf fachliche Kompetenz. Die konnte man dazukaufen.

Von einem Führungsmitarbeiter wurde erwartet, dass er sich das entsprechende Know-how am Markt beschaffte und dafür sorgte, dass es möglichst effektiv eingesetzt wurde.

Für Bodenstein war dieser Auftrag die Rettung gewesen. Seine Finanzen waren, gelinde gesagt, zerrüttet. Als Spross einer adligen Familie zählte er zwar automatisch zur Dynastie, das garantierte aber nicht ebenso automatisch ein angemessenes Auskommen.

Jeder kannte sein Problem: Er war ein Spieler. Es war ihm gelungen, innerhalb von wenigen Jahren das in vielen Jahrhunderten zusammengetragene Vermögen seiner Familie am Spieltisch zu verlieren. Lediglich eine opulente Stadtwohnung stand ihm damals noch zur Verfügung, die er wahrscheinlich ebenfalls versetzt hätte, wenn ihn nicht eines Tages ein alter Freund seines verstorbenen Vaters kontaktiert hätte.

Bodenstein wusste, dass Roderick Fitzsimmons Direktor eines der beiden Sicherheitsdienste der Dynastie war. Er hatte den Mann als jovialen Onkel kennengelernt, auf dessen Knien er als kleiner Junge imaginäre Pferderennen bestritten hatte und der ihm jedes Jahr zu seinem Geburtstag ein Paket mit ausgewählten Delikatessen zustellen ließ.

Bei dieser letzten Begegnung war Fitzsimmons allerdings alles andere als jovial gewesen. Sobald sie im Salon Platz genommen hatten, legte er seine Forderungen auf den Tisch: Rudolf habe sich umgehend in eine Therapie gegen seine Spielsucht zu begeben. Rudolf habe nie mehr ein Spielkasino zu betreten. Rudolf habe ab sofort seine Freunde nicht mehr zu treffen.

Bodenstein hatte zunächst lautstark protestiert. Er sei sein eigener Herr, das Vermögen gehöre ihm, er könne machen, was er wolle. Daraufhin war Fitzsimmons aufgesprungen, hatte ihn mit einer Kraft, die er dem alten Mann nicht zugetraut hatte, am Hals gepackt und aus dem Sessel gezogen und ihm ins Gesicht gezischt, dass Rudolf besser mache, was er befehle, wenn er sich nicht eines Tages als Leiche am Flussufer wiederfinden wolle.

Das war ein Argument, dem Rudolf nicht widerstehen

konnte, zumal Fitzsimmons auch noch angeboten hatte, seine ausstehenden Spielschulden zu begleichen und ihm, nach erfolgreich absolvierter Therapie, eine lukrative Tätigkeit in einem Ministerium zu verschaffen.

Heute, fünf Jahre später, war er froh, den *Ratschlägen* Fitzsimmons' gefolgt zu sein. Er war sich nicht sicher, ob der Alte auch hinter seiner Ernennung zum Leiter der Weltausstellung steckte, konnte es sich aber gut vorstellen.

Bodenstein legte den letzten Bericht beiseite und reckte sich. Er ging zu dem mannshohen Spiegel gegenüber, wo er zum dritten Mal an diesem Morgen den makellosen Sitz seines Maßanzugs und der sorgfältig nach hinten gegelten Haare überprüfte. Ihm war bekannt, dass sich manche seiner Kollegen über seine Eitelkeit lustig machten, aber das war eine der wenigen Leidenschaften, die er aus seinem alten Leben in die Gegenwart hinübergerettet hatte.

Er justierte gerade seine goldene Krawattennadel, als das Telefon klingelte.

»Mein lieber Rudolf«, dröhnte eine Stimme, die er jahrelang nicht mehr gehört hatte. »Ich hoffe, die Anarchisten haben dir noch nicht den Sessel unterm Hintern weggebombt.«

»Onkel Roderick«, erwiderte Bodenstein überrascht. Die verwandtschaftliche Bezeichnung hatte sich seit frühesten Tagen eingebürgert, auch wenn Fitzsimmons kein leiblicher Onkel war. »Long time no hear.«

»Der Schutz des Staates lässt einem kaum eine freie Minute. Ich nehme an, du hast auch alle Hände voll zu tun.«

»Das kannst du laut sagen. Die Eröffnung steht kurz bevor, und wir liegen leider immer noch hinter unserem Zeitplan.«

»Du wirst das schaffen, da mache ich mir keine Sorgen. Es sei denn, du hast dich wieder deinem alten Laster zugewandt.«

»Das solltest du doch besser wissen, Onkel Roderick.« Rudolf wusste, dass Fitzsimmons über jeden seiner Schritte informiert war, auch wenn er sich die ganze Zeit nicht hatte blicken lassen. Und er ahnte, was sein Anruf zu bedeuten hatte. Die nächsten Worte bestätigten seinen Verdacht.

»Ich halte dich nur ungern von deiner Arbeit ab, mein Junge, aber ich brauche deine Hilfe.«

Es war also an der Zeit, etwas von dem zurückzuzahlen, was Fitzsimmons für ihn getan hatte.

»Und was wäre das?«, fragte Rudolf vorsichtig.

»Zwei Dinge: Zum einen möchte ich, dass du die Bewachung des Geländes verdoppelst. Tag und Nacht. Die Bombenwerfer rücken dir etwas zu nah auf den Pelz, finde ich.«

»Verdoppeln?«, rief Rudolf. »Weißt du, was das kostet?«

Fitzsimmons lachte erneut. »Durchaus, mein Junge. Dann steckst du dir eben etwas weniger vom Budget in die Tasche.«

»Aber …« Rudolf verstummte. Das war keine Bitte, das war ein Befehl. Er seufzte. »Okay, ich werde mich drum kümmern.«

»Kümmern reicht nicht. Ich möchte, dass die Wachen ab heute Nachmittag verstärkt sind.«

Das war gar nicht mehr der nette Onkel, sondern der eiskalte Leiter des Sicherheitsdienstes, den Rudolf in seinem Leben zum Glück nur einmal kennengelernt hatte. Es war eine Erfahrung, die er nicht wiederholen wollte.

»Du kannst dich darauf verlassen«, sagte er. »Und das zweite?«

»Das wird dich nichts kosten.« Fitzsimmons' Stimme war wieder so verbindlich wie zuvor. »Ich möchte heute Abend ein kleines Treffen veranstalten. Es soll möglichst diskret sein und auf absolut neutralem Boden stattfinden. Ich hatte da an den Unabhängigkeitspalast gedacht.«

Rudolf schluckte. Der Unabhängigkeitspalast war eines der Prunkstücke der Weltausstellung – und eines der Gebäude, in dem noch ordentlich etwas zu tun war. Wenn Fitzsimmons ihn benutzen wollte, musste er für mindestens zwei Stunden die Bauarbeiten unterbrechen, was den ohnehin knappen Zeitplan noch mehr verkürzte. Aber er wusste, dass es nur eine Antwort gab.

»Das wird nicht einfach, aber ich werde es einrichten«, erwiderte er etwas gequält. »Wann genau soll das Treffen stattfinden?«

»Heute von zehn Uhr bis etwa Mitternacht. Ich werde dir eine Liste der Teilnehmer zumailen, damit du die Wachen am Haupttor informieren kannst. Und schärf ihnen ein, niemanden sonst reinzulassen.«

»Wird gemacht.« Damit konnte er den gemütlichen Abend mit seiner Freundin vergessen. Er überlegte, wie er es ihr am schonendsten beibringen konnte, ohne dass sie einen ihrer Ausbrüche bekam und seine Anrufe die nächsten vier Wochen nicht mehr beantwortete. »Ich werde mich persönlich um alles kümmern.«

»Sehr schön, mein Junge. Ich ruf dich an, wenn wir fertig sind, damit du deine Arbeitssklaven wieder ans Werk schicken kannst. Und dann sollten wir uns auch mal wieder treffen. Es ist nicht gut, so lange nichts voneinander zu hören.«

Sie tauschten noch ein paar Belanglosigkeiten aus und legten dann auf. Rudolf ließ sich in seinen Stuhl fallen und atmete tief durch. Er gab sich keinen Illusionen hin. Das war mit Sicherheit nur die erste einer Reihe von Gefälligkeiten, die er Fitzsimmons erweisen durfte. Rudolf fragte sich, wie viele andere Menschen wohl wie er in der Schuld des Mannes standen. Jede Menge, darauf hätte er gewettet, wenn er noch gespielt hätte.

Er schüttelte den Kopf und griff zum Hörer, um die zusätzlichen Wachleute anzufordern.

2.

Es war überraschend kühl geworden. Ein Kälteeinbruch aus dem Norden, wie die Wetterdienste vermeldeten. Dazu blies ein eisiger Wind, ein Vorbote des nahenden Winters.

Armand de Moulinsart war froh, am Morgen einen Mantel mitgenommen zu haben. Er fischte ihn aus dem Kofferraum der Limousine, die soeben vor dem Haupteingang des Weltausstellungsgeländes vorgefahren war. Neben ihm standen zwei seiner Männer, die sich um Enrique kümmerten.

De Moulinsart hatte den Jungen seit den frühen Morgenstunden ununterbrochen verhört. Er war mindestens ebenso erschöpft wie sein Gefangener, aber die Aussicht auf die Konfrontation mit Fitzsimmons belebte ihn.

Der Junge war die ganze Zeit bei seiner Darstellung geblieben. Zwei von de Moulinsarts Leuten hatten seine Wohnung durchsucht und bestätigt, dass offenbar etwas unter dem Sofa befestigt gewesen war. Der Klebestreifen hing exakt so da, wie Enrique es beschrieben hatte. Inzwischen war de Moulinsart geneigt, ihm zu glauben. Blieb die Frage, wer Vaus Notizbuch hatte.

Fitzsimmons sicherlich nicht, sonst hätte er das Treffen nicht anberaumt. Viktor Vau befand sich in seiner Gewalt, aber er brauchte natürlich das Notizbuch. Auch Winter kam als Täter nicht infrage. Warum hätte er sonst sein Kommen zugesagt? Und vor allem: Warum brachte er die Assistentin von Vau mit? Was konnte sie wissen, das Vau nicht wusste?

De Moulinsart knöpfte seinen Mantel zu und setzte sich in Bewegung. Kurz vor dem Tor zog er Enrique noch einmal beiseite.

»Sie haben verstanden, was Sie sagen müssen? Dass Sie mir das Notizbuch gegeben haben?«

Enrique nickte müde. »Wenn Sie wollen. Ich weiß nur nicht, welchen Vorteil Sie sich davon versprechen.«

»Das lassen Sie meine Sorge sein. Spielen Sie mit, und Sie können anschließend als freier Mann nach Hause gehen.«

»Wie Sie meinen.« Enrique machte einen Schritt nach vorn. Sofort fasste ihn einer der beiden Agenten am Arm. De Moulinsart gab ihm ein Zeichen, loszulassen.

»Sie werden uns doch jetzt auf den letzten Metern keinen Ärger machen?«, fragte er.

»Keine Sorge. Ich will hier einfach nur raus.«

De Moulinsart nickte. »So ist es recht. Dann wollen wir mal.«

Er schickte seine Männer zum Auto zurück und ging mit Enrique zum Wachtposten, der sie nach einem kurzen Check seiner Namensliste durchwinkte. De Moulinsart blickte sich erwartungsfroh um. Er war zum ersten Mal auf dem Gelände der Weltausstellung und war gespannt, was man schon sehen konnte.

Er fragte sich, warum Fitzsimmons ausgerechnet diesen Ort für ein Treffen ausgesucht hatte. Natürlich wusste er, dass der Bauleiter, dieser Graf zu Bodenstein, zu dem Klüngel gehörte, den er gerne um sich scharte, bezweifelte aber, dass das irgendeine Bedeutung hatte. Wahrscheinlich erschien es ihm einfach als ein Ort, an dem er vor einem Racheakt de Moulinsarts sicher war.

Vom Tor aus stieg eine breite Allee leicht hügelan. Zu beiden Seiten lagen kleinere Pavillons auf Rasenflächen verstreut, zu denen kiesbestreute Wege führten. Es sah eher nach einem königlichen Vergnügungspark als nach einer Ausstellung aus, welche der Welt den aktuellen Stand der Hochtechnologie präsentieren wollte. Eine geschickte Täuschung, denn die kleinen Häuschen waren nur der Zugang zu größeren Hallen, die unter der Erdoberfläche lagen. Das gesamte Areal war ein gigantischer Maulwurfsbau mit unterirdischen Gängen und Grotten, die perfekt ausgebaut waren. Es gab eine Metrolinie, die direkt bis unter den Hügel führte, sowie eine Verbindung zu den ehemaligen Katakomben, deren Höhlen zum Teil für die Ausstellung genutzt wurden.

Überall waren Arbeiter im Schein der Laternen unterwegs. Neben den eleganten Leuchten der Weltausstellung waren allerorts noch Baustellenlampen aufgebaut, die das Gelände in ein gleißendes Licht tauchten. Vorarbeiter und Ingenieure flitzten auf kleinen Gyroscootern vorbei, das Mobiltelefon am Ohr.

Eine Gruppe von drei Arbeitern stand einige Meter vom Hauptweg entfernt. Sie warteten auf ihren Kollegen, der stehen geblieben war und in seiner Umhängetasche herumwühlte. Irgendwie kam de Moulinsart die Gestalt merkwürdig bekannt vor, aber bevor er darüber nachdenken konnte, ertönte hinter ihm ein Ruf.

Zwei Gyroscooter jagten die Zufahrt hoch, direkt auf sie zu. Ehe er reagieren konnte, hatte ihn Enrique am Arm gepackt und zur Seite gezerrt. Die beiden Scooter schossen vorbei. De Moulinsart fluchte hinter ihnen her und warf Enrique einen Blick zu.

»Danke.«

»Keine Ursache«, erwiderte Enrique ausdruckslos.

Schweigend legten sie den Rest des Weges zum Unabhängigkeitspalast zurück. Durch den Zwischenfall hatte de Moulinsart die Gestalt auf dem Rasen vergessen.

Sie betraten das Gebäude durch eine geöffnete Tür neben der riesigen Eingangspforte. Die Halle, in die sie kamen, war gewaltig. Ein Saal für Giganten, dachte de Moulinsart, und ihn erfüllte ein heißer Stolz auf den Staat, dem er dienen durfte. Wer brachte heutzutage noch solche Bauwerke zustande? Dazu benötigte man Visionen, die besten Architekten und Baumeister und vor allem eine stabile Gesellschaftsordnung. Kein Wunder, dass die Anarchisten gerade die Weltausstellung als Ziel auserwählt hatten, war sie es doch, die der ganzen Welt den Glanz und die Überlegenheit der Dynastie demonstrierte.

Drei gewaltige Glaskuppeln wölbten sich über ihnen und ließen genügend Licht herein, um die Halle in ein blasses Zwielicht zu tauchen. Elegant geschwungene Stahlträger stützten die Empore, die rund um das Gebäude verlief und deren verschlungenes Geländer ein Meisterwerk an Metallschmiedekunst war. Die von außen noch verhangenen Fenster waren in Hunderte einzelner Scheiben aufgeteilt, von denen jede individuell von einem Künstler gestaltet worden war. Der Boden bestand aus handgearbeiteten Fliesen, die in symbolischer Form die Errungenschaften der Dynastie darstellten.

»Ist Ihnen bereits die Luft ausgegangen?« Die Stimme riss de Moulinsart aus seinen Betrachtungen. Es war natürlich

Fitzsimmons, der mit Vau an einem Tisch genau im Zentrum des Saals saß.

De Moulinsart und Enrique traten näher heran. Der Professor sah deutlich schlechter aus als bei ihrer letzten Begegnung. Er war unrasiert, und der dunkle Schatten der Bartstoppeln auf seinen Wangen verlieh ihm den Ausdruck eines Strafgefangenen, der seit langer Zeit in Einzelhaft schmorte.

Fitzsimmons dagegen wirkte wie das blühende Leben. Er steckte in einem Lodenmantel, den er offen trug, und einer knielangen Wollhose, die in rote Strümpfe mündete. Zwei kantige Wanderschuhe vervollständigten den rustikalen Eindruck.

»Auf Sie ist Verlass!«, rief er. »Pünktlich wie die Maurer. Und wie ich sehe, haben Sie den jungen Enrique mitgebracht.«

»Er wird Ihnen nicht viel nützen«, brummte de Moulinsart.

»Das werden wir ja sehen.« Fitzsimmons wies auf zwei freie Stühle. »Setzen Sie sich doch. Ich nehme an, unser Freund Winter wird auch jeden Moment eintreffen.«

Enrique nahm neben Vau Platz, der dem Geschehen mit leerem Blick folgte. Der Mann war sichtlich fertig und würde es nicht mehr lange machen.

An der Tür hörten sie ein Geräusch. Es waren Winter und Astarte.

»Entschuldigen Sie die Verspätung«, rief Winter. »Wir sind in eine Verkehrskontrolle geraten. Es scheint, die Polizei wird aufgrund der vielen Bombenanschläge langsam ein wenig nervös.«

»Das würden Sie auch, wenn die Anschläge in Ihrem geliebten Agua Caliente stattfänden«, konterte de Moulinsart. »Sie haben einfach das Glück, dass sich niemand für Ihr Kaff interessiert. Nur Weltmächte wie die Dynastie stellen für Terroristen eine Herausforderung dar.«

Astarte stürzte auf Viktor Vau zu und ergriff seine Hände. »Professor, was hat man Ihnen getan?«

Vau lächelte müde. »Nichts, meine Liebe. Ich bin nur ein wenig erschöpft, das ist alles.«

Enrique staunte sie mit großen Augen an. »Wieso bist du

denn hier?«, fragte er. Bevor sie ihm antworten konnte, ergriff Winter das Wort.

»Ich habe Roderick gebeten, dieses Treffen einzuberufen, weil jeder von uns etwas hat, das ein anderer gerne besitzen würde. Wir sollten uns darüber verständigen, wie wir diese Situation zu unser aller Vorteil wenden können.«

»So, wie ich es sehe, haben Sie nichts, das mich interessieren könnte«, sagte Fitzsimmons.

»Meinen Sie?« Winter lächelte. »Roderick, Sie haben zwar Professor Vau in Ihrer Gewalt, aber nicht sein Wörterbuch. Wo das ist, weiß nur diese junge Dame, an deren Wohlergehen wiederum jener junge Mann ein Interesse hat, der Sie begleitet, Armand. Dummerweise sieht es so aus, als hätten Sie damit auch die schlechtesten Karten in der Hand. Was mich betrifft, so hätte ich natürlich auch gerne Zugang zu Professor Vaus Notizbuch. Frau Apostolidis will das aber erst dann herausgeben, wenn sie sicher sein kann, dass Professor Vau und Herr da Soza sich frei bewegen können.«

»Lächerlich«, spuckte de Moulinsart. »Sie sind hier nicht in Dagombé, Winter. Wenn ich etwas haben will, dann nehme ich es mir.«

»Nicht von mir«, widersprach ihm Fitzsimmons. »Ich bin im Grunde auch Ihrer Meinung, was den Kollegen Winter betrifft, aber er hat nicht ganz unrecht.«

Sein Rivale schnaubte. »Wir wissen noch nicht einmal, um was es hier geht, und wollen in Verhandlungen einsteigen, bei denen wir etwas aufgeben sollen?«

»Das habe ich mich auch schon die ganze Zeit gefragt«, meldete sich Enrique zu Wort. »Was Professor Vau entwickelt hat, ist eine künstliche Sprache. Die Regeln dafür hat er in seinem Notizbuch niedergeschrieben. Ich frage mich, welches Interesse die Sicherheitsdienste daran haben, dass Sie einen solchen Aufwand betreiben.«

»Ich würde Ihnen beipflichten, mein lieber Freund, wenn da nicht diese Raumkapsel wäre«, erwiderte Fitzsimmons. »Stellen Sie sich vor: Eine hochtechnologische Gesellschaft, die sogar das Zeitreisen beherrscht, fürchtet sich vor dem, was Professor Vaus Notizbuch enthält. Da ist unsere Neugier doch nur zu verständlich, finden Sie nicht?«

»Was wollen Sie mit einer Kunstsprache?«, warf Astarte ein. »Selbst wenn sie irgendwelche Auswirkungen hat, es dauert Jahrhunderte oder länger, bis sie sich so verbreitet hat, dass alle Menschen sie sprechen. Wir alle sind dann schon längst tot, und wer weiß, ob es Ihre Dynastie dann noch geben wird.«

»Sie wollen uns auch glauben machen, dass es sich nur um diese Sprache handelt«, schnappte de Moulinsart. »Aber was ist, wenn etwas ganz anderes dahintersteckt? Das wissen wir aber erst, wenn wir Professor Vaus Aufzeichnungen gesehen haben.«

Astarte setzte zu einer Antwort an.

In diesem Augenblick ging die Bombe hoch.

3.

Marek und drei seiner Genossen saßen in dem fensterlosen Lieferwagen und warteten. Sie hatten sich bereits eine Viertelstunde zuvor umgezogen. Jeder von ihnen trug einen blauen Arbeitsanzug, feste Sicherheitsschuhe und einen Schutzhelm. An der Brusttasche ihrer Jacken war der Schriftzug *Globatech* eingenäht. Darunter baumelte ein laminiertes Schild mit dem Foto seines Trägers und einem falschen Namen.

Jeder hatte einen Rucksack vor sich stehen, so wie ihn die meisten Arbeiter mit zum Job nehmen. Wer einen davon geöffnet hätte, hätte die üblichen Utensilien vorgefunden: Butterbrotdose, Thermoskanne, eine Schachtel mit Keksen, ein paar Schokoladenriegel, eine Plastikflasche mit Wasser oder Apfelschorle.

Was sich wirklich in den Rucksäcken verbarg, konnte nur herausfinden, wer die einzelnen Gegenstände einer genauen

Prüfung unterzog. Marek wusste, wie unwahrscheinlich das war. Meistens wurde beim Rausgehen kontrolliert, ob jemand irgendetwas von der Baustelle hatte mitgehen lassen. Nur ganz selten gab es Stichproben bei den eintreffenden Arbeitern, und dann wurde zumeist gezielt nach etwas gesucht, zum Beispiel nach Flugblättern, in denen eine der kleineren Gewerkschaften zum Streik aufrief. Obwohl Harry König einen Deal mit dem Grafen, der den Bau beaufsichtigte, geschlossen hatte, in dem Königs Gewerkschaftsbund garantierte, dass alles reibungslos ablief und Unruhestifter umgehend durch zuverlässige Leute ersetzt würden, kamen Flugblattaktionen trotzdem immer wieder vor.

Der Mann an Mareks Seite trommelte einen komplizierten Rhythmus auf seinen Oberschenkeln. Er hatte die Genossen, die mit ihm diesen Auftrag ausführten, vorher noch nie gesehen. Keiner wusste, wie der andere wirklich hieß, wo er wohnte und was er machte. Das hatte ihm Thura heute Morgen erklärt, als sie ihm die Details des Einsatzes erläuterte.

»Nachdem ihr eure Aufgabe erfüllt habt, zieht ihr euch um. Der Wagen wird jeden von euch an einer anderen Stelle in der Stadt herauslassen, nicht notwendigerweise in der Nähe eurer Wohnung. So verringern wir die Gefahr, dass jemand redet und seine Genossen gefährdet.«

»Und du?«, fragte Marek erstaunt. »Du kennst jeden von uns. Was, wenn du verraten wirst? Hast du davor keine Angst?«

Thura lachte. »Ich bin eine alte Frau. Über kurz oder lang werden sie mich erwischen. Du musst nicht glauben, dass ich nicht beobachtet werde. Die Sicherheitsdienste wissen nur zu gut, dass ich subversive Literatur verteile und Veranstaltungen durchführe, die nicht gerade das Hohelied der Dynastie singen. Aber genau das schützt mich auch. Denn wer, der so im Rampenlicht der Ermittler steht, würde eine Gruppe von Attentätern leiten? Bislang hatte ich Glück, aber irgendwann ist das vorbei. Ich hoffe nur, dass es erst nach der Eröffnung der Weltausstellung passiert.«

»Vielleicht solltest du deine Aktivitäten anderswohin verlagern«, schlug Marek vor. »Wenn die Sicherheitsdienste hier reinmarschieren, haben sie doch leichtes Spiel.«

Thura schmunzelte. »Siehst du, wie gut unser Sicherheitssystem funktioniert? Selbst du hast davon nichts bemerkt.«

Marek starrte sie fragend an.

»Du denkst, jeder kann hier so einfach in mein Büro kommen und sich nach Lust und Laune umsehen? Dann hast du nicht genau hingesehen. Wir überwachen sowohl die Straße als auch den Laden mit Kameras und Sensoren. Wenn Gefahr droht, wird die Tür zum Büro durch eine Stahlplatte verriegelt. Das Gleiche passiert bei allen anderen Türen, die über den Gang zu erreichen sind.«

»Respekt«, staunte Marek. Davon hatte er wirklich noch nichts bemerkt. »Und wie kommt ihr hier raus? Ewig werdet ihr ja die Angreifer nicht aufhalten können.«

»Das erkläre ich dir gerne ein anderes Mal«, lächelte Thura. »Jetzt sollten wir uns um die Aufgabe kümmern, die du zu erledigen hast.«

Nachdem Marek die Bombe zwei Mal zusammengebaut und wieder auseinandergenommen und die Teile wieder in den Alltagsutensilien verstaut hatte, zog er ein nachdenkliches Gesicht. »Das ist allerfeinste Technologie«, sagte er. »Nichts, was man im Bastelladen um die Ecke kaufen kann. Ich denke, ich kann das beurteilen, denn mit Basteleien kenne ich mich aus.«

»Und?«

»Ich frage mich, woher das Zeug stammt.«

»Du bist eindeutig zu neugierig.« Thuras Miene wirkte nun strenger.

»Klar, nichts für ungut.« Marek hob entschuldigend die Hände. »Ich wollte auch gar nicht schnüffeln. Neugier ist nun einmal mein zweiter Vorname.«

Das schien Thura zu beruhigen. Marek hatte tatsächlich nicht vor, sie zu verraten. Mit Viktor Vau war es etwas anderes gewesen, gewissermaßen eine Ausnahme. Davon musste er nur Enrique noch überzeugen. Mit seinen klaren Vorstellungen von Recht und Ordnung und seiner rationalen Vorgehensweise würde er für sein Verhalten sicher Verständnis zeigen.

Während Marek jetzt auf der Ladefläche des Lieferwagens auf das Zeichen zum Loslegen wartete, fragte er sich, ob de Moulinsart vielleicht etwas mit Enriques Verschwinden zu tun hatte. Er nahm sich vor, dem morgen sofort nachzugehen. Eine Information zu verkaufen war eine Sache; einen Freund in eine Falle zu locken, etwas völlig anderes.

Der Fahrer klopfte drei Mal gegen die Trennwand. Das war ihr Zeichen! Endlich! Marek schoss hoch, schnappte seinen Rucksack und öffnete vorsichtig die Hecktür. Die Straße und der Bürgersteig waren leer. Er sprang aus dem Laderaum, gefolgt von seinen Genossen.

Sie liefen bis zur nächsten Ecke. Etwa fünfzig Meter vor ihnen lag auf der anderen Straßenseite eine Bushaltestelle, wo soeben einer der Pendelbusse von Globatech sechzig Männer und Frauen in identischer Kleidung wie der ihren ausspuckte. Marek und seine Begleiter überquerten die Fahrbahn und schlossen sich den Arbeitern an.

Ungehindert passierten sie die Wachtposten am Eingang zum Betriebshof der Weltausstellung. Mit ihnen waren auch mehrere Hundert Arbeiter anderer Firmen eingetroffen. Entsprechend groß war das Durcheinander auf dem Hof.

Marek und seine Gruppe liefen zielstrebig auf eine Baracke am Rand des Platzes zu. Hier gab es für jeden Arbeiter einen Spind, in dem er sein Werkzeug aufbewahren konnte, auch die vier, deren Platz sie eingenommen hatten. Marek hätte gern gewusst, ob sie freiwillig darauf verzichtet hatten, heute zur Nachtschicht zu erscheinen, oder wie es Thura sonst bewerkstelligt hatte, ihnen die Ausweise zu besorgen.

Sie warteten vor dem Gebäude, bis die meisten Arbeiter es wieder verlassen hatten, und holten sich dann ihre Werkzeugkästen aus den Schränken. An der Grenze des Betriebshofs zur eigentlichen Weltausstellung gab es mehrere elektronisch gesteuerte Drehkreuze. Marek hielt seinen Ausweis gegen den Scanner. Der Apparat gab den Weg frei.

Sobald sie durch die Sperre waren, marschierten sie auf ihr erstes Ziel zu. Mit ihrer Ausrüstung und ihrer Kleidung waren sie nicht zu unterscheiden von den zahlreichen Gruppen anderer Arbeiter, die überall auf dem Gelände unterwegs waren.

Es war jetzt kurz nach acht Uhr. Sie mussten ihre Arbeit innerhalb der nächsten vier Stunden erledigen, um dann die Ausstellung um Mitternacht bei Schichtwechsel zu verlassen.

Ihr erstes Ziel lag direkt vor ihnen. Es war eine zehn Meter hohe Statue auf einem quadratischen Marmorsockel, die den Verfasser des Unionsvertrags, Hagbert Wockendorf, darstellte. Er stand hinter einem Tisch, die linke Faust auf die Tischplatte gestützt, in der rechten ein Bündel von Papieren, das er über seinem Kopf schwenkte.

Bevor Marek an die Arbeit ging, spuckte er die Statue erst einmal an. Der Unionsvertrag war es, der sein Land in Chaos und Armut gestürzt hatte, indem er die Märkte der Union von denen der umliegenden Gebiete abriegelte. Indirekt waren auch Mareks Eltern Opfer dieses Vertrags geworden. Deshalb war es für ihn eine besondere Genugtuung, Wockendorf zu pulverisieren, auch wenn es nur ein steinernes Abbild war.

Nach zwei Stunden hatten sie die ersten beiden Bomben angebracht. Die restlichen zwei sollten an derselben Stelle zum Einsatz kommen: dem Unabhängigkeitspalast. Hier war die Arbeit einerseits einfacher, weil noch so viele Leute am Gebäude tätig waren, andererseits erhöhte das natürlich auch das Risiko, aufzufliegen.

Sie liefen einen der Kiespfade zum Hauptweg entlang, als Marek dort zwei Gestalten bemerkte, die ihm bekannt vorkamen. Sofort hielt er an, beugte sich über seine Umhängetasche und tat so, als würde er darin etwas suchen. Er zischte seinen Genossen, die schon drei Schritte weiter waren, ein leises »Stopp« zu. Sie blieben stehen und verdeckten ihn so teilweise vor den zwei Männern, die gerade auf dem Weg zum Palast waren: de Moulinsart und Enrique.

Marek verfluchte sein Pech. Ausgerechnet de Moulinsart musste ihm hier über den Weg laufen! Und Enrique war tatsächlich bei ihm. Marek beugte den Kopf noch tiefer über seine Tasche. Seine Genossen wurden unruhig.

»Was ist los?«, fragte einer von ihnen.

Marek schüttelte nur den Kopf. In dem Augenblick ertönte ein Ruf vom Hauptweg her. Hatten sie ihn entdeckt? Er wollte gerade kehrtmachen und abhauen, als er bemerkte, dass der Ruf nicht ihm gegolten hatte, sondern de Moulinsart. Er sah, wie Enrique seinen Begleiter vor zwei herankommenden Gyroscootern auf die Seite zerrte.

»Die dürfen mich auf keinen Fall erkennen«, zischte er seinen Genossen zu und deutete auf den Weg. Die drei verstanden sofort. Sie rückten zusammen und versperrten so die Sicht auf ihn. Er beobachtete, wie de Moulinsart hinter den Scooterfahrern her fluchte, dann aber mit Enrique weiterging.

Sie warteten zur Sicherheit noch zwei Minuten, bevor sie ihren Weg zum Unabhängigkeitspalast fortsetzten. Trauben von Arbeitern kamen ihnen entgegen.

»Ihr könnt da nicht hoch«, sagte einer von ihnen. »Anweisung des Chefs. Für zwei Stunden sind alle Arbeiten am Palast einzustellen.«

»Aber wir müssen«, antwortete einer von Mareks Verbündeten. »Sonst werden wir heute nicht fertig.«

Sein Gesprächspartner zuckte mit den Schultern. »Die Wachen da oben werden euch das gerne näher erklären.«

Seine Begleiter lachten. »Freut euch doch über die bezahlte Pause«, rief einer von ihnen Marek und seinen Genossen hinterher.

Marek fragte sich, was da los war. Hatte es etwas mit de Moulinsart und Enrique zu tun, die in diese Richtung gegangen waren? Und wenn ja, was wollten die beiden auf der Weltausstellung?

Sie waren nur wenige Schritte vom Zugang zum Vorplatz des Unabhängigkeitspalastes entfernt, als zwei Uniformierte auftauchten. Es waren vierschrötige Kerle, die im Gegenlicht wie dunkle, drohende Schatten aussahen.

»Seid ihr taub oder verdummt oder was?«, rief einer von

ihnen und legte seine Hand auf den Gummiknüppel, den er am Gürtel trug. »Hier spielt sich bis Mitternacht nichts ab, kapiert?«

»Kein Problem, Meister«, versuchte der Mann neben Marek die Wachen zu beruhigen. »Wir müssen nur etwas kontrollieren.«

»Die Einzigen, die hier kontrollieren, sind wir«, sagte der andere Wachposten. »Und nun verzieht euch!«

»Ist ja schon gut.« Marek zog seinen Nebenmann am Ärmel. »Los, lass uns gehen.«

Sie liefen den Weg so weit herab, bis sie außer Sichtweite waren.

»Was machen wir jetzt?«, fragte Marek.

Der Wortführer blickte auf seine Armbanduhr. »Wir können keine zwei Stunden warten. Um Mitternacht müssen wir hier raus sein. Also müssen wir von der anderen Seite an den Palast herankommen.«

Zum Glück waren die meisten Arbeiter inzwischen zurück zum Betriebshof gezogen, um dort die Unterbrechung abzuwarten. Bis auf vereinzelte Gestalten war der Park um sie herum leer. Sie duckten sich in die Büsche und stiegen einen kleinen Hügel empor. Hier war es relativ dunkel, denn die meisten Leuchten standen an den Wegen und den Pavillons, an denen noch gearbeitet wurde.

Die Rückseite des Unabhängigkeitspalastes war mit einem Maschendrahtzaun abgesichert.

»Ich hoffe, sie haben keine Hunde«, murmelte Mareks Nebenmann.

»Das werden wir gleich sehen.« Der Wortführer zog einen taschenlampengroßen Laserschneider aus seinem Rucksack. Sekunden später klaffte ein mannshohes Loch im Zaun. Marek kroch als Erster durch. Er lauschte, aber von Hunden war nichts zu hören und auch sonst schien niemand den Lichtstrahl des Lasers bemerkt zu haben. Er gab seinen Genossen ein Zeichen, und sie liefen geduckt über den Rasen bis zur Rückwand des Palastes.

Vor der Wand war ein mit Planen abgehängtes Baugerüst in die Höhe gezogen, hinter dem sie verschwanden. Marek stolperte in der plötzlichen völligen Dunkelheit über eine Querstrebe und wäre beinahe gestürzt, wenn sein Vordermann ihn nicht abgefangen hätte.

Einen Augenblick lang blieben sie stehen und atmeten durch.

»Seid vorsichtig mit den Lampen«, warnte sie der Wortführer. »Nur das allernötigste Licht.«

Alle holten ihre Taschenlampen hervor und verteilten sich an der Gebäudewand. Mareks Position war die am linken äußeren Ende. Er befestigte die kleine Leuchte mit einem Stirnband an seinem Kopf und begann, den Boden an der Mauer mit einem Handspaten auszuheben. Anschließend setzte er sich mit dem Rücken gegen die Wand und packte die Butterbrotdose und Thermosflasche aus.

In der Dose lagen zwei Wurstbrote, ein halber Apfel und zwei Möhren. Marek steckte sich eines der Brote in den Mund und hielt es mit den Zähnen fest, während er den Rest neben sich auf den Boden kippte. Den Tee aus der Thermoskanne schüttete er ebenfalls weg.

Während er auf dem Brot herumkaute, hob er den falschen Boden der Dose ab. Darunter war eine graue, teigige Masse verborgen. Er zog seinen rechten Schuh aus und klappte die Sohle am Absatz beiseite. Aus dem Hohlraum dahinter zog er zwei Drähte, deren Enden er in der Masse befestigte, um dann den falschen Boden wieder daraufzulegen.

Marek schluckte den letzten Bissen herunter und schraubte den doppelten Boden der Thermosflasche ab. Darin verbarg sich eine kleine Platine, die er mit Klebestreifen in der Brotdose befestigte. Er riss zwei Schokoladenriegel auf und brach sie in der Mitte durch. In einem war eine Batterie versteckt, im anderen eine Digitaluhr, beide in Plastikfolie eingeschweißt. Aus seinem linken Schuhabsatz fischte er weiteres Zubehör, das er auf der Platine zusammensteckte. Als Letztes kam der winzige Sender dran, mit dem die Bombe aus der Ferne aktiviert werden konnte.

Er war beinahe fertig, als er ein leises Geräusch hörte. Sofort machte er seine Lampe aus. Seine Genossen, die die plötzliche Verdunkelung bemerkt hatten, taten es ihm nach.

Das Geräusch kam näher. Es waren eindeutig Schritte. Marek presste sich so weit wie möglich an die Palastwand. Hoffentlich war das keine Patrouille mit Hund!

Die Schritte kamen um die Ecke. Eine Taschenlampe wurde angeknipst, nicht so eine schwachbrüstige Leuchte, wie er sie hatte. Der Lichtkegel glitt über die Plane. Marek hielt die Luft an und hoffte inbrünstig, dass sie dicht genug war, um ihn und seine Genossen zu verbergen.

Der Mann, der glücklicherweise keinen Hund mit sich führte, blieb stehen. Marek befürchtete, er könnte gleich die Plane anheben, doch dann ertönte aus der Ferne ein Ruf. Der Wachmann machte kehrt und verschwand um die Ecke.

Marek atmete erleichtert aus. Er wartete noch eine Minute, bevor er seine Stirnlampe wieder einschaltete. Er hielt den einen Draht, der in den Timer gehörte, noch in der Hand. Mit zitternden Fingern schraubte er ihn fest, drückte den Deckel wieder auf die Brotdose und legte sie vorsichtig in die Kuhle, die er vorhin gegraben hatte. Dann füllte er das Loch wieder mit Erde auf und trat sie glatt. Er packte die übrigen Sachen zurück in den Rucksack und lief zu seinen Genossen herüber.

Sie waren ebenfalls fertig mit ihrer Arbeit und hatten sich bereits an das andere Ende des Gerüsts zurückgezogen. Der Wortführer hatte ein kleines Gerät in der Hand, das wie eine Fernsteuerung aussah. Marek gab ihm das Daumen-hoch-Zeichen.

Er sah seinem Genossen beim Aktivieren der Zeitgeber zu, als ihm siedend heiß ein Gedanke durch den Kopf schoss. Hatte er die Drähte richtig an den Zeitschalter angeschlossen? Das war genau der Moment gewesen, in dem der Wachmann vorbeigekommen war. Er versuchte, sich zu erinnern. Er hatte den roten Draht in der rechten Hand gehabt – oder war es der blaue? Sosehr er sich auch bemühte, es wollte ihm nicht mehr einfallen.

Marek entschloss sich, die Aufklärung nicht abzuwarten. Vorsichtig lehnte er sich gegen die Plane und setzte einen Fuß auf die unterste Querstrebe. Er überlegte noch, ob er seine Genossen warnen sollte, als er das Klicken der Aktivierung hörte.

Er drehte sich um, stieß die Plane beiseite, sprang auf den Rasen und rannte.

4.

Die Halle erzitterte unter dem gewaltigen Druck der Explosion. Die Druckwelle hob Astarte von ihrem Stuhl und schleuderte sie durch die Luft. Mit einem lauten Aufschrei landete sie auf dem harten Steinboden. Sie konnte den Sturz eben noch mit den Armen abfedern. Das änderte aber nichts daran, dass sie weitere fünf Meter durch die Halle geschoben wurde.

Neben ihr landeten Brocken aus Stein und Putz, und sie konnte nicht mehr tun, als sich auf den Bauch zu drehen und die Hände schützend über dem Kopf zu verschränken. Direkt vor ihren Augen prallte krachend ein verbogenes Stück Stahl auf und schlug ein tiefes Loch in die Fliesen.

Ein harter Gegenstand traf ihren Unterschenkel. Sie schrie erneut auf und zog sich weiter vor, bis sie mit dem Kopf unter dem Stahlträger lag. Hier fühlte sie sich vor dem herunterprasselnden Gestein zumindest ein wenig geschützt.

Schließlich wagte sie es, den Kopf zu heben. In der gegenüberliegenden Wand des Gebäudes klaffte ein Loch, das sich fast bis zum Dach hochzog. Die Luft war voll von feinem weißem Staub, der sich wie eine klebrige Hülle auf ihren Körper legte.

Suchend sah sie sich um. In der dichten Staubwolke war es schwer, etwas zu erkennen. Der Staub verklebte ihr die Augen, und sie versuchte, ihn mit dem Handrücken wegzuwischen, mit nur mäßigem Erfolg.

Blinzelnd stolperte sie auf das Loch in der Wand zu. Sie wusste nicht, welchen Schaden die Explosion an der Statik angerichtet hatte und ob gleich das gesamte Gebäude in sich zusammenstürzen würde.

»Astarte!«, krächzte eine Stimme rechts von ihr. Es war Enrique. Er und Viktor Vau richteten sich hinter dem umgestürzten Tisch auf, an dem sie eben noch gesessen hatten, nur dass der sich jetzt gute zehn Meter entfernt von seinem ursprünglichen Standort befand. Sie waren wie Astarte vollständig mit weißem Staub bedeckt, schienen aber unverletzt zu sein.

Viktor wankte, und Enrique und sie nahmen ihn in die Mitte. Er legte seine Arme über ihre Schultern und sie umfassten seine Hüfte. Hustend und spuckend bahnten sie sich gemeinsam einen Weg durch das Chaos nach draußen.

Dabei taumelten sie an de Moulinsart und Fitzsimmons vorbei. Die zwei Rivalen waren von demselben Trümmerstück erwischt worden, ein fast kompletter Fensterrahmen aus Metall, unter dem sie begraben lagen. Astarte lief zu den reglosen Körpern hinüber. Fitzsimmons stöhnte leise, er lebte also noch. Sie nahm de Moulinsarts Handgelenk und fühlte einen leichten Puls.

Sie kehrte zu Enrique und Vau zurück, die sich inzwischen schon fast bei dem Loch in der Wand befanden. Von Winter war nichts zu sehen. Sie überlegte kurz, ob sie nach ihm suchen sollte, als die ersten Helfer von außen in den Palast hereindrängten.

Astarte hob drei Finger und deutete in den Saal hinter sich, dann trat auch sie an die Luft. Mehrere Dutzend Arbeiter waren inzwischen eingetroffen. Einige stürzten auf die drei Gestalten zu, die aus dem Staubnebel herauswankten, um sie zu der nahegelegenen Wiese zu geleiten, wo sie sich in das Gras sinken ließen.

»Wi- … -ollen … -inden.« Astarte hatte Mund und Hals voller Staub und bekam die Worte nicht richtig heraus. Ihre Begleiter verstanden sie trotzdem. Sie mussten weg, bevor die

Geheimdienstler sie wieder in ihre Gewalt bringen konnten. In der Ferne waren die ersten Sirenen zu hören.

Ein Arbeiter bückte sich zu ihnen herab. »Folgt mir. Ich weiß, wie es hier rausgeht.«

»Marek«, stammelte Enrique. Er hustete und spuckte aus. »Was machst du hier?«

»Erkläre ich euch später«, sagte Marek mit niedergeschlagenen Augen. »Könnt ihr laufen?«

Astarte nickte und sah Viktor Vau fragend an. Der nickte ebenfalls. Marek führte die drei weg vom Unabhängigkeitspalast, zu dem immer mehr Arbeiter aus allen Ecken des Parks strömten.

Sie liefen quer über das Gelände zum Betriebshof. Kurz vor dem Drehkreuz zog Marek sie in das Gebüsch am Wegesrand. Er warf einen Blick auf seine Uhr. Es spielte ihnen in die Hände, dass im Augenblick kaum Verkehr herrschte. Bis zum nächsten Schichtwechsel um Mitternacht würde es noch eine halbe Stunde dauern.

»Ihr müsst euch etwas sauber machen, sonst kommen wir hier nie raus«, sagte er. Sie begannen, sich den Staub von den Kleidern zu schlagen. Marek half ihnen dabei.

»Einen Moment«, sagte er und verschwand durch das Drehkreuz. Kurz darauf kehrte er mit einem Plastikkanister und drei Overalls in den Händen zurück.

»Hier, damit könnt ihr eure Hände und das Gesicht abwaschen.« Er goss jedem Wasser in die Hände, und sie reinigten sich, so gut es ging. Marek warf den Kanister hinter sich ins Buschwerk und reichte ihnen die Overalls. »Und jetzt zieht euch die an.«

Astarte verschwand hinter einem Gebüsch, wo sie vor den Blicken der anderen geschützt war. Als sie wieder zum Vorschein kam, waren Enrique und Viktor bereits umgezogen. Marek hielt ihr seine Baseballmütze hin.

»Setz die auf, dann sieht man deine langen Haare nicht.«

Der Ausgang vom Gelände auf den Betriebshof war ohne Identitätskarte möglich. Der Hof war verlassen, weil die Arbeiter nach der Explosion alle aufs Weltausstellungsgelände zurückgerannt waren. Kurz bevor sie das Tor erreicht hatten, heulten um sie herum Alarmsirenen los.

Der Wachmann trat aus seinem Häuschen, als sie daran vorbei wollten. Er war schon älter und unbewaffnet, wahrscheinlich ein Rentner, der, wie so viele, seine bescheidene Pension etwas aufbesserte.

Astarte, Enrique und Viktor blieben einen halben Meter hinter Marek stehen.

»Was ist passiert?«, fragte der Wachmann. »Was haben die Sirenen zu bedeuten?«

»Ein Bombenanschlag«, antwortete Enrique, ohne zu zögern. »Der halbe Unabhängigkeitspalast ist eingestürzt.«

»Verdammt!« Der Wachmann schüttelte sein Funkgerät. »Deshalb sind alle Kanäle überlastet. Aber wir werden natürlich wieder als letzte informiert.«

»Sie sollten aufpassen«, sagte Marek. »Die Terroristen könnten sich noch auf dem Gelände befinden.«

»Ich werde sofort alles verriegeln«, sagte er. »Danke für den Hinweis.«

Sie eilten durch das Tor und hatten kaum die Straße überquert, als sie das Tor hinter sich zurasseln hörten. Marek führte sie um zwei Häuserblocks zu einem dunkelblauen Lieferwagen mit getönten Scheiben. Er riss die Hecktür auf und bedeutete ihnen einzusteigen, während er nach vorn zum Fahrer ging. Eine Minute später kletterte auch er in den Laderaum und zog die Tür hinter sich zu. Der Motor sprang an und das Fahrzeug setzte sich in Bewegung.

»Wohin fahren wir?«, fragte Enrique.

»Ins Kuppelquartier«, erwiderte Marek.

»Und wie kommt es, dass du *zufällig* einen Transporter in der Nähe geparkt hast? Und das sogar mit Fahrer?«

Astarte wusste, warum. Es konnte keine andere Erklärung geben. »Du hast die Bombe gelegt, die vorzeitig hochgegangen ist.«

Marek nickte schwach. »Meine Genossen sind dabei ums

Leben gekommen.« Sein Körper war in sich zusammengesackt, und er hockte da wie ein Häufchen Elend. Er hätte Astarte fast leidgetan, wäre ihr nicht klar gewesen, dass er sie und ihre Freunde beinahe getötet hatte.

Immer wieder hörten sie Sirenengeheul. Keiner von ihnen sagte ein Wort, während der Fahrer sie durch die nächtliche Stadt in Sicherheit brachte.

dinu:
Enthüllungen

1.

Hauptstadt der Union

Der Wagen setzte sie am Rand des Kuppelquartiers ab.

»Was machen wir jetzt?«, fragte Astarte, während sie im fahlen Licht einer Straßenlaterne standen. Die wenigen Passanten, die vorbeikamen, musterten die Gruppe misstrauisch.

»Ich wohne hier in der Nähe«, sagte Marek, der sich vor dem Aussteigen umgezogen hatte. »Gehen wir erst mal zu mir.«

»Ich weiß nicht, ob wir da in Sicherheit sind«, wandte Enrique ein. »De Moulinsart weiß bestimmt, wo du wohnst.«

Astarte machte ein verblüfftes Gesicht. »Du kennst de Moulinsart?«

»Das ist eine längere Geschichte«, erwiderte Marek. »Aber er weiß definitiv nicht, dass ich auf der Weltausstellung war und euch geholfen habe.«

»Das ist egal«, erwiderte Enrique. »Er wird alle Orte absuchen lassen, an denen er Professor Vau oder mich vermutet. Und deine Wohnung gehört dazu.«

»Es bringt uns nicht weiter, wenn wir hier rumstehen und diskutieren«, warf Astarte ein. »Wir gehen jetzt zu Marek und entscheiden, was wir tun sollen. Die Geheimdienste werden dort noch nicht auf uns warten.«

»Ich würde mich auch gern etwas ausruhen«, fügte Viktor hinzu.

Enrique begriff, dass es die beste aller schlechten Alternativen war. Schweren Herzens gab er seine Zustimmung, obwohl er ein ungutes Gefühl dabei hatte.

Marek führte sie durch eine Reihe von Nebenstraßen zu einer Jugendstilvilla, die in einem parkähnlichen Garten lag. Er öffnete das gusseiserne Tor mit einer kleinen Fernbedienung und bat seine Begleiter auf das Gelände.

»Das ist kaum zu glauben«, kommentierte Enrique. Während er selbst nur ein winziges Apartment bewohnte, konnte sich sein Kumpel offenbar etwas mehr Komfort leisten. Sehr viel mehr, denn die Miete für diese Villa musste ein Vermögen kosten.

Marek bemerkte die fragenden Blicke seiner Freunde. »Das ist nicht wirklich mein Haus«, erklärte er. »Ich habe es vorübergehend geliehen.«

»Geliehen?« Enrique zog ungläubig die Augenbrauen hoch.

»Nun ja, die Eigentümer verbringen einen Teil des Jahres in ihrer Villa in der Karibik«, erklärte Marek. »Und bei der Hausmeisterfirma, die hier nach dem Rechten sieht, arbeitet ein Freund von mir. Er ist für dieses Haus zuständig und hat mir als kleine Gefälligkeit eine Kopie der Schlüssel gemacht.«

Enrique war immer noch skeptisch. »Er lässt dich hier wohnen wegen einer *kleinen Gefälligkeit*?«

»Na ja, sie war nicht so *ganz* klein«, räumte Marek ein. »Ich habe seine Tochter aus einer heiklen Situation gerettet, und er wollte sich gerne dafür revanchieren. Seitdem wohne ich mal hier, mal da.« Er grinste. »Aber immer in gehobenen Verhältnissen.«

Sie betraten das Gebäude und gelangten in einen breiten Flur, von dem mehrere Türen abgingen. Eine davon führte in einen großen Wohnraum, in dessen Mitte sich eine Sitzgruppe aus blauem Leder befand. Gemälde an den Wänden, Kommoden aus edel lackiertem Holz und Multimediageräte der neuesten Generation – hier gab es nichts, was man in einem normalen Möbel- oder Elektromarkt gefunden hätte.

Marek geleitete Viktor zu einem der Sessel. Astarte verschwand in der Küche, um Viktor ein Glas Wasser zu holen. Enrique zog die Vorhänge vor die hohen Fenster. Ihm gefiel die Situation nicht. Sie mussten so schnell wie möglich von hier verschwinden. Er traute es de Moulinsart zu, dass der Viktor eher umbringen würde, als ihn noch einmal in die Hände seines Rivalen fallen zu lassen.

Er winkte Marek, ihm in die Küche zu folgen.

»Bist du sicher, dass wir hier heute Nacht nicht gestört werden?«

»Mein Bekannter sagt mir immer rechtzeitig Bescheid, bevor die Inhaber zurückkommen«, antwortete Marek. »Bis morgen können wir auf jeden Fall bleiben.«

Astartes erregte Stimme unterbrach ihr Gespräch, und sie eilten zurück ins Wohnzimmer.

Sie stand direkt vor Viktor Vau. »Die Sicherheitsdienste wollen Ihre Aufzeichnungen unbedingt in die Hand bekommen! Meinen Sie, die wollen das, um damit Gutes zu tun?«

»Aber was können sie damit schon machen?«, erwiderte Viktor, der ebenso überrascht von Astartes Ausbruch war wie Enrique und Marek. »Mein Notizbuch enthält ein rein theoretisches Konstrukt. Mit meiner Sprache lässt sich überhaupt nichts anfangen in dieser Gesellschaft.«

»Ach.« Astarte beugte sich vor. »Wie *theoretisch* Ihr *Konstrukt* ist, das haben wir ja bei Ihren Patienten gesehen. Oder wollen Sie die Änderungen abstreiten, die sich an ihnen beobachten ließen, nachdem Sie sie in Ihrer Sprache trainiert haben?«

Viktor schüttelte den Kopf. »Es ist doch ein Unterschied, ob ich in einem hermetisch abgeriegelten Bereich im begrenzten Rahmen mit Begrifflichkeiten meiner Sprache operiere oder im gesellschaftlichen Raum.«

»Aber wie es aussieht, wird jemand Ihre Sprache zur gesellschaftlichen Norm machen. Und das geht nur, weil er Zugang zu Ihrem Notizbuch hatte. Wenn Sie Ihre Aufzeichnungen den Sicherheitsdiensten ausliefern, dann legen Sie damit die Grundlage für das, was Ihnen widerfahren ist. Es gibt nur eine Möglichkeit: Sie *müssen* das Wörterbuch vernichten!«

Viktor senkte den Kopf und antwortete nicht. Das Schweigen zog sich in die Länge, und Enrique fragte sich schon, ob er vielleicht eingeschlafen sei, als er wieder aufblickte.

»Vielleicht ist Ihre Position richtig, Astarte«, sagte er mit leiser Stimme. »Vielleicht ist die Menschheit für das, was ich herausgefunden habe, noch nicht reif. Vielleicht wird sie nie dafür reif sein.«

Viktor nahm einen tiefen Schluck aus seinem Glas und rieb sich die Augen.

»Und trotzdem denke ich nach wie vor, dass es einen anderen Weg geben muss. Ich bin nicht bereit, mein Lebenswerk zu vernichten.«

Es war Enrique, der das erneute Schweigen brach.

»Die große Ironie dieser ganzen Affäre liegt darin, dass zwar alle hinter Professor Vaus Wörterbuch her sind – aber die meisten aus den falschen Gründen.«

Die anderen drei starrten ihn an.

»Was meinst du damit?«, fragte Astarte mit einem misstrauischen Unterton.

»Nun, Professor Vau war nicht ganz ehrlich mit uns«, erklärte Enrique. »Er hat uns glauben machen wollen, dass seine Aufzeichnungen lediglich die Grundlagen einer vollkommenen Sprache enthalten. Eine Behauptung, die ihm nicht einmal die Sicherheitsdienste abgenommen haben.«

»Weil sie es nicht verstehen«, entgegnete Astarte vehement. »Wie sollen sie das auch? Sie wissen nicht, was es bedeutet, in einer Gesellschaft zu leben, die von nichts als der Logik beherrscht wird!»

Enrique blickte sie vielsagend an. »Das mag sein. Aber sie wissen auch nicht, was wirklich in dem Notizbuch steht.« Er wandte sich an Vau.

»Wollen Sie es uns nicht verraten, Professor?«

Der schüttelte unwillig den Kopf. »Ich weiß nicht, wovon Sie sprechen.«

Enrique lächelte. »Professor Vaus Notizbuch enthält außer der Sprache der Zukunft noch eine zweite Sprache, die weitaus gefährlicher ist.«

2.

Diesmal war das Erstaunen größer, und das Schweigen dauerte länger. Astarte fing sich als Erste. Sie wandte sich zu Viktor.

»Stimmt das? Sie haben *zwei* Sprachen entwickelt?«

»Das kann man so nicht sagen.« Viktor schüttelte den Kopf. »Die zweite Sprache stammt nicht von mir, ich habe sie lediglich wiederentdeckt. Und es ist auch keine Sprache, wie wir sie kennen.« Er verstummte, doch die ungeduldigen Blicke der anderen ließen ihn nicht los. Er atmete tief durch.

»Ich muss ein wenig ausholen, um das zu erklären. Im Amazonasbecken in Brasilien gibt es den Stamm der Pirahã, der bis weit in die Neuzeit hinein unentdeckt geblieben ist. Sie sind Sammler und Jäger und haben sich bislang allen Versuchen, sie zu Ackerbauern zu machen, erfolgreich widersetzt. Das gelang ihnen aber nur, weil sie gegen Ende des zwanzigsten Jahrhunderts eine gewisse Popularität erlangten.

Der Missionar und Linguist Daniel Everett, der die Pirahã zum Christentum bekehren sollte und zu diesem Zweck damit begann, das Neue Testament in ihre Sprache zu übersetzen, stellte zu seinem Erstaunen fest, dass ihre Sprache weder Zahlwörter noch Nebensätze enthält. Damit sind sie das einzige bekannte Volk auf der Welt, das aus der sogenannten *Universalgrammatik* ausschert, die allen Menschen angeblich angeboren ist. Mein alter Rivale Cornelius Brodhagen hat die Pirahã immer als einen Irrtum der Natur abgetan, und ich war lange seiner Meinung. Doch dann ereignete sich etwas, was mich zu einem Sinneswandel bewog.«

»Eine Sprache ohne Nebensätze?«, frage Astarte. »Damit sind ja keinerlei konditionale Aussagen möglich. Ohne Weil und Wenn, ohne Außer oder Deshalb – das kann ich mir nicht einmal vorstellen.«

Viktor nickte. »Es läuft allem zuwider, was wir über Sprache wissen. Die Pirahã leben ausschließlich im Hier und Jetzt, sie sind unmittelbare Geschöpfe der Gegenwart. Und es gibt noch eine Besonderheit. Ihre Sprache ist so etwas wie ein einziges langes Lied, dessen Konstruktion aus Tönen, Betonungen und Silbenlängen so perfekt ist, dass sie völlig auf Konsonanten und Vokale verzichten können und ihre Unterhaltungen nur aus Gesängen, Summen oder Flöten bestehen kann.«

»Eine interessante Vorstellung«, grinste Marek. »Stellt euch mal vor, was man damit hier anfangen könnte! Absolut abhörsicher!«

Viktor reagierte nicht auf den Einwurf. »Das hat mich zum Nachdenken gebracht. Wie wir heute wissen, gab es Musik, bevor es Sprache gab. Die Erforschung fossiler Fundstücke hat ergeben, dass die Kontrolle über Stimmbänder und Atmung bereits lange vor dem Erscheinen gesprochener Sprache möglich war. Das wird auch durch die Beobachtung von Kindern belegt. Erst bilden sich Betonung, Phrasierung und Rhythmus heraus, Syntax und Vokabular folgen viel später. Jeder kennt die sogenannte Babysprache, die von Fachleuten als *Prosodie* bezeichnet wird, die Musik der Sprache. Beim Sprechen mit ihren Kleinkindern verändern Mütter ihre Sprache: Sie verlangsamen das Sprechtempo, heben die Tonhöhe an und legen besonderen Wert auf den Sprachrhythmus. Wir können beobachten, dass bereits Säuglinge darauf reagieren, auch wenn sie noch kein Wort verstehen.

Es heißt, die Ontogenese würde die Phylogenese nachbilden, die Entwicklung des Einzelnen also der Entwicklung der Gattung folgt. Akzeptiert man diese These, so ist die Schlussfolgerung klar: Die Menschen brachten zuerst die Musik hervor und danach erst Wörter. Kinder singen, bevor sie sprechen lernen, und auch Tiere, die nicht sprechen können, verfügen über musikalische Fähigkeiten, zum Beispiel Vögel.«

»Sie glauben also, dieser Stamm in Brasilien spricht eine Sprache, die aus der Vorzeit der Menschen stammt?«

»So ist es. Vor allem ihre Verhaftung in der Gegenwart hat mich davon überzeugt, dass wir es hier mit der ältesten noch lebenden Sprache zu tun haben.«

»Aber wenn diese Sprache bereits dokumentiert ist, was ist

so besonders an Ihrem Wörterbuch?«, fragte Marek. »Und wieso meint Enrique, sie sei gefährlich?«

»Da müssen Sie ihn schon selbst fragen.« Viktor strich sich müde durchs Haar. »Denn Enrique hat uns allen etwas vorgespielt.« Er beachtete die fragenden Blicke nicht. »Was Ihre erste Frage betrifft, so ist die Antwort einfach. Das, was ich entdeckt habe, ist zwar ähnlich der Sprache der Pirahã, allerdings auch wieder anders. Das Besondere daran ist, dass wir alle sie sprechen und verstehen könnten. Denn es ist die Sprache der rechten Gehirnhälfte.«

3.

Verblüfft starrte Marek ihn an. »Was hat das eine denn mit dem anderen zu tun?«

Es war Astarte, die ihm darauf antwortete. »Die Wissenschaftler wissen schon seit langer Zeit, dass es eine Spezialisierung zwischen unseren Gehirnhälften gibt. Die rechte Gehirnhälfte ist zuständig für das Erkennen der Welt, das Neue, die ganzheitliche Betrachtung. Die linke Gehirnhälfte bekommt ihre Informationen von der rechten und ordnet und klassifiziert sie. Sie ist rational und arbeitet nur auf der Grundlage ihrer Erwartungen.«

Viktor nickte. »Sprache hat ihren Ursprung in der Musik und damit in der rechten Gehirnhälfte. Das haben die Philosophen schon früh erkannt. Bereits Nietzsche und Heidegger identifizierten das apollinische Prinzip mit der rationalen, linken Hirnhälfte und das dionysische Prinzip mit der intuitiven rechten Hemisphäre.«

»Musik und die frühe Musiksprache kommunizierten Emotionen und förderten den Zusammenhalt der Gruppe. Musik ist die Sprache der Gefühle, die fundamentale Art der Verständigung«, fuhr Astarte fort. »Und sie entspringt der rechten Gehirnhälfte. Deshalb ist es nur verständlich, dass die rationalen Theoretiker, beherrscht von der linken Gehirnhälfte, Musik als überflüssigen Unsinn abtun, der nichts mit der Menschwerdung und der Kommunikation untereinander zu tun hat.«

»Okay, okay, das habe ich begriffen.« Marek kratzte sich am Kopf. »Ich weiß nur nicht, was das Ganze mit der zweiten Sprache im Notizbuch zu tun hat.«

»Das hat mit einer Entdeckung zu tun, die ich vor einigen Jahren bei der Arbeit mit meinen Patienten gemacht habe«, sagte Viktor. »Es waren Schizophrene, die vorgaben, Stimmen zu hören. Ein typisches und weitverbreitetes Symptom dieser Erkrankung.«

Astarte spitzte die Ohren, als sie das Wort hörte. »Stimmen?«

Enrique sah sie aufmerksam an. »Du hast richtig gehört. Ich bin sicher, du kannst uns darüber einiges erzählen. Hör dir die Geschichte nur vorher zu Ende an.«

Sie warf ihm einen verwirrten Blick zu, sagte aber nichts.

»Es gibt eine Theorie, die ein Psychologieprofessor Ende des zwanzigsten Jahrhunderts aufgestellt hat«, nahm Viktor den Faden wieder auf. »Er hieß Julian Jaynes und behauptete, dass vor der Zeit, in der Homer die *Ilias* schrieb, die beiden Hirnhälften noch scharf voneinander getrennt waren. Als Beleg führte er an, dass wir es in der Ilias nicht mit Menschen zu tun haben, die über ihre Handlungen und Pläne reflektieren. Stattdessen hören alle in ihrem Kopf die Stimmen der Götter, die ihnen eingeben, was zu tun ist. Jaynes zufolge war das die rechte Gehirnhälfte, die noch nicht mit der linken integriert war und von dieser deshalb nur als Stimme der Götter wahrgenommen werden konnte.

Das hat mich auf den Gedanken gebracht, ob nicht auch bei den Schizophrenen die Stimmen, die sie hören, in Wirklichkeit eine Kommunikation der rechten mit der linken Gehirnhälfte sind. Immerhin ist Schizophrenie eine relativ junge Krankheit. Vielleicht hat ihre Verbreitung auch etwas mit dem wachsenden Primat der linken Hemisphäre zu tun?«

»Das heißt, die Stimmen, die alle gehört haben, werden von uns selbst produziert?«, platzte Astarte heraus.

Jetzt war es an Viktor, sie verständnislos anzustarren.

»Sie spricht von der Zeit, aus der sie kommt«, erklärte Enrique, ohne Astarte anzublicken.

»Die Zeit, aus der sie kommt?«

»Astarte stammt aus der Zukunft. Und Sie haben recht, Professor, ich habe Ihnen etwas vorgespielt. Denn ich stamme ebenfalls aus der Zeit, die noch kommen wird.«

4.

Für einen Augenblick herrschte Stille.

Viktors Blick wechselte von Enrique zu Astarte.

»Ihr kommt wirklich aus der Zukunft?« Marek hielt es vor Aufregung nicht mehr auf seinem Sitz. »Ihr kommt aus einer Zeit, die unserer weit voraus ist? Das ist … nicht möglich.«

Niemand erwiderte etwas.

»Mann, ist das verrückt! Dann erzählt doch, wie ist das Leben so? Wie sieht eure Technik aus? Was …«

»Halt«, unterbrach Enrique ihn. »Wenn wir damit anfangen würden, säßen wir in einer Woche noch hier. Ich verstehe deine Neugier, aber du musst dich noch etwas gedulden.«

Mareks Enttäuschung war ihm deutlich anzumerken. »Wer weiß, was später ist«, brummte er.

»Ich würde auch gern etwas über Ihre Zeit erfahren«, pflichtete ihm Viktor bei. »Vor allem, wenn es stimmt, dass Sie wirklich meine Sprache sprechen.«

»Das tun wir, Professor Vau«, erwiderte Enrique. »Die von Ihnen entwickelte Sprache wird, wie Sie inzwischen wissen, die Grundlage einer einheitlichen Weltsprache sein.«

»Leider«, fügte Astarte hinzu. »Denn diese Weltsprache hat zu einer völligen Mechanisierung des Lebens geführt. Sie selbst haben ja betont, wie rational und eindeutig sie ist. Aber haben Sie einmal die Konsequenzen bedacht, die sich daraus ergeben? Nicht nur für Ihre Patienten, sondern für die gesamte Menschheit?«

»Das habe ich«, erwiderte er mit leiser Stimme. »Aber ich hätte mir nie vorstellen können, dass es einmal Realität wird. Ist es denn wirklich so schlimm? Oder richtiger: Wird es so schlimm werden?«

»Astarte hat recht, was die Auswirkungen Ihrer Sprache angeht«, bestätigte Enrique. »Ich habe bis vor einem halben Jahr nicht gewusst, welche Freude es machen kann, Dinge nur vage oder gar nicht benennen zu können. Es ist für mich wie eine völlig neue Welt, in der ich eine Seite an mir entdecke, von der ich nicht wusste, dass ich sie besitze.«

»Also ist es wahr. Meine Sprache erstickt die Kreativität. Glauben Sie mir, das war nie meine Absicht.« Viktors Stimme klang fast flehend.

»Aber Ihnen war klar, welche Gefahr Ihre Sprache birgt?«, fragte Astarte.

Viktor nickte müde.

»Seit vielen Tausend Jahren tobt, von den meisten Menschen unbemerkt, ein erbitterter Kampf um die Zukunft der Menschheit. Es ist ein Kampf, der sich im Stillen abspielt und keine Zeugen hat. Man hört ihn nicht, man sieht ihn nicht, man bemerkt ihn nicht einmal. Und das, obwohl er sich in jedem von uns abspielt.«

»Der Kampf zwischen den beiden Gehirnhälften«, sagte Astarte.

Marek machte ein verdutztes Gesicht. »Soll das ein Witz sein?«

»Leider nein«, erwiderte Viktor und schüttelte traurig den Kopf. »Auch ich bin erst sehr spät auf diese furchtbare Wahrheit gestoßen. Es ist fast wie im Leben. Zwei sollen gleichberechtigt zusammenarbeiten, und dann entschließt sich einer, dass ihm das nicht mehr genügt, und will die Macht an sich reißen.«

»Und das passiert bei uns im Kopf?« Marek strich sich mit beiden Händen langsam über die Schläfen, so als könne er auf diese Weise etwas davon spüren, wovon Viktor erzählte.

Viktor nickte. »Bereits seit vielen Jahrhunderten. Und inzwischen hat sich die linke Gehirnhälfte zum Machthaber über die rechte aufgeschwungen und sie sich untertan gemacht. Unser gesamtes Denken und Handeln wird von der engen, selbstbezogenen Logik der linken Gehirnhälfte gesteuert. Wettbewerb und Vereinzelung haben über Empathie und Gemeinsamkeit gesiegt. Und das nicht erst seit heute.

Der Philosoph Heidegger beklagte bereits im frühen zwanzigsten Jahrhundert den Triumph der linken über die rechte Hemisphäre. Er meinte, wir seien gefangen in einem Rausch, Projekte, Abgrenzungen und Strukturen zu schaffen, bei dem wir uns und unsere Umwelt zerstören und alles in eine *Ressource* verwandeln, die es lediglich auszubeuten gilt. Wörtlich sagte er: *Die Natur ist ein gigantisches Nachschublager geworden.*«

»Das verstehe ich«, strahlte Marek.

»Sehen Sie sich unsere Welt an. Sie wird mehr und mehr zum Abbild der linken Hemisphäre. Rational, technokratisch, gefühllos, egoistisch. Alles Eigenschaften, die denen der linken Hirnhälfte entsprechen. Ich bin der beste Beweis dafür.«

»Sie meinen, wegen Ihrer perfekten Sprache?«, fragte Astarte.

Viktor stieß ein trauriges Lachen aus. »Nein, sie ist nur der Endpunkt einer langen Reise. Bereits als Kind war ich davon besessen, alles in Ordnung zu bringen. Ich konnte es nicht ertragen, wenn um mich herum das Chaos herrschte. Aber das ganze Leben war Chaos, und ich musste einen Weg finden, es zu bezwingen, wenn ich nicht untergehen wollte.«

»Hört sich an wie ein Autist«, bemerkte Astarte.

»Da liegen Sie gar nicht so falsch. Wussten Sie, dass die Zahl der Autisten zunimmt? Zumindest dann, wenn Sie die Kinder mit Asperger dazurechnen, einer etwas milderen Form des Autismus? Auch das ist ein Zeichen für die zunehmende Dominanz der linken Hemisphäre. Sie fühlt sich vom Leben bedroht, weil es sich nicht in Systeme fassen, kategorisieren und katalogisieren lässt. Und vor allen Dingen nicht steuern.«

»Sie haben schon als Kind von der perfekten Sprache geträumt?«, warf Enrique ein.

»So ist es. Ich war der Überzeugung, wenn es mir gelänge, eine Sprache zu entwerfen, die jedes Phänomen exakt erfasst, dann bliebe kein Raum mehr für das Ungenaue, Unwägbare, kurz: Ich war überzeugt, damit das Chaos bändigen zu können. Was für eine Torheit!«

Erneut lachte er freudlos und fuhr sich mit der Hand durch das wild abstehende Haar. »Jetzt sehen Sie mich an, wohin mich diese Leidenschaft gebracht hat. Ich bin ein Opfer des Chaos geworden. Mein geordnetes Leben ist zusammengebrochen, meine Rituale sind mir genommen. Ich treibe wie ein Holzstück auf dem aufgewühlten Meer, und es ist nur noch eine Frage der Zeit, bis ich untergehen werde.«

Für einen Augenblick schwiegen alle. Dann nahm Viktor den Faden wieder auf.

»Sie haben gefragt, woran ich meine These festmache. Nun, zum einen am Erfolg meiner Sprache. Ich habe sie seit mehreren Jahren meine Patienten in der Klinik gelehrt. Meine Theorie war, wenn meine perfekte Sprache ein Produkt der linken Gehirnhälfte ist, dann müsste sie in der Lage sein, die rationale Kontrolle eines jeden Einzelnen über seine Gedanken zu steigern. Meine Patienten sind fast ausschließlich Schizophrene, also Menschen, bei denen die Kommunikation zwischen den beiden Hemisphären nicht mehr funktioniert. Durch das Erlernen meiner Sprache ist es gelungen, die linke Gehirnhälfte so zu stärken, dass die Krankheitssymptome deutlich zurückgehen. Also besteht ein eindeutiger Zusammenhang zwischen meiner Sprache und den Bestrebungen der linken Hemisphäre.«

»Und wann sind Sie zu der Einsicht gelangt, dass diese ganze Entwicklung die Menschheit ins Verderben führt?«, fragte Astarte.

»Das war erst vor kurzer Zeit. Meine Patienten wurden geheilt, das ist wahr. Aber der Preis, den sie dafür bezahlen mussten, war hoch. Einer von ihnen war Musiker. Er arbeitet heute in einer Fabrik, weil er das Komponieren als unnütze Zeitverschwendung betrachtet. Eine andere Patientin hat wunderbare Gedichte geschrieben. Nach ihrer Entlassung hat sie sie alle zerrissen und verbrannt. Da wurde mir deutlich, dass die Nachteile einer exakten Sprache die Vorteile durchaus überwiegen könnten. Wobei das natürlich eine gesellschaftliche Entscheidung ist, ob man Kunst und Musik will oder nicht.«

»*Ich* will sie«, konstatierte Astarte.

Viktor wandte sich an Enrique. »Und was denken Sie darüber?«

»Es gab in der Geschichte immer rationale Gesellschaften«, sagte Enrique ausweichend. »Nehmen Sie beispielsweise die Römer.«

»Ein gutes Beispiel.« Viktors Lebensgeister schienen durch die Diskussion wieder etwas geweckt worden zu sein. »In der Tat waren die Römer, im Gegensatz zu den Griechen, eine Gesellschaft der linken Hemisphäre. Ordnung, Hierarchie, Verwaltung spielten für sie eine große Rolle.«

»Aber was ist mit Philosophie, Kunst, Poesie?«, fiel Astarte ein. »Davon besaßen die Griechen deutlich mehr. Im Verhältnis zur Größe ihres Reiches und zur Dauer ihres Imperiums waren die Römer ein ausgesprochen unkreatives Volk.«

»Damit magst du ja recht haben«, räumte Enrique ein. »Aber das Römische Reich ist untergegangen und mit ihm seine Logik. Wer sagt uns, dass die Herrschaft der linken Gehirnhälfte nicht auch diesmal nur wieder eine vorübergehende Erscheinung ist? Und wenn dem so wäre, dann müssten wir das Wörterbuch nicht vernichten, sondern könnten Professor Vaus Erkenntnisse nutzen, um daraus zu lernen und eine bessere Welt aufzubauen.«

»Eine bessere Welt?«, fragte Astarte sarkastisch. »Sieh dich doch mal um! Schon diese Epoche befindet sich auf dem Weg in den Abgrund! Und du weißt, wohin es führen wird. Wenn Viktors Sprache sich einmal in den Händen der Dynastie befindet, werden wir gar nichts mehr ändern können!«

Enrique war sich nicht sicher, was er darauf erwidern sollte. Einerseits war er überzeugt davon, Viktor Vaus Wörterbuch für die Nachwelt erhalten zu müssen. Andererseits hatte diese Zeit, in der er gestrandet war, ihre Spuren hinterlassen, vor allem die Sprache. Das, was er anfangs befürchtet hatte, war eingetreten. Sie hatte sich seines Geistes bemächtigt und damit seine Gedanken verändert. Und wenn er ehrlich war, dann empfand er das nicht als einen Verlust, sondern als einen Gewinn.

Viktor blickte seine Gegenüber nachdenklich an. »Und jetzt verraten Sie mir doch bitte, weshalb Sie beide eigentlich in meine Zeit gekommen sind?«

»Astarte ist gekommen, um Sie zu töten«, erklärte Enrique wie beiläufig. »Und ich bin hier, um sie daran zu hindern.«

5.

Enrique hatte nur eine Vermutung ausgesprochen, einen Gedanken, der sich ihm in den letzten Minuten aufgedrängt hatte. Zugleich fragte er sich, wie das möglich war. Hatte er sich unter den Millionen Menschen in dieser Stadt ausgerechnet in die eine verliebt, die wie er aus der Zukunft hierher gereist war, allerdings mit einem völlig anderen Auftrag als er? Konnte sie wirklich die Rebellin sein, die Viktor Vau töten sollte? Aber warum hatte sie das nicht schon längst getan? Gelegenheiten dazu hatte sie doch sicher genug gehabt.

Viktor blickte sie schockiert an. »Erklären Sie mir, dass das nicht wahr ist, Astarte.«

Sie senkte den Blick. »Aber es ist so. Ich gehörte zu den wenigen Menschen, die die Stimmen nicht hören konnten. Vermutlich ist ein genetischer Defekt die Ursache. An der Universität stellte ich fest, dass es andere gab wie mich. Aus irgendeinem Grund führte das auch dazu, dass wir uns von der unerbittlichen Logik der Sprache befreien und dadurch unsere Gesellschaft so sehen konnten, wie sie wirklich war: freudlos, lieblos, gefühllos. Und so beschlossen wir, sie zu ändern. Es gelang einem von uns, einige alte Bücher in seinen Besitz zu bringen, aus denen hervorging, wer der Urheber unserer Sprache war. Nämlich Sie.«

»Und weil die Rebellen glaubten, dass alles Übel in der Logik der Sprache lag, beschlossen sie, Sie zu töten«, ergänzte Enrique.

Astarte nickte. »Zuerst haben wir eine Raumkapsel in diese Zeit zurückgeschickt. Natürlich konnten wir nicht überprüfen, ob sie angekommen war. Dann, viele Jahre später, war die Technologie so weit, auch Menschen auf Zeitreisen zu schicken. Ich meldete mich freiwillig für diese Mission.«

»Aber was die Rebellen nicht kannten, war die Ursache für die Stimmen«, sagte Enrique. »Als Protektor wusste ich, dass die Regierung regelmäßig über alle Medien kurze Ton- und Lautfolgen ausstrahlte, die als die Stimmen wahrgenommen wurden. Jetzt verstehe ich, was das war: die Sprache der rechten Gehirnhälfte, die ebenfalls auf Ihre Forschungen zurückgeht.«

»Das war es auch, was Sie verraten hat«, erklärte Viktor müde. »Niemand außer mir weiß davon, dass ich die Sprache der rechten Hemisphäre in meinem Notizbuch aufgezeichnet habe. Als Sie davon anfingen, war mir klar, woher Sie kommen mussten. Ich bin einfach nur zu erschöpft, um schockiert zu reagieren.«

Viktor hatte den Satz kaum ausgesprochen, als sie durch das Fenster das Flackern von Scheinwerfern sahen.

»Licht aus!«, schrie Enrique, sprang zu Viktor hinüber und zog ihn mit sich zu Boden. Zehn Sekunden später lagen sie alle vier im dunklen Zimmer auf dem Teppich und lauschten.

»Zwei Fahrzeuge sind vorgefahren.« Enrique ließ Viktor los. »Wartet hier.«

Er schlängelte sich durch die Tür in den nächsten Raum. Hinter dem Fenster richtete er sich vorsichtig auf. Er war sich nicht sicher, aber er glaubte, in der Dunkelheit eine Bewegung wahrnehmen zu können.

Schnell kroch er zurück zu den anderen. »Gibt es hier noch einen Ausgang?«, fragte er Marek.

Der musste nicht lange überlegen. »Durch die Garage. Da stehen sogar Autos drin!«

»Hast du die Schlüssel dafür?«

»Ich weiß, wo sie hängen.« Marek kroch in den Flur und tauchte kurz darauf wieder auf.

»Sollten wir nicht aufgeben?«, krächzte Viktor, der sich auf die Seite gedreht hatte. »Irgendwann kriegen sie uns doch.«

»Dafür ist es jetzt zu spät«, erwiderte Enrique. »Wenn sie uns diesmal erwischen, werden sie uns nicht mehr gehen lassen.«

Er wandte sich zu Marek. »Wo geht es zur Garage?«

»Durch den Keller. Es ist eine Tiefgarage. Das Garagentor ist von außen nicht sichtbar, weil es mit Kunstrasen belegt ist.«

»Endlich einmal eine gute Nachricht«, murmelte Enrique. Kriechend folgten sie Marek bis zur Kellertür, wo sie sich wieder aufzurichten wagten. In dem Augenblick sprangen rund um das Haus gleißend helle Suchscheinwerfer an. Ein Lautsprecher ertönte von der Vorderseite des Hauses.

»Verlassen Sie das Haus durch den Vordereingang! Wenn Sie nicht in fünf Minuten freiwillig herauskommen, werden wir das Gebäude stürmen!«

Wie als Antwort erklang es von der Rückseite: »Ziehen Sie sich zurück, Fitzsimmons! Professor Vau, verlassen Sie mit Ihren Begleitern das Haus durch die Hintertür!«

»Einer vorn, einer hinten«, grinste Marek, während er die dicke Stahltür von innen verschloss. »Da können sie sich gegenseitig abschießen.«

Sie kletterten die Stufen hinab. Durch einen schmalen, hell beleuchteten Gang gelangten sie in eine Tiefgarage, die Platz für mindestens zehn Fahrzeuge bot. Derzeit standen nur drei

Wagen da: ein zweisitziges Cabrio, eine Limousine und ein Geländewagen.

»Wir nehmen den«, entschied Enrique und deutete auf den Geländewagen. Astarte half Viktor auf die Rückbank und setzte sich neben ihn. Enrique nahm hinter dem Lenkrad Platz, Marek auf dem Beifahrersitz.

»Duckt euch so tief wie möglich nach unten«, wies Enrique seine Begleiter an. Er ließ den Wagen an und fuhr zur Ausfahrtsrampe.

»Jetzt«, nickte er Marek zu. Der drückte eine Taste auf der Fernbedienung, die er aus dem Handschuhfach gefischt hatte, und das Tor der Garagenzufahrt schob sich langsam nach hinten. Enrique fuhr bis zum Fuß der Rampe vor. Von oben fiel das Licht der Suchscheinwerfer in die Garage, und ein Kopf beugte sich über die Zufahrt.

Enrique wartete nicht, bis sich das Tor vollständig geöffnet hatte. Mit quietschenden Reifen schoss der wuchtige Wagen die Rampe hoch.

Im Licht der Fahrzeugscheinwerfer erkannte Enrique Roderick Fitzsimmons, der wild gestikulierend auf der Rasenfläche vor dem Haus stand. Drei seiner Männer liefen mit Waffen in der Hand auf das Fahrzeug zu.

Enrique gab Gas und jagte auf die Ausfahrt zu. Marek drückte hastig auf der Fernbedienung herum, aber das schmiedeeiserne Tor wollte sich nicht öffnen.

»Festhalten!«, schrie Enrique. Mit vollem Tempo donnerte der Wagen gegen das Tor. Nur mit Mühe konnte Enrique sich am Lenkrad abstützen. Marek flog gegen das Instrumentenbrett, und Astarte und Viktor wurden gegen die Lehnen der Vordersitze geschleudert.

Sofort legte Enrique den Rückwärtsgang ein. Das Tor hatte dem Anprall zwar standgehalten, war aber auf einer Seite halb aus den Angeln gerissen worden. Beim nächsten Versuch würde es nachgeben.

Enrique setzte in Richtung der Villa zurück. Im Rückspiegel sah er Fitzsimmons´ Männer auf das Fahrzeug zulaufen. Neben der Villa tauchte jetzt zudem die Gestalt de Moulinsarts auf, ebenfalls umgeben von einer Gruppe von Bewaffneten.

Enrique bremste scharf und legte den ersten Gang ein. Einer von Fitzsimmons' Leuten hatte den Wagen erreicht und zerrte am Griff der Hintertür. Wieder schoss der Wagen nach vorn. Aus dem Augenwinkel sah Enrique im Rückspiegel, wie ihre Verfolger in die Knie gingen und ihre Waffen anlegten. Er beugte sich tief über das Lenkrad.

Erneut krachte das Fahrzeug gegen das Tor. Und erneut sah es so aus, als würde er hängen bleiben, aber Enrique blieb auf dem Gaspedal. Der Motor heulte auf, und mit einem lauten Knirschen riss die eine Torhälfte aus ihrer Verankerung. Das Fahrzeug machte einen Satz nach vorn.

Sie waren durch!

Ein Kugelhagel ging auf das Fahrzeugheck nieder. Enrique schlug das Lenkrad scharf nach rechts und beschleunigte. Hinter sich hörte er Viktor stöhnen.

Der Wagen schoss um die nächste Ecke und kam ins Schleudern. Enrique verlangsamte die Fahrt, um das Fahrzeug wieder zu stabilisieren, und drückte dann erneut aufs Gaspedal. Er konnte zwar keine Verfolger entdecken, wusste aber, dass es nur eine Frage der Zeit war, bis ihre Route mithilfe der zahlreichen Überwachungskameras rekonstruiert wurde. Also mussten sie so schnell wie möglich aus dem inneren Stadtbereich raus und in die Vororte, wo es noch nicht so viele Kameras gab.

Trotzdem mied er die breiten Schnellstraßen der Stadt und wählte eher die Nebenstraßen, in denen die Kameradichte nicht so hoch war. Hinter ihm stöhnte Viktor immer noch. Im Rückspiegel sah er, wie Astarte ihn wieder in eine aufrechte Position brachte und untersuchte.

»Wir müssen in ein Krankenhaus!«, rief sie. »Viktor ist angeschossen!«

»Wo wurde er verwundet?«, fragte Enrique.

»Im Bauchbereich! Und es blutet stark.«

»Haben Sie Schmerzen, Professor?«, rief Enrique nach hinten, erhielt aber keine Antwort.

»Er ist bewusstlos!«, rief Astarte zurück.

»Versucht, die Blutung zu stoppen.« Enrique machte eine Kopfbewegung zu Marek. Der kletterte auf den Rücksitz. Astarte und er nahmen Viktor in die Mitte und zogen ihm das Jackett aus. Dann schob Marek sein Hemd hoch.

»Das sieht übel aus, Mann«, meldete er.

»Nimm dein Hemd und press es auf die Wunde«, wies ihn Enrique an. Sie hatten fast die Ausläufer der Innenstadt erreicht. Er stellte das Navigationssystem des Wagens ein und suchte das nächstgelegene Krankenhaus. Es dauerte einen Moment, bis sich das Navi orientiert hatte. Dann leuchtete in einer Ecke der Karte, die oben auf die Frontscheibe projiziert wurde, ein grünes Kreuz auf.

Enrique überlegte fieberhaft, ob sie sich schon außerhalb des Überwachungsbereichs befanden. Ihre Verfolger konnten von Viktors Verletzung nichts wissen, also rechneten sie auch nicht damit, dass sie ein Hospital ansteuern würden. Wie auch immer, das Leben Viktors hatte jetzt Vorrang vor allem anderen.

Er folgte dem angegebenen Kurs. Zehn Minuten später brachte er das Fahrzeug vor der Notaufnahme zum Stehen und drehte sich nach hinten.

Viktor lag auf der Seite, den Kopf in Astartes Armen. Marek deckte die Wunde notdürftig ab, aber das Blut floss ungehindert weiter.

Viktors Lippen bewegten sich. Astarte beugte sich vor und hielt ihr Ohr daran.

»Das Wörterbuch«, flüsterte er.

»Keine Sorge«, sagte sie. »Niemand wird es finden.«

»Nein, nein.« Er hustete. Ein kleiner Blutfaden lief ihm aus dem Mund. Seine Stimme wurde schwächer. »Verni...«

Ein weiterer Hustenanfall verhinderte sein Weitersprechen. Diesmal folgte ein großer Blutschwall.

»Vernichtet es«, stieß er mit letzter Kraft hervor. Sein Körper verkrampfte sich. Seine Augen wurden glasig, und sein Kopf fiel zur Seite.

»Er ist tot«, sagte Marek mit zitternder Stimme.

Enrique verkrampfte sich. »Nein! Das ist nicht wahr!«

»Er hat recht, Enrique.« Astarte streichelte Viktors Haar. Die Tränen liefen ihr das Gesicht herunter.

Ein lautes Pochen ans Fahrzeugfenster riss sie aus ihrer Starre. Vor der Fahrertür stand ein Mann in Krankenhauskleidung. Enrique kurbelte die Scheibe herunter.

»Sie versperren die Zufahrt«, sagte der Mann. »Sie dürfen hier nicht stehen.«

Enrique nickte wortlos. Er ließ den Wagen wieder an und fuhr langsam zurück auf die Straße.

Sein Kopf dröhnte. Astartes Auftrag hatte sich erfüllt, allerdings auf ganz andere Weise, als ursprünglich geplant war – und gegen ihren Willen. Er hingegen hatte bereits bei der ersten Hälfte seines Auftrags versagt. Jetzt blieb ihm nur noch der Schutz des Wörterbuchs.

Er steuerte den Wagen in eine Seitenstraße neben der nächsten Metrostation und stellte den Motor aus.

»Wir sollten das Auto hier stehen lassen«, sagte er. »Sie werden es ohnehin in Kürze finden.«

»Und Viktor? Willst du ihn einfach liegen lassen?«, fragte Astarte.

»Jetzt geht es darum, uns in Sicherheit zu bringen. Um alles Weitere kümmern wir uns später.«

»Enrique hat recht«, sagte Marek leise. Er legte Astarte die Hand auf den Arm. »Viktor können sie nichts mehr tun. Aber du musst an das Wörterbuch denken! Was soll daraus werden, wenn sie dich und Enrique festnehmen?«

Astarte antwortete nicht. Schließlich rutschte sie langsam zur Seite und ließ Viktors Kopf auf das Polster gleiten. Noch einmal strich sie ihm über die Wange und öffnete dann die Tür. Sie wischte sich die Tränen aus dem Gesicht.

»Also gut«, sagte sie. »Erfüllen wir Viktors letzten Wunsch und vernichten sein Wörterbuch.«

vi:
Entscheidungen

1.

Hauptstadt der Union

In der Metrostation sammelten sich die ersten Fahrgäste, die zur Frühschicht in die Stadt fuhren, und die Händler öffneten ihre Geschäfte. Marek stieß Enrique in die Seite, als er den Stapel mit den Zeitungen sah.

Auf jeder Titelseite prangte ein Foto von Enrique.

Marek zog die oberste Zeitung vom Stapel und warf dem Kioskbesitzer eine Münze hin.

Ungläubig starrte Enrique auf die Schlagzeile.

Das ist der Florist!

Enrique überflog den Artikel. Danach hatte die Kriminalpolizei in seiner Wohnung eindeutige Beweise gefunden, dass es sich bei ihm um den gesuchten Serienmörder handelte. Auf Hinweise, die zu seiner Ergreifung führten, war eine Belohnung von 100 000 Unions-Credits ausgesetzt.

Geschockt ließ er die Zeitung sinken. Bereits jetzt hatte er das Gefühl, von jedem Vorbeikommenden beobachtet zu werden. Zum Glück war das veröffentlichte Foto nur eine Kopie seines Passbildes. Er starrte mit weit aufgerissenen Augen und starrer Miene in die Kamera. Aber die Ähnlichkeit war groß genug, um ihn auch im wirklichen Leben zu erkennen, wenn jemand genauer hinschaute.

»Ob das ein Manöver der Sicherheitsdienste ist?«, fragte Marek. Enrique schüttelte den Kopf. »So schnell sind sie nicht. Und warum sollten sie so eine Geschichte erfinden? Dahinter muss etwas anderes stecken.«

»Es ist sowieso ein Wunder, dass keiner mit dem Finger auf uns zeigt«, sagte Astarte. Ihre Jeans wiesen dunkle Blutflecken auf. Viktors Blut. Auch die Ärmel von Mareks Jacke waren blutverschmiert. Er hatte sie zwar hochgekrempelt und den Reißverschluss bis zum Hals geschlossen, aber es sah für die kühlen Temperaturen doch sehr luftig aus.

Marek fummelte in seiner Hosentasche und zog eine Wollmütze hervor. Er streckte sie Enrique hin. »Hier. Damit kannst du dich wenigstens notdürftig verkleiden.«

Enrique zog die Mütze über. Trotzdem fühlte er sich wie auf dem Präsentierteller. Er faltete die Zeitung zusammen und klemmte sie unter den Arm.

»Wieso schiebt mir jemand unter, der Florist zu sein?«, fragte er erneut. »Wem nützt das?«

»Dem Floristen«, erwiderte Marek leichthin.

Enrique stutzte. »Was sagst du da?«

»Na ja, wenn alle dich für den Frauenmörder halten, dann kann der eigentliche Täter weiterhin ungestört seinem Handwerk nachgehen.«

»Aber … das würde bedeuten, dass der Florist mich kennt.«

»Ich war schon immer der Meinung, dass du mit merkwürdigen Leuten verkehrst.« Marek grinste kurz. »Was immer es bedeutet, es bringt uns alle in größte Gefahr. Wir sollten hier verschwinden. Noch ist es früh, und die Zeitungen sind noch nicht verkauft. Bald wird dich jeder Mensch erkennen, dem du begegnest.«

Enrique folgte seinen Freunden auf den Bahnsteig. In der Metro verbarg er sein Gesicht hinter der aufgeschlagenen Zeitung. Marek stieg im Calvaniviertel aus, um vorübergehend bei einem Bekannten unterzutauchen. Astarte und Enrique fuhren weiter. Sie verließen die Metro wenige Hundert Meter von Thuras Buchladen entfernt. Langsam kroch die Morgendämmerung über den Horizont. Noch waren die Bürgersteige verlassen.

»Nun hast du dein Ziel doch noch erreicht«, sagte Enrique.

Astarte starrte ihn böse an. »Ich hatte nicht vor, ihn umzubringen.«

»Ich weiß.« Er legte ihr beschwichtigend die Hand auf den Arm. Astarte drehte sich weg.

»Du weißt überhaupt nichts.« Sie verbarg ihr Gesicht zwischen ihren Händen und lehnte sich gegen eine Hauswand.

»Du hast ihn sehr gemocht«, sagte er leise.

»Er hatte etwas ... Besonderes an sich«, schluchzte sie. »Wie ein Mensch, der in eine Zeit geworfen wird, in die er nicht hineingehört.«

»So wie wir«, flüsterte Enrique.

»Bei uns ist das etwas anderes. Wir hatten eine Wahl. Er nicht. Und jetzt ist er tot, weil wir uns aus der Zukunft in sein Leben eingemischt haben.«

Enrique legte den Arm um sie, und sie drückte ihren Kopf gegen seine Brust und ließ ihren Tränen freien Lauf.

Schließlich löste er sich von ihr. »Wir müssen von der Straße verschwinden.«

Astarte nickte und wischte sich mit dem Ärmel die Tränen aus dem Gesicht. Schweigend gingen sie bis zu Thuras Geschäft, das noch geschlossen war. Sie klingelten. Zunächst passierte nichts. Erst als Enrique den Finger auf der Klingel liegen ließ, regte sich im Laden etwas. Wenig später öffnete Thura ihnen die Tür.

»Wie seht ihr denn aus?«, rief sie.

Astarte fiel in Thuras Arme. »Viktor ist tot.«

Enrique wartete geduldig, bis sich Astarte wieder einigermaßen beruhigt hatte. Dann folgten sie Thura durch das leere Gebäude in die kleine Cafeteria. Auf einem der Tische stand ein elektrischer Reißwolf neben Stapeln von Papieren.

Sie berichteten von den Geschehnissen der letzten Nacht, und Enrique legte die Zeitung mit seinem Fahndungsfoto auf den Tisch.

»Sieh an«, kommentierte Thura ironisch. »Ich wusste doch gleich, dass unter all der Rechtschaffenheit eine dunkle Seite steckt.«

Sie steckte die Zeitung in den Reißwolf. »Ihr solltet so schnell wie möglich aus der Stadt verschwinden. Das habe ich auch gerade vor. Man hat mir einen Tipp zugespielt, dass die Polizei uns in einigen Stunden hochnehmen will. Ich bin gerade dabei, alle Unterlagen zu vernichten.«

»Auch das Notizbuch, das ich dir gegeben habe?«, fragte Astarte.

»Aber natürlich nicht, Liebes. Das hätte ich mitgenommen, wenn du nicht aufgetaucht wärst.«

»Gib es mir«, drängte Astarte sie. »Ich will die Sache sofort zu Ende bringen.«

»Wie du willst.« Thura verließ den Raum.

Enrique hielt Astarte am Arm. »Darüber sollten wir noch mal reden.«

»Es gibt nichts zu reden. Viktor wollte, dass seine Aufzeichnungen vernichtet werden. Und ich werde ihm seinen letzten Wunsch erfüllen.«

»Und ich muss meinen Auftrag erfüllen. Und der lautet, das Notizbuch auf jeden Fall zu schützen.«

»So wie du Viktor beschützt hast?« Ihre Stimme klang bitter.

»Das sagst gerade du?«, staunte Enrique. »Dein Auftrag war es doch, ihn zu töten.«

»Ich bin eben keine Maschine, die jeden Befehl widerspruchslos ausführt. Ich bin ein Mensch mit Gefühlen. Und mit der Fähigkeit zum eigenständigen Denken.«

Enrique schüttelte den Kopf. »Das bin ich auch. Und gerade deshalb darf das Wörterbuch nicht vernichtet werden. Denn dann wird es unsere Welt nicht mehr geben.«

»*Unsere* Welt?« Astarte lachte freudlos. »Das war nie unsere Welt. Es war die Welt einer herrschenden Clique, die ihre Untertanen mit der Sprache der rechten Hemisphäre gnadenlos manipulierte. Ich hatte Glück, dass es bei mir nicht funktioniert hat. Das hier, das ist *meine* Welt geworden. Hier gibt es kreative und irrationale Menschen, Verwirrung und Unklarheit, Witz und Gefühle. Und ich werde dafür sorgen, dass das so bleibt.«

»Auch dann, wenn du damit die Zukunft, wie wir sie kennen, zerstörst? Deine Eltern, deine Freundinnen und Freunde, sie alle würden von einer Sekunde auf die nächste verschwinden. Und wir auch.«

»Das Risiko ist mir immer noch lieber als die Welt, in deren Dienst du stehst.«

Enrique wusste, dass er sich entscheiden musste. Stellte er sich auf Astartes Seite, würde er nicht nur seinen Auftrag verraten, sondern zudem die Möglichkeit der Zerstörung dieser und seiner Welt zulassen. Gleichzeitig war ihm klar, dass er seine Entscheidung schon längst getroffen hatte. Sein Widerstand gegen Astarte war nur noch eine reine Formalität gewesen, eine letzte Geste vor sich selbst.

Als Thura mit dem Notizbuch zurückkehrte, war Astarte sofort bei ihr und nahm mit einer schnellen Bewegung das Buch an sich.

»Halt!«, rief Enrique und verstellte ihr den Weg.

»Was willst du tun?«, zischte Astarte. »Es mir mit Gewalt wegnehmen?«

Sie versuchte, sich an ihm vorbeizudrängen. Enrique legte ihr die Hände auf die Schultern und drehte sie zu sich hin. Sie versuchte, sich aus seinem Griff zu befreien, aber er hielt sie fest.

»Astarte«, sagte er. »Hör mir zu. Ich werde dich nicht daran hindern, das Notizbuch zu zerstören. Ich bin kein Protektor mehr, und ich bin bereit, das Risiko einer Zerstörung unserer Welt einzugehen, wenn du es willst. Aber wir sollten die Vernichtung des Wörterbuchs dokumentieren, damit wir uns die Geheimdienste vom Leib schaffen können.«

»Der Junge hat recht«, mischte sich Thura ein. »Dass Viktor tot ist, dürften sie inzwischen schon wissen. Wenn sie sicher sind, dass auch das Wörterbuch zerstört ist, haben sie keinen Grund mehr, euch zu jagen.«

Astarte gab ihre Gegenwehr auf. Enrique ließ sie los und drehte sich zu Thura. »Hast du irgendwo eine Videokamera?«

»Einen Moment.« Erneut verschwand sie aus dem Raum, war aber bereits eine Minute später wieder da. In der Hand hielt sie eine Minicam, die sie Enrique gab.

»Der Reißwolf allein ist nicht genug«, erklärte er. »Papierfetzen kann man rekonstruieren. Wir müssen das Notizbuch unwiderruflich vernichten.«

»Feuer«, sagte Astarte. Sie zog den Mülleimer aus Metall, der neben der Küchentheke stand, in die Mitte des Raums. Thura holte aus einer Schublade ein Feuerzeug, das sie Astarte reichte.

Enrique betätigte den Aufnahmeknopf. Astarte hielt Viktor Vaus Notizbuch vor die Linse. Sie blätterte langsam einige Seiten auf, sodass man den Inhalt erkennen konnte. Dann riss sie eine Handvoll Blätter heraus und zündete sie an. Als die Flammen das Papier zur Hälfte verzehrt hatten, warf sie sie in den Mülleimer. Enrique folgte ihr mit der Kamera.

Sie wiederholten die Prozedur, bis alle Seiten des Notizbuchs verbrannt waren. Ohne die Kamera abzusetzen, nahm Enrique den Papierkorb auf und füllte ihn mit Wasser. Anschließend vermischte er mit seiner freien Hand das Wasser mit den verkohlten Blattfetzen, bis nur noch eine schwarze Masse übrig war. Dann erst stellte er die Kamera aus.

Thura hatte inzwischen ein NetPad herbeigeholt und die Mailadressen der Sicherheitsdienste auf den Schirm geholt. Mit einem kurzen Tastendruck stellte sie eine Verbindung zu der Minicam her und lud das Video hoch.

»So«, sagte sie. »Damit dürftet ihr vor ihnen sicher sein. Zumindest du, Astarte.« Sie legte das NetPad weg und begann wieder, den Reißwolf mit Dokumenten zu füttern.

»Dein Problem mit der Polizei ist dadurch allerdings noch nicht gelöst, Enrique.«

2.

Marc Fellner triumphierte.

Nachdem der Fahndungsaufruf herausgegangen war, hatte er einen Anruf von Rupert Cassell erhalten. Der Reporter hatte sich schleimig-freundlich nach dem Stand der Fahndung erkundigen wollen. Fellner hatte einfach aufgelegt.

So ein gutes Gefühl hatte er schon lange nicht mehr verspürt.

Sobald die Frühauflagen der Tageszeitungen mit dem Passfoto des Floristen erschienen waren, wurde das Revier mit Hinweisen überschüttet. Das meiste war der übliche Schrott: Wichtigtuer, Belohnungsjäger und Verwirrte. Aber es gab auch einige brauchbare Spuren.

So hatte sich der Chefkellner eines Bistros gemeldet, in dem der Gesuchte offenbar gearbeitet hatte. Fellner war sofort in seinen Wagen gesprungen und zum Bistro gerast.

Der Kellner, ein mittelalter Mann namens Christian Sonntag, war entsetzt darüber, die ganze Zeit, ohne es zu wissen, mit einem Serienmörder zusammengearbeitet zu haben.

»Er kam mir von Anfang an merkwürdig vor«, berichtete er, während er mit Fellner an einem der Fenstertische saß. »Nie hat er etwas über sich erzählt, über seine Herkunft, zum Beispiel, oder über seine Familie. Freunde hatte er offenbar auch nicht. Und in der letzten Zeit wurde er immer seltsamer. Sagte seine Schichten ohne besonderen Grund ab oder verschwand plötzlich während der Arbeit.«

»Das klingt alles nicht wirklich verdächtig«, erwiderte Fellner. Er mochte den Mann, der ihm gegenübersaß, nicht.

»Da ist noch etwas. Er hat sich hier ein paar Mal mit einer jungen Frau getroffen. Sie arbeitet für einen meiner Stammkunden, Professor Vau. Inzwischen habe ich sie auch einige Zeit nicht mehr gesehen. Nicht, dass er ihr etwas angetan hat?«

»Wissen Sie, wie die Dame heißt?«

Sonntag legte die Stirn in Falten. »Warten Sie … Apo … Apostel … Apostolidis! Astarte Apostolidis heißt sie.«

Fellner blickte ihn erstaunt an. »Sind Sie sicher?«

Der Kellner nickte eifrig. »Viel mehr kann ich Ihnen über sie leider nicht erzählen. Ich bin nur froh, dass Sie den Floristen erwischt haben, bevor er sich ein neues Opfer suchen kann.«

»Noch haben wir ihn nicht«, korrigierte ihn Fellner und stand auf.

»Und was ist mit der Belohnung?«, fragte Sonntag. »Wann wird die ausgezahlt?«

»Wenn Ihr ehemaliger Kollege rechtskräftig verurteilt ist. So schreibt es das Gesetz vor.« Er bemerkte die Enttäuschung im Gesicht des Mannes. Alle sind sie gierig, dachte er. Die einen auf ihre Belohnung, die anderen auf ein ganzes Stadtviertel. Wen gibt es eigentlich noch, der sich nicht auf Kosten eines anderen bereichern will?

Er verabschiedete sich von Sonntag und verließ das Bistro. Es hatte wieder zu regnen begonnen, aber Fellner ging gerne zu Fuß durch sein Viertel, auch bei solchem Wetter. Es half ihm dabei, den Kopf frei zu machen.

Die letzten vierundzwanzig Stunden hatte er in einem Hochgefühl verbracht. Mit einem Schlag hatte der Fund in da Sozas Wohnung seine Probleme vertrieben. Die vier Hautstücke in der Plastiktüte, die sie im Toilettenkasten gefunden hatten, passten exakt zu den letzten vier Leichen. Das war ein erdrückender Beweis, und es konnte nur eine Frage der Zeit sein, bis sie den Täter erwischten.

Nach der Herausgabe der Fahndungsmeldung waren die Kollegen mit einer Flasche Champagner in sein Büro gekommen, und sie hatten sich gegenseitig zu ihrem Fang gratuliert. Die Identifizierung des Floristen festigte Fellners Position und legte die Grundlage für die weitere Zusammenarbeit des Teams.

Und trotzdem … Jetzt, nachdem die erste Euphorie verflogen war, spürte er den ersten nagenden Zweifel. Sie hatten in der Wohnung weder eine Mordwaffe gefunden noch die Messer und Sägen, die der Täter zum Zerteilen der Leichen verwendet hatte. Bislang konnten sie auch keine anderen Räumlichkeiten finden, die da Soza vielleicht angemietet hatte oder die ihm gehörten und in denen er seinem blutigen Handwerk nachging. Und dann war da das Gesicht …

Sie hatten nur ein Passfoto von da Soza, das vor etwa einem Jahr aufgenommen worden war. Es war schlecht, wie alle Passfotos, und zeigte den Mann in einer unnatürlichen Situation. Fellner hatte das Gesicht lange betrachtet. Der Mann sah einfach nicht aus wie ein Mörder. Er wusste, wie irreführend solch ein subjektiver Eindruck sein konnte. Dennoch kam er jetzt, da ihm die dünnen Regenfäden gegen die Stirn schlugen, wieder auf sein Gefühl zurück.

Trotzdem durfte er nicht nachlässig werden. Vor allem die Tatsache, dass die Frau, die er vor einigen Tagen noch wegen des Mordes an Martina Fischer vernommen hatte, mit dem vermeintlichen Floristen befreundet war, gab ihm zu denken. Konnte das ein Zufall sein? Oder machte sie vielleicht mit da Soza gemeinsame Sache und hatte ihre Freundin in die Falle gelockt? Es wäre nicht das erste Mal, dass ein Paar hinter einer Mordserie steckte.

Fellner schüttelte den Kopf. Astarte Apostolidis war ihm ebenso wenig wie eine Serienmörderin vorgekommen wie Enrique da Soza. Und dennoch …

Er beschloss, sie aufzusuchen. Sie wohnte nicht weit von hier. Vielleicht erwischte er sie ja zu Hause und erfuhr mehr über diesen merkwürdigen Zufall.

Falls sie noch am Leben war …

3.

Enrique und Astarte bogen in die Straße ein, in der ihre Wohnung lag. Sie hatte darauf bestanden, ihn bei seiner Flucht aus der Stadt zu begleiten, und wollte nur schnell eine Reisetasche packen. Obwohl sie ihn gedrängt hatte, bei Thura auf sie zu warten, war Enrique mit ihr gekommen. Er wollte sie nicht allein durch die Stadt gehen lassen, solange nicht eindeutig feststand, dass ihnen von Fitzsimmons, de Moulinsart und Winter keine Gefahr mehr drohte.

Unterwegs hatten sie ein paar Utensilien eingekauft, mit

denen sich Enrique zumindest für den Moment tarnen konnte. Er trug jetzt eine Baseballkappe, die er tief in die Stirn gezogen hatte, sowie einen abgewetzten Trenchcoat, hinter dessen hochgestelltem Kragen er einen Teil seines Gesichts verbergen konnte.

An der Ecke hatte er kurz innegehalten, um die Straße auf mögliche Beobachter zu überprüfen, hatte aber niemanden entdeckt. Das musste natürlich nichts heißen. Wenn es Profis waren, dann würden sie sich nicht so leicht zu erkennen geben.

Sie hatten fast Astartes Haus erreicht, als auf der gegenüberliegenden Seite ein Mann aus einem Hauseingang trat. Er war groß und hager, und Enrique brauchte nur einen Blick auf ihn zu werfen, um zu wissen, worum es sich handelte. Schließlich war er selbst lange genug Ordnungshüter gewesen.

»Um sechs in dem Café, wo wir uns das erste Mal getroffen haben«, stieß er hervor und rannte zurück in die Richtung, aus der sie gekommen waren. Er konnte nur hoffen, dass sie nicht die ganze Straße abgeriegelt hatten.

An der Ecke warf er einen Blick über die Schulter. Astarte stand regungslos vor ihrer Haustür. Der Mann hatte einen Revolver gezogen und lief hinter ihm her.

»Halt!«, hörte Enrique ihn noch rufen, bevor er um die Ecke verschwand. Der Trenchcoat behinderte ihn beim Laufen. Er schlüpfte aus den Ärmeln und warf den Mantel einem verblüfften Passanten zu, der ihm entgegenkam.

Die Bürgersteige hatten sich inzwischen gefüllt, und Enrique musste immer wieder Haken schlagen, um voranzukommen. Zum Glück behinderten die Fußgänger auch seinen Verfolger. Er würde nicht wagen, bei so vielen Menschen auf ihn zu schießen.

Er bog in eine Markthalle ab, deren Gänge dicht gefüllt mit Menschen waren. Hausfrauen standen an den Ständen und prüften die Waren oder feilschten mit den Händlern. Gruppen von Männern lungerten an den Theken der Cafés und studierten die Sportseiten der Zeitungen oder debattierten über die Chancen ihres Fußballvereins am kommenden Spieltag.

Enrique tauchte in das Gewühl ein und bewegte sich auf die andere Seite zu, an der es ebenfalls einen Ausgang gab. Von da war es nicht mehr weit bis zur nächsten Metrostation, wo er seinem Verfolger endgültig zu entkommen hoffte.

Als er wieder ins Freie trat, warf er einen Blick zurück, konnte den Mann aber nicht entdecken. Mit schnellen Schritten eilte er zur Metro und verschwand im Untergrund. Er nahm die erste Bahn, die einfuhr, und stellte sich so, dass von seinem Gesicht möglichst wenig zu sehen war.

Er blieb in der Metro bis zur Endstation, einem kleinen Vorort, der bereits ländlich geprägt war. Gleich hinter dem Bahnhof erstreckten sich Felder, die von schmalen Straßen durchzogen waren. Er folgte einer der Straßen, bis er zu einem Wald kam, in den ein Fußweg hineinführte. Zu dieser Jahreszeit war außer ihm niemand unterwegs, und seine Anspannung ließ ein wenig nach.

Er dachte über seine nächsten Schritte nach. Gab es außer Astarte jemanden, den er um Hilfe bitten konnte? Thura war abgereist, und Marek war untergetaucht. Blieb noch Christian, aber er konnte sich unmöglich im Bistro blicken lassen.

Enrique hielt inne. Wie ein Blitzschlag durchfuhr ihn die Erkenntnis. Nur Christian konnte ihn verraten haben! Er hatte seinem Kollegen die Schlüssel zu seiner Wohnung gegeben. Damit hatte er es ihm leicht gemacht, die Beweise dort zu verstecken. Aber das bedeutete auch …

Christian war der Florist!

Und wie war der Polizist zu Astartes Wohnung gekommen? Außer den Sicherheitsdiensten wusste niemand um seine Beziehung zu Astarte. Außer Christian. Und der Mann, der ihn heute Morgen verfolgt hatte, war eindeutig ein Polizist gewesen und kein Geheimdienstler.

Das bedeutete aber auch, dass Astarte in Gefahr war! Wenn Christian der Frauenmörder war, dann konnte er mit der Ermordung Astartes den Verdacht gegen Enrique noch erhärten, indem er sie umbrachte und weitere Indizien gegen ihn am Tatort hinterließ.

Er griff nach seinem Mobiltelefon, um Astarte zu warnen.

Aber das Telefon war fort.

Hektisch suchte er alle seine Taschen ab, fand jedoch nichts. Er musste es in die Tasche des Trenchcoats gesteckt haben, den er auf der Flucht weggeworfen hatte!

Enrique machte kehrt und rannte zum Bahnhof zurück. Vor dem Gebäude befand sich ein Telefonkiosk. Er warf mit klammen Fingern die Münzen ein und wählte Astartes Nummer. Am anderen Ende klingelte es, aber sie ging nicht dran. Dreimal wählte er erneut, doch das Ergebnis blieb das gleiche. Entweder war sie ausgegangen und hatte ihr Telefon vergessen, was ihm allerdings unwahrscheinlich vorkam, oder sie konnte das Gespräch nicht annehmen. Und das ließ ihn das Schlimmste ahnen.

Was sollte er tun? Mit der Metro würde er nicht schnell genug bei ihr sein. Falls Christian sie wirklich schon in seiner Gewalt hatte, zählte jede Sekunde. Es blieb ihm nur ein Weg, um Astarte zu helfen.

Er lief zu dem kleinen Zeitungsladen an der Ecke, warf Geld hin und ergriff eine Tageszeitung.

Dann eilte er zum Telefon zurück.

4.

Christian Sonntag beobachtete das Haus von Vaus Assistentin seit mehreren Stunden. Er hatte sein Auto am Ende der Straße geparkt und mitverfolgt, wie Enrique vor dem Polizeibeamten die Flucht ergriffen hatte. Kurz darauf war der Mann zurückgekehrt und im Haus der Frau verschwunden. Etwa eine Stunde hatte er dort verbracht, bevor er wieder auf die Straße getreten war und sich entfernt hatte. Ohne die Frau.

Christian wartete weiter. Er hatte gelernt, Geduld zu haben. Bei seinem ersten Mord wäre er beinahe erwischt worden, weil er zu schnell gehandelt hatte und den Anweisungen der

Stimme nicht gefolgt war. Das war ihm eine Lehre gewesen. Seitdem hatte er das Warten zu einer hohen Kunst entwickelt, die ihm dabei half, sich auf die bevorstehende Tat noch besser vorzubereiten. Er nutzte die Zeit, um seinen Geist von jedem überflüssigen Gedanken und jeder störenden Emotion zu befreien und sich lediglich als Werkzeug einer höheren Gewalt zu begreifen, die ihm eine Aufgabe übertragen hatte, deren Durchführung absolute Präzision erforderte.

So hatte er auch diesmal noch eine weitere Stunde in seinem Auto verbracht, bis er sich schließlich bereit für die Tat fühlte. Die Frau hatte ihre Wohnung nicht verlassen, und auch der Polizist war nicht zurückgekehrt.

Christian holte eine Umhängetasche aus dem Kofferraum, in der er seine wichtigsten Werkzeuge untergebracht hatte, und verschloss das Auto. Mit langsamen Schritten näherte er sich dem Haus der Frau, und als er endlich vor ihrer Tür stand, war er nicht mehr der Oberkellner eines Bistros.

Jetzt war er nur noch der Florist.

Die Haustür war angelehnt, und er stieg die Treppen nach oben, bis er auf ihrer Etage angekommen war. Er legte das Ohr an die Tür und lauschte, konnte aber nichts dahinter vernehmen. Hatte sie das Haus vielleicht durch einen anderen Ausgang verlassen?

Er klingelte. Kurz darauf vernahm er Schritte.

»Wer ist da?«, klang es durch die Tür, obwohl sie ihn eigentlich durch den Türspion sehen musste. Aber vielleicht erkannte sie ihn nicht.

»Ich bin es, Christian, Enriques Kollege aus dem Bistro, in dem Sie und Professor Vau auch verkehren.«

»Und was wollen Sie?«

»Ich habe Dokumente, die Enriques Unschuld beweisen.«

Einen Moment der Stille. Dann: »Zeigen Sie sie mir!«

Der Florist stutzte. Damit hatte er nicht gerechnet.

Er hob die Tasche. »Sie sind hier drin. Ich möchte sie ungern im Flur auspacken.«

»Warum sollte ich Ihnen glauben?«

»Weil ich Enriques Freund bin. Aber wenn Sie ihm nicht helfen wollen ...« Er ließ die Tasche sinken und drehte sich zur Treppe.

»Warten Sie!« Er hörte, wie sich ein Schlüssel drehte. Die Tür öffnete sich einen Handbreit. Die Frau sah ihn durch den Spalt skeptisch an. Notfalls würde er sich mit Gewalt Einlass verschaffen müssen, auch wenn er es vorzog, freiwillig hereingebeten zu werden.

»Ich kann Enriques Unschuld beweisen«, wiederholte er und deutete auf seine Tasche.

»Warum geben Sie die Dokumente nicht der Polizei?«

»Das kann ich nicht. Wenn Sie mir ein paar Minuten Ihrer Zeit ... opfern, dann erkläre ich Ihnen, warum, und lasse Ihnen die Unterlagen da.«

Sie zögerte. Der Florist bereitete sich darauf vor, die Tür aufzustoßen, als sie schließlich nachgab. »Kommen Sie herein.«

Er folgte ihr durch einen kleinen Flur in das Wohnzimmer. Sie wies auf das Sofa. »Setzen Sie sich, wenn Sie wollen.«

Er nickte und tat, als wolle er an ihr vorbeigehen. Als er direkt neben ihr stand, packte er sie und drückte ihren Kopf herunter, wobei er mit einer Hand ihren Mund verschloss. Mit der Rechten presste er ihr Gesicht ins Sofapolster, während er mit der Linken einen kaum handtellergroßen Injektionsautomaten aus der Tasche zog, ihn ihr auf den Oberschenkel drückte und die Nadel auslöste. Wenige Augenblicke und einen für Astarte aussichtslosen Kampf später war sie bewusstlos in sich zusammengesunken.

Der Florist wusste, dass die Betäubung nur eine halbe Stunde anhalten würde. Er holte aus seiner Tasche eine Rolle Klebeband, von der er ein Stück abriss und ihr über den Mund klebte. Mit zwei weiteren Streifen band er ihre Hand- und Fußgelenke zusammen. Dann wandte er sich dem Zimmer zu.

Für sein Vorhaben benötigte er Platz. Er schob das Sofa, den Sessel und den kleinen Tisch auf eine Seite des Zimmers. Über dem Teppich breitete er eine Plastikplane aus, die er ebenfalls mitgebracht hatte. Anschließend legte er sein Werkzeug bereit.

Er hatte eigentlich keine ambulanten Aktionen mehr unternehmen wollen, aber die Stimme hatte ihm aufgezeigt, dass er es durch den regelmäßigen Wechsel seines Vorgehens den Verfolgern schwerer machte. Zudem war die heutige Prozedur dazu gedacht, den Verdacht gegen Enrique noch einmal zu verstärken.

Ein Mobiltelefon begann zu klingeln. Er sprang auf und eilte in die Küche, aus der das Geräusch kam. Zum Glück kannte er das Modell, das auf dem Küchentisch lag. Er drückte die entsprechenden Tasten und der Ton erstarb. Die Frau würde nie mehr einen Anruf entgegennehmen.

Er kehrte zurück ins Wohnzimmer, zog die Frau vom Sofa und hievte sie auf die Plane. Dann setzte er sich neben sie und wartete, bis sie aus ihrer Bewusstlosigkeit erwachte. Er genoss das blanke Entsetzen in den Augen seiner Opfer, wenn sie erkannten, was ihnen bevorstand. Das war Teil der gerechten Strafe, denen er sie zuführte.

Zum wiederholten Mal wurde ihm bewusst, wie passend doch der Begriff *Opfer* war. Diese Frauen waren Opfer ihrer eigenen Begierden, die sie schließlich in seine Hände getrieben hatten. Und sie stellten ein Opfer dar, das er einer höheren Macht darbrachte, nicht, um für sich selbst irgendwelche Vorteile daraus zu ziehen, sondern allein ihr zu Ehren. In gewisser Weise übte er das Amt eines Hohepriesters aus, wie es vor Jahrtausenden in vielen hoch entwickelten Zivilisationen existiert hatte.

Schließlich schlug sie die Augen auf. Sie starrte ihn mit einer Mischung aus Hass und Furcht an und zerrte an ihren Fesseln. Er beugte sich über ihr Gesicht.

»Dein Leid hat sogleich ein Ende. Ich werde dir jetzt den Klebestreifen von deinem Mund entfernen. Wenn du schreist, stirbst du sofort. Hast du verstanden?«

Die Frau bewegte den Kopf. Mit einem Ruck riss er das Klebeband von ihrem Gesicht. Sie zuckte von dem Schmerz, gab aber keinen Laut von sich. Der Florist nickte befriedigt.

»Ich gebe dir jetzt die Gelegenheit, deine Sünden zu bekennen.« Er hielt ein Skalpell vor ihre Augen. »Sei ehrlich, denn jede Lüge werde ich unbarmherzig bestrafen. Reinige deine Seele von deiner Schuld, bevor du vor deinen Schöpfer trittst.«

»Welche Sünden?«, stieß die Frau hervor.

Der Florist lächelte. Es war immer dasselbe. Keines seiner Opfer war sofort bereit, seine Verfehlungen einzugestehen.

»Ich spreche von den Sünden des Fleisches, mit denen du Professor Vau und Enrique da Soza ins Unglück gestürzt hast. Oder willst du leugnen, die beiden mit deinen Reizen umgarnt zu haben?« Er hielt das Skalpell wieder etwas höher, damit sie es gut sehen konnte.

»Sie irren sich«, erwiderte sie. »Enrique und ich wollten Professor Vau helfen, weil er von den Sicherheitsdiensten verfolgt wurde.« Sie schluckte, und ein Schleier überzog ihre Augen. »Leider waren wir nicht erfolgreich. Professor Vau ist tot.«

»Tot?« Der Oberkörper des Floristen zuckte. Es war, als hätte ihn ein Faustschlag ins Gesicht getroffen. »Der Professor ist tot?«

Er schnellte vor und drückte das Skalpell gegen das rechte Augenlid der Frau. Ein Blutstropfen lief ihr in den Augenwinkel.

»Das ist eine Lüge«, zischte er. »Professor Vaus Auftrag ist noch lange nicht beendet. Er kann nicht tot sein!«

Die Frau hielt den Kopf starr und die Augenlider weit aufgerissen. »Professor Vau ist letzte Nacht von den Sicherheitsdiensten erschossen worden«, beteuerte sie.

»Das ist nicht wahr!« Der Florist brach in Tränen aus. Er wiegte sich auf seinen Fersen hin und her. Wie konnte Professor Vau ihm das antun? Er hatte ihm geholfen, die Wahrheit zu erkennen, damals, als er bei ihm in Behandlung war. Der Florist war das Geschöpf des Professors, das in seinem Auftrag handelte. Schon bald hatte er geplant, dem Professor die Ergebnisse seiner Arbeit zu präsentieren und ihn zu bitten, ihm weitere Helfer zur Seite zu stellen, denn die Aufgabe, die es zu erledigen galt, war für einen allein nicht zu schaffen. Und jetzt sollte er einfach nicht mehr da sein?

Nach einem Moment des Schmerzes riss er sich wieder zusammen. Nun gut, dann war er eben auf sich allein gestellt. Er musste sein Werk fortführen, das war er dem Professor schuldig. Vielleicht würde es ihm sogar gelingen, auf eigene Faust Helfer anzuwerben, die ihn bei seiner Arbeit unterstützten.

Er beugte sich wieder über die Frau. »Auch das ist dein Werk. Professor Vau ist tot, weil du ihn von seinem Weg abgebracht hast.«

Zu seiner Überraschung nickte die Frau. Ein paar Tränen liefen über ihre Wangen. »In diesem Fall haben Sie sogar recht«, flüsterte sie. »Wenn wir nicht gewesen wären, dann würde Professor Vau jetzt noch leben.«

Die Augen des Floristen leuchteten. Endlich! Irgendwann gaben sie alle nach und gestanden ihre Verfehlungen ein. Doch dann verfinsterte sich sein Gesicht. Diese Frau verdiente eine besondere Strafe, denn sie hatte Professor Vau auf dem Gewissen.

Er holte mit dem Skalpell aus und durchtrennte das Klebeband um ihre Fußgelenke. Bevor sie darauf reagieren konnte, hatte er ein dünnes Seil um ihren rechten Knöchel geschlungen, das er an einem Bein des Sofas befestigte. Sie holte mit dem freien linken Bein aus, um ihn gegen den Kopf zu treten, aber es war kein Problem für ihn, dem Tritt auszuweichen. Mit einem zweiten Seil band er das Bein am Fuß der Anrichte fest.

Jetzt musste er noch die Hände anders positionieren, um die Kreuzigung perfekt zu vollenden. Er nahm zwei weitere Seile aus seiner Tasche und zog sie um ihre Handgelenke, bevor er den Klebestreifen durchtrennte. Dann bog er ihre Arme über den Kopf zurück. Sie sträubte sich dagegen, und er musste ihr einen Hieb gegen den Kopf versetzen, damit sie endlich ruhig hielt. Nachdem er die Seile um den Heizkörper geschlungen und straffgezogen hatte, prüfte er noch einmal ihren Sitz. Perfekt. Jetzt konnte er mit seiner Arbeit beginnen.

Er beugte sich gerade über seine Tasche, als ihn ein lautes Krachen hochfahren ließ. Bevor er genau begriff, was geschah, stürzten vier Gestalten in schwarzen Kampfanzügen in den Raum und richteten ihre Waffen auf ihn.

Der Florist lächelte traurig. Welche Ironie, dass er kaum länger leben sollte als Professor Vau. Er warf noch einen schnellen Blick auf die Frau, die er nun nicht mehr würde befreien können. Langsam hob er die Hände vor dem Körper, und als sie in Höhe seines Kinns waren, schob er das Skalpell zwischen den Fingern der rechten Hand hervor und fuhr sich damit mit einer schnellen Bewegung über die Kehle.

Er fühlte, wie das warme Blut aus ihm herausspritzte, und ließ die Hand sinken. Zwei der schwarzen Gestalten sprangen auf ihn zu.

Aber er wusste, es war zu spät für sie. Sie würden ihn nicht mehr bekommen.

Mit einem letzten Lächeln sank er nach vorn. Er spürte noch, wie sein Kopf auf den Beinen der Frau zu liegen kam.

Dann umfing ihn die Dunkelheit.

viu:
Neubeginn

1.

Hauptstadt der Union

Marek starrte die Sprengstoffkisten mit offenem Mund an. Dieses Lager reichte aus, um das gesamte Regierungsviertel in die Luft zu sprengen! Ehrfürchtig fuhr er mit seiner Hand über das glatte Holz.

Der Keller, in dem er stand, lag unter einem verlassenen Fabrikgebäude und enthielt außer dem Sprengstoff eine komplett ausgestattete elektronische Werkbank mit Zündern und Zeitgebern, alle erforderlichen Kommunikationseinrichtungen wie Minifunksets, Sender, Peilgeräte sowie einen Schrank mit Karten und Architektenzeichnungen, in welche die besten Punkte für die Platzierung von Bomben eingezeichnet waren.

Marek grinste wie ein kleiner Junge. Das Weltausstellungsgelände war seit dem Anschlag auf den Unabhängigkeitspalast für ihn und seine Genossen unerreichbar, aber die Karten enthielten genügend weitere Ziele in der Stadt, die nicht so stark bewacht wurden. Sie hatten ausreichend Material, um eine zweiwöchige Kampagne durchzuziehen, welche die Dynastie in ihren Grundfesten erschüttern würde.

Marek konnte es noch immer nicht fassen, dass man ihm die Leitung der Operation übertragen hatte. Nachdem Thura so plötzlich verschwunden war, sah es zunächst danach aus, als seien damit auch alle geplanten Aktivitäten eingestellt.

Ihr unvermuteter Abschied hatte ihn schwer getroffen. Warum hatte sie ihm nichts davon gesagt? Er hatte geglaubt, in ihr endlich einen Menschen gefunden zu haben, dem er vertrauen konnte, der für ihn da war. Und dann das!

Marek hatte sich ziellos im Kuppelquartier herumgetrieben und darüber nachgedacht, was er als Nächstes unternehmen sollte. Eins war klar: Er musste auf jeden Fall untertauchen, um sich de Moulinsarts Fängen zu entziehen. Enrique und Astarte würden ihm dabei nicht helfen. Sie hatten deutlich gemacht, dass sie mit ihm nichts mehr zu tun haben wollten. Nun gut, das war schade, aber nicht zu ändern. Marek sah keinen Sinn darin, sich lange über verschüttete Milch zu grämen. Was geschehen war, war geschehen. Das Leben musste trotzdem weitergehen.

Er hatte gerade in einer heruntergekommenen Eckkneipe über einem Glas billigen Rotweins gesessen und über seine Zukunft nachgedacht, als eine Gestalt an seinen Tisch trat. Es war Bastos.

Der Mann hatte sich ohne Einladung gesetzt und ebenfalls ein Glas Wein bestellt.

»Schlimme Sache«, murmelte er, nachdem der Wirt sich wieder vom Tisch entfernt hatte. »Ein Fehler, und alle Pläne sind über den Haufen geworfen.«

Marek sah sein Gegenüber mit unverhohlener Abneigung an. Erst war er ihm nicht gut genug, bei dem Gespräch mit Thura anwesend zu sein, und jetzt tauchte der Kerl auf, um ihm Vorhaltungen zu machen? Was wusste er überhaupt von der Aktion am Unabhängigkeitspalast? Außer Marek hatte keiner der Attentäter überlebt. Also konnte auch niemand wissen, dass er es war, der die Bombe vorzeitig zum Explodieren gebracht hatte.

Er entschied sich, nicht zu antworten, sondern abzuwarten, was der Mann von ihm wollte.

»Fehler passieren.« Bastos betrachtete nachdenklich das Weinglas, das er in der Hand hielt und leicht hin und her schwenkte. »Das ist nur menschlich. Sie dürfen nur nicht dazu führen, dass die Arbeit eingestellt wird.«

»Sie wollen, dass wir weitermachen?«, fragte Marek. »Aber wie? Thura ist untergetaucht, und die Genossen sind ebenfalls in Deckung gegangen. Wir haben weder das Material noch die Ausrüstung, um die Kampagne fortzusetzen.«

Bastos stellte das Glas ab und sah Marek ernst in die Augen. »Wenn ich dir sage, dass ich dir das alles zur Verfügung stellen kann – würdest du dann die Verantwortung übernehmen?«

Marek hielt dem Blick seines Gegenübers stand. Hinter seiner Stirn rasten die Gedanken. War das ein Angebot an ihn? Wollte ihn Bastos nur testen, oder verfügte er wirklich über die notwendige Ausrüstung? Oder war er ein Spitzel, der ihn lediglich noch tiefer reinreiten wollte?

Er nahm einen Schluck aus seinem Glas, um etwas Zeit zum Überlegen zu gewinnen.

»Sie bieten mir an, die Führung der Kampagne zu übernehmen?«, fragte er schließlich.

Bastos nickte wortlos.

»Und Sie haben alles, was dafür erforderlich ist?«

Erneutes Nicken. Aber Marek wusste, dass niemand etwas zu verschenken hatte. Das würde hier nicht anders sein.

»Und welche Bedingungen sind daran geknüpft?«

»Nur eine: dass nie wieder ein solcher Unfall geschieht.«

»Kein Geld? Keine weiteren Forderungen?«

Bastos lachte. »Geld? Warum sollte ich von dir Geld verlangen? Du bist so pleite wie eine Kirchenmaus. Im Gegenteil, ich werde dir genügend Mittel zur Verfügung stellen, dass du dich um materielle Dinge nicht zu sorgen brauchst. Du sollst dich ganz auf deine Aufgabe konzentrieren können.«

Mareks Augen leuchteten, als er das Angebot hörte. Aber er war immer noch auf der Hut.

»Sie haben meine Frage nicht ganz beantwortet. Was wollen Sie sonst dafür als Gegenleistung?«

»Du weißt nichts über mich, oder? Thura hat dir nichts gesagt?«

Marek schüttelte den Kopf. »Ich habe Sie nur das eine Mal getroffen. Und Thura ist darauf nicht wieder zu sprechen gekommen.«

»Das erklärt deine Frage.« Bastos stellte sein Weinglas auf den Tisch. »Ich repräsentiere eine Gruppe von Menschen, welche die Ziele der Anarchisten unterstützen. Sie verfügen über ein nicht unbeträchtliches Vermögen und stehen mitten in der Gesellschaft, weshalb sie sich selbst nicht öffentlich politisch so betätigen können, wie sie es gerne wollten. Sie haben mir die Mittel zur Verfügung gestellt, um eine aktive Gruppe mit allem Notwendigen auszurüsten. So bin ich zu Thura gekommen. Ich war, wenn man es so formulieren will, in gewisser Weise ihr Lieferant.«

Marek nickte nachdenklich. »Und jetzt soll *ich* Ihnen Ihre Waren abnehmen.«

»Meine Auftraggeber haben viel investiert. Sie möchten natürlich, dass sich diese Investitionen auch auszahlen. Wenn die Kampagne jetzt endete, brächte mir das eine Menge Scherereien ein.«

»Sie wollen also, dass ich Sie rette?« Marek konnte ein triumphierendes Lächeln nicht verbergen. Das war schon mehr nach seinem Geschmack. Er war es satt, ständig von allen möglichen Leuten herumkommandiert zu werden, selbst wenn sie so angenehm waren wie Thura. Hier hatte er endlich einmal jemanden vor sich, der sich in einer noch schlechteren Position befand als er. Er hatte nichts und war nichts, und deshalb hatte er auch nichts zu verlieren. Aber dieser Bastos hatte viel Geld genommen und musste dafür Rechenschaft ablegen. Das machte ihn, Marek, zum Herrn der Lage.

»Okay«, sagte er. »Angenommen, ich helfe Ihnen. Was ist es genau, das Sie mir anbieten?«

Er sah, wie sein Gegenüber erleichtert aufatmete. »Zunächst mal hunderttausend Unions-Credits, damit ihr alle notwendigen Auslagen bestreiten könnt. Dann zwei Zentner Plastiksprengstoff, das gesamte erforderliche Zubehör und eine neue Kommunikationszentrale.«

Mareks Hände kribbelten. Er musste sich bemühen, gelassen zu bleiben.

»Das klingt annehmbar.« Er holte einmal tief Luft. »Und wann soll es losgehen?«

»Sofort.« Bastos schob ihm einen Umschlag über den Tisch. »Das ist die Anschrift der neuen Zentrale und der Code für den Zugang. Alles Weitere findest du vor Ort. Es wäre gut, wenn du das, was auf dem Zettel steht, auswendig lernst und ihn mir wiedergibst.«

Mit spitzen Fingern zog Marek den Umschlag zu sich hin. Er traute seinen Händen nicht ganz, deshalb wartete er einen Moment, bis er ihn aufnahm und das Blatt Papier herauszog, das darin steckte.

Sich die Anschrift zu merken, war leicht. Der Zahlencode war schon etwas schwieriger. Marek starrte auf die Ziffern, bis er sich die zwölf Stellen lange Zahlenkolonne eingeprägt hatte.

Er gab Bastos den Zettel zurück. Die Konzentration auf die Zahlen hatte ihm zugleich dabei geholfen, seine Aufregung zu verlieren.

»Und wie kann ich zu Ihnen Kontakt aufnehmen?«

Bastos stand auf. »Gar nicht. *Ich* werde *mich* melden. Der Rest liegt jetzt in deiner Verantwortung.« Er legte Marek die Hand auf die Schulter. »Ich verlasse mich auf dich, dass du Thuras Werk so fortführst, wie sie es gewollt hätte.«

»Da können Sie ganz sicher sein.« Marek erhob sich ebenfalls. »Und vielen Dank noch«, stammelte er, aber der Mann war bereits im Gewühl der Bar verschwunden.

2.

Winter nahm im Privatabfertigungsbereich des Flughafens Platz, um auf die Bereitstellung seines Fliegers zu warten. Im Gegensatz zum Empfang in Agua Caliente räumten ihm Fitzsimmons und de Moulinsart hier keinerlei diplomatische Privilegien ein – eine kleine Rache für seine Aktivitäten in der Stadt. Seine Kontrolle hatte eine geschlagene halbe Stunde gedauert.

Nach dem Debakel im Unabhängigkeitspalast war Winter untergetaucht. Es gab praktischerweise noch eine oder zwei konspirative Wohnungen, die seinen Gegnern nicht bekannt waren. Nur für die Ausreise hatte er natürlich wieder aus der Versenkung auftauchen müssen.

Fitzsimmons und de Moulinsart waren nach der missglückten Festnahme Vaus und der Vernichtung seines Wörterbuchs in ihre Büros zurückgekehrt, wo sie ihre Wunden leckten. Winter wusste aus persönlicher Erfahrung, wie gefährlich verwundete Löwen sein konnten. Auch deshalb hatte er ein paar Tage abgewartet, bis sich ihre Wut etwas gelegt hatte.

Gestern hatte er mit Fitzsimmons telefoniert, um ihm seine Ausreiseabsicht mitzuteilen. Der ZEB-Chef litt noch immer unter der Niederlage und machte keinen Hehl daraus.

»Sie und ich, wir hätten zusammenarbeiten sollen«, klagte er. »Dann wäre dieses Fiasko nicht eingetreten. Jetzt bleibt uns nur noch der Kristall, und der befindet sich in Armands Händen.«

»Wenn er wissen will, was genau darin gespeichert ist, muss er nach Dagombé kommen«, versuchte Winter seinen ehemaligen Mentor zu beruhigen. »Und dann werde ich Sie natürlich informieren.«

»Hören Sie auf damit! Was kann uns diese Botschaft schon nützen? Ohne Vaus Wissen oder Aufzeichnungen ist sie nutzlos für uns. Und ich wette mit Ihnen, Armand wird aus reiner Missgunst nichts mit dem Kristall anfangen. Er wird ihn in irgendeinen Tresor legen, und da wird er verschimmeln.«

»Kristalle schimmeln nicht«, korrigierte Winter seinen Gesprächspartner.

»Nun fangen Sie nicht auch noch an!« Fitzsimmons legte eine kleine Pause ein. »Was haben Sie eigentlich die ganzen Tage gemacht?«, fragte er dann lauernd.

»Nichts Besonderes. Ich habe mir ein paar Museen angesehen und einige alte Freundschaften aufgefrischt.«

»Und jetzt reisen Sie zurück und beichten Ihrem Präsidenten, dass der einzige Erfolg Ihrer Mission eine hohe Spesenrechnung war? Kommen Sie, alter Junge, das nehme ich Ihnen nicht ab.«

Winter lachte. »Sie kennen mich zu gut, Roderick. Ich gestehe, ich habe mich noch einmal mit Frau Apostolidis unterhalten, Vaus Assistentin. Sie hat mir berichtet, Ihre Männer hätten in Vaus Klinik alles mitgehen lassen, was nicht fest vermauert war.«

»Nur leider sind wir dadurch auch nicht schlauer geworden. Bis auf ein experimentelles Medikament, das unsere Chemiker derzeit untersuchen. Vielleicht können wir daraus wenigstens ein wenig Nutzen ziehen.«

»Sehen Sie, da hat Ihnen die Sache doch noch was gebracht. Sie haben das Medikament, Armand den Kristall, und der Einzige, der mit leeren Händen dasteht, bin ich.«

»Das klingt ja beinahe so, als würde es Ihnen nichts ausmachen. Da ist doch etwas faul, das spüre ich sogar durch die Telefonleitung.«

»Wir sprechen drahtlos miteinander, Roderick«, korrigierte ihn Winter.

»Machen Sie keine Witze«, polterte Fitzsimmons. »Und ich werde herausbekommen, was Sie mir verheimlichen, verlassen Sie sich drauf.«

»Sie würden nicht viel erfahren, glauben Sie mir«, versicherte ihm Winter. »Aber eine Erkenntnis will ich Ihnen gerne verraten. Wenn Sie und Armand diesen Vau nicht als Vorwand benutzt hätten, um Ihren ganz persönlichen Krieg auszufechten, dann wäre die Sache anders ausgegangen.«

Fitzsimmons schwieg einen Moment.

»Vielleicht haben Sie sogar recht«, räumte er schließlich ein. »Alte Elefantenbullen wollen es noch einmal wissen, das ist nun mal so. Ob es klug ist, das ist eine andere Frage. Meine einzige Befriedigung ist, dass Armand und Sie ebenfalls das Nachsehen hatten.«

»Dann wünsche ich Ihnen mehr Glück bei Ihrer nächsten Auseinandersetzung mit de Moulinsart«, hatte Winter das Gespräch beendet.

Er studierte die Titelseite der Tageszeitung, die er vorhin gekauft hatte. In der letzten Nacht waren mehrere Bomben explodiert, davon eine in der Nähe einer Metrostation. Zum ersten Mal hatte der Anschlag Menschenleben gekostet. Der Kommentar neben dem Aufmacher warf der Regierung Versagen bei der Bekämpfung der Terroristen vor. Leserbriefe auf den Innenseiten unterstützten diese Position und forderten den Rücktritt der Regierung. Der Minister für den Inneren Frieden ließ verlautbaren, alles Menschenmögliche zu tun, um der Terroristen möglichst bald habhaft zu werden.

Das war genau die Entwicklung, die Winter und seine Auftraggeber sich vorgestellt hatten. Jetzt fehlte nur noch ein kleiner Schubser, und wenn alles glattlief, würde die Regierung in wenigen Tagen Geschichte sein. Es war also doch richtig gewesen, Marek auszuwählen.

Winter hatte den Jungen seit ihrer ersten Begegnung beobachten lassen. Es war mehr ein Gefühl als eine Gewissheit, aber er traute dem Kleinen nicht. Was Thura machte, war eine andere Sache. Sie war sowieso viel zu vertrauensselig, und es war ein Wunder, dass sie so lange unentdeckt geblieben war.

Einer von Winters Männern hatte Marek bis auf das Gelände der Weltausstellung verfolgt und davon berichtet, wie der Junge Sekundenbruchteile vor der Explosion unter der Plane hervorgesprungen war. Das konnte nur eins bedeuten: Er wusste als Einziger vorher von der vorzeitigen Detonation der Bombe. Damit lag nahe, dass er es auch war, der Mist gebaut hatte.

Natürlich gab es auch noch eine andere Erklärung. Winter wusste, dass sich Marek mit de Moulinsart getroffen hatte. War er vielleicht ein Verräter und hatte den Anschlag auf dessen Weisung zum Scheitern gebracht? Dann besaß er zumindest eine gewisse Kaltblütigkeit, so lange mit seiner Flucht zu warten.

Wie auch immer, es gab keine Alternative. Irgendjemand musste die Bombenkampagne weiterführen, und alles, was er über den Kleinen zusammengetragen hatte, deutete darauf hin, dass er die beste Wahl war. Keine Familie, keine politischen Bindungen, kein Wohnsitz, von seinen Freunden fallen gelassen und darüber hinaus offenbar auch ein Mensch ohne moralische Skrupel. Das war bei Thura immer ein Problem gewesen. Sie wollte nur Ziele auswählen, bei denen keine Personen zu Schaden kamen, was die Wirkung der Bomben natürlich deutlich beeinträchtigte. Marek hatte diese Vorbehalte nicht, wie Winter annahm.

Deshalb war er ein letztes Mal in die Rolle des Bastos geschlüpft, in der der Junge ihn bereits bei Thura kennengelernt hatte. Nach dem Treffen hatte er sich in einer öffentlichen Toilette, deren Kamera, wie er wusste, nicht funktionierte, umgezogen, den Bart und die Backenpolster entfernt, die Sachen in einen Plastikbeutel gepackt und in einem Müllschredder am Straßenrand entsorgt.

Winter legte die Zeitung weg. Der Junge hatte seine Hoffnungen nicht enttäuscht. Die Terroranschläge würden weitergehen und an Härte gewinnen. Nur so konnte es gelingen, die herrschende Fraktion der Dynastie so weit zu destabilisieren, dass sie zugunsten der Oppositionsfraktion abdankte.

Sein Mobiltelefon klingelte.

»Das Einzige, was mich tröstet, ist, dass Sie mit leeren Händen abreisen.« De Moulinsart kam ohne Begrüßung zur Sache.

»Im Gegensatz zu Ihnen. Sie haben ja noch den Kristall«, erwiderte Winter. »Wenn Sie wollen, nehme ich ihn mit und übergebe ihn in Agua Caliente den Experten.«

»Halten Sie mich nicht für senil! Lange steht Ihr Präsident ohnehin nicht mehr durch. Noch zwei bis drei Wochen des Embargos, und Gordon Banda ist Geschichte.«

Winter musste zugeben, dass de Moulinsart recht hatte. Die derzeitige Regierung der Dynastie hatte ein Handelsembargo gegen den Import von Pinidium erlassen, weil sich Banda seit Jahren standhaft weigerte, ihr einen weiteren Militärstützpunkt in der Nähe von Agua Caliente einzuräumen, den sie in der Region für die Versorgung ihrer Marine dringend benötigte. Dabei wurden die Interessen der Hightech-Industrie, die auf das Pinidium angewiesen war, bewusst missachtet, denn die herrschende Fraktion vertrat in erster Linie die Interessen der Schwerindustrie und der Dienstleistungsbetriebe.

»Ich weiß ja nicht, auf welcher Seite Sie stehen, Armand, aber das Embargo Ihrer Regierung schädigt Ihre Wirtschaft ebenfalls«, erwiderte Winter.

»Aber wir haben den längeren Atem ...« De Moulinsart schwieg so abrupt, als sei ihm soeben ein ungeheuerlicher Gedanke gekommen. »Jetzt dämmert es mir. Dieser ganze Wirbel um den verdammten Vau war für Sie nur ein Vorwand. In Wirklichkeit waren Sie wegen des Embargos hier.«

Winter musste lächeln. »Und wenn es so wäre?«

»Sie haben den Waffenstillstand ausgenutzt, den wir wegen der Botschaft aus der Zukunft geschlossen hatten?« Das Zittern in de Moulinsarts Stimme war deutlich zu vernehmen. »Und diese ganzen Bombenattentate ... !«

»Was ist damit?«

»Sagen Sie mir die Wahrheit: Stecken Sie dahinter?«

»Sie überschätzen mich, Armand. In Ihrem Land gibt es genügend Unzufriedene, die nichts lieber täten, als die Dynastie ins Jenseits zu bomben.«

»Aber ihnen fehlen die Mittel dafür. Was wir derzeit erleben, ist mehr als nur die Tat eines Haufens von Anarchisten mit ein paar selbstgebastelten Sprengsätzen.«

Winter zögerte einen Moment. »Das stimmt. Es wird Ihnen sicher nicht gefallen, aber die Oppositionsfraktion der Dynastie hat Sie und Ihre Regierung verraten.«

»Unmöglich! Davon hätte ich erfahren!«

»Offenbar nicht. Oder wussten Sie, dass sich Banda und Ihre Opposition bereits vor Monaten in einem geheimen Treffen geeinigt haben, die Regierung der Dynastie zu stürzen?«

De Moulinsart erwiderte nichts.

»Banda verpflichtete sich, eine Destabilisierungskampagne zu finanzieren und durchzuführen, im Gegenzug erhielt er die Zusage zur sofortigen Wiederaufnahme der Pinidiumlieferungen.«

Winter hörte de Moulinsarts langsame, flache Atemzüge.

»Ich kann … ich will es nicht glauben.«

»Das, mein Lieber«, schloss Winter, »überlasse ich natürlich Ihnen.«

Ein Mann in Pilotenuniform trat in den Raum. »Wir sind jetzt bereit zum Start, Sir«, erklärte er.

Winter schaltete sein Telefon aus, nahm mit einem zufriedenen Lächeln seine Reisetasche und folgte dem Mann aufs Rollfeld.

3.

Dagombé

Der Privatjet befand sich im Landeanflug auf den Flughafen von Agua Caliente, und Winter legte den Gurt an. Er war nur wenige Tage fort gewesen, und doch kam es ihm wie eine Ewigkeit vor. Die Stadt, die sich unter dem sinkenden Flugzeug erstreckte, war ihm stets fremd geblieben. Das war ihm in der vergangenen Woche noch einmal deutlich vor Augen geführt worden.

Auch wenn er jetzt in Agua Caliente arbeitete, eine Heimat würde der Ort nie für ihn werden. Er befand sich hier im Exil. Ein Exil, das er hoffentlich bald gegen ein anderes eintauschen konnte.

Nach der Landung verabschiedete er sich von seiner Reisebegleitung und bestieg die Limousine, die auf dem Rollfeld auf ihn wartete. Präsident Banda wollte sofort nach seiner Ankunft einen persönlichen Bericht haben.

Vor dem Präsidentenpalast war eine Ehrengarde aufgezogen, und der gesamte Platz des panafrikanischen Stolzes erstrahlte im Lichtschein zahlreicher Leuchten, die für Ereignisse wie dieses vorgesehen waren. Sobald die Besucher verschwunden waren, wurden auch die Laternen abgebaut und verschwanden in einem Lagerhaus. Potemkin lautete das Stichwort in Dagombé, wenn wichtige Gäste im Land weilten. So wie heute die Staatschefs der benachbarten Staaten, mit denen Banda schon seit Jahren eine Allianz schmieden wollte.

Winter stieg aus dem Fahrzeug, fuhr sich noch einmal über die Haare und kletterte die Stufen zum Eingang empor. An der Tür wurde er bereits von Mrs. Snyder erwartet. Von irgendwoher klang Musik, und der Duft von Essen lag in der Luft.

»Guten Abend«, grüßte Winter, ergriff ihre Hand und deutete einen Handkuss an.

»Sie Charmeur«, tadelte sie ihn, ohne zu lächeln. »Solche Schmeicheleien wirken bei mir nicht, das wissen Sie doch.«

»Und? Wie läuft es?«, fragte Winter, während Mrs. Snyder ihn zu einem der kleineren Konferenzräume geleitete.

»Wie immer«, erwiderte sie. »Ein Haufen Dummköpfe. Sie sind nicht in der Lage, vorauszudenken. Alles, was sie interessiert, ist die Menüfolge. Und welche Mädchen es für sie gibt.«

»Wenigstens in dieser Hinsicht werden sie zufrieden sein, so wie ich Sie kenne«, grinste Winter.

Mrs. Snyder blieb vor einer Tür stehen. »Beim letzten Mal hat es doch tatsächlich einer gewagt, sich zu beklagen. Er hätte drei Frauen bestellt, aber nur zwei bekommen.« Sie schüttelte angewidert den Kopf.

Nachdem sie Winter in das Zimmer geführt hatte, machte sie sich auf, Banda Bescheid zu sagen. Winter hatte sich kaum gesetzt, als der Präsident eintrat. Er trug einen maßgeschneiderten schwarzen Anzug mit einer dunkelblauen Fliege.

»Sie sind meine Rettung«, lachte er, während er Winter die Hand schüttelte. »Diese Langweiler bringen mich noch um. Ich glaube, wir werden sie doch alle mit militärischen Mitteln annektieren müssen, wenn wir unseren Traum realisieren wollen.«

Er hockte sich auf die Tischkante. »Ich hoffe, Sie haben mir wenigstens gute Nachrichten mitgebracht.«

»Ich denke schon. Wir wissen jetzt, was die Botschaft aus der Zukunft zu bedeuten hatte.«

»Es ist also sicher? Das war eine Zeitreisekapsel?«

Winter nickte. »Ohne Zweifel, Sir. Und nicht nur das. Zwei Agenten sind der Kapsel aus der Zukunft in unsere Zeit gefolgt.«

Er berichtete in kurzen Worten, was sich in den letzten Tagen ereignet hatte.

Banda zog anerkennend die Augenbrauen hoch. »Ich bin beeindruckt. Wie haben Sie das nur hingekriegt? Und dazu auf dem Territorium der Dynastie?«

»Das war gar nicht so schwer. Während Fitzsimmons und de Moulinsart sich gegenseitig auszutricksen bemühten, habe ich mich auf Vaus Assistentin konzentriert.« Winter lächelte versonnen. »Eine aparte Person, und in einem anderen Leben und zu einer anderen Zeit hätte ich sicher versucht, ihr persönlich näherzukommen.«

Banda beäugte ihn misstrauisch. »Was höre ich da? Sie werden mir doch nicht sentimental?«

»Keine Sorge. Es blieb bei einem rein beruflichen Kontakt, der sich allerdings als äußerst ergiebig herausstellte.« Winters Ton war wieder ganz geschäftsmäßig. »Als sie in der Nacht vor dem Treffen auf der Weltausstellung bei mir übernachtete, habe ich die Gelegenheit genutzt, ein Mikrofon samt Sender in ihrer Schuhsohle zu verstecken. Das spätere Abhören der Aufzeichnungen war hochinteressant, denn es verriet mir, welche Informationen das Wörterbuch Viktor Vaus enthielt.«

»Aber Sie haben doch erzählt, es sei verbrannt worden. Unter guten Nachrichten verstehe ich etwas anderes.«

»Nun, dadurch haben wir die Sicherheit, dass es de Moulinsart oder Fitzsimmons nicht in die Hand bekommen haben«, lächelte Winter.

»Aber wir haben es auch nicht.«

»Nicht in seiner ursprünglichen Form. Aber wir kennen den Inhalt. Und das Beste ist, niemand weiß etwas davon.«

Banda hob die Augenbrauen. »Wie haben Sie das denn hinbekommen?«

»Langfristige Planung, Bauchgefühl und ein bisschen Glück«, erwiderte Winter.

»Sehr gut.« Banda stand auf und ging im Zimmer umher. »Trotzdem sehe ich immer noch nicht, welchen Nutzen wir aus einer künstlichen Sprache ziehen können.«

»Keinen, Sir.«

Banda warf die Hände in die Luft. »Dann verstehe ich nicht, warum Sie ein so zufriedenes Gesicht machen.«

»Weil das Notizbuch von Professor Vau noch etwas enthielt. Etwas, das uns sehr nützlich sein kann. Und von dem keiner der anderen Dienste auch nur die geringste Ahnung hat.«

»Nun spannen Sie mich nicht auf die Folter! Sagen Sie mir endlich, wofür ich so viel Geld ausgegeben habe.«

»Professor Vau hat eine Methode entdeckt, wie sich das Denken der Menschen beeinflussen lässt. Und zwar auf eine Weise, dass sie selbst davon nichts merken.«

Banda blieb stehen. »Ist das Ihr Ernst? Könnte ich damit diese Idioten, die da oben auf meine Rückkehr warten, gezielt manipulieren?«

»Es sieht so aus, Sir. Wir werden sicher noch einige Zeit brauchen, bis wir die Methode anwenden können. Aber nach allem, was ich weiß, wird sie funktionieren.«

»Sehr schön, Winter. Ausgezeichnete Arbeit. Kommen Sie morgen in mein Büro, da können Sie mir die Details mitteilen.«

Banda war schon an der Tür, als er sich noch einmal umdrehte. »Und ... die Angelegenheit mit den Anschlägen ist geregelt?«

»Gehen weiter wie geplant, Sir. Nach meinen Informationen wackelt die herrschende Fraktion der Dynastie bereits. Es ist nur noch eine Frage der Zeit, bis diejenigen, die uns wohlgesinnt gegenüberstehen, die Macht übernehmen.«

»Das ist auch dringend notwendig. Wir müssen die neuen Pinidium-Verträge schnellstens unter Dach und Fach bringen, wenn wir unsere Unabhängigkeit bewahren wollen. Die Unionsbank hat mir ein Darlehen angeboten, aber dafür fordern sie ein Mitspracherecht bei allen Entscheidungen, die unsere Bodenschätze betreffen.«

»Keine Sorge, Sir. Dazu wird es nicht kommen. Ich rechne noch mit einer Woche, dann sind unsere Verbündeten an der Macht. Die Verträge liegen ausgearbeitet vor und müssen nur noch unterschrieben werden.«

»Ich verlasse mich auf Ihr Wort.« Banda öffnete die Tür. »Lassen Sie sich in der Küche was zu essen geben. Sie haben sich eines dieser hervorragenden Antilopensteaks verdient«

»Gern, Sir«, sagte Winter, aber Banda war bereits verschwunden.

Winter ließ sich in seinen Stuhl fallen und stützte die Arme auf den Tisch. Nicht zum ersten Mal befielen ihn Zweifel, ob er das Richtige tat. Die moralischen Zweifel wurden von Jahr zu Jahr stärker, aber diese Sache hatte eine Dimension, die selbst für ihn neu war. Hier ging es nicht um eine isolierte Aktion oder ein politisch gewünschtes Attentat. Dies betraf das Schicksal der gesamten Menschheit.

Er fragte sich, ob er das wirklich in die Hände Gordon Bandas legen durfte. Oder ob jetzt nicht der richtige Zeitpunkt war, den Schlussstrich zu ziehen, von dem er schon so lange träumte.

Mrs. Snyder riss ihn durch ihr Eintreten aus seinen Gedanken.

»Der Präsident hat mir aufgetragen, Ihnen etwas zu essen zu organisieren«, erklärte sie. »In der Küche ist für Sie eingedeckt.«

Winter stand auf. »Danke, Mrs. Snyder.«

Er folgte ihr durch die Gänge bis zum Küchentrakt, wo sie ihn in den Pausenraum des Personals führte. Er setzte sich und nahm ein Stück Brot aus dem bereitstehenden Korb. Bandas Sekretärin ging in die Küche, um sein Eintreffen mitzuteilen.

Winter fegte ein paar Krümel vom Tisch. Ein breites Lächeln tauchte auf seinem Gesicht auf, und eine Welle der Wärme breitete sich in seinem Körper aus.

Er wusste jetzt, was er zu tun hatte.

Eine Stunde später, endlich allein in seiner kleinen Wohnung, hatte er den ersten Brief bereits geschrieben.

4.

Hauptstadt der Union

Der September war einem grauen, eisigen Oktober gewichen, und die Menschen liefen mit hoch aufgestellten Mantelkrägen und unter Regenschirme geduckt durch die Straßen der Stadt. Selbst mittags war es so dunkel, dass die automatische Straßenbeleuchtung ansprang.

Astarte und Enrique saßen sich in dem Bistro gegenüber, in dem er und Christian gearbeitet hatten. Astarte hatte zunächst nicht dorthin gehen wollen, aber Enrique hatte sie überzeugt, sich den Ängsten, die sie verfolgten, zu stellen. »Wenn du sie jetzt nicht besiegst, dann werden sie dich dein ganzes Leben lang nicht in Ruhe lassen«, hatte er gesagt.

Es war das erste Mal, dass sie sich seit ihrer Rettung durch die Polizei wieder in Freiheit gegenübersaßen. Enrique war gestern aus der Untersuchungshaft entlassen worden, nachdem auch die letzten Zweifel hinsichtlich seiner Unschuld beseitigt waren. Die Polizei hatte schließlich Christians Folterkeller gefunden und auch das Versteck, in dem er sein Tagebuch aufbewahrte. Dort war jede Tat, die er in den letzten Jahren verübt hatte, minutiös verzeichnet.

Astarte wusste, dass sie Enrique ihr Leben verdankte. Er hatte sich an jenem Tag der Polizei gestellt und Kommissar Fellner gedrängt, ein Kommando zu ihrer Wohnung zu schicken, das gerade noch rechtzeitig eingetroffen war. Zunächst hatte die Polizei Enrique unter dem Verdacht der Mittäterschaft festgehalten. Astarte hatte ihn jeden Tag im Gefängnis besucht.

Nach Abschluss der Ermittlungen wurde schließlich verlautbart, dass es sich bei Christian Sonntag um einen psychopathischen Einzelgänger handelte. Aus seinem Tagebuch war zwar seine Verbindung zu Viktor Vau ersichtlich, aber Astarte und Enrique hatten Fellner überzeugen können, diese Tatsache vor der Öffentlichkeit geheim zu halten. Viktor war tot, und selbst Fellner hatte mitbekommen, dass er in seinen letzten Tagen von den Sicherheitsdiensten gejagt worden war. Trotz seiner Sturheit hatte er keine Lust, sich mit den Diensten anzulegen. Er hatte schon genug Gegenspieler ohne sie.

»Da sitzen wir wieder«, sagte Enrique und rührte gedankenverloren in seinem Kaffee. »Zwei Menschen in einer anderen Zeit.«

Auch Astarte musste an das erste Mal denken, als sie sich zu einem Kaffee getroffen hatten. Es kam ihr vor, als sei das Jahre her.

»Und jetzt?«, fragte sie.

»Wir müssen noch einmal von vorne anfangen und in die Zukunft blicken.«

»Die Zukunft?« Sie lachte bitter. »Die Zukunft ist unsere Vergangenheit.«

»Glücklicherweise«, erwiderte er und grinste. »Wenn sie unsere Zukunft wäre, dann würde ich mir überlegen, ob ich meinem Leben nicht gleich ein Ende setze.«

»Das sagst *du*?« Er brachte es immer wieder fertig, sie zu überraschen.

»Ich hatte in den letzten Wochen genug Zeit zum Nachdenken. Und ich bin zu dem Schluss gekommen, dass es mir in dieser Zeit besser gefällt. Gerade wegen ihrer Unvollkommenheiten.«

Er hob die Hand, bevor sie etwas erwidern konnte. »Ich wünschte mir, man könnte das Vergessen ebenso trainieren wie das Lernen. So muss ich wohl selbst daran arbeiten, die Sprache, mit der ich aufgewachsen bin, aus meinem Kopf zu vertreiben.«

»Das geht mir nicht anders«, sagte Astarte. »Ich habe es vielleicht nur ein wenig leichter als du, weil ich schon seit vielen Jahren dagegen angehe.«

»So sind wir beide zu Verrätern an unserer Zeit und unserer Sache geworden.«

»Ich sehe das nicht so«, widersprach sie. »Du hast nicht deine Zeit, sondern deine Auftraggeber verraten. Das ist etwas völlig anderes, denn damit hast du dich auf die Seite der Bevölkerung gestellt. Und ich habe das Ziel meines Auftrags erreicht.«

»Aber Viktor getötet hast du nicht«, sagte er. »Du hattest doch genug Gelegenheiten, ihn umzubringen. Warum hast du es nicht getan?«

»Im Gegensatz zu dir bin ich kein ausgebildeter Killer«, erwiderte sie, vielleicht eine Spur zu scharf. »Als ich ihm damals das erste Mal in seinem Büro gegenübersaß und er sein Notizbuch auf den Tisch legte, überlegte ich, ob ich ihn sofort töten sollte. Schließlich hätte ich damit beide Aufträge auf einen Schlag erfüllt.«

Sie machte eine Pause und fuhr nachdenklich mit dem Finger auf dem Tisch herum. Dann sah sie Enrique an.

»Hast du schon einmal jemanden umgebracht?«

Er nickte. »Während meiner Ausbildung. Wir waren damals in der Grenzregion stationiert. Es kam immer wieder zu Aufständen, und wir Rekruten wurden in der ersten Reihe eingesetzt. Es hieß töten oder getötet werden. Auf diese Weise wollten sie uns abhärten.«

»Und? Ist es ihnen gelungen?«

Enrique zuckte mit den Schultern. »Ich weiß es nicht. Nach der Grundausbildung bin ich nie in eine Situation geraten, in der ich jemand umbringen musste.«

»Sei froh«, sagte sie. »Ich hatte es mir sehr einfach vorgestellt. Allen Hass, den ich besaß, hatte ich auf Viktor konzentriert. Ich sah ihn nicht als Menschen, sondern als ein Ungeheuer, das mit seiner Arbeit wissentlich die Gesellschaft erschaffen hatte, in der ich lebte. Doch als ich ihm das erste Mal in die Augen sah, wusste ich, dass ich meinen Auftrag nicht ausführen würde. Denn er war kein Monster, sondern ein Mensch. Einfach nur ein Mensch wie alle anderen Menschen auch.«

»Es ist schon absurd, dass er dennoch sterben musste.« Er schob die Tasse mit dem inzwischen erkalteten Kaffee von sich und beugte sich über den Tisch. »Ich habe für meinen Auftrag genug Gold und Diamanten mitbekommen, dass wir beide davon gut leben könnten. Was hältst du davon?«

»Soll das ein Antrag sein?«, fragte sie lächelnd.

»Ich meine, nicht als Paar – obwohl ich da nichts gegen hätte. Ich dachte eher an eine gemeinsame Unternehmung.«

Astarte zog fragend die Augenbrauen hoch.

»Ich dachte an ein kleines Forschungsinstitut«, fuhr er fort. »Wir beide wissen, welche Gefahr durch die Vorherrschaft der linken Gehirnhälfte droht. Wir haben selbst erlebt, wohin diese Entwicklung führen kann, ob nun mit der Sprache Viktor Vaus oder ohne. Ich dachte mir, wir könnten an dem Thema weiterarbeiten, eine Website einrichten, Kongresse abhalten oder Bücher darüber schreiben.«

Astarte sah ihn lange an. Die Idee gefiel ihr. Auf diese Weise konnten sie ihre Erfahrungen aus der Zukunft in dieser Zeit, in der sie gestrandet waren, sinnvoll einsetzen. Und Enrique würde wahrscheinlich für immer der Mensch bleiben, der sie am besten verstand, weil er mehr mit ihr teilte als jeder andere auf diesem Planeten.

Sie nickte. »Einverstanden.«

Er streckte ihr die Hand über den Tisch entgegen. »Also sind wir gewissermaßen Partner?«

Sie schlug ein. »Partner. Gewissermaßen.«

Er hielt ihre Hand etwas länger fest, als nötig gewesen wäre, aber das war in Ordnung.

»Und wie war das mit dem Antrag?«, fragte sie.

Draußen rissen die Wolken auf, und ein zaghafter Sonnenstrahl bahnte sich den Weg hindurch auf die regennassen Straßen.

Epilog

Dagombé

Am Stadtrand von Agua Caliente trifft der Besucher, der sich per Zufall hierhin verirrt, auf ein Areal, das von zwei Reihen elektrischer Zäune umgeben ist. Von außen lässt sich nicht erkennen, was dahinter verborgen liegt, denn mehrere Baumreihen versperren die Sicht. Wem es gelingt, auf die versteckt liegende Zufahrt, die durch ein drei Meter hohes Stahltor und vier bewaffnete Sicherheitsleute geschützt wird, zu gelangen, findet sich auf einer gewundenen Straße wieder, die durch ein Waldstück auf eine weitläufige Lichtung führt. Hier stehen mehrere Reihen modernster Bungalows, jeder mit einem großen Garten, Swimmingpool und allen weiteren Annehmlichkeiten, die man sich wünschen kann.

In dieser Siedlung wohnen die Spitzenpolitiker und Wirtschaftsmagnaten Dagombés mit ihren Familien. Nachmittags kann man das Lachen der Kinder hören, die auf dem Wasserspielplatz herumtoben, während die Jugendlichen sich in der kleinen Ladenpassage treffen. Dort kaufen sie steuerfrei die neueste Mode, die aktuellste Musik und die gefragtesten Filme und Computerspiele, während ihre Mütter sich im Feinkostmarkt daneben mit allen notwendigen Lebensmitteln eindecken, sofern man sich zum Essen nicht in eines der Edelrestaurants begibt, die rund um die Uhr geöffnet haben.

Am Rande dieses kleinen Paradieses, das den treffenden Namen *Eldorado* trägt, liegt hinter Hecken verborgen ein kleineres Gebäude, dessen Bewohner sich nur selten außerhalb ihres Geländes sehen lassen. Es gehört, so wird gemunkelt, dem Geheimdienst DIS, der es als sogenanntes sicheres Haus verwendet.

Die gegenwärtige Bewohnerin des Hauses ist eine etwa sechzigjährige Frau mit langem grauem Haar. Sie versteckt sich nicht, wie noch ihre Vorgänger, sondern unternimmt ausgedehnte Spaziergänge und besucht gelegentlich die Geschäfte. Wer sie gesehen hat, beschreibt sie als eine freundliche Person, höflich und zurückhaltend, was man nicht von jedem Bewohner Eldorados sagen kann.

Doch kaum einer hat je mit ihr gesprochen.

Und niemand kennt ihren Namen.

Wie so häufig, sitzt Thura auch jetzt auf der Veranda und genießt die Sonne. Nach Jahrzehnten im wechselhaften, zumeist kühlen Klima ihres Heimatlands erscheint es ihr wie ein Traum, fast immer einen blauen Himmel zu sehen.

Trotz ihrer Umgebung ist ihr klar, dass sie eine Gefangene ist. Bastos, oder besser: Winter, denn sie kennt seit einiger Zeit die Identität ihres Wohltäters, hat sie zwar nicht gezwungen, mit nach Dagombé zu kommen, sondern ihr lediglich einen Vorschlag unterbreitet. Allerdings einen Vorschlag, den man unmöglich ablehnen kann.

Irgendwie war es ihm gelungen, in den Besitz der Akte zu gelangen, die Thuras Bekannter bei ihrer Rückkehr in die Stadt aus den Archiven der Sicherheitsdienste hatte verschwinden lassen. Winter hatte sie darauf hingewiesen, wie leicht die Akte mit weiteren Informationen erneut in die Hände der Dienste fallen könnte. Zugleich hatte er ihr eine Alternative angeboten. Sie solle ihn nach Dagombé begleiten und ihm einen kleinen Gefallen erweisen. Als Dank würde er ihr die Akte aushändigen und sie finanziell so gut ausstatten, dass sie sich in einem Land ihrer Wahl niederlassen konnte.

Sie willigte ein, auch wenn sie seine Absichten bis heute nicht ganz verstanden hat. Sein Anliegen war einfach. Er hatte sie lediglich gebeten, Viktor Vaus Notizbuch, das sie damals in Verwahrung hatte, durchzublättern und sich alle Seiten anzusehen.

Thura nimmt einen Schluck von dem kühlen Fruchtsaft, der neben ihr auf dem Tisch steht. Dann zieht sie den Schreibblock und Stift zu sich herüber, die bereits seit einigen Stunden auf sie warten. Es hat keinen Sinn, die Sache länger aufzuschieben.

Erneut fragt sie sich, woher Winter wusste, dass sie eine Eidetikerin ist, also ein Mensch, der etwas nur einmal sehen muss, um es sich unauslöschlich ins Gedächtnis einzuprägen. Sie hat diese Gabe immer sorgfältig vor ihrer Umgebung verborgen, aber er hat es irgendwie herausgefunden. Und deshalb sitzt sie jetzt hier.

Sie schlägt den Block auf und beginnt zu schreiben:

> George Dalgarno hat einmal gesagt: ›Die Arbeit des Philosophen muss der des Linguisten vorausgehen.‹ In diesem Sinne enthalten die folgenden Seiten zunächst einmal die erkenntnistheoretischen Grundlagen einer neuen Sprache, bevor die Sprache selbst mit ihren Begriffen, Regeln und Zeichen aufgeführt wird …

ENDE

Nachbemerkung

Der Kampf der rechten gegen die linke Gehirnhälfte, die Entstehung der Sprache aus der Musik, die Erschaffung einer vollkommenen Sprache – das alles ist keine Erfindung von mir, sondern umfassend dokumentiert. Wenn ich einzelne Aspekte oder Fakten nicht richtig wiedergegeben haben sollte, so liegt das allein an mir und nicht an dem verwendeten Quellenmaterial.

Von den Büchern, die ich zur Vorbereitung studiert habe, möchte ich an dieser Stelle fünf besonders erwähnen. Wer an den angesprochenen Themen Interesse hat, wird sie sicher mit Genuss lesen.

Von Ian McGilchrist stammt »The Master and His Emissary: The Divided Brain and the Making of the Western World«. Leider ist das Buch derzeit nur in englischer Sprache erhältlich. Im ersten Teil der sechshundert Seiten fasst der Autor zusammen, was die Forschung bislang über die beiden Gehirnhälften weiß. Im zweiten Teil zeichnet er die Epochen der Geschichte nach, die sich seiner These nach eindeutig der Vorherrschaft der linken oder rechten Gehirnhälfte zurechnen lassen. Trotz der vielen Informationen ein gut lesbares und ausgesprochen spannendes Buch.

Ebenfalls neu derzeit nur in Englisch erhältlich ist »The Origin of Consciousness in the Breakdown of the Bicameral Mind« von Julian Jaynes, sozusagen der Klassiker der Bikameraltheorie. Hoch spekulativ, aber ausgesprochen lesenswert.

Über Plansprachen und vollkommene Sprachen informiert Umberto Eco in »Die Suche nach der vollkommenen Sprache«. Die umfassende Darstellung ist auch für einen Laien gut verständlich.

Wer mehr über die faszinierende Welt und Sprache der Pirahã erfahren möchte, sollte Daniel Everetts »Das glücklichste Volk. Sieben Jahre bei den Pirahã-Indianern am Amazonas« lesen.

Und schließlich sei noch ein literarischer Klassiker erwähnt, der das Thema der Kunstsprache auch in mehreren Erzählungen aufgreift: »Die unendliche Bibliothek« von Jorge Luis Borges, dem Großmeister der Phantastik.

Gerd Ruebenstrunk, im Winter 2010